TRAQUÉES

Né en 1960, Michael Robotham est un ancien journaliste d'investigation qui a travaillé en Australie, en Grande-Bretagne et en Afrique. En 1993, il quitte le journalisme pour se lancer dans l'écriture de biographies. Après le succès de *Suspect*, son premier roman, publié en 2005, il confirme sa place parmi les grands maîtres du thriller contemporain.

MICHAEL ROBOTHAM

Traquées

ROMAN TRADUIT DE L'ANGLAIS PAR SABINE BOULONGNE

JC LATTÈS

Titre original :

SHATTER
Publié par Sphere, un département de
Little, Brown Book Group, Londres

À Mark Lucas,
un ami avant tout.

« Le sommeil de la raison produit des monstres. »

GOYA, *Les Caprices*.

« Sa bouche est plus douce que la crème,
mais la guerre est dans son cœur ;
ses paroles sont plus onctueuses que l'huile,
mais ce sont des épées nues. »

Psaumes, 55, 21.

Il arrive un moment où tout espoir disparaît, où toute fierté, toute attente, toute foi, tout désir cessent d'exister. Ce moment m'appartient. Il est à moi. C'est là que j'entends le bruit, le bruit d'un esprit qui craque.

Ce n'est pas un craquement sonore comme lorsque des os se brisent, quand la colonne vertébrale se fracture ou qu'un crâne se fracasse. Ce n'est pas non plus quelque chose de doux et d'humide comme un cœur qui se fend. C'est un son qui vous incite à vous demander jusqu'où un être humain peut endurer la souffrance, un son qui anéantit les souvenirs et laisse le passé s'insinuer dans le présent. Un bruit si assourdissant que seuls les cerbères de l'enfer peuvent l'entendre.

L'entendez-vous ? Quelqu'un est recroquevillé en une boule minuscule et pleure doucement dans une nuit éternelle.

1.

Université de Bath.

Il est 11 heures du matin. C'est la fin septembre et il tombe des cordes au point que les vaches flottent dans les fleuves et que les oiseaux se posent sur leurs corps boursouflés.

L'amphithéâtre est plein. Les gradins s'élèvent en pente douce entre les escaliers de part et d'autre de l'auditorium pour disparaître dans l'obscurité. Mon auditoire se compose de visages pâles, jeunes et honnêtes, affectés par la gueule de bois. On est en pleine semaine d'accueil des étudiants, et bon nombre d'entre eux ont bataillé avec eux-mêmes pour être là, écartelés entre la volonté d'assister aux cours et l'envie de retourner se coucher. Un an plus tôt, ils regardaient des films pour ados en renversant leur pop-corn. Désormais ils vivent loin de chez eux, ils se pintent aux frais de la princesse et attendent d'apprendre quelque chose.

Je gagne le centre de l'estrade et je m'agrippe au pupitre comme si j'avais peur de tomber.

« Je suis le professeur Joseph O'Loughlin. Je suis psychologue et on m'a chargé de ce cours d'introduction à la psychologie comportementaliste. »

Je marque un temps d'arrêt en clignant des paupières sous l'éclairage. Je ne pensais pas que recommencer à enseigner me rendrait nerveux, mais voilà que je doute d'avoir un quelconque savoir digne d'être transmis.

J'entends encore les conseils de Bruno Kaufman (Bruno dirige le département de psychologie de l'université, et il a le nom de l'emploi, teuton à souhait.)

« Dis-toi bien que rien de ce que nous leur apprendrons ne leur sera de la moindre utilité dans le monde réel. Notre tâche consiste à leur fournir un connerie-mètre.

— Un quoi ?

— S'ils bossent dur et s'ils assimilent quelques notions, ils arriveront peut-être à détecter les couillon-nades qu'on essaiera de leur faire avaler. »

Sur ce, il est parti d'un grand éclat de rire et j'en ai fait autant.

« Vas-y mollo avec eux, a-t-il ajouté. Ils sont encore pleins d'entrain, bien nourris, propres sur eux. D'ici un an, ils t'appelleront par ton prénom et s'imagineront tout savoir. »

Qu'est-ce que ça veut dire « y aller mollo » ? ai-je envie de lui demander maintenant. Moi aussi je suis débutant. J'inspire à fond avant de me lancer à nou-veau :

« Pourquoi un éloquent universitaire qui étudie la préservation des sites urbains expédie-t-il un avion de ligne dans un gratte-ciel, tuant des milliers de gens ? Pourquoi un préado tire-t-il à bout portant dans une cour de récréation ? Pourquoi une adolescente accouche-t-elle dans des toilettes en abandonnant son bébé dans la corbeille à papier ? »

Silence.

« Comment un primate sans poils a-t-il évolué en une espèce qui fabrique des armes nucléaires, regarde la *Star Academy* et s'interroge sur ce que cela signifie d'être un humain et sur la manière dont nous en sommes arrivés là ? Pourquoi pleurons-nous ? Pourquoi certaines blagues nous font-elles rire ? Pourquoi sommes-nous enclins à croire ou non en Dieu ? Pourquoi est-ce que ça nous excite quand on nous suce les orteils ? Pourquoi avons-nous du mal à nous rappeler certaines choses alors qu'on n'arrive pas à se sortir de la tête cette chanson agaçante de Britney Spears ? Qu'est-ce qui nous pousse à aimer ou à détester ? Pourquoi sommes-nous si différents les uns des autres ? »

Je regarde les visages au premier rang. J'ai capté leur attention, au moins pour un moment.

« Nous autres humains nous étudions nous-mêmes depuis des milliers d'années. Nous avons échafaudé d'innombrables théories, élaboré des philosophies, produit de remarquables œuvres d'art, d'ingénierie, des systèmes de pensée, et en tout ce temps-là, voilà ce que nous avons découvert, dis-je en brandissant mon pouce et mon index à quelques millimètres d'écart. Vous êtes ici pour apprendre la psychologie – la science de l'esprit, la science qui a trait au savoir, aux croyances, aux sentiments, aux désirs. La science la moins bien comprise de toutes. »

Mon bras gauche tressaille contre mon flanc.

« Vous avez vu ça ? m'exclamé-je en levant le membre offensant. Il fait ça de temps en temps. Il m'arrive de penser qu'il agit de son propre chef, mais c'est bien sûr impossible. Notre esprit ne réside pas dans une jambe ou un bras.

« Laissez-moi vous poser une question. Une femme entre dans une clinique. Elle est d'âge moyen, soignée, cultivée ; elle s'exprime bien. Soudain, son bras gauche lui saute à la gorge et ses doigts se resserrent autour de sa trachée. Son visage s'empourpre. Ses yeux ont l'air de sortir de leurs orbites. Elle est sur le point de suffoquer. Sa main droite vient à la rescousse ; elle écarte les doigts qui l'étranglent et force son autre main à se ranger le long de son corps. Que dois-je faire ? »

Silence.

Une fille au premier rang lève nerveusement la main. Elle a les cheveux roux, courts, coupés en dégradé sur la nuque.

« Vous notez ses antécédents en détail ?

— Ça a déjà été fait. Aucune maladie mentale n'est mentionnée dans son dossier. » Une autre main se dresse. « C'est un problème d'automutilation.

— À l'évidence, oui, mais elle n'a pas *choisi* de s'étrangler. C'est involontaire. Totalement déroutant. Elle veut qu'on l'aide.

— Elle est peut-être suicidaire, lance une fille ultra-maquillée en calant une mèche de cheveux derrière son oreille.

— Sa main gauche, je veux bien, mais sa main droite n'est manifestement pas d'accord. C'est comme un sketch des *Monty Python*. Elle est parfois obligée de s'asseoir sur sa main gauche pour la maîtriser.

— Est-elle déprimée ? demande un garçon avec du gel dans les cheveux et une boucle d'oreille de gitan.

— Non. Elle est terrifiée, mais consciente du côté comique de sa situation. Cela lui semble ridicule, pourtant, dans ses pires moments, elle songe à l'amputation. Et si sa main gauche l'étranglait dans la nuit pendant que sa main droite dort ?

— Lésions cérébrales ?

— Il n'y a pas de déficiences neurologiques manifestes – ni paralysie ni réflexes excessifs. »

Le silence se prolonge, emplissant l'espace au-dessus de leurs têtes, flottant comme une toile d'araignée dans l'air chaud.

16

Une voix surgie de la pénombre vient combler le vide.

« Elle a eu une attaque. »

Je reconnais cette voix. Bruno est venu voir comment je m'en sortais le premier jour. Je ne distingue pas son visage, mais je sais qu'il sourit. Je lance :

« Ça mérite un cigare. »

La fille pleine de zèle au premier rang fait la moue.

« Mais vous avez dit qu'il n'y avait pas de lésions cérébrales.

— J'ai dit qu'il n'y avait pas de déficiences cérébrales *manifestes*. Cette femme a eu une petite attaque du côté droit du cerveau dans une zone qui affecte les émotions. En temps normal, les deux moitiés de notre cerveau communiquent et s'accordent, mais en l'occurrence, ça ne s'est pas produit, et le cerveau de cette femme a mené un combat physique opposant les deux côtés de son corps.

« Ce cas remonte à un demi-siècle et c'est l'un des plus célèbres relatifs à l'étude du cerveau. Il a aidé un neurologue du nom de Kurt Goldstein à développer l'une des premières théories à propos de la division du cerveau. »

Mon bras gauche se remet à trembler, mais cette fois-ci, c'est bizarrement rassurant.

« Oubliez tout ce qu'on vous a dit sur la psychologie. Ça ne fera pas de vous un meilleur joueur de poker, ça ne vous aidera pas non plus à draguer les filles ni à les comprendre. J'en ai trois à la maison et elles restent un mystère complet pour moi.

« Il n'est pas question d'interprétation des rêves, d'expériences extra-sensorielles, de personnalité multiple, de télépathie ou de tests Rorschach, ni de phobie, ni de refoulement, ni de souvenirs retrouvés. Et surtout, il ne s'agit pas d'apprendre à se connaître soi-même. Si telle est votre ambition, je vous suggère d'acheter un exemplaire du magazine *Big Jugs* et de vous trouver un coin tranquille. »

J'entends des ricanements.

« Je ne vous connais pas encore, mais je sais déjà un certain nombre de choses sur vous. Certains désirent se distinguer du lot, d'autres préfèrent faire profil bas. Il y a des chances que vous passiez en revue les vêtements que votre mère a mis dans votre valise et que vous envisagiez une expédition chez H&M dès demain pour acheter une fringue délavée qui exprimera votre individualité en faisant en sorte que vous ressembliez à tout le monde sur le campus. D'autres parmi vous se demandent peut-être si on risque d'avoir des troubles hépatiques en buvant toute une nuit, ou qui a déclenché l'alarme dans le dortoir à 3 heures du matin. Vous voudriez savoir si je note sévèrement, si je vous accorderai des délais pour les disserts, si vous n'auriez pas mieux fait de choisir sciences politiques plutôt que psychologie ? Accrochez-vous ! Vous aurez des réponses, mais pas aujourd'hui. »

En retournant au centre de l'estrade, je trébuche un peu.

« Je vous laisse avec une pensée. Un fragment du cerveau humain de la taille d'un grain de sable contient cent mille neurones, deux millions d'axones et un milliard de synapses dialoguant ensemble. Le nombre de permutations et de combinaisons d'activité théoriquement possibles dans chacune de vos têtes excède celui des particules élémentaires présentes dans l'univers. »

Je marquai une pause pour laisser ces chiffres s'imprégner dans leurs esprits.

« Bienvenue dans la grande inconnue. »

« Éblouissant, vieux ! Tu leur as fichu une trouille de tous les diables, déclare Bruno pendant que je rassemble mes papiers. Ironique ! Passionné ! Drôle ! Tu les as inspirés !

— Ça ne valait pas Mr Chips !

— Ne sois pas si modeste. Ces jeunes philistins n'ont jamais entendu parler de Mr Chips. À part *Harry Potter et le philosophe de pierre*, ils n'ont pas dû lire grand-chose à mon avis.

— Je crois que c'est la pierre philosophale.

— Peu importe. Avec ta petite affectation, Joseph, tu as décidément tout ce qu'il faut pour qu'on t'aime.

— Quelle affectation ?

— Ta maladie de Parkinson. »

Il ne bronche même pas sous mon regard interloqué. Je cale ma serviette fatiguée sous mon bras et me dirige vers la porte latérale de l'amphi.

« En tout cas, je suis content que tu penses qu'ils m'ont écouté.

— Oh, ils n'écoutent jamais, me répond Bruno. C'est une affaire d'osmose. De temps à autre, quelque chose s'imprime dans leur esprit à travers les brumes éthyliques. Mais tu peux être sûr qu'ils reviendront.

— Comment ça ?

— Ils n'oseront pas te mentir. »

Des petites rides plissent le contour de ses yeux. Il porte un pantalon sans poches. Pour je ne sais quelle raison, je n'ai jamais fait confiance à un homme qui n'a pas besoin de poches. Que fait-il de ses mains ?

Les couloirs sont remplis d'étudiants. Une fille approche. La peau claire, jean noir, chaussures montantes. Son mascara épais lui donne l'air d'un raton laveur secrètement triste.

« Croyez-vous au mal, professeur ?

— Pardon ? » Elle réitère la question en serrant un bloc-notes contre sa poitrine.

« Je pense que le mot "mal" a été galvaudé à force d'être employé à tort et à travers.

— Les gens naissent-ils mauvais ou est-ce la société qui les fabrique ?

— C'est la société qui les fabrique.

— Les psychopathes n'existent donc pas naturellement ?

— Ils sont trop rares pour qu'on puisse les quantifier.

— Qu'est-ce que c'est que cette réponse ?

— C'est la bonne. » Elle veut me demander autre chose mais n'arrive pas à trouver le courage.

« Accepteriez-vous de m'accorder une interview ? bredouille-t-elle tout à coup.

— Une interview pour quoi ?

— Pour le journal des étudiants. Le professeur Kaufman nous a dit que vous étiez assez célèbre.

— Je doute…

— Il paraît qu'on vous a accusé d'avoir assassiné une ancienne patiente et que vous avez échappé à une condamnation.

— J'étais innocent. »

Elle n'a pas l'air de saisir la différence. Elle attend toujours ma réponse.

« Je ne donne pas d'interviews. Désolé. »

Elle hausse les épaules et se détourne, prête à partir. Quelque chose d'autre lui vient à l'esprit. « J'ai bien aimé votre cours.

— Merci. » Elle disparaît dans le couloir. Bruno me regarde d'un air penaud.

« Je ne vois pas du tout de quoi elle veut parler, vieux. Elle a dû mal comprendre.

— Qu'est-ce que tu racontes aux gens ?

20

— Que des bonnes choses. Elle s'appelle Nancy Ewers. Pas bête du tout, cette petite ! Elle étudie le russe et les sciences politiques.

— Pourquoi écrit-elle pour le journal ?

— Le savoir est précieux, qu'il soit utile à l'homme ou pas.

— C'est de qui, ça ?

— A. E. Housman.

— C'était un communiste, non ?

— Un angoissé ! »

Il pleut toujours. Des cordes. Ça fait des semaines que ça dure. On ne doit pas être loin des quarante jours et quarante nuits. Une vague de boue huileuse chargée de débris balaie le sud-ouest de l'Angleterre, rendant les routes impraticables et changeant les caves en piscines. La radio parle d'inondations dans la Malago Valley, à Hartcliffe Way et Bedminster. Des avertissements ont été lancés à propos de l'Avon qui est sorti de son lit à Evesham. Écluses et digues sont menacées. On évacue les gens. Les bêtes se noient.

La cour de l'université est inondée ; la pluie tombe en biais, formant de grands rideaux. Les étudiants blottis sous leurs manteaux et leurs parapluies se ruent vers leur prochaine salle de cours ou vers la bibliothèque. D'autres restent à l'abri et bavardent dans le hall. Bruno observe les plus jolies filles sans que ça se voie.

C'est lui qui m'a suggéré d'enseigner – deux heures par semaine, plus quatre travaux dirigés d'une demi-heure. La psychologie sociale. Ça ne devrait pas être compliqué, si ?

« Tu as un parapluie ? me demande-t-il.

— Oui.

— On partage ? »

En l'espace de quelques secondes, mes chaussures sont pleines d'eau. Bruno tient le parapluie et m'écarte d'un coup d'épaule tandis que nous courons. Alors que nous approchons du département de psychologie, j'aperçois une voiture de police garée sur l'emplacement réservé aux véhicules d'urgence. Un jeune agent noir en imperméable en sort. Grand, les cheveux coupés ras, il courbe un peu l'échine comme si le torrent de pluie pesait sur lui.

« Docteur Kaufman ? »

Bruno esquisse un hochement de tête.

« Nous avons un problème sur le pont de Clifton.

— Non, non, pas maintenant », gémit Bruno.

Le policier ne s'attend pas à un refus. Bruno se fraie un chemin à côté de lui et fonce vers les portes en verre du département de psychologie avec mon parapluie.

« Nous avons essayé d'appeler, crie le flic. On m'a dit de venir vous chercher. »

Bruno s'arrête et revient sur ses pas en marmonnant des jurons.

« Vous devez pouvoir trouver quelqu'un d'autre. Je n'ai pas le temps. »

La pluie me dégouline dans le cou. Je demande à Bruno ce qui ne va pas.

Il change brusquement de tactique. En sautant par-dessus une flaque, il me rend mon parapluie comme s'il me tendait la flamme olympique.

« Voilà l'homme qu'il vous faut, déclare-t-il au policier. Le professeur Joseph O'Loughlin, mon estimé collègue, psychologue réputé. Chevronné. Il connaît ce genre de choses par cœur.

— Quel genre de choses ?

— Les sauteurs.

— Pardon ?

« — Sur le pont suspendu de Clifton, précise Bruno. Un débile quelconque qui n'a pas assez de jugeote pour se mettre à l'abri de la pluie. »

Le policier m'ouvre la portière.

« C'est une femme. La quarantaine », dit-il.

Je ne comprends toujours pas.

« Allons, vieux, ajoute Bruno. C'est du service public.

— Pourquoi est-ce que tu ne t'en occupes pas, toi ?

— J'ai un truc important à faire. Un rendez-vous avec le doyen. Réunion des chefs de département. (Il ment.) Ne fais pas ton modeste, vieux. Songe au jeune garçon que tu as sauvé à Londres ! Tu as eu droit à une ovation bien méritée. Tu es bien plus qualifié que moi. Ne t'inquiète pas, il y a des chances qu'elle saute avant que tu arrives. »

Je me demande s'il s'entend parler quelquefois.

« Il faut que je file. Bonne chance. »

Sur ce, il pousse les portes en verre et disparaît dans le bâtiment.

Le policier tient toujours la portière de la voiture.

« Ils ont bloqué la circulation sur le pont, explique-t-il. Il faut vraiment qu'on se dépêche. »

Les essuie-glaces raclent le pare-brise. Une sirène hurle. De l'intérieur de la voiture, elle paraît étrangement étouffée et je n'arrête pas de regarder par-dessus mon épaule en m'attendant à voir surgir une voiture de police. Il me faut un moment pour me rendre compte que la sirène vient de plus près, quelque part sous le capot.

Des tours en maçonnerie apparaissent à l'horizon. C'est le chef-d'œuvre de Brunel, le pont suspendu de Clifton, une merveille d'ingénierie datant de l'ère de la vapeur. Des feux arrière scintillent. Il y a près de deux kilomètres de bouchon aux abords du pont. En empruntant la voie d'urgence, nous dépassons tous les véhicules stationnaires et nous nous arrêtons à un barrage routier où des policiers en vestes fluo contrôlent les automobilistes mécontents et les badauds.

L'agent m'ouvre la portière et me tend mon parapluie. Un rideau de pluie qui s'abat latéralement me l'arrache des mains. Devant moi, le pont semble désert. Les tours soutiennent de gros câbles interconnectés qui s'inclinent gracieusement au-dessus du tablier du pont pour s'élever à nouveau vers l'autre rive.

Les ponts offrent la possibilité d'entamer leur traversée sans jamais atteindre l'autre bout. C'est l'un de leurs attributs. Dans ce cas, le pont devient virtuel. Une fenêtre ouverte devant laquelle on peut passer autant de fois qu'on le souhaite, ou l'enjamber.

Le pont suspendu de Clifton est un monument, l'un des sites touristiques de Bristol, idéal pour les suicides. Souvent choisi, amplement utilisé, « populaire », même si le terme n'est peut-être pas très heureux en l'occurrence. D'aucuns disent que le pont est hanté par d'anciens suicidés ; on aurait vu des ombres sinistres flotter sur la plateforme.

Il n'y a pas d'ombres aujourd'hui. Le seul spectre sur le pont est en chair et en os. Une femme, nue, debout à l'extérieur de la barrière de sécurité, le dos contre le treillis métallique et les fils de fer. Les talons de ses chaussures rouges sont en équilibre au bord.

Tel un personnage d'une toile surréaliste. Sa nudité n'est pas particulièrement choquante, ni même déplacée. Droite comme un i, avec une grâce un peu raide, elle regarde fixement l'eau comme quelqu'un qui s'est détaché du monde.

Le policier en charge se présente. Il est en uniforme. Brigadier Abernathy. Je n'ai pas saisi son prénom. Un jeune agent tient un parapluie au-dessus de sa tête. L'eau dégouline du dôme en plastique foncé sur mes chaussures.

« De quoi avez-vous besoin ? me demande-t-il.

— D'un nom.

— On n'en sait rien. Elle refuse de nous parler.

— A-t-elle dit quelque chose ?

— Non.

— Elle est peut-être en état de choc. Où sont ses habits ?

— On ne les a pas trouvés. »

Je jette un coup d'œil le long du trottoir fermé par une barrière surmontée de cinq rangées de fil de fer qui la rendent difficile à escalader. Il pleut tellement fort que je distingue à peine l'autre extrémité du pont.

« Depuis combien de temps est-elle là ?

— Pratiquement une heure.

— Avez-vous trouvé une voiture ?

— On cherche toujours. »

Elle est vraisemblablement venue par la rive est, très boisée. Même si elle s'est déshabillée sur le trottoir, des dizaines d'automobilistes ont dû la voir. Comment se fait-il que personne ne l'ait arrêtée ?

Une femme imposante aux cheveux courts, teints en noir, nous interrompt. Elle a les épaules voûtées et les mains fourrées dans les poches d'un ciré qui lui arrive aux genoux. Elle est colossale. Carrée. Elle porte des chaussures d'homme.

Abernathy se raidit.

« Que faites-vous ici, madame ?

— J'essaie juste de rentrer chez moi, brigadier. Et ne m'appelez pas madame. Je ne suis pas la reine ! »

Elle jette un coup d'œil dans la direction des équipes de télé et des photographes de presse massés sur une crête herbeuse en train d'installer leurs trépieds et leurs éclairages. Pour finir, elle se tourne vers moi.

« Pourquoi tu trembles, chéri ? Je ne fais pas peur à ce point-là.

— Désolé. J'ai la maladie de Parkinson.

— Pas de bol ! Ça veut dire que vous avez le droit à un autocollant ?

— Un autocollant ?

— Parking pour handicapés. Ça vous permet de vous garer à peu près n'importe où. C'est presque aussi bien que d'être dans la flicaille, si ce n'est que nous, on a le droit de rouler vite et de tirer sur les gens. »

C'est manifestement un policier d'un grade plus élevé que Abernathy. Elle tourne son attention vers le pont.

« Ça va aller, docteur. Ne soyez pas si nerveux.

— Je suis professeur, pas docteur.

— Dommage. Vous pourriez être le Docteur Who et moi votre acolyte féminine. Dites-moi une chose, comment pensez-vous que les Daleks se sont débrouillés pour conquérir une telle portion de l'univers alors qu'ils n'étaient même pas capables de monter un escalier ?

— C'est l'un des grands mystères de la vie, je suppose.

— J'en connais plein d'autres. »

On glisse un émetteur-récepteur radio sous ma veste ; un harnachement réfléchissant m'enveloppe les épaules et s'attache sur ma poitrine. La femme inspecteur allume une cigarette et expire lentement la fumée. Elle saisit un brin de tabac au bout de sa langue tout en abritant sa cigarette de la pluie. Bien que l'opération ne soit pas de son ressort, il émane d'elle une telle autorité que les policiers en uniforme semblent prêts à lui obéir au doigt et à l'œil.

« Vous voulez que je vienne avec vous ?

— Je vais me débrouiller.

— Bon, dites à Miss Maigrichonne que je lui achèterai un muffin allégé si elle passe de ce côté-ci de la barrière.

— Je n'y manquerai pas. »

Des barricades temporaires bloquent les deux accès au pont, désert en dehors de deux ambulances et des secouristes qui attendent. Automobilistes et badauds se sont regroupés à l'abri sous leurs parapluies et leurs manteaux. Une poignée d'entre eux ont grimpé en haut d'une pente verdoyante pour avoir un meilleur angle de vue.

La pluie rebondit sur le macadam, explosant en minuscules champignons vaporeux, avant de dévaler les caniveaux et de se déverser de part et d'autre du pont en un rideau aquatique.

Je me glisse sous les barricades et je commence à avancer sur le pont. J'ai sorti mes mains de mes poches. Mon bras gauche refuse de se balancer. Ça lui arrive quelquefois – il n'obéit pas au règlement.

Je vois la femme devant moi. De loin, sa peau semblait parfaite, mais je constate à présent que ses cuisses sont couvertes d'égratignures et maculées de boue. Ses poils pubiens forment un triangle foncé ; plus foncé que ses cheveux qui sont tressés lâchement au creux de sa nuque. Il y a autre chose : des lettres tracées sur son ventre. Un mot. Je le vois quand elle se tourne vers moi.

SALOPE.

Pourquoi cet acte d'autodestruction ? Pourquoi cette nudité ? C'est une humiliation publique. Elle a peut-être eu une liaison et perdu quelqu'un qu'elle aimait. Elle veut se punir pour prouver qu'elle regrette.

À moins qu'il ne s'agisse d'une menace : l'ultime bras de fer – « laissez-moi tranquille ou je me tue ».

Non, c'est trop extrême. Trop dangereux. Les adolescents menacent parfois de s'automutiler quand ils ont un chagrin d'amour. C'est un signe d'immaturité sur le plan affectif. Cette femme approche de la quarantaine, ou l'a dépassée ; elle a des grosses cuisses, et la cellulite forme de vagues creux sur ses fesses et sur ses hanches. Je remarque une cicatrice. Une césarienne. Elle est maman.

Je suis proche d'elle maintenant. Quelques mètres.

Ses fesses et son dos sont calés contre la barrière. Son bras gauche s'enroule autour d'un fil de fer en hauteur. Dans l'autre main, elle tient un portable collé contre son oreille.

« Bonjour. Je m'appelle Joe. Et vous ? »

Elle ne répond pas. Secouée par une bourrasque, elle semble perdre l'équilibre et bascule vers l'avant. Le fil de fer lui entame le creux du bras. Elle se redresse avec peine.

Ses lèvres remuent. Elle parle à quelqu'un au téléphone. Il faut que je capte son attention.

« Dites-moi juste votre nom. Ce n'est pas si difficile. Appelez-moi Joe et moi, je vous appellerai… »

Une mèche de cheveux rabattue par le vent lui couvre l'œil droit. Seul le gauche est visible.

L'incertitude me ronge les tripes. Pourquoi les talons hauts ? Sort-elle d'un night-club ? La journée est trop avancée. Est-elle ivre ? Droguée ? L'ecstasy peut provoquer une psychose. LSD ? Amphétamines ?

Je saisis des bribes de ce qu'elle dit.

« Non, non. S'il vous plaît. Non.

— À qui parlez-vous ?

— D'accord. Je promets. J'ai fait tout ce que vous vouliez. Je vous en supplie, ne me demandez pas…

— Écoutez-moi. Ne faites pas ça. »

Je jette un rapide coup d'œil en bas. Plus de soixante-dix mètres en dessous de nous, un gros bateau ventru lutte contre le courant, poussé par ses moteurs. Le fleuve gonflé laboure les ajoncs et les aubépines au pied des berges. Des confettis de détritus tourbillonnent à la surface : des livres, des branches, des bouteilles en plastique.

« Vous devez avoir froid. J'ai une couverture. »

Elle ne répond toujours pas. J'ai besoin qu'elle réagisse à ma présence. Un hochement de tête, un seul mot suffira. J'ai besoin de savoir qu'elle m'écoute.

« Je pourrais peut-être essayer de vous la mettre sur les épaules, pour vous tenir chaud. »

Elle tourne brusquement la tête vers moi et oscille vers l'avant comme si elle était prête à lâcher. Je me fige au milieu d'un pas.

« D'accord. Je n'approcherai pas plus. Je reste là. Dites-moi juste comment vous vous appelez. »

Elle lève les yeux vers le ciel en battant des cils dans la pluie, pareille à une détenue dans la cour de la prison profitant d'un bref instant de liberté.

« Quoi qu'il se passe, quoi qu'il vous soit arrivé, nous pouvons en parler. Je ne vous empêche pas de faire ce que vous voulez faire. Je veux juste comprendre pourquoi. »

Les bouts de ses chaussures pointent vers le bas et elle doit se tenir sur ses talons pour garder l'équilibre. L'acide lactique s'accumule dans ses muscles. Ses mollets doivent lui faire un mal de chien.

« J'ai vu des gens sauter, vous savez. Vous auriez tort de penser que c'est une manière indolore de mourir. Je vais vous dire ce qui se passe. En moins de trois secondes, vous aurez atteint l'eau. Vous la percuterez à cent vingt kilomètres à l'heure environ. Vos

côtes se briseront et les pointes déchiquetées vous crè-
veront les organes. Il arrive que le cœur soit comprimé
par l'impact et qu'il s'arrache de l'aorte de sorte que
votre poitrine se remplira de sang. »

Son regard est rivé sur l'eau à présent. Je sais qu'elle
m'écoute.

« Vos bras et vos jambes resteront intacts, mais il y
a toutes les chances que vos vertèbres cervicales ou vos
lombaires se fracassent. Ça ne sera pas beau à voir. Ni
indolore. Il faudra que quelqu'un vous récupère. Qu'on
identifie votre corps. Vous laisserez des gens derrière
vous. »

Un bruit assourdissant retentit haut dans les airs. Un
grondement de tonnerre. L'air vibre et on dirait que la
terre tremble. Ça va arriver.

Ses yeux se sont tournés vers moi.

« Vous ne comprenez pas », chuchote-t-elle en écartant le téléphone de son oreille.

L'espace d'un bref instant, il pend au bout de ses
doigts, comme s'il voulait se cramponner à elle, puis il
tombe et disparaît dans le vide.

L'atmosphère s'assombrit et une image indistincte
me vient à l'esprit – une silhouette floue, bouche
grande ouverte, hurlant de désespoir. Ses fesses ne sont
plus pressées contre le métal. Son bras ne s'enroule
plus autour du câble.

Elle ne lutte pas contre la gravité. Ses bras, ses
jambes ne battent pas l'air, ne cherchent pas prise. Elle
est partie. En silence, hors de vue.

Tout semble s'arrêter, comme si le monde était resté
coincé entre deux battements de cœur. Puis tout se
remet en mouvement. Les ambulanciers et les agents
de police me dépassent en trombe. Les gens crient,
pleurent. Je me détourne et je regagne les barricades en

me demandant si tout cela ne fait pas partie d'un mauvais rêve.

Ils contemplent l'endroit où elle est tombée. Posent tous la même question, même si ce n'est pas à haute voix. Pourquoi ne l'ai-je pas sauvée ? Leurs yeux me diminuent. Je ne peux pas les regarder.

Ma jambe gauche se bloque et je me retrouve à quatre pattes, face à une flaque noire. Je me relève et je me fraie un passage à travers la foule en me penchant pour passer sous la barricade.

Je titube au bord de la route en pataugeant dans une petite mare. J'écarte les gouttes d'eau de mes yeux d'une tape. Des arbres dénudés déployés dans le ciel se penchent vers moi d'un air accusateur. Les fossés gargouillent, écument. La rangée de voitures est un cours d'eau immobile. J'entends les automobilistes parler ensemble. L'un d'eux m'interpelle d'une voix forte.

« Elle a sauté ? Que s'est-il passé ? Quand vont-ils rouvrir la route ? »

Je continue à marcher en regardant obstinément devant moi, dans une sorte de torpeur. Mon bras gauche n'oscille plus. Le sang bourdonne dans mes oreilles. C'est peut-être mon visage qui l'a incitée à sauter. Le Masque de Parkinson, comme du bronze refroidissant. A-t-elle vu quelque chose ou pas ?

En vacillant vers le caniveau, je me penche par-dessus la barrière de sécurité et je vomis jusqu'à ce que mon estomac soit vide.

Il y a un type sur le pont qui dégobille tout ce qu'il sait, à genoux, en train de parler à une flaque comme si elle l'écoutait. Petit déjeuner. Déjeuner. Partis. Si quelque chose de dodu, de brun et de poilu surgit, j'espère qu'il avalera sa salive.

31

Les gens envahissent le pont et se penchent par-dessus le parapet. Ils ont vu mon ange tomber. Comme une marionnette dont on a coupé les ficelles, dégringo-lant en faisant la culbute, jambes et bras disloqués, nue comme le jour de sa naissance.

Je leur ai offert un spectacle, un numéro de haute voltige. Une femme sur le bord se jetant dans le vide. Avez-vous entendu son esprit craquer ? Avez-vous vu les arbres se brouiller derrière elle, pareils à une cas-cade verte ? Le temps s'est apparemment arrêté.

Je plonge la main dans la poche arrière de mon jean et j'en sors un peigne en métal que je me passe dans les cheveux, créant de minuscules sillons d'avant en arrière, régulièrement espacés. Je ne quitte pas le pont des yeux. J'appuie mon front contre la vitre et je regarde les câbles qui descendent en piqué virer tour à tour du rouge au bleu sous les lumières clignotantes.

Des gouttelettes dévalent l'extérieur de la vitre, poussées par des rafales de vent qui ébranlent les car-reaux. La nuit tombe. Je regrette de ne pas pouvoir voir l'eau depuis ici. A-t-elle flotté ou coulé au fond d'un seul coup ? Combien d'os se sont rompus ? Ses intestins se sont-ils vidés juste avant qu'elle expire ?

La tourelle fait partie d'une maison géorgienne appartenant à un Arabe qui est parti se mettre au vert pour l'hiver. Un riche branleur, dans le pétrole jusqu'au cou. C'est un ancien pensionnat qu'il a retapé. Elle se situe à deux pâtés de maisons de l'Avon Gorge que j'aperçois de la tourelle, au-delà des toits.

Je me demande qui c'est – l'homme sur le pont ? Il est venu avec le grand flic et il boite bizarrement, un bras sciant l'air tandis que l'autre ne décolle pas de son flanc. Un négociateur peut-être. Un psychologue. À l'évidence, il ne raffole pas des hauteurs.

Il a essayé de la convaincre de descendre du parapet, mais elle ne l'écoutait pas. C'est moi qu'elle écoutait. C'est toute la différence entre un professionnel et un foutu amateur. Je suis capable de pénétrer un esprit. Je peux le faire ployer ou le briser. Je peux le fermer pour l'hiver. Je peux le baiser de milliers de manières.

J'ai travaillé jadis avec un gars du nom de Hopper, un plouc de l'Alabama qui gerbait à la vue du sang. C'était un ancien marine, et il n'arrêtait pas de nous répéter que l'arme la plus fatale au monde était un marine armé d'un fusil. À moins qu'il soit en train de gerber, bien sûr.

Hopper était dingue de cinéma ; il citait sans arrêt des répliques de Full Metal Jacket *– le personnage du sergent d'artillerie Hartman, qui beugle à l'adresse de ses recrues en les traitant d'asticots, d'ordures, de merdes amphibies.*

Hopper n'était pas suffisamment observateur pour être un interrogateur. C'était une brute, mais ça ne suffit pas. Il faut être futé. Connaître les gens – ce qui leur fait peur, comment ils pensent, à quoi ils se cramponnent quand ils ont des problèmes. Il faut observer, être à l'affût. Les gens se révèlent de milliers de manières. Par les vêtements qu'ils portent, leurs chaussures, leurs mains, leurs voix, leurs pauses et leurs hésitations, leurs tics, leurs gestes. Écoutez, regardez.

Mon regard passe du pont aux nuages gris perle qui pleurent toujours mon ange. Elle était vraiment belle quand elle est tombée, telle une colombe à l'aile brisée ou un gros pigeon abattu par un fusil à air comprimé.

Je tirais sur les pigeons quand j'étais enfant. Notre voisin, le vieux Hewitt, qui habitait de l'autre côté de la barrière, avait un pigeonnier et il leur faisait faire la course. C'étaient de vrais pigeons voyageurs ; il les emmenait en voyage et les lâchait. Posté à la fenêtre de ma chambre, j'attendais qu'ils reviennent. Le pauvre vieux salaud n'arrivait pas à comprendre pourquoi un si grand nombre d'entre eux ne s'en sortaient pas.

Je vais bien dormir ce soir. J'ai fait taire une pute et j'ai envoyé un message aux autres.

À celle...

Elle reviendra comme un pigeon voyageur. Et je serai là à l'attendre.

2.

Une Land Rover boueuse se range sur le bas-côté en dérapant un peu sur le gravier. La femme inspecteur que j'ai rencontrée sur le pont se penche pour m'ouvrir la portière côté passager. Les charnières protestent. Je suis trempé. Mes chaussures sont couvertes de vomi. Elle me dit de ne pas m'inquiéter.

Elle regagne la chaussée en faisant grincer la boîte de vitesse puis malmène la Rover à chaque virage. Nous restons silencieux pendant quelques kilomètres.

« Je suis l'inspecteur Veronica Cray. Mes amis m'appellent Ronnie. »

Elle marque une pause pour voir si j'ai saisi l'ironie de son nom. Les jumeaux Ronnie et Reggie Kray formaient un duo criminel légendaire à Londres dans les années soixante.

« Cray s'écrit avec un C et non pas avec un K, précise-t-elle. Mon grand-père a changé l'orthographe de son nom. Il ne voulait pas qu'on pense que nous étions apparentés à une famille de violents psychopathes.

— Ce qui veut dire que vous êtes apparentés ?

— Un vague cousin, quelque chose comme ça. »

Les essuie-glaces tapent contre la base du pare-brise. Ça sent vaguement le purin et le foin mouillé dans la voiture.

« J'ai rencontré Ronnie une fois, lui dis-je. Juste avant sa mort. Je faisais une étude pour le ministère de l'Intérieur.

— Où était-il ?

— À Broadmoor.

— La prison psychiatrique.

— Exactement.

— Comment était-il ?

— Bien élevé. La vieille école.

— Ouais, je vois le genre – très gentil avec sa maman », commente-t-elle en riant.

Nous gardons le silence encore un kilomètre.

« On m'a raconté qu'au décès de Ronnie, le médecin légiste a procédé à l'ablation de son cerveau pour faire des expériences. La famille l'a su et a réclamé qu'on le lui rende. Ils lui ont organisé des funérailles à part. Je me suis toujours demandé ce qu'on faisait pour l'enterrement d'un cerveau.

— Un petit cercueil.

— Une boîte à chaussures. »

Elle pianote sur le volant.

« Ce n'était pas votre faute, vous savez, tout à l'heure sur le pont. »

Je ne réponds pas.

« La maigrichonne avait décidé de sauter avant même que vous débarquiez. Elle n'avait pas envie qu'on la sauve. »

Je tourne brusquement la tête vers la gauche et je regarde par la fenêtre. La nuit tombe. On ne voit plus rien.

Elle me dépose à l'université, me tend la main. Des ongles courts. Une poigne solide. Nous nous écartons l'un de l'autre. Une carte de visite est collée contre ma paume.

« Mon numéro perso est au verso. Allons boire un coup ensemble un de ces quatre. »

Mon portable était éteint. Il y a trois messages de Julianne sur la messagerie vocale. Son train est arrivé de Londres il y a plus d'une heure. Son ton passe de la mauvaise humeur à l'inquiétude, puis se fait pressant.

Je ne l'ai pas vue depuis trois jours. Elle était à Rome pour affaires avec son patron, un Américain spécialiste du capital à risque. Ma brillante épouse parle quatre langues et c'est désormais une femme d'affaires de haut vol.

Elle est assise sur sa valise en train de travailler sur son ordinateur de poche quand j'arrive au point de rendez-vous de la gare.

« Vous voulez que je vous emmène quelque part ?

— J'attends mon mari, me répond-elle. Il devrait être là depuis une heure, mais je ne l'ai pas encore vu. Il n'a pas téléphoné. Il a intérêt à avoir une très bonne raison d'être en retard.

— Désolé.

— C'est une excuse, pas une raison.

— J'aurais dû téléphoner.

— C'est une lapalissade. Et toujours pas une raison.

— Que dirais-tu si je te donne une explication, associée à de plates excuses et à un massage des pieds ?

— Tu me masses uniquement les pieds quand tu veux faire l'amour. »

Je suis tenté de protester, mais elle a raison. En sortant de la voiture, je sens le trottoir froid à travers mes chaussettes.

« Où sont passées tes chaussures ? »

Je regarde mes pieds.

« Elles étaient pleines de vomi.

— Quelqu'un t'a dégobillé dessus ?

— Moi.

— Tu es trempé comme une soupe. Que s'est-il passé ? »

Nos mains se touchent sur la poignée de la valise.

« Un suicide. Je n'ai pas réussi à la dissuader. Elle a sauté. »

Elle me prend dans ses bras. Une odeur émane d'elle. Différente. De feu de bois. De plats riches. De vin.

« Je suis navrée, Joe. Ça a dû être terrible. As-tu des renseignements sur elle ? »

Je secoue la tête.

« Comment t'es-tu trouvé impliqué dans cette histoire ?

— Ils sont venus à l'université. J'aurais voulu pouvoir la sauver.

— Ce n'est pas ta faute, Joe. Tu ne la connaissais pas. Tu ignorais tout de ses problèmes et de ce qui l'a poussée à faire ça. »

En évitant les flaques huileuses, je mets la valise dans le coffre, puis j'ouvre la portière à Julianne du côté conducteur. Elle se glisse sur le siège, ajuste sa jupe. Elle fait ça systématiquement maintenant – elle prend le volant. De profil, je vois un cil frôler sa joue quand elle cligne des yeux et le coquillage rose de son oreille pointer à travers ses cheveux. Mon Dieu, comme elle est belle !

Je me souviens encore de la première fois où mon regard s'est posé sur elle dans un pub, près de Trafalgar Square. Elle était en première année de langues à l'université de Londres ; j'achevais mon troisième cycle. Elle avait assisté à un de mes grands moments, un sermon prononcé du haut d'une tribune improvisée à propos des maux de l'apartheid devant l'ambassade d'Afrique du Sud. Je suis sûr que quelque part dans les entrailles du MI5 [1], il y a une transcription de ce speech accompagnée d'une photo de votre serviteur arborant une moustache en guidon de vélo et un jean à taille haute.

Après le rassemblement, nous étions allés au pub et Julianne était venue se présenter. J'avais proposé de lui offrir un verre en faisant de mon mieux pour ne pas la dévisager. Elle avait un grain de beauté absolument fascinant sur la lèvre inférieure... Elle l'a toujours. Mon regard est attiré par lui quand je lui parle, mes lèvres aussi, quand je l'embrasse.

Je n'ai pas eu à la courtiser à coups de dîners aux chandelles ou de bouquets de fleurs. C'est elle qui m'a choisi. Le lendemain matin, je jure que c'est vrai, nous planifions notre vie ensemble devant des tasses de thé et des tartines à l'ovomaltine. Je l'aime pour tout un tas de raisons, mais surtout parce qu'elle est de mon côté, à mon côté, et parce que son cœur est assez grand pour nous deux. Elle me rend meilleur, plus fort, plus courageux ; elle me permet de rêver ; elle me maintient en un seul morceau.

Nous prenons l'A37 en direction de Frome, entre des haies, des barrières, des murs.

« Comment s'est passé ton cours ?

— Bruno Kaufman a trouvé que j'étais inspiré.

— Tu vas être un super prof.

— D'après Bruno, mon Parkinson est un atout. Cela laisse supposer que je suis sincère.

---

1. MI5 (Military Intelligence section 5) : service de renseignements britannique, chargé de la sécurité intérieure du Royaume-Uni et du contre-espionnage.

— Ne dis pas des choses comme ça, proteste-t-elle, fâchée. Tu es l'homme le plus sincère que j'aie jamais connu.

— C'était une blague.

— Eh bien, ce n'est pas drôle. Ce Bruno me paraît cynique, sarcastique. Je ne suis pas sûre qu'il me plaise.

— Il peut être tout à fait charmant. Tu verras. »

Elle n'est pas convaincue. Je change de sujet.

« Comment s'est passé ton voyage ?

— On n'a pas chômé. »

Elle commence à me raconter que sa boîte est en pleine négociation pour acheter une série de stations de radio en Italie au nom d'une compagnie allemande. C'est sûrement intéressant au final, mais je décroche avant qu'elle atteigne ce stade. Au bout de neuf mois, je n'arrive toujours pas à me rappeler les noms de ses collègues ou de son patron. Pire, je ne peux même pas *imaginer* m'en souvenir.

Elle se gare devant une maison à Wellow. Je décide de me rechausser.

« J'ai appelé Mme Logan pour lui dire qu'on serait en retard, me dit Julianne.

— Elle t'a paru comment ?

— Comme d'habitude.

— Elle doit penser qu'on est les pires parents qui soient au monde. Tu es une femme d'affaires surchargée et moi, je suis… je suis…

— Un homme ?

— C'est ça, un homme. » Nous rions tous les deux. Mme Logan garde Emma, notre petite fille de trois ans, le mardi et le vendredi. Maintenant que j'enseigne à l'université, nous avons besoin d'une nounou à plein temps. Je dois interviewer des candidates potentielles lundi.

40

Emma se rue sur la porte et s'accroche à ma jambe. Mme Logan est dans le couloir. Son T-shirt XL pend tout droit depuis sa poitrine, couvrant un monticule d'incertitudes. Je n'arrive jamais à déterminer si elle est enceinte ou grosse, alors je la boucle.

« Désolé d'être en retard, dis-je. Une urgence. Ça ne se reproduira pas. »

Elle décroche le manteau d'Emma et me flanque son sac dans les bras. Son mutisme est relativement normal. Je hisse Emma sur ma hanche. Elle tient un dessin aux crayons de couleur – un gribouillis de lignes et de taches.

« C'est pour toi, papa.

— C'est magnifique. Qu'est-ce que c'est ?

— Un dessin.

— Je vois ça, mais un dessin de quoi ?

— C'est juste un dessin. »

Elle a le don des lapalissades comme sa mère, et celui de me faire passer pour un imbécile.

Julianne me la prend et lui fait un câlin.

« Tu as grandi en quatre jours.

— J'ai trois ans.

— Absolument.

— Et Charlie ?

— Elle est à la maison, mon cœur. »

Charlie est notre fille aînée. Elle a douze ans, même si elle en paraît vingt et un.

Julianne attache Emma dans son rehausseur et je mets son CD préféré. Sur la pochette, quatre Australiens d'âge mûr arborent des hauts dans les mêmes tons que les Télétubbies. Emma babille sur la banquette arrière en retirant ses chaussettes parce qu'elle aime bien faire l'indigène.

J'ai l'impression que c'est ce qu'on a tous fait dans une certaine mesure depuis qu'on a quitté Londres.

C'était une idée de Julianne. Elle disait que ce serait moins stressant pour moi, ce qui n'est pas faux. L'immobilier est moins cher, les écoles sont bonnes. Les filles ont plus de place. Les arguments habituels.

Nos amis ont pensé qu'on avait perdu la tête. Somerset ? Vous n'êtes pas sérieux. C'est plein de rustres devant leurs fourneaux en fonte, sans parler de la brigade en bottes en caoutchouc vertes qui va aux réunions du poney club et roule en 4 × 4 en remorquant des vans chauffés pour leurs chevaux.

Charlie ne voulait pas quitter ses copines, mais elle s'est ravisée quand elle a entrevu la possibilité de posséder un cheval. Nous en sommes encore au stade de la négociation. Nous habitons donc désormais au fin fond du West Country, où les locaux nous considèrent comme des arrivistes, étant entendu qu'ils ne nous feront jamais vraiment confiance tant que quatre générations de O'Loughlin n'auront pas été enterrés dans le cimetière du village.

La maison brille de mille feux comme un dortoir universitaire. Charlie n'a pas encore concilié son désir de sauver la planète avec la nécessité d'éteindre les lumières quand elle quitte une pièce. Elle est à la porte d'entrée maintenant, les mains sur les hanches.

« J'ai vu papa à la télé. Y a deux minutes… aux infos régionales.

— Tu ne regardes jamais les nouvelles, commente Julianne.

— Ça m'arrive de temps en temps. Une femme a sauté d'un pont.

— Ton père ne tient pas à ce qu'on lui rappelle… »

Je sors Emma de la voiture. Elle s'empresse de nouer ses bras autour de mon cou tel un koala cramponné à un arbre.

Charlie continue à parler à Julianne du reportage qu'elle a vu. Pourquoi les enfants sont-ils à ce point fascinés par la mort ? Les oiseaux morts. Les animaux morts. Les insectes morts.

« Ça a été à l'école ? dis-je dans l'espoir de changer de sujet.

— Bien.

— Tu as appris quelque chose ? »

Charlie lève les yeux au ciel. Je lui ai posé la même question tous les après-midi d'école depuis qu'elle a commencé la maternelle. Il y a belle lurette qu'elle a renoncé à me répondre.

La maison s'emplit tout à coup de bruits et d'activité. Julianne commence à préparer le dîner pendant que je donne son bain à Emma avant de passer dix minutes à chercher son pyjama pendant qu'elle court toute nue dans la chambre de Charlie.

Je crie du haut de l'escalier : « Je ne trouve pas le pyjama d'Emma.

— Dans le tiroir du haut.

— J'ai déjà regardé.

— Sous son oreiller.

— Non plus. »

Je sais ce qui va se passer. Julianne va monter et trouvera le pyjama alors que je l'avais sous le nez. Ça s'appelle « l'aveuglement domestique ».

« Aide ton père à trouver le pyjama d'Emma », crie-t-elle à Charlie.

Emma veut qu'on lui raconte une histoire avant de dormir. Il faut que j'en invente une avec une princesse, une fée et un âne qui parle. Voilà ce qui arrive quand on accorde un contrôle sur la créativité à une enfant de trois ans. À la fin, je l'embrasse et je sors en laissant sa porte entrouverte.

Dîner. Un verre de vin. Je fais la vaisselle. Julianne s'endort sur le canapé et s'excuse rêveusement quand je l'entraîne à l'étage avant de lui faire couler un bain.

Ce sont nos meilleures nuits, quand nous ne nous sommes pas vus depuis plusieurs jours. On se touche, on se frôle, presque incapables d'attendre que Charlie soit couchée.

« Sais-tu pourquoi elle a sauté ? » me demande-t-elle en se glissant dans son bain.

Je m'assois au bord de la baignoire en m'efforçant de la regarder en face alors que mes yeux veulent dériver plus bas où ses mamelons font saillie parmi les bulles.

« Elle ne voulait pas me parler.

— Elle devait être très triste.

— Oui. »

3.

Minuit. Il pleut de nouveau. L'eau gargouille dans les tuyaux de descente près de la fenêtre de notre chambre et dévale la colline en un ruisseau qui s'est changé en fleuve pour couvrir la chaussée et le pont en pierre.

Avant, j'adorais être éveillé quand mes filles dormaient. Je me sentais comme une sentinelle chargée de veiller à leur sécurité. Ce soir, c'est différent. Chaque fois que je ferme les yeux, je vois des images d'un corps en chute libre et le sol s'ouvre sous moi.

Julianne se réveille une fois et sa main glisse sur les draps jusqu'à ma poitrine, comme pour essayer d'apaiser mon cœur.

« Tout va bien, chuchote-t-elle. Tu es ici, avec moi. »

Elle n'a pas ouvert les yeux. Sa main s'écarte.

À 6 heures du matin, je prends un petit comprimé blanc. Ma jambe frétille comme un chien courant après des lièvres dans son sommeil. Elle se calme peu à peu. Dans le jargon parkinsonien, je suis « en main ». Le remède a fait son effet.

Il y a quatre ans que ma main gauche m'a transmis le message. Il n'était pas écrit, ni tapé à la machine ni imprimé sur du papier vélin. C'était juste un tremblement inconscient, aléatoire de mes doigts, un tic, un mouvement fantôme. Une ombre devenue réelle. À mon insu, en douce, mon cerveau avait entrepris de divorcer de mon esprit. Il avait entamé une séparation qui devait traîner en longueur, sans litige sur la répartition des biens – qui prend la collection de CD et la console ancienne de tante Grâce ?

Ça a commencé avec ma main gauche et puis ça s'est propagé au bras, à la jambe, à la tête. Désormais, j'ai le sentiment que mon corps ne m'appartient plus, qu'il est commandé par quelqu'un qui me ressemble, en moins familier.

Quand je regarde nos vieilles vidéos de famille, je remarque des changements, même deux ans avant le diagnostic. Je suis sur la ligne de touche en train de regarder Charlie jouer au foot. Mes épaules sont affaissées, comme si je me protégeais d'un vent froid. Est-ce mon dos qui commence à se voûter ?

Je suis passé par les cinq étapes du chagrin et du deuil. J'ai nié, j'ai râlé contre cette injustice, j'ai fait des pactes avec Dieu, je me suis tapi dans un coin et pour finir, j'ai accepté mon sort. Je souffre d'une maladie neurodégénérative chronique et évolutive. Je refuse d'employer le mot « incurable ». Il y a un remède. C'est juste qu'on ne l'a pas encore trouvé. En attendant, le divorce suit son cours.

J'aimerais pouvoir vous dire que je me suis fait une raison, que je suis plus heureux que jamais, que j'ai pris la vie à bras-le-corps, que je me suis fait de nouveaux amis, que je suis devenu religieux et que je me sens comblé. Ce serait bien.

Nous avons une maison qui tombe en ruine, un chat, un canard et deux hamsters, Bill et Ben, qui sont peut-être des filles en fait. (Le marchand n'avait pas l'air très sûr.)

Je lui avais pourtant dit que c'était important.

« Pourquoi ça ?

— J'ai assez de femmes comme ça à la maison. »

D'après notre voisine, Mme Foly (s'il y a un nom qui lui convient, c'est bien…), nous avons un fantôme en résidence – une ancienne occupante des lieux qui serait tombée dans l'escalier en apprenant que son mari avait péri pendant la Grande Guerre.

Ce terme me fascine toujours : la Grande Guerre. Qu'a-t-elle donc eu de si grandiose ? Huit millions de soldats sont morts, et à peu près autant de civils. C'est comme la Grande Dépression. On ne pourrait pas appeler ça autrement ?

Nous habitons dans un village appelé Wellow, à sept ou huit kilomètres de Bath. C'est un de ces pittoresques bourgs de la taille d'une carte postale, composés de maisonnettes à peine assez grandes semble-t-il pour contenir leur propre histoire. Le pub, le Fox & Badger, a deux cents ans et il a un nain à demeure. Rustique en diable !

Fini les apprentis conducteurs faisant marche arrière dans notre allée, les chiens déposant leurs crottes sur le trottoir, les alarmes de voiture beuglant dans la rue. Nous avons des voisins maintenant. À Londres aussi, mais on faisait comme s'ils n'existaient pas. Ici ils passent à la maison emprunter des outils de jardin ou de la farine. Ils partagent même leurs opinions politiques avec nous, ce qui vous frappe d'anathème si vous vivez dans la capitale, à moins que vous ne soyez chauffeur de taxi ou politicien.

Je ne sais pas trop ce que j'attendais du Somerset, mais ça fera l'affaire. Et si je parais sentimental, veuillez m'en excuser. C'est la faute à M. Parkinson. Il y a des gens qui pensent que le sentimentalisme est une émotion imméritée. Pas le mien. Je paie pour ça tous les jours.

La pluie s'est réduite à un crachin. Le monde est assez mouillé comme ça. En tenant une veste sur ma tête, j'ouvre la barrière de derrière et je commence à monter en marchant sur le trottoir. Mme Foly est en train de débloquer une canalisation dans son jardin. Elle a des bigoudis sur la tête et des Wellington aux pieds.

« Bonjour, lui dis-je.

— Foutez-moi la paix.

— Ça va peut-être s'éclaircir.

— Allez vous faire foutre. »

D'après Hector, le patron du Fox & Badger, Mme Foly n'a rien contre moi personnellement. Il semblerait qu'un précédent propriétaire de notre cottage avait promis de l'épouser. Il aurait filé avec la femme du receveur des postes à la place. Cette histoire remonte à quarante-cinq ans, mais Mme Foly n'a pas oublié, ni pardonné. Le propriétaire de la maison, qui qu'il soit, est à blâmer.

En évitant les flaques d'eau, je continue mon chemin jusqu'à l'épicerie du village où j'essaie de ne pas dégouliner sur les piles de journaux près de la porte. J'en feuillette quelques-uns en commençant par les grands formats, à la recherche d'articles sur ce qui s'est passé hier. Il y a des photographies, et quelques paragraphes seulement. Les suicides ne font pas de bonnes manchettes. Les rédacteurs craignent de provoquer une épidémie.

« Si vous avez l'intention de rester lire ici, je vais vous apporter une chaise confortable et une bonne tasse de thé, me lance Eric Vaile, l'épicier, en levant les yeux du *Sunday Mirror* ouvert sous ses avant-bras tatoués.

— Je cherchais juste quelque chose, dis-je d'un ton contrit.

— Votre portefeuille peut-être. »

Eric a plus un physique à tenir un pub dans des docks qu'une épicerie de village. Sa femme Gina, une nerveuse qui tressaille chaque fois qu'Eric bouge trop brusquement, émerge de la réserve. Elle porte un plateau de sodas et ploie presque sous la charge. Eric recule pour la laisser passer avant de replanter ses coudes sur le comptoir.

« Vous ai vu à la télé, grommelle-t-il. J'aurais pu vous dire qu'elle allait sauter. C'était prévisible. »

Je ne réponds pas. À quoi bon ? Il ne s'arrêtera pas pour autant.

« Dites-moi un truc ! Si les gens ont l'intention de se flinguer, pourquoi est-ce qu'ils n'ont pas la décence de faire ça discrètement au lieu de bloquer la circulation et de coûter de l'argent aux contribuables ?

— Elle était très perturbée manifestement, je marmonne.

— Une dégonflée, oui !

— Il faut beaucoup de courage pour sauter d'un pont.

— Du courage ! » raille-t-il.

Je jette un coup d'œil dans la direction de Gina.

« Il en faut encore plus pour demander de l'aide. »

Elle détourne les yeux.

En milieu de matinée, j'appelle le commissariat de Bristol et je demande à parler au brigadier Abernathy. Il a finalement arrêté de pleuvoir. J'entrevois un pan de bleu au-dessus des arbres et un vague arc-en-ciel.

Voix râpeuse, chargée, au bout de la ligne :

« Qu'est-ce que vous voulez, professeur ?

— M'excuser pour hier – d'être parti si vite. Je ne me sentais pas bien.

— Ça doit être contagieux. »

Il ne m'aime pas. Il trouve que je manque de profes-
sionnalisme ou que je suis incompétent. Je me suis déjà
frotté à des flics de son espèce – des guerriers qui
s'estiment en marge de la société, au-dessus.

« Nous avons besoin d'une déclaration, me dit-il. Il
va y avoir une enquête criminelle.

— Vous l'avez identifiée ?

— Pas encore. »

Un temps d'arrêt. Mon silence l'agace.

« Au cas où ça vous aurait échappé, professeur, elle
ne portait pas de vêtements, ce qui veut dire qu'elle
n'avait pas de papiers sur elle.

— Bien sûr. Je comprends. C'est juste que…

— Quoi ?

— Je pensais que quelqu'un aurait signalé sa disparition à ce stade. Elle était soignée – ses cheveux, ses
sourcils. Elle avait une marque de bikini, les ongles
faits. Elle prenait soin de sa personne. Elle a vraisemblablement des amis, un travail, des gens qui tiennent à
elle. »

Abernathy doit être en train de prendre des notes. Je
l'entends griffonner.

« Que pouvez-vous me dire d'autre ?

— Elle a une cicatrice de césarienne, ce qui signifie
qu'elle a des enfants. Vu son âge, ils vont probablement à l'école maintenant. Dans le primaire ou le
secondaire.

— Vous a-t-elle dit quelque chose ?

— Elle parlait à quelqu'un au téléphone – d'un ton
suppliant.

— Que demandait-elle ?

— Je n'en sais rien.

— Et c'est tout ce qu'elle a dit ?

— Elle a dit que je ne pouvais pas comprendre.

— Là au moins, elle ne s'est pas trompée. »

Cette affaire l'énerve parce qu'elle n'est pas claire. Tant qu'il n'aura pas de nom, il ne peut pas recueillir les déclarations requises et les transmettre au coroner.

« Quand voulez-vous que je vienne ?

— Aujourd'hui.

— Ça ne peut pas attendre ?

— Si je travaille le samedi, vous aussi vous pouvez. »

Le commissariat de police d'Avon & Somerset se trouve à Portishead, au bord de l'estuaire de la Severn, à une quinzaine de kilomètres à l'ouest de Bristol. Les architectes et les urbanistes ont sans doute œuvré en s'imaginant à tort que s'ils construisaient un commissariat loin des quartiers infestés de crapules du cœur de Bristol, les auteurs de crime se délocaliseraient peut-être histoire de se rapprocher d'eux. Si on le construit, ils viendront !

Le ciel est dégagé, mais les champs sont toujours inondés ; les piquets des barrières jaillissent de l'eau saumâtre tels des mâts de navires engloutis. Aux abords de Saltford, sur la route de Bath, je vois une dizaine de vaches blotties sur un îlot d'herbe cerné d'eau. Une botte de foin défaite est éparpillée sous leurs sabots.

Ailleurs, des vagues de boue et de débris sont coincées au pied des barrières, des arbres, des ponts. Des milliers d'animaux de ferme se sont noyés, et des machines agricoles sont abandonnées sur les terrains plats, incrustées de boue, pareilles à des sculptures en bronze ternies.

Abernathy a une secrétaire civile, une petite femme en gris dont la personnalité est encore plus terne que ses habits. Elle se lève à contrecœur de sa chaise et me fait entrer dans le bureau de son patron.

Le brigadier, un gars imposant, plein de taches de rousseur, est assis à son bureau. Ses manches sont boutonnées et soigneusement amidonnées avec un pli net allant de ses poignets à ses épaules.

Il parle bas en grommelant.

« Je suppose que vous êtes capable de rédiger votre déclaration vous-même. »

Il pousse un bloc-notes format ministre dans ma direction.

En jetant un coup d'œil à son bureau, je remarque une dizaine d'enveloppes en papier kraft et des piles de photographies. Je suis sidéré par la quantité de paperasserie générée en un laps de temps si court. L'un des dossiers porte la mention : « Autopsie ».

« Ça vous ennuie que je jette un coup d'œil ? »

Abernathy lève les yeux vers moi d'un air excédé puis fait glisser l'enveloppe dans ma direction.

CORONER D'AVON & SOMERSET
Rapport d'autopsie n° : DX-56 312
Date et heure du décès : 28/09/2007, 17 h 07.
Nom : Inconnu
Date de naissance : Inconnue.
Sexe : Féminin
Poids : 58,52 kg
Taille : 168 cm
Couleur des yeux : Bruns
Il s'agit du corps d'une femme de race blanche bien développé et bien nourri. Les iris sont bruns. Les cornées claires. Les pupilles fixes et dilatées.

Le corps est froid au toucher. On constate une lividité sur la face postérieure et une rigidité partielle. Ni tatouages, ni difformités, ni amputations. La victime présente une cicatrice linéaire de 13 centimètres sur l'abdomen à la hauteur de la ligne du slip, indiquant une césarienne.

Les deux lobes d'oreilles sont percés. Les cheveux mesurent approximativement 40 centimètres de long ; ils sont bruns et ondulés. Ses dents sont naturelles et en bon état. Ses ongles sont courts, bien coupés et présentent du vernis à ongles. Du vernis rose est également présent sur les orteils.

L'abdomen et le dos montrent des signes d'abrasion massive des tissus mous et d'importantes meurtrissures provoquées par un traumatisme de force brutale. Ces marques coïncident avec un impact, telle une chute.

Les parties génitales externes et internes ne présentent aucun indice de sévices sexuels ou de pénétration.

Les faits sont cruels. Un être humain ayant toute une vie d'expériences est étiqueté comme un meuble dans un catalogue. Le médecin légiste a pesé les organes, examiné le contenu de son estomac, prélevé des échantillons de tissu et analysé son sang. Il n'y a pas d'intimité dans la mort.

« Où en est le rapport de toxicologie ?

— Il ne sera pas prêt avant lundi, me répond Abernathy. Vous pensez qu'elle se droguait ?

— C'est possible. »

Le brigadier est sur le point de dire quelque chose puis il se ravise. Il sort une carte satellite d'un tube en carton et la déroule sur son bureau. Le pont suspendu de Clifton est au centre, aplati faute de perspective, au point qu'on dirait qu'il est posé sur l'eau et non pas à soixante-quinze mètres au-dessus.

« Voici Leigh Woods, me dit-il, désignant une étendue vert foncé sur la rive ouest de la gorge de l'Avon. À 13 h 40, vendredi, un homme qui promenait son chien dans la réserve naturelle d'Ashton a vu une femme nue sous un imperméable jaune. Quand il s'est approché d'elle, elle a pris la fuite. Elle parlait au téléphone et il a pensé que c'était une sorte de jeu télévisé.

« Elle a été vue pour la deuxième fois à 15 h 45. Un chauffeur-livreur d'une blanchisserie a vu une femme nue qui marchait dans Rownham Hill Road près de St Mary's Road.

« Une caméra en circuit fermé sur la berge côté ouest l'a filmée à 16 h 02. Elle a dû longer Bridge Road depuis Leigh Woods. »

Ces détails sont comme des marqueurs sur un tableau chronologique, divisant l'après-midi en intervalles qu'on ne peut expliquer. Deux heures et huit cents mètres séparent les deux témoignages.

Le brigadier passe rapidement en revue les images de la caméra de sécurité, si vite qu'on a l'impression que la femme bouge au ralenti en trépidant. Des gouttes d'eau ont brouillé l'objectif, si bien que les bords de chaque plan sont flous, mais sa nudité ne pourrait pas être plus nette.

Les dernières photos montrent son cadavre couché sur le pont d'un bateau à fond plat. D'une blancheur d'albinos. Teinté de lividité aux abords des fesses et des seins aplatis. La seule couleur discernable est le rouge de son rouge à lèvres et des lettres tracées sur son ventre.

« Avez-vous retrouvé son portable ?

— Il a coulé.

— Et ses chaussures ?

— Des Jimmy Choo. Coûteuses, mais ressemelées. »

Les photos sont jetées de côté. Le brigadier ne montre guère de sympathie envers cette femme. C'est un problème à résoudre et il veut une explication – non

pas pour la paix de l'esprit ou par curiosité professionnelle. Parce que quelque chose dans cette affaire le tra-
casse.

« Ce que je n'arrive pas à comprendre, reprend-il
sans lever les yeux vers moi, c'est pourquoi elle est
allée se balader dans les bois. Si elle voulait se tuer,
pourquoi n'est-elle pas allée directement au pont pour
sauter ?

— Elle était peut-être en train de prendre sa décision ?

— À poil ? »

Il a raison. Ça semble bizarre. Tout comme cette
affaire d'art corporel. Le suicide est le dégoût de soi-
même poussé au paroxysme, mais en règle générale, il
ne se caractérise pas par une autodestruction et une
humiliation publiques.

Mon regard s'attarde sur les photos. Il s'arrête sur
l'une d'elles. Je me vois sur le pont. La perspective fait
qu'on dirait que je suis assez près pour la toucher, pour
tendre le bras et l'attraper avant qu'elle tombe.

Abernathy remarque la photo en question. Il se lève,
s'approche de la porte et l'ouvre avant que j'aie le
temps de me mettre debout.

« C'était une mauvaise journée à la mine, professeur. Ça nous arrive à tous. Rédigez votre déclaration
et vous pourrez rentrer chez vous. »

Le téléphone sonne sur son bureau. Je suis toujours
sur le seuil quand il répond. Je n'entends qu'un côté de
la conversation.

« Vous en êtes sûre ? Quand l'a-t-elle vue pour la
dernière fois ?… D'accord… Et elle n'a pas eu de
nouvelles depuis ? Entendu…. Est-elle chez elle ?
Envoyez quelqu'un. Ramenez-la. Assurez-vous qu'on
a une photo. Je ne veux pas qu'une gamine de seize ans

vienne identifier un cadavre à moins qu'on soit absolument certains qu'il s'agisse de sa mère. »

Mon estomac chavire. Une fille. Seize ans. Le suicide n'est pas une affaire d'autodétermination ou de libre arbitre. On laisse toujours quelqu'un derrière soi.

4.

Cela me prend dix minutes pour aller de la Boat House au Eastville Park à pied en passant par Stapleton Road.

Évitant la zone industrielle et le canal tapissé de vase, je longe la brutalité bétonnée de l'autopont de la M32.

Mes sacs en plastique m'entament les doigts. Je les pose sur le trottoir pour souffler un peu. Je ne suis plus très loin de la maison maintenant. J'ai tout ce qu'il me faut : des plats tout préparés, un pack de bière, une tranche de cheesecake dans un triangle en plastique – des petites gâteries pour le samedi soir, achetées chez un épicier pakistanais qui a un fusil sous son comptoir, près des revues pornos sous cellophane.

Les rues étroites flanquées de rangées de maisons à l'identique et de boutiques aux vitrines plates partent dans quatre directions. Un magasin de vins et spiritueux. Un libraire. L'Armée du salut qui vend des habits d'occasion. Des affiches mettent en garde contre la drague en voiture, les pipis en public et – celle-là, je l'adore – la pose d'affiches. Personne ne le remarque. C'est Bristol – la ville des mensonges, de la cupidité et des politiciens corrompus. La main droite sait toujours ce que la gauche est en train de faire : la dépouiller de tout ce qu'elle possède. C'est ce que dirait mon père. Il passe son temps à accuser les gens de l'arnaquer.

Le vent et la pluie ont presque entièrement dépouillé les arbres le long de Fishponds Road, remplissant les caniveaux de feuilles. Une arroseuse-balayeuse, trapue sur ses roues tournoyantes, se faufile entre les voitures garées. Dommage qu'elle ne puisse pas ramasser les déchets humains – ces gosses perdus de la zone qui veulent que je les saute ou que je leur achète du crack.

Une pute défoncée fait le pied de grue au coin de la rue. Une voiture s'arrête. Elle négocie en hennissant, la tête rejetée en arrière. Une jument shootée. Ne la monte pas, mec, tu ne sais pas où elle a été.

Au café à l'angle de Glen Park et de Fishponds, je pends mon imper à un crochet près de la porte, à côté de mon chapeau et de mon écharpe orange. Il fait chaud à l'intérieur ; ça sent le lait bouilli et le pain grillé. J'opte pour une table près de la fenêtre et je prends le temps de me coiffer. J'applique les dents en métal du peigne contre mon crâne et je tire vers l'arrière, du front à la nuque.

La serveuse est charpentée et presque jolie. Elle sera grosse d'ici quelques années. Sa jupe à volants me frôle la cuisse quand elle passe entre les tables. Elle a un doigt dans le plâtre.

Je sors mon carnet et un crayon à papier assez pointu pour blesser. Je commence à écrire. La date d'abord. Puis une liste de choses à faire.

Il y a quelqu'un à une table dans le coin. Une femme. Elle envoie des textos sur son portable. Si elle me regarde, je lui souris.

Je ne crois pas qu'elle te regardera. Si. Je lui donne dix secondes. Neuf… huit… sept… six… cinq…

Pourquoi est-ce que je m'emmerde ? Bêcheuse ! Je pourrais effacer ce sourire niais de son visage. Tacher ses joues de mascara. L'inciter à mettre en doute son propre nom.

Je ne m'attends pas à ce que toutes les femmes me remarquent. Mais si je leur dis bonjour, si je leur souris ou si je leur fais la causette, elles pourraient au moins avoir la politesse de me rendre la pareille.

La femme de la librairie, l'Indienne avec des mains tatouées au henné et un regard déçu, elle sourit tout le temps. Ses collègues sont vieilles, fatiguées et traitent tout le monde comme des voleurs de bouquins.

L'Indienne a des jambes minces. Elle devrait porter des jupes courtes et en tirer parti au lieu de les couvrir. Je vois juste ses chevilles quand elle croise les jambes à sa table.

Elle fait ça souvent. Je crois qu'elle sait que je l'observe.

On m'a servi mon café. Le lait devrait être plus chaud. Je ne vais pas faire d'histoires. La serveuse presque jolie serait désappointée. Je le lui dirai la prochaine fois.

J'ai presque fini ma liste. Des noms dans la colonne de gauche. Des contacts. Des gens intéressants. Je les bifferai les uns après les autres à mesure que je les trouverai.

Après avoir laissé l'argent sur la table, je remets mon manteau, mon chapeau, mon écharpe. La serveuse ne me voit pas partir. J'aurais dû lui donner les sous moi-même. Comme ça, elle aurait été obligée de me regarder.

Je n'arrive pas à marcher vite avec mes sacs à provisions. La pluie me coule dans les yeux et gargouille dans les tuyaux de descente. Je suis arrivé, au bout de Bourne Lane, devant une cour entourée d'une clôture surmontée de barbelé. C'était une tôlerie jadis, ou une sorte d'atelier avec une maison contiguë.

Il y a trois serrures sur la porte – un détecteur Chubb, une Weiser cinq points dormants et une Lips 8362C. Je commence par le bas en écoutant les pênes en acier rentrer dans leurs cylindres.

J'enjambe le courrier du matin. Il y n'a pas de lumière dans le couloir. J'ai retiré les ampoules. Deux des étages de la maison sont vides. Condamnés. Les radiateurs sont froids. Quand j'ai signé le bail, le propriétaire, M. Swingler, m'a demandé si j'avais une famille nombreuse.

« Non.

— Pourquoi vous faut-il une aussi grande maison ?

— J'ai de grandes ambitions », lui ai-je répondu.

M. Swingler est juif, mais il a l'air d'un skinhead. Il est aussi propriétaire d'une pension de famille à Truro et d'un immeuble à St Pauls [1], pas loin d'ici. Il m'a demandé des références. Je n'en avais aucune.

« Vous avez un travail ?

— Oui.

— Pas de drogues. Pas de fêtes. Pas d'orgies. »

Je crois bien qu'il a dit « corgies ». J'avais du mal à le comprendre à cause de son accent, mais j'ai payé trois mois de loyer à l'avance. Du coup, il l'a bouclé.

Après avoir pris la lampe de poche sur le frigo, je retourne dans le couloir chercher le courrier : une facture de gaz, une pub pour de la pizza à livrer et une grande enveloppe blanche ornée du blason d'une école, en haut à gauche.

J'emmène l'enveloppe dans la cuisine et je la pose sur la table le temps de ranger mes provisions et de m'ouvrir une canette de bière. Ensuite, je m'assois et

---

1. St Pauls : quartier pauvre de Bristol.

je glisse un doigt sous le rabat en le déchirant en zigzag.

Elle contient une brochure sur papier glacé ainsi qu'une lettre du secrétariat des admissions du lycée pour filles d'Oldfield, à Bath.

Chère madame Tyler,

En réponse à votre requête, j'ai le regret de vous informer que nous ne disposons pas des coordonnées actuelles de nos anciennes élèves. En revanche, il existe un site Web : Old Girls. Il vous faudra contacter la présidente, Diane Gillespie, pour obtenir un nom d'utilisateur, un code confidentiel et un mot de passe afin d'avoir accès à la portion sécurisée du site contenant les adresses de nos anciennes élèves.

Ci-joint un exemplaire de l'annuaire scolaire de 1988 en espérant qu'il vous rappellera des souvenirs.

Bonne chance dans vos recherches. Veuillez agréer l'expression de mes sentiments les meilleurs.

Belinda Casson.

En couverture de l'annuaire, trois filles souriantes, en uniforme, franchissent les grilles de l'établissement. Il y a une citation latine sur le blason de l'école : « Lux et veritas ».

Il y a d'autres images à l'intérieur. Je tourne les pages en glissant mes doigts dessus. Certaines sont des photos de classe, prises sur une estrade à plusieurs niveaux. Les filles du premier rang sont assises, jambes serrées, les mains jointes sur leurs genoux ; celles du milieu sont debout et celles du fond, perchées sur un banc invisible. Je lis attentivement les légendes, les noms, la classe, l'année.

Là voilà – ma chérie – la plus pute des putes. Deuxième rang. Quatrième à partir de la droite. Les cheveux bruns, coupés au carré. Un visage rond. Un demi-sourire. Tu avais dix-huit ans. On s'est connus dix ans plus tard. Dix ans. Combien de dimanches est-ce que ça fait ?

Je cale l'album sous mon aisselle et je vais chercher une autre canette. Un ordinateur ronronne en haut sur mon bureau. Je tape le mot de passe et je fais apparaître les pages blanches. L'écran rafraîchit automatiquement. Il y avait quarante-huit filles en dernière année en 1988. Quarante-huit noms.

Je vais peut-être me repasser la vidéo. J'aime bien la regarder tomber.

5.

Charlie, en jean et sweat-shirt, danse avec Emma dans le séjour. La musique est à fond. Elle prend sa sœur sur sa hanche et pivote sur elle-même en la penchant en arrière. Emma glousse et s'étouffe de rire.

« Fais attention. Elle va être malade.

— Regarde notre nouveau numéro. »

Elle hisse Emma sur ses épaules et se penche en avant pour que sa petite sœur rampe le long de son dos.

« Magnifique. Vous devriez le proposer dans un cirque. »

Charlie a tellement grandi ces derniers mois que ça fait plaisir de la voir se comporter à nouveau comme une gamine et jouer avec sa sœur. Je n'ai pas envie qu'elle pousse trop vite. Je ne tiens pas à ce qu'elle devienne comme ces filles que je vois traîner dans Bath avec un piercing au nombril et un T-shirt proclamant : « J'ai couché avec ton mec. »

Julianne a une théorie là-dessus. Le sexe est moins explicite dans la vie réelle que partout ailleurs. Elle dit que si les adolescentes s'habillent comme Paris Hilton et dansent comme Beyoncé, ça ne veut pas forcément dire qu'elles font des vidéos pornos amateurs ou qu'elles s'envoient en l'air sur des capots de voiture. S'il vous plaît, mon Dieu, faites qu'elle ait raison !

Je note déjà des changements chez Charlie. Elle passe par cette étape monosyllabique où on ne gaspille pas sa salive avec ses parents. Elle la garde pour ses copines et passe des heures à leur envoyer des textos et à chatter en ligne.

Julianne et moi avions envisagé de l'envoyer en pension quand on a quitté Londres, mais j'avais envie de continuer à l'embrasser chaque soir avant qu'elle aille se coucher et à la réveiller le matin. Julianne m'a soutenu que j'essayais de compenser le temps que je n'ai pas passé avec mon père. Le médecin préposé de Dieu en personne qui m'a expédié en pension dès l'âge de huit ans.

Elle a peut-être raison.

Julianne est descendue voir ce qui se passe. Elle était dans son bureau en train de traduire des documents et d'envoyer des e-mails. Je la saisis par la taille et nous dansons en rythme.

« On devrait s'entraîner pour notre cours de danse, lui dis-je.

— Que veux-tu dire ?

— On commence mardi. Danses sud-américaines, niveau débutants – samba et rrrrumba ! » Son visage se décompose.

« Qu'est-ce qui ne va pas ?

— Je ne peux pas y aller.

— Comment ça ?

— Je dois retourner à Londres demain après-midi. Nous partons pour Moscou de bonne heure lundi matin.

— Nous ?

— Dirk.

— Oh ! Dirk le pitre. »

Elle me regarde de travers.

« Tu ne le connais même pas.

— Il ne pourrait pas trouver une autre interprète ?

— Cela fait trois mois que nous travaillons sur cette affaire. Il n'a pas envie de faire appel à quelqu'un d'autre. Et je ne tiens pas non plus à ce que quelqu'un d'autre s'en charge à ma place. Je suis désolée. J'aurais dû te le dire.

— Tu as oublié ce détail. Ce n'est pas grave. » Mon sarcasme la hérisse.

« Oui, Joe. J'ai oublié. Tu ne vas pas en faire un plat ! »

Un silence pénible s'ensuit. Un laps de temps entre deux chansons. Charlie et Emma ont arrêté de danser.

Julianne bat des cils la première.

« Désolée, vraiment. Je serai de retour vendredi.

— J'annule le cours alors.

— Vas-y, toi. Tu vas bien t'amuser.

— Mais c'est la première fois.

— C'est un cours pour débutants. Personne ne s'attend à ce que tu danses comme Fred Astaire. »

C'est moi qui ai eu l'idée de ces cours de danse. En fait c'est mon meilleur ami, Jock, neurologue, qui me l'a suggéré. Il m'a envoyé des documents démontrant les bénéfices que les patients atteints de la maladie de Parkinson peuvent tirer d'exercices fondés sur la coordination. C'était le yoga ou la danse. Les deux si possible.

J'en ai parlé à Julianne. Elle a trouvé ça romantique. On voyait ça comme un défi.

J'allais jeter le gant à M. Parkinson. Ce serait un duel avec la mort, plein de pirouettes et de jeux de jambe. Que le meilleur gagne !

Emma et Charlie se sont remises à danser. Julianne se joint à elles, trouvant la cadence sans effort. Elle me tend la main. Je secoue la tête.

« Allez, papa, viens », lance Charlie.

Emma tortille les fesses. Un mouvement qu'elle maîtrise parfaitement. Je ne maîtrise aucun mouvement parfaitement.

Nous dansons, nous chantons et nous nous laissons tomber sur le canapé en riant. Il y avait longtemps que Julianne n'avait pas ri comme ça. Mon bras gauche tremble ; Emma le maintient en place. C'est un petit jeu auquel elle joue. Elle le tient des deux mains, puis le lâche pour voir s'il frétille encore avant de s'en emparer de nouveau.

Plus tard dans la soirée, quand les filles dorment et que notre valse horizontale est finie, je serre Julianne dans mes bras et la mélancolie me gagne.

« Charlie t'a-t-elle dit qu'on avait vu notre fantôme ?

— Non. Où ça ?

— Dans l'escalier.

— J'aimerais que Mme Foly arrête de lui fourrer ces histoires dans la tête.

— C'est une vieille folle.

— Est-ce un diagnostic professionnel ?

— Absolument. » Julianne regarde fixement devant elle. Elle est ailleurs… à Rome peut-être, ou à Moscou.

« Tu sais que je leur donne tout le temps des glaces quand tu n'es pas là, lui dis-je.

— C'est pour acheter leur amour.

— Je ne te le fais pas dire ! Il est à vendre et je le veux. » Elle rit. « Es-tu heureuse ? »

Elle tourne son visage vers moi. « C'est une drôle de question.

— Je n'arrête pas de penser à cette femme sur le pont. Quelque chose la rendait malheureuse.

— Et tu penses que je suis pareille ?

— C'était agréable de t'entendre rire aujourd'hui.

— C'est agréable d'être à la maison.

— Y a pas mieux. »

6.

Lundi matin. Gris. Sec. L'agence m'envoie trois candidates pour une entrevue. Je crois bien qu'on n'appelle plus ça des nounous. On dit des assistantes maternelles ou des professionnelles de l'enfance.

Julianne est en route pour Moscou. Charlie a pris le bus scolaire et Emma joue avec ses habits de poupée dans la salle à manger ; elle essaie de mettre un bonnet à Sniffy, notre chat névrotique. Son nom complet est Sniffy Rouleau de PQ. C'est ce qui arrive quand on donne à une gamine de trois ans le droit de baptiser les animaux domestiques.

Le premier entretien commence mal. Elle s'appelle Jacky ; elle est nerveuse. Elle se ronge les ongles et n'arrête pas de se tripoter les cheveux comme si elle avait besoin de s'assurer qu'elle en avait encore.

Les consignes de Julianne sont précises. Je dois m'assurer que la nounou ne se drogue pas, qu'elle ne boit pas et qu'elle ne roule pas trop vite. Comment suis-je supposé découvrir tout ça ? Mystère et boule de gomme !

« C'est là que je suis censé déterminer si vous cognez sur les mamies ? » dis-je.

Elle me dévisage d'un air perplexe.

« Ma grand-mère est morte.

— Vous ne lui tapiez pas dessus, dites-moi ?

— Non.

— Tant mieux. »

Je la raye de la liste.

La candidate suivante a vingt-quatre ans. Elle est de Newcastle. Elle a le visage pointu, des yeux bruns, des cheveux foncés tirés en arrière au point que ça lui soulève les sourcils. J'ai l'impression qu'elle inspecte le contenu de la maison dans l'intention de venir nous cambrioler plus tard avec son jules.

« Qu'est-ce que vous avez comme voiture ? demande-t-elle.

— Une Astra. »

Elle n'est pas impressionnée.

« Je ne sais pas conduire une manuelle. J'estime qu'on n'a pas à exiger ça de moi. Est-ce que j'aurai la télé dans ma chambre ?

— C'est envisageable.

— Elle est grande cette télé ?

— Je ne sais pas très bien. »

Parle-t-elle de la regarder ou de la piquer ? Je biffe son nom. Deux fois.

À 11 heures, j'interviewe une jolie Jamaïcaine aux tresses attachées sur la nuque avec une grosse barrette en écaille de tortue. Elle s'appelle Mani. Elle a de bonnes références et une belle voix profonde. Elle me plaît. J'aime son sourire.

Au milieu de l'entretien, j'entends un cri dans la salle à manger. Emma. Elle s'est fait mal. J'essaie de me lever, mais ma jambe gauche se bloque. Ça s'appelle la *bradykinésie*, un des symptômes de la maladie de Parkinson, et ça veut dire que Mani atteint Emma la première. Le couvercle à charnières du coffre à jouets s'est refermé sur ses doigts. À peine a-t-elle levé les yeux sur l'inconnue à la peau sombre qu'Emma se met à hurler de plus belle, manifestement terrifiée.

« Elle n'a pas l'habitude d'être dans les bras de gens noirs », dis-je dans l'espoir de sauver la situation. Ça ne fait qu'aggraver les choses. « Ce n'est pas votre couleur de peau. Nous avons des tas d'amis noirs à Londres. Des dizaines. »

Seigneur ! Suis-je en train de suggérer que ma fille de trois ans est raciste ?

Emma a cessé de pleurer.

« C'est ma faute, dit Mani en me regardant d'un air triste. Je l'ai prise trop brusquement.

— Elle ne vous connaît pas encore.

— C'est ça. »

Mani est en train de rassembler ses affaires.

« J'appellerai l'agence, dis-je. Ils vous contacteront. »

Mais nous savons à quoi nous en tenir tous les deux. Elle va prendre une autre place. C'est dommage. Un malentendu.

Après son départ, je prépare un sandwich à Emma puis je la mets au lit pour la sieste. J'ai du pain sur la planche – la lessive, le repassage. Je ne devrais pas l'admettre, j'en suis conscient, mais le fait est que je m'ennuie à la maison. Emma est merveilleuse, un enchantement, et je l'aime de tout mon cœur, mais il arrive un moment où j'en ai assez de jouer à la marionnette avec des chaussettes, de la regarder se dresser sur une jambe ou de l'entendre déclarer du haut de l'escalier qu'elle est le roi du château et que je suis, une fois de plus, un sale gredin.

Il n'y a pas de mission plus importante au monde que de s'occuper de jeunes enfants. Croyez-moi, c'est vrai. Seulement la triste vérité, implicite, tacite, c'est que c'est rasoir. Les gars assis dans des silos de missiles attendant que l'impensable se produise font un travail important eux aussi, mais vous n'allez pas me dire qu'ils ne tournent pas en rond dans leurs petits crânes minuscules en faisant d'interminables parties de solitaire ou de bataille navale sur les ordinateurs du Pentagone.

On sonne à la porte. C'est une ado aux cheveux châtains ; elle porte un jean taille basse noir, un T-shirt et une veste écossaise. Des perles scintillent comme des gouttes de mercure sur ses lobes d'oreilles.

Légèrement penchée en avant, elle serre un sac à bandoulière contre sa poitrine. Le vent soulève un tourbillon de feuilles à ses pieds.

« Je n'attendais personne d'autre », lui dis-je.

Elle incline la tête en fronçant les sourcils.

« Vous êtes le professeur O'Loughlin ?

— Oui.

— Darcy Wheeler.

— Entrez, Darcy. Il ne faut pas faire de bruit. Emma fait la sieste. »

Elle me suit dans le couloir jusqu'à la cuisine.

« Vous m'avez l'air très jeune. Je m'attendais à quelqu'un de plus âgé. » Elle me dévisage à nouveau d'un air étonné. Ses yeux sont rougis et irrités par le vent. « Depuis combien de temps êtes-vous assistante maternelle ?

— Pardon ?

— Depuis combien de temps vous occupez-vous d'enfants ? »

Elle a l'air inquiète maintenant.

« Je suis encore au lycée.

— Je ne comprends pas. » Elle se cramponne un peu plus fort à son sac, comme pour s'armer de courage. « Vous avez parlé à ma mère. Vous étiez là, quand elle est tombée. »

Ses mots fracassent le silence tel un plateau chargé de verres qui dégringole. Je vois une ressemblance, la forme du visage, les sourcils foncés. La femme du pont.

« Comment m'avez-vous trouvé ?

— J'ai lu le rapport de la police.

— Comment êtes-vous venue jusqu'ici ?

— J'ai pris le bus. »

Ça semble tellement évident à l'entendre, mais ça n'aurait pas dû arriver. Je ne suis pas censé recevoir la visite d'une fille qui vient de perdre sa mère. La police aurait dû répondre à ses questions et lui fournir un soutien psychologique. Ils auraient dû trouver un membre de sa famille pour s'occuper d'elle.

« La police dit qu'elle s'est suicidée, mais c'est impossible. Maman n'aurait jamais… Elle n'aurait pas pu. Pas comme ça. »

Le désespoir fait trembler sa voix.

« Quel était le prénom de ta maman ?

— Christine.

— Voudrais-tu une tasse de thé, Darcy ? »

Elle hoche la tête. Je remplis la bouilloire et je prépare les tasses, histoire de me donner une chance de trouver ce que je vais dire.

« Où étais-tu ?

— Je suis en pension.

— Sait-on où tu es à l'heure qu'il est ? »

Elle ne répond pas. Ses épaules s'affaissent et elle se recroqueville un peu plus. Je m'assois en face d'elle de manière à ce qu'elle ne puisse pas détourner les yeux.

« Je veux savoir exactement comment tu es arrivée ici. »

Elle me raconte toute l'histoire en vrac. La police l'a interrogée samedi après-midi. Elle a vu une psychologue, après quoi on l'a reconduite à Hampton House

– une école privée, à Cardiff. Dimanche soir, elle a attendu le couvre-feu. Ensuite elle a dévissé le cadre en bois d'une fenêtre de son dortoir de manière à l'ouvrir suffisamment pour se glisser dehors. Après avoir échappé à la surveillance du gardien, elle a marché jusqu'à la gare de Cardiff et attendu le premier train. Elle a pris le 8 h 04 jusqu'à Bath, puis un bus jusqu'à Norton St Philip. Elle a couvert à pied les cinq derniers kilomètres jusqu'à Wellow. Le trajet lui a pris presque toute la matinée.

Je remarque des brins d'herbe dans ses cheveux et de la boue sur ses chaussures. « Où as-tu dormi la nuit dernière ?

— Dans un parc. »

Nom d'un chien ! Elle aurait pu mourir de froid. Elle porte la tasse de thé à ses lèvres en la tenant précautionneusement à deux mains. Je regarde ses yeux brun clair, son cou nu, sa veste toute mince et le soutien-gorge noir qui transparaît sous son T-shirt. Elle est d'une laideur magnifique, dans un style godiche, ado, mais destinée à être d'une beauté exceptionnelle dans quelques années. Un bourreau des cœurs en puissance.

« Et ton père ? »

Elle hausse les épaules.

« Où est-il ?

— Pas la moindre idée.

— Désolé.

— Il a quitté ma mère avant ma naissance. Nous n'avons jamais entendu parler de lui depuis.

— Jamais ?

— Jamais.

— Il faut que j'appelle ton école.

— Pas question que j'y retourne. »

La dureté soudaine de son ton me surprend.

« Nous devons leur dire où tu es.

— Pourquoi ? Ils s'en fichent. J'ai seize ans. Je peux faire ce que je veux. »

Sa défiance porte toutes les marques d'une enfance passée dans un pensionnat. Ça l'a rendue forte. Indépendante. Rageuse. Que fait-elle là ? Qu'attend-elle de moi ?

« Elle ne s'est pas suicidée, répète-t-elle. Maman avait le vertige !

— Quand lui as-tu parlé pour la dernière fois ?

— Vendredi matin.

— Comment t'a-t-elle semblé ?

— Normale. Heureuse.

— De quoi avez-vous parlé ? »

Elle regarde fixement le fond de sa tasse, comme si elle lisait dans les feuilles de thé.

« On s'est disputées.

— À propos de quoi ?

— Rien d'important.

— Dis-le moi quand même. »

Elle hésite, secoue la tête. La tristesse de son regard me raconte la moitié de l'histoire. Les derniers mots qu'elle a dits à sa mère étaient empreints de colère. Elle voudrait les ravaler, pouvoir revenir dessus.

Pour changer de sujet, elle ouvre le réfrigérateur et entreprend de renifler le contenu de plusieurs Tupperware et bocaux divers.

« Vous n'auriez pas quelque chose à manger ?

— Je peux te faire un sandwich.

— Je boirais bien un Coca.

— Nous n'avons pas de sodas à la maison.

— Vraiment ?

— Vraiment. »

Elle a trouvé un paquet de biscuits dans la réserve et déchire l'emballage en plastique avec ses ongles.

« Maman était censée téléphoner à l'école vendredi après-midi. Je voulais rentrer ce week-end. J'avais besoin de sa permission. Je l'ai appelée toute la journée – sur son portable, à la maison. Je lui ai envoyé des textos – des dizaines de textos. Je n'arrivais pas à la joindre. J'ai dit à notre professeur principale qu'il avait dû se passer quelque chose. Elle m'a répondu que maman devait être occupée, que je n'avais aucune raison de me faire du souci, seulement je m'inquiétais quand même. Je me suis rongé les sangs toute la soirée de vendredi ainsi que samedi matin. La prof m'a dit que maman était probablement partie pour le week-end et qu'elle avait oublié de me prévenir, mais je savais que ce n'était pas vrai. J'ai demandé la permission de rentrer, mais ils n'ont pas voulu. Alors samedi matin, je me suis enfuie. Je suis rentrée à la maison. Maman n'était pas là. La voiture non plus. Ça m'a paru bizarre. C'est là que j'ai appelé la police. »

Elle se tient parfaitement immobile.

« La police m'a montré une photo. Je leur ai dit que ça devait être quelqu'un d'autre. Maman ne voulait même pas aller sur le London Eye. L'été dernier, on est allées à Paris. Elle a paniqué en montant dans la tour Eiffel. Elle a le vertige. »

Darcy se fige. Le paquet de biscuits s'est cassé en deux dans ses mains ; elle a des miettes entre les doigts. Le regard vissé sur ce carnage, elle se met à se balancer d'avant en arrière en repliant les genoux contre sa poitrine et laisse échapper un long sanglot.

D'un point de vue professionnel, je sais que je dois éviter tout contact physique avec elle, mais mon côté paternel l'emporte. Je la prends dans mes bras en attirant sa tête contre ma poitrine.

« Vous étiez là, chuchote-t-elle.

— Oui.

— Ce n'était pas un suicide. Elle ne m'aurait jamais abandonnée.

— Je suis désolé.

— Aidez-moi, s'il vous plaît.

— Je ne suis pas sûr de pouvoir, Darcy.

— Je vous en prie. »

Je voudrais pouvoir dissiper sa souffrance. J'aimerais pouvoir lui dire que ça ne fera pas mal comme ça pour toujours et qu'un jour, elle oubliera ce qu'elle ressent maintenant. J'ai entendu des spécialistes de l'enfance dire que les enfants oublient et pardonnent en un clin d'œil. Des conneries tout ça ! Les enfants se souviennent. Les enfants gardent rancune. Ils ont des secrets. Ils donnent parfois l'impression d'être forts parce que leurs défenses n'ont jamais été érodées par la tragédie, mais ils sont aussi fragiles et vulnérables que du verre soufflé.

Emma s'est réveillée ; elle m'appelle. Je monte dans sa chambre et j'abaisse le côté de son lit pour la prendre dans mes bras. Ses cheveux foncés tout fins sont en bataille.

J'entends la chasse d'eau en bas. Darcy s'est passé de l'eau sur la figure et s'est brossé les cheveux avant de les relever en un chignon serré qui fait que son cou semble interminable.

« Voici Emma, dis-je quand elle revient dans la cuisine.

— Salut beauté », lance Darcy en se forçant à sourire.

Emma fait sa maligne, détourne la tête. Tout à coup, elle repère les biscuits et tend la main pour en attraper un. Je la pose par terre et curieusement, elle fonce droit sur Darcy et se hisse sur ses genoux.

« Elle vous apprécie, apparemment. »

Emma tripote les boutons de la veste de Darcy.

« J'ai encore quelques questions à vous poser. »

Darcy hoche la tête.

« Votre mère avait-elle des problèmes ? Était-elle déprimée ?

— Non.

— Avait-elle du mal à dormir ?

— Elle prenait des remèdes.

— Mangeait-elle normalement ?

— Évidemment.

— Que faisait-elle comme métier ?

— Elle organise des mariages. Elle a sa propre boîte : Félicité. Elle l'a montée avec son amie Sylvia. C'est elles qui se sont occupées du mariage d'Alexandra Phillips.

— Qui est-ce ?

— Une célébrité. Vous n'avez jamais vu cette série à propos d'un véto qui soigne des animaux en Afrique ? »

Je secoue la tête.

« Enfin bref, elle s'est mariée et maman et Sylvia ont tout organisé. On en a parlé dans tous les magazines. »

Darcy n'a toujours pas fait référence à sa mère au temps passé. Cela n'a rien d'inhabituel et le déni n'a rien à voir là-dedans. Deux jours ne suffisent pas pour que la réalité s'impose et imprègne la pensée.

Je ne comprends toujours pas ce qu'elle fait là. Je n'ai pas pu sauver sa mère et je ne peux pas lui en dire plus que la police. Christine Wheeler m'a adressé ses derniers mots, mais elle ne m'a pas fourni le moindre indice.

« Que voulez-vous que je fasse ?

— Que vous veniez à la maison. Comme ça vous verrez.

— Je verrai quoi ?

— Qu'elle ne s'est pas tuée.

— Je l'ai vue sauter, Darcy.

— Eh bien, quelque chose a dû la pousser à le faire. » Elle dépose un baiser au sommet du crâne d'Emma. « Elle ne ferait jamais ça. Jamais elle ne m'abandonnerait. »

7.

Une glycine noueuse et tortueuse grimpe au-dessus de la porte d'entrée du cottage datant du XVIIIe siècle, jusqu'aux avant-toits. Le garage attenant est une ancienne étable.

Darcy ouvre la porte d'entrée et pénètre dans la pénombre du vestibule. Elle hésite, en proie à des émotions qui ralentissent ses gestes.

« Quelque chose ne va pas ? »

Elle secoue la tête de manière peu convaincante.

« Tu peux rester dehors et t'occuper d'Emma si tu veux. »

Elle opine du chef.

Emma est dans l'allée en train de donner des coups de pied dans les feuilles.

En franchissant l'entrée dallée, je frôle un portemanteau vide ; il y a un parapluie adossé au mur en dessous. La cuisine est à droite. Par les fenêtres, j'aperçois un jardin et une barrière en bois séparant des rosiers bien entretenus des jardins voisins. Il y a une tasse et un bol à céréales dans l'égouttoir. L'évier est propre et sec. La poubelle contient des épluchures de légumes, des pelures d'oranges en spirales et de vieux sachets de thé couleur crottes de chien. Rien sur la table à part un petit tas de factures et de lettres ouvertes.

Je crie par-dessus mon épaule :

« Depuis combien de temps habitez-vous ici ? »

Darcy répond par la porte ouverte.

« Ça fait huit ans. Maman a dû prendre une deuxième hypothèque quand elle a démarré son affaire. »

Le séjour est arrangé avec goût, mais les meubles sont fatigués – un canapé et des fauteuils qui ne datent pas d'hier, un grand buffet portant la marque de griffes de chat aux angles. Il y a des photos encadrées sur le manteau de la cheminée. La plupart représentent Darcy dans différents tutus, sur une scène ou dans les coulisses. Des trophées et des médailles de danse ont été disposés dans une vitrine, à côté d'autres photographies.

« Tu fais de la danse ?

— Oui. »

J'aurais dû m'en douter. Elle a un corps de ballerine : mince, souple, avec les pieds légèrement en dehors.

Ma question l'a incitée à me rejoindre à l'intérieur.

« Tu as trouvé la maison comme ça ?

— Oui.

— Tu n'as rien déplacé ?

— Non.

— Ni touché quoi que ce soit ? »

Elle réfléchit.

« Je me suis servie du téléphone… pour appeler la police.

— Lequel ?

— Celui d'en haut.

— Pourquoi pas celui-là ? »

Je désigne un sans-fil posé sur sa base sur une table basse.

« Le combiné était par terre. La batterie à plat. »

Un petit tas de vêtements féminins est éparpillé au pied de la table – un jean délavé, un haut, un cardigan. Je m'agenouille. J'aperçois quelque chose de coloré sous le canapé – non pas caché, mais jeté là à la hâte. J'attrape le tissu. Des sous-vêtements : un soutien-gorge et un slip assorti.

« Ta mère avait-elle quelqu'un dans sa vie ? Un petit ami ? » Darcy réprime un éclat de rire.

« Non.

— Qu'est-ce qu'il y a de si drôle ?

— Maman était partie pour être une de ces vieilles femmes entourées d'une meute de chats, avec une penderie remplie de cardigans.

— Te l'aurait-elle dit si elle sortait avec quelqu'un ? » Darcy hésite. Je lui montre les sous-vêtements. « Appartiennent-ils à ta mère ? » Elle hoche la tête en fronçant les sourcils. « Qu'est-ce qu'il y a ?

— Elle était carrément maniaque pour ce genre de choses. Il ne fallait rien laisser traîner. Je n'avais pas le droit d'emprunter ses affaires à moins de les ranger ou de les mettre à laver après. Le sol n'est pas une penderie, elle disait. »

Je monte à l'étage. Dans la chambre principale, le lit est fait ; pas un pli sur le duvet. Des flacons sont disposés avec soin sur la table de chevet. Des serviettes sont impeccablement pliées sur le porte-serviettes dans la salle de bains attenante.

J'ouvre la porte du dressing et j'entre. Je sens l'odeur de Christine Wheeler. J'effleure ses robes, ses jupes, ses chemisiers. Je glisse la main dans les poches de ses vestes. Je trouve une fiche de taxi, un reçu de teinturerie, un billet d'une livre, un bonbon à la menthe. Ce sont des vêtements qu'elle n'a pas portés depuis des années. Elle les fait durer. C'est une femme qui a eu l'habitude d'avoir de l'argent et qui s'est retrouvée brusquement à court.

Une robe de soirée tombe de son cintre à mes pieds. Je la ramasse, sentant l'étoffe me glisser entre les doigts. Les chaussures – une bonne douzaine de paires – sont parfaitement alignées sur deux rangs.

Darcy s'assoit sur le lit.

« Maman aimait les chaussures. Elle disait que c'était son seul luxe. »

Je me rappelle des Jimmy Choo rouge vif qu'elle portait sur le pont. Des souliers habillés. Il y a un espace libre pour une paire manquante au bout de l'étagère du bas.

« Ta maman dormait-elle nue ?

— Non.

— Lui arrivait-il de se promener nue dans la maison ?

— Non.

— Tirait-elle les rideaux avant de se déshabiller ?

— Je n'ai jamais fait attention. »

Je jette un coup d'œil par la fenêtre de la chambre ; elle donne sur un terrain avec des potagers et une serre près de laquelle un orme monte la garde. Des araignées ont tissé leurs toiles entre les branches des arbres, pareilles à de la mousseline fine. Quelqu'un pourrait aisément surveiller la maison sans se faire remarquer.

« Quand on sonnait, ouvrait-elle la porte ou mettait-elle la chaîne de sécurité d'abord ?

— Je ne saurais pas dire. »

Je repense constamment aux vêtements éparpillés près du téléphone. Christine s'est dévêtue sans prendre la peine de tirer les rideaux. Elle n'a pas plié ses affaires ; elle ne les a même pas posées sur une chaise. Le sans-fil a été retrouvé par terre.

Darcy se trompe peut-être en pensant que sa mère n'a pas d'amant, mais rien n'indique que le lit ait servi. Pas de préservatifs, ni de mouchoirs. Il n'y a pas la moindre trace d'intrusion. Il ne manque rien apparemment, rien n'a été déplacé. Aucun signe de lutte ou de fouille. La maison est propre. Rangée. Ce n'est pas la demeure d'un être désespéré qui ne veut plus vivre.

« La porte d'entrée était-elle verrouillée ?

— Je ne me rappelle pas, répond Darcy.

— C'est important. Quand tu es rentrée, tu as mis la clé dans la serrure. T'a-t-il fallu deux clés ?

— Je ne crois pas.

— Ta mère avait-elle un imperméable ?

— Oui.

— Comment est-il ?

— Un truc en plastique bon marché.

— Quelle couleur ?

— Jaune.

— Où est-il maintenant ? »

Elle me conduit dans le vestibule – un crochet vide raconte la fin de l'histoire. Il pleuvait vendredi. À seaux. Elle a choisi le ciré plutôt qu'un parapluie.

Emma est assise à la table de la cuisine ; elle s'est attaquée à une feuille de papier avec des crayons de couleur. Je passe à côté d'elle pour aller dans le séjour en m'efforçant de reconstituer mentalement ce qui s'est passé vendredi. J'entrevois une journée ordinaire, une femme accomplissant ses tâches ménagères, lavant une tasse, essuyant l'évier, puis le téléphone a sonné. Elle a répondu.

Elle s'est déshabillée. Elle n'a pas fermé les rideaux. Elle est sortie nue de chez elle avec juste un imper en plastique sur le dos. Elle n'a pas fermé la porte à double tour. Elle était pressée. Son sac à main est resté sur la table de l'entrée.

L'épais plateau en verre de la table basse est soutenu par deux éléphants en céramique aux défenses dressées, aplaties au-dessus de leur tête. Je m'agenouille à côté, je me penche et en examinant la surface vitrée lisse, je remarque de minuscules fragments d'un crayon cassé ou de rouge à lèvres. C'est là qu'elle a écrit le mot « salope » sur son torse.

Il y a quelque chose d'autre sur le verre, une série de petits cercles opaques et de traits de rouge à lèvres tronqués. Les cercles, ce sont des larmes séchées. Elle pleurait. Les lignes pourraient être des boucles de lettres dépassant d'une feuille. Christine a écrit quelque chose avec un bâton de rouge à lèvres. Ce ne pouvait pas être un numéro de téléphone ; elle se serait servi d'un stylo pour ça. Ce devait plutôt être un message ou un signe.

Quarante-huit heures plus tôt, j'ai vu cette femme se jeter d'un pont pour mourir. C'était forcément un suicide, pourtant d'un point de vue psychologique, ça ne rime à rien. Toutes ses actions laissaient supposer une intention, pourtant elle a agi à contrecœur.

La dernière chose que Christine Wheeler m'a dite, c'était que je ne comprendrais pas. Elle avait raison.

8.

Sylvia Furness vit dans un appartement de Great Pulteney Street, au premier étage d'une maison géorgienne qui a probablement figuré dans tous les films d'époque produits par la BBC depuis la *Saga des Forsyte*. Je m'attends presque à voir surgir des calèches et des femmes en chapeaux.

Sylvia Furness n'a pas de chapeau sur la tête. Ses cheveux blonds, courts, sont juste retenus par un bandeau. Elle porte un short en fibre synthétique noir, un soutien-gorge de sport blanc et un T-shirt bleu clair au décolleté plongeant. Une carte de membre d'un club de gym pend de son gros trousseau de clés qui doit aider à brûler des calories rien qu'en le trimbalant.

« Madame Furness, excusez-moi. Pourriez-vous m'accorder une minute ?

— Quoi que vous vendiez, je n'achète rien.

— C'est au sujet de Christine Wheeler.

— Je suis en retard pour mon cours de spinning. Je ne parle pas à la presse.

— Je ne suis pas journaliste. » Elle jette un coup d'œil derrière moi et aperçoit Darcy en haut des marches.

En poussant un cri d'angoisse, elle m'écarte de son chemin et, larmoyante, prend l'adolescente dans ses

bras. Darcy me décoche un regard, sous-entendant :
« Je vous l'avais bien dit. »

Elle ne voulait pas monter parce qu'elle savait que l'associée de sa mère allait faire une scène.

« Quel genre de scène ?

— Une scène. »

Sylvia rouvre la porte d'entrée et nous fait entrer à la hâte. Elle tient toujours la main de Darcy serrée dans la sienne. Emma suit, silencieuse tout à coup, son pouce au coin de la bouche.

Il y a des parquets cirés dans tout l'appartement, de jolis meubles, et les plafonds paraissent plus hauts que les nuages dehors. Des touches féminines partout – des coussins aux imprimés africains aux bouquets de fleurs séchées.

Je survole la pièce des yeux et mon regard se pose sur une invitation à un anniversaire adossée au mur à côté du téléphone. « Alice » est conviée à une soirée pizza/pyjama pour les douze ans de son amie Angela.

Sylvia tient toujours Darcy par la main ; elle lui pose des questions, s'apitoie sur son sort. L'adolescente se débrouille pour lui échapper et explique à Emma qu'il y a un parc au coin de la rue, derrière le musée, avec des balançoires et un toboggan.

« Puis-je l'emmener ? me demande-t-elle.

— Elle va t'obliger à la pousser pendant des heures, l'avertis-je.

— Pas de problème.

— On parlera quand tu reviendras », dit Sylvia qui a jeté son sac de sport sur le canapé.

Elle regarde sa montre – en acier inoxydable, très sport. Elle va rater son cours de spinning, alors elle se laisse choir dans un fauteuil d'un air excédé. Ses seins ne bougent pas. Je me demande s'ils sont vrais.

Comme si elle avait lu dans mes pensées, elle redresse les épaules.

« Pourquoi Christine vous intéresse-t-elle tant ?

— Darcy pense qu'il ne s'agit pas d'un suicide.

— En quoi cela vous concerne-t-il ?

— Je veux juste m'en assurer. »

Son regard est empreint d'une douce curiosité tandis que je lui explique mon implication avec Christine et la manière dont Darcy est venue me trouver. Elle pose ses jambes musclées sur la table basse, démontrant ce que des kilomètres sur un tapis de jogging peuvent faire à une femme.

« Vous étiez associées.

— On était plus que ça, me répond-elle. Nous étions à l'école ensemble.

— Quand l'avez-vous vue pour la dernière fois ?

— Vendredi matin. Elle est venue au bureau. Elle avait un rendez-vous avec un jeune couple qui prévoyait de se marier à Noël.

— Comment vous a-t-elle paru ?

— Elle allait bien.

— Vous a-t-elle semblé inquiète, soucieuse ?

— Pas particulièrement. Ce n'était pas son genre.

— Comment était-elle ?

— Adorable. Exceptionnellement gentille. Il y avait des moments où je la trouvais trop gentille.

— Que voulez-vous dire ?

— Sur le plan professionnel. Elle était trop tendre. Les gens lui faisaient un baratin larmoyant, du coup elle leur accordait des délais pour payer, ou des rabais. Chris était une incorrigible romantique. Elle croyait aux contes de fées. Aux mariages de contes de fées. C'est drôle quand on pense que le sien a duré moins de deux ans. Elle avait un trousseau à l'école. Qui possède encore ce genre de chose de nos jours ? Elle disait toujours que chacune d'entre nous a une âme sœur. Le partenaire idéal.

— Vous ne partagez pas son point de vue, manifestement. » Elle tourne brusquement la tête vers moi.

« Vous êtes psychologue. Pensez-vous vraiment qu'un seul être nous est destiné dans ce grand monde ?

— C'est une belle idée.

— Pas du tout ! Ce serait affreusement ennuyeux, s'esclaffe-t-elle. Si c'est le cas, mon partenaire a intérêt à avoir des tablettes de chocolat et un salaire à six chiffres.

— Et votre mari dans tout ça ?

— C'est un gros lard, mais il sait faire de l'argent. » Elle glisse les mains le long de ses cuisses. « Comment se fait-il que les hommes mariés se laissent aller alors que leurs femmes passent des heures à essayer de se faire belles ?

— Vous l'ignorez ? »

Elle rit.

« On pourrait peut-être en parler un autre jour. »

Elle se lève et se dirige vers sa chambre.

« Ça vous ennuie que je me change ?

— Pas du tout. »

Elle laisse la porte ouverte, enlève son T-shirt, son soutien-gorge. Les muscles de son dos ressemblent à des pierres plates sous sa peau. Son short noir élastique glisse le long de ses jambes, mais je ne vois pas ce qui le remplace. Le lit et l'angle de vue m'en empêchent.

Elle revient dans le salon, vêtue d'un pantalon crème et d'un pull en cachemire, et fourre son minuscule short et son soutien-gorge dans son sac de gym.

« De quoi parlions-nous ?

— De mariage. Vous disiez que Christine y croyait.

— Elle était chef majorette. Elle pleurait à tous les mariages qu'on organisait. Sans exception. Des gens qu'elle ne connaissait ni d'Ève ni d'Adam convolaient, et elle avait les poches remplies de mouchoirs humides.

— Est-ce la raison pour laquelle elle a monté Félicité ?

— C'était son bébé.

— Comment allaient les affaires ? »

Sylvia sourit d'un air désabusé.

« Je vous l'ai dit, elle avait le cœur tendre. Les gens exigeaient des noces de rêve – avec carillon et tout le tintouin –, et puis ils refusaient de payer ou repoussaient les versements. Christine n'était pas assez coriace.

— Vous aviez des problèmes d'argent ? »

Sylvia s'étire en tendant les bras au-dessus de sa tête.

« La pluie. Des annulations. Un procès. La saison n'était pas bonne. Il fallait qu'on gagne cinquante mille livres par mois pour rentrer dans nos frais. Une noce en coûte en moyenne quinze mille. Les grands mariages sont rares.

— Combien perdiez-vous ?

— Chris a pris une seconde hypothèque quand on a monté la boîte. À ce jour, nous avons un découvert de vingt mille livres et plus de deux cent mille livres de dettes. »

Elle débite ces chiffres sans émoi.

« Vous avez parlé d'un procès.

— Un mariage qui a eu lieu au printemps. Une catastrophe. Une mayonnaise douteuse sur le buffet des fruits de mer. Intoxication alimentaire. Le père de la mariée est avocat. Un con fini. Christine a proposé de déchirer la facture, mais il veut des dommages et intérêts.

— Vous devez avoir une assurance.

— L'assureur essaie de trouver une faille. Il y a des chances qu'on aille au tribunal. »

Elle sort une bouteille d'eau en plastique de son sac de sport et boit avant de s'essuyer les lèvres entre le pouce et l'index.

« Ne m'en veuillez pas de vous dire ça, mais ça n'a pas l'air de vous inquiéter beaucoup. »

En rabaissant sa bouteille, elle plonge son regard dans le mien.

« Chris a investi l'essentiel de l'argent. Les risques que j'ai pris étaient minimes et mon mari est très compréhensif.

— Complaisant.

— On pourrait dire ça. »

Les problèmes d'argent et les litiges pourraient expliquer ce qui s'est passé vendredi. Peut-être Christine était-elle au téléphone avec un de ses créanciers. Soit ça, soit elle a perdu tout espoir et n'arrivait plus à trouver d'issue.

« Christine était-elle le genre de personne à attenter à ses jours ? »

Sylvia hausse les épaules.

« Vous savez, on dit que ceux qui en parlent le plus sont le moins enclins à passer à l'acte. Eh bien, Christine n'en parlait jamais. C'était la personne la plus optimiste, la plus gaie, la plus positive que j'aie jamais connue. Je suis sérieuse. Et puis elle adorait Darcy, elle *l'adorait*. Alors la réponse est non – je ne vois pas du tout pourquoi elle a fait ça. Elle a craqué, je suppose.

— Que va-t-il advenir de votre société maintenant ? »

Elle jette un nouveau coup d'œil à sa montre.

« C'est la propriété de l'administration judiciaire depuis une heure.

— Vous avez déposé le bilan.

— Que pouvais-je faire d'autre ? »

Elle cale ses jambes contre elle avec cette désinvolture naturelle propre à la gent féminine. Elle ne manifeste ni regrets ni déception. La Sylvia Furness au corps bardé de muscles est aussi dure à l'intérieur qu'à l'extérieur.

Darcy et Emma me rejoignent en bas. Je hisse Emma sur ma hanche.

« Où allons-nous ? demande Darcy.

— Voir la police.

— Vous me croyez.

— Je te crois. »

9.

L'inspecteur Cray émerge de l'écurie, vêtue d'un jean large rentré dans des bottes Wellington et d'une chemise d'homme avec des poches à boutons presque à l'horizontale sur sa poitrine.

« Vous m'avez surprise en train de pelleter de la crotte », dit-elle en s'adossant à une lourde porte qui oscille sur ses charnières rouillées. Elle pousse le loquet. J'entends les chevaux remuer dans leurs box. Je les sens.

« C'est gentil à vous de me recevoir.

— Vous étiez d'accord pour ce verre après tout, note-t-elle en s'essuyant les mains sur les hanches. Vous avez bien choisi votre jour. Je suis en congé. »

Elle aperçoit Darcy sur le siège passager dans ma voiture et Emma qui joue avec le volant. « Vous avez amené la famille.

— La petite, c'est ma fille.

— Et l'autre ?

— La fille de Christine Wheeler. »

Elle me fait face brutalement.

« Vous êtes allé la chercher ?

— C'est elle qui est venue me trouver. »

Sa chaleur, son affabilité ont cédé la place à la suspicion.

« Qu'est-ce que vous fabriquez, professeur, sacré nom de nom ?

— Christine Wheeler ne s'est pas suicidée.

— Sauf votre respect, je pense que nous devrions laisser cela au coroner.

— Vous l'avez vue – elle était terrifiée.

— De mourir ?

— De tomber.

— Pour l'amour du ciel, elle était perchée sur le parapet d'un pont !

— Non. Vous ne comprenez pas. »

Je jette un coup d'œil à Darcy qui a l'air fatiguée et inquiète. Elle devrait être de retour à l'école ou prise en charge par sa famille. En a-t-elle une ?

Veronica inspire à fond. Tout son torse se dilate, puis elle soupire. Elle s'approche à grands pas de la voiture et s'accroupit près de la portière côté conducteur pour parler à Emma.

« Es-tu une fée ? »

Emma secoue la tête.

« Une princesse ? »

Même réaction.

« Tu dois être un ange alors. Ravie de faire ta connaissance. Je rencontre rarement des anges dans mon travail.

— Vous êtes un homme ou une femme ? » demande Emma.

L'inspecteur éclate de rire.

« Je suis une femme, ma chérie, à cent pour cent. »

Elle lève les yeux vers Darcy.

« Je suis navrée pour ta maman. Puis-je faire quelque chose pour toi ?

— Me croire, répond-elle à voix basse.

— Je suis relativement crédule d'ordinaire, mais là, il va peut-être falloir que tu me persuades. Viens te mettre au chaud. »

Il faut que je baisse la tête pour passer la porte. L'inspecteur Cray envoie balader ses Wellington. Des morceaux de terre tombent de ses semelles.

Elle se détourne de moi et s'engage dans le couloir.

« Je vais prendre une douche, professeur. Installez les filles devant le feu. J'ai six variétés de chocolat chaud et je suis d'humeur à partager. »

Darcy et Emma n'ont pas dit un mot depuis qu'elles sont sorties de la voiture. Veronica Cray peut vous rendre muet. Elle est incontournable. Inébranlable. Tel un affleurement rocheux dans une tempête de force dix.

J'entends couler la douche. Je mets la bouilloire sur la cuisinière en fonte et je vais fouiller dans la réserve. Darcy a trouvé un dessin animé à la télé pour Emma. Je ne lui ai rien donné à manger depuis le petit déjeuner à part des biscuits et une banane.

Je remarque un calendrier épinglé sur une planche en liège. Il est émaillé de pense-bêtes à propos de livraisons de fourrage, de maréchal-ferrant, de ventes de chevaux. Il y a des factures à payer et d'autres notes gribouillées. En déambulant dans la salle à manger, je cherche des indices d'un éventuel partenaire. J'aperçois des photos sur la cheminée, d'autres sur le réfrigérateur, d'un jeune homme brun, un fils peut-être.

D'ordinaire, je ne perquisitionne pas sciemment, en quête de renseignements sur quelqu'un, mais Veronica Cray me fascine. Elle donne l'impression d'avoir livré un rude combat pour se faire accepter telle qu'elle est. Désormais elle est à l'aise dans son corps, dans sa sexualité, dans sa vie.

La porte de la salle de bains s'ouvre. Elle réapparaît, enveloppée dans une serviette de bain gigantesque nouée entre ses seins. Elle doit me contourner. Nous faisons tous les deux un pas de côté, dans un sens, puis dans l'autre. Je m'excuse et je m'aplatis contre le mur.

« Ne vous excusez pas, professeur. Je suis gonflable. En temps normal, je fais du 52. »

Elle rit. Je suis le seul à être gêné.

La porte de la chambre se ferme. Dix minutes plus tard, elle surgit dans la cuisine, vêtue d'un pantalon et d'une chemise repassés. Ses cheveux hérissés sont perlés de gouttes d'eau.

« Vous élevez des chevaux.

— Je sauve de vieux chevaux d'obstacles de l'équarrissage.

— Qu'est-ce que vous en faites ?

— Je leur trouve un foyer.

— Ma fille Charlie veut un cheval.

— Quel âge a-t-elle ?

— Douze ans.

— Je peux lui en trouver un. »

Les filles boivent du chocolat chaud. Cray me propose quelque chose de plus fort, mais je ne suis plus censé boire parce que cela contrecarre l'effet de mes remèdes. Je me contente d'un café.

« Vous rendez-vous compte de ce que vous faites ? me dit-elle, plus inquiète que fâchée. La maman de cette pauvre fillette est morte et vous la traînez dans la cambrousse, en pure perte.

— C'est elle qui est venue me trouver. Elle s'est enfuie de son école.

— Vous auriez dû la renvoyer illico.

— Et si elle avait raison ?

— Elle a tort. »

— Je suis allé chez Christine Wheeler. J'ai parlé avec son associée.

— Et alors ?

— Elle avait des problèmes d'argent, mais en dehors de ça, rien ne laisse supposer qu'on ait affaire à une femme au bord de la crise de nerfs.

— Le suicide est un acte impulsif.

— Certes, mais les gens n'en choisissent pas moins la méthode qui leur convient, généralement quelque chose qui leur semble rapide et indolore.

— Où voulez-vous en venir ?

— Ils ne sautent pas d'un pont s'ils sont sujets au vertige.

— Il n'empêche qu'on l'a vue sauter tous les deux.

— Oui.

— De sorte que votre argument ne tient pas. Personne ne l'a poussée. C'est vous qui étiez le plus près. Avez-vous vu qui que ce soit ? À moins que vous estimiez qu'elle a été assassinée à distance ? Par hypnotisme ? Télépathie ?

— Elle ne *voulait* pas sauter. On l'a convaincue de le faire. Elle s'est déshabillée, elle a mis un ciré. Elle est partie de chez elle sans fermer la porte à double tour. Elle n'a pas laissé de mot d'adieu. Elle n'a pas rangé ses affaires, ni fait don de ses biens. Rien dans son comportement ne suggérait une femme sur le point de se suicider. Une femme qui a le vertige ne choisit pas de sauter d'un pont. Elle ne fait pas ça toute nue. Elle ne gribouille pas des insultes sur sa peau. Les femmes de cet âge sont très conscientes de leur corps. Elles portent des vêtements qui les flattent. Elles soignent leur apparence.

— Vous cherchez des prétextes, professeur. Il n'empêche qu'elle a sauté.

— Elle parlait à quelqu'un au téléphone. Quelqu'un qui lui a peut-être dit quelque chose…

— On lui aura annoncé une mauvaise nouvelle : un décès dans sa famille ou un diagnostic déplorable. Si ça se trouve, elle s'engueulait avec son petit ami qui venait de la larguer.

— Elle n'avait pas de petit ami.

— C'est sa fille qui vous l'a dit ?

— Pourquoi son interlocuteur ne s'est-il pas manifesté ? Quand une femme menace de sauter d'un pont, on appelle la police ou une ambulance, non ?

— Il est probablement marié et ne veut pas être impliqué. »

Elle n'est pas convaincue par ce que je lui dis. J'ai une théorie et aucune preuve solide pour l'étayer. Les théories acquièrent la permanence des faits à force d'obstination, elles gagnent une portée au fil du temps. Il en va de même des mauvais raisonnements. Ça ne prouve pas qu'ils soient vrais.

Veronica Cray fixe mon bras gauche qui s'est mis à trembler, faisant frétiller mon épaule. Je le maintiens en place.

« Qu'est-ce qui vous fait penser que Mme Wheeler avait le vertige ?

— C'est Darcy qui me l'a dit.

— Et vous l'avez crue – une adolescente en état de choc. En plein deuil et dans l'incapacité de comprendre comment la personne la plus importante dans sa vie a pu l'abandonner…

— La police a-t-elle fouillé sa voiture ?

— On l'a retrouvée. »

Ce n'est pas la même chose. Elle le sait.

« Où est-elle à l'heure qu'il est ?

— Dans le garage du commissariat.

— Puis-je la voir ?

— Non. »

Elle ne sait pas où je veux en venir, mais le fait est que je complique la vie à la police. Je remets en cause l'enquête officielle.

« Cette affaire n'est pas de mon ressort, professeur. J'ai de vrais crimes à résoudre. Des viols, des meurtres. Il s'agit d'un suicide. D'un décès dû à la loi de la gravité. Nous y avons assisté tous les deux. Les suicides ne sont pas censés être logiques parce qu'ils sont vains. Je vais vous dire encore une chose : la plupart des gens ne laissent pas de mot. Ils claquent tout bonnement la porte et laissent tout le monde dans le flou.

— Elle ne montrait aucun signe de…

— Laissez-moi finir », aboie-t-elle d'un ton sans appel. L'embarras me provoque des picotements sous la peau.

« Regardez-vous, professeur. Vous êtes malade. Vous réveillez-vous chaque matin en vous disant : "Ouah, c'est génial d'être en vie" ? Ne vous arrive-t-il pas certains jours d'envisager ce qui vous attend en considérant ces membres tremblotants et de songer, ne serait-ce qu'un instant, un quart de seconde, à une sortie plus rapide ? »

Elle s'adosse à sa chaise et regarde fixement le plafond.

« C'est le cas de nous tous. Nous portons notre passé en nous – les erreurs, les chagrins. Vous dites que Christine Wheeler était une optimiste. Elle aimait sa fille. Elle aimait son boulot. Mais vous ne la connaissez pas. Peut-être cette histoire de noces lui montait-elle à la tête ? Tous ces contes de fées, les robes blanches, les fleurs, les échanges de vœux. Ça lui rappelait peut-être son propre mariage et le fait qu'il n'ait pas été à la hauteur de ses espérances. Son mari a foutu le camp. Elle a élevé un enfant toute seule. Je n'en sais rien. Personne ne sait. »

Elle remue la tête de droite et de gauche pour étirer les muscles de son cou.

« Vous vous sentez coupable, professeur, je comprends. Vous vous dites que vous auriez dû la sauver, mais vous n'êtes pas responsable de ce qui s'est passé sur le pont. Vous avez fait de votre mieux. Les gens en sont conscients. Vous aggravez encore les choses à présent. Reconduisez donc Darcy à son école. Rentrez chez vous. Cette affaire ne vous concerne plus.

— Et si je vous disais que j'ai entendu quelque chose. »

Elle se fige, me lorgne d'un air soupçonneux.

« Sur le pont, pendant que j'essayais de parler à Christine Wheeler, j'ai cru entendre quelque chose qu'on lui disait – au téléphone.

— Qu'avez-vous entendu ?

— Un mot.

— Quel mot ?

— Saute ! »

J'observe un changement subtil chez l'inspecteur, un léger repli provoqué par ce seul mot. Elle jette un coup d'œil à ses grandes mains carrées, puis reporte son attention sur moi en croisant mon regard sans la moindre gêne. Elle n'a pas envie de s'engager plus avant dans cette affaire.

« Vous *croyez* l'avoir entendu ?

— Oui. »

Son incertitude est passagère. Elle a déjà exploré les retombées possibles et n'a pesé que les inconvénients.

« Eh bien, je pense que vous devriez en parler au coroner. Il sera enchanté de l'apprendre, j'en suis sûre. Vous réussirez peut-être à le convaincre, qui sait, mais j'en doute fort. Peu m'importe si Dieu en personne était au bout du fil, on ne peut pas forcer quelqu'un à sauter. Pas comme ça. »

Les phares des voitures en face balaient l'intérieur de la voiture et disparaissent dans la nuit.

Darcy lève les yeux vers le pare-brise.

« Cet inspecteur ne va pas nous aider, si ?

— Non.

— Vous abandonnez alors.

— Que veux-tu que je fasse, Darcy ? Je ne suis pas policier. Je ne peux pas les obliger à faire une enquête. »

Elle détourne le visage. Ses épaules se soulèvent comme pour empêcher ses oreilles d'en entendre davantage. Nous roulons en silence quelques kilomètres.

« Où est-ce qu'on va ?

— Je te ramène à l'école.

— Non ! »

Son ton agressif me surprend. Emma sursaute et nous regarde depuis la banquette arrière.

« Il n'est pas question que j'y retourne.

— Écoute, Darcy, je sais que tu es très sûre de toi, mais je crois que tu ne mesures pas vraiment la situation. Ta mère ne reviendra pas. Et tu ne vas pas devenir adulte comme ça, tout d'un coup, pour l'unique raison qu'elle n'est plus là.

— Je suis assez grande pour prendre mes décisions toute seule.

— Tu ne peux pas rentrer chez toi. Pas toute seule.

— Je logerai dans un hôtel.

— Comment vas-tu payer ?

— J'ai de l'argent.

— Tu dois avoir de la famille. »

Elle secoue la tête.

« Des grands-parents ?

— C'est la pénurie de ce côté-là.

— Comment ça ?

— Il ne m'en reste qu'un seul et il bave. Il vit dans une maison de retraite.

— N'y a-t-il personne d'autre ?

— J'ai une tante. Elle habite en Espagne. C'est la sœur aînée de maman. Elle s'occupe d'une réserve d'ânes. Je crois bien que ce sont des ânes. Ça pourrait être des mules. Je ne connais pas la différence. Maman disait qu'elle était le parent pauvre de Brigitte Bardot, mais je sais pas qui c'est.

— Une vedette de cinéma.

— Peu importe.

— On va l'appeler.

— Je refuse de vivre avec des ânes. »

Il doit y avoir d'autres possibilités… d'autres noms. Sa mère avait des amis. L'un d'eux pourrait prendre soin d'elle pendant quelques jours. Elle n'a pas leurs numéros de téléphone. Elle n'essaie même pas de coopérer.

« Je pourrais loger chez vous, dit-elle en calant sa langue contre l'intérieur de sa joue comme si elle suçait un berlingot.

— Je ne pense pas que ce soit une bonne idée.

— Pourquoi pas ? Votre maison est assez grande. Vous cherchez une nounou. Je pourrai vous aider à vous occuper d'Emma. Elle m'aime bien…

— Ce n'est pas possible.

— Pourquoi pas ?

— Parce que tu as seize ans et que tu devrais être à l'école. » Elle tend le bras derrière le siège pour prendre son sac. « Arrêtez-vous. Laissez-moi descendre.

— Je ne peux pas faire ça. »

La vitre électrique descend.

« Qu'est-ce que tu fais ?

— Je vais crier au viol, qu'on m'a kidnappée, qu'on m'a fait je ne sais quoi jusqu'à ce que vous vous arrêtiez et me laissiez partir. Je ne retournerai pas à l'école, je suis capable de… »

La voix d'Emma l'interrompt.

« Pas de dispute.

— Pardon ?

— Pas de dispute. »

Elle nous considère d'un air sévère.

« On ne se dispute pas, ma chérie. On parle sérieusement, c'est tout.

— J'aime pas les disputes, annonce-t-elle. Ce n'est pas bien. »

Darcy éclate de rire. Son regard est plein de défi. D'où sort-elle cette assurance ? Comment est-elle devenue aussi intrépide ?

Au prochain rond-point, je fais demi-tour. « Où allons-nous ? demande-t-elle.

— À la maison. »

10.

Si Darcy était un mari ou un amant en deuil, on irait se soûler au pub. Ensuite on rentrerait à la maison en titubant, on mettrait *Sky Sports* et on regarderait quelque obscur match de hockey canadien ou ce sport bizarre où on fait du ski de fond en tirant sur des cibles. C'est ce que font les hommes. L'alcool n'est pas un substitut des larmes. Il les nourrit de l'intérieur où c'est moins embarrassant.

Les adolescentes, c'est plus compliqué. Je l'ai appris dans mon cabinet de consultations. Il y a plus de risques qu'elles se rongent les sangs, qu'elles arrêtent de manger, qu'elles dépriment ou se mettent à coucher avec n'importe qui. Darcy est une créature singulière. Elle ne jacasse pas comme Charlie et Emma. Elle se comporte en adulte ; elle est éloquente, insolente, mais sous ces dehors bravaches se cache une enfant meurtrie qui en sait encore moins sur le monde qu'une jeune aveugle dans une galerie de peintures.

Aussitôt après avoir rangé la vaisselle, elle est allée se coucher dans la chambre d'amis. J'ai rôdé devant sa porte il y a quelques minutes en pressant l'oreille contre le bois peint et j'ai cru l'entendre pleurer. C'est peut-être mon imagination.

Qu'est-ce que je vais faire ? Je ne peux pas mener une enquête sur la mort de sa mère. L'inspecteur Cray a probablement raison. On ne saura jamais la vérité.

Assis dans le bureau, j'étale mes paumes sur la table et je les regarde. Ma main gauche tremble sans que je puisse la maîtriser, mais je ne veux plus prendre de médicaments aujourd'hui. Les doses sont déjà trop fortes et elles perdent de leur efficacité au fil du temps. Le numéro de Vincent Ruiz est sur le sous-main devant moi.

Ruiz est un ancien inspecteur divisionnaire de la police métropolitaine de Londres. Il y a cinq ans, il m'a arrêté sur présomption de meurtre après qu'une de mes ex-patientes eut été retrouvée poignardée près du Grand Union Canal. Elle parlait de moi dans son journal. C'est une longue histoire. Disons que c'est de l'histoire ancienne.

Depuis lors, Ruiz est l'un de ces personnages qui vont et viennent à la périphérie de ma vie, ajoutant des touches claires au beige ambiant. Avant de démissionner, il s'invitait quelquefois à dîner, flirtait avec Julianne et m'asticotait les méninges à propos de sa dernière enquête en date. Il chatouillait les filles, buvait à l'excès et finissait par passer la nuit sur le canapé.

La tendresse de Julianne envers Ruiz est plus grande que le foie du bonhomme, ce qui en dit aussi long sur son éthylisme que sur l'aptitude de ma femme à attirer les égarés.

Je dois m'y reprendre à trois reprises pour composer son numéro. J'entends la sonnerie.

« Salut, Vincent.

— Hé, hé, c'est-y pas mon psy préféré. » Sa voix s'accorde à son physique, dure à l'intérieur, ronde autour – rocailleuse, chargée.

104

« Je t'ai vu dans un de ces reality-shows l'autre soir, me dit-il. Les *Infos de 10 heures*, je crois bien que ça s'appelle. Tu étais en train de balancer une bonne femme par-dessus le parapet d'un pont.

— Elle a sauté.

— Sans blague, s'esclaffe-t-il. Pas étonnant que tu aies tous ces titres. Comment va ta ravissante épouse ?

— Elle est à Moscou.

— Seule ?

— Avec son patron.

— Pourquoi n'est-ce pas moi son patron ?

— Parce que tu n'y connais rien en haute finance et que pour toi, développer un marché, c'est t'acheter un pantalon plus grand.

— C'est dur à admettre, mais tu as raison. » J'entends les glaçons tinter dans son verre. « Que dirais-tu d'un petit séjour dans le West Country ?

— Pas question. Je suis allergique aux moutons.

— J'ai besoin de ton aide.

— Fallait le dire, mon vieux. »

Je lui parle de Christine Wheeler et de Darcy, lui résumant les dernières douze heures en une succession de faits marquants que les ex-flics considèrent presque comme une deuxième langue. Ruiz est capable de remplir les pointillés. Sans même que je mentionne l'inspecteur Cray, il devine précisément comme elle a réagi à ma requête.

« Es-tu sûr de ton coup ? me demande-t-il.

— Autant que je puisse l'être à ce stade.

— De quoi as-tu besoin ?

— Christine Wheeler parlait avec quelqu'un sur son portable avant de tomber. Est-il possible de déterminer d'où venait l'appel ?

— Ont-ils retrouvé son téléphone ?

— Il est au fond de l'Avon Gorge.

« — Connais-tu le numéro de cette dame ?

— Darcy le connaît. » Il garde le silence pendant un moment.

« Je connais un gars qui travaille pour British Telecom. Il est consultant dans le domaine de la sécurité. C'était notre contact quand on mettait des lignes sur écoute ou qu'on cherchait à localiser un appel – tout ça réglo, bien sûr.

— Bien sûr. »

J'entends qu'il prend des notes. J'imagine même le carnet à la couverture marbrée qu'il trimballe partout, plein à craquer de cartes de visite et de bouts de papier maintenus en place par un élastique.

Nouveau tintement de glaçons. « Bon, si je descends dans le Somerset, est-ce que je peux coucher avec ta femme ?

— Non.

— Je croyais que les gens de la cambrousse étaient censés être hospitaliers.

— Il n'y a pas vraiment de place à la maison. Tu n'auras qu'à loger au pub.

— C'est presque aussi bien. »

À la fin de la conversation, je glisse le numéro de Ruiz dans un tiroir. On frappe à la porte. Charlie entre d'une démarche désinvolte et se laisse tomber de côté dans un fauteuil pourtant confortable, les jambes pendante sur l'accoudoir.

« Salut, p'pa.

— Salut.

— Quoi de neuf ?

— Pas grand-chose. Et toi ?

— J'ai un contrôle d'histoire demain.

— Tu as révisé ?

« — Ouais. Tu savais que lorsqu'on embaumait les pharaons dans l'Égypte ancienne, on extrayait leur cerveau par la narine gauche avec un crochet ?

— Je l'ignorais.

— Après ça, on déposait leur dépouille sur un lit de sel pour la sécher.

— Vraiment ?

— Ouais. »

Elle a une question à me poser, mais il lui faut un moment pour la formuler. Elle est comme ça, très précise, sans « hum » ni « ah », ni longs silences.

« Qu'est-ce qu'elle fait là ? »

Elle parle de Darcy.

« Elle n'a pas d'autre endroit où loger.

— Maman est au courant ?

— Pas encore.

— Que faut-il que je lui dise si elle appelle ?

— Laisse-moi faire. »

Charlie regarde fixement ses genoux. Elle réfléchit beaucoup plus que je ne le faisais à son âge, d'après mes souvenirs. Il lui arrive de cogiter quelque chose pendant des jours, élaborant une théorie, une opinion avant de nous la faire connaître inopinément, longtemps après que tout le monde a cessé d'y penser ou oublié la conversation de départ.

« La femme dont on a parlé aux infos l'autre soir, celle qui a sauté…

— Oui ?

— C'était la maman de Darcy.

— Oui.

— Faut-il que je lui dise quelque chose ? Enfin, je ne sais pas si je dois éviter le sujet, faire comme si de rien n'était.

— Si Darcy n'a pas envie d'en parler, elle te le dira. »

Charlie acquiesce d'un hochement de tête.

« Est-ce qu'il va y avoir un enterrement ou quelque chose comme ça ?

— Dans quelques jours.

— Où est sa maman maintenant ?

— À la morgue. C'est l'endroit où…

— Je sais », m'interrompt-elle d'un ton très mature. Autre silence. « Tu as vu les tennis de Darcy ?

— Pourquoi me parles-tu de ça ?

— Je veux les mêmes.

— D'accord. Autre chose ?

— Non. » Charlie expédie sa queue-de-cheval par-dessus son épaule et sort en claquant des talons.

Je reste seul. Je dois trier des papiers, payer, classer un tas de notes et de factures. Julianne a mis ses reçus professionnels à part et les a fourrés dans une enveloppe.

En refermant le tiroir, je remarque un reçu un peu froissé par terre. Je le ramasse et je l'aplanis avec le tampon buvard. Le nom de l'hôtel est écrit en lettres tarabiscotées en haut. C'est une note de room-service pour un petit déjeuner comprenant champagne, œufs au bacon, fruits et pâtisseries. Elle n'y est pas allée de main morte ! D'ordinaire, elle prend juste un bol de muesli ou de la salade de fruits.

Je roule la facture en boule et je m'apprête à la jeter. J'ignore ce qui arrête mon geste – un point d'interrogation, un soupçon d'inquiétude. La sensation se brouille et disparaît. C'est trop tranquille dehors. Je n'ai pas envie de m'entendre réfléchir.

11.

Crocheter une serrure exige un toucher et une ouïe extrêmement sensibles. Je commence par visualiser mentalement le mécanisme interne et je projette mes sens à l'intérieur. Tous les sens sont importants – pas seulement l'ouïe et le toucher. La vue, pour identifier la marque et le modèle. L'odorat, pour déterminer si la serrure a été lubrifiée récemment. Le goût pour identifier le lubrifiant.

Chaque serrure a sa personnalité. Le temps, le climat en modifieront les caractéristiques. La température. Le taux d'humidité. La condensation. Une fois le crochet dedans, je ferme les yeux. Je tends l'oreille. Je tâtonne. Pendant qu'il rebondit d'un pêne à l'autre, je dois appliquer une pression précise pour mesurer leur résistance. Cela nécessite de la sensibilité, de la dextérité, de la concentration, une pensée analytique. C'est fluide – mais il y a des règles.

C'est une serrure de haute sécurité UL 437. Elle comporte six pênes, dont certains en forme de champignon. Le trou de la serrure est paracentrique, comme un éclair déformé. Les assureurs estiment qu'il faut vingt minutes pour la forcer du fait du niveau élevé de difficulté. Je suis capable de l'ouvrir en vingt-trois secondes. Il faut de la pratique. Des heures, des jours. Des semaines.

Je me souviens de la première fois où je me suis introduit dans une maison par effraction. C'était à Osnabrück, en Allemagne, à quatre-vingts kilomètres environ au nord de Dortmund. La maison appartenait à un aumônier de l'armée qui conseillait ma femme ; il venait la voir pendant que je n'étais pas là. J'ai laissé le chien dans le congélateur, dans la baignoire et dans la machine à laver.

La deuxième fois, c'était le Club des Forces spéciales à Knightsbridge [1], à quelques pas de l'entrée de service de Harrods. Il n'y avait pas de plaque à la porte de l'immeuble. C'est un club privé réservé aux membres actuels et anciens des services secrets et du SAS. Je ne peux pas en faire partie parce que j'appartiens à une élite si spéciale que personne n'a jamais entendu parler de moi. Je suis intouchable. Sans nom.

Je suis un passe-muraille. Les serrures s'effritent entre mes mains. Les pênes sont comme des notes musicales aux timbres et aux tonalités différents quand le rossignol les effleure. Écoutez. C'est la note finale. La porte s'ouvre.

J'entre dans l'appartement en posant soigneusement les pieds sur les lattes du parquet ciré. Mes outils sont enveloppés, rangés. J'ai besoin d'une lampe de poche maintenant.

La salope a du goût, ce qui ne va pas toujours avec l'argent. Pas un seul meuble qui provienne d'un carton plat et qu'on ait monté avec des clés. La table basse est en cuivre martelé et les bols en céramique ont été peints à la main.

Je cherche les postes téléphoniques. Il y a une base de sans-fil dans la cuisine, un autre combiné dans le salon, un dans la grande chambre.

---

1. Quartier du luxe à Londres.

Je m'achemine de pièce en pièce en ouvrant les placards et les tiroirs, esquissant l'agencement de l'appartement dans ma tête. Il y a des lettres à lire, des factures à examiner, des numéros de téléphone, des photos à étudier. J'avise une invitation à un anniversaire contre le mur près du téléphone.

Que puis-je trouver d'autre ? Voilà une enveloppe de couleur vive sur papier glacé : « Vous êtes cordialement invitée à une soirée entre filles. » On a griffonné un petit mot en bas de la page : « Apporte tes chaussures de danse ».

L'appartement comporte trois chambres à coucher. La plus petite appartient à une enfant. Elle a une affiche de Coldplay sur le mur ainsi qu'un calendrier Harry Potter. Il y a des photos de chevaux et des cocardes provenant d'un club de poney. Son pyjama est rangé sous son oreiller. Un cristal pend à un crochet à la fenêtre. Dans un coin, un coffre regorgeant de peluches.

Il y a une salle de bains attenant à la chambre principale. Les tiroirs de la coiffeuse sont remplis de bâtons de rouge à lèvres, de lotions pour le corps, de vernis à ongles et d'échantillons résultant de dizaines de séjours dans des hôtels et de vols intercontinentaux. Au fond du tiroir d'en bas, je trouve une pochette de maquillage en fausse fourrure contenant un petit vibromasseur rose et des menottes.

Un changement de pression dans l'air ébranle une fenêtre. La porte d'entrée s'est ouverte en bas, créant un léger vide dans l'escalier. J'entends des pas. Je reste figé un moment dans la chambre, l'oreille tendue. Des clés cliquettent. L'une d'elles s'insère dans le barillet d'une serrure. Tourne.

La porte s'ouvre. Se referme. Je sens un infime tremblement sous mes pieds et j'entends leurs voix. Elles enlèvent leurs manteaux, les pendent. Une bouilloire se remplit d'eau. Un petit rire fuse et je hume des effluves de nourriture – un plat tout prêt, quelque chose d'asiatique avec de la coriandre et du lait de coco. J'entends qu'on sert des assiettes et qu'on mange devant la télé.

Ensuite, on range la vaisselle. Quelqu'un monte. Je bats en retraite dans l'ombre en m'engouffrant dans le dressing, resserrant les vêtements autour de moi. Je renifle l'odeur de la salope, son parfum fané, sa transpiration.

Quand j'étais petit, j'adorais jouer à cache-cache avec mon frère. Cette sensation d'excitation qui vous serre les couilles, vous crispe la vessie, la peur d'être découvert. Je me recroquevillais parfois en essayant de ne pas respirer, mais mon frère finissait toujours par me trouver. Il disait qu'il m'entendait parce que je me donnais trop de mal pour ne pas faire de bruit.

Une ombre passe devant la porte du dressing. Je vois le reflet de la salope dans le miroir incliné. Elle va aux toilettes. Remonte sa jupe. Descend son collant. Ses cuisses sont pâles comme de la cire. Elle se relève, tire la chaîne, se tourne face au miroir et se penche en avant au-dessus du lavabo pour examiner son visage en tirant sur la peau autour de ses yeux. Elle parle toute seule. Je n'entends pas ce qu'elle dit. Elle envoie balader son collant. Elle lève les bras et une chemise de nuit glisse sur ses épaules ; elle lui arrive aux genoux.

Sa fille est allée dans sa chambre. Je l'entends jeter son sac d'école dans un coin, puis elle prend une douche. Un peu plus tard, elle vient dire bonsoir. Des bisous en l'air. Cheveux ébouriffés. Fais de beaux rêves.

Je suis seul avec la salope. Pas d'homme dans la maison. Il a été jeté, évincé, privé de ses droits. Le roi est mort. Vive la reine !

Elle a allumé la télé et la regarde au lit en zappant, un carré lumineux dans les yeux. Elle n'est pas vraiment attentive. Elle finit par prendre un livre. Sent-elle ma présence ? A-t-elle un frisson d'appréhension, un sentiment d'inquiétude, tel un fantôme laissant des empreintes sur sa tombe ?

Je suis la voix qu'elle entendra quand elle mourra. Mes paroles. Je vais lui demander si elle a peur. Je vais déverrouiller son esprit. Arrêter son cœur. La battre à mort et me nourrir de sa bouche ensanglantée.

Quand ?

Bientôt.

12.

Mes jambes refusent de bouger ce matin. Il faut des mots durs et une volonté de fer pour qu'elles basculent hors du lit. Je me dresse et j'enfile une robe de chambre. Il est 7 heures passées. Charlie aurait dû me réveiller. Elle va être en retard à l'école. Je l'appelle à grands cris. Personne ne répond.

Les chambres sont vides. En descendant, je trouve deux bols de céréales amollies sur la table de la cuisine. Le lait n'a pas été remis au réfrigérateur.

Le téléphone sonne. C'est Julianne.

« Allô. »

Un temps de battement.

« Salut.

— Comment vas-tu ?

— Ça va. Comment ça se passe à Rome ?

— Je suis à Moscou. Rome, c'était la semaine dernière.

— Ah oui, c'est vrai.

— Tu es sûr que ça va ?

— Oui, oui. Je viens juste de me réveiller.

— Comment se comportent mes adorables filles ?

— Admirablement.

— Comment se fait-il que quand je suis à la maison, elles sont capables d'être parfaitement insupportables alors qu'avec toi, elles sont admirables ?

114

— Je les soudoie.

— Ah oui, je m'en souviens. As-tu trouvé une nounou ?

— Pas encore.

— Que s'est-il passé ?

— Je continue les entrevues. Je suis à la recherche de mère Teresa.

— Elle est morte, je t'avise.

— Que dirais-tu de Scarlett Johansson ?

— Il est hors de question que Scarlett Johansson s'occupe de nos enfants.

— C'est toi qui fais la fine bouche maintenant. »

Elle rit.

« Puis-je parler à Emma ?

— Elle n'est pas là pour le moment.

— Où est-elle ? »

Je jette un coup d'œil par la porte ouverte. J'entends le bruissement de mon souffle dans le combiné. « Dans le jardin.

— Il a dû arrêter de pleuvoir alors.

— Oui. Comment se passe ton voyage ?

— C'est pénible. On est au point mort avec les Russes. Ils veulent un deal plus avantageux. »

Je suis debout devant l'évier et je regarde dehors par la fenêtre. Les carreaux du bas sont embués à cause de la condensation. Ceux du haut encadrent un ciel tout bleu.

« Tu es vraiment sûr que tout va bien ? demande-t-elle. Je te trouve bizarre.

— Ça va, ça va. Tu me manques.

— Toi aussi. Il faut que j'y aille. Au revoir.

— Au revoir. »

J'entends le déclic au bout de la ligne. À cet instant, Emma entre en sautillant par la porte de derrière,

Darcy sur ses talons. L'ado s'empare de la petite fille et la serre contre elle. Elles rient toutes les deux.

Darcy a mis une robe. Qui appartient à Julianne. Elle a dû la trouver dans le panier de repassage. La lumière du couloir dessine le contour de son corps sous la robe. Les adolescentes ne sont pas sensibles au froid.

« Où étiez-vous ?

— On est allées faire une promenade », me répond-elle d'un ton défensif. Emma me tend les bras et je la soulève. « Où est Charlie ?

— En route pour l'école. Je l'ai emmenée à l'arrêt du bus.

— Tu aurais dû me le dire.

— Vous dormiez. »

Elle récupère les bols sur la table en me donnant un petit coup de hanche au passage.

« Tu aurais dû me laisser un mot. »

Elle remplit l'évier d'eau et de bulles de savon. Elle remarque pour la première fois que mon bras s'agite et que ma jambe, compatissante, est secouée de spasmes. Je n'ai pas pris mes remèdes ce matin.

« C'est quoi tous ces tremblements ?

— J'ai la maladie de Parkinson.

— Qu'est-ce que c'est que ça ?

— Un trouble neurologique dégénératif évolutif. »

Elle remonte la bretelle de son soutien-gorge.

« C'est contagieux ?

— Non. Je tremble. Je prends des comprimés.

— C'est tout ?

— À peu près.

— Mon amie Jasmine a un cancer. On a dû lui transplanter de la moelle osseuse. Elle a un look d'enfer sans cheveux. Je ne crois pas que j'aurais supporté ça. Je préférerais mourir. »

116

Cette dernière phrase a la brutalité et l'emphase de la jeunesse. Il n'y a que les adolescents pour faire de l'acné une catastrophe ou d'une leucémie une affaire de mode.

« Cet après-midi, nous irons voir la directrice de ton école… »

Darcy ouvre la bouche pour protester. Je l'interromps aussi sec.

« Je vais lui dire que tu vas rester quelques jours sans aller à l'école – jusqu'à l'enterrement, tant qu'on n'aura pas décidé ce que tu vas faire. »

Elle ne répond pas. À la place, elle se tourne vers l'évier et continue de laver une assiette.

Mon bras frétille. Il faut que je prenne une douche et que je m'habille. Je suis dans l'escalier quand son ultime remarque me parvient.

« N'oubliez pas de prendre vos remèdes. »

Ruiz arrive un peu après 11 heures. Les enjoliveurs et le bas des portières de sa Mercedes vert bouteille ancien modèle sont maculés de boue. C'est le genre de véhicule qu'on déclarera hors la loi quand les règlements sur les gaz d'échappement entreront en vigueur parce que des atolls entiers du Pacifique disparaissent chaque fois qu'il fait le plein.

Il a grossi depuis qu'il a pris sa retraite et il s'est laissé pousser les cheveux sur les oreilles. Je n'arrive pas à savoir s'il est heureux. Le bonheur n'est pas un concept que j'associe avec Ruiz. Il affronte le monde tel un sumo en se tapant sur les cuisses et en faisant osciller son poids.

Plus fripé et négligé que jamais, il me serre la main à la briser. Ses mains sont d'une sûreté à toute épreuve. Je l'envie.

« Merci d'être venu, lui dis-je.

— À quoi servent les amis ? »

Il le dit sans ironie. Darcy se tient près du portail. Elle a l'air d'un lutin dans cette robe. Avant que j'aie le temps de faire les présentations, Ruiz, la prenant pour Charlie, lui enlace la taille et la fait pirouetter.

« Lâchez-moi, sale pervers ! » proteste-t-elle en se débattant. Ruiz la libère brusquement. Il me regarde. « Tu m'as dit que Charlie avait grandi.

— Pas à ce point-là. »

Je n'arrive pas à déterminer s'il est gêné. Comment savoir ? Darcy tiraille sur sa robe et écarte ses cheveux de ses yeux.

Ruiz sourit en faisant une petite révérence.

« Désolé de vous avoir offensée, mademoiselle. Je vous ai prise pour une princesse. J'en connais plusieurs qui habitent dans le coin. Elles changent les crapauds en princes pendant leur temps libre. »

Darcy se tourne vers moi, perplexe, mais elle n'est pas insensible au compliment. Le rouge qui lui monte aux joues n'a rien à voir avec le froid. En attendant, Emma dévale l'allée à toutes jambes et se jette dans les bras de Ruiz. En la soulevant haut dans les airs, il donne l'impression d'évaluer jusqu'où il pourrait la projeter. Emma l'a surnommé Dooda. J'ignore pourquoi. Elle l'appelle ainsi depuis qu'elle parle chaque fois qu'il vient nous rendre visite. Sa timidité en présence d'adultes ne s'est jamais appliquée à lui.

« Il faut qu'on y aille, me dit-il. Je crois avoir trouvé quelqu'un qui peut nous aider.

— Je peux venir ? demande Darcy en me regardant.

— J'ai besoin que tu t'occupes d'Emma. On sera de retour dans une heure ou deux. »

Ruiz est déjà dans la voiture. Je m'immobilise près de la portière côté passager et je jette un coup d'œil à Darcy par-dessus mon épaule. Je la connais à peine et je la laisse seule avec ma fille cadette. Julianne ne serait pas contente. Je ne lui raconterai peut-être pas cet épisode.

Pour nous rendre à Bristol, nous prenons la route de la côte jusqu'à Portishead, le long de l'estuaire de la Severn. Les mouettes tournoient au-dessus des toits, luttant contre un vent qui souffle en rafales.

« Elle est mignonne à croquer, dit Ruiz en laissant pendre ses doigts au-dessus du volant. Elle loge chez vous ?

— Pour quelques jours.

— Qu'est-ce que Julianne en pense ?

— Je ne lui ai pas encore dit. »

Il reste impassible.

« Tu crois que Darcy te dit tout, à propos de sa mère ?

— Je ne pense pas qu'elle mente. »

Nous savons tous les deux que ça ne veut pas dire la même chose.

Je lui raconte en détail les événements de vendredi en lui décrivant les derniers instants de Christine sur le pont, évoquant ses vêtements trouvés par terre chez elle, près du téléphone, le message qu'elle a apparemment écrit avec un bâton de rouge à lèvres alors qu'elle était penchée sur la table basse.

« Avait-elle quelqu'un dans sa vie ?

— Non.

— Des problèmes d'argent ?

— Oui, mais cela n'avait pas trop l'air de l'inquiéter.

— Tu penses donc que quelqu'un la menaçait ?

— Oui.

— Comment ?

— Je n'en sais rien. Chantage, intimidation… Elle était terrifiée.

— Pourquoi n'a-t-elle pas appelé la police ?

— Elle ne pouvait peut-être pas. »

Nous bifurquons vers un quartier de bureaux tout neuf hérissé d'immeubles en métal et en verre. Les routes en bitume, d'un gris net, contrastent avec les parterres de fleurs fraîchement plantées.

Ruiz s'engage dans un parking. La seule indication sur l'immeuble est une plaque à côté de l'interphone : Fastnet Telecommunications. La réceptionniste doit avoir vingt ans à peine ; elle porte une jupe étroite, un chemisier blanc ; ses dents sont encore plus blanches. La vue de Ruiz elle-même ne suffit pas à éclipser son sourire triomphant.

« Nous venons voir Oliver Rabb, dit-il.

— Asseyez-vous, je vous prie. »

Ruiz préfère rester debout. Sur les murs, il y a des affiches représentant des jeunes très beaux en train de parler dans des téléphones derniers modèles qui leur apportent à l'évidence le bonheur, la richesse, et leur valent assurément des super rancards.

« Imagine si les portables avaient été inventés plus tôt, lance Ruiz. Le général Custer aurait pu appeler la cavalerie en renfort.

— Et Paul Revere se serait épargné un long voyage.

— Nelson aurait pu envoyer un message de Trafalgar.

— Pour dire quoi ?

— Qu'il ne rentrerait pas dîner. »

La réceptionniste est de retour. On nous conduit dans une pièce tapissée d'écrans et d'étagères pleines de manuels d'informatique. Il en émane cette odeur d'ordinateurs neufs – plastique moulé, solvants, adhésifs.

« Que fait cet Oliver Rabb ?

— Il est ingénieur en télécommunications – le meilleur d'après mon copain de chez British Telecom. Il y a des gens qui réparent les téléphones. Lui répare les satellites.

— Peut-il retrouver la trace du dernier appel de Christine Wheeler ?

— C'est ce qu'on va lui demander. »

Oliver Rabb surgit furtivement par une autre porte. Grand, chauve, de grandes mains, légèrement voûté, il donne l'impression de vouloir nous montrer le haut de son crâne quand il s'incline pour nous serrer les mains. Plein de tics, excentrique à souhait, c'est le genre d'individu qui considère un nœud papillon et des bretelles comme des accessoires pratiques plutôt qu'une affaire de style.

« Posez-moi des questions. Allez-y.

— Nous faisons des recherches sur des appels passés à partir d'un téléphone portable, répond Ruiz.

— S'agit-il d'une enquête officielle ?

— Nous aidons la police. »

Je me demande si c'est à force d'avoir rencontré des menteurs que Ruiz ment si bien.

Oliver s'est connecté sur l'ordinateur et passe par le protocole des mots de passe. Il tape le numéro de portable de Christine Wheeler.

« C'est étonnant ce qu'on peut apprendre sur une personne en consultant ses relevés téléphoniques, dit-il en scrutant l'écran. Il y a quelques années un gars du Massachussetts Institute of Technology a fait une thèse de doctorat qui consistait à donner une centaine de portables gratuits à des étudiants et des employés. Pendant neuf mois, il a surveillé ces téléphones, emmagasinant ainsi plus de 350 000 heures de données. Il n'écoutait pas les conversations. Il s'intéressait juste aux numéros appelés, à la durée des communications, à l'heure et au lieu de l'appel. Il était beaucoup mieux renseigné que ça à la fin. Il savait combien d'heures dormait chaque personne, à quelle heure elle se réveillait, quand elle partait travailler, où elle faisait ses courses, qui étaient ses meilleurs amis, il connaissait ses restaurants, ses discothèques, ses cafés préférés, la destination de ses vacances. Il était capable de distinguer les collègues des amants. Et il était à même de prédire ce que les gens allaient faire dans les heures qui suivaient avec une précision de quatre-vingt-cinq pour cent. »

Ruiz me jette un coup d'œil par-dessus son épaule.

« C'est ton domaine, professeur. Quel est ton pourcentage de réussite à toi ?

— Je m'occupe de déviances, pas de moyennes.

— Et toc ! »

L'écran rafraîchit, et le compte et les relevés téléphoniques de Christine Wheeler apparaissent en détail.

« Voici ses communications du mois dernier.

— Qu'en est-il pour vendredi après-midi ?

— Où était-elle ?

— Sur le pont suspendu de Clifton, vers 17 heures. »

Oliver lance une nouvelle recherche. Une multitude de chiffres défilent à l'écran. Le curseur clignotant donne l'impression de les déchiffrer. La recherche n'aboutit à rien.

« Ce n'est pas logique, dis-je. Elle était sur son portable quand elle a sauté.

— Elle parlait peut-être toute seule, répond Oliver.

— Non. Il y avait une autre voix.

— Elle devait avoir un autre téléphone dans ce cas. »

Mon esprit se heurte à diverses hypothèses. Où a-t-elle trouvé un autre portable ? Pourquoi en changer ?

« Les données pourraient-elles être fausses ? » demande Ruiz.

Cette suggestion hérisse Oliver.

« D'après mon expérience, les ordinateurs sont plus sûrs que les gens. » Ses doigts caressent le sommet du moniteur comme s'il craignait qu'il ait été meurtri.

« Expliquez-moi à nouveau comment marche le système, voulez-vous ? » dis-je.

Cette question semble lui faire plaisir.

« Un portable est grosso modo une radio sophistiquée, assez semblable à un talkie-walkie. Mais ce dernier transmet des signaux sur un ou deux kilomètres alors qu'une CB peut aller jusqu'à une dizaine de kilomètres. La portée d'un téléphone mobile est considérable dans la mesure où il peut sauter d'une tour de transmission à l'autre sans perdre le signal. »

Il tend le bras.

« Montrez-moi votre portable. »

Je le lui remets.

« Chaque téléphone cellulaire s'identifie de deux manières. Le numéro d'identification personnel, NIP ou PIN, est fourni par le serveur et s'apparente à une ligne terrestre avec un indicatif de région à trois chiffres et un numéro de téléphone à sept chiffres. Le numéro de série électronique, NSE, est un nombre binaire à trente-deux bits assigné par le fabricant, et on ne peut jamais en changer.

« Quand vous recevez un appel sur votre mobile, le message est véhiculé par le réseau téléphonique jusqu'à ce qu'il atteigne la station de base la plus proche de votre appareil.

— Une station de base ?

— Une tour de transmissions. Vous en avez probablement vu en haut des immeubles ou au sommet des montagnes. La tour envoie des ondes radio que votre téléphone détecte. Elle vous attribue aussi un canal de manière à ce que vous ne vous retrouviez pas brusquement sur la ligne de quelqu'un d'autre. »

Oliver pianote toujours.

« Chaque appel passé ou reçu laisse une empreinte numérique. Un peu comme des miettes de pain. »

Il désigne un triangle rouge qui clignote sur l'écran.

« D'après le relevé, le dernier appel que madame Wheeler a reçu sur son mobile a eu lieu vendredi à 12 h 26. Il a transité par la tour d'Upper Bristol Road. Elle se trouve sur les immeubles d'Albion.

— C'est à moins d'un kilomètre de chez elle, dis-je.

— La tour la plus proche, vraisemblablement. » Ruiz scrute l'écran par-dessus l'épaule d'Oliver. « Peut-on savoir d'où provenait l'appel ?

— D'un autre portable.

— À qui appartient-il ?

— Il vous faut un mandat pour ce genre d'informations.

— Je ne le dirai à personne, répond Ruiz, tel un écolier sur le point de voler un baiser derrière le hangar à vélos.

— À quelle heure cet appel a-t-il pris fin ? »

Oliver tourne à nouveau son attention vers l'écran et fait apparaître une nouvelle carte, couverte de chiffres.

« C'est intéressant. La puissance du signal a commencé à changer. Elle devait se déplacer.

— Comment le savez-vous ?

— Ces triangles rouges correspondent aux emplacements des tours de transmission. Dans les zones habitées, elles sont en général à trois kilomètres d'écart, mais à la campagne, une quarantaine de kilomètres les séparent parfois.

« À mesure qu'on s'éloigne d'une tour, l'intensité du signal diminue. La prochaine station de base – la tour vers laquelle vous approchez – détecte le renforcement du signal. Les deux stations se coordonnent et transmettent votre appel à la tour suivante. Cela se passe tellement vite qu'on le remarque rarement.

— De sorte que Christine Wheeler parlait encore au téléphone quand elle est sortie de chez elle ?

— C'est l'impression que ça donne.

— Pouvez-vous dire où elle est allée ?

— Si on me donne le temps nécessaire. Souvenez-vous des miettes de pain. Ça risque de prendre quelques jours. »

Tout à coup, fasciné par la technologie, Ruiz rapproche une chaise et se plante devant l'écran. « Il manque trois heures. On arrivera peut-être à découvrir où Christine Wheeler est allée.

— Si tant est qu'elle ait gardé son portable sur elle, répond Oliver. Dès lors qu'un mobile est allumé, il transmet un signal, un ping, à la recherche des stations de base à sa portée. Il arrive qu'il en trouve plusieurs, mais il s'attachera au signal le plus fort. Le ping est en fait un message très court, moins d'un quart de seconde, mais il inclut le NIP et le NSE du téléphone : son empreinte digitale. La station de base stocke l'information.

— Si bien que vous pouvez retrouver la trace de n'importe quel mobile, dis-je.

— Dès lors qu'il est allumé.

— Quel est le degré d'exactitude ? Êtes-vous en mesure de localiser l'emplacement exact ?

— Non. Ce n'est pas comme un GPS. La tour la plus proche peut se situer à des kilomètres. On arrive parfois à trianguler le signal à partir de trois tours, voire plus, pour obtenir un résultat plus précis.

— Précis à quel point ?

— Jusqu'à une rue. Pas à un immeuble tout de même. »

Ma stupéfaction le fait glousser.

« Ce n'est pas le genre de chose dont votre aimable serveur tient à se vanter.

— La police non plus », renchérit Ruiz qui a commencé à prendre des notes en entourant les données de cercles en pointillés.

« Nous savons que Christine Wheeler a abouti sur le pont suspendu de Clifton vendredi après-midi. À un moment donné, elle a arrêté d'utiliser son portable pour en prendre un autre. À quel moment est-ce arrivé et pourquoi ? »

Oliver repousse sa chaise en prenant appui sur le bureau et la fait rouler vers un autre ordinateur. Les touches du clavier cliquettent sous ses doigts.

« Je consulte les stations de base de la région. Si on remonte le temps à partir de 17 heures, on arrivera peut-être à retrouver le portable de Mme Wheeler. Il y en a trois à proximité, ajoute-t-il en désignant l'écran. La plus proche est sur Sion Hill, en bas de l'avenue Queen Victoria. La tour se trouve sur le toit du Prince's Building. Les deux autres stations les plus proches sont à deux cents mètres de là, sur le toit de la bibliothèque de Clifton. »

Il tape le numéro de Christine Wheeler dans le moteur de recherche. L'écran rafraîchit. « Voilà ! lance-t-il en pointant le doigt sur un triangle. Elle était dans cette zone à 15 h 20.

— Au téléphone avec le même interlocuteur ?

— Apparemment oui. L'appel s'est achevé à 15 h 26. »

Ruiz échange un regard avec moi.

« Comment a-t-elle dégoté un autre téléphone ? demande-t-il.

— Quelqu'un le lui a donné, ou elle l'avait déjà sur elle. Darcy n'a jamais parlé d'un deuxième portable. »

Oliver nous écoute. Notre enquête l'interpelle de plus en plus. « Pourquoi cette femme vous intéresse-t-elle tant ?

— Elle a sauté du pont suspendu de Clifton. »

Il expire lentement si bien qu'il a encore plus l'air d'une tête de mort.

« Il doit bien y avoir un moyen de retrouver la trace de la conversation qui a eu lieu sur le pont, dit Ruiz.

— Il faut un numéro pour ça, répond Oliver. Quelque huit mille appels ont été transférés chaque quart d'heure par les stations de base les plus proches. À moins qu'on puisse resserrer la recherche…

— La durée est-elle un facteur ? Christine Wheeler est restée perchée sur le parapet du pont pendant une heure. Elle était au téléphone pendant tout ce temps-là.

— Les appels ne sont pas consignés selon leur durée, m'explique-t-il. Ça pourrait prendre des jours pour faire le tri. »

J'ai une autre idée.

« Combien d'appels se sont achevés à 17 h 07 précises ?

— Pourquoi ?

— C'est l'heure à laquelle elle a sauté. »

Oliver se penche à nouveau sur son clavier et se met à taper des paramètres en vue d'une nouvelle recherche. L'écran devient un chapelet de chiffres qui défilent à une telle vitesse qu'ils se changent en une cascade de noir et de blanc.

« Étonnant, commente Oliver en désignant l'écran. Il y a effectivement un appel qui se termine à 17 h 07 exactement. Il a duré plus de quatre-vingt-dix minutes. »

Ses doigts glissent sur les données et s'arrêtent subitement.

« Qu'est-ce qu'il y a ?

— C'est bizarre. Mme Wheeler était en communication avec un portable qui a transité par la même station de base.

— Qu'est-ce que ça veut dire ?

— Ça veut dire que la personne qui parlait à Mme Wheeler était sur le pont avec elle ou à portée de vue. »

13.

Des filles jouent au hockey sur le terrain. Des jupes bleues plissées virevoltent et retombent sur des genoux maculés de boue, des queues-de-cheval volent dans les airs, les crosses s'entrechoquent. L'expression « des jeunes filles en fleur » me vient à l'esprit. J'ai toujours aimé sa consonance. Ça me rappelle mon enfance, les filles que j'avais envie de baiser.

Le prof de gym fait l'arbitre. Sa voix est aussi perçante qu'un coup de sifflet. Elle leur crie de ne pas se regrouper, de faire des passes et de courir.

« Garde le rythme, Alice. Implique-toi. »

Je connais le nom de certaines filles. Louise a de longs cheveux bruns, Shelly un sourire comme un soleil. Quant à la pauvre Alice, elle n'a pas touché le palet une seule fois depuis le début de la partie.

Une bande d'adolescents, cachés derrière un if, regardent le match. Ils matent les filles et se paient leur tête.

Chaque fois que mon regard se pose sur les filles, j'imagine ma Chloe. Elle est plus jeune. Elle a six ans. J'ai raté son dernier anniversaire. Elle est douée pour les jeux de ballon. À quatre ans, elle était déjà capable d'en rattraper un.

Je lui ai construit un panier de basket, plus bas que la norme pour qu'elle puisse l'atteindre. On faisait des parties à deux et je la laissais toujours gagner. Au début, elle arrivait à peine à marquer, mais à mesure qu'elle acquérait de la force, qu'elle apprenait à viser, elle réussissait environ deux fois sur trois.

La partie de hockey est finie. Les filles filent se changer à l'intérieur. Shelly, au sourire ensoleillé, a couru vers les garçons pour flirter avec eux, mais la prof de gym la fait rentrer dans le rang.

Je tiens une craie serrée entre mes doigts et je me mets à gribouiller des lettres sur le revêtement en pierre du mur. La poudre s'incruste dans les fissures. Je recommence.

CHLOE.

Je dessine un cœur autour de son nom, transpercé par la flèche de Cupidon avec une pointe triangulaire et une queue en éventail. Puis je ferme les yeux et je fais un vœu en espérant qu'il se réalise.

Je rouvre les yeux. Je bats des paupières à deux reprises. La prof de gym est là, une crosse sur l'épaule, la poignée en tissu coloré serrée dans son poing.

Ses lèvres s'écartent :

« Fiche-le camp, saligaud, ou j'appelle la police ! »

14.

Il y a des moments, je les connais bien, où M. Parkinson refuse d'être docile et de prendre son remède comme un grand garçon. Il joue à des jeux cruels avec moi et me fait honte en public.

Notre organisme fait l'objet de milliers de processus involontaires sur lesquels nous n'exerçons pas le moindre contrôle. Nous ne pouvons arrêter les battements de notre cœur, ni empêcher notre peau de transpirer ou nos pupilles de se dilater. D'autres mouvements sont délibérés et ce sont ceux-là qui m'abandonnent. Mes membres, ma mâchoire, mon visage se mettent parfois à trembler, à tressaillir, ou bien ils se figent. Sans avertissement, ma figure se change en un masque, si bien que je suis incapable de sourire en guise de bienvenue, de manifester ma tristesse ou mon inquiétude. Quel psychologue serais-je si je n'ai plus la capacité d'exprimer mes émotions ?

« Tu recommences à me fixer, fait remarquer Ruiz.

— Désolé, dis-je en détournant le regard.

— Nous devrions rentrer, ajoute-t-il gentiment.

— Pas encore. »

Nous sommes à la terrasse d'un Starbucks où nous bravons le froid parce que Ruiz refuse d'être vu à l'intérieur d'un tel établissement et trouve qu'on aurait mieux fait d'aller au pub.

« Je veux un espresso, pas une pinte », lui ai-je fait remarquer.

Ce à quoi il a répondu : « Tu fais vraiment exprès de t'exprimer comme un coiffeur ?

— Bois ton café. »

Ses mains disparaissent dans les poches de son pardessus. C'est le même manteau fripé qu'il portait la première fois que je l'ai rencontré – il y a cinq ans. Il avait interrompu un speech que j'étais en train de faire à des prostituées de Londres. J'essayais de les aider à rester en sécurité dans les rues. Ruiz, lui, tentait d'élucider un meurtre.

Il m'a plu tout de suite. Les hommes qui prennent trop soin d'eux et de leur apparence peuvent paraître prétentieux et par trop ambitieux ; Ruiz avait cessé depuis longtemps de se préoccuper de ce que les autres pensaient de lui. Il faisait penser à un gros meuble sombre, informe, empestant le tabac et le tweed mouillé.

Quelque chose d'autre chez lui m'avait frappé : cette manière qu'il avait de regarder fixement au loin même quand il était assis dans une pièce. Comme s'il pouvait voir au-delà des murs, en un lieu où les choses étaient plus claires, meilleures, plus agréables à l'œil.

« Tu veux que je te dise ce que je ne comprends pas dans cette affaire ? dit-il.

— Qu'est-ce que tu ne comprends pas ?

— Pourquoi est-ce que personne ne l'a arrêtée ? Une femme nue sort de chez elle, elle monte dans sa voiture, elle fait vingt bornes, elle escalade la barrière de sécurité d'un pont et personne ne l'arrête ! Peux-tu m'expliquer ça ?

— Cela s'appelle l'"effet badaud".

— Moi j'appelle ça de l'apathie, grommelle-t-il.

— Pas du tout. »

Sur ce, je lui raconte l'histoire de Kitty Genovese, une serveuse new-yorkaise qui s'est fait attaquer devant son immeuble vers le milieu des années soixante. Une quarantaine de voisins ont entendu ses appels au secours ou l'ont vue se faire poignarder, mais pas un seul n'a téléphoné à la police ou essayé de lui venir en aide. L'agression a duré trente-deux minutes. À deux reprises, elle a réussi à s'échapper, mais chaque fois, son assaillant l'a rattrapée et lui a asséné de nouveaux coups de couteau.

La personne qui a finalement donné l'alarme a commencé par appeler un ami pour lui demander ce qu'il devait faire. Après cela, il est allé trouver son voisin pour téléphoner sous prétexte qu'il ne voulait pas « être impliqué ». Kitty Genovese est morte deux minutes avant l'arrivée de la police.

Ce crime avait provoqué une vague de rage et d'incrédulité colossale en Amérique ainsi qu'à l'étranger. Les gens accusèrent la surpopulation, l'urbanisation, la pauvreté d'avoir engendré une génération de citadins ayant des mœurs et une mentalité dignes de rats en cage.

Une fois l'hystérie passée, des études appropriées ayant été effectuées, les psychologues identifièrent l'« effet badaud ». Lorsqu'un groupe de gens est témoin d'une situation grave, ils se regardent avant de réagir en espérant que quelqu'un d'autre prendra l'initiative. Ils sont poussés à l'inaction par une ignorance pluraliste.

Des dizaines de gens ont dû voir Christine Wheeler ce vendredi après-midi – des automobilistes, des piétons, les employés du péage, les gens qui promenaient leurs chiens dans Leigh Woods –, et tous s'attendaient à ce que quelqu'un d'autre s'implique, lui vienne en aide.

« Les gens sont merveilleux, tu ne trouves pas ? » grogne Ruiz d'un ton pour le moins sceptique.

Il ferme les yeux et pousse un long soupir comme s'il cherchait à réchauffer le monde.

« On va où maintenant ? ajoute-t-il.

— Je veux voir Leigh Woods.

— Pourquoi ?

— Ça nous aidera peut-être à comprendre. »

Nous sortons de l'autoroute par la bretelle 19 et nous prenons des routes secondaires en direction de Clifton, qui se faufilent entre des terrains de sports, des fermes, des cours d'eau saumâtre et sinistre tandis que la décrue s'amorce. Des petites portions de bitume sont sèches pour la première fois depuis des semaines.

Pill Road devient Abbots Leigh Road, puis la gorge plonge à pic sur notre gauche, au-delà des arbres. À en croire la légende, cette gorge a été créée par deux frères géants, Vincent et Goram, qui l'auraient creusée avec une seule pioche. Quand les géants moururent, leurs dépouilles dérivèrent dans l'Avon pour former les îles de la Bristol Channel.

Cette légende, et les noms, plaisent à Ruiz. C'est probablement l'absurdité de la chose qui le séduit.

Une voûte en grès marque l'entrée de Leigh Woods. L'étroite route d'accès, flanquée d'arbres, mène à un petit parking en cul-de-sac. C'est là qu'on a retrouvé la voiture de Christine Wheeler, garée au milieu des feuilles mortes. Ce n'était pas forcément un endroit qu'elle connaissait, à moins d'avoir reçu des instructions précises ou d'y être venue avant.

À trente mètres du parking, une pancarte indique la direction de plusieurs sentiers de randonnée. La piste rouge prend une heure et représente cinq kilomètres jusqu'au bord de Paradise Bottom, avec son panorama sur la gorge. La piste violette est plus courte, mais elle inclut le camp de Stokeleigh, un fort perché sur une colline datant de l'âge de fer.

Ruiz me précède en s'arrêtant de temps en temps pour me laisser le temps de le rattraper. Je n'ai pas les chaussures qu'il faut pour crapahuter. C'était aussi le cas de Christine Wheeler. Elle a dû se sentir terriblement nue et vulnérable. Elle devait avoir très froid, très peur. Elle a marché dans ce sentier avec des talons hauts. Elle a dû trébucher et tomber dans la boue. S'écorcher les jambes dans les ronces. Quelqu'un lui donnait des ordres, pour l'éloigner du parking, l'isoler.

Des feuilles mortes se sont amoncelées telles des congères le long des fossés ; la brise fait tomber des gouttelettes d'eau des branches. C'est un bois ancien, je le sens dans l'odeur humide de la terre, des troncs d'arbres pourrissants, de l'humus : des relents en cascade. De temps à autre, entre les arbres, j'aperçois une grille qui marque les limites du parc, des toits plus haut et en contrebas.

Pendant les troubles en Irlande, l'IRA enfouissait souvent des caches d'armes en rase campagne, recourant à la ligne de visée entre trois points de repère afin de dissimuler leur arsenal au milieu de champs sans que rien en surface ne marque le site. Les patrouilles anglaises à la recherche de ces planques apprirent à étudier le paysage, à repérer les éléments topographiques qui accrochaient le regard – un arbre d'une teinte différente, un monticule de pierres, un poteau incliné.

Je fais la même chose en un sens – je cherche des points de référence, des indices psychologiques qui pourraient désigner le dernier trajet de Christine. Je sors mon portable de ma poche pour vérifier l'intensité du réseau. Trois barres. C'est suffisant.

« Elle a pris ce sentier.

— Comment peux-tu en être aussi sûr ? demande Ruiz.

— Il est plus à découvert. Il tenait à la voir. Et à ce qu'on la voie.

— Pourquoi ?

— Je ne sais pas encore très bien. »

La plupart des crimes sont une coïncidence – une juxtaposition de circonstances. Quelques minutes, quelques mètres dans un sens ou dans l'autre, et le crime ne se serait peut-être pas produit. Cette fois-là, les choses étaient différentes. Celui qui a fait ce coup connaissait les numéros de téléphone de Christine Wheeler et son adresse. Il lui a dit de venir ici. Il a choisi les chaussures qu'elle mettrait.

Comment ? Comment la connaissais-tu ? Tu avais dû la voir quelque part auparavant. Elle portait peut-être ses souliers rouges.

Pourquoi l'as-tu fait venir ici ?

Tu voulais qu'on la voie, mais cet endroit est trop exposé, trop public. Quelqu'un aurait pu l'arrêter ou appeler la police. Même un jour maussade comme vendredi, il y avait des gens sur les sentiers de randonnée. Si tu tenais vraiment à l'isoler, tu aurais dû choisir tout un tas d'autres lieux. Plus discrets, où tu aurais disposé de davantage de temps.

Mais plutôt que de la tuer dans ton coin, tu as rendu ce crime très public. Tu lui as dit d'aller sur le pont et d'enjamber la barrière. Ce type de contrôle est ahurissant. Incroyable.

Christine ne s'est pas défendue. Il n'y avait pas de cellules épithéliales sous ses ongles, elle ne présentait pas de meurtrissures. Tu n'as pas eu besoin de cordes pour la soumettre, ni de ta force physique. Personne ne t'a vu dans sa voiture. Aucun témoin n'a mentionné la présence de quelqu'un auprès d'elle. Tu devais l'attendre – dans un endroit où tu te sentais en sécurité, une cachette.

Ruiz s'est arrêté une fois de plus pour m'attendre. Je le dépasse et je quitte le sentier pour grimper une petite pente. J'atteins une crête surmontée par un tertre formé par trois arbres. La vue sur l'Avon Gorge est imprenable. En m'agenouillant dans l'herbe, je sens l'humidité de la terre imprégner mon pantalon et les coudes de mon manteau. Le chemin est visible sur une centaine de mètres dans un sens et dans l'autre. C'est une bonne planque, idéale pour un flirt innocent ou une traque illicite.

Soudain le soleil fait son apparition entre les nuages qui courent dans le ciel. Ruiz m'a suivi en haut de la pente.

« Quelqu'un s'est servi de cet endroit pour épier les gens. Tu vois, l'herbe est tassée. Quelqu'un s'est couché sur le ventre en plantant ses coudes, là. »

Pendant que je prononce ces mots, mon regard est attiré par un bout de plastique jaune pris dans un enchevêtrement de ronces à une dizaine de mètres de l'endroit où je me trouve. Je me lève pour me rapprocher, je me penche entre les branches épineuses jusqu'à ce que ma main se resserre sur le ciré.

Ruiz émet un long soupir sifflant.

« Tu es un drôle de zigoto. Tu sais ça ? »

Le moteur tourne. Le chauffage est à fond. J'essaie de faire sécher mon pantalon.

« On devrait appeler la police, dis-je.

— Pour leur dire quoi ?

— Leur parler de l'imper.

— Ça ne changera rien. Ils savent déjà qu'elle était dans les bois. Des gens l'ont vue. Ils l'ont vue sauter.

137

— Mais ils pourraient fouiller les bois. En interdire l'accès. »

J'imagine des dizaines de policiers en civil en quête d'empreintes et des chiens de policier reniflant une piste.

« Il a plu des cordes depuis vendredi, tu le sais bien. On ne trouvera plus rien. »

Il sort une boîte de berlingots de la poche de sa veste et m'en propose un. Le bonbon dur comme un caillou cogne contre mes dents quand je le suce.

« Et son portable ?

— Il est au fond de l'eau.

— Le premier. Celui qu'elle a pris chez elle.

— Il ne nous apprendrait rien qu'on ne sache déjà. »

Il pense que j'extrapole, j'en suis conscient, que je veux connaître le fin mot de l'histoire. Ce n'est pas vrai. Il n'y a qu'une seule issue convaincante d'emblée, sur laquelle aucun d'entre nous ne peut fermer les yeux et que Christine Wheeler a percuté à cent cinquante kilomètres heure. Je veux découvrir la vérité, pour Darcy.

« Tu dis qu'elle avait des problèmes d'argent. J'ai connu des usuriers qui n'y allaient pas de main morte.

— Celui-là n'y serait pas allé avec le dos de la cuiller.

— Il l'a peut-être poussée à bout au point qu'elle a craqué. »

Je regarde fixement ma main gauche ; mon pouce et mon index se sont mis à « émietter du pain », selon l'expression consacrée. C'est comme ça que les tremblements commencent, un mouvement rythmique de deux doigts d'avant en arrière, à raison de trois battements par seconde. Si je me concentre à fond sur mon pouce pour l'obliger à se tenir tranquille, je peux stopper momentanément le tressaillement.

J'essaie maladroitement de cacher ma main dans ma poche. Je sais ce que Ruiz va dire. J'anticipe : « Une dernière halte, j'insiste. Ensuite on rentre à la maison. »

15.

Le garage de la police de Bristol est à côté de la gare de Bedminster, caché derrière des murs tachés de suie et des clôtures en barbelé. Le sol tremble chaque fois qu'un train passe ou freine à fond en arrivant sur le quai.

Ça sent la graisse, le liquide de transmission, l'huile de carter. Un mécanicien jette un œil à travers la vitre crasseuse du bureau et repose sa tasse de thé sur sa soucoupe. En salopette orange et chemise à carreaux, il nous rejoint à la porte et cale son bras contre le chambranle comme s'il attendait un mot de passe.

« Désolé de vous déranger, dit Ruiz.

— C'est ça que vous avez l'intention de faire ? »

Il s'essuie soigneusement les mains avec un chiffon.

« On a remorqué une voiture depuis Clifton il y a quelques jours. Une Laguna bleue. Elle appartenait à une femme qui a sauté du pont suspendu.

— Vous êtes venus la chercher ?

— On est venus l'examiner. »

Cette réponse ne lui semble pas très plausible. Il la fait tourner dans sa bouche un moment avant de la cracher dans son chiffon. En me jetant un regard en coin, il se demande si je pourrais être un flic.

« Vous attendez de voir un insigne, fiston ? » s'enquiert Ruiz.

L'homme hoche la tête distraitement. Il a l'air moins sûr de lui.

« Je suis à la retraite, ajoute Ruiz. J'étais inspecteur divisionnaire auprès de la London Metropolitan. Vous allez accéder à ma requête et vous voulez que je vous dise pourquoi ? Parce que la seule chose que je veux, c'est jeter un coup d'œil à cette voiture qui ne fait pas l'objet d'une enquête criminelle et qui est juste là en attendant qu'un membre de la famille de la défunte vienne la chercher.

— Ça ne devrait pas poser de problème, je suppose.

— Vous n'avez pas vraiment l'air convaincu, fiston.

— Bon, d'accord. Elle est là-bas. »

La Renault bleue est garée le long du mur nord de l'atelier, près d'une épave tire-bouchonnée qui a dû coûter au moins une vie. J'ouvre la portière côté passager et j'attends que mes yeux s'accommodent à l'obscurité. Le plafonnier n'est pas assez puissant pour chasser les ombres. Je ne sais pas ce que je cherche.

Le compartiment à gants est vide ; rien non plus sous les sièges. J'explore les vide-poches des portières. Des mouchoirs, une crème hydratante, des produits de maquillage, de la petite monnaie. Je finis par trouver un chiffon pour nettoyer les vitres et une raclette pour dégivrer, coincés sous le siège.

Ruiz a ouvert le coffre. Il est vide en dehors d'un pneu de rechange, d'une boîte à outils et d'un extincteur.

Je retourne près de la portière, je m'assois derrière le volant et je ferme les yeux en essayant d'imaginer un vendredi après-midi pluvieux, la pluie striant le pare-brise. Christine Wheeler a parcouru une vingtaine de kilomètres depuis chez elle, nue sous un imperméable en plastique. Le dispositif antibuée a dû mettre les bouchées doubles, le chauffage aussi. A-t-elle ouvert la fenêtre pour appeler à l'aide ?

Mon regard est attiré vers la droite où la vitre est maculée d'empreintes. Il y a autre chose. Il me faut plus de lumière.

« J'ai besoin d'une lampe de poche, crié-je à Ruiz.

— Qu'est-ce que tu as trouvé ? »

Je désigne les marques.

Le mécanicien va chercher une lampe électrique – une ampoule dans une cage en métal. Il a enroulé le cordon autour de son épaule. Des ombres géantes glissent le long des murs en brique et se dissipent à mesure que la lumière bouge.

En maintenant la lampe à l'extérieur de la vitre, je distingue de vagues lignes. Cela ressemble aux dessins tracés par un doigt d'enfant sur une fenêtre embuée après la pluie. Si ce n'est que ces lignes-là n'ont pas été esquissées par un enfant. Elles ont été transférées sur la glace en pressant quelque chose dessus.

« Vous fumez ? demande Ruiz en levant les yeux vers le mécanicien.

— Ouais.

— Je veux une cigarette.

— On n'a pas le droit de fumer ici.

— Faites ce que je vous demande. »

Je dévisage Ruiz, interloqué. Je l'ai vu arrêter de fumer au moins deux fois, mais jamais recommencer sur l'inspiration du moment.

Je les suis dans le bureau. Ruiz allume une cigarette, inhale la fumée, puis il expire en regardant fixement le plafond.

« Tiens, prends-en une aussi, me dit-il en me tendant une cigarette.

— Je ne fume pas.

— Fais ce que je te dis ! »

Le mécanicien en allume une aussi. Pendant ce temps-là, Ruiz récupère des mégots écrasés dans le cendrier en métal et entreprend de réduire la cendre en poudre.

« Vous n'auriez pas une bougie ? »

Le mécanicien fouille dans les tiroirs jusqu'à ce qu'il en trouve une. Ruiz l'allume, fait couler de la cire au milieu d'une soucoupe et pose la base de la bougie dans la cire fondue pour qu'elle tienne debout. Ensuite, il prend une tasse à café et la fait tournoyer au-dessus de la flamme de manière à ce que la surface soit noire de suie.

« C'est une vieille technique, explique-t-il. Un gars du nom de George Noonan me l'a enseignée. Il parlait aux morts. Un médecin légiste. »

Ruiz racle la suie au-dessus du tas de cendres qui grandit et mélange délicatement le tout avec la pointe d'un crayon.

« Il nous faut un pinceau maintenant. Quelque chose de doux. De fin. »

Christine Wheeler avait une petite pochette de maquillage dans son compartiment à gants. Après être allé la récupérer, j'en verse le contenu sur le bureau – un tube de rouge à lèvres, du mascara, un eye-liner et un poudrier en acier poli contenant de la poudre et un petit pinceau.

Ruiz le saisit avec précaution comme s'il risquait de s'effriter entre ses doigts.

« Ça devrait faire l'affaire. Apportez la lampe. »

Il retourne à la voiture, s'installe au volant, portière ouverte, et maintient la lampe hors de la portière. En faisant attention de ne pas respirer trop fort, il entreprend de « peindre » avec soin le mélange de cendres et de suie sur la glace. L'essentiel tombe du pinceau et saupoudre ses chaussures, mais il en reste juste assez collé sur les traces à l'intérieur de la vitre. Comme par magie, des symboles commencent à se former, puis se transforment en mots.

AIDEZ-MOI.

Des coups de tonnerre froissent l'air au-dessus de nous, s'enchaînant sans répit. Quelque chose vibre en moi. Christine Wheeler a écrit un mot avec un bâton de rouge à lèvres et l'a pressé contre la vitre de sa voiture en espérant que quelqu'un le remarquerait. Seulement personne ne l'a remarqué.

Des lampes à arc se dressent sur des trépieds au milieu du garage, leurs têtes carrées tournées vers l'intérieur créant un éclat blanc qui fait qu'on n'y voit strictement rien dans les ombres au-delà. Les enquêteurs criminels évoluent dans la clarté. Leurs blouses blanches donnent l'impression de briller de l'intérieur.

On est en train de démantibuler la voiture. Sièges, tapis, vitres, panneaux, doublures, on enlève tout, on passe l'aspirateur, on époussette, on tamise, on gratte ; on la décortique comme la carcasse d'une bête métallique. Chaque emballage de bonbon, la moindre fibre ou peluche, la tache la plus infime sont photographiés, répertoriés, catalogués.

Des pinceaux à empreinte dansent sur les surfaces dures, laissant une traînée de poudre noire ou argentée dans leur sillage, plus fine que la version faite maison de Ruiz. Des baguettes magnétiques balaient l'air, décelant des détails invisibles à l'œil.

Le chef de l'équipe d'experts est un type corpulent originaire de Birmingham qui a l'air d'un bonbon à la gelée dans sa salopette. On dirait qu'il donne un cours magistral à des bleus : il parle de « preuves physiques éphémères » et de « maintenir l'intégrité de la scène du crime ».

« Que cherchons-nous exactement, monsieur ? demande un des novices.

— Des preuves, mon fils, nous cherchons des preuves.

— Des preuves de quoi ?

— Du passé. »

Il lisse ses gants en latex sur ses paumes.

« Ça ne fait peut-être que cinq jours, mais c'est quand même de l'histoire ancienne. »

Dehors la lumière faiblit et la température baisse rapidement. L'inspecteur Cray est devant la porte principale du garage, une voûte en brique noircie sous le viaduc du chemin de fer. Un train passe en grondant au-dessus de sa tête.

Elle allume une cigarette et insère l'allumette consumée dans la boîte derrière les autres. Cela lui laisse un temps de réflexion pendant qu'elle donne des consignes à son second.

« Je veux savoir combien de personnes ont touché ce véhicule depuis qu'on l'a retrouvé. Je veux les empreintes digitales de tout le monde et leur identité. »

Son second a des lunettes à monture d'acier et les cheveux coupés en brosse. « Sur quoi enquêtons-nous précisément, chef ?

— Un décès suspect. La maison des Wheeler est aussi une scène de crime. Je veux qu'elle soit fermée et gardée. Vous pourriez peut-être aussi trouver un traiteur indien correct.

— Vous avez faim, chef ?

— Pas particulièrement, brigadier, mais vous, vous êtes bons pour passer la nuit ici. »

Ruiz est assis dans sa Mercedes, portière ouverte. Il a les yeux fermés. Je me demande si c'est pénible pour lui de céder les rênes à quelqu'un d'autre dans une affaire comme celle-là, maintenant qu'il a pris sa retraite. Ses vieux instincts doivent ressurgir, le désir d'élucider un crime et de restaurer l'ordre. Il m'a dit un jour que le truc à faire dans les affaires criminelles violentes, c'est de se concentrer sur un suspect, et non sur la victime. Je suis d'un avis contraire. En connaissant la victime, je découvre le suspect.

Un meurtrier n'est pas toujours cohérent dans ses actes. Les circonstances, les événements altéreront ce qu'il dit, ce qu'il fait. On peut en dire autant de la victime. Comment a-t-elle réagi sous la pression ? Qu'a-t-elle dit ?

Christine Wheeler ne me fait pas l'effet d'une femme provocante ou susceptible d'attirer l'attention sur elle par son apparence ou ses attitudes. Elle portait des tenues classiques, sortait rarement le soir ; elle avait tendance à s'effacer. Les femmes présentent des niveaux de vulnérabilité et de risque divers. J'ai besoin de connaître ces éléments. En découvrant Christine, j'ai des chances d'en savoir plus sur celui qui l'a tuée.

L'inspecteur Cray est à côté de moi maintenant, les yeux rivés sur un tonneau de graisse.

« Dites-moi, professeur, est-ce dans vos habitudes de baratiner les mécaniciens pour vous introduire dans le garage de la police histoire de contaminer des indices importants ?

— Non, inspecteur. »

Elle souffle un nuage de fumée et renifle à deux reprises en jetant un coup d'œil vers l'autre bout de la cour où Ruiz somnole.

« Qui est votre partenaire ?

— Vincent Ruiz. »

Elle me dévisage en battant des cils.

« Vous vous foutez de moi là !

— Pas le moins du monde.

— Et comment connaissez-vous Vincent Ruiz ? J'aimerais bien le savoir.

— Il m'a arrêté un jour.

— Ça doit être tentant, je vous l'accorde. » Elle n'a pas quitté Ruiz des yeux. « Il a fallu que vous vous en mêliez. C'était plus fort que vous.

— Ce n'était pas un suicide.

— Nous l'avons vue sauter tous les deux.

— Elle ne l'a pas fait volontairement.

— Je n'ai vu personne la menacer d'un revolver. Ni aucune main la pousser.

— Une femme comme Christine Wheeler ne décide pas subitement de se déshabiller et de sortir de chez elle en tenant un écriteau qui dit : AIDEZ-MOI. »

L'inspecteur se retient d'éructer comme si j'avais dit quelque chose qu'elle n'arrivait pas à digérer.

« Bon. Imaginons l'espace d'un instant que vous ayez raison. Si Mme Wheeler faisait l'objet d'une menace, pourquoi n'a-t-elle pas appelé quelqu'un ou ne s'est-elle pas rendue au commissariat le plus proche ?

— Parce qu'elle ne pouvait pas le faire.

— Vous pensez qu'il était dans la voiture avec elle ?

— Pas si elle a brandi un écriteau.

— Il l'écoutait alors.

— Oui.

— Et je présume qu'il l'a convaincue de se donner la mort ? »

Je ne réponds pas. Ruiz est sorti de sa voiture, il s'étire en roulant paresseusement des épaules. Il s'approche de nous à pas lents. L'inspecteur et lui se mesurent du regard comme deux coqs dans une basse-cour.

« Inspecteur Cray, je vous présente Vincent Ruiz.

— J'ai beaucoup entendu parler de vous, dit-elle en lui serrant la main.

— Ne croyez pas la moitié de ce qu'on dit à mon sujet.

— Ça ne risque pas. »

Il jette un coup d'œil à ses pieds.

« C'est des chaussures d'homme que vous avez là ?

— Ouais. Ça vous pose un problème ?

— Pas du tout. Quelle pointure ?

— Pourquoi ?

— On fait peut-être la même.

— Vous n'êtes pas assez balèze.

— On parle de chaussures ou d'autre chose ? »

Elle sourit.

« Vous êtes croquignolet, mon petit bonhomme. »

Elle se tourne vers moi.

« Je vous veux dans mon bureau demain matin à la première heure.

— J'ai déjà fait ma déclaration.

— Ce n'est que le début. Vous allez m'aider à comprendre cette foutue affaire parce que pour le moment, ça me dépasse complètement. »

16.

« Qu'est-ce qui vous est arrivé ?

— Je me suis agenouillé dans la boue.

— Oh ! »

Darcy est sur le pas de la porte. Elle m'enveloppe d'un regard inquiet, désarmant. J'ôte mes chaussures et les dépose sur la première marche. Des arômes de sucre chaud et de cannelle flottent dans l'air. Je trouve Emma debout sur une chaise dans la cuisine, une cuiller en bois à la main ; elle a une barbiche en chocolat.

« Faut pas jouer dans la boue, papa. Tu vas te salir, me dit-elle gravement avant de m'annoncer : Je fais des biscuits.

— Je vois ça. »

Elle porte un tablier trop grand pour elle qui lui arrive aux chevilles. Une pyramide d'assiettes sales remplit l'évier.

Darcy se faufile à côté de moi et rejoint Emma. Il y a un lien entre elles. J'ai presque l'impression de faire intrusion.

« Où est Charlie ?

— En haut. Elle fait ses devoirs.

— Je suis désolé d'avoir mis tant de temps. Vous avez mangé ?

— J'ai préparé des spaghettis. »

Emma opine du bonnet et confirme en prononçant « pagetti ».

« Vous avez reçu plusieurs coups de fil, m'informe Darcy. J'ai noté les messages. M. Hamilton, le cuisiniste, a dit qu'il pouvait venir mardi prochain. On va vous livrer votre bois lundi. »

Je m'assieds à la table de la cuisine, et avec beaucoup de cérémonie, je goûte un des biscuits d'Emma qui sont, paraît-il, les meilleurs du monde. La maison devrait être sens dessus dessous, mais ce n'est pas le cas. Mis à part la cuisine, tout est nickel. Darcy a fait le ménage. Elle a même rangé le bureau et changé une ampoule dans la réserve alors qu'elle n'a pas fonctionné depuis qu'on s'est installés.

Je la prie de s'asseoir.

« La police va faire une enquête sur le décès de ta mère. »

Son regard se brouille momentanément.

« Ils me croient ?

— Oui. J'ai besoin de te poser encore quelques questions à propos de ta maman. Comment était-elle ? Quelles étaient ses habitudes ? Était-elle ouverte, confiante, ou plutôt prudente et réservée ? Dans le cas où on l'aurait menacée, aurait-elle eu un comportement agressif ou sombré dans le mutisme ?

— Pourquoi avez-vous besoin de savoir tout ça ?

— J'en saurai plus sur lui quand je la connaîtrai mieux.

— Lui ?

— La dernière personne avec qui elle a parlé.

— Celui qui l'a tuée. »

Ces mots qu'elle prononce elle-même semblent la ratatiner. Il y a une trace de farine sur son front près de son sourcil droit.

« Tu m'as parlé d'une dispute avec ta mère. De quoi était-il question ? »

Elle hausse les épaules.

« Je voulais aller à l'École nationale de ballet. Je n'étais pas censée passer l'audition, mais j'ai imité la signature de maman sur la demande d'inscription et j'ai pris le train pour Londres toute seule. J'ai pensé que si j'arrivais à décrocher une place, elle changerait d'avis.

— Que s'est-il passé ?

— Vingt-cinq ballerines seulement sont prises chaque année alors que des centaines posent leur candidature. Quand la lettre est arrivée, confirmant mon admission, maman l'a lue et puis elle l'a jetée à la poubelle. Ensuite elle est allée dans sa chambre et elle s'est enfermée à clé.

— Pourquoi ?

— Ça coûte douze mille livres par an. On n'avait pas les moyens.

— Mais elle payait déjà tes frais de scolarité…

— Je bénéficie d'une bourse. Si je quitte l'école, je perds l'argent. » Elle est en train de se curer les ongles, grattant la farine sous les petites peaux.

« Les affaires de maman ne marchaient pas très bien. Elle a emprunté beaucoup d'argent et n'arrivait pas à rembourser. Je n'étais pas supposée le savoir, mais je l'ai entendue se disputer avec Sylvia. C'est pour ça que je voulais arrêter mes études et me dégoter un boulot pour économiser l'argent. Je pensais que je pourrais aller à l'école de ballet l'année prochaine. »

Sa voix se réduit à un chuchotement.

« C'est à cause de ça qu'on s'est disputées. Quand maman m'a envoyé les chaussons de danse, j'ai pensé qu'elle avait peut-être changé d'avis.

— Les chaussons de danse ? Je ne comprends pas.

— C'est pour danser.

— Je sais ce que c'est.

— Quelqu'un m'en a envoyé une paire. J'ai reçu un paquet. Le gardien l'a trouvé à la porte de l'école samedi matin. Il m'était adressé. Il y avait des chaussons dedans – des Gaynor Mindens. Ça coûte super cher.

— Combien ?

— Quatre-vingts livres la paire. » Ses mains sont enfouies dans la poche de son tablier. « J'ai pensé que c'était maman qui me les avait envoyés. J'ai essayé de l'appeler, mais je n'ai pas réussi à la joindre. » Elle ferme les yeux, inspire à fond. « J'aimerais tellement qu'elle soit là.

— Je sais.

— Je lui en veux de ne pas être là.

— Ne fais pas ça. »

Elle détourne le visage, se lève et se faufile à côté de moi. Je l'entends monter l'escalier. Fermer la porte de la chambre. Se laisser tomber sur le lit. Le reste, je peux l'imaginer.

17.

Les allées du supermarché sont désertes. Elle fait ses courses le soir parce qu'elle est trop occupée la journée et que les week-ends sont destinés à la grasse matinée et aux visites à la salle de gym plutôt qu'aux corvées domestiques. Elle achète un gigot. Des choux de Bruxelles. Des pommes de terre. Du fromage blanc. Pour un dîner avec des amis peut-être, ou un tête-à-tête en amoureux.

Je jette un coup d'œil dans la direction du kiosque, au-delà des caisses. Alice est en train de lire une revue de musique en dégustant une sucette. Elle est en uniforme d'école – jupe bleu marine, chemisier blanc et gilet bleu foncé.

Sa maman l'appelle. Alice remet le magazine en place et vient l'aider à ranger les provisions dans des sacs. Je les suis, à une autre caisse, puis jusqu'au parking où elle charge les courses dans le coffre de son élégante Golf décapotable.

Alice reçoit l'ordre d'attendre dans la voiture. Sa mère traverse le parking à petits pas pressés, la tête haute, en balançant les hanches. Elle s'arrête à un croisement et attend que le feu passe au vert. Je la suis le long du trottoir d'en face, passant devant des boutiques et des cafés brillamment éclairés, jusqu'à ce qu'elle arrive devant un pressing où elle entre.

La jeune Asiatique derrière le comptoir lui sourit. Un autre client entre. Un homme. Elle le connaît. Ils s'embrassent sur les deux joues. La main de l'homme s'attarde sur sa hanche. Elle a un admirateur. Je ne vois pas le visage du type, mais il est grand et bien habillé.

Ils sont tout proches l'un de l'autre. Elle rit en redressant les épaules. Elle flirte avec lui. Je devrais le prévenir. Lui dire de sauter les préliminaires. Ne t'embarrasse pas d'un mariage et d'un divorce compliqué. Achète-lui une maison à cette salope et donne-lui les clés – ce sera moins coûteux à long terme.

Je l'observe du trottoir d'en face, debout près d'une carte destinée aux touristes. Les lumières d'un restaurant voisin éclairent le bas de mon corps en laissant mon visage dans les ombres. Une aide-cuisinière est sortie fumer une cigarette. Elle sort son paquet de la poche de son tablier et me jette un coup d'œil par-dessus la flamme qu'elle protège.

« Vous êtes perdu ? demande-t-elle en détournant la tête pour expirer la fumée.

— Non.

— Vous attendez quelqu'un ?

— Peut-être bien. »

Ses cheveux blonds et courts sont maintenus derrière ses oreilles par des barrettes. Ses sourcils sont plus foncés, dévoilant sa vraie couleur.

En suivant mon regard, elle voit qui je regarde.

« Elle vous intéresse ?

— J'ai cru la reconnaître.

— Elle a l'air d'être déjà en bonne compagnie. Vous arrivez peut-être trop tard. » Elle se détourne à nouveau pour souffler un nuage de fumée. « Comment vous appelez-vous ?

— Gideon.

— Moi, c'est Cheryl. Vous voulez un café ?

— Non.

— Je peux vous en apporter un.

— Ce n'est pas la peine.

— C'est comme vous voulez. »

Elle écrase sa cigarette sous sa semelle. Je reporte mon attention sur le pressing. Elle flirte toujours. Ils se disent au revoir. Elle se dresse sur la pointe des pieds et lui dépose un baiser sur la joue, près de ses lèvres cette fois-ci. Elle s'attarde. Puis elle regagne la porte en se dandinant un peu. Une dizaine de vêtements sous cellophane sont drapés sur son épaule gauche.

Elle retraverse la rue, dans ma direction cette fois-ci. Encore six pas et elle sera là. Elle ne lève pas les yeux. Elle me dépasse comme si je n'existais pas, comme si j'étais invisible. C'est peut-être ça en fait – je m'estompe petit à petit.

Je me réveille parfois la nuit avec l'angoisse d'avoir disparu dans mon sommeil. C'est ce qui arrive quand personne ne tient à vous. Petit à petit, on s'évapore jusqu'au moment où les gens voient à travers votre torse, votre tête, comme si vous étiez en verre.

Ce n'est pas une question d'amour ; il s'agit d'oubli. On existe seulement si les autres pensent à vous. C'est comme cet arbre qui tombe dans la forêt alors qu'il n'y a personne pour l'entendre. Qui s'en soucie à part les oiseaux ?

18.

J'ai eu un patient un jour qui était convaincu que sa tête était remplie d'eau de mer et qu'un crabe vivait à l'intérieur. Quand je lui demandais ce qui était arrivé à son cerveau, il me répondait que des extraterrestres l'avaient aspiré avec une paille.

« C'est mieux comme ça, insistait-il. Le crabe a plus de place. »

Je raconte cette histoire à mes étudiants et ça les fait rire. La semaine des inscriptions est finie. Ils ont l'air plus en forme. Ils sont trente-deux à être venus pour les travaux dirigés dans une pièce laide et brutalement moderne avec des plafonds bas et des murs en panneaux de fibre boulonnés entre des poutrelles peintes.

Sur la table devant moi, il y a un grand bocal en verre recouvert d'un drap blanc. Ma surprise. Ils se demandent ce que je vais leur montrer, je le sais. Je les ai assez fait attendre.

Je saisis les angles du tissu et je plie les poignets. Le tissu se gonfle et tombe, révélant un cerveau humain en suspension dans du formol.

« Voici Brenda, leur dis-je. J'ignore si c'est son vrai nom, mais je sais qu'elle est morte à l'âge de quarante-huit ans. »

J'enfile des gants en caoutchouc et je soulève l'organe gris tout mou dans mes mains en coupe. Il dégouline sur la table.

« Quelqu'un veut-il venir la tenir ? »

Personne ne bronche.

« J'ai d'autres paires de gants. »

Toujours pas d'amateurs.

« Toutes les religions, tous les systèmes de croyances de l'histoire ont soutenu qu'il y avait une force à l'intérieur de chacun de nous, une âme, une conscience, le Saint-Esprit. Personne ne sait où réside cette force. Elle pourrait très bien se trouver dans un orteil, le lobe de l'oreille, un mamelon. »

De gros éclats de rire et des ricanements me confirment qu'ils écoutent.

« La plupart des gens la situeraient plus volontiers dans le cœur ou dans le cerveau. Je n'en sais pas plus que vous à cet égard. Les scientifiques ont exploré les moindres parcelles de notre organisme à l'aide de rayons X, d'ultra-sons, d'IRM, de scanners. On a découpé des êtres humains en rondelles, en petits dés, on les a pesés, disséqués, tâtés, sondés depuis quatre cents ans et pourtant, personne encore n'a découvert un compartiment secret, un trou noir mystérieux, une force intérieure magique ou une lumière scintillante en nous. On n'a pas trouvé de génie dans une bouteille, ni de fantôme dans la machine, ni de minuscule personne en train de pédaler frénétiquement sur une petite bicyclette.

« Que faut-il conclure de tout ça ? Sommes-nous simplement faits de chair et de sang, de nerfs et de neurones, une remarquable machine ? Ou un esprit réside-t-il en nous que nous ne pouvons ni voir ni comprendre ? »

Une main se lève. Une question ! C'est Nancy Ewers – la journaliste de la revue d'étudiants.

« Que dire du sentiment de soi ? demande-t-elle. Ça fait certainement de nous autre chose que des machines.

— Peut-être. Pensez-vous que nous naissons avec ce sentiment de soi, notre ego, une personnalité unique ?

— Oui.

— Vous avez peut-être raison. J'aimerais cependant que vous envisagiez une autre possibilité. Et si notre conscience – notre sentiment de soi –, émanait de nos expériences – de nos pensées, de nos sentiments, de nos souvenirs ? Plutôt que de naître avec un plan prédéterminé, nous serions le produit de nos vies et le reflet de ce que les autres voient en nous. Nous sommes éclairés *de l'extérieur* plutôt que de l'intérieur. »

Nancy fait la grimace et retombe sur son siège. Les gens autour d'elle griffonnent furieusement. Je me demande bien pourquoi. Ça ne figurera pas à l'examen.

Bruno Kaufman m'intercepte alors que je quitte l'amphi.

« Dis-moi, vieux, je pensais t'inviter à déjeuner.

— J'ai un rendez-vous.

— Elle est jolie ? »

Je vois la tête de Ruiz et je réponds que non. Bruno m'emboîte le pas.

« Terrible cette histoire sur le pont la semaine dernière ! Épouvantable !

— Oui.

— Une femme si gentille.

— Tu la connaissais ?

— Mon ex-femme était à l'école avec Christine.

— J'ignorais que tu avais été marié.

— Si, si. Maureen l'a mal pris, la pauvre ! Ça a été un choc pour elle.

— Je suis navré. Quand a-t-elle vu Christine pour la dernière fois ?

— Je pourrais lui poser la question, je suppose. » Il a l'air d'hésiter.

« Ça pose un problème ?

— Ça veut dire qu'il faudrait que je l'appelle.

— Vous ne communiquez pas ?

— Ça a été comme ça depuis le début, vieux. Une vraie pièce de Pinter, notre mariage, plein de profonds silences. »

Nous descendons l'escalier couvert et traversons la cour.

« Évidemment, ce n'est plus la même chose maintenant, dit Bruno. Elle m'appelle tous les jours, pour parler.

— Elle doit être bouleversée.

— Je suppose que oui, répond-il d'un ton songeur. Ses coups de fil me font plutôt plaisir, bizarrement. On a divorcé il y a huit ans et pourtant je m'aperçois que je crève d'envie de connaître son opinion sur moi. Que dis-tu de ça ?

— Ça ressemble à l'amour.

— Doux Jésus ! Sûrement pas. De l'amitié peut-être.

— Ce que tu veux dire, c'est que tu préfères faire des câlins à une étudiante en doctorat qui a la moitié de ton âge ?

— Ça, c'est une idylle. J'essaie de ne pas confondre les deux. »

Je le laisse en bas de l'escalier devant le département de psychologie. Ruiz m'attend dans sa voiture en lisant le journal.

« Que se passe-t-il dans le monde ?

— Les morts et la destruction habituelles. Un gosse en Amérique a tiré sur ses camarades dans un lycée. Voilà ce qui arrive quand on vend des armes automatiques dans les cantines des écoles. »

Il me tend un café dans un gobelet en plastique qu'il a pris sur un plateau posé sur le siège à côté de lui.

« Comment était ta chambre au Fox & Badger ?

— Trop près du bar.

— Bruyant, hein ?

— Trop tentant. J'ai rencontré quelques gars du coin. Vous avez un nain.

— Nigel.

— J'ai cru qu'il se fichait de moi quand il m'a dit qu'il s'appelait Nigel. Il voulait qu'on sorte se battre.

— Il fait ça tout le temps.

— L'a-t-on déjà frappé ?

— C'est un nain !

— N'empêche qu'il est agaçant, le petit enfoiré.

— J'ai rendez-vous avec Veronica Cray au commissariat de Trinity Road à Bristol.

— Tu es sûr que tu veux que je vienne ? demande Ruiz.

— Pourquoi pas ?

— Le boulot est fait. Tu as eu ce que tu voulais.

— Tu ne peux pas retourner à Londres – pas tout de suite. Tu viens d'arriver. Tu n'as même pas visité Bath. Tu ne peux pas venir dans le West Country et ne pas découvrir Bath. C'est comme aller à L.A. et ne pas coucher avec Paris Hilton.

— Je peux me passer de l'un comme de l'autre.

— Et Julianne ? Elle revient cet après-midi. Elle va vouloir te voir.

— C'est déjà plus tentant. Comment va-t-elle ?

— Bien.

— Depuis combien de temps est-elle partie ?

— Depuis lundi. J'ai l'impression que ça fait plus.

— C'est toujours comme ça. »

Le commissariat de Trinity Road est un immeuble sans fenêtres au rez-de-chaussée. Tel un bunker construit pour un siège, c'est l'expression parfaite des pouvoirs de police modernes avec des caméras en circuit fermé à chaque angle et des pointes de fer sur les murs. Cela n'a pas empêché quelqu'un de taguer la maçonnerie : *Arrêtez les flics tueurs : À bas le terrorisme d'État.*

Face au commissariat, l'église de la Sainte-Trinité est condamnée et déserte. Une vieille femme en noir, penchée comme une allumette brûlée, s'abrite sous le porche.

Nous attendons en bas que quelqu'un vienne. Une porte de sécurité métallique s'ouvre, livrant passage à un grand Noir. Il est pratiquement obligé de baisser la tête pour passer. Ma première impression est fausse. Il ne vient pas d'être libéré. Il fait partie des murs.

« Je suis l'agent Abbot, mais vous pouvez m'appeler Monk. C'est le cas de tous les autres saligauds. »

Il a des mains de la taille de gants de boxe. J'ai la sensation d'avoir de nouveau dix ans.

« Est-ce que tout le monde a un surnom par ici ? demande Ruiz.

— La plupart d'entre nous.

— L'inspecteur Cray ?

— On l'appelle chef.

— C'est tout ?

— On aime bien notre boulot. »

Le bureau de Veronica Cray est une boîte à l'intérieur de cette boîte, garnie d'une simple table en pin et de quelques meubles de rangement. Les murs sont tapissés de photographies d'enquêtes en cours et de suspects qui courent toujours. Si d'autres remplissent leurs tiroirs et leurs agendas d'affaires à régler, l'inspecteur, elle, en fait du papier peint.

Elle est habillée en noir et elle est en train de déjeuner. Un petit pain au sucre et une tasse de thé reposent sur ses papiers.

Elle avale une dernière bouchée et rassemble ses notes.

« J'ai un briefing. Vous pouvez venir. »

La salle des opérations est propre, moderne, un *open space*, interrompu seulement par des cloisons amovibles et des tableaux blancs. On a scotché une photo en haut de l'un d'entre eux. Le nom de Christine Wheeler est inscrit à côté.

L'assemblée se compose principalement d'hommes ; ils se lèvent quand l'inspecteur fait son entrée. Une douzaine de policiers ont été affectés à cette enquête qui n'a pas encore été qualifiée de criminelle. À moins que ce détachement spécial puisse produire un mobile ou un suspect dans les cinq jours, les pouvoirs en place confieront au coroner la responsabilité de décider.

L'inspecteur commence son laïus après avoir léché le sucre qu'elle a sur les doigts.

« À 17 h 07, vendredi dernier, cette femme s'est donné la mort en sautant du pont suspendu de Clifton. Notre priorité est de reconstituer les dernières heures de sa vie. Je veux savoir où elle est allée, à qui elle a parlé, ce qu'elle a vu. Je veux aussi qu'on interroge ses voisins, ses amis, ses collègues de travail. Elle organisait des mariages. Sa société était en difficulté. Parlez aux suspects habituels – les usuriers, les prêteurs sur gages. Voyez s'ils la connaissaient. »

Elle récapitule brièvement la chronologie des événements en commençant par vendredi matin. Christine Wheeler a passé deux heures dans son bureau chez Félicité, après quoi elle est rentrée chez elle. À 11 h 54, elle a reçu sur sa ligne fixe un coup de fil provenant d'une cabine publique de Clifton, située à l'angle de Westfield Place et de Sion Lane, au-dessus du pont suspendu de Clifton.

« Cet appel a duré trente-quatre minutes. C'était peut-être quelqu'un qu'elle connaissait. Il se peut qu'ils se soient fixé un rendez-vous. La communication s'est achevée juste après que son portable se mette à sonner. Il est possible que le deuxième appel ait mis fin au premier. »

Veronica fait signe à un policier qui actionne un projecteur en hauteur. Une carte couvrant Bristol et Bath apparaît sur le tableau blanc derrière elle.

« Les ingénieurs des télécommunications sont en train de trianguler les signaux provenant du mobile de Christine Wheeler et de définir l'itinéraire qu'elle a vraisemblablement suivi vendredi pour aller de chez elle aux Leigh Woods. Nous avons deux témoignages précis. Les témoins en question doivent être interrogés une seconde fois. Je veux également les noms de tous ceux qui se trouvaient à Leigh Woods vendredi après-midi. Je veux savoir ce qu'ils faisaient là et connaître leur adresse.

— Il tombait des cordes, madame, souligne un des agents.

— On est à Bristol – il pleut tout le temps. Et arrêtez de m'appeler madame ! »

Elle focalise son attention sur la seule femme présente.

« Alfie.

— Oui, chef.

— Je veux que vous passiez au peigne fin le registre des délinquants sexuels. Dressez-moi une liste de tous les pervers connus dans un rayon de quinze kilomètres autour de Leigh Woods. Je les veux répertoriés selon la gravité de leur délit, et trouvez-moi la date à laquelle ils ont été inculpés la dernière fois ou libérés de prison.

— Bien, chef. »

Son regard change de cap. « Jones et McAvoy, je veux que vous analysiez les images des caméras de sécurité. Il y en a quatre sur le pont.

— Dans quel créneau horaire ? demande l'un d'eux.

— De midi à 18 heures. Six heures, quatre caméras, vous n'avez qu'à faire le calcul.

— Qu'est-ce qu'on cherche exactement, chef ?

— Notez le numéro d'immatriculation de tous les véhicules. Comparez-les avec le logiciel de reconnaissance automatique des plaques d'immatriculation. Voyez si l'un des véhicules a été volé et procédez par recoupements avec Alfie. On aura peut-être de la chance.

— Vous parlez de plus d'un millier de voitures.

— Vous feriez bien de vous y mettre tout de suite dans ce cas. »

Elle se tourne vers un autre policier en jean et veste à manches courtes qu'elle appelle « Safari Roy » – encore un surnom. Ça lui va bien.

« Renseignez-vous sur son associée, Sylvia Furness. Vérifiez les comptes de la société. Déterminez qui sont leurs principaux créanciers et si l'un d'eux commençait à faire pression. »

Elle mentionne l'histoire de l'intoxication alimentaire. Le père de la mariée réclame des dommages et intérêts et menace de faire un procès. Safari Roy note qu'il doit vérifier.

Puis l'inspecteur jette un dossier sur les genoux d'un autre policier.

« Voici la liste de toutes les agressions sexuelles et plaintes pour comportement indécent enregistrées dans

Lcigh Woods au cours des deux dernières années, y compris les bains de soleil à poil et les exhibitionnistes. Débrouillez-vous pour mettre la main sur tout le monde. Demandez-leur ce qu'ils faisaient vendredi après-midi. Emmenez D.J. et Curly avec vous.

— Vous pensez que c'est un crime sexuel, chef ? s'enquiert Curly.

— La femme était nue avec le mot "salope" écrit sur son torse.

— Qu'en est-il de son portable ? demande Alfie.

— On ne l'a toujours pas retrouvé. Monk se chargera des recherches dans Leigh Woods. Ceux d'entre vous qui n'ont pas de mission précise l'accompagneront. Vous allez taper aux portes et parler aux gens du coin. Je veux savoir si quelqu'un a eu un comportement bizarre, s'il s'est passé quelque chose d'inhabituel au cours des dernières semaines, si un moineau a fait un pet. Vous voyez le tableau. »

Un nouveau visage apparaît au briefing, un gradé en uniforme avec des boutons astiqués, une casquette sous le bras gauche.

Les policiers se lèvent avec empressement.

« Continuez, continuez », dit-il dans le style « faites comme si je n'étais pas là ».

L'inspecteur Cray fait les présentations. Le sous-directeur de la police, Fowler, est un petit homme aux épaules carrées ; il a une poigne de fer et des allures de général de campagne cherchant à motiver ses troupes. Il concentre son attention sur moi.

« Professeur de quoi ? demande-t-il.

— De psychologie, monsieur.

— Vous êtes *psychologue*. »

On dirait qu'il parle d'une maladie.

« D'où venez-vous ?

165

— Je suis né au pays de Galles. Ma mère est galloise.

— Vous connaissez la définition du *Welsh rarebit* [1], professeur ?

— Non, monsieur.

— C'est une vierge de Cardiff. »

Il jette des coups d'œil alentour, s'attendant à des éclats de rire. Ils finissent par arriver. Satisfait, il s'assoit, pose son couvre-chef sur le bureau après avoir rangé ses gants à l'intérieur.

L'inspecteur Cray retrouve le fil de son discours, mais elle est aussitôt interrompue.

« Qu'est-ce qui vous fait dire qu'il ne s'agit pas d'un suicide ? »

Elle se tourne vers Fowler.

« Nous sommes en train de réexaminer la question. La victime a rédigé un écriteau pour demander de l'aide.

— Je pensais que la plupart des suicides étaient des appels à l'aide. »

Veronica hésite.

« Nous pensons que l'interlocuteur de Mme Wheeler, quel qu'il soit, l'a incitée à sauter.

— Quelqu'un lui a *dit* de sauter et elle l'a fait – juste comme ça ?

— Nous pensons qu'elle a peut-être fait l'objet de menaces ou d'intimidations. »

Fowler hoche la tête en souriant, mais quelque chose dans son attitude me paraît vaguement condescendant. Il se tourne vers moi.

« C'est votre opinion, professeur ? Comment a-t-on pu pousser cette femme à mettre fin à ses jours par la menace ou l'intimidation ?

---

1. Il s'agit d'une fondue au fromage sur canapé (*N.d.T.*)

« — Je n'en sais rien.

— Vous n'en savez rien ? »

Ma mâchoire se crispe et mes traits se figent. Les brutes ont ce genre d'effet sur moi. Je ne m'appartiens plus en leur présence.

« Vous pensez donc qu'il y a un psychopathe quelque part là-dehors qui s'ingénie à convaincre des femmes de sauter des ponts.

— Non, ce n'est pas un psychopathe. Il n'y a pas le moindre signe d'une maladie mentale.

— Pardon ?

— Je ne vois pas l'intérêt de recourir à des étiquettes du style "psychopathes" ou "dingos". Cela peut permettre à l'auteur d'un crime de se décharger de sa faute ou de se construire une défense sur la base de la folie ou de circonstances atténuantes. »

Le visage de Fowler est plus raide que du carton pâte. Son regard est rivé sur moi.

« Je vous rappelle que nous sommes tenus à un certain nombre de protocoles, professeur O'Loughlin. Entre autres choses, les officiers supérieurs doivent être appelés "monsieur" ou désignés par leur titre. C'est une question de respect. J'estime que je le mérite.

— Oui, monsieur, je vous prie de m'excuser. »

L'espace d'un bref instant, tout porte à croire qu'il va perdre son sang-froid, mais il se ressaisit. Il se lève, prend son chapeau et ses gants et quitte la salle. Personne n'a bronché.

Je regarde Veronica Cray qui baisse la tête. Je l'ai déçue.

Le briefing est terminé. Des policiers se dispersent.

Sur le chemin de l'escalier, je lui présente mes excuses.

« Ne vous faites pas de souci.

— J'espère ne pas m'être fait un ennemi.

— Ce type avale tous les matins une pilule de boniments.

— C'est un ancien militaire ?

— Qu'est-ce qui vous fait dire ça ?

— Il met son chapeau sous son bras gauche pour que son bras droit soit libre pour le salut. » Elle secoue la tête. « Comment savez-vous des trucs pareils ?

— Parce qu'il est dingue », répond Ruiz.

Je le suis dehors. Une voiture de police banalisée fait ronfler son moteur près de la zone de chargement. Le chauffeur, une femme agent de police, ouvre les portières côté passager. Veronica Cray et Monk sont en route pour Leigh Woods.

Je leur souhaite bonne chance.

« Vous croyez à la chance, professeur ?

— Non.

— Tant mieux. Moi non plus. »

19.

Julianne est dans le train de 15 h 40 en provenance de Paddington. Je n'ai pas de problème pour me rendre à la gare à cette heure de la journée, l'essentiel de la circulation venant dans l'autre sens.

Emma est attachée dans son siège rehausseur et Darcy est à côté de moi, les genoux blottis contre sa poitrine, les bras noués autour. Elle prend si peu de place quand elle se contorsionne ainsi.

« Elle est comment, votre femme ?

— Merveilleuse.

— Vous l'aimez ?

— Qu'est-ce que c'est que cette question ?

— Juste une question.

— Eh bien, la réponse est oui.

— Vous pouvez difficilement dire autre chose, je suppose, commente-t-elle d'un ton las. Vous êtes mariés depuis longtemps ?

— Seize ans.

— Avez-vous déjà eu une aventure ?

— Je ne pense pas que ça te regarde. »

Elle hausse les épaules en se tournant vers la fenêtre.

« Je trouve que ce n'est pas normal d'être fidèle à une personne toute sa vie. Qu'est-ce qui prouve qu'on ne va pas cesser de l'aimer ou rencontrer quelqu'un d'autre qu'on aime plus ?

— Tu as l'air d'en connaître un rayon. As-tu déjà été amoureuse ? »

Elle secoue la tête d'un air dédaigneux.

« Je ne tomberai jamais amoureuse. Je vois bien comment ça finit.

— On n'a pas toujours le choix.

— On a *toujours* le choix. »

Elle pose son menton sur ses genoux. Je remarque son vernis à ongles violet.

« Qu'est-ce qu'elle fait votre femme ?

— Tu peux l'appeler Julianne. Elle est interprète.

— Elle part souvent ?

— Davantage depuis quelque temps.

— Et vous, vous restez à la maison ?

— J'enseigne à temps partiel à l'université.

— C'est à cause de vos tremblements.

— Je suppose que oui.

— Vous n'avez pas l'air malade, si ça peut vous faire plaisir, mis à part le tremblement, évidemment. Vous avez l'air en forme. »

Je ris.

« Eh bien, merci beaucoup. »

Julianne descend du train et ses yeux s'ouvrent tout grand comme par magie quand elle voit les fleurs.

« C'est en quel honneur ?

— J'essaie de me rattraper pour mon retard de la dernière fois.

— Tu avais une bonne raison d'être en retard. »

Je l'embrasse. Elle se borne à me déposer un petit baiser sur la joue. Elle passe son bras sous le mien. Je tire sa valise derrière nous.

« Comment vont les filles ?

— Très bien.

— Que s'est-il passé pour la nounou ? Je t'ai trouvé évasif au téléphone. As-tu trouvé quelqu'un ?

170

— Pas exactement.

— Ça veut dire quoi ?

— J'ai commencé les entrevues.

— Et puis ?

— Il est arrivé quelque chose. »

Elle s'arrête. Se tourne vers moi, inquiète maintenant.

« Où est Emma ?

— Dans la voiture.

— Qui est avec elle ?

— Darcy. »

J'essaie de continuer à avancer tout en parlant. Les roues de la valise cliquètent sur les pavés. Comme j'ai répété l'histoire dans ma tête, cela devrait sembler parfaitement naturel, mais à mesure que je la débite, la logique semble de plus en plus ténue.

« Tu as perdu la tête ou quoi ? dit-elle.

— Chut !

— Ne me dis pas de me taire, Joe.

— Tu ne comprends pas.

— Je comprends très bien ! Tu es en train de me dire que notre petite fille est entre les mains d'une adolescente dont la mère a été assassinée.

— C'est compliqué.

— Et qu'elle habite à la maison.

— C'est une chic fille. Elle s'occupe très bien d'Emma.

— Ça m'est égal. Elle n'a aucune formation. Pas de références. Elle devrait être à l'école.

— Chut !

— Laisse-moi parler !

— Elle est là. »

Julianne lève brusquement les yeux. Darcy est devant la voiture. Elle mâchonne du chewing-gum. Emma, en équilibre sur le pare-chocs, est dans ses bras.

« Darcy, je te présente Julianne. Julianne, Darcy. »

Julianne lui adresse un grand sourire qu'elle a scotché sur ses lèvres.

« Bonjour. »

Darcy lève nerveusement la main de quelques centimètres. « Vous avez fait bon voyage ?

— Oui, merci, répond Julianne en lui prenant Emma des bras. Je suis navrée pour votre maman, Darcy. C'est terrible.

— Qu'est-ce qui s'est passé ? demande Emma.

— Rien qui te concerne, ma chérie. »

Nous roulons en silence. Emma est la seule à parler. Elle fait les questions et les réponses. Darcy s'est enfermée dans une bulle de silence et d'incertitude. Je ne comprends pas ce qu'a Julianne. Ça ne lui ressemble pas d'être aussi froide et intraitable.

À notre arrivée à la maison, Charlie se précipite dehors pour dire bonjour. Elle a une foultitude de nouvelles à annoncer à sa mère, la plupart à propos de Darcy, qu'elle doit garder pour elle puisque Darcy est juste à côté.

Je porte les sacs à l'intérieur où Julianne déambule de pièce en pièce, comme si elle faisait une inspection. Elle s'attend sans doute à ce que tout soit sens dessus dessous – à trouver une tonne de lessive, des lits non faits, de la vaisselle plein l'évier. Tout est impeccable. Pour Dieu sait quelle raison, cela ne fait qu'intensifier sa mauvaise humeur. Elle boit deux verres de vin au dîner – un ragoût préparé par Darcy –, mais au lieu de se détendre, elle pince les lèvres et ses commentaires se font de plus en plus caustiques et accusateurs.

« Je vais donner un bain à Emma », déclare-t-elle subitement en se dirigeant vers l'escalier.

Le regard de Darcy croise le mien, interrogateur.

Une fois le lave-vaisselle en route, je monte et je trouve Julianne assise sur notre lit. Sa valise est ouverte. Elle est en train de trier ses vêtements. Pourquoi la présence de Darcy la hérisse-t-elle à ce point ? C'est presque une question de propriété, comme si elle marquait son territoire ou défendait son bien. C'est ridicule. Darcy ne la menace en rien.

J'avise un petit tas de dentelle noire dans sa valise. De la lingerie fine. Un caraco et un slip.

« Quand as-tu acheté ça ?

— La semaine dernière, à Rome.

— Tu ne me les as pas montrés.

— J'ai oublié. »

Je saisis les bretelles du caraco.

« Je parie que c'est encore plus joli sur toi. Tu pourrais peut-être me montrer un peu plus tard. »

Elle me prend le caraco des mains et le jette dans le panier à linge. Pour qui l'a-t-elle porté ? Quelque chose me taraude – le même sentiment d'inquiétude, lancinant, déclenché par la note de l'hôtel pour le petit déjeuner au champagne.

Julianne ne porte pas de sous-vêtements affriolants d'ordinaire. Elle trouve ça inconfortable et peu pratique. Chaque fois que je lui ai acheté quelque chose de sexy, pour la Saint-Valentin ou pour son anniversaire, elle ne l'a mis qu'une fois. Elle préfère les culottes de chez Marks & Spencers, taille haute, en 38, noires ou blanches. Qu'est-ce qui l'a incitée à changer d'avis ?

Elle a acheté ces dessous à Rome et les a emmenés à Moscou. J'ai envie de lui demander pourquoi, mais je ne sais pas comment formuler la question sans paraître jaloux, voire pis.

Le moment est passé. Julianne s'est détournée. Sa lassitude est tangible dans ses mouvements, ses pas restreints, son dos légèrement voûté.

Je n'admets pas le principe selon lequel il n'y a pas de fumée sans feu. Je ne crois pas davantage aux présages et aux augures, mais je n'arrive pas à me débarrasser de la sensation déconcertante qu'un fossé est en train de se creuser entre elle et moi. J'aimerais pouvoir mettre ça sur le compte de sa fatigue. Je me dis qu'elle a beaucoup voyagé, qu'elle est tiraillée de tous côtés, qu'elle assume trop de choses.

Pour son anniversaire, il y a un mois, j'avais prévu de lui préparer un dîner spécial. J'étais allé au marché à Bristol acheter des fruits de mer. Elle m'avait téléphoné juste avant 18 heures pour me dire qu'elle était toujours à Londres. Il y avait une crise, un transfert de fonds qui s'était volatilisé. Elle ne rentrerait pas.

« Où vas-tu dormir ?

— Dans un hôtel. C'est la boîte qui paie.

— Tu n'as pas d'habits de rechange.

— Je me débrouillerai.

— C'est ton anniversaire.

— Je suis désolée. Je me rattraperai. »

J'avais mangé une douzaine d'huîtres et jeté le reste du repas à la poubelle. Ensuite je m'étais rendu au Fox & Badger où j'avais bu trois pintes en compagnie de Nigel et d'un touriste hollandais qui en savait plus long sur la région qu'aucun d'entre nous dans le pub.

Il y avait eu d'autres moments – je me refuse à parler de *signes*. Un certain vendredi, elle devait revenir de Madrid. J'avais essayé de la joindre sur son portable, en vain. Pour finir, j'ai appelé son bureau. Une secrétaire m'a répondu que Mme O'Loughlin avait passé toute la journée à Londres, qu'elle avait pris l'avion la veille.

Quand j'avais finalement réussi à l'avoir au bout du fil, elle s'était excusée en me disant qu'elle avait eu l'intention de m'appeler. Je l'avais interrogée à propos de son vol et elle m'avait répondu que j'avais dû me tromper. Je n'ai aucune raison de douter d'elle. Nous sommes mariés depuis près de seize ans et je n'ai le souvenir d'aucun épisode qui ait pu m'inciter à douter de son engagement. Cela dit, elle reste un mystère pour moi. Quand les gens me demandent pourquoi je suis devenu psychologue, je réponds : « À cause de Julianne. Je voulais savoir ce qu'elle pensait vraiment. » Ça n'a pas marché. Je n'en ai toujours pas la moindre idée.

Je la regarde ranger ses affaires, ouvrir les tiroirs sans ménagement, tirer sur les cintres du portant. « Pourquoi es-tu si fâchée ? »

Elle secoue la tête.

« Parle-moi. »

Elle ferme brusquement sa valise.

« Te rends-tu compte de ce que tu fais, Joe ? Sous prétexte que tu n'as pas pu sauver cette femme sur le pont, il faut qu'on s'occupe de sa fille maintenant.

— Non.

— Qu'est-ce qu'elle fait ici dans ce cas ?

— Elle n'a pas d'autre endroit où aller. Sa maison a été mise sous scellés. Sa mère est morte…

— Assassinée ?

— Oui.

— Et la police n'a pas trouvé le meurtrier ?

— Pas encore.

— Tu ne sais rien de cette fille et de sa famille. Est-elle consciente que sa mère n'est plus de ce monde ? Elle n'a pas l'air accablée de chagrin.

— Tu es injuste.

— Alors, dis-moi, est-elle stable psychologiquement ? C'est toi l'expert. Ne risque-t-elle pas de péter un câble et de faire du mal à ma petite fille ?

— Elle ne ferait jamais de mal à Emma.

— Et sur quoi te bases-tu… ?

— Sur vingt ans d'expérience de psychologue. »

Cette ultime phrase est formulée avec une froide certitude de mon cru. Julianne s'interrompt. Dès lors qu'il est question d'analyser la personnalité de quelqu'un, je me trompe rarement et elle le sait.

Elle s'assoit sur le lit, cale un oreiller derrière elle et s'adosse au mur en jouant avec la cordelette à gland de sa robe de chambre. Je rampe sur le lit vers elle.

« Arrête, dit-elle en brandissant la main tel un agent de la circulation. N'approche pas. »

Je m'assois de mon côté du lit. Nous pouvons nous dévisager dans la glace. J'ai l'impression de regarder une scène dans une série télé.

« Je ne veux pas que les choses changent pendant mon absence, Joe. Quand je rentre, je veux que tout soit comme avant. Ça peut paraître égoïste, mais je ne veux rien rater.

— Que veux-tu dire ?

— Tu te souviens quand tu as appris à Emma à faire du tricycle ?

— Bien sûr.

— Elle était tellement excitée. Elle ne parlait que de ça. Tu as partagé ce moment avec elle. Moi je suis passée à côté.

— Ça va forcément arriver de temps en temps.

— Je sais et ça ne me plaît pas. »

Elle se penche de côté et pose sa tête sur mon épaule.

« Et si je ne suis pas là quand Emma perdra sa première dent ou quand Charlie sortira avec un garçon pour la première fois ? Je ne veux pas que les choses changent pendant mon absence, Joe. C'est irrationnel, égoïste, impossible, je sais. Je veux que tu les gardes exactement pareilles jusqu'à ce que je rentre à la maison, pour que je puisse être là aussi. »

Elle promène un doigt à l'intérieur de ma cuisse.

« Ton travail consiste à aider les gens, j'en suis consciente. Je sais aussi que les gens malades psychiquement sont souvent stigmatisés, mais je ne veux pas que Charlie et Emma soient exposées à des gens meurtris et à leurs esprits dérangés.

— Jamais je ne…

— Je sais, je sais, mais rappelle-toi la dernière fois.

— La dernière fois ?

— Tu vois très bien ce que je veux dire. »

Elle fait référence à une de mes anciennes patientes qui a tenté de me détruire en me prenant tout ce que j'aimais – Julianne, Charlie, ma carrière, ma vie…

« C'est complètement différent, dis-je.

— Je te mets en garde, c'est tout. Je ne veux pas de ton travail dans cette maison.

— Darcy ne représente pas un danger. C'est une gentille gamine.

— Elle n'a pas l'air d'une gamine », me répond-elle en me faisant face. Les commissures de ses lèvres s'abaissent. Ce n'est pas un sourire ni une invitation à un baiser. « Tu la trouves jolie ?

— Pas depuis que tu es descendue du train. »

3 heures du matin. Les filles dorment. Je me lève discrètement, et je ferme la porte du bureau avant d'allumer la lampe. Je pourrais mettre mon insomnie sur le compte de mes remèdes une fois de plus, mais trop de pensées se bousculent dans ma tête.

Je ne pense pas à Christine Wheeler ou à Darcy cette fois-ci ; je ne suis pas en train de revivre cet instant sur le pont. Mes soucis sont plus personnels. Je suis obnubilé par cette histoire de lingerie et de note d'hôtel. Chaque pensée mène à une autre. Les coups de fil tard le soir quand Julianne ferme la porte du bureau. Les nuits passées à Londres. Les brusques changements d'emploi du temps qui l'ont éloignée de la maison…

Je déteste tous ces clichés à propos des hauts et des bas des couples et de leur évolution au fil du temps. Julianne est quelqu'un de mieux que moi.

Elle est plus forte sur le plan émotionnel et s'est davantage investie pour maintenir la cohésion de la famille. Un autre cliché – il y a une tierce personne dans notre couple. Il s'appelle M. Parkinson et il s'est installé chez nous il y a quatre ans.

La note d'hôtel est calée entre deux pages d'un livre. *Hôtel Excelsior*. Julianne m'a dit qu'il se situait à un jet de pierre des Marches espagnoles et de la fontaine de Trevi. Je compose le numéro. Une femme me répond. La gardienne de nuit. Elle semble jeune et fatiguée. Il est 4 heures du matin à Rome.

« Je souhaiterais avoir des renseignements à propos d'une facture. »

Je chuchote en tenant le combiné serré entre mes mains.

« Oui, monsieur. À quelle date avez-vous logé chez nous ?

— Il ne s'agit pas de moi, mais d'une employée. »

J'invente une histoire. Je suis comptable et j'appelle de Londres. Je fais une vérification des comptes. J'indique le nom de Julianne et la date de son séjour.

« Mme O'Loughlin a réglé sa note entièrement. Elle a payé avec sa carte de crédit.

— Elle voyageait avec un collègue.

— Son nom ? »

Dirk. Son nom de famille ? Je ne m'en souviens pas.

« Je voulais juste m'informer d'une note de room-service pour un petit déjeuner… au champagne.

— Mme O'Loughlin conteste-t-elle sa facture ? me demande-t-elle.

— Se pourrait-il qu'il y ait eu une erreur ?

— Les factures ont été présentées à la cliente quand elle a réglé la note.

— Vu les circonstances, cela paraît beaucoup pour une seule personne. C'est vrai, regardez la commande : des œufs au bacon, du saumon fumé, des crêpes, des pâtisseries, des fraises et du champagne.

— Oui, monsieur, j'ai les détails de la note sous les yeux.

— Ça fait beaucoup pour une seule personne.

— Oui, monsieur. »

Elle n'a pas l'air de comprendre ce que je veux dire. « Qui a signé ?

— Quelqu'un a signé la fiche quand le petit déjeuner a été porté dans la chambre.

— Si je comprends bien, vous ne pouvez pas me dire si c'est Mme O'Loughlin qui a signé ?

— Conteste-t-elle cette facture ? » insiste-t-elle.

Là, je mens.

« Elle ne se souvient pas d'avoir commandé une pareille quantité de nourriture. »

Un temps d'arrêt.

« Voudriez-vous que je vous faxe une copie de la signature, monsieur ?

— Est-elle lisible ?

— Je n'en sais rien, monsieur. »

Une sonnerie de téléphone retentit en fond sonore. La jeune femme est seule à la réception. Elle suggère que je rappelle plus tard, dans la matinée, pour parler au directeur de l'hôtel.

« Je suis sûre qu'il sera heureux de restituer cette somme à Mme O'Loughlin. La somme sera reversée sur sa carte de crédit. »

Je flaire le danger. Julianne verra le remboursement sur ses relevés de carte.

« Non, c'est inutile. Ne vous donnez pas cette peine.

— Mais si Mme O'Loughlin a le sentiment qu'on l'a surfacturée…

— Elle s'est peut-être trompée. Navré de vous avoir importunée. »

20.

Une dizaine de femmes ont pris d'assaut un coin du bar en rapprochant les chaises et les tables au bord de la piste de danse. La salope danse en tortillant les hanches comme une strip-teaseuse, le visage rougi par les éclats de rire et le vin. Je sais ce qu'elle pense. Elle s'imagine que tous les hommes présents la regardent, la désirent, mais son visage est trop dur, son corps encore plus.

Dieu merci, ce n'est pas l'innocence de la jeunesse qui m'intéresse. Ni la pureté. Je veux me vautrer dans la fange. Je veux voir les fissures de son maquillage et les vergetures sur son ventre. Je veux voir son corps se balancer.

Quelqu'un hurle de rire. La future épouse, d'un âge certain, est tellement ivre qu'elle arrive tout juste à tenir debout. Je crois qu'elle s'appelle Cathy ; elle est en retard pour l'autel, à moins qu'elle s'y soit reprise à deux fois. Elle se heurte à un gars près de la table en renversant sa pinte et s'excuse avec à peu près autant de sincérité qu'un baiser de pute. Dire que ce pauvre connard met sa bite là-dedans !

Alice s'approche du juke-box et étudie les titres des chansons derrière la vitre. Quel genre de mère amène sa gamine préado à une soirée d'enterrement de vie de jeune fille ? Elle devrait être au lit, à la maison. Au lieu *de bouder, rondelette et sédentaire, en se gavant de chips et en buvant de la limonade.*

Je lui demande si elle aime danser.

Elle secoue la tête.

« *Tu dois t'ennuyer alors.* »

Elle hausse les épaules.

« *Tu t'appelles Alice, c'est ça ?*

— *Comment vous le savez ?*

— *J'ai entendu ta mère t'appeler. C'est un joli nom.* "Pourriez-vous vous presser un peu ? Il y a un marsouin, juste derrière nous, qui me marche sur la queue. Voyez avec quelle impatience les homards et les tortues s'avancent ! Ils attendent sur les galets... Voulez-vous entrer dans la danse ? Voulez-vous, ne voulez-vous pas, voulez-vous, ne voulez-vous pas, voulez-vous entrer dans la danse ?"*

— *C'est dans* Alice au pays des merveilles, *dit-elle.*

— *Exact.*

— *Mon père me le lisait avant.*

— *"De plus en plus curieux !" Où est ton papa ?*

— *Il n'est pas là.*

— *Est-il parti pour affaires ?*

— *Il voyage beaucoup.* »

On fait tournoyer Sylvia sur la piste de danse si bien que sa robe virevolte, révélant sa culotte. « *Ta maman s'amuse bien.* » *Alice lève les yeux au ciel.* « *Elle me fait honte.*

— *On a toujours honte de ses parents.* »

Elle me regarde de plus près. « *Pourquoi est-ce que vous portez des lunettes de soleil ?*

— *Pour qu'on ne me reconnaisse pas.*

— *De qui vous cachez-vous ?*

— *Pourquoi crois-tu que je me cache ? Je suis peut-être célèbre.*

— *L'êtes-vous ?*

— *Je suis là incognito.*

— *Qu'est-ce que ça veut dire ?*

— *Déguisé.*

— *Ce n'est pas un très bon déguisement.*

— *Merci beaucoup. »*

Elle hausse les épaules.

« Quel genre de musique aimes-tu, Alice ? Attends ! Ne me dis pas. Je pense que tu es une fan de Coldplay ? »

Elle écarquille les yeux. « Comment vous savez ça ?

— *Tu es une fille qui a du goût, ça se voit. » Elle sourit cette fois-ci. « Chris Martin est un copain à moi, dis-je.*

— *Je ne vous crois pas.*

— *Je t'assure.*

— *Le chanteur de Coldplay – vous le connaissez ?*

— *Absolument.*

— *Il est comment ?*

— *C'est un gars bien. Pas présomptueux le moins du monde.*

— *Qu'est-ce que ça veut dire ?*

— *Il n'a pas la grosse tête. Il ne la ramène pas.*

— *Peut-être, mais elle, c'est une vache !*

— *Gwyneth n'est pas méchante.*

— *Ma copine Shelly dit que Gwyneth Paltrow donnerait cher pour être Madonna. Elle ferait mieux de la fermer, Shelly, parce qu'elle a dit à Danny Green que je le trouvais mignon, alors que j'ai jamais dit ça. N'importe quoi ! Il ne me plaît pas du tout. »*

Quelqu'un allume une cigarette à proximité. Elle plisse le nez.

« Les gens ne devraient pas fumer. Ça provoque la gangrène. Mon père fume, mes deux oncles aussi. J'ai essayé une fois et j'ai dégobillé sur les sièges en cuir de maman.

— *Elle a dû être impressionnée.*

— *C'est Shelly qui m'a forcée.*

— *Si j'étais toi, je ne l'écouterais pas trop.*

— *C'est ma meilleure amie. Elle est plus jolie que moi.*

— *Je ne trouve pas.*

— *Comment pouvez-vous le savoir ? Vous ne l'avez jamais vue.*

— *C'est juste que j'ai du mal à imaginer qu'on puisse être plus jolie que toi. »*

Alice fronce les sourcils d'un air sceptique et change de sujet. « Quelle est la différence entre un petit ami et un mari ? me demande-t-elle.

— *Pourquoi ?*

— *C'est une blague qu'on m'a racontée.*

— *Je ne sais pas. Quelle est la différence ?*

— *Quarante-cinq minutes. »*

Je souris.

« Bon. Maintenant expliquez-moi, dit-elle.

— *C'est le temps que dure une cérémonie de mariage. La différence entre un petit ami et un mari est de quarante-cinq minutes.*

— *Oh. Je pensais que ce serait cochon. Maintenant à votre tour de me raconter une blague.*

— *Je ne m'en souviens jamais. »*

Elle est déçue.

« C'est vrai que vous connaissez Chris Martin ?

— *Bien sûr. Il a une maison à Londres.*

— *Vous êtes allé chez lui ?*

— *Oui.*

— *Vous en avez de la chance. »*

Elle a une petite marque de naissance en forme d'amande dans le cou, sous l'oreille droite. Un peu plus bas, j'aperçois une chaîne en or avec un pendentif en forme de fer à cheval qui oscille d'avant en arrière tandis qu'elle se balance sur ses talons.

« Tu aimes les chevaux ?

— J'en ai un. Une jument alezane. Elle s'appelle Sally.

— Elle est grande ?

— Quinze paumes.

— C'est une bonne taille. Tu montes souvent ?

— Tous les week-ends. Je prends des cours tous les samedis après-midi.

— Ah bon. Où ça ?

— Au manège de Clack Mill. Mon prof d'équitation, c'est Mme Lehane.

— Tu l'aimes bien ?

— Elle est sympa. »

Un nouvel éclat de rire strident retentit dans le bar. Deux hommes se sont joints à la soirée de ces dames. L'un d'eux enlace Sylvia par la taille ; il tient une pinte dans l'autre main. Il lui chuchote quelque chose à l'oreille. Elle hoche la tête.

« J'aimerais bien rentrer à la maison, dit Alice d'un air pitoyable.

— Je te reconduirais si je le pouvais, dis-je, mais ta maman ne serait pas d'accord. »

Elle hoche la tête.

« Je ne suis même pas censée parler aux inconnus.

— Je ne suis pas un inconnu. Je sais des tas de choses sur toi. Je sais que tu aimes Coldplay, que tu as une jument qui s'appelle Sally et que tu habites à Bath. »

Elle rit. « Comment savez-vous où j'habite ? Je ne vous l'ai même pas dit.

— Si, tu me l'as dit. »

Elle secoue vigoureusement la tête.

« C'est ta maman qui me l'a dit dans ce cas.

185

— *Vous la connaissez ?*

— *Peut-être.* »

Elle a fini sa limonade. Je propose de lui en offrir une autre, mais elle refuse. Le froid humide provenant de la porte ouverte la fait frissonner.

« *Il faut que j'y aille, Alice. Ravi d'avoir fait ta connaissance.* »

Elle hoche à nouveau la tête.

Je souris, mais mon regard est rivé sur la piste de danse où sa mère se cramponne à son nouveau partenaire qui la penche en arrière et lui bécote le cou.

Je parie qu'elle sent le fruit trop mûr abandonné. Elle se meurtrira facilement. Elle se brisera vite. Je sens déjà le goût du jus sur ma langue.

21.

Le téléphone sonne dans mon sommeil. Julianne tend le bras au-dessus de moi et décroche.

« Vous savez quelle heure il est ? lance-t-elle d'un ton furibard. Pas encore 5 heures. Vous avez réveillé toute la maison. »

Je réussis à lui prendre le téléphone des mains. C'est Veronica Cray.

« Debout, professeur. Je vous envoie une voiture.

— Que se passe-t-il ?

— Il y a du nouveau. »

Julianne s'est tournée de l'autre côté en tirant résolument le duvet sous son menton. Elle fait semblant de dormir. Je commence à m'habiller en me débattant avec les boutons de ma chemise et les lacets de mes chaussures. Pour finir, elle se met sur son séant et m'attire vers elle en tirant sur les pans de ma chemise. Je sens la douceur amère de son haleine du matin.

« Ne mets pas ton pantalon en velours.

— Pourquoi pas ?

— On ne dispose pas d'assez de temps pour que je t'explique pourquoi. Fais-moi confiance. »

Elle dévisse mes flacons de remèdes et va me chercher un verre d'eau. Je me sens décrépit et reconnaissant. Mélancolique.

« Je pensais que ce serait différent, chuchote-t-elle, plus pour elle-même que pour moi.

— Que veux-tu dire ?

— Quand on a quitté Londres, je pensais que les choses seraient différentes. Sans inspecteurs ni voitures de police, et sans que tu penses à des crimes horribles.

— Ils ont besoin de mon aide.

— C'est *toi* qui veux les aider.

— On parlera de ça plus tard », dis-je en me penchant pour l'embrasser. Elle tourne la joue et s'emmitoufle dans les couvertures.

Monk et Safari Roy m'attendent dehors. Monk m'ouvre la portière et Roy prend le rond-point devant l'église à fond la caisse en expédiant un jet de gravier et de boue dans l'herbe. Dieu sait ce que les voisins vont penser !

Monk est tellement grand que ses genoux sont pratiquement coincés contre le tableau de bord. La radio jacasse. Aucun des deux hommes ne semble disposé à me dire où on va.

Une demi-heure plus tard, nous nous rangeons à l'ombre du terrain de foot de la ville de Bristol où trois tours hideuses dominent des rangées de maisons victoriennes, des usines préfabriquées et un parking. Un car de police est garé à l'angle. Une douzaine de policiers sont assis à l'intérieur, dont certains sont affublés de gilets pare-balles. Veronica Cray lève la tête du capot où une carte est étalée sur le métal refroidissant. Oliver Rabb est à côté d'elle, courbé en deux comme s'il était gêné par sa haute taille ou la petitesse de l'inspecteur.

« Désolée si j'ai semé le trouble dans votre ménage, me lance l'inspecteur d'un air fourbe.

— Pas de problème.

— Oliver ici présent a eu fort à faire. » Elle désigne un point sur la carte. « À 19 heures hier soir, le portable de Christine Wheeler s'est mis à envoyer des pings vers une tour située à quatre cents mètres d'ici. Il s'agit du téléphone qu'elle a laissé chez elle vendredi après-midi, mais il n'a rien transmis depuis que le signal s'est éteint dans Leigh Woods et qu'elle a commencé à utiliser un autre portable.

— Quelqu'un s'en est servi pour appeler ?

— Pour commander une pizza. Livrée dans l'appartement d'un certain Patrick Fuller – un ancien soldat. Il a été réformé pour cause de "troubles du comportement" ?

— Qu'est-ce que ça veut dire ?

— C'est votre domaine, pas le mien, me répond-elle en haussant les épaules. Il aurait été gravement blessé par une bombe artisanale dans le sud de l'Afghanistan il y a environ un an. Deux des membres de sa section y ont laissé la vie. Une infirmière de l'hôpital militaire en Allemagne l'a accusé de la peloter. L'armée l'a rendu à la vie civile. »

Je lève les yeux vers les tours en béton gris, pareilles à des îles se détachant dans le ciel qui s'éclaircit.

L'inspecteur parle toujours.

« Il y a quatre mois, Fuller s'est vu retirer son permis après un contrôle positif à la cocaïne. Sa femme l'a quitté à peu près à cette époque en emmenant leurs deux enfants.

— Quel âge a-t-il ?

— Trente-deux ans.

— Connaît-il Christine Wheeler ?

— Nous l'ignorons.

— Qu'est-ce qu'on fait maintenant ?

— On l'arrête. »

À l'intérieur de la tour, il y a des escaliers ainsi qu'un ascenseur qui dessert tous les étages. L'entrée de service empeste les sacs-poubelle renversés, le pipi de chat et le papier journal mouillé. Patrick Fuller habite au quatrième.

Une douzaine d'agents en gilets pare-balles montent l'escalier sous mes yeux. Quatre autres prennent l'ascenseur. Leurs mouvements sont réglés par des mois d'entraînement, pourtant cela semble exagéré, inutile, lorsqu'on songe que le suspect n'a pas d'antécédents violents à son actif.

C'est peut-être ça l'avenir – héritage du 11 septembre et des bombes posées dans le métro de Londres. La police ne frappe plus aux portes en demandant poliment aux suspects de les accompagner au commissariat. Désormais, ils revêtent leurs armures et enfoncent les portes avec des béliers. L'intimité et la liberté individuelle passent après la sécurité publique. Je comprends ces arguments, mais le bon vieux temps me manque.

Le chef de l'expédition a atteint l'appartement. Il colle son oreille contre la porte, se retourne, hoche la tête. Veronica Cray fait de même. Un bélier décrit un bref arc de cercle. La porte se volatilise. Les policiers chargés de l'arrestation se figent comme un seul homme. Un pitbull s'élance sur le policier le plus proche en montrant férocement les dents. L'homme bascule en arrière et s'effondre. Tous crocs dehors, la bête se jette sur sa gorge, mais quelque chose le retient.

Un homme en pantalon ample et sweat-shirt s'est emparé de son collier. Il fait plus que trente-deux ans ; il a un regard pâle et des cheveux blonds clairsemés, peignés en arrière. Il hurle des injures aux policiers en leur disant d'aller se faire foutre et de le laisser tranquille. Le chien se dresse sur ses pattes arrière pour tenter de se libérer. Les flics dégainent. Quelqu'un, ou quelque chose, va se faire descendre.

J'assiste à la scène depuis l'escalier. Les policiers se sont repliés dans le couloir. Il y a un autre contingent à quatre mètres au-delà de la porte.

Fuller ne peut pas s'échapper. Tout le monde devrait se calmer.

« Ne les laissez pas l'abattre », dis-je.

Veronica Cray me dévisage d'un air moqueur.

« Si je voulais le descendre, je le ferais moi-même.

— Laissez-moi lui parler.

— On s'en occupe. »

L'ignorant, je me fraie un chemin entre les épaules. Fuller est à quatre mètres de moi. Il continue à brailler, couvrant les grognements de son clebs qui écume.

« Écoutez-moi, Patrick. »

Il hésite, me mesure du regard. Son visage, déformé par la colère et l'invective, est continuellement en mouvement.

« Je m'appelle Joe.

— Allez vous faire foutre, Joe.

— Quel est le problème ?

— Il n'y a pas de problème s'ils me foutent la paix. » Je fais un pas en avant. Le chien bondit. « Je vais le lâcher.

— Je reste là où je suis. »

Je m'adosse contre le mur en contemplant le sol en béton émaillé de disques noirs huileux : des chewing-gums écrasés. Je sors mon portable, pousse le clapet et fais défiler le menu à la recherche d'anciens textos. Le pitbull se sent moins menacé quand je ne le regarde pas dans les yeux. Il y a un moment de battement qui permet à tout le monde d'inspirer à fond.

Du coin de l'œil, j'aperçois les revolvers toujours braqués.

« Ils vont vous abattre, Patrick, vous ou votre chien.

— Je n'ai rien fait de mal. Dites-leur de partir. » Il a un ton plus distingué que je ne pensais.

« Ils ne partiront pas. C'est allé trop loin.

— Ils ont pété ma porte.

— D'accord, ils auraient peut-être dû commencer par frapper. Nous pourrons parler de ça plus tard. » Le pitbull s'élance à nouveau. Fuller le tire violemment en arrière. L'animal suffoque et tousse.

« Vous avez déjà regardé ces reality-shows policiers américains, Patrick ? Ceux où les hélicoptères et les équipes de tournage de la télé filment les courses-poursuites et les arrestations en direct.

— Je ne regarde pas beaucoup la télé.

— D'accord, mais vous voyez de quoi je veux parler. Vous vous souvenez d'O.J. Simpson et de sa Ford Bronco ? Nous avons tous vu ça : les hélicoptères de la télé ont diffusé ces images dans le monde entier pendant que O.J. fonçait sur l'autoroute. »

« Vous voulez que je vous dise ce que j'ai toujours trouvé stupide dans cette scène ? C'est la même chose dans le cas de la plupart des criminels en fuite. Les types essaient toujours de filer avec un chapelet de voitures de police derrière eux pendant qu'un hélicoptère survole la zone et que des équipes télé tournent toute l'histoire. Même quand ils ont un accident, ils sortent de leur véhicule en trombe, enjambent les barricades, les clôtures, les murs de jardin. C'est absurde parce qu'ils n'arriveront pas à s'échapper – pas avec tous ces gens à leurs trousses. Le seul résultat, c'est qu'ils passent pour des coupables.

— O.J. s'en est tiré.

— Vous avez raison. Les douze membres du jury n'ont pas réussi à se décider, mais ça ne change rien aux yeux de l'opinion publique. O.J. avait l'air coupable et la plupart des gens pensent encore qu'il l'était. »

Patrick m'observe attentivement maintenant. Il a cessé de grimacer. Le chien s'est calmé.

« Vous me faites l'effet d'un type intelligent, Patrick, et je ne pense pas qu'un gars intelligent comme vous ferait ce genre d'erreur. Vous diriez plutôt : "Hé, messieurs les agents, pourquoi fait-on tout ce foin ? Bien sûr, je répondrai à vos questions. Donnez-moi juste le temps d'appeler mon avocat." »

Il esquisse un sourire. « Je ne connais pas d'avocats.

— Je peux vous en trouver un.

— Pourriez-vous m'obtenir Johnny Cochran ?

— Je peux vous avoir Frank, son cousin éloigné. » Cela me vaut un vrai sourire. Je remets mon portable dans ma poche.

« Je me suis battu pour ce pays, dit Patrick. J'ai vu mourir mes camarades. Vous savez ce que ça fait ?

— Non.

— Dites-moi pourquoi je devrais supporter ce genre de conneries.

— C'est le système, Patrick.

— Qu'il aille se faire foutre, le système !

— La plupart du temps, ça fonctionne.

— Pas pour moi. »

Je me redresse et j'écarte les mains en un geste de soumission.

« C'est à vous de voir. Si je repars dans ce couloir, ils vont abattre votre chien, ou vous. Sinon, vous pouvez retourner dans votre appartement, enfermer le chien dans une chambre et ressortir, les mains en l'air. Tout le monde s'en sortira indemne. »

Il médite la chose un instant, puis il tire brutalement sur le collier du chien en lui faisant tourner la tête de force, après quoi il l'emmène à l'intérieur. Il réapparaît une minute plus tard. L'étau des policiers se resserre autour de lui.

En l'espace de quelques secondes, on le force à s'agenouiller, puis à se mettre à plat ventre, les mains derrière le dos. Un maître-chien est entré dans l'appartement avec un long bâton et un collet. Le pitbull se jette dans les airs au moment où il l'emmène dehors.

« Pas le chien, marmonne Patrick. Ne faites pas de mal à mon chien. »

22.

Un interrogatoire de police est une pièce en trois actes. Le premier présente les personnages, le second introduit le conflit et le troisième nous apporte sa résolution.

Cet interrogatoire-là est différent. Depuis une heure, Veronica Cray s'efforce de comprendre les divagations et les rationalisations bizarres de Patrick Fuller. Il nie avoir été dans Leigh Woods. Il nie avoir vu Christine Wheeler. Il nie avoir été mis à pied par l'armée. Il semble prêt à nier sa propre histoire. Dans le même temps, il est capable de s'absorber subitement, inexplicablement, dans un fait unique et de se concentrer dessus en ignorant tout le reste.

Je l'observe de derrière un miroir sans tain avec la sensation d'être un voyeur. La salle des interrogatoires est nouvelle, repeinte dans des tons pastel avec des chaises rembourrées et des affiches de bord de mer sur les murs. Patrick fait les cent pas entre les quatre coins, tête baissée, bras ballants – comme s'il avait perdu son ticket de bus. L'inspecteur Cray lui demande de s'asseoir. Il obtempère, mais se relève aussitôt. À chaque nouvelle question, il se remet en mouvement.

Il plonge la main dans la poche arrière de son pantalon, cherchant quelque chose, un peigne peut-être, qui n'est plus là. Ensuite, il se passe les doigts dans les cheveux pour les ramener en arrière. Il a une cicatrice sur la main gauche, un X qui va de la base du pouce à celle du petit doigt de part et d'autre de son poignet.

Une avocate commise d'office a été convoquée pour le conseiller. D'âge moyen, très professionnelle, elle cale son attaché-case entre ses genoux et s'assoit, les mains croisées sur un carnet format ministre. Patrick n'a pas l'air impressionné. Il voulait un homme.

« Je vous en prie, enjoignez votre client à s'asseoir, exige Veronica Cray.

— C'est ce que j'essaie de faire, répond l'avocate.

— Et dites-lui d'arrêter de nous mener en bateau.

— Il se montre coopératif.

— C'est une interprétation intéressante. »

Les deux femmes ne s'apprécient pas. Elles ont peut-être des antécédents. L'inspecteur sort un sac en plastique scellé.

« Je vais vous poser la question encore une fois, monsieur Fuller. Avez-vous déjà vu ce téléphone ?

— Non.

— On l'a retrouvé dans votre appartement.

— Il doit être à moi dans ce cas.

— D'où le sortez-vous ?

— Celui qui le trouve le garde.

— Vous voulez dire que vous l'avez trouvé ?

— Je ne m'en souviens pas.

— Où étiez-vous vendredi après-midi ?

— Je suis allé à la plage.

— Il pleuvait. »

Il secoue la tête.

« Étiez-vous avec quelqu'un ?

— Mes enfants.

— Vous vous occupiez de vos enfants.

— Jessica a ramassé des coquillages dans son seau et George a fait un château de sable. George ne sait pas

196

nager, mais Jessica est en train d'apprendre. Ils ont pataugé dans l'eau.

— Quel âge ont-ils ?

— Jessica a six ans et George a quatre ans, je crois.

— Vous n'avez pas l'air d'en être sûr ?

— Évidemment, que j'en suis sûr. »

Veronica essaie de le coincer sur les détails, en lui demandant à quelle heure il est arrivé sur la plage, à quelle heure ils en sont partis, qui ils auraient pu voir. Fuller décrit une sortie typique d'un après-midi d'été – achat de glaces dégustées sur la plage de galets, la file d'attente pour les promenades à dos d'ânes.

C'est un numéro convaincant, mais il est impossible d'y croire. Il y a eu des alertes aux inondations dans une douzaine de comtés vendredi. Ainsi que des avis de gros coups de vent le long de la côte de l'Atlantique et aux abords de la Severn.

Veronica Cray commence à perdre patience. Ce serait plus facile si Fuller ne disait rien du tout – elle pourrait au moins déballer ses pièces à conviction rationnellement et édifier un mur de faits pour le contenir. En attendant, ses allégations n'arrêtent pas de changer, la forçant à faire marche arrière.

Le phénomène ne m'est pas étranger. J'ai vu dans mon cabinet des patients forgeant des histoires alambiquées pour éviter de se laisser accaparer.

L'interrogatoire est interrompu. Le silence règne dans l'antichambre. Monk et Roy échangent des sourires en coin ; ils éprouvent un malin plaisir à voir leur patronne se casser le nez. J'en conclus que ça ne doit pas arriver souvent.

L'inspecteur expédie un bloc-notes contre le mur. Des papiers voltigent à terre.

« Je ne pense pas qu'il vous trompe sciemment, dis-je. Il essaie de coopérer.

— Ce gars est totalement à l'ouest.

— Il est possible qu'il ait *vraiment* oublié.

— Qu'est-ce que c'est que ces conneries ? »

Je me tiens maladroitement devant elle. Monk examine le bout de ses chaussures tandis que Safari Roy scrute son ongle de pouce. On a emmené Fuller en bas dans une cellule.

Une lésion cérébrale pourrait expliquer son comportement. Il a été blessé en Afghanistan. Une bombe artisanale. Le seul moyen d'en avoir le cœur net, c'est d'obtenir son dossier médical ou de le soumettre à une évaluation psychologique.

« Laissez-moi lui parler. »

Un temps d'arrêt.

« À quoi ça nous servirait ?

— Je vous dirai si c'est un suspect légitime.

— C'est *déjà* un suspect. Il était en possession du téléphone de Christine Wheeler.

— Je veux le traiter comme un patient. Pas d'enregistrements. Ni de vidéos. Un entretien confidentiel. »

Veronica est en proie à une colère qui semble faire des vagues sous sa chemise. Monk et Roy me gratifient d'un regard compatissant, comme si j'étais un condamné. L'inspecteur entreprend de m'énumérer les raisons pour lesquelles je ne saurais être admis dans la salle des interrogatoires. Si Patrick Fuller est accusé de meurtre, il pourrait trouver une échappatoire en alléguant mon intervention et tenter d'échapper aux poursuites sous prétexte qu'on n'a pas suivi la procédure normale.

« Et si nous appelions ça une évaluation psychologique ?

— Il faudrait que Fuller soit d'accord.

— Je vais en toucher un mot à son avocate. »

L'avocate commise d'office écoute mes arguments et nous nous mettons d'accord sur les modalités de l'entretien. Rien de ce que son client dira ne pourra être retenu contre lui à moins qu'il n'accepte de faire une déposition en bonne et due forme.

On fait remonter Patrick. Dans l'ombre de la salle d'observation, je le regarde traverser prudemment la salle des interrogatoires, faire volte-face, revenir sur ses pas en s'efforçant de mettre les pieds exactement sur les mêmes carrés de la moquette. Il hésite. Il a oublié combien de pas il faut pour retourner à l'endroit d'où il est parti. Il ferme les yeux et essaie de reconstituer mentalement le chemin parcouru. Ensuite il repart.

Il sursaute quand j'ouvre la porte. L'espace d'un instant, il n'arrive pas à me remettre. Puis ça lui revient. Son inquiétude cède le pas à une série de petites grimaces fugaces comme s'il réglait précisément ses muscles faciaux jusqu'à ce qu'il soit satisfait du visage qu'il présente au monde.

Son avocate me suit dans la salle et s'assoit dans un coin.

« Bonjour, Patrick.

— Mon chien.

— On s'occupe de lui. Qu'avez-vous vu par terre il y a une minute ?

— Rien.

— Vous redoutiez de marcher sur quelque chose.

— Les souricières.

— Qui les a mises là ? »

Il lève vers moi un regard plein d'espoir.

« Vous les voyez ?

— Et vous, combien en voyez-vous ? »

Il les compte en pointant le doigt.

« Douze, treize…

— Je suis psychologue, Patrick. Avez-vous déjà parlé à un de mes confrères ? » Il hoche la tête. « Après votre blessure ?

— Oui.

— Faites-vous des cauchemars ?

— De temps en temps.

— En quoi consistent-ils ?

— Je vois du sang. »

Il s'assoit et se relève presque aussitôt.

« Du sang ?

— Je vois d'abord le corps de Leon, couché sur moi. Il a les yeux révulsés. Il y a du sang partout. Je sais qu'il est mort. Il faut que je le pousse. Spike est coincé sous le châssis d'un transport de troupes, les jambes écrasées. Impossible de le tirer de là. Des balles rebondissent sur la tôle comme des gouttes de pluie et on court se mettre à couvert. Spike hurle à cause de ses jambes et parce que le véhicule est en feu. Nous savons tous que lorsque les flammes atteindront l'arsenal, tout va exploser. »

Patrick respire par halètements rapides, tronqués, et son front est trempé de sueur. « Est-ce ce qui s'est vraiment passé, Patrick ? » Il ne répond pas. « Où est Spike à l'heure qu'il est ?

— Il est mort.

— Est-il mort au cours de l'affrontement ? »

Il hoche la tête.

« Comment est-il mort ?

— On lui a tiré dessus.

— Qui ça ?

— Moi », chuchote-t-il.

Son avocate veut intervenir. Je lève un peu la main, désireux d'avoir un instant de plus. « Pourquoi avez-vous tué Spike ?

200

— Il avait reçu une balle dans la poitrine, mais il braillait toujours. Les flammes avaient atteint ses jambes. On ne pouvait pas le sortir de là. On était coincés. On a reçu l'ordre de battre en retraite. Il m'a appelé en hurlant. Il me suppliait… »

Ses muscles faciaux tressaillent sous le coup de l'angoisse. Il se couvre le visage des deux mains et me regarde entre ses doigts écartés.

« Calmez-vous, lui dis-je. Allons. »

Je lui sers un verre d'eau. Il se penche ; il a besoin de ses deux mains pour porter le gobelet en plastique à ses lèvres. Il ne me quitte pas des yeux pendant qu'il boit. Et puis il remarque ma main gauche. Mon pouce et mon index se sont remis à « émietter du pain ». C'est un détail qu'il donne l'impression de stocker dans sa mémoire.

« Je vais vous poser un certain nombre de questions, Patrick. Ce n'est pas un test. J'ai juste besoin que vous vous concentriez. »

Il hoche la tête.

« Quel jour sommes-nous ?

— Vendredi.

— Quelle est la date d'aujourd'hui ?

— Le seize.

— En fait, on est le cinq. Quel mois ?

— Août.

— Qu'est-ce qui vous fait dire ça ?

— Il fait chaud dehors.

— Vous n'êtes pas habillé comme en été. »

Il regarde ses habits, presque surpris. Je remarque alors que son regard s'élève et se déplace légèrement d'un côté pour se focaliser sur quelque chose derrière moi. Tout en continuant à lui parler du temps, je tourne légèrement la tête, suffisamment pour voir le mur derrière moi. Une affiche encadrée est accrochée à côté du miroir – une scène de plage représentant des enfants en train de jouer sur les galets et de patauger dans la mer. Il y a une grande roue en arrière-plan et un marchand de glaces.

Patrick a construit tout son alibi à partir de cette unique scène. Elle l'a aidé à compléter les détails dont il ne se souvenait pas à propos de vendredi dernier. C'est la raison pour laquelle il était si sûr qu'il faisait chaud et qu'il avait emmené ses enfants à la plage.

Il a un problème de mémoire contextuelle. Il retient des bribes d'informations autobiographiques, mais ne parvient pas à les ancrer dans un lieu ou un laps de temps spécifiques. Ses souvenirs dérivent. Les images se heurtent les unes aux autres. C'est la raison pour laquelle il raconte des histoires qui n'ont ni queue ni tête et évite de vous regarder dans les yeux. Il voit des souricières par terre.

Il révise continuellement la réalité dans son esprit. Quand on lui pose une question à laquelle il pense pouvoir répondre, il cherche des indices et invente un nouveau script pour les y intégrer. La photographie sur le mur lui a fourni un cadre dans lequel il a bâti tout son récit, ignorant les aberrations telles que la pluie et la période de l'année.

S'il était un de mes patients, je prévoirais une série de rendez-vous et je demanderais à voir son dossier médical. Je lui ferais peut-être aussi passer un scanner du cerveau qui montrerait sans doute une lésion au niveau de l'hémisphère droit – une sorte d'hémorragie. Il souffre de stress post-traumatique, cela ne fait aucun doute. C'est pour ça qu'il affabule, qu'il invente, construisant des histoires fantastiques pour expliquer ce qu'il a oublié. Il le fait sans s'en rendre compte. Automatiquement.

« Patrick, dis-je avec douceur, si vous ne vous rappelez pas ce qui s'est passé vendredi dernier, dites-le moi. Je n'en penserai pas moins de vous. Tout le monde oublie des choses. On a retrouvé chez vous un téléphone appartenant à une femme qui a été vue à Leigh Woods. »

Il me dévisage d'un air ahuri. Je sais que le souvenir est là. C'est juste qu'il n'arrive pas à accéder à l'information.

« Elle était nue. Sous un ciré jaune. Elle portait des talons hauts. »

Son regard cesse d'errer et plonge dans le mien.

« Ses chaussures étaient rouges, dit-il.

— Oui. »

C'est comme si les fruits d'une machine à sous s'étaient soudain alignés dans sa tête. Les fragments éparpillés de sa mémoire et de ses émotions retrouvent leur place.

« Vous l'avez vue ? »

Il hésite. Cette fois-ci, ce sera un mensonge authentique. Je ne lui en laisse pas l'occasion.

« Elle était sur le sentier. »

Il hoche la tête.

« Était-elle accompagnée ? »

Il secoue la tête.

« Que faisait-elle ?

— Elle marchait.

— Lui avez-vous parlé ?

— Non.

— L'avez-vous suivie ?

— C'est tout ce que j'ai fait, répond-il en hochant la tête.

— Comment avez-vous eu son téléphone ?

— Je l'ai trouvé.

— Où ça ?

— Elle l'avait laissé dans la voiture.

— Alors vous l'avez pris ?

— Elle n'était pas fermée à clé, marmonne-t-il, incapable de trouver un prétexte. Je me faisais du souci pour elle. J'avais peur qu'elle ait des ennuis.

— Pourquoi ne pas avoir appelé la police dans ce cas ?

— Je... je... je n'avais pas de téléphone.

— Vous aviez le sien ! »

Son visage est une débauche de tics et de grimaces. Il s'est levé et fait les cent pas, sans plus se donner la peine d'éviter les souricières. Il dit quelque chose que je ne comprends pas. Je lui demande de répéter.

« La batterie était à plat. J'ai dû acheter un chargeur. Ça m'a coûté dix livres. » Il me dévisage, plein d'espoir. « Pensez-vous qu'ils me rembourseront ?

— Je ne sais pas.

— Je ne m'en suis servi qu'une ou deux fois.

— Écoutez-moi, Patrick. Concentrez-vous sur moi. La femme dans le parc, lui avez-vous parlé ? » Ses traits se tordent à nouveau. « Que vous a-t-elle dit, Patrick ? C'est important.

— Rien.

— Ne secouez pas la tête, Patrick. Que vous a-t-elle dit ? »

Il hausse les épaules en jetant des coups d'œil dans la pièce en quête d'une autre image susceptible de l'aider.

« Je ne veux pas que vous inventiez, Patrick. Si vous ne vous souvenez plus, dites-le-moi. Mais c'est vraiment important. Réfléchissez bien.

— Elle m'a parlé de sa fille. Elle voulait savoir si je l'avais vue.

— Vous a-t-elle expliqué pourquoi ? »

Il secoue la tête.

« C'est tout ce qu'elle vous a dit ?

— Ouais.

— Que s'est-il passé ensuite ?

— Elle a filé, répond-il en haussant les épaules.

— L'avez-vous suivie ?

— Non.

— Avait-elle un téléphone, Patrick ? Parlait-elle avec quelqu'un ?

— Peut-être. Je ne sais pas. Je ne pouvais pas entendre. »

Je poursuis mon interrogatoire en m'efforçant de déceler la vérité dans tout ça. Soudain il s'immobilise et regarde fixement par terre. En levant un pied, il enjambe une « souricière ». Je l'ai perdu. Il est ailleurs.

« Nous devrions peut-être le laisser respirer un peu », suggère l'avocate.

Hors de la salle des interrogatoires, je m'assois avec les policiers et je leur explique pourquoi je pense que Patrick affabule et invente des histoires.

« Il a eu une lésion cérébrale, dit Safari Roy, tentant de paraphraser mes descriptions cliniques.

— Cela ne fait pas de lui un innocent, commente Monk en écho.

— Est-ce irréversible ? s'enquiert Veronica Cray.

— Je l'ignore. Fuller conserve des noyaux d'information, mais il est incapable de les lier à un lieu ou un moment spécifiques. Ses souvenirs sont flous. Si vous lui montrez une photo lui prouvant qu'il était à Leigh Woods, il l'admettra. Ça ne veut pas dire qu'il se *souvient* d'y avoir été.

— Ce qui signifie qu'il pourrait encore être notre homme.

— C'est peu probable. Vous l'avez entendu. Sa tête est encombrée de bribes de conversations, d'images, de sa femme, de ses enfants, d'événements qui se sont produits avant qu'il soit blessé. Toutes ces choses tournent dans sa tête de manière désordonnée, sans aucune logique. Il est capable de fonctionner. De faire un petit boulot. Mais chaque fois que sa mémoire lui fait défaut, il invente quelque chose.

— Si bien qu'il ne faut pas espérer des aveux, note Veronica, visiblement découragée. Nous n'en avons pas besoin. Il a reconnu s'être trouvé sur les lieux. Il avait son téléphone.

— Ce n'est pas lui qui l'a poussée à sauter. »

L'inspecteur me coupe la parole.

« Sauf votre respect, professeur, je sais que vous êtes bon dans notre domaine, mais vous n'avez pas la moindre idée de ce que cet homme est capable de faire.

— Vous pouvez penser que j'ai tort, mais ce n'est pas une raison pour arrêter de réfléchir. Je vous donne mon avis. Vous commettez une erreur. »

En guise de conclusion, l'inspecteur redresse une pile de papiers et entreprend de donner des ordres. Elle veut qu'on fasse venir le gérant du magasin de portables et son assistant au commissariat.

« Patrick a fermé la voiture de Christine à clé », dis-je. Veronica Cray s'interrompt au milieu de sa phrase.

« Je ne vois pas le rapport.

— Ça me paraît bizarre de la part d'un assassin.

— Lui avez-vous demandé pourquoi ?

— Il m'a dit qu'il ne voulait pas qu'on la vole. »

23.

La petite Alice monte sa jument alezane. Sa tresse rebondit dans son dos chaque fois qu'elle se dresse et retombe sur sa selle en faisant lentement le tour du manège.

Trois autres élèves enfourchent leur monture et se joignent au cours. Elles portent toutes des jodhpurs, des bottes d'équitation et des bombes. Le professeur, Mme Lehane, a les hanches larges et des cheveux blonds en bataille. Elle me rappelle la femme d'un commandant que j'ai rencontrée en Allemagne ; elle était plus intimidante que son mari.

Je sens l'odeur des chevaux. Ne jamais faire confiance à des animaux qui sont plus grands que soi, telle est ma devise. Les chevaux ont peut-être l'air intelligent et placide en photo, mais dans la vraie vie, vus de près, ils se cabrent, s'ébrouent. Et ces grands yeux doux, humides, cachent un secret. Quand la révolution viendra, les bêtes à quatre pattes domineront le monde.

Quelques parents sont restés pour regarder leurs enfants évoluer à cheval. D'autres bavardent dans le parking. Alice n'a personne pour l'admirer, à part moi. Ne t'inquiète pas, flocon de neige, je te regarde. Tiens-toi bien droite. Au trot, au trot…

Je compose le numéro sur le portable, puis j'enfonce la touche verte. Une femme me répond.

« *Vous êtes bien Sylvia Furness ?*

— *Oui.*

— *La maman d'Alice ?*

— *Oui. Qui êtes-vous ?*

— *Je suis le bon Samaritain qui prend soin de votre fille.*

— *Que voulez-vous dire ?*

— *Elle est tombée de cheval. Elle s'est tordu le genou. Mais ça va déjà mieux. Je lui ai fait un petit bisou pour qu'elle n'ait plus mal.* »

J'entends comme un hoquet.

« *Qui êtes-vous ? répète-t-elle. Où est ma fille ?*

— *Elle est ici, Sylvia, allongée sur le lit.*

— *Que voulez-vous dire ?*

— *Elle était couverte de boue après sa chute. Son pantalon de cheval était tout sale. Je l'ai mis à laver à la machine et j'ai donné un bain à Alice. Elle a une si jolie peau. Quel après-shampoing utilisez-vous ? Ses cheveux sont très doux.*

— *Je... je n'en sais rien.*

— *Et puis elle a une jolie marque de naissance sur le cou. En forme d'amande. Je vais y déposer un baiser.*

— *Non ! Ne la touchez pas.* »

La souffrance et la confusion étranglent ses mots. La peur. La panique. Elle passe par toutes ces émotions tour à tour : une surcharge totale.

« *Où est Mme Lehane ?*

— *Avec le reste de la classe.*

— *Laissez-moi parler à Alice.*

— *Elle ne peut pas parler.*

— *Pourquoi ?*

— Elle a un ruban adhésif sur la bouche. Mais ne vous inquiétez pas, Sylvia, elle peut vous entendre. Je vais poser le téléphone contre son oreille. Comme ça vous pourrez lui dire à quel point vous l'aimez. »

Un gémissement.

« Laissez-la partir, je vous en prie.

— Mais on s'amuse bien, tous les deux. Elle est tellement mignonne. Je m'occupe d'elle. Les petites filles ont besoin qu'on s'occupe d'elles. Où est son papa ?

— Qu'est-ce que ça peut vous faire ?

— Les petites filles ont besoin d'un papa.

— Il est en voyage d'affaires.

— Pourquoi vous comportez-vous comme une pute quand il n'est pas là ?

— Pas du tout.

— C'est ce que pense Alice en tout cas.

— Non.

— Elle grandit. Elle est en fleur.

— Je vous en conjure, ne la touchez pas.

— Elle est très courageuse. Elle n'a pas du tout pleuré quand j'ai mis ses vêtements en pièces. Elle est un peu gênée d'être nue maintenant, mais je lui ai dit de ne pas s'inquiéter. Je ne pouvais pas lui remettre ses habits pleins de boue. Vous devriez lui acheter un soutien-gorge. Je crois qu'elle est prête... C'est vrai, elle va avoir douze ans en mai. »

Elle me supplie maintenant, en sanglotant au bout du fil.

« Je sais tout sur Alice. Elle aime Coldplay. Sa jument s'appelle Sally. Elle a une photo de son père sur sa table de chevet. Sa meilleure amie se prénomme Shelly. Elle a un faible pour un garçon de son école, Danny Green. Elle est un peu jeune pour avoir un petit ami, mais d'ici peu, elle se mettra à faire des *pipes au dernier rang du cinéma et écartera les jambes à tout bout de champ. Je vais la roder.*

— *Non ! S'il vous plaît. Elle est encore...*

— *Vierge. Je sais, j'ai vérifié. »*

Sylvia n'arrive plus à respirer.

« Calmez-vous, lui dis-je. Inspirez un bon coup. Alice a besoin que vous m'écoutiez.

— *Que voulez-vous ?*

— *Je veux que vous m'aidiez à en faire une femme.*

— *Non. Non.*

— *Écoutez-moi, Sylvia. Ne m'interrompez pas.*

— *S'il vous plaît, laissez-la partir.*

— *Qu'est-ce que je viens de vous dire ?*

— *S'il vous plaît. »*

Je tape le téléphone contre la paume de ma main.

« Vous avez entendu ça, Sylvia. C'était mon poing frappant Alice en pleine figure. Je la taperai à nouveau, chaque fois que vous me couperez la parole.

— *Non, je vous en prie. Je suis désolée. »*

Elle sombre dans le silence.

« C'est bien, Sylvia. Beaucoup mieux. Je vais vous laisser dire bonjour à Alice maintenant. Elle vous entend. Que voulez-vous lui dire ?

— *Chérie, c'est maman, sanglote-t-elle. N'aie pas peur. Ne t'inquiète pas. Je vais t'aider. Je suis... Je suis...*

— *Dites-lui de se détendre.*

— *Détends-toi.*

— *Dites-lui de coopérer.*

— *Fais ce que te dit le monsieur.*

— *C'est très bien, Sylvia. Elle est beaucoup plus calme. Je peux commencer maintenant. Vous pouvez m'aider ? Quel trou est-ce que je baise en premier ? »*

Elle geint au bout du fil.

« *Je vous en prie, ne la touchez pas. S'il vous plaît, non. Emmenez-la dehors. Laissez-la dans la rue. Je n'appellerai pas la police.*

— *Pourquoi ferais-je une chose pareille ?*

— *Ce n'est qu'une petite fille.*

— *Dans certains pays, on marie les filles à son âge. On les circoncit en plus et on leur coud la chatte.* » *Un râle monte des profondeurs de sa gorge.* « *Prenez-moi. Vous pouvez m'avoir à la place.*

— *Pourquoi voudrais-je vous avoir, vous, alors que j'ai la petite Alice ? Elle est jeune. Vous êtes vieille. Elle est pure. Vous êtes une putain.*

— *Prenez-moi, je vous en conjure.*

— *L'entendez-vous respirer ? Je pose ma tête sur sa poitrine. Son cœur cogne. Toc-toc, toc-toc.*

— *Prenez-moi, s'il vous plaît. Je ferai tout ce que vous voulez.*

— *Faites attention à ce que vous dites, Sylvia. Êtes-vous vraiment prête à prendre sa place ?*

— *Oui.*

— *"Le pourriez-vous... Le feriez-vous..."* ?

— *Oui.*

— *Comment savoir si je peux vous faire confiance ?*

— *Faites-moi confiance. S'il vous plaît. Relâchez-la.* »

J'ai un deuxième portable à portée de main. Je compose un autre numéro. J'entends la sonnerie en fond sonore. Sylvia couvre le micro du téléphone et répond sur son portable en chuchotant d'un ton pressant :

« *Aidez-moi ! S'il vous plaît ! Appelez la police. Il a ma fille.*

— *Sylvia, dis-je en articulant chaque syllabe. Devinez qui c'est ?* »

Elle gémit de désespoir.

« *Alice m'a donné votre numéro de portable. C'était un test. Vous avez échoué. Je ne peux plus vous faire confiance. Je vais raccrocher, maintenant, Sylvia. Vous ne reverrez plus Alice.*

— *Non, non ! hurle-t-elle. Pardonnez-moi. S'il vous plaît. J'ai fait une erreur. Ça n'arrivera plus.*

— *Je repose l'appareil à côté de l'oreille d'Alice. Dites-lui que vous êtes désolée. J'allais la violer et vous la rendre. Maintenant, vous ne la reverrez plus jamais.*

— *Je vous en prie, ne lui faites pas de mal.*

— *Oh, c'est y pas malheureux. Vous l'avez fait pleurer.*

— *N'importe quoi. Je ferai n'importe quoi.*

— *Je suis allongé sur elle, Sylvia. Détends-toi, ma petite. Ne crains rien. C'est de la faute de maman. On ne pouvait pas lui faire confiance.*

— *Non, non, non, s'il vous plaît...*

— *Écarte les cuisses, petite. Ça va faire mal. Et quand j'en aurai fini avec toi, je vais t'enterrer telle-ment profondément que ta maman ne te trouvera jamais. Les vers, eux, te trouveront. Ton corps aura un goût si doux pour eux.*

— *Prenez-moi ! Prenez-moi ! hurle Sylvia. Ne la touchez pas ! Ne faites pas de mal à ma petite fille !*

— *Dites que vous êtes désolée, Sylvia. Et puis dites-lui au revoir.*

— *Non. Écoutez-moi. Je ferai n'importe quoi. Ne lui faites pas de mal. Prenez-moi à sa place.*

— *En valez-vous la peine, Sylvia ? Il faut que vous me prouviez que vous êtes digne de la remplacer.*

— *Comment ?*

— *Déshabillez-vous.*

— *Quoi ?*

— *Alice est nue. Je veux que vous le soyez aussi. Désapez-vous. Oh, regardez ! Alice hoche la tête. Elle veut que vous l'aidiez.*

— *Puis-je lui parler à nouveau ?*

— *D'accord. Elle vous écoute.*

— *Chérie, est-ce que tu m'entends ? Tout va bien. N'aie pas peur. Maman va venir te chercher. Je te le promets. Je t'aime.*

— *C'était très touchant, Sylvia. Ça y est, vous êtes à poil ?*

— *Oui.*

— *Approchez-vous de la fenêtre et ouvrez les rideaux.*

— *Pourquoi ?*

— *Je vois partout, Sylvia. Je peux vous décrire votre chambre, votre garde-robe, les vêtements sur les cintres, vos chaussures...*

— *Qui êtes-vous ?*

— *Je suis l'homme qui va baiser votre fille jusqu'à la mort si vous ne faites pas exactement ce que je vous dis.*

— *Je veux juste savoir votre nom.*

— *Mais non. Vous voulez nouer des liens. Vous voulez établir une connexion entre nous parce que vous pensez que comme ça, il y aura moins de risques que je fasse du mal à Alice. Ne jouez pas au plus fin avec moi, Sylvia. Je suis un professionnel, bordel. Je suis un expert de l'esprit. Je gagne ma vie comme ça. Je fais ça pour mon pays.*

— *Qu'est-ce que ça veut dire ?*

— *Ça veut dire que je sais ce que vous pensez. Je sais tout sur vous. Où vous habitez. Qui sont vos amis. Je vais vous faire passer un autre test, Sylvia. Souvenez-vous de ce qui s'est passé la dernière fois. Je connais le nom d'une de vos amies : Helen Chambers.*

— Pourquoi me parlez-vous d'Helen ?

— Je veux que vous me disiez où elle est.

— Je n'en sais rien. Il y a des années que je ne l'ai pas vue.

— Menteuse !

— C'est la vérité. Elle m'a envoyé un mail il y a quelques semaines.

— Que disait-elle ?

— Elle disait qu'elle rentrait. Elle voulait qu'on se voie.

— Sylvia, ne me mentez pas.

— Je ne mens pas.

— VOUS ÊTES UNE SALE MENTEUSE !

— Non.

— Ça y est, vous êtes à poil ?

— Oui, pleurniche-t-elle.

— Vous n'avez pas ouvert les rideaux.

— Si.

— C'est bien. Maintenant allez dans votre penderie. Je veux que vous trouviez vos bottes noires. Celles à bouts pointus et à talons hauts. Vous voyez lesquelles. Je veux que vous les enfiliez. »

Je l'entends chercher. Je l'imagine à quatre pattes par terre.

« Je ne les trouve pas.

— Mais si.

— Il faut que je pose le téléphone.

— Non. Si vous posez le téléphone, Alice mourra. C'est aussi simple que ça.

— Je fais ce que je peux.

— Vous mettez trop de temps. Je vais retirer le bandeau à Alice. Vous savez ce que cela veut dire ? Elle pourra me reconnaître. Je serai obligé de la tuer. Je suis en train de défaire le nœud. Dès qu'elle ouvrira les yeux, c'est terminé.

— Ça y est. Je les ai trouvées ! Elles sont là.

— Mettez-les.

— Je dois poser le téléphone pour remonter la fermeture Éclair.

— Bien sûr que non.

— C'est impossible...

— Vous me prenez pour un idiot, Sylvia ? Vous vous imaginez que c'est la première fois que je fais ça ? Il y a des filles mortes dans tous les coins de ce pays. Vous en avez entendu parler dans les journaux, vous avez vu leurs photos à la télé. Des adolescentes disparues. On n'a jamais retrouvé leur corps. C'était moi ! C'est moi qui ai fait ça. Ne déconnez pas avec moi, Sylvia.

— D'accord. Vous laisserez partir Alice, je veux dire, si je fais ce que vous me demandez, vous la laisserez partir ?

— De temps à autre, je les épargne, mais seulement si quelqu'un est disposé à prendre leur place. L'êtes-vous, Sylvia ? Ne me décevez pas. Ne décevez pas Alice. Soit vous le faites pour moi, soit c'est elle.

— J'ai compris. »

Je lui ordonne d'aller à la salle de bains. Dans le deuxième tiroir de sa coiffeuse, il y a un tube de rouge à lèvres. Brillant. Rose.

« Regardez-vous dans la glace, Sylvia. Que voyez-vous ?

— Je n'en sais rien.

— Allons. Que voyez-vous ?

— Moi.

— Une pute. Mettez ce rouge à lèvres pour moi. Faites-vous belle.

— Je ne peux pas.

— Soit vous faites ça pour moi, soit c'est elle.

— D'accord.

— *Bon, maintenant dans le tiroir du bas, il y a une trousse rose. Prenez-la avec vous.*

— *Je ne vois pas de trousse rose. Elle n'est pas là.*

— *Mais si. Ne recommencez pas à me mentir.*

— *Promis.*

— *Vous êtes prête ?*

— *Oui.* »

Je lui dis d'aller à la porte de son appartement, de prendre ses clés de voiture et la trousse rose.

« *Ouvrez la porte, Sylvia. Faites un pas à la fois.*

— *Et vous laisserez Alice partir ?*

— *Si vous m'obéissez.*

— *Vous ne lui ferez pas de mal ?*

— *Je la garderai en sécurité. Regardez-moi ça. Alice hoche la tête. Elle est contente. Elle vous attend.* »

Sylvia est en bas. Elle ouvre la porte de l'immeuble. Je lui dis de ne regarder personne, de ne pas faire de signe à qui que ce soit. Elle me répond qu'il n'y a personne dans la rue.

« *Allez jusqu'à votre voiture. Montez. Branchez le kit mains libres. Il faut que vous continuiez à me parler en conduisant.*

— *Je n'ai pas de kit mains libres.*

— *Ne me mentez pas, Sylvia. Il y en a un dans la boîte à gants.*

— *Où est-ce que je vais ?*

— *Vous venez par ici. Je vais vous indiquer la direction. Ne vous trompez pas de route. Ne faites pas d'appels de phares, ne klaxonnez pas. Je le saurai. Ne me décevez pas. Allez tout droit, prenez le rond-point et puis tournez à droite dans Sydney Road.*

— *Pourquoi faites-vous ça ? Qu'est-ce qu'on vous a fait ?*

— *Je vous conseille d'éviter le sujet.*

— Je n'ai rien fait de mal. Alice non plus.

— Vous êtes toutes les mêmes.

— Pas du tout. Je ne suis pas ce que vous dites...

— Je vous ai observée, Sylvia. Je sais comment vous fonctionnez. Dites-moi où vous êtes.

— Devant le musée.

— Prenez Warminster Road. Restez-y jusqu'à nouvel ordre. » Elle change de tactique dans l'espoir de m'atteindre.

« Je peux être très gentille avec vous, dit-elle d'un ton hésitant. Je suis bonne au lit. Je peux faire des tas de choses. Tout ce que vous voulez.

— Je sais. Combien de fois avez-vous trompé votre mari ?

— Je ne tr...

— Menteuse !

— Je dis la vérité.

— Je veux que vous vous gifliez, Sylvia. »

Elle ne comprend pas.

« Donnez-vous une gifle... comme punition. »

Je lui laisse un instant pour obéir. Je n'entends rien. Je cogne mon portable contre mon poing.

« Vous avez entendu, Sylvia. Alice a encore encaissé à votre place. Elle saigne de la lèvre. Ne t'en prends pas à moi, petite, c'est de la faute de ta maman. »

Sylvia m'implore en hurlant d'arrêter, mais j'en ai assez de ses vagissements, de ses excuses pathétiques de sale garce. Je flanque mon téléphone contre le creux de ma main, encore et encore.

« S'il vous plaît, sanglote-t-elle, ne la frappez pas. S'il vous plaît. J'arrive !

— Alice est délicieuse. J'ai goûté ses larmes. On dirait de l'eau sucrée. A-t-elle déjà ses règles ?

— Elle n'a que onze ans.

— *Je peux la faire saigner. Saigner dans des endroits que vous ne pouvez même pas imaginer.*

— *Non ! J'arrive. Où est-elle ?*

— *Elle vous attend.*

— *Laissez-moi lui parler.*

— *Elle vous entend.*

— *Je t'aime, mon bébé.*

— *À quel point ? Prendrez-vous sa place ?*

— *Oui.*

— *Venez à moi, Sylvia. Elle vous attend. Venez la chercher et la ramener à la maison. »*

24.

L'arbre est un ogre aux bras tendus. Un corps pend en dessous, suspendu à une branche, immobile, blanc. Non, pas blanc. Nu. Capuchonné.

Au-delà des branches, dans la vallée, un paysage monochrome émerge lentement des ténèbres. Des champs entrecoupés de haies et de touffes de buissons persistants. Des rangées onduleuses de hêtres le long des cours d'eau. Le soleil se cache derrière un ciel meurtri. Perce-neige, primevères et jonquilles se tapissent sous la terre. Les couleurs n'existent peut-être pas.

Le large portail métallique a été scellé avec des bandes bleues et blanches par la police. On a disposé des projecteurs autour de la grange voisine. Le bois érodé donne l'impression d'avoir été blanchi à la chaux sous l'éclairage blafard.

D'autres bandes interdisent l'accès à la ferme. On photographie les empreintes de pneus ; on en fait des moulages en plâtre. Le sentier se termine par une allée étroite, bloquée dans les deux sens par des voitures de police et des camionnettes.

La police a dressé des barrières de fortune et un point de contrôle. Je dois donner mon nom à un agent armé d'un bloc-notes. En me frayant un passage entre les flaques d'eau, j'atteins la grange et de là, je vois le champ labouré où pend le corps.

Des caillebotis couvrent le reste du trajet, des pierres de gué en plastique blanc menant au pied de l'arbre, cent cinquante mètres plus loin. Les lames d'une charrue ont creusé une forme de larme autour du tronc. La terre labourée est perlée de givre.

Debout à côté du cadavre, Veronica Cray a tout du bourreau. Une femme nue, tenant par un bras, est suspendue à une branche par une paire de menottes. Son poignet gauche, à vif, saigne sous l'anneau métallique verrouillé. Une taie d'oreiller blanche lui enveloppe la tête, resserrée à la hauteur des épaules. Le bout de ses orteils touche à peine le sol.

Par terre à ses pieds, il y a un portable. La batterie est à plat. Elle porte des bottes en cuir qui lui arrivent aux genoux. L'un des talons est cassé. L'autre s'enfonce dans la boue. Des flashs explosent en succession rapide, donnant l'illusion que le corps bouge comme un personnage d'animation au ralenti.

Le même médecin légiste qui a examiné la voiture de Christine Wheeler dans le garage du commissariat est à l'œuvre ; il donne des consignes au photographe. Pendant les heures qui viennent, la scène appartient aux scientifiques.

Ruiz est déjà là. Il se tape dans les mains pour se réchauffer. Je l'ai réveillé au pub pour lui dire de me retrouver ici.

« Tu as interrompu un rêve génial, dit-il. J'étais au lit avec ta femme.

— Et moi, j'étais là ?

— Si je faisais un rêve pareil un jour, on ne pourrait plus être amis. »

Nous écoutons tous les deux le légiste briefer Veronica. La cause officieuse du décès est l'hypothermie.

« L'hypostase indique qu'elle est morte ici. Debout. Il n'y a pas d'indices apparents d'abus sexuels ni blessures laissant supposer qu'elle s'est défendue, mais j'en saurai davantage au laboratoire.

— Et l'heure du décès ? demande l'inspecteur.

— La rigidité cadavérique a commencé. En temps normal, un corps perd un degré toutes les heures, mais il a gelé la nuit dernière. Elle est peut-être morte depuis vingt-quatre heures, voire plus. »

Le médecin gribouille sa signature sur l'écritoire à pince et rejoint son équipe. Veronica me fait signe de la suivre. Nous nous acheminons vers l'arbre, d'un caille-botis à l'autre.

J'ai ma canne aujourd'hui – preuve que mes remèdes sont moins efficaces. C'est une jolie canne en noyer poli avec un embout en métal. Je suis moins gêné de m'en servir maintenant. Soit ça, soit je redoute davantage que ma jambe se bloque et que je me flanque par terre.

Le photographe fait des gros plans des doigts de la victime. Elle a les ongles fins et vernis. Son corps nu est marbré de lividité et je sens l'odeur douce-amère de son urine mêlée à son parfum.

« Vous savez qui c'est ? »

Je secoue la tête.

Veronica enroule doucement le capuchon vers le haut en serrant le tissu entre ses poings. Sylvia Furness me regarde fixement, la tête pendante, tordue d'un côté par le poids de son corps. Ses cheveux blonds cendrés collent à son crâne par bandes ; ils sont plus foncés aux tempes.

« Sa fille, Alice, a déclaré sa disparition lundi en fin d'après-midi. Quelqu'un l'a déposée chez elle après son cours d'équitation ; elle a trouvé la porte d'entrée ouverte. Aucune trace de sa mère. Il y avait des vête-ments par terre. »

Elle esquisse un geste par-dessus mon épaule en direction d'un fermier assis au volant d'une camionnette.

« Il a cru entendre des renards hier soir. Il est sorti de bonne heure ce matin pour aller jeter un coup d'œil. Il a aperçu la voiture de Sylvia Furness garée dans la grange. Puis il a vu le corps. »

L'inspecteur laisse retomber le capuchon, recouvrant le visage de Sylvia. La scène de mort a quelque chose de surréaliste, d'abstrait, une tonalité douloureusement théâtrale, des relents de sciure de bois et de peinture faciale, à croire qu'elle a été savamment orchestrée.

« Où est la petite ?

— Ses grands-parents s'en occupent.

— Et son père ?

— Il rentre de Suisse en avion. Il voyage beaucoup pour son travail. » Veronica fourre les mains dans les poches de son pardessus. « Vous y comprenez quelque chose ?

— Pas encore.

— Il n'y a aucun signe de lutte. Il ne semble pas qu'elle se soit défendue. Elle n'a pas été violée, ni torturée. Elle est morte de froid, pour l'amour du ciel ! »

Je sais qu'elle pense à Christine Wheeler. Les similarités sont impossibles à ignorer, et malgré tout, pour chacune d'entre elles, je pourrais trouver une différence tout aussi incontestable. En mathématiques, parfois, le hasard lui-même devient un schéma.

Elle se demande aussi si Patrick Fuller aurait pu être impliqué. On l'a relâché dimanche matin avec pour seule inculpation le vol du portable de Christine Wheeler.

Des policiers en uniforme se sont regroupés près du hangar ; ils s'apprêtent à commencer une recherche d'empreintes dans le champ. Veronica s'approche d'eux, me laissant seul près du cadavre.

Neuf jours plus tôt, j'ai aperçu Sylvia Furness par une porte entrouverte alors qu'elle se déshabillait dans sa chambre. Ses muscles étaient sculptés par des heures de gymnastique. La mort a changé cette sculpture en pierre.

En marchant sur les caillebotis, je sors du périmètre délimité par des cordes et je commence à gravir la pente en direction d'une crête couronnée de chênes. Ma canne polie ne sert à rien dans la boue. Je la cale sous mon bras.

Le ciel a un aspect de porcelaine tandis que le soleil lutte pour percer à travers les hauts nuages blancs. La brume a fini par se dissiper et la vallée est apparue, révélant des ponts bossus et des vaches constellant les prés.

J'arrive à une barrière et je tente de l'escalader. Ma jambe se bloque et je tombe dans un fossé rempli d'eau boueuse et d'herbes qui m'arrivent aux genoux. La chute s'est faite en douceur au moins.

Je me retourne et j'observe la scène. Les paramédicaux décrochent le corps de Sylvia de l'arbre et l'allongent sur un drap en plastique. La nature est un observateur cruel et sans cœur. Aussi terrible que soit l'acte perpétré, ou la catastrophe, les arbres, les rochers, les nuages demeurent indifférents. Peut-être est-ce la raison pour laquelle l'humanité est destinée à abattre le dernier arbre, à attraper le dernier poisson, à tirer sur le dernier oiseau. Si la nature peut se désintéresser à ce point de notre sort, pourquoi devrions-nous nous préoccuper d'elle ?

Sylvia Furness est morte de froid. Elle avait un portable, mais n'a pas appelé à l'aide. Il a continué à la faire parler jusqu'à ce que sa batterie soit à plat. Soit ça, soit il était là à la harceler.

C'était une œuvre théâtrale démente, sadique, mais quel était le propos de l'auteur ? Il a tiré plaisir de sa souffrance ; il s'est délecté du pouvoir qu'il exerçait sur elle, mais pourquoi exposer son corps ainsi ? Il nous envoie un message, ou bien c'est un avertissement.

Il est encore là, le gars qui connaît un cousin éloigné de Johnny Cochran, celui qui a essayé de parler à mon ange déchu. C'est un vrai chasseur de cadavres, ce type-là, non ? Il se prend pour la Faucheuse !

Je le regarde traverser le champ. Ses chaussures vont être foutues. Et puis il tombe dans le fossé en escaladant la barrière. Quel clown !

J'ai connu mon lot de psys, de médecins militaires qui vous administrent des lavements mentaux tout en incitant les soldats à exposer leurs cauchemars au grand jour, telles des crottes fumantes. La plupart d'entre eux étaient des artistes bidon. J'avais l'impression de leur rendre service en leur racontant des trucs. Ils passaient tout leur temps à écouter au lieu de poser des questions.

Ça me rappelle cette vieille blague à propos de deux psys qui se retrouvent à une réunion d'anciens élèves. L'un d'eux a l'air vieux et hagard, l'autre est frais, l'œil vif. « Comment fais-tu ? demande le premier. J'écoute les problèmes des autres toute la journée, chaque jour de la semaine, année après année, et ça a fait de moi un vieillard. Quel est ton secret ? » Celui qui paraît jeune lui répond : « À quoi bon écouter ? »

J'ai connu un type surnommé Felini qui faisait tout le temps des cauchemars. On l'appelait Felini parce qu'il disait que sa famille venait de Sicile et qu'il avait un oncle dans la mafia. Je n'ai jamais su son vrai nom. Nous n'étions pas censés le connaître.

Felini avait passé douze ans en Afghanistan. Au début, il avait combattu au côté de Ben Laden contre les Soviétiques. À la fin, il a lutté contre lui. Entre-temps, il a travaillé pour la CIA et la DEA ; il était chargé de surveiller la production d'opium.

Il avait été le premier Occidental à Mazar-i-Sharif après la prise de la ville par les talibans en 1998. Il m'a raconté ce qu'il a vu. Les talibans avaient envahi les rues en canardant tout ce qui bougeait. Ensuite, ils avaient fait du porte-à-porte pour rafler les Hazaras qu'ils enfermaient dans des containers en acier sous un soleil de plomb. Ils mouraient cuits ou asphyxiés. D'autres étaient jetés vivants dans des puits qu'on bouchait ensuite au bulldozer. Pas étonnant que Felini fît des cauchemars.

Bizarrement, rien de tout cela n'avait modifié ses sentiments vis-à-vis des talibans. Il les respectait.

« Les talibans savaient très bien qu'ils ne l'emporte-raient jamais sur les locaux, m'a-t-il dit. Alors ils leur donnaient une leçon. Chaque fois qu'ils perdaient un village et le reprenaient, ils redoublaient de violence. Les représailles, c'est une vacherie, mais il n'y a pas d'autre solution. Pas la peine d'essayer de gagner les cœurs ou les esprits. Il faut leur arracher le cœur et leur ouvrir l'esprit de force. »

Felini était le meilleur interrogateur que j'aie jamais connu. Il n'y avait pas une seule partie du corps qu'il ne pouvait faire souffrir. Aucune information qu'il ne pouvait extorquer. Il avait une autre théorie à propos de l'islam. Il disait que pendant quatre mille ans, le gars qui portait le plus grand bâton avait été le

maître respecté du Moyen-Orient. C'est le seul lan-
gage que les Arabes comprennent – les sunnites, les
chiites, les Kurdes, les wahhabites, les ismaélites, c'est
du pareil au même.

Ça suffit la nostalgie. Ils sont en train de décrocher
le corps de la salope.

Un oiseau s'envole de la cime des arbres en un battement d'ailes. Je sursaute. Je me cramponne au fil de
fer du haut, sentant le froid émaner du métal.

Tout en bas du champ, des dizaines de policiers
avancent à pas lents en une longue ligne ininterrompue.
Des nuages de vapeur condensée s'élèvent en volutes
au-dessus de leurs visages. Tandis que j'assiste à cette
étrange procession, je prends soudain conscience de
quelque chose ; j'ai le sentiment de ne pas être seul. En
scrutant les bois, je passe en revue les ombres pro-
fondes. Du coin de l'œil, je perçois un mouvement. Un
homme se tapit derrière une souche en essayant de ne
pas se faire voir. Il porte un bonnet de laine et quelque
chose de foncé couvre son visage.

Sans même m'en rendre compte, je me dirige vers
lui.

Il entend un bruit. Il glisse quelque chose dans un
sac en se retournant, puis il se relève et se met à courir.
Je lui crie de s'arrêter. Il continue en piétinant les
broussailles. Il est grand, lent. Il n'arrive pas à me
semer. Je me rapproche et brusquement, il s'arrête.
Dans mon élan, je me heurte à lui et je le flanque par
terre.

Je me remets à genoux tant bien que mal et je lève
ma canne au-dessus de ma tête comme une hache.

« Ne bougez pas !

— Bon sang, mon vieux, calmez-vous.

— Qui êtes-vous ?

— Je suis photographe. Je travaille pour une agence de presse. »

Il se met sur son séant. Je regarde son sac dont le contenu s'est déversé sur les feuilles mouillées. Un appareil photo, un flash, des téléobjectifs, des filtres, un carnet…

« S'il y a de la casse, c'est vous qui payez, mon salaud », bougonne-t-il en examinant son appareil. Mes cris ont alerté Monk qui enjambe la barrière avec nettement plus de souplesse que moi. « Merde ! s'écrie-t-il. Cooper.

— Salut, Monk.

— Monsieur l'agent, je te prie. » Monk l'aide à se remettre sur pied. « Ceci est une scène de crime et une propriété privée. Tu n'as rien à faire là.

— Va te faire foutre.

— Insulte à agent, en plus.

— Lâche-moi la grappe.

— Le film.

— Il n'y a pas de film. C'est un appareil numérique.

— Dans ce cas, donne-moi la carte mémoire, nom de Dieu !

— Le public a le droit de voir ces images, lance Cooper. C'est dans l'intérêt général.

— Ben voyons ! Une femme pendue à un arbre. Tu parles d'un intérêt général ! »

Je les laisse se chamailler. Monk va l'emporter. Il fait deux mètres. La nature l'emporte toujours.

Je franchis un portail et longe la route jusqu'à l'endroit où des voitures de police bloquent le sentier. L'inspecteur Cray se tient près d'une cantine mobile ; elle est en train de remuer le sucre dans son thé. Elle lorgne mon pantalon.

« Je suis tombé. »

Elle secoue la tête et s'interrompt pour regarder la housse à cadavre blanche passer sur une civière ; on la charge dans la camionnette qui attendait.

« Qu'est-ce qui pousse une femme comme Sylvia Furness à se déshabiller et à sortir toute nue de chez elle pour venir ici ?

— Je pense qu'il s'est servi de sa fille.

— Mais elle était à son cours d'équitation.

— Souvenez-vous de ce que Fuller a dit. Quand il a rencontré Christine Wheeler sur le sentier vendredi dernier, elle lui a demandé s'il avait vu sa fille.

— Darcy était à l'école.

— Précisément. Et si Christine s'imaginait autre chose ? S'il l'avait convaincue du contraire ? »

Veronica prend une grande inspiration et se passe la main sur le crâne. Ses cheveux courts s'aplatissent et se redressent aussitôt. Je la surprends en train de me dévisager comme si j'étais un objet insolite sur lequel elle serait tombée sans parvenir à le nommer.

J'entends tout à coup un brouhaha, plusieurs personnes s'époumonant en même temps. Des journalistes et des équipes de tournage ont franchi le ruban de la police et remontent le chemin de la ferme au pas de course. Une bonne douzaine d'agents et de policiers en civil convergent sur eux, formant un barrage.

L'un des journalistes esquive et se faufile en dessous. Un agent le plaque par-derrière et ils se retrouvent tous les deux dans la boue.

Veronica pousse un soupir d'un air entendu et verse son thé par terre.

« C'est l'heure de nourrir les fauves. »

Quelques secondes plus tard, elle disparaît dans la meute. J'aperçois tout juste le haut de son crâne. Elle leur ordonne de reculer... Encore. Je la vois à présent.

Son visage est plus blanc que la pleine lune sous les éclairages de la télé.

« Je suis l'inspecteur Veronica Cray. À 7 h 55 ce matin, le corps d'une femme a été trouvé sur ces lieux. Les premiers indices suggèrent que ce décès est suspect. Nous ne communiquerons pas le nom de la victime tant que ses proches n'auront pas été informés. »

Chaque fois qu'elle s'interrompt, une dizaine de flashs crépitent. Les questions fusent presque aussi rapidement.

« Qui a trouvé le corps ? »

« Est-ce vrai qu'elle était nue ? »

« A-t-elle été violée ? »

Veronica répond à certaines, en élude d'autres. Elle braque son regard sur les caméras et conserve une expression calme, professionnelle, en donnant des réponses concises.

D'âpres objections s'élèvent lorsqu'elle met fin à cette conférence de presse impromptue. En les écartant de son passage, elle me rejoint et m'entraîne dans une voiture qui attend.

« Je ne me fais aucune illusion sur mon travail, professeur. Mon job est assez simple la plupart du temps. Le meurtrier moyen est ivre, en colère et stupide. Il est blanc, il a une trentaine d'années, un QI faible et des antécédents de violence. Il provoque une bagarre dans un bar ou il en a marre que sa femme le harcèle, du coup, il lui flanque un coup de marteau dans la nuque. Ce genre d'homicides-là, je les comprends. »

Elle en déduit que ce cas est différent.

« J'ai entendu des histoires à votre sujet. On dit que vous devinez des choses sur les gens, que vous les comprenez, que vous lisez en eux comme on lit dans le marc de café.

— Je fais des évaluations cliniques.

— Peu importe comment vous appelez ça, vous savez y faire apparemment. Les détails sont importants à vos yeux. Vous cherchez à les placer dans un contexte. Je veux que vous en trouviez un pour moi. Je veux savoir pourquoi il a fait ça et comment. Je veux empêcher ce malade de recommencer. »

25.

La maison est tranquille. Des accents de musique classique dérivent dans le couloir. La table de la salle à manger a été repoussée contre le mur. Il reste une chaise solitaire au milieu de la pièce.

Darcy porte un pantalon de survêtement bas sur ses hanches et un haut vert, court, qui dévoile la pâleur de ses épaules et de son ventre. Ses cheveux châtains sont relevés en un chignon, ce qui lui fait un cou d'une minceur impossible.

En se tenant sur la pointe des pieds, elle balance une jambe sur le dossier d'une chaise et se penche en avant jusqu'à ce que son front touche son genou. Les contours de ses omoplates font songer à des ailes chétives sous sa peau.

Elle tient la pose une minute puis se redresse en levant le bras au-dessus de sa tête comme si elle peignait l'air. Chaque mouvement dénote une économie d'effort – l'inclinaison d'une épaule, l'extension d'une main. Rien n'est forcé, ni gaspillé. C'est tout juste une femme et pourtant elle évolue avec une grâce et une assurance extraordinaires.

Elle s'assoit par terre, fait le grand écart et se penche jusqu'à ce que son menton touche le sol. Son corps d'adolescente, étiré et ouvert à l'extrême, paraît athlétique et beau, sans la moindre vulgarité.

Elle ouvre les yeux.

« Tu n'as pas froid ?

— Non.

— Tu t'entraînes souvent ?

— Je devrais faire ça deux fois par jour.

— Tu es très douée. »

Elle rit.

« Vous vous y connaissez en danse ?

— Non.

— Il paraît que j'ai un corps de danseuse, reprend-elle. De longues jambes, un petit torse. » Elle se relève et se met de côté. « Même quand j'ai les jambes droites, mes genoux sont légèrement pliés en arrière, vous voyez ? Ça fait une plus jolie ligne quand je suis sur les pointes. »

Elle se dresse sur ses orteils.

« Je peux aussi fléchir les pieds de manière à être à la verticale des genoux à la pointe des pieds. Comme ça.

— Je vois. Tu es très gracieuse. »

Elle s'esclaffe.

« J'ai les jambes arquées et les pieds en canard.

— J'ai eu une patiente qui était ballerine.

— Pourquoi venait-elle vous voir ?

— Elle était anorexique. »

Darcy hoche tristement la tête.

« Il y a des filles qui sont obligées de se priver de nourriture. Je n'ai pas eu mes règles avant l'âge de quinze ans. En plus, j'ai une scoliose, des vertèbres partiellement disloquées et des fractures dues au stress au niveau de la nuque.

— Pourquoi continues-tu dans ce cas ?

— Vous ne pourriez pas comprendre », me répond-elle en secouant la tête.

Elle écarte les pieds.

« Ça, c'est un saut de chat. Je saute de la jambe gauche en commençant par un plié et je lance la jambe droite en un retiré. En l'air, je lève aussi la gauche en un retiré de manière à ce que mes jambes forment un diamant. Vous voyez ? C'est ce que font les quatre jeunes cygnes dans le *Lac des cygnes*. Ils font seize sauts de chats en se tenant par les bras. »

Une légèreté constante la fait flotter entre chaque saut.

« Pourriez-vous m'aider à m'entraîner au pas de deux ?

— Qu'est-ce que c'est que ça ?

— Venez. Je vais vous montrer. »

Elle me saisit les mains et les pose sur ses hanches. J'ai l'impression que mes doigts pourraient faire le tour de sa taille et se toucher au creux de son dos.

« Un peu plus bas, dit-elle. C'est ça.

— Je n'ai pas la moindre idée de ce que je fais.

— Ça n'a pas d'importance. Les gens ne regardent pas l'homme dans le pas de deux. Ils sont trop occupés à observer la ballerine.

— Que faut-il que je fasse ?

— Tenez-moi quand je saute. »

Elle s'envole sans efforts. J'ai plus la sensation de la retenir que de la soutenir. Sa peau nue glisse sous mes doigts.

Elle recommence une dizaine de fois.

« Vous pouvez me lâcher maintenant, me dit-elle en me décochant un sourire taquin. Vous n'aimez peut-être pas la danse classique. Je peux vous montrer autre chose. »

Elle défait son chignon et ses cheveux lui tombent dans les yeux. Elle oscille lentement des hanches en décrivant un long cercle, s'accroupit, genoux écartés, et glisse les mains le long de ses cuisses et entre ses jambes.

C'est d'une provocation éhontée. Je me force à détourner les yeux. « Tu ne devrais pas danser comme ça.

— Pourquoi pas ?

— Tu ne devrais pas faire ça devant un inconnu.

— Vous n'êtes pas un inconnu. »

Elle se paie ma tête. Les adolescentes sont les créatures les plus compliquées de l'univers. Elles sont totalement déconcertantes. Avec à peine un regard, un bout de peau, un petit sourire dédaigneux, elles peuvent vous donner la sensation d'être un vieillard fouineur et vaguement libidineux.

« Il faut que je te parle.

— À propos de quoi ?

— De ta mère.

— Je pensais que vous m'aviez déjà posé toutes les questions.

— Pas encore.

— Puis-je continuer à m'étirer ?

— Bien sûr. »

Elle se rassoit par terre en écartant les jambes au maximum.

« As-tu parlé à qui que ce soit de ta mère au cours du mois qui vient de s'écouler ? Quelqu'un t'a-t-il questionné à son sujet, ou à propos de toi ? »

Elle hausse les épaules. « Je ne crois pas. Je ne m'en souviens pas, en tout cas. Qu'est-ce qu'il y a ? Que s'est-il passé ?

— Il y a eu un autre décès. La police va vouloir t'interroger à nouveau. »

Elle cesse de s'étirer et plonge son regard dans le mien. Il n'y a plus la moindre étincelle d'énergie ou d'amusement dans ses yeux.

« Qui est-ce ?

— Sylvia Furness. Je suis navré. »

Un son étranglé sort de sa gorge. Elle porte ses mains à sa bouche comme si elle voulait l'empêcher de sortir.

« Connais-tu Alice ?

— Oui.

— Bien ? »

Elle secoue la tête.

Je n'ai pas suffisamment d'informations à ma disposition pour lui expliquer ce qui est arrivé aujourd'hui ou il y a dix jours. Sa mère et Sylvia Furness étaient associées, mais qu'avaient-elles d'autre en commun ? L'homme qui les a tuées était renseigné sur elles. Il les a choisies pour une raison.

C'est une enquête qui doit s'orienter vers le passé plutôt que vers l'avenir. Carnets d'adresses. Journaux intimes. Portefeuilles. E-mails. Correspondance. Messages téléphoniques. Il faut récapituler les mouvements des deux victimes – où sont-elles allées, à qui ont-elles parlé, dans quels magasins ont-elles fait leurs courses, chez quel coiffeur allaient-elles ? Quels amis avaient-elles en commun ? Fréquentaient-elles le même club de gym ? Allaient-elles chez le même médecin, dans le même pressing, chez la même diseuse de bonne aventure ? Et puis, et c'est important, où achetaient-elles leurs chaussures ?

Une clé cliquette dans la serrure. Julianne, Charlie et Emma surgissent dans le couloir, armées de sacs en papier ciré, les joues rougies par le froid. Charlie est en uniforme scolaire. Emma a des nouvelles bottes aux pieds. Elles ont l'air trop grandes pour elle, mais d'ici la fin de l'hiver, elles seront à sa taille.

Le regard de Julianne se pose sur Darcy.

« Es-tu en tenue de danse ou cherches-tu à attraper une pneumonie ?

— Je fais mes exercices. »

Julianne se tourne vers moi.

« Et toi, qu'as-tu fait ?

— Il m'aide », répond Darcy.

Cela me vaut un de ces regards impénétrables dont Julianne a le secret, celui qui pousse nos filles à avouer sur-le-champ quand elles ont fait une bêtise et qui incite les importuns adventistes du septième jour à jouer des coudes pour franchir le portail au plus vite en sens inverse.

J'assois Emma sur la table et je lui enlève ses bottes.

« Où es-tu allé ce matin ? me demande Julianne.

— J'ai reçu un coup de fil de la police. »

Quelque chose dans le ton de ma voix la fait se retourner et me dévisager avec insistance. Sans que je dise quoi que ce soit, elle comprend qu'il y a eu un autre décès. Darcy est en train de chatouiller Emma sous les bras. Julianne lui jette un coup d'œil, puis reporte son attention sur moi. Là encore, nous n'échangeons pas un mot.

C'est sans doute ce qui se passe quand on est mariés depuis seize ans. On en arrive à un point où l'on sait ce que l'autre pense. C'est aussi ce qui se produit quand on épouse quelqu'un d'aussi intuitif et perceptif que Julianne. Mon métier consiste à étudier le comportement des êtres humains, mais comme la plupart des gens de ma profession, quand il est question de s'analyser soi-même, on est nul. Moi, j'ai ma femme pour ça. Elle est bonne. Meilleure qu'un thérapeute. Elle fait davantage peur.

« Pourriez-vous m'emmener en ville ? me demande Darcy. J'ai besoin d'un certain nombre de choses.

— Tu aurais dû me demander de te les rapporter, répond Julianne.

— Je n'y ai pas pensé. »

Un sourire crispé dissimule l'agacement de Julianne. Darcy monte se changer. Julianne commence à ranger les provisions. « Elle ne peut pas rester ici indéfiniment, Joe.

— J'ai appelé sa tante en Espagne aujourd'hui. Je lui ai laissé un message. Je suis également en contact avec la directrice de son école. »

Julianne hoche la tête, partiellement satisfaite.

« En tout cas, demain j'ai des entrevues avec d'autres assistantes maternelles, dit-elle. Si je trouve quelqu'un, nous aurons besoin de la chambre d'amis. Il faudra que Darcy s'en aille. »

Elle ouvre la porte du réfrigérateur et range les œufs. « Raconte-moi ce qui s'est passé ce matin.

— Une autre femme est morte.

— Qui est-ce ?

— L'associée de Christine Wheeler. »

Julianne en reste sans voix. Abasourdie, elle regarde fixement le pamplemousse qu'elle tient à la main pour déterminer si elle était en train de le mettre dans le réfrigérateur ou de l'en sortir. Elle ne veut pas en entendre davantage. Les détails comptent pour moi, pas pour elle. Elle ferme le réfrigérateur, me contourne et emmène à l'étage son verdict tacite.

J'aimerais qu'elle comprenne que je n'ai pas choisi d'être impliqué dans cette histoire. Ni de regarder Christine Wheeler se jeter d'un pont, ni de voir sa fille débarquer chez nous. Julianne adorait jadis mon sens de la justice, ma compassion, ma haine de l'hypocrisie. À présent, elle me traite comme si je n'avais aucun rôle à jouer à part élever mes enfants, donner quelques conférences et attendre que M. Parkinson me vole ce qu'il n'a pas déjà pris.

Même lorsque Ruiz est venu dîner hier soir, elle a mis un temps fou à se détendre.

« Vous m'étonnez, Vincent, lui a-t-elle dit. Je pensais que vous dissuaderiez Joe de se mêler de ça.

— De quoi ?

— De ces absurdités. » Là, elle lui a jeté un regard par-dessus son verre de vin.

« Et puis je croyais que vous aviez pris votre retraite. Pourquoi ne jouez-vous pas au golf ?

— Figurez-vous que j'ai engagé un homme de main pour qu'il me descende si jamais je sortais de chez moi en pantalon à carreaux.

— Vous n'aimez pas le golf ?

— Non.

— Du bowling alors, pourquoi pas ? Ou vous pourriez sillonner le pays en caravane ? »

Ruiz a ri nerveusement en me regardant comme s'il avait cessé d'envier ma vie. « J'espère que tu ne prendras jamais ta retraite, professeur. »

J'entends des éclats de voix en haut. Julianne est en train d'enguirlander Darcy.

— Qu'est-ce que tu fais ? Ne touche pas à mes affaires.

— Aïe ! Vous me faites mal. »

Je monte les marches deux par deux et je les trouve dans notre chambre.

Julianne tient Darcy par l'avant-bras qu'elle serre fort pour l'empêcher de s'échapper. L'adolescente est pliée en deux ; elle blottit quelque chose contre son ventre, comme pour le cacher.

« Que se passe-t-il ?

— Je l'ai surprise en train de fouiller dans mes affaires », me répond Julianne.

Je me tourne vers la commode. Les tiroirs sont ouverts.

« C'est pas vrai ! proteste Darcy.

— Que faisais-tu alors ?

— Rien.

— Ce n'est pas l'impression que ça donne. Que cherchais-tu ? » Elle rougit. C'est la première fois que je la vois s'empourprer.

Elle se redresse et écarte les bras. Une petite tache rouge foncé est visible sur son pantalon de jogging, entre les jambes.

« J'ai mes règles. J'ai regardé dans la salle de bains, mais je n'ai pas trouvé de tampons. »

Julianne a l'air mortifiée. Elle lâche Darcy et tente de s'excuser.

« Je suis vraiment désolée. Tu aurais dû m'en parler. Tu aurais pu me demander. »

Ignorant mon inertie, elle prend Darcy par la main et l'entraîne dans la salle de bains adjacente. Au moment où la porte se ferme, elle croise mon regard. Elle qui est si posée et imperturbable d'ordinaire, elle est devenue quelqu'un d'autre en présence de Darcy, et elle me considère comme responsable.

26.

J'avais trente et un ans quand j'ai compris ce que c'était de regarder quelqu'un mourir. Un chauffeur de taxi pachtoun avec du psoriasis aux articulations a rendu l'âme sous mes yeux. Nous l'avions forcé à rester debout pendant cinq jours jusqu'à ce que ses pieds enflent au point d'avoir la taille de ballons de foot ; les chaînes lui entamaient les chevilles. Il ne mangeait plus, il ne dormait plus.

C'est une « pratique de coercition par le stress », approuvée par le règlement. Elle figure dans le manuel. Vous pouvez vérifier : SK 46/34.

Il s'appelait Hamad Mowhoush ; il avait été appréhendé à un check-point dans le sud de l'Afghanistan après qu'une bombe artisanale eut tué deux marines de la flotte royale en en blessant trois autres, dont un de mes camarades.

On avait enfoui sa tête dans un sac de couchage en le serrant avec du fil de fer. Ensuite on l'a fait rouler dans tous les sens avant de nous asseoir sur sa poitrine. C'est là que son cœur a lâché.

Il y en a qui disent que la torture n'est pas un moyen efficace pour obtenir des informations fiables parce que les forts défient la douleur alors que les faibles raconteront n'importe quoi pour qu'elle cesse. Ils ont raison. La plupart du temps, c'est inutile, mais si vous agissez rapidement en alliant le choc de la capture à la peur de la torture, c'est étonnant comme l'esprit se déverrouille la plupart du temps, laissant échapper toutes sortes de secrets.

Nous n'étions pas autorisés à qualifier les détenus de prisonniers de guerre. On disait des PSC : « personnes sous contrôle ». L'armée adore les acronymes. IHC en est un autre : « interrogatoire hautement coercitif ». C'est à cela qu'on m'avait formé.

La première fois que j'ai vu Hamad, quelqu'un l'avait assommé d'un coup de gourdin et saucissonné. C'est Felini qui me l'avait confié. « Baise ce PSC, m'a-t-il dit avec un sourire jusqu'aux oreilles. On le fumera plus tard. »

« Baiser un PSC », ça veut dire le tabasser. Le « fumer », c'est recourir à la pratique de coercition par le stress. Felini les plantait sous le soleil quand il faisait quarante degrés, bras tendus, des jerrycans de vingt litres dans les mains.

On ajoutait des petites subtilités de notre cru. Parfois on les arrosait avant de les rouler dans la terre et de les battre avec des lampes chimiques jusqu'à ce qu'ils scintillent dans la nuit.

On a enterré Hamad dans de la chaux. Je n'ai pas pu dormir pendant des jours après ça. Je n'arrêtais pas d'imaginer son corps en train de gonfler peu à peu, les gaz s'échappant de sa poitrine qui devaient donner l'impression qu'il respirait encore. Je pense encore à lui de temps en temps. Je me réveille la nuit avec un poids sur la poitrine, et je me vois couché sous terre avec la chaux qui me brûle la peau.

Je n'ai pas peur de la mort. Je sais qu'il y a pire que d'être couché sous terre, pire que d'être « fumé » ou tabassé avec des lampes chimiques. Ça m'est arrivé le jeudi 17 mai, un peu après minuit. C'est la dernière

fois que j'ai vu Chloe. Elle était assise dans une voi-
ture sur le siège passager, en pyjama. On était en train
de me la voler.

Il y a vingt-neuf dimanches de ça.

Dix choses dont je me souviens à propos de ma fille :

Sa peau très claire.

Ses shorts jaunes.

Une carte qu'elle m'avait faite pour la fête des pères
avec deux personnages en bâtons, un grand et un petit
se tenant par la main.

Lui avoir raconté l'histoire de Jack et le haricot
géant *en omettant le passage où le géant veut moudre*
les os de Jack pour faire son pain.

La fois où elle est tombée et s'est fait une entaille
au-dessus de l'œil. Il avait fallu deux points de suture
et demi. (Ça existe vraiment un demi-point de suture ?
J'ai peut-être inventé ça pour l'impressionner.)

L'avoir regardée jouer une squaw dans une repré-
sentation de Peter Pan *en maternelle.*

L'avoir emmenée voir un match comptant pour la
coupe d'Europe à Munich, même si j'ai raté le seul but
parce que j'étais en train de récupérer les Maltesers
qu'elle avait fait tomber sous son siège.

Notre promenade le long de la mer à St Mawes lors
de nos dernières vacances ensemble.

Lui avoir appris à faire de la bicyclette sans les
petites roues.

Avoir abattu son canard préféré quand un renard a
fait irruption dans le poulailler et lui a arraché une
aile.

Le téléphone sonne. J'ouvre les yeux. La pièce est
presque totalement obscure à cause des rideaux épais
et des stores fermés. Je tends la main vers l'appareil.

« Oui.

— *Je suis bien chez Gideon Tyler ? » L'accent est du pur Belfast.*

« Qui le demande ?

— La poste.

— Comment avez-vous eu mon numéro ?

— Il était dans le paquet.

— Quel paquet ?

— Celui que vous avez envoyé à Chloe Tyler il y a sept semaines. Nous n'avons pas pu le lui remettre. L'adresse que vous avez fournie est apparemment incorrecte ou bien elle n'habite plus à cette adresse.

— Qui êtes-vous ?

— Ici le centre national de réexpédition. Nous traitons le courrier qui n'a pu parvenir à destination.

— Pourriez-vous essayer une autre adresse ?

— Quelle adresse, monsieur ?

— Vous devez avoir des archives… sur ordinateur. Tapez le nom de Chloe Tyler. Voyez ce qui apparaît. Vous pourriez aussi essayer Chloe Chambers.

— Nous ne sommes pas en mesure de faire ça, monsieur. Où doit-on vous retourner le paquet ?

— Je ne veux pas qu'on me le retourne. Je veux qu'il soit distribué.

— Ça n'a pas été possible, monsieur. Que souhaiteriez-vous qu'on fasse ?

— J'ai payé pour envoyer ce foutu paquet, bordel de merde. Débrouillez-vous pour le remettre à sa destinataire.

— Ne jurez pas, monsieur, s'il vous plaît. Nous avons la permission de raccrocher quand les clients ont recours à un langage injurieux.

— Allez vous faire foutre ! »

Je raccroche violemment. Le combiné rebondit sur sa base et se remet en place. La sonnerie retentit à nouveau. Je ne l'ai pas cassé au moins.

C'est mon père qui appelle. Il veut savoir quand je vais venir le voir.

« Je viendrai demain.

— À quelle heure ?

— Dans l'après-midi.

— À quelle heure dans l'après-midi ?

— Qu'est-ce que ça peut faire ? Tu ne vas jamais nulle part.

— J'irai peut-être jouer au bingo.

— Je viendrai le matin dans ce cas. »

27.

Alice Furness a trois tantes, deux oncles, deux grands-parents et un arrière-grand-père qui font des excès de zèle pour lui manifester de la compassion. Alice ne peut pas faire un pas sans que l'un d'eux surgisse en lui demandant comment elle se sent, si elle a faim, ce qu'ils peuvent faire pour elle.

On nous fait attendre dans le salon, Ruiz et moi. La grande maison jumelée située dans les faubourgs de Bristol appartient à Gloria, la sœur de Sylvia, qui semble maintenir la cohésion au sein du clan. Elle est dans la cuisine où elle tient conseil avec d'autres membres de la famille pour déterminer si nous devrions être autorisés à interroger Alice.

L'arrière-grand-père ne prend pas part à la conversation. Assis dans un fauteuil, il nous dévisage. Il s'appelle Henry et il est plus vieux que Mathusalem (comme dirait ma mère).

« Gloria », braille-t-il, la mine renfrognée, en se tournant vers la cuisine.

Sa fille apparaît.

« Qu'y a-t-il, papa ?

— Ces gars veulent poser des questions à Alice.

— Nous le savons, papa. Nous sommes en train d'en parler.

— Eh bien, dépêchez-vous. Ne les faites pas attendre. »

Gloria sourit d'un air contrit et retourne dans la cuisine.

Sylvia devait être la plus jeune. Ses sœurs sont entrées dans cette longue période incertaine de la vie où les années ne sont plus une aune fiable de la vie. Leurs maris sont moins loquaces ou se désintéressent de la situation – je les aperçois dans le jardin à travers les portes-fenêtres en train de fumer en discutant de choses d'hommes.

Le débat dans la cuisine s'échauffe. Je saisis quelques clichés et des échantillons de psychologie de bas étage. Ils veulent protéger Alice, ce que je comprends, mais elle a déjà parlé à la police.

Ils parviennent à un accord. L'une des tantes d'Alice assistera à l'entretien – une femme mince en jupe foncée et cardigan. Elle se prénomme Denise, et telle une magicienne, elle extirpe une suite ininterrompue de mouchoirs de sa manche.

On a convaincu Alice d'abandonner la télévision et de venir. C'est une préado au visage maussade avec une bouche boudeuse et des joues rondes qui tiennent plus à son alimentation qu'à sa structure osseuse. En jean et sweat-shirt de rugby, elle serre dans ses bras un paquet de fourrure blanche – un lapin aux longues oreilles frangées de rose, aplaties le long de son corps.

« Bonjour, Alice. »

Elle ne répond pas. À la place, elle demande une tasse de thé et un biscuit. Denise obtempère sans hésitation.

« Quand ton père est-il censé arriver ? »

Elle hausse les épaules.

« Il doit te manquer. Il part souvent ?

— Oui.

— Que fait-il dans la vie ?

— Il est dealer. »

Denise en reste baba.

« Ce n'est pas très gentil de dire ça, chérie. »

Alice se corrige.

« Il travaille pour un laboratoire pharmaceutique. » Elle jette un regard dédaigneux à sa tante. « C'est juste une plaisanterie, tu sais.

— Très drôle », commente Ruiz.

Alice plisse les yeux, ne sachant pas si c'est du lard ou du cochon.

« Raconte-nous ce qui s'est passé lundi après-midi.

— Quand je suis rentrée à la maison, maman n'était pas là. Elle n'avait pas laissé de mot. J'ai attendu un moment, et puis j'ai commencé à avoir faim.

— Qu'as-tu fait alors ?

— J'ai téléphoné à tante Gloria.

— Qui avait la clé de l'appartement ?

— Maman et moi.

— Personne d'autre ?

— Non. »

Ruiz s'agite sur son siège.

« Ta maman invitait-elle des hommes à la maison ? »

Alice ricane.

« Des petits amis, vous voulez dire ?

— Juste des amis.

— Eh bien, elle aimait bien M. Pelicos, mon prof d'anglais. On l'appelle « Pélican » parce qu'il a un grand nez. Et puis Eddie, du vidéo-club. Il passe parfois après le travail. Il apporte des DVD. Je n'ai pas le droit de les regarder. Maman et lui se servent de la télé dans sa chambre. »

Denise tente de la faire taire.

« Ma sœur était heureuse en ménage. Je ne pense pas que vous devriez poser ce genre de questions à Alice. »

Elle sort un nouveau mouchoir en papier de sa manche.

Le lapin a grimpé le long du torse d'Alice et essaie de se nicher sous son menton. Elle est aux anges. Le sourire la transforme.

« A-t-il un nom ?

— Pas encore.

— Il n'y a pas longtemps que tu l'as alors.

— Non. Je l'ai trouvé.

— Où ça ?

— Dans une boîte, devant notre appartement.

— Quand ça ?

— Lundi.

— Quand tu es rentrée de ton cours d'équitation ? »

Elle hoche la tête.

« Explique-moi ce que tu as trouvé exactement. »

Elle soupire.

« La porte n'était pas fermée à clé. Il y avait une boîte sur le paillasson. Maman n'était pas à la maison.

— Y avait-il un mot dans la boîte ?

— Juste mon nom écrit sur le côté.

— Sais-tu qui te l'a laissée ? »

Elle secoue la tête.

« As-tu dit à quelqu'un que tu avais envie d'avoir un lapin ?

— Non. Je pensais que c'était de la part de papa. Il parle toujours de lapins blancs et d'*Alice au pays des merveilles*.

— Mais ça ne venait pas de lui ? »

Elle secoue la tête. Sa queue-de-cheval oscille.

« Qui d'autre pourrait t'envoyer un lapin ? »

Elle hausse à nouveau les épaules.

« C'est très important, Alice. As-tu parlé à qui que ce soit de lapins ou d'*Alice au pays des merveilles* ? Ça pourrait être quelqu'un que ta maman connaît ou un étranger. Quelqu'un qui aurait trouvé ce prétexte pour te parler.

— Comment voulez-vous que je me souvienne ? me répond-elle sur un ton défensif. Je parle tout le temps à des gens.

— Tu devrais t'en rappeler. Réfléchis bien. »

Son thé est en train de refroidir. Elle caresse les oreilles du lapin en essayant de les faire tenir droites. « Il y a peut-être quelqu'un.

— Qui ça ?

— Un homme. Il m'a dit qu'il était incognito. Je ne savais pas ce que ça voulait dire.

— Où l'as-tu rencontré ?

— J'étais sortie avec maman. »

Elle évoque une soirée où elle est allée avec sa mère pour fêter le prochain mariage d'amis, d'une conversation dans un pub avec un homme qui portait des lunettes de soleil et qui se tenait près du juke-box. Ils ont parlé musique, chevaux, et il a proposé de lui offrir une limonade. Il a cité *Alice au pays des merveilles*.

« Comment connaissait-il ton prénom ?

— Je le lui ai dit.

— L'avais-tu déjà vu ?

— Non.

— Connaissait-il aussi le nom de ta maman ?

— Je n'en sais rien, mais il savait où on habitait.

— Comment ?

— J'en sais rien. C'est pas moi qui lui ai dit. Il savait. »

À force de lui demander des détails, je reconstitue l'histoire qui s'étoffe peu à peu. Je ne veux pas qu'elle paraphrase ou qu'elle saute des passages. J'ai besoin qu'elle se souvienne précisément de leur échange.

Il était de ma taille avec des cheveux blonds clairsemés, plus vieux que sa mère, plus jeune que moi. Elle ne se souvient pas de ce qu'il portait et elle n'a pas remarqué de tatouages, ni d'anneaux ni de traits distinctifs en dehors de ses lunettes de soleil.

Elle bâille. La conversation commence à l'ennuyer. « A-t-il parlé à ta mère ? demande Ruiz.

— Non. Ça, c'était l'autre.

— Quel autre ?

— Celui qui nous a ramenées à la maison. »

Ruiz lui tire une autre description, celle d'un homme plus jeune, la trentaine, des cheveux ondulés avec une boucle d'oreille. Il dansait avec sa mère et il a proposé de les raccompagner.

Sa tante intervient à nouveau : « Est-ce vraiment nécessaire ? Cette pauvre Alice a tout dit à la police. »

Soudain, Alice tend son lapin devant elle à bout de bras. Il y a une tache humide sur son jean. « Oh, il m'a fait pipi dessus. C'est dégoûtant !

— Tu l'as serré trop fort, dit sa tante.

— Pas du tout.

— Tu ne devrais pas le tripoter autant.

— C'est *mon* lapin. »

L'animal est lâché sur la table de la cuisine. Alice veut aller se changer. Je n'ai pas réussi à lui instiller un sentiment d'urgence, et elle en a assez de parler. Elle me regarde d'un air de reproche et j'ai l'impression, inexplicablement, que tout est ma faute – la mort de sa mère, la tache sur son jean, le chamboulement dans sa vie.

Chacun gère le deuil à sa manière, et Alice souffre à des niveaux que je ne peux même pas imaginer. Il y a plus de vingt ans que j'étudie le comportement humain, que je soigne des patients et que je suis attentif à leurs doutes, à leurs craintes, mais quelles que soient mon expérience ou mes connaissances en matière de psychologie, je ne pourrai jamais éprouver ce que quelqu'un d'autre éprouve. Je peux assister à la même tragédie, survivre à la même catastrophe, mais mes sentiments, tout comme ceux d'Alice, seront toujours uniques et intimes.

Il fait froid, mais pas au point que ce soit pénible. Les arbres dénudés, sauvagement élagués autour des lignes à haute tension, se dessinent sur un ciel couleur lavande. Ruiz fourre ses mains dans ses poches et s'éloigne de la maison. Il boite légèrement de la jambe droite, ne s'étant jamais totalement remis d'une vieille blessure par balle.

Je lui emboîte le pas, en faisant de mon mieux pour ne pas me laisser distancer. Quelqu'un a envoyé des chaussons de danse à Darcy après la mort de sa mère – sans mot ni adresse de l'expéditeur. Il y a de fortes chances que la même personne ait déposé le lapin destiné à Alice. S'agit-il de cartes de visite ou de marques de sympathie ?

« Tu as eu une petite idée sur ce gars ? me demande Ruiz.

— Pas encore.

— Je te parie vingt livres que c'est un ancien petit ami ou un amant.

— Des deux femmes ?

— Il reproche peut-être à l'une d'entre elles de l'avoir contraint à rompre avec l'autre.

— Et sur quoi se fonde cette théorie ?

— Sur l'instinct.

— Sur du vent plutôt, non ?

— On ne fera pas de pari.

— Je ne suis pas du genre à parier. »

Nous avons atteint la voiture. Ruiz s'adosse à la portière.

« Imaginons que tu aies raison et qu'il ait effectivement pris les deux gamines pour cibles. Comment s'y prend-il ? Darcy était à l'école. Alice à cheval. Elles ne couraient aucun danger. »

Je n'ai pas d'explication précise à lui fournir. Cela requiert un saut dans l'imaginaire, un plongeon dans le désespoir.

« Comment prouve-t-il un mensonge pareil ? s'interroge Ruiz.

— Il faut qu'il sache des choses à propos des filles – pas seulement leurs noms et leurs âges, des détails personnels. Il a peut-être été chez elles, trouvé des prétextes pour les rencontrer, il les a observées.

— Une mère appellerait l'école ou le centre d'équitation, voyons ! On ne croit pas comme ça, si facilement, quelqu'un qui prétend détenir votre fille.

— C'est là que tu te trompes. On ne peut pas raccrocher. Bien sûr qu'on a envie de vérifier. De téléphoner à la police. D'appeler au secours. Mais il ne faut absolument pas raccrocher. On ne peut pas prendre le risque qu'il ait raison. On ne *veut* pas le prendre.

— Que fait-on alors ?

— On continue à parler. On fait exactement ce qu'il vous dit de faire. On reste pendu au téléphone, on s'obstine à réclamer des preuves et on prie le ciel, encore et encore, qu'on se soit fourvoyé. »

Ruiz se met en équilibre sur ses talons et me dévisage avec une sorte d'émerveillement rebutant.

Les passants nous contournent sur le trottoir en nous jetant des coups d'œil à la fois curieux et désapprobateurs.

« Et c'est ça, ta théorie ?

— Elle correspond aux informations dont nous disposons. »

Je m'attends à ce qu'il ergote. Je pensais qu'il aurait du mal à avaler le fait que quelqu'un puisse se jeter du haut d'un pont ou s'enchaîner à un arbre sous le coup d'une conviction ou d'une peur rationnelle.

Mais il se borne à se racler la gorge.

« J'ai connu un gars en Irlande du Nord qui avait foncé au volant d'un camion rempli d'explosifs sur des baraquements de l'armée parce que l'IRA détenait sa femme et deux de ses enfants en otage. On avait tué le plus jeune en lui tranchant la gorge sous ses yeux.

— Que s'est-il passé ?

— Douze soldats sont morts dans l'explosion… ainsi que le mari.

— Qu'est-il advenu de sa famille ?

— L'IRA les a libérés. »

Nous sombrons dans le silence. Certaines conversations n'ont pas besoin de mot de la fin.

28.

Charlie est dans le jardin de devant en train de jouer au ballon contre la clôture. Elle a mis ses chaussures de foot et sa vieille tenue des Camden Tigers.

« Quoi de neuf ?

— Rien. »

Contre le mur, le ballon rebondit encore plus. Bang ! Bang ! Bang !

« Tu t'entraînes pour la grande épreuve de sélection ?

— Non.

— Pourquoi pas ? »

Elle rattrape le ballon des deux mains et me regarde en me fixant comme sa mère le fait.

« Parce que c'était aujourd'hui. Tu étais censé m'emmener, mais je l'ai ratée. Merci beaucoup, papa. Bravo pour tes efforts ! »

Elle lâche le ballon et l'expédie d'un coup de pied avec une force telle qu'il manque de m'arracher la tête en faisant ricochet à côté de moi.

« Je me rattraperai, dis-je, tentant de m'excuser. Je parlerai à l'entraîneur. Ils te feront passer un autre test.

— Laisse tomber. Je ne veux pas qu'on me fasse des faveurs », dit-elle.

C'est fou ce qu'elle ressemble à sa mère.

Julianne est dans la cuisine. Ses cheveux fraîchement lavés sont enveloppés dans une serviette tel un turban. Du coup, elle marche en roulant des hanches comme une Africaine portant un pot de terre sur la tête.

« Charlie est fâchée contre moi.

— Je sais.

— Tu aurais dû m'appeler.

— J'ai essayé. Ton portable était éteint.

— Pourquoi ne pouvais-tu pas l'emmener, toi ?

— Parce que je devais interviewer des nounous, riposte-t-elle, pour la bonne raison que tu n'as pas été fichu d'en dénicher une.

— Je suis désolé.

— Ce n'est pas à moi qu'il faut faire des excuses. » Elle jette un coup d'œil à Charlie par la fenêtre. « Du reste, je ne pense pas que la sélection de foot soit seule en cause.

— Que veux-tu dire ?

— Charlie et toi avez toujours fait des choses ensemble, me répond-elle en choisissant ses mots. Des courses, des balades… Mais depuis que Darcy est arrivée, tu es trop occupé. Je crois bien qu'elle est un peu jalouse.

— De Darcy ?

— Elle pense que tu l'as oubliée.

— Mais ce n'est pas vrai !

— Elle a des petits soucis à l'école aussi. Il y a un garçon qui n'arrête pas de la charrier.

— On la persécute ?

— Je ne pense pas que ce soit grave à ce point-là.

— Nous devrions parler au proviseur.

— Elle veut essayer de résoudre le problème toute seule.

— Comment ?

— À sa manière. »

J'entends toujours le ballon de foot cogner contre le mur. Je ne supporte pas l'idée que Charlie se sente négligée. Et encore moins le fait que Julianne soit au courant de tous ces derniers développements alors que je n'en sais strictement rien. Je passe ma vie à la maison ! Je suis le parent auquel on s'adresse, le responsable, et je n'ai pas fait attention.

Julianne défait son turban, laissant ses boucles humides lui tomber sur la figure. Elle les tapote entre ses paumes et le tissu doux de la serviette pour les sécher.

« J'ai reçu un coup de fil de la tante de Darcy, dit-elle. Elle vient en avion d'Espagne pour l'enterrement.

— C'est bien.

— Elle souhaite emmener Darcy avec elle en Espagne.

— Qu'en pense Darcy ?

— Elle ne le sait pas encore. Sa tante veut le lui dire en tête à tête.

— Elle ne va pas être contente. »

Julianne hausse un sourcil qui en dit long.

« Ce n'est pas ton problème.

— Tu traites Darcy comme si elle avait fait quelque chose de mal, dis-je.

— Et toi tu la traites comme si elle était ta fille.

— C'est injuste.

— Va donc expliquer ce qui est juste à Charlie.

— Ce que tu peux être chiante quand tu veux ! »

Cette déclaration est chargée d'un poids et d'une hargne auxquels nous ne nous attendions ni l'un ni l'autre. Une impuissance douloureuse brouille le regard de Julianne, mais elle refuse de me laisser prendre la mesure de sa tristesse. Elle emporte sa serviette et sa vulnérabilité au premier. J'écoute ses pas dans l'escalier en me disant qu'elle est injuste. Elle comprendra quand elle sera calmée.

Je frappe doucement à la porte de la chambre d'amis.

« Qui est-ce ? demande Darcy.

— C'est moi. Il faut qu'on parle. »

Au bout d'un moment qui me paraît une éternité, la porte s'ouvre. Elle est pieds nus, en collants trois-quarts et T-shirt. Ses cheveux défaits lui couvrent les épaules.

Sans me regarder, elle retourne vers le lit et s'assoit sur les draps froissés en serrant ses genoux contre sa poitrine. Les rideaux sont fermés ; des ombres planent dans les coins de la pièce.

Je remarque ses pieds pour la première fois. Ses orteils sont déformés, couverts de cales, d'ampoules, la peau est à vif ; le plus petit est replié sous les autres comme s'il cherchait à se cacher, et le gros orteil est gonflé, l'ongle décoloré.

« Ils sont moches, dit-elle en se couvrant les pieds avec un oreiller.

— Que leur est-il arrivé ?

— Je suis danseuse, vous vous souvenez ? L'une de mes anciennes profs de ballet disait que les chaussons de danse étaient les derniers instruments de torture encore admis légalement. »

Je déplace un magazine pour m'asseoir au coin du lit. Il n'y a pas d'autre endroit où se poser.

« Je voulais justement te parler de chaussons de danse.

— Vous êtes un peu vieux pour faire de la danse classique, me répond-elle en riant.

— Plus précisément du paquet qu'on a déposé pour toi à l'école. »

Elle me décrit une boîte à chaussures enveloppée dans du papier kraft, sans mot, juste son nom écrit en lettres capitales.

« Qui aurait pu t'envoyer un tel cadeau, à part ta mère ? »

Elle secoue la tête.

« C'est très important, Darcy. J'ai besoin que tu repenses à ces dernières semaines. As-tu parlé à un inconnu, rencontré quelqu'un de nouveau ? T'a-t-on posé des questions à propos de ta mère ?

— J'étais à l'école.

— D'accord, mais tu devais sortir le week-end. Es-tu allée faire des courses ? As-tu quitté l'école pour une raison ou pour une autre ?

— Je suis allée à Londres pour les auditions.

— As-tu eu une discussion avec quelqu'un ?

— Avec les professeurs, les autres danseuses…

— Et dans le train ? »

Elle ouvre la bouche, la referme. Son front se plisse. « Il y avait bien un type… il s'est assis en face de moi.

— Et tu lui as parlé ?

— Pas tout de suite. » Elle cale ses cheveux derrière ses oreilles. « J'ai eu l'impression qu'il dormait. Je suis allée au wagon restaurant et quand je suis revenue, il m'a demandé si j'étais danseuse. Il m'a dit qu'il l'avait deviné à ma manière de marcher – les pieds en canard, vous savez. Ça m'a étonnée qu'il sache tant de choses sur le ballet.

— À quoi ressemblait-il ?

— À un homme ordinaire, me répond-elle en haussant les épaules.

— Quel âge ?

— Moins vieux que vous. Il avait des lunettes de soleil intégrales à la Bono. Je pense qu'il se forçait.

— Comment ça, il se forçait ?

— Comme ces mecs sur le retour qui essaient d'avoir l'air cool.

— Flirtait-il avec toi ?

— Peut-être, répond-elle en haussant à nouveau les épaules. Je ne saurais pas dire.

— Serais-tu capable de le reconnaître ?

— Je pense que oui. »

Elle me le décrit. Il se pourrait que ce soit le même homme dont Alice a parlé, mais ses cheveux sont plus foncés, plus longs, et il est habillé différemment.

« Je voudrais tenter quelque chose, lui dis-je. Allonge-toi et ferme les yeux.

— Pourquoi ?

— Ne t'inquiète pas. Il ne va rien se passer. Il faut juste que tu fermes les yeux et que tu penses à cette journée. Essaie de t'imaginer cet homme, de te revoir dans ce train, alors que tu montes à bord, que tu cherches une place, que tu ranges ton sac dans le compartiment au-dessus de ta tête. »

Elle ferme les yeux.

« Tu y es ? »

Elle hoche la tête.

« Décris-moi le compartiment. Où étais-tu assise par rapport aux portes ?

— À trois rangs du fond, dans le sens de la marche. » Je lui demande ce qu'elle portait. Où elle a rangé son sac. Qui il y avait d'autre dans la voiture.

« Il y avait une petite fille assise devant moi. Elle me regardait entre les sièges. J'ai joué à cache-cache avec elle.

— De qui d'autre te souviens-tu ?

— D'un homme en costume. Il parlait trop fort sur son portable. » Elle marque un temps d'arrêt. « Et d'un routard avec une feuille d'érable sur son sac à dos. »

Je lui demande de se concentrer sur l'homme assis en face d'elle. « Que portait-il ?

— Je ne m'en souviens pas. Une chemise, je crois.

— Quelle couleur ?

— Bleue, avec un col.

— Y avait-il quelque chose d'écrit dessus ?

— Non. »

Je passe au visage de l'homme. Ses yeux. Ses cheveux. Ses oreilles. Elle entreprend de me le décrire trait par trait, par bribes. Ses mains. Ses doigts. Ses avant-bras. Il portait une montre argentée, mais pas de bagues.

« Quand l'as-tu vu pour la première fois ?

— Quand il s'est assis.

— En es-tu sûre ? Je veux que tu remontes un peu plus loin. Quand tu as pris le train à Cardiff, qui y avait-il sur le quai ?

— Juste quelques personnes. Le randonneur était là. J'ai acheté une bouteille d'eau. Je connaissais la fille qui tenait le kiosque. Elle s'était décoloré les cheveux depuis la dernière fois que je l'avais vue. »

Je l'incite à remonter encore plus loin. « Quand tu as acheté ton billet, y avait-il la queue ?

— Euh… oui.

— Qui y avait-il dans la file d'attente ?

— Je ne m'en souviens pas.

— Imagine le guichet. Regarde les visages. Qui vois-tu ? »

Elle fronce les sourcils et secoue la tête de côté sur l'oreiller. Elle ouvre brusquement les yeux. « L'homme du train.

— Où est-il ?

— En haut de l'escalier, près du distributeur de billets.

— C'est le même homme ?

— Oui.

— Tu en es sûre ?

— Certaine. »

Elle se redresse et se frotte les mains le long des bras comme si elle avait froid tout à coup. « Ai-je fait quelque chose de mal ? demande-t-elle.

— Non.

— Pourquoi cherchez-vous à vous renseigner sur cet homme ?

— Ce n'est peut-être rien. »

Elle s'enveloppe dans la couette avant de s'adosser au mur. Son regard glisse bizarrement sur moi.

« Cela vous arrive-t-il d'avoir l'impression que quelque chose de terrible est sur le point de se produire ? demande-t-elle. Quelque chose d'atroce auquel vous ne pouvez rien changer parce que vous ne savez pas ce que c'est.

— Je ne sais pas. Peut-être. Pourquoi me poses-tu cette question ?

— C'est le sentiment que j'avais vendredi – quand je n'arrivais pas à joindre maman. Je savais qu'il était arrivé quelque chose. »

Elle baisse la tête et fixe ses genoux. « Ce soir-là, j'ai dit une prière pour elle, mais j'ai trop attendu, hein ? Personne ne m'a entendue. »

29.

L'inspecteur Cray s'est arrangée pour que six cartons soient livrés chez moi. Ils doivent être de retour demain matin dans la salle des opérations. Un coursier viendra les chercher juste après minuit.

Ils contiennent des dépositions, des tableaux chronologiques, des relevés téléphoniques, des photos des scènes de crime liés aux deux meurtres. Je me débrouille pour les introduire dans la maison sans que Julianne s'en aperçoive.

Je ferme la porte à clé et je m'assois avant d'ouvrir le premier carton. J'ai la bouche sèche, et ça n'a rien à voir avec mon traitement. J'ai là, sous la main, des pièces à conviction concernant deux vies et deux morts. Rien ne ramènera les victimes à la vie, rien ne peut heurter leurs sentiments. J'ai pourtant l'impression d'être un hôte indésirable en train de fureter dans leurs sous-vêtements. Photos. Dépositions. Calendriers. Vidéos. Des versions du passé.

On dit que la première fois est un événement, la deuxième une coïncidence, la troisième un schéma. Je n'ai que deux crimes à prendre en considération. Deux victimes. Christine Wheeler et Sylvia Furness avaient le même âge. Elles allaient à l'école ensemble. Elles avaient toutes les deux une petite fille. J'essaie d'imaginer leur existence respective, les endroits qu'elles fréquentaient, les gens qu'elles ont rencontrés, ceux qu'elles voyaient – entre leur travail, leur maison et les écoles des filles.

En l'espace de quarante-huit heures, les inspecteurs ont reconstitué la biographie de Sylvia Furness (née Ferguson). Elle est née en 1972, elle a grandi à Bath et elle est allée au lycée de jeunes filles d'Oldfields. Son père était transporteur, sa mère infirmière. Elle s'est inscrite à l'université de Leeds, mais elle a arrêté ses études en deuxième année pour voyager. Elle s'est fait embaucher sur des bateaux charter dans les Caraïbes où elle a rencontré son futur mari, Richard Furness, à Sainte-Lucie, dans les Antilles. Il avait lui-même interrompu ses études pour prendre une année sabbatique et convoyait des yachts appartenant à de riches Européens. Ils se sont mariés en 1994. Alice est arrivée un an plus tard. Une fois diplômé de l'université de Bristol, Richard Furness a travaillé pour deux gros laboratoires pharmaceutiques.

Sylvia était une fêtarde ; elle adorait sortir, danser. Christine n'aurait pas pu être plus différente. Discrète, timorée, zélée et fiable, elle n'avait pas de petits amis, ni de vie sociale.

Curieusement, Sylvia prenait des cours d'auto-défense. Elle faisait du karaté. Cela ne l'a guère aidée en l'occurrence. Elle ne portait aucune marque prouvant qu'elle a essayé de résister à son agresseur. Elle s'est soumise. L'oreiller qui lui couvrait la tête était d'une marque de luxe connue. Les menottes appartenaient à son mari – il les avait achetées dans un sex-shop à Amsterdam « pour pimenter leur vie sexuelle ».

Comment savais-tu pour les menottes ? Il y a fort à parier que Sylvia s'est arrangée pour qu'Alice en ignore l'existence. Quiconque était au courant avait dû accéder à l'appartement, invité ou non. Sylvia n'a pas fait état de cambriolages ni d'infractions. On peut donc imaginer qu'il s'agit d'un amant ou d'un petit ami.

« Tu savais tellement de choses sur elle, dis-je, pensant à haute voix, sur leurs maisons, leurs allées et venues, leurs filles… Sylvia portait des bottes en cuir coûteuses. Est-ce toi qui lui a dit de les mettre ? L'avais-tu déjà vue avec ces bottes ? »

On frappe à la porte de mon bureau. Je déverrouille la porte, l'entrouvre. C'est Julianne.

« Que se passe-t-il ?

— Rien.

— Je t'ai entendu parler à quelqu'un.

— Je parlais tout seul. »

Elle tente de jeter un coup d'œil à ma table sous mon bras. Je lui bloque la vue. « Pourquoi as-tu fermé à clé ?

— Il y a des choses que je n'ai pas envie que les filles voient. »

Elle plisse les yeux. « Tu es en train de le faire, hein ? D'apporter ce poison dans notre maison.

— Juste pour ce soir. » Elle secoue la tête. « Tu n'es pas obligée de me croire, mais c'est vrai.

— Je déteste les secrets, dit-elle d'une voix blanche. Je sais que la plupart des gens en ont, mais je les ai en horreur. »

Elle se détourne. Je vois ses pieds nus sous sa robe de chambre disparaître dans le couloir. Et tes secrets à toi ? ai-je envie de riposter, mais elle est partie et je garde ma question pour moi. Je referme la porte à clé.

Le deuxième carton contient des photographies des scènes de crime en commençant par des plans larges pour finir sur des plans très rapprochés de parties des corps. À mi-parcours, je craque. Je me lève, je vérifie que la porte est bien fermée, je me plante devant la fenêtre en contemplant le cimetière à travers les branches dénudées des cerisiers.

Il me reste deux heures avant l'arrivée du coursier. Je sors un carnet et je place des photos de Christine Wheeler et de Sylvia Furness côte à côte sur mon bureau. Pas des clichés d'elles nues. Des portraits normaux, de face. Ensuite j'élabore un collage plus perturbant en recourant à des images provenant des deux scènes de crime.

Celles de Sylvia sont plus fortes à cause du capuchon qui couvre son visage. Ses bottes touchent à peine le sol. Elle a dû se mettre sur la pointe des pieds. Ses jambes devaient la faire souffrir le martyre. À mesure qu'elle cédait à la fatigue, ses talons ont dû s'abaisser et son poignet menotté a dû supporter tout le poids de son corps. Un calvaire.

Le capuchon, la nudité et la position de stress sont des éléments récurrents de la torture et de l'exécution. Plus je fixe ces photos, plus elles me semblent familières. Elles appartiennent à un autre théâtre – celui du conflit et de la guerre.

La prison d'Abou Ghraib, en Irak, est devenue synonyme de torture. Dans le monde entier, on a diffusé des images de prisonniers capuchonnés, nus, ligotés, suppliciés, humiliés. Certains étaient maintenus en position de stress, debout sur la pointe des pieds, les bras tendus ou tirés violemment en arrière. Privation de sommeil, mortification, froid et chaleur extrême, faim, soif, telles sont les composantes des interrogatoires sous la torture.

Il a fallu six heures pour briser Christine Wheeler. De combien de temps a-t-il disposé avec Sylvia Furness ? Elle a disparu lundi après-midi ; on l'a retrouvée mercredi matin – un créneau de trente-six heures. Elle était morte les deux tiers du temps.

D'ordinaire, il faut des jours pour faire un lavage de cerveau, pour anéantir les défenses d'un individu. Qui que soit le coupable, il a réussi à venir à bout de Sylvia en l'espace de douze heures. C'est incroyable.

Ce n'est pas un assoiffé de sang. Il ne s'est pas jeté sur ces femmes en les tabassant et en les rouant de coups de pied. Il ne les a pas soumises par la violence. Elles ne portaient aucune marque témoignant d'un passage à tabac ni d'aucune sorte de sévices physiques. Il s'est servi de la parole. Où acquiert-on ce genre d'aptitude ? Comment ?

Il faut de l'entraînement. Une préparation méthodique. De la pratique.

Après avoir divisé la page de mon carnet en deux, j'écris en titre : CE QUE JE SAIS, puis j'entreprends d'en faire la liste.

Ce sont des crimes délibérés, désinvoltes, presque euphoriques, l'expression d'un désir pervers. Il a choisi ce que chaque victime aurait, ou n'aurait pas, sur le dos. Il connaissait le contenu de leur garde-robe. Leurs produits de maquillage. Il savait à quelle heure elles seraient seules chez elle. Il attache de l'importance aux chaussures.

Je me remets à penser à haute voix : « Pourquoi ces femmes ? Qu'est-ce qu'elles t'ont fait ? T'ont-elles ignoré ? Ridiculisé ? Abandonné ? »

Sylvia Furness n'a pas dû se soumettre facilement. Elle était loin d'être candide. Tu as dû l'avoir à l'usure. La mener de force à cet arbre. Que lui disais-tu donc à l'oreille ? Il faut de la pratique pour en arriver à contrôler quelqu'un à ce point – pour déverrouiller le mental d'une femme. Tu as déjà fait ça auparavant. Où ? Quand ?

J'ai déjà rencontré des esprits comme le tien. J'ai vu ce que des sadiques sexuels étaient capables de faire.

Ces femmes représentaient quelque chose ou quelqu'un que tu méprisais. C'étaient des cibles symboliques, en plus d'être précises. C'est pour cela qu'elles se ressemblaient si peu. Ce n'étaient que des actrices impliquées dans ton drame à cause de leur apparence, de leur âge ou de je ne sais quel autre facteur.

Quelles sont les composantes de ton fantasme ? L'humiliation publique en fait partie. Tu voulais qu'on les trouve. Tu les as forcées à se déshabiller et à se donner en spectacle. Le corps de Sylvia était pendu comme un quartier de viande. Christine a gribouillé « salope » sur son ventre.

La première scène de crime ne rimait à rien. Elle était trop publique, trop exposée. Pourquoi ne pas avoir choisi un endroit discret – une maison vide, un bâtiment de ferme isolé ? Tu *voulais* qu'on voie Christine. Cela faisait partie de ce théâtre de la déviance.

Tu as fait ça pour la gratification. Ce n'était peut-être pas ton mobile au départ, mais ça l'est devenu. À un moment donné dans ton fantasme, le désir sexuel s'est mêlé à la colère et au besoin de dominer. Tu as appris à érotiser la douleur, la torture. Tu as fantasmé là-dessus en embarquant des femmes dans tes délires pour les humilier, les punir, les briser. Les rabaisser, les avilir, les détruire.

Tu es méticuleux. Tu prends des notes. Tu découvres un maximum de choses sur elles en surveillant leurs maisons, leurs allées et venues. Tu sais à quelle heure elles partent travailler, à quelle heure elles rentrent, quand les lumières s'éteignent le soir.

Je ne connais pas ton plan dans le détail. J'ignore par conséquent dans quelle mesure tu as suivi la stratégie prévue, mais tu étais prêt à prendre des risques. Que se serait-il passé si Christine Wheeler avait été sauvée sur le pont, si Sylvia Furness avait été retrouvée avant que son cœur lâche ? Elles auraient pu t'identifier.

Ça n'est pas logique à moins que... à moins que. Elles n'ont jamais vu ton visage ! Tu leur parles à l'oreille, tu leur dis ce qu'elles doivent faire, elles obéissent, mais elles ne voient pas ton visage.

En mettant le carnet de côté, je m'adosse en fermant les yeux, à bout de forces, tout tremblant.

Il est tard. La maison est silencieuse. La lampe au-dessus de ma tête a capturé des papillons de nuit dans sa coupe en verre dépoli. À l'intérieur, il y a une ampoule, fragile coquille de verre, et dedans encore, un filament étincelant. Les gens recourent souvent à une ampoule pour représenter une idée. Ce n'est pas mon cas. Mes idées commencent sous la forme de marques au crayon à papier sur une page blanche, des contours abstraits, légers. Lentement, les lignes deviennent plus nettes et acquièrent lumière et ombre, profondeur et clarté.

Je n'ai jamais rencontré l'assassin de Christine Wheeler et Sylvia Furness, mais soudain j'ai l'impression qu'il a surgi de mon esprit, en chair et en os, avec une voix qui fait écho dans mes oreilles. Il n'est plus une invention, il n'est plus un mystère, il ne fait plus partie de mon imagination. J'ai *vu* son esprit.

30.

La porte s'entrouvre à peine. Son visage parche-
miné se lève vers moi.

« *T'es en retard.*

— J'avais un boulot à faire.

— C'est dimanche.

— Je dois quand même travailler. »

Il se retourne et fait quelques pas dans le couloir en
traînant les pieds, ses vieilles pantoufles claquant
contre ses talons.

« *Quel genre de travail ?*

— J'avais des serrures à changer.

— On te paie ?

— C'est pour ça que je le fais.

— J'ai besoin d'argent.

— Et ta pension ?

— J'ai tout dépensé.

— À quoi ?

— Champagne et caviar, nom d'une pipe ! »

Il porte une veste de pyjama usée jusqu'à la corde
aux coudes et rentrée dans un pantalon à taille haute
qui fait une bosse sur son ventre, ne laissant aucune
place dans l'entrejambe. Peut-être que le pénis tombe
quand on atteint un certain âge.

On est dans le séjour. Ça sent le vieux pet et l'huile de friture. Les seuls meubles qui ont de l'importance sont le fauteuil et la télé.

Je sors mon portefeuille. Il essaie de regarder par-dessus mes mains pour voir combien j'ai sur moi. Je lui donne quarante livres.

En remontant son froc, il se laisse choir dans le fauteuil, remplissant les creux qui ont pris la forme de ses fesses. Sa tête s'incline en avant, menton contre poitrine, et son regard se concentre sur l'écran de la télé, son respirateur artificiel perso.

« Tu as vu le match, papa ?

— Quel match ?

— Everton contre Liverpool. » Il secoue la tête. « Je t'ai fait mettre le câble pour que tu puisses voir les grands matchs.

— On ne devrait pas avoir à payer pour regarder du foot, grommelle-t-il. C'est comme raquer pour boire de l'eau. Je refuse de faire ça.

— C'est moi qui paie.

— Ça change rien. »

Les seules couleurs dans la pièce viennent de l'écran qui dessine un carré brillant dans ses yeux. « Tu vas sortir ?

— Non.

— Je pensais que tu allais jouer au bingo.

— Je joue plus au bingo. Ces connards de tricheurs ont dit qu'ils ne voulaient plus que je vienne.

— Pourquoi ?

— Parce que je les ai surpris en train de truquer le jeu.

— Comment peut-on truquer une partie de bingo ?

— Il me manque un nombre à chaque fois, bordel ! Un seul ! Salopards ! »

270

Je tiens toujours mon sac de provisions à la main. Je l'emmène à la cuisine et je propose de lui préparer quelque chose à manger. J'ai acheté du jambon en boîte, des haricots blancs et des œufs.

De la vaisselle sale s'entasse dans l'évier. Un cafard escalade une tasse et me regarde comme si j'empiétais sur son territoire. Il file quand je gratte les assiettes au-dessus de la poubelle à pédale avant d'ouvrir le robinet. Le chauffe-eau à gaz gronde et tousse au moment où une flamme bleue court sur les brûleurs.

« Tu n'aurais jamais dû quitter l'armée, crie-t-il. L'armée, c'est comme une famille. »

Tu parles d'une famille !

Il se lance dans un laïus à la con sur la camaraderie, l'esprit de corps, alors qu'en vérité, il n'a jamais combattu de sa vie. Il a raté les Falklands parce qu'il ne savait pas nager.

Je souris tout seul. Ce n'est pas tout à fait vrai. Il était inapte physiquement. Il s'était pris la main dans la chambre d'un canon 155 mm et s'était cassé presque tous les doigts. Il le regrette toujours amèrement, le saligaud ! Allez savoir pourquoi ! Fallait être dingue pour aller se battre pour quelques rochers dans l'Atlantique Sud !

Il continue à se plaindre en beuglant plus fort que la télé.

« C'est le problème avec les soldats d'aujourd'hui. Ils n'ont pas de couilles. On les dorlote. Oreillers en plumes. Repas gastronomiques… »

Je fais frire des tranches de bacon et je casse des œufs dans la poêle. Les fayots seront vite chauds dans le micro-ondes.

Papa décide de changer de sujet.

« Comment va ma petite-fille ?

271

— Bien.

— Comment ça se fait que tu me l'amènes jamais ?

— Elle ne vit pas avec moi, papa.

— Ouais, mais le juge t'a donné...

— Peu importe ce que le juge a dit. Elle ne vit pas avec moi.

— Mais tu la vois, non ? Tu lui parles.

— Ouais. Bien sûr. »

Là je mens.

« Alors pourquoi tu ne l'amènes pas avec toi ? J'ai envie de la voir. »

Je regarde autour de moi dans la cuisine. « Elle ne veut pas venir.

— Ah bon ! Pourquoi ?

— J'en sais rien. »

Il grogne.

« Je suppose qu'elle va à l'école maintenant.

— Ouais.

— Quelle école ? »

Je ne réponds pas.

« Sûrement un de ces bahuts privés comme celui où sa mère est allée. Elle a toujours été trop bien pour toi. Je supportais pas son père. Le genre à s'imaginer que sa merde ne pue pas. À conduire chaque jour une voiture différente.

— C'étaient des voitures de société.

— Peut-être, mais en attendant il te regardait de haut.

— Mais non !

— Que si ! On n'était pas de son monde. Clubs de golf, vacances au ski et tout le tintouin... Il a raqué pour ces noces de richards. »

Il marque une pause, s'anime.

272

« Dis donc, j'y pense. Tu devrais peut-être demander une pension alimentaire. Lui coller un procès. Histoire d'avoir ta part.

— Je ne veux pas de son fric.

— Donne-le-moi alors.

— Non.

— Pourquoi pas ? Je mérite bien quelque chose.

— Tu as cet appart.

— Tu parles ! Un vrai palais ! »

Il entre dans la cuisine en traînant ses savates et s'assoit. Je sers la bouffe. Il couvre tout de sauce brune relevée. Ne dit pas merci. Ne m'attend pas.

Je me demande s'il voit ce que les autres voient quand il se regarde dans la glace : une vessie inutile remplie de pisse et de vent. C'est ce que je vois moi, en tout cas. Il n'a pas le droit de me faire la leçon. Il est mal embouché, geignard, bourré de préjugés, et il y a des moments où j'aimerais juste qu'il crève ou au moins qu'il rende la pareille.

Je ne sais même pas pourquoi je continue à venir le voir. Quand je pense à ce qu'il m'a fait, j'ai du mal à ne pas lui cracher à la gueule. Il ne s'en rappellera pas. Il dira que j'ai tout inventé.

Ses raclées n'étaient rien à côté de leur interminable prélude. Il m'envoyait dans l'escalier où je devais baisser mon pantalon et passer les bras entre les barreaux en m'attrapant les poignets. Et puis je restais là à attendre, attendre, le front pressé contre le bois.

Le premier bruit que j'entendais, c'était le sifflement du cordon qui ondulait dans l'air une fraction de seconde avant d'atterrir. Il se servait du cordon d'un vieux grille-pain en tenant la prise serrée dans son poing.

Je vais vous dire ce que ces corrections avaient de plus étrange. Elles m'ont appris à scinder mon esprit en deux. Ce n'est pas à seize ans que je suis parti de chez mes parents, mais des années plus tôt, quand j'étais cramponné à ces barreaux. J'ai quitté la maison quand ce cordon fendait l'air et s'enfonçait dans mes chairs.

Il m'arrivait de fantasmer sur ce que je lui ferais quand je serais grand et fort. Je n'avais pas beaucoup d'imagination à l'époque. Je pensais que je lui donnerais des coups de poing et des coups de pied dans la tête. C'est différent maintenant. Je suis capable de concevoir un millier de moyens pour lui faire mal. Il en viendrait peut-être à penser qu'il est déjà mort. J'ai déjà connu ça. Un terroriste algérien, capturé alors qu'il combattait pour les talibans dans les montagnes au nord de Gardeyz, m'a demandé s'il était en enfer.

« Pas encore, lui ai-je répondu. Mais quand tu y seras, tu auras l'impression d'être en vacances. »

Papa repousse son assiette et se frotte la mâchoire en me jetant un coup d'œil sournois. Une bouteille de gin apparaît de dessous l'évier. Il se sert un verre avec la mine d'un homme qui embobine son monde.

« T'en veux ?

— Non merci. » Je regarde alentour, en quête d'une diversion, d'un prétexte pour partir.

« Tu dois aller quelque part ?

— Ouais.

— Tu viens juste d'arriver.

— J'ai du boulot.

— Encore des serrures.

— Ouais. »

Il ricane d'un air dédaigneux.

« Tu dois être plein aux as. »

Après quoi il se lance dans un autre speech, se plaignant de sa vie, me disant que je suis inutile, égoïste, une sacrée déception.

Je regarde son cou. Je pourrais facilement le briser. Deux mains, les pouces au bon endroit et il s'arrête de parler... de respirer. C'est comme zigouiller un lapin.

Et il continue, continue. Bla-bla-bla, sa bouche s'ouvre, se ferme, remplissant le monde de conneries. L'Algérien avait peut-être raison à propos de l'enfer.

31.

Une ombre emplit les panneaux en verre de la porte. Qui s'ouvre. Veronica Cray se détourne aussitôt et s'engage dans le couloir.

« Vous avez vu les journaux du dimanche, professeur ?

— Non.

— Ils ne parlent que de Sylvia Furness – en première page, en page trois, en page cinq… Monk vient d'appeler. Il y a une meute de journalistes devant le commissariat. »

Je la suis dans la cuisine. Elle s'approche du fourneau et commence à remuer ses casseroles et ses poêles sur les plaques. Un rayon de soleil fait ressortir des reflets argentés à la racine de ses cheveux.

« C'est le rêve absolu pour le rédacteur d'un canard à sensations. Deux victimes – des femmes blanches, jolies, appartenant à la classe moyenne. Des mères de famille. Nues toutes les deux. Des associées. L'une d'elles saute d'un pont, l'autre est pendue à un arbre comme un morceau de viande. Vous devriez lire certaines des théories qu'ils ont échafaudées – un triangle amoureux, des histoires de lesbiennes, des amants plaqués. »

Elle ouvre le réfrigérateur et en sort une boîte d'œufs, du beurre, du lard en tranches et une tomate. Je suis toujours debout.

« Asseyez-vous. Je vais faire un petit déjeuner. »

À l'entendre, on croirait que je figure au menu. « Ce n'est pas vraiment nécessaire.

— Pour vous peut-être. Je suis debout depuis 5 heures du matin. Vous voulez du thé ou du café ?

— Du café. »

Elle casse les œufs dans un bol et entreprend de les fouetter en une mousse liquide, avec des gestes précis, expérimentés. Je m'assois et je l'écoute parler. Une dizaine de journaux sont ouverts sur la table. Le sourire de Sylvia Furness figure à toutes les pages.

L'enquête se concentre sur la société d'organisation de mariages, Félicité, désormais en redressement judiciaire. Les factures impayées et les mises en demeure se sont accumulées en l'espace de deux ans, mais Christine Wheeler a réussi à maintenir les créanciers à distance en injectant périodiquement du liquide, emprunté pour l'essentiel en hypothéquant sa maison. Les poursuites provoquées par une alerte à l'intoxication alimentaire ont été le coup de grâce. Deux cessations de paiement sur des emprunts. Les charognards ont commencé à leur tourner autour.

Les dessinateurs de la police doivent s'entretenir avec Darcy et Alice. Elles seront interrogées séparément pour voir si leurs souvenirs peuvent contribuer à établir des portraits-robots de l'homme auquel elles ont parlé dans les jours qui ont précédé le décès de leurs mères.

Elles décrivent un individu d'une taille et d'une stature similaires, mais Darcy se souvient qu'il avait les cheveux foncés alors qu'Alice est certaine qu'il était blond. On peut modifier son apparence, bien sûr, mais les descriptions des témoins oculaires sont notoirement inconstantes. Très peu de gens sont capables de se souvenir de grand-chose au-delà d'une poignée d'éléments : le sexe, l'âge, la taille, la couleur des cheveux, la race. Ce n'est pas suffisant pour dresser un portrait-robot vraiment précis, et un mauvais portrait fait plus de tort que de bien.

Veronica récupère le bacon dans la poêle et sépare les œufs brouillés en deux avant de les verser sur des toasts épais.

« Vous voulez du Tabasco sur vos œufs ?

— Pourquoi pas ? »

Elle sert le café, ajoute le lait.

L'équipe d'investigation est sur une dizaine d'autres pistes. Une caméra routière de la Warminster Road a filmé la voiture de Sylvia Furness lundi à 16 h 08. Une camionnette grise non identifiée l'a suivie au feu. Une semaine plus tôt, un véhicule similaire a traversé le pont suspendu de Clifton vingt minutes avant que Christine Wheeler n'enjambe la barrière de sécurité. Même marque. Même modèle. Les deux caméras en circuit fermé n'ont pas pu capter le numéro d'immatriculation en entier.

Sylvia Furness a reçu un appel chez elle à 16 h 15, lundi après-midi. Il provenait d'un portable acheté deux mois plus tôt dans une boutique du sud de Londres en recourant à une carte d'identité suspecte. Un deuxième téléphone cellulaire, acheté le même jour, a servi à appeler Sylvia sur son portable à 16 h 42. Même procédé que dans le cas de Christine Wheeler. Un coup de fil a chevauché l'autre. L'interlocuteur a fait basculer Sylvia de sa ligne fixe à son portable, vraisemblablement pour s'assurer qu'il ne rompait pas le contact avec elle.

L'inspecteur Cray mange rapidement, se ressert. Le café doit lui brûler la gorge chaque fois qu'elle fait descendre une bouchée. Elle s'essuie la bouche avec une serviette en papier.

« Les légistes ont fait une découverte intéressante. Des taches de sperme provenant de deux hommes différents sur les draps de Sylvia.

— Son mari est-il au courant ?

— Il semble qu'ils aient eu un arrangement – un mariage libre. »

Chaque fois que j'entends cette expression, je pense à une petite embarcation délicate flottant sur un océan de merde. L'inspecteur perçoit ma désillusion et glousse.

« Ne me dites pas que vous êtes un romantique, professeur.

— J'ai bien peur que si. Et vous ?

— C'est le cas de la plupart des femmes – moi compris. »

Elle dit ça comme s'il s'agissait d'une déclaration d'intention. J'en profite pour m'engouffrer dans la brèche.

« J'ai remarqué que vous aviez des photographies d'un jeune homme. C'est votre fils ?

— Oui.

— Où est-il maintenant ?

— Il est grand. Il vit à Londres. Ils y vont tous à la fin, semble-t-il – pareils à des tortues retournant sur la même plage.

— Il vous manque ?

— Dolly Parton dort-elle sur le dos ? »

J'ai envie de marquer une pause, le temps d'étudier cette image mentale, mais je continue : « Où est son père ?

— Qu'est-ce que c'est que ça ? Un interrogatoire ?

— Ça m'intéresse.

— Je vous trouve drôlement fouineur.

— Curieux, c'est tout.

— Ouais, eh ben, je ne suis pas un de vos fichus patients. »

Elle dit ça avec une hargne inattendue et puis elle a l'air un peu gênée.

« J'ai été mariée huit mois, si vous voulez tout savoir. C'étaient les plus longues années de ma vie. Et mon fils est la seule chose positive qui en soit ressortie. »

Elle prend mon assiette et expédie les couverts dans l'évier. Elle fait couler l'eau et frotte la vaisselle comme si elle nettoyait autre chose que des œufs brouillés.

« Vous avez quelque chose contre les psychologues ?

— Non.

— Contre moi alors ?

— Sans vouloir vous offenser, professeur, il y a cent ans, les gens n'avaient pas besoin de psys pour vivre. Ils n'avaient pas besoin de thérapie, de Prozac, de manuels de développement personnel. Ils menaient tout bonnement leur vie.

— Il y a cent ans, les gens ne vivaient que jusqu'à quarante-cinq ans.

— Vous voulez dire que vivre plus longtemps nous rend plus malheureux ?

— Ça nous laisse plus de temps pour être malheureux. Nos attentes ont changé. Survivre ne suffit plus. Nous voulons être épanouis. »

Elle ne répond pas, mais ça ne prouve pas qu'elle soit d'accord avec moi. À vrai dire, son attitude laisse supposer un épisode de son passé, une histoire familiale, une visite chez un psychologue ou un psychiatre.

« Est-ce parce que vous êtes gay ?

— Ça vous pose un problème ?

— Non.

— Gertrude Stein a dit à Hemingway que s'il avait du mal à accepter l'homosexualité, c'était parce que l'acte homosexuel masculin est laid et répugnant alors que chez la femme, c'est tout l'inverse.

— Je m'efforce de ne pas juger les gens par rapport à leur sexualité.

— Il n'empêche que vous les jugez, chaque jour, dans votre cabinet.

— Je n'ai plus de cabinet, mais quand j'en avais un, j'essayais d'aider les gens.

— Avez-vous jamais eu un patient qui ne voulait pas être gay ?

— Oui.

— Avez-vous essayé de le guérir ?

— Il n'y avait rien à guérir. Je ne peux pas changer la sexualité de quelqu'un. Je les aide juste à s'accepter. À faire face à leur vraie nature. »

L'inspecteur se sèche les mains et se rassoit en prenant son paquet de cigarettes. Elle en allume une.

« Vous avez fini le profil psychologique ? »

Je hoche la tête. Le crissement de pneus sur le gravier dehors annonce une arrivée. Safari Roy est venu la chercher pour l'emmener à Trinity Road.

« J'ai un briefing ce matin. Vous devriez venir. »

Roy frappe à la porte et entre. Il incline la tête en guise de salut. « Vous êtes prête, chef ?

— Ouais. Le prof vient avec nous. »

Roy me regarde.

« Y a toujours de la place. »

La salle des opérations est plus encombrée et plus bruyante que la dernière fois. Les policiers sont plus nombreux et des civils sont venus à la rescousse pour saisir les nouvelles données et comparer les spécificités des deux crimes. L'enquête criminelle est officiellement en marche.

Sylvia Furness a droit à son propre tableau blanc, à côté de celui de Christine Wheeler. D'épaisses lignes noires relient les membres des familles, les collègues, les amis communs.

Le détachement spécial a été divisé en deux équipes. L'une d'elles a déjà consacré des centaines d'heures à rechercher toutes les personnes qui se trouvaient à Leigh Woods, à localiser les véhicules, à vérifier les alibis et à passer au crible les images prises par les caméras de sécurité.

Elle a également concentré son attention sur les dettes de Christine Wheeler et ses tractations avec un usurier du nom de Tony Naughton, dont le nom figurait dans ses relevés téléphoniques. On a interrogé Naughton, mais il a un alibi pour le vendredi 5 octobre. Une demi-douzaine de poivrots affirment qu'il était au pub du début de l'après-midi jusqu'à l'heure de la fermeture. La même bande qui lui fournit un alibi chaque fois qu'il se fait arrêter par la police.

Veronica met tout le monde au courant des éléments qui ont surgi au cours des dernières vingt-quatre heures.

« L'individu qui a tué Sylvia Furness *savait* qu'elle possédait des menottes, ce qui signifie qu'on pourrait être à la recherche d'un ancien jules, d'un amant ou de quelqu'un qui avait accès à la maison. Un représentant, un agent de service, un ami…

— Et le mari dans tout ça ? demande Monk.

— Il était à Genève en train de sauter sa secrétaire de vingt-six ans.

— Il aurait pu embaucher quelqu'un. »

Elle hoche la tête.

« Nous sommes en train de passer ses e-mails et ses relevés téléphoniques au crible. »

Elle répartit les tâches, puis me jette un rapide coup d'œil.

« Le professeur O'Loughlin a dressé un portrait psychologique de notre homme. Je lui laisse la parole. »

Mes notes se limitent à une page enfouie dans la poche de ma veste. Je n'arrête pas de la sortir et de la regarder vite fait comme s'il s'agissait d'antisèches. Je déambule devant le groupe en levant consciencieusement les pieds pour éviter de les traîner. C'est l'une des astuces qu'il m'a fallu apprendre depuis que M. Parkinson a débarqué. Je ne me tiens jamais debout les pieds l'un contre l'autre, et j'essaie de ne pas pivoter sur moi-même quand je me retourne brusquement.

« L'homme que vous cherchez est un sadique sexuel à part entière », je leur annonce, après quoi je prends le temps de regarder leurs visages. « Son objectif n'était pas seulement de tuer ces femmes, il voulait les détruire physiquement et psychiquement, jeter son dévolu sur des femmes gaies, intelligentes, dynamiques et leur retirer le dernier vestige d'espoir, de foi et d'humanité.

« Cet homme a à peu près le même âge que ses victimes, ou un peu plus. Son organisation, son assurance et son degré de contrôle sont des indices de maturité et d'expérience.

« Il a un QI supérieur à la moyenne, beaucoup d'éloquence et une bonne sociabilité. Il fera une impression agréable, celle d'un être sûr de lui, trompeusement charmant. Pour cette raison, ses amis, ses collègues, ses copains de beuverie ne se doutent probablement pas du tout de sa nature sadique.

« Son éducation ne doit pas être à la hauteur de son intelligence. Il s'ennuie facilement et il y a fort à parier qu'il a abandonné l'école ou l'université en cours de route.

« Ses capacités d'organisation et sa méthodologie laissent supposer une formation militaire, mais il a atteint un stade où il n'acceptera plus d'ordres à moins de respecter la personne qui les donne. Il y a par conséquent des chances pour qu'il travaille à son compte ou seul. L'heure des crimes suggère qu'il a des horaires flexibles, qu'il travaille de nuit ou le week-end.

« C'est probablement quelqu'un du coin, qui connaît les routes, les distances, les noms des rues. Il a guidé les deux victimes par téléphone. Il connaissait leurs adresses, leurs numéros de téléphone et savait à quel moment il les trouverait seules. Tout cela demande une bonne planification et une enquête minutieuse.

« Il vit sans doute seul ou avec un parent âgé. Il a besoin d'être libre d'aller et de venir sans avoir à répondre aux questions d'une femme ou d'une partenaire. Il a peut-être été marié ; sa haine des femmes pourrait découler d'un divorce, d'un autre échec sentimental ou d'un problème avec sa mère dans son enfance.

« Cet homme est extrêmement attentif aux détails. En dehors du portable qu'il a donné à Christine Wheeler, il n'a rien laissé traîner derrière lui. Il a le comportement de quelqu'un qui se cache – il achète des téléphones différents sous des faux noms en choisissant des serveurs distincts et il est continuellement en mouvement.

« Ses victimes étaient ciblées. La question est de savoir pourquoi et comment. Elles étaient amies et associées. Elles sont allées à l'école ensemble. Elles avaient des dizaines d'amis en commun, des centaines de connaissances peut-être. Elles vivaient dans la même ville, elles avaient le même coiffeur, elles allaient dans le même pressing. Déterminez pourquoi il les a choisies et on se rapprochera de lui d'un pas. »

Je m'interromps pour jeter un coup d'œil à mes notes et m'assurer que je n'ai rien oublié. Mon index gauche a commencé à trembler, mais mon ton est ferme. Je bascule discrètement sur la pointe des pieds et je me mets à faire les cent pas tout en recommençant à parler. Leurs yeux me suivent.

« Je pense que notre meurtrier a convaincu ces deux femmes qu'elles n'avaient pas d'autre solution que de coopérer si elles ne voulaient pas que leur fille souffre. Cela laisse supposer qu'il est extrêmement sûr de lui sur le plan verbal. En revanche, on peut se poser des questions sur son assurance physique. Il ne les a pas maîtrisées par la brutalité. Il s'est servi de sa voix pour les intimider et les contrôler. Il n'a peut-être pas assez de courage pour un affrontement face à face.

— C'est un lâche, intervient Monk.

— Ou bien il manque de force physique. »

L'inspecteur Cray veut des informations plus précises.

« Des chances que ce soit un ancien petit ami ou un amant largué ?

— Je ne pense pas.

— Pourquoi pas ?

— Si l'une ou l'autre victime avait pu s'échapper ou être sauvée, elle aurait été en mesure de l'identifier. Je doute qu'il ait pris ce genre de risque. Et puis il y a autre chose. Ces femmes auraient-elles suivi ses ordres à la lettre si elles le connaissaient ? Une voix inconnue est plus effrayante, plus intimidante… »

Quelqu'un tousse. Je m'interromps, me demandant si c'est un signal. J'entends des commentaires étouffés. Je reprends :

« Ceci nous mène à un autre point. Il est possible qu'il ne les ait pas touchées physiquement. »

Personne ne réagit. Monk parle le premier : « Que voulez-vous dire ?

— Il se peut que les victimes ne l'aient même pas *vu*.

— Mais Sylvia Furness était menottée à un arbre.

— Elle aurait pu s'attacher toute seule.

— Et l'oreiller ?

— Idem. »

J'explique les indices. Le champ était boueux. On n'a retrouvé qu'un seul lot d'empreintes sous l'arbre. Il n'y a pas eu de sévices sexuels ni la moindre preuve qu'elle se soit débattue. Pas d'autres traces de pneus en direction du champ.

« Je ne dis pas qu'il ne s'est pas rendu sur les lieux du crime *avant*. Il les a choisis avec soin. Je pense aussi qu'il était à proximité – ce que confirment les signaux de son portable, mais je doute qu'elle l'ait vu. Je doute aussi qu'il l'ait touchée, physiquement.

— Il lui a baisé la cervelle », commente Safary Roy.

Je hoche la tête. Des soupirs sifflants se font entendre ainsi que des grognements sceptiques. Cela dépasse leur compréhension.

« Pourquoi ? Quel est le mobile ? demande Veronica.

— Revanche. Colère. Gratification sexuelle.

— Quoi ? On peut choisir ?

— Il faut prendre le tout. Cet homme est un sadique pervers. Il ne s'agit pas simplement pour lui de tuer des femmes. C'est plus personnel que ça. Il les humilie. Il les détruit psychologiquement parce qu'il déteste ce qu'elles représentent. Il a peut-être eu des problèmes avec sa mère, son ex-femme ou une ancienne petite amie. Vous découvrirez peut-être même que sa première victime a mis le feu aux poudres.

— Christine Wheeler, vous voulez dire ? demande Monk.

— Non. Ce n'était pas la première. »

Silence. Incrédulité.

« Il y en a eu d'autres ? demande l'inspecteur.

— C'est presque sûr.

— Où ça ? Quand ?

— Répondez à cette question et vous le trouverez. L'homme qui a fait ça a longuement préparé son coup – il a répété, il a peaufiné ses techniques. C'est un expert. »

Veronica se tourne vers la fenêtre en silence et regarde fixement dehors avec une telle intensité que je me demande si elle n'a pas envie de s'échapper pour disparaître dans la vie de quelqu'un d'autre. Je savais que ce serait l'élément le plus difficile à leur faire avaler. Les officiers de police les plus chevronnés et les infirmiers psychiatriques eux-mêmes ont du mal à admettre qu'un individu puisse éprouver un plaisir intense, de l'euphorie, à torturer et à tuer un autre être humain.

Subitement, tout le monde se met à parler en même temps. On me bombarde de questions, d'opinions, d'arguments. Certains policiers semblent presque avides, excités par cette chasse à l'homme. Je n'ai peut-être pas la bonne tournure d'esprit, mais rien dans le meurtre ne me rend euphorique ni me regonfle.

Élucider un crime est une vocation pour ces hommes et ces femmes. C'est l'envie de restaurer l'ordre moral dans un monde fracturé ; un moyen d'explorer les questions d'innocence et de culpabilité, de justice et de châtiment. Pour moi, la seule personne qui compte vraiment, c'est la victime qui déclenche tout. Sans elle, nous ne serions pas là.

Le briefing touche à sa fin. L'inspecteur Cray m'escorte en bas.

« Si vous avez raison à propos de cet homme, il va remettre ça, non ?

— À un moment ou à un autre.

— Pouvons-nous le ralentir ?

— Vous pourrez peut-être essayer de communiquer avec lui.

— Comment ça ?

— Son but n'est pas d'inciter la police à une sorte de jeu du chat et de la souris, mais il lira les journaux, il écoutera la radio, il regardera la télé. Il est à l'affût, ce qui signifie que vous avez la possibilité de lui envoyer un message.

— Que faut-il lui dire ?

— Que vous voulez le comprendre. Les médias sont en train de lui coller des étiquettes qui sont loin d'être flatteuses. Laissez-lui corriger les malentendus. Ne le rabaissez pas. Ne vous montrez pas hostile. Il veut votre respect.

— Et où est-ce que ça nous mène ?

— Si vous pouvez obtenir qu'il appelle, cela signifie que vous avez fait mouche. C'est un petit pas. Le premier.

— Qui délivre le message ?

— Il faut que ce soit un visage. Il ne peut s'agir d'une femme. Ça doit impérativement être un homme. »

L'inspecteur lève légèrement le menton comme si quelque chose à l'horizon avait retenu son attention.

« Pourquoi pas vous ?

— Ça ne peut pas être moi.

— Pourquoi pas ?

— Je ne suis pas policier.

— Qu'est-ce que ça peut faire ? Vous connaissez cet homme. Sa manière de penser. »

Je reste planté là dans le hall à l'écouter débiter tous ses arguments sans me laisser une chance de les réfuter. Une voiture de police franchit le portail en accélérant ; les hurlements chevrotants de sa sirène noient mes protestations.

« Alors, c'est décidé. Vous rédigez une déclaration. J'organiserai une conférence de presse. »

Les portes électroniques s'ouvrent. Je sors. Le bruit de la sirène s'est atténué, laissant une impression de changement et de perte. En baissant la tête, je balance mes bras et mes jambes, conscient que Veronica continue à m'observer.

32.

Il y a des fleurs partout – posées contre la clôture et les troncs des arbres. Au milieu de la plus grande couronne, on a glissé une photo de Christine Wheeler dans une pochette en plastique transparent.

Darcy a mis une robe appartenant à Julianne et un manteau d'hiver noir qui traîne presque par terre quand elle marche. Elle se tient de l'autre côté de la fosse, près de sa tante – qui est arrivée ce matin d'Espagne – et de son grand-père en fauteuil roulant, avec une couverture à carreaux sur les genoux.

Sa tante est une grande femme bien plantée sur ses pieds légèrement écartés, comme si elle avait affaire à une balle de golf plutôt qu'à un être humain. La brise fait des ravages dans sa chevelure en l'aplatissant d'un côté de sa tête.

Ce n'est pas la première fois que je vais à un enterrement, mais celui-là a quelque chose qui cloche. Les amis de la défunte sont trop jeunes. Ce sont les anciens camarades d'école et d'université de Christine. Certains n'ont rien trouvé de correct à mettre dans leur garde-robe ; ils ont opté pour des gris sourds plutôt que du noir. Ils ne savent pas quoi dire, alors ils s'assemblent par petits groupes et chuchotent en jetant des regards peinés à Darcy.

À côté de sa tante Gloria, Alice Furness leur jette un coup d'œil discret. Son père, de retour de Genève, porte un costume noir et parle au téléphone. Son regard croise le mien, puis dérive vers la droite, et il pose une main sur l'épaule d'Alice. Ce sera à son tour ensuite d'enterrer sa femme. Je n'ose imaginer ce que ce serait de perdre Julianne. Je ne veux pas y penser.

À l'autre bout du cimetière, amassés sur une crête, des photographes et des équipes de la télévision ont pris position derrière une barricade composée de cônes de signalisation et de rubans de la police. Des policiers en civil les maintiennent à l'écart.

Épaule contre épaule, Safari Roy et Monk ont l'air de porteurs de cercueil. L'inspecteur Cray se tient à l'écart. Elle a apporté une couronne de fleurs qu'elle a posée sur le monticule de terre brune recouvert d'un tapis d'herbe artificielle.

Le corbillard franchit le portail en un murmure. La route en courbe est plus basse que la pelouse autour si bien que je ne vois pas les roues tourner. On a l'impression que le véhicule flotte vers nous.

L'épaule de Julianne frôle la mienne et sa main droite saisit ma gauche – celle qui tremble. Elle la maintient immobile, comme pour garder mon secret.

Ruiz nous rejoint. Je ne l'ai pas vu depuis hier.

« Où étais-tu passé ?

— J'avais une course à faire.

— Ça t'ennuierait de m'en dire un peu plus ? »

Il jette un coup d'œil dans la direction de Darcy. « Je cherchais son père.

— Sérieusement ?

— Ouais.

— C'est elle qui te l'a demandé ?

— Non.

— Elle ne l'a jamais vu de sa vie !

— Moi non plus, je n'ai jamais vu le mien, réplique-t-il en haussant les épaules. J'ai quand même pensé qu'il aimerait être au courant. S'il s'avère que c'est un assassin, je ne donnerai pas son adresse à Darcy. »

On a posé le cercueil sur un support au-dessus de la tombe. Les fleurs s'entassent sur le couvercle en bois poli. Darcy pleure sans retenue. Sa tante n'a pas l'air de s'en soucier. Une autre femme passe son bras autour des épaules de l'adolescente. Anéantie, les yeux rougis. Elle porte un manteau noir sur une longue jupe grise.

Je reconnais brusquement l'homme à côté d'elle – Bruno Kaufman. Ça doit être Maureen, son ex-femme. Bruno m'a dit qu'elle était allée à l'école avec Christine, ce qui signifie qu'elle était aussi avec Sylvia. Seigneur, elle a perdu deux amies en un peu plus d'une semaine. Pas étonnant qu'elle ait l'air aussi désespérée.

Bruno lève un doigt dans ma direction en un geste de salutation désinvolte.

Le pasteur est prêt à commencer. Sa voix, enrouée par le froid, est trop embrouillée pour porter loin. Je m'aperçois que mon esprit part à la dérive, sur les pierres tombales, les pelouses, au-delà des arbres et de l'abri à machines d'où un fossoyeur assiste à la scène. Il est en train d'écaler un œuf en faisant tomber les fragments de coquille dans un sac en papier brun.

« Tu es poussière et tu retourneras en poussière… » *Si Dieu ne t'a pas, c'est le diable qui t'aura. Avez-vous remarqué que les cimetières sentent le compost ? Ils ont répandu du sang et de l'os sur les roses. Ça me monte au nez.*

La famille et les amis de la défunte en noir ressemblent à des corbeaux autour d'une bestiole écrasée sur la route. Je perçois leur tristesse, mais je trouve que ce n'est pas encore assez. Je connais la vraie tristesse. C'est un enfant ouvrant ses cadeaux d'anniversaire sans moi, portant des habits que j'ai payés. Ça, c'est la tristesse.

Le psy est là ; il me fait penser à ces célébrités de deuxième zone qui se pointeraient pour l'ouverture d'une enveloppe. Cette fois-ci, il a amené sa femme qui est beaucoup trop sexy pour un gars comme lui. Peut-être sa tremblote rend-elle les préliminaires intéressants ?

Qui d'autre est là ? L'inspecteur gay et ses flics fétiches. Darcy, la ballerine, fait preuve de beaucoup de stoïcisme et de courage. Nous nous sommes croisés au portail et elle m'a jeté un bref coup d'œil, comme si elle essayait de se souvenir si elle me connaissait ou non. Puis elle a remarqué la brouette et ma salopette et en a conclu que ce n'était pas possible.

Le pasteur est en train de dire à l'assemblée que la mort n'est que le commencement d'un voyage. C'est une légende qui se répercute de génération en génération. Les poitrines tremblent. Les larmes tombent. Le sol est déjà assez détrempé comme ça. Pourquoi la mort choque-t-elle tellement les gens ? C'est certainement la vérité la plus fondamentale qui soit. On vit. On meurt. Prenez le cas de cet œuf. S'il avait été fertilisé et gardé au chaud, il aurait pu devenir un poussin. À la place, on l'a mis dans de l'eau bouillante et c'est devenu un en-cas.

Les têtes sont inclinées dans le recueillement. Les manteaux battent contre les genoux quand la brise se lève. Les branches grognent au-dessus de ma tête comme les estomacs d'âmes mortes.

Il faut que j'y aille. J'ai des choses à faire... des serrures à déverrouiller... des esprits à ouvrir.

L'office est fini. Nous traversons la pelouse pour regagner le chemin. Une odeur chaude, humide, monte des parterres de fleurs et au-dessus de nous, se découpant sur un ciel gris perle, des oiseaux migrateurs volent en formation, vers le sud.

Bruno Kaufman me prend le bras. Je le présente à Julianne. Il s'incline majestueusement.

« Où Joseph vous cachait-il ? demande-t-il.

— Nulle part en particulier », répond-elle, contente de laisser Bruno flirter avec elle.

Les autres nous contournent. Darcy est avec des amis de sa mère qui semblent tous vouloir lui presser la main et lui caresser les cheveux. Sa tante pousse le fauteuil roulant du grand-père dans l'allée en se plaignant de la pente.

« Il y a des policiers partout, vieux, me dit Bruno en jetant un coup d'œil à Monk et à Safari Roy. Ils font tache comme des vaches violettes.

— Je n'ai jamais vu de vaches violettes.

— À Madison, dans le Wisconsin, il y a des vaches de toutes les couleurs, m'affirme-t-il. Pas des vraies. Des statues. C'est une attraction pour les touristes. »

Il entreprend de raconter une histoire à propos de l'université du Wisconsin où il a été titulaire. Un coup de vent soulève sa frange et la fait planer, défiant la gravité. Il s'adresse à Julianne en fait. En jetant un coup d'œil par-dessus son épaule, j'aperçois Maureen.

« Nous ne nous connaissons pas, lui dis-je. Je suis navré pour Christine et Sylvia. Je sais que vous étiez amies.

— De vieilles et bonnes amies, me répond-elle, son souffle se condensant en un petit nuage de buée.

— Vous tenez le coup ?

— Ça va, dit-elle avant de se moucher. Mais j'ai peur.

— De quoi avez-vous peur ?

— Mes deux meilleures amies sont mortes. Ça m'effraie. La police est venue chez moi pour m'interroger. Ça aussi ça fait peur. Je sursaute au moindre bruit insolite, je ferme toutes les portes à clé, je regarde sans arrêt dans le rétroviseur quand je conduis… Ça aussi, ça me fiche la trouille. »

Le mouchoir en papier trempé disparaît dans la poche de son manteau. Elle en sort un autre d'une petite pochette en plastique. Ses mains tremblent.

« Quand les avez-vous vues pour la dernière fois ?

— Il y a quinze jours. On s'était donné rendez-vous.

— Quel genre de rendez-vous ?

— C'était juste nous quatre – l'ancienne bande d'Oldfield. Nous étions à l'école ensemble.

— Bruno me l'a dit.

— Nous nous sommes retrouvées dans notre pub préféré. C'est Helen qui a tout organisé.

— Helen ?

— Une autre amie. Helen Chambers. »

Elle survole le cimetière des yeux.

« Je pensais qu'elle serait là. C'est bizarre. C'est elle qui avait pris l'initiative de ce rendez-vous. C'est par son intermédiaire que nous nous sommes revues. Il y avait des années qu'on ne l'avait pas vue et elle n'est pas venue.

— Pourquoi ?

— Je ne sais toujours pas. Elle n'a même pas téléphoné ni envoyé de mail.

— Vous n'avez aucunes nouvelles d'elle ? »

Elle secoue la tête en reniflant. « Ça ne m'étonne pas franchement d'elle en fait. Elle a la réputation d'être toujours en retard et elle est capable de se perdre dans son propre jardin. » Elle jette un coup d'œil derrière moi. « Je ne plaisante pas. Il est arrivé qu'on soit obligé d'envoyer des équipes de secours.

— Où habite-t-elle ?

— Son père a une maison à la campagne avec un très grand parc. J'ai peut-être tort de me moquer d'elle.

— Ça fait combien de temps que vous ne l'avez pas vue ?

— Sept ans. Presque huit.

— Où était-elle passée ?

— Après son mariage, elle est allée vivre en Irlande du Nord d'abord, puis en Allemagne. Chris et Sylvia étaient ses demoiselles d'honneur. J'étais censée faire partie du lot, mais Bruno et moi vivions aux États-Unis et je n'ai pas pu revenir pour le mariage. Je leur ai envoyé mes vœux en vidéo. »

Son regard scintille.

« Nous nous étions promis de rester en contact, mais Helen s'est éloignée de nous petit à petit, semble-t-il. Je lui envoyais des cartes pour Noël et pour son anniversaire. Elle répondait de temps en temps sans dire grand-chose. Les semaines se sont changées en mois, puis en années. Nous avons perdu le contact. C'était triste.

— Et puis un beau jour, elle vous a relancée ?

— Il y a six mois. Elle nous a toutes envoyé un mail, à Christine, à Sylvia et à moi, en disant qu'elle avait quitté son mari. Elle partait en vacances avec sa fille pour "se nettoyer la tête" et puis elle prévoyait de rentrer.

« Il y a un mois de ça environ, elle a envoyé un autre mail en disant qu'elle était de retour et qu'on devrait se voir. Elle a choisi l'endroit : le Garrick's Head, à Bath. Vous connaissez ? »

Je hoche la tête.

« On y était tout le temps fourrées autrefois – avant qu'on soit toutes mariées et qu'on ait des enfants. On buvait quelques verres, on s'amusait bien. On allait parfois dans un night-club après. Sylvia adorait danser. »

Ses mains ont cessé de trembler, mais elle n'arrive pas vraiment à se calmer. Elle parle comme si une vie qu'elle a écartée de son esprit était revenue la réclamer. Une amie perdue. Une voix du passé.

« Et puis j'ai entendu dire que Christine s'était suicidée. Je n'y ai pas cru, pas une seconde. Jamais elle n'aurait attenté à ses jours. En abandonnant Darcy.

— Parlez-moi de Sylvia. »

Elle me sourit tristement.

« Elle était déchaînée, mais pas dans le mauvais sens. Je me faisais du souci pour elle quelquefois. C'était une fonceuse, une casse-cou. Elle prenait tellement de risques. Dieu merci, elle a épousé un homme comme Richard qui est capable de pardonner beaucoup de choses. »

Ses yeux sont humides, mais son mascara tient le coup.

« Vous savez ce que j'aimais le plus chez Sylvia ? »

Je secoue la tête.

« Sa voix. Son rire me manque. » Elle jette un coup d'œil sur le cimetière. Le soleil fait scintiller l'herbe verte. « Elles me manquent toutes les deux. J'ai du mal à admettre que je ne les reverrai jamais. Je n'arrête pas de penser qu'elles vont m'appeler, m'envoyer un texto, débarquer pour prendre un café… »

Un autre silence, prolongé cette fois-ci. Elle relève la tête en fronçant les sourcils.

« Qui a pu faire une chose pareille ?

— Je n'en sais rien.

— Bruno m'a dit que vous assistiez la police.

— Autant que je le peux. »

Elle tourne son attention vers son ex-mari qui est en train d'expliquer à Julianne que le premier fossile de rose connu remonte à trente-cinq millions d'années et que Sapho a écrit l'*Ode à la rose* six cents ans avant J.-C. en la qualifiant de reine des fleurs.

« Comment sait-il des choses pareilles ?

— Il dit la même chose à votre sujet. »

Elle enveloppe Bruno d'un tendre regard.

« Je l'ai aimé, puis je l'ai détesté, et maintenant je suis tiraillée entre les deux. Ce n'est pas un mauvais bougre, vous savez.

— Je sais. »

33.

Des voitures sont garées dans l'allée et sur le trottoir devant la maison des Wheeler. Darcy accueille les gens en prenant leurs manteaux, les sacs à main. Elle me regarde comme si je venais la secourir.

« Quand pouvons-nous nous en aller ? chuchote-t-elle.

— Tu t'en sors très bien.

— Je ne pense pas que je vais tenir le coup encore longtemps. »

De nouveaux convives arrivent. Le salon et la salle à manger sont pleins à craquer. Julianne s'empare de ma main gauche tandis que nous contournons les groupes en nous faufilant entre des tasses de thé et des assiettes de canapés et de gâteaux tenus à bras le corps.

Ruiz a déniché une bière. « Alors, tu veux que je te parle du père de Darcy ? me demande-t-il.

— Tu l'as trouvé ?

— Je m'en approche. Son nom ne figurait pas sur le certificat de naissance, mais j'ai eu confirmation du mariage. Les archives de la paroisse. Inestimables ! »

Julianne l'étreint. « On ne pourrait pas parler d'autre chose ?

— De retraites, vous voulez dire, réplique-t-il d'un ton malicieux, ou bien de fusions et de prises de participation ?

— Très drôle. »

Elle lui assène un petit coup de poing, taquine. Ruiz engloutit une goulée de bière avec bonheur. Je les laisse parler et me lance à la recherche de la tante de Darcy. Elle dirige les opérations à la cuisine en faisant passer des assiettes de canapés par une porte tout en récupérant les plats vides par une autre. Les plans de travail sont couverts de victuailles ; ça sent le thé, la pâtisserie.

Kerry Wheeler est une femme imposante, hâlée par le soleil ibérique et couverte de bijoux. La peau de son cou est marbrée, et son rouge à lèvres a bavé aux commissures de ses lèvres.

« Appelez-moi Kerry », me dit-elle en versant de l'eau bouillante dans une théière.

La vapeur aplatit sa permanente ; elle essaie de la revigorer à coup de pichenettes.

« Pouvons-nous parler ?

— Bien sûr. Je meurs d'envie de fumer une clope. »

Elle sort un paquet de cigarettes de son sac à main et récupère un grand verre de vin blanc planqué derrière les boîtes à biscuits. Elle emmène le tout dans le jardin, trois marches plus bas.

« Vous en voulez une ?

— Je ne fume pas. »

Elle allume une cigarette. « Il paraît que vous êtes célèbre.

— Pas du tout. »

Elle recrache la fumée et la regarde se dissiper. Je remarque les veines violettes derrière ses chevilles et la peau à vif aux endroits où ses chaussures à talons hauts frottent.

« J'avais hâte que cet enterrement se termine, me dit-elle. J'ai cru qu'il allait neiger tellement on se pelait. C'est fou, ce temps. Je n'ai plus l'habitude. Ça fait trop longtemps que je suis au soleil.

— Au sujet de Darcy…

— Ouais. Je voulais vous dire, merci de vous en être occupé. Ça ne sera plus nécessaire.

— Vous l'emmenez en Espagne.

— Après-demain.

— Vous le lui avez dit ?

— J'allais le faire.

— Quand ?

— Je viens d'enterrer ma sœur. C'était ma priorité. » Elle resserre sa veste autour d'elle, tire sur sa cigarette. « Je m'en serais bien passée, vous savez.

— Passée de quoi ?

— De Darcy. » Le verre cogne contre ses dents. « Les enfants sont pénibles. Égoïstes. C'est pour ça que je n'en ai pas. » Elle me regarde. « Vous en avez, vous ?

— Oui.

— Alors vous voyez ce que je veux dire ?

— Pas vraiment, dis-je d'une voix douce. Darcy veut aller à l'école de ballet à Londres.

— Et qui va payer pour ça ?

— Je crois qu'elle envisage de vendre cette maison.

— Cette maison ! »

Elle s'esclaffe. Elle a les dents jaunes et des tas de plombages.

« Cette maison appartient à la banque. De même que la voiture. Les meubles. Tout le lot ! »

Elle éructe dans son poing et expédie son mégot dans le jardin où il rebondit en faisant des étincelles.

« Ma sœur, la super femme d'affaires, a rédigé un testament alors qu'elle n'avait strictement rien à léguer. Et même s'il reste quelque chose quand j'aurai vendu la baraque, la petite demoiselle est trop jeune pour hériter. Je suis sa tutrice. C'est marqué dans le testament.

— Je pense que vous devriez parler à Darcy au sujet de l'Espagne. Elle ne veut pas y aller.

— C'est pas à elle de décider. » Elle se frotte les talons comme si elle essayait de rétablir la circulation sanguine dans ses pieds.

« Je pense quand même que vous devriez lui parler. »

Un silence confus, suivi d'un sourire. « J'apprécie votre sollicitude, monsieur O'Loughlin.

— Appelez-moi Joe.

— Eh bien, Joe, on est tous obligés de faire des compromis. Darcy a besoin de quelqu'un pour s'occuper d'elle. Je suis la seule famille qui lui reste. »

Je sens que je ne vais pas tarder à m'énerver. À me fâcher tout rouge. Je secoue la tête en serrant les poings dans les poches de mon veston.

« Vous pensez que j'ai tort, dit-elle.

— Oui.

— C'est un des avantages d'avoir l'âge que j'ai – je me fous de ce que les gens pensent. »

À peine suis-je de retour dans la maison, Julianne se rend compte que quelque chose ne va pas. Elle me regarde d'un air interrogateur. Mon bras gauche tremble.

« Tu es prêt. On y va ? me demande-t-elle.

— Laisse-moi parler à Darcy d'abord.

— Pour lui dire au revoir. » C'est une affirmation, et non pas une question.

Je la cherche dans le salon et la salle à manger, dans l'entrée, et puis je monte. Darcy est dans sa chambre. Assise à la fenêtre, elle contemple le jardin.

« Tu te caches ?

— Ouais. »

La pièce est tapissée d'affiches de musiciens et regorge de peluches. C'est une capsule témoin de l'enfance de Darcy, qui paraît incroyablement éloignée. Je remarque des bouts de papier par terre et un tas de lettres de condoléances pêle-mêle sur le lit. Quelqu'un les a ouvertes à la hâte, sans soin.

« Tu lisais ces lettres ?

— Non. Je les ai trouvées comme ça.

— Quand ?

— Tout à l'heure. Quand je suis rentrée.

— Qui les a ouvertes ? »

Elle hausse les épaules, mais perçoit la tension dans ma voix. Je lui demande si la maison était fermée à clé, qui avait les clés, où elle a trouvé les lettres et les enveloppes…

« Elles étaient sur mon lit.

— Est-ce qu'il en manque ?

— Comment voulez-vous que je le sache ? »

Je jette un coup d'œil par la fenêtre vers une rangée de jeunes peupliers qui s'arrête à l'angle de la rue. Je vois une camionnette argentée qui avance lentement dans la rue, en quête d'un numéro.

« On peut y aller maintenant ?

— Pas cette fois-ci.

— Que voulez-vous dire ?

— Tu vas rester ici avec ta tante.

— Mais elle repart en Espagne.

— Elle veut t'emmener avec elle.

— Non ! Non ! proteste-t-elle en me regardant d'un air accusateur. Je ne peux pas. Je n'irai pas. Et ma bourse pour l'école de ballet ? J'ai été reçue !

— L'Espagne pourrait te faire comme des vacances.

— Des vacances ! Je ne peux pas m'arrêter de danser comme ça et puis reprendre. Je ne suis jamais allée en Espagne. Je ne connais personne là-bas.

— Tu as ta tante.

— Qui me déteste.

— Mais non !

— Parlez-lui !

— Je lui ai parlé.

— Ai-je fait quelque chose de mal ?

— Bien sûr que non. »

Sa lèvre inférieure tremble. Soudain, elle se jette à mon cou en me serrant dans ses bras. « Laissez-moi rentrer avec vous.

— Je ne peux pas faire ça, Darcy.

— S'il vous plaît, s'il vous plaît.

— Je suis désolé, je ne peux pas. »

Ce qui se passe ensuite est moins imprévu qu'inimaginable. Certains sauts peuvent seulement s'effectuer dans l'espace situé entre la tête et le cœur. Darcy lève son visage et pose ses lèvres sur les miennes. Son souffle. Sa langue. Inexpérimentée, explorant. Elle a le goût de chips et de Coca-Cola. J'essaie de me dégager. Elle m'attrape les cheveux. Elle plaque ses hanches contre moi, m'offrant son corps.

Ma tête est remplie de sept visions de folie pure. En lui prenant les mains, je l'écarte doucement et je la maintiens là. Elle me regarde d'un air désespéré en cillant des yeux.

Son manteau est déboutonné. L'une des épaules de son chemisier a glissé, dévoilant une bretelle de soutien-gorge.

« Je vous aime.

— Ne dis pas ça.

— Mais c'est vrai. Je vous aime plus qu'elle. »

Elle recule, libère ses mains et laisse son manteau lui tomber des épaules, puis elle tire son corsage vers le bas, révélant son soutien-gorge.

« Vous ne voulez pas de moi ? Je ne suis plus une gamine ! » Sa voix a changé.

« Darcy, s'il te plaît.

— Laissez-moi vivre chez vous.

— Ce n'est pas possible. »

Elle secoue la tête, se mord la lèvre, retenant ses larmes. Elle comprend tout. Les enjeux ne sont plus du tout les mêmes. Je ne pourrais jamais l'emmener chez moi – plus maintenant – pas après ce qu'elle m'a proposé. Ses larmes ne sont pas destinées à me faire du chantage émotionnel ou à m'inciter à changer d'avis. Ce sont juste des larmes.

« Partez, s'il vous plaît, dit-elle. Je veux être seule. »

Je referme la porte. Je m'y adosse. J'ai encore son goût dans la bouche, je sens encore ses tremblements.

C'est de la peur que j'éprouve : peur de la découverte, de ce qu'elle a fait et de ma part de responsabilité. Je suis censé être un expert du comportement humain, mais je m'étonne parfois de l'abîme de mon ignorance. Comment un psychologue peut-il en savoir si peu dans ce domaine qui est le sien ? L'esprit est trop complexe, trop imprévisible, un océan d'incertitude. Je n'ai pas d'autre solution que faire du surplace ou de me mettre à nager en quête d'une rive lointaine.

Julianne est en bas de l'escalier.

« Ça va ? » demande-t-elle.

Peut-elle détecter quelque chose dans mes yeux ?

« Quelqu'un s'est introduit dans la maison. Il faut que j'appelle la police.

— Tout de suite ?

— Vas-y, toi. Je ferais mieux de rester.

— Comment rentreras-tu ?

305

— Ruiz est encore là. »

Elle se dresse sur la pointe des pieds et m'embrasse doucement sur les lèvres. Puis elle se penche un peu en arrière et plonge son regard dans le mien.

« Tu es sûr que ça va ?

— Oui, oui, ça va. »

Une heure plus tard, la police a remplacé les amis de la défunte. Les lettres et les enveloppes ont été embarquées au laboratoire. On a examiné les portes et les fenêtres en quête de signes d'effraction. Il ne manque rien dans la maison.

Il n'y a aucune raison que je reste. Je devrais vraiment partir. Je n'arrête pas de penser au baiser de Darcy, à sa gaucherie. Nous étions gênés tous les deux, mais elle est à un âge où le rejet peut faire très mal. Moi je vis chaque jour avec cette hantise sous l'aspect d'une main tremblotante ou d'une chute brutale quand tout se fige.

Je repense à ce que Maureen a dit à propos du rendez-vous au pub et de la perte de ses deux meilleures amies. Ces meurtres n'avaient peut-être rien à voir avec une banqueroute ou le fait que Christine Wheeler devait de l'argent à des usuriers. C'était plus personnel que ça. Pourquoi décacheter des lettres de condoléances ? Que cherchait-on ?

Darcy est toujours en haut. Sa tante parle à la police dans la cuisine. Je sors. Mes yeux prennent un peu de temps à s'habituer à l'obscurité. Ruiz attend dans sa voiture. Le chauffage souffle de l'air chaud sur le pare-brise.

« J'ai besoin que tu me rendes un service.

— Tu crois que tu en mérites encore ?

— Juste un.

— J'ai dû perdre le fil.

« — J'ai besoin que tu recherches quelqu'un. Elle s'appelle Helen Chambers.

— Tu trouves que tu n'as pas encore assez de femmes dans ta vie ?

— Elle est allée à l'école avec Christine Wheeler et Sylvia Furness. Elles avaient un rendez-vous il y a quinze jours. Elle n'est pas venue.

— Dernière adresse connue ?

— Ses parents habitent près de Frome. Une grande maison de campagne.

— Ça ne devrait pas être difficile à trouver. »

La voiture sort de la place de stationnement, et l'éclat de phares venant en sens inverse me pique les yeux. Ruiz met la musique plus fort. Sinatra roucoule à propos d'une dame qui ne flirte jamais avec les inconnus, pas plus qu'elle ne souffle sur les dés de quelqu'un d'autre.

Il est minuit passé quand je rentre. La maison est plongée dans l'obscurité. Au-dessus du toit, la flèche de l'église se détache en noir sur un ciel violet. Je ferme doucement la porte et j'enlève mes chaussures. Je monte l'escalier.

Emma est allongée de tout son long sur sa couette. Je glisse ses jambes en dessous et la cale sous son menton. Elle ne bronche pas. La porte de Charlie est entrouverte. Sa lampe à bulles d'huile jette une lueur rose dans la chambre. Je la vois couchée sur le côté, la main près de sa bouche.

Julianne dort. Je me déshabille dans la salle de bains, je me brosse les dents avant de me glisser à côté d'elle. Elle se retourne et m'enveloppe de ses bras et de ses jambes en pressant ses seins contre mon dos.

« Il est tard, chuchote-t-elle.

— Désolé.

— Comment va Darcy ?

— Elle est avec sa tante. »

Sa main cherche mon sexe, avec détermination. Forme un anneau autour. Elle se penche et me prend dans sa bouche. Quand je suis prêt, elle roule sur moi, se met à califourchon, me coinçant sous elle.

Les cuisses écartées, elle glisse en arrière et me prend en elle en inspirant brusquement. Elle guide mes mains vers sa poitrine. Ses mamelons sont durs. Je n'ai pas besoin de bouger. Je la regarde monter et descendre, centimètre par centimètre, acceptant mon abandon, cherchant son orgasme et provoquant le mien.

On n'a pas l'impression d'un acte sexuel réconciliateur ou débutant. C'est comme un souffle doux ravivant les braises. Ensuite Julianne pose sa tête sur ma poitrine et je l'écoute s'endormir.

Une heure passe. Je fais glisser sa tête sur son oreiller, je me lève discrètement et je vais dans le bureau sur la pointe des pieds. Je prends soin de fermer la porte avant d'allumer la lumière et je cherche la note d'hôtel de Rome. Je la sors des pages d'un carnet et je la déchire en petits morceaux qui tombent comme des flocons dans la corbeille à papier.

34.

Je comprends qu'un homme se prenne d'affection pour une machine plutôt que pour un être humain. On peut davantage compter dessus. Tourner la clé, actionner un interrupteur, appuyer sur la pédale, et elle fait le travail quand c'est important.

Je n'ai jamais possédé de voiture de sport – je n'en ai jamais eu envie –, mais maintenant j'en ai une. Elle appartient à un opérateur boursier qui habite l'un des appartements de luxe qui dominent Queen Square. On ne peut pas voler une Ferrari Spider F430 dans la rue – sans neutraliser l'alarme, arracher l'antivol sur le volant et désamorcer l'immobilisateur de moteur. C'est nettement plus facile de voler les clés du sale richard qui en est propriétaire. Il les avait laissées sur le couvre-radiateur, à côté de la porte d'entrée, près de la clé du parking gardé et de ses gants de conduite en cuir.

La seule chose que je suis incapable de déjouer, c'est le « système de dépistage du véhicule ». Dès qu'il aura déclaré la perte de sa Ferrari, il faudra que je dise adieu à mon rêve monté sur roues.

Au volant de la Spider lundi matin, je sillonne les rues et j'observe les réactions qu'elle provoque, les regards pleins d'admiration, de respect, d'envie. Elle

*n'a même pas besoin d'avancer pour susciter l'atten-
tion.*

*Des tas de gars que je connaissais dans l'armée
étaient obsédés par les bagnoles. Les pauvres cons
passaient leur vie à faire du soixante à l'heure dans un
transport de troupes blindé ou un Challenger équipé
de six vitesses avant et de deux marches arrière. Si
bien que dès qu'ils en avaient l'occasion, ils se ruaient
sur un engin plus subtil et plus rapide. Les voitures de
sport. Certains s'endettaient jusqu'au cou, mais ils
n'en avaient rien à foutre. La seule chose qui comptait,
c'était de vivre leur rêve.*

*Je gare la Spider dans une rue tranquille. Le trot-
toir glissant de rosée commence à sécher et des rayons
de soleil s'infiltrent à travers les branches des pla-
tanes. Je sors une carte et je l'étale sur le capot. Le
moteur cliquette en refroidissant.*

*J'attends. Il ne va pas tarder à arriver. Le voilà, en
blazer et pantalon gris foncé. Il traîne des pieds dans
les feuilles.*

*Il a vu la Ferrari. Il s'arrête, étudie ses lignes. Il
tend la main, avide de toucher la peinture rutilante et
de glisser un doigt le long de ses courbes.*

« Jolies roues, dit-il.

— J'espère bien !

— Elle est à vous ?

— J'ai les clés dans la main. »

*Il fait le tour lentement. Son sac d'école pend de son
épaule.*

« À quelle vitesse elle va ? » demande-t-il.

Je plie la carte en deux.

*« Disons qu'elle pourrait être à quatre cents mètres
d'ici en douze secondes.*

— Si vous n'étiez pas perdu, me dit-il en souriant.

— Ouais, petit futé, tu pourrais peut-être me donner un coup de main. »

Il s'accroupit et essaie de regarder à travers la vitre teintée. « Où allez-vous ?

— Beacon Hill. Seymour Road.

— Ce n'est pas loin. Je vais dans cette direction.

— À pied ?

— Je prends le bus. »

Je lui montre la carte. Il me désigne l'emplacement de son école et me montre le trajet. Son haleine sent la pâte dentifrice et j'entrevois une version plus jeune de moi-même, plein de potentiel, prêt à se lancer à l'assaut du monde.

« Je peux jeter un coup d'œil à l'intérieur ? demande-t-il.

— Bien sûr. »

Il ouvre la portière.

« Mets-toi au volant. »

En larguant son sac d'école dans le caniveau, il se glisse sur le siège, agrippe le volant des deux mains et s'installe. Dans une minute, il va se mettre à faire des bruits de moteur.

« C'est génial.

— Je ne te le fais pas dire !

— C'est quoi la vitesse maximale ?

— Trois cent dix kilomètres à l'heure. Elle a un moteur V8 de 4,3 litres. 483 chevaux avec une force de traction de cent soixante-quinze kilos.

— Jusqu'à combien vous êtes allé ?

— T'es pas flic, dis-moi ?

— Non, répond-il en riant.

— Deux cent quatre-vingts.

— Sans déconner.

— Elle ronronnait comme un chaton. Mais le plus fabuleux, c'est l'accélération. Elle passe de zéro à quatre-vingts en quatre secondes. Elle glisse comme de la merde sur une pelle. »

J'ai toute son attention maintenant. C'est plus que de la curiosité. C'est le désir masculin pur et dur. C'est comme le rêve sexuel d'un garçon qui n'a pas encore goûté à une femme. C'est la vitesse. Un moteur. Le coup de foudre.

« Combien elle vous a coûté ? chuchote-t-il.

— Ta maman ne t'a jamais dit que c'était impoli de poser une question comme ça ?

— Si, mais elle, elle a une Ford Astra. »

Je souris.

« Elle ne s'intéresse pas trop aux voitures, hein ?

— Non.

— Dans combien de temps tu passes ton permis ?

— Neuf mois.

— Tu vas avoir une voiture ?

— Je ne pense pas que maman ait les moyens. Papa pourra peut-être me donner un coup de main. »

Ses doigts se resserrent autour du levier de vitesse. Une main sur le volant, il regarde fixement à travers le pare-brise et s'imagine en train de prendre des virages.

Je lui demande à quelle heure est son bus.

Il regarde sa montre.

« Merde !

— Ne t'inquiète pas. Je vais te conduire.

— Vraiment ?

— Ouais. Monte. Attache ta ceinture. »

35.

Il est 9 heures passées. Je suis au lit, les yeux rivés au plafond. J'entends des bruits de pas en bas, des rires, les accents d'une comptine. C'est comme brancher la radio sur mon feuilleton préféré et écouter un nouvel épisode de la vie des O'Loughlin.

Je descends péniblement, dents brossées, visage lavé, corps médicamenté. On s'esclaffe dans le salon. J'écoute à travers la porte. Julianne est en train d'interviewer des nounous. J'ai l'impression que c'est Emma qui pose la plupart des questions.

Ruiz est dans la cuisine en train de manger des toasts tout en lisant le journal.

« Bonjour.

— Bonjour.

— On ne te donne pas à manger au pub ?

— Il n'y a pas la même ambiance qu'ici. »

Je me sers une tasse de café et m'assois en face de lui.

« J'ai trouvé la famille d'Helen Chambers. Ils habitent le domaine Daubeney, près de Westbury. C'est à une cinquantaine de kilomètres d'ici. J'ai essayé d'appeler, mais je suis tombé sur un répondeur. Helen Chambers ne figure pas sur la liste des électeurs ni dans le Bottin. »

Il s'aperçoit que je n'écoute qu'à moitié.

« Qu'est-ce qui se passe ?

— Rien. »

Il se replonge dans sa lecture. Je bois une gorgée de café.

« Ça t'arrive de faire des cauchemars ? Je veux dire, tu as été confronté à des trucs assez terribles – des meurtres, des viols, des enfants disparus. Ces souvenirs ne reviennent-ils pas te hanter ?

— Non.

— Catherine McBride non plus ? »

C'est une de mes anciennes patientes. Ma rencontre avec Ruiz est liée à elle. Il était chargé d'enquêter sur son meurtre.

« Pourquoi me parles-tu d'elle ?

— Je la vois encore en rêve quelquefois. Et maintenant c'est Christine Wheeler que je vois. »

Ruiz plie le journal en deux, et encore en deux. « Est-ce qu'elle te parle ?

— Non, ce n'est pas ça.

— Mais tu vois des morts ?

— Tu dis ça comme si j'étais dingo. »

Sur ce il me frappe le côté de la tête avec le journal.

« Qu'est-ce qui te prend ?

— Je te réveille.

— Comment ça ?

— Tu m'as dit un jour qu'un médecin ne sert à rien au patient s'il succombe lui-même à la maladie. Ne perds pas la boule. Tu es censé être sain d'esprit. »

Le domaine de Daubeney se situe à trois kilomètres au nord de Westbury, à la lisière entre le Somerset et le Wiltshire. Le paysage vallonné est constellé de petites fermes, de lacs et de barrages grossis par les pluies récentes.

Ruiz est au volant de sa Mercedes. La suspension est si douce qu'on a l'impression d'être sur un matelas d'eau monté sur roues.

« Que savons-nous de cette famille ? lui demandé-je.

— Bryan et Claudia Chambers. Il dirige une entreprise de construction et se fait des couilles en or dans le Golfe. Le domaine était jadis l'une des plus grandes propriétés du pays jusqu'à ce qu'elle soit divisée et vendue en parcelles dans les années quatre-vingt. Les Chambers possèdent le manoir et cinq hectares.

— Et Helen ?

— Elle est fille unique. Elle a achevé ses études secondaires à l'école de filles d'Oldfield, à Bath, en 1988, soit la même année que Christine Wheeler et Sylvia Furness. Elle est allée à l'université de Bristol où elle a étudié l'économie et elle s'est mariée il y a huit ans. Depuis elle vit à l'étranger. »

Il lève un index du volant.

« Nous y sommes. »

Nous nous garons dans une trouée gardée par un portail en fer de trois mètres de haut entre deux piliers en pierre. Une enceinte s'étend de part et d'autre à travers les arbres. Le mur est surmonté de bris de verre qui jaillissent du béton comme des fleurs déchiquetées.

Il y a un interphone. J'appuie sur le bouton et j'attends. Une voix me répond.

« Qui est-ce ?

— Vous êtes monsieur Chambers ?

— Non.

— Est-il là ?

— Il n'est pas disponible.

— Helen Chambers serait-elle à la maison ?

— Vous vous croyez drôle ? »

Il a un accent gallois.

Je jette un coup d'œil à Ruiz qui hausse les épaules.

« Je m'appelle Joseph O'Loughlin. Il faut absolument que je parle à un membre de la famille.

— J'ai besoin de plus d'informations que ça.

— Il s'agit d'une affaire policière. Cela concerne leur fille. » Il y a un temps d'arrêt. Il demande peut-être des consignes. La voix revient.

« Avec qui êtes-vous ? »

Je baisse la tête pour regarder à travers le pare-brise. Une caméra de sécurité est perchée sur un poteau métallique à six mètres au-dessus du portail. Il nous observe.

Ruiz se penche vers ma portière.

« Je suis un inspecteur divisionnaire à la retraite. Je travaillais pour la police métropolitaine.

— À la retraite ?

— C'est ce que j'ai dit.

— Je suis désolé. M. et Mme Chambers sont tous les deux indisponibles.

— Quel est le meilleur moment pour leur parler ?

— Écrivez.

— Je préfère laisser un mot. »

Le portail reste résolument fermé. Ruiz fait le tour de la voiture en s'étirant. La caméra pivote, suivant ses moindres mouvements. Il se hisse sur un tronc d'arbre couché pour jeter un coup d'œil par-dessus le mur.

« Tu vois la maison ?

— Non. » Il regarde à gauche et à droite. « Voilà qui est intéressant !

— Quoi ?

— Des détecteurs de mouvements et d'autres caméras. Je sais que les nantis sont parfois nerveux – on ne sait jamais quand la révolution viendra, mais là, ça me paraît carrément excessif. Qu'est-ce qu'il a donc à cacher ce gars-là ? »

Un bruit de bottes sur le gravier. Un homme apparaît de l'autre côté du portail. Il se dirige vers nous. Il porte une tenue de jardinier en jean, une chemise à carreaux et un ciré. Il a un chien avec lui, un gros berger allemand noir et fauve.

« Écartez-vous du mur », s'écrie-t-il.

Ruiz descend de son perchoir et croise mon regard.

« Belle journée, dis-je.

— C'est vrai », répond l'homme au chien. Nous savons tous les deux que nous mentons.

Ruiz s'est approché de mon côté de la voiture. Il glisse la main derrière son dos et enfonce la touche de l'interphone sans discontinuer.

Le berger allemand me lorgne comme s'il était en train de décider quelle jambe il allait manger en premier. Son maître est plus intéressé par Ruiz et la menace physique qu'il pourrait constituer.

Ruiz lâche le bouton de l'interphone.

Une voix féminine répond :

« Oui ? Qui est-ce ?

— Madame Chambers ? demande Ruiz.

— Oui.

— Je vous prie de m'excuser, mais votre jardinier nous a dit que vous n'étiez pas chez vous. Il s'est manifestement trompé. Je m'appelle Vincent Ruiz. Je suis un ancien inspecteur divisionnaire de la police métropolitaine. Serait-il possible de vous voir quelques instants ?

— C'est à quel sujet ?

— Il s'agit de deux des amies de votre fille – Christine Wheeler et Sylvia Furness. Vous souvenez-vous d'elles ?

— Oui, oui, je m'en souviens.

— Avez-vous lu les journaux ?

— Non. Pourquoi ? Qu'est-il arrivé ? »

Ruiz me jette un coup d'œil. Elle n'est pas au courant.

« J'ai bien peur qu'elles soient mortes, madame Chambers. »

Silence. Des parasites.

« Il serait préférable que vous vous entreteniez avec Skipper », reprend-elle enfin d'une voix crispée.

Parle-t-elle du jardinier ou du chien ?

« Je suis en conversation avec lui à cet instant, répond Ruiz. Il est descendu nous accueillir au portail. C'est un homme charmant. Il doit faire merveille avec les roses. »

Elle est prise au dépourvu.

« Il est incapable de faire la différence entre les cornouillers et les jonquilles.

— Je vous avoue que moi non plus. Pouvons-nous entrer ? C'est important. »

Le portail émet un son creux et bascule vers l'intérieur. Skipper est forcé de reculer. Il n'a pas l'air content.

Ruiz se remet au volant et en passant à côté de lui, il lève la main en une ébauche de salut avant d'accélérer sur le gravier.

« Il n'a pas vraiment l'allure d'un jardinier, dis-je.

— C'est un ancien militaire, me répond Ruiz. Regarde comme il se tient. Il n'exhibe pas sa force. Il la dissimule jusqu'à ce qu'il en ait besoin. »

On distingue bientôt les pignons et la ligne du toit entre les arbres. Ruiz ralentit pour franchir une grille au sol et se gare devant le bâtiment principal. L'imposante double porte doit faire au moins dix centimètres d'épaisseur. L'un des battants est ouvert. Claudia Chambers guigne de l'intérieur. Une femme mince, encore jolie même si elle a largement dépassé la cinquantaine. Elle porte un pantalon kaki et un cardigan en cachemire.

« Merci de nous recevoir », dis-je avant de faire les présentations.

Elle ne nous tend pas la main, mais nous pilote à travers un hall en marbre jusque dans un grand salon garni de tapis orientaux et de canapés Chesterfield assortis. Des rayonnages remplis de livres tapissent les alcôves de part et d'autre de l'imposante cheminée prête pour une flambée. Il y a des photographies disséminées sur le manteau et les tables basses représentant une enfant de la naissance au stade de fillette en passant par toutes les étapes. La perte de la première dent, le premier jour d'école, le premier bonhomme de neige, le premier vélo – toute une vie de commencements.

« C'est votre fille ?

— Notre petite-fille », me répond Mme Chambers. Elle nous désigne le canapé, désireuse de nous voir assis. « Puis-je vous offrir quelque chose ? Une tasse de thé peut-être. »

Une femme rondelette en uniforme apparaît comme par magie sur le seuil. Il doit y avoir un bouton d'appel caché aux pieds de la maîtresse de maison, sous le tapis ou contre le flanc du canapé.

Dès qu'elle a reçu ses instructions, la servante s'éclipse. Notre hôtesse se tourne vers nous et s'assoit sur le canapé en face, les mains sur ses genoux. Tout dans son comportement indique une attitude fermée ; elle est sur ses gardes.

« Pauvres Christine et Sylvia. Y a-t-il eu un accident ?

— Non, nous ne pensons pas que ce soit le cas.

— Que s'est-il passé ?

— Elles ont été assassinées. »

Elle cille des yeux. Le chagrin est comme un lustre humide sur ses pupilles. C'est toute l'émotion qu'elle est disposée à manifester.

« Christine a sauté du pont de Clifton, dis-je. Nous sommes d'avis qu'on l'a contrainte.

— Contrainte ?

— Forcée à sauter », paraphrase Ruiz.

Mme Chambers secoue vigoureusement la tête, comme si elle essayait de chasser cette information de son esprit.

« Sylvia est morte d'hypothermie. On l'a trouvée menottée à un arbre.

— Qui pourrait faire une chose pareille ? s'exclame-t-elle, encore un peu plus méfiante du monde qui l'entoure.

— Vous n'avez rien vu à la télévision ou dans les journaux ?

— Je ne me tiens pas au courant des nouvelles. Ça me déprime.

— Quand avez-vous vu Christine et Sylvia pour la dernière fois ?

— Je ne les ai pas revues depuis le mariage d'Helen. Elles étaient demoiselles d'honneur. Huit ans, ajoute-t-elle en comptant sur ses doigts. Doux Jésus, est-ce possible que ça fasse si longtemps ?

— Votre fille restait-elle en contact avec elles ?

— Je l'ignore. Helen vivait à l'étranger avec son mari. Elle revenait rarement. »

La domestique est revenue avec un plateau. La théière et les tasses en porcelaine semblent trop délicates pour contenir de l'eau bouillante. Mme Chambers fait le service en essayant d'empêcher ses mains de trembler.

« Vous prenez du lait ou du sucre ?

— Du lait.

— Nature », répond Ruiz.

Elle remue son thé sans que sa cuiller touche les bords de la tasse. Ses pensées semblent dériver un moment avant de revenir dans la pièce.

Un crissement de pneus sur le gravier. Une voiture vient d'arriver. Quelques instants plus tard, la porte de la maison s'ouvre à la volée et des pas rapides traversent le hall. Bryan Chambers fait le genre d'entrée qui sied à un homme de sa taille, surgissant dans la pièce comme s'il était déterminé à taper sur quelqu'un.

« Qui êtes-vous, bordel de merde ? beugle-t-il. Qu'est-ce que vous foutez chez moi ? »

Son crâne dégarni, étincelant de sueur, donne l'impression qu'il porte un casque. Il a un cou épais, de grandes mains.

Ruiz s'est levé. Je prends plus de temps à faire de même.

« Ne t'inquiète pas, mon cher, dit son épouse. Il est arrivé quelque chose d'affreux à Christine et Sylvia. »

Bryan Chambers n'est pas satisfait pour autant.

« Qui vous envoie ?

— Pardon ?

— Qui vous a envoyé ici ? Ces femmes n'ont rien à voir avec nous. »

Il est évident qu'il est au courant pour Christine et Sylvia. Pourquoi n'en a-t-il rien dit à sa femme ?

« Calme-toi, chéri, lui dit cette dernière.

— Tais-toi, riposte-t-il. Laisse-moi m'occuper de ça. »

Skipper l'a suivi dans la pièce ; il s'est glissé derrière nous. Il tient quelque chose dans sa main droite cachée sous sa veste.

Ruiz se tourne vers lui.

« Nous ne voulons embêter personne. Nous voulons juste savoir où est Helen. »

Bryan Chambers rit d'un air méprisant.

« Ne jouez pas avec moi ! C'est lui qui vous a envoyé, n'est-ce pas ? »

Je regarde Ruiz.

« Je ne vois pas de quoi vous voulez parler. Nous aidons la police à enquêter sur deux meurtres. Les deux victimes étaient des amies de votre fille. »

Chambers fixe son attention sur Ruiz.

« Vous êtes de la police ?

— J'étais.

— Qu'est-ce que ça veut dire ?

— Je suis à la retraite.

— Vous êtes détective privé alors ?

— Non.

— En d'autres termes, rien de tout ça n'est officiel.

— Nous voulons juste parler à votre fille. »

Chambers tape dans ses mains et s'esclaffe d'un air indigné : « Alors ça, c'est le bouquet ! »

Ruiz commence à perdre patience.

« Vous devriez peut-être vous calmer, monsieur Chambers, comme vous l'a suggéré votre femme.

— Vous essayez de m'intimider ou quoi ?

— Non, monsieur, nous nous efforçons juste d'obtenir des réponses.

— Qu'est-ce que mon Helen a à voir là-dedans ?

— Il y a un mois, elle a envoyé des mails à Christine Wheeler, Sylvia Furness et à une autre camarade d'école, Maureen Bracken. Elle leur a donné rendez-vous dans un pub de Bath le 21 septembre, un vendredi soir. Toutes les autres étaient là, mais pas Helen. Elles n'ont eu aucune nouvelle. Nous espérions en découvrir la raison. »

Bryan Chambers me dévisage d'un air incrédule. La lueur frénétique qui habitait son regard a cédé la place à une incertitude fiévreuse.

322

« Ce que vous suggérez là est impossible, dit-il. Ma fille n'a pas pu envoyer ces mails.

— Pourquoi ?

— Elle est décédée il y a trois mois. Ma petite-fille et elle sont mortes noyées en Grèce. »

Soudain la pièce n'est plus suffisamment grande pour dissimuler l'embarras du moment. L'atmosphère est devenue lourde, irrespirable. Totalement désemparé, Ruiz se tourne vers moi.

« Je suis absolument désolé, leur dis-je. Je ne sais pas quoi dire d'autre. Nous l'ignorions. »

Bryan Chambers n'a que faire de nos excuses et de nos explications.

« Elles ont péri dans un accident de ferry, explique Mme Chambers, toujours assise droite comme un I au bord de son canapé. Il a coulé dans une tempête. »

Je me souviens de l'histoire. C'était à la fin de l'été, une tempête d'une ampleur exceptionnelle dans la mer Égée. Des navires avaient été endommagés et des yachts détruits. Certaines stations balnéaires avaient dû être évacuées et un ferry avait sombré au large d'une île. Des dizaines de touristes avaient été sauvés, mais un certain nombre de passagers y avaient laissé la vie.

Je jette des coups d'œil aux photos qui nous entourent. Les Chambers ont édifié un véritable sanctuaire à leur petite-fille décédée.

« À présent, veuillez-vous en aller, s'il vous plaît », ordonne Chambers.

Skipper nous tient la porte ouverte pour faire bonne mesure. Mon regard s'attarde encore sur l'image d'une petite fille blonde à la peau claire à qui il manque une dent devant, soufflant sur ses bougies d'anniversaire, un ballon dans les mains…

« Nous sommes absolument navrés de vous avoir dérangés, dis-je. Et pour votre perte.

— Merci pour le thé, madame », ajoute Ruiz en inclinant la tête.

Ni Chambers ni son épouse ne répondent.

Skipper nous escorte dehors et se plante en sentinelle sur le seuil. Sa main droite est toujours dissimulée sous son ciré. Bryan Chambers apparaît à côté de lui.

Ruiz a démarré la voiture. Ma portière est ouverte. Je me retourne.

« Monsieur Chambers, par qui pensiez-vous que nous avions été envoyés ?

— Au revoir, dit-il.

— Quelqu'un vous menace-t-il ?

— Soyez prudents sur la route. »

36.

En sortant de l'allée boisée, nous tournons à droite en empruntant une petite route jusqu'à Trowbridge. La Mercedes flotte dans les descentes. On a mis Sinatra en sourdine.

« Complètement dingue, cette famille ! marmonne Ruiz. Ça ne tourne pas rond chez eux. Tu as vu la tête de Chambers ? J'ai cru qu'il allait avoir une attaque.

— Il a peur de quelque chose.

— De quoi ? De la Troisième Guerre mondiale ? »

Ruiz entreprend d'énumérer les dispositifs de sécurité – les caméras, les détecteurs de mouvements, les alarmes. Skipper avait l'air de sortir tout droit d'un casting pour SAS.

« Un gars comme lui peut gagner cinq cents billets par semaine comme garde du corps à Bagdad. Qu'est-ce qu'il fout ici ?

— On est plus en sécurité dans le Wiltshire.

— Chambers a peut-être fait des affaires avec les gens qu'il ne fallait pas. C'est le problème avec ces grosses entreprises. C'est comme le vendredi soir au cinéma. Il y a toujours quelqu'un pour mettre la main au panier ou un doigt dans le gâteau.

— Jolie analogie.

— Tu trouves ?

— Mes filles n'iront jamais au cinéma.

— Attends un peu ! »

Nous prenons la A3 qui passe par Bradford-on-Avon et contournons le haut de Bathampton Down. Nous franchissons la crête d'une colline. Bath apparaît sous nos yeux, paisiblement nichée au creux de la vallée. Une pancarte annonce : *Votre retraite de rêve est juste devant vous.* Ruiz trouve que cela résume Bath qui a ces relents sulfureux de la vétusté et de l'argent.

Une question me turlupine : comment une morte a-t-elle pu envoyer des mails pour organiser une soirée entre copines ? Quelqu'un a bel et bien rédigé ces messages. Qui que soit cette personne, elle a eu accès à l'ordinateur d'Helen Chambers ou à ses coordonnées Internet. Soit ça, soit on a volé son identité et ouvert un nouveau compte. Si tel est le cas, pourquoi ? Ça n'a aucun sens. Quel intérêt peut-il y avoir à réunir quatre anciennes amies ?

Il se pourrait que ce soit le tueur. Il les a peut-être rassemblées, après quoi il les aurait suivies chez elle. Cela expliquerait certainement la manière dont il s'est rancardé sur ses victimes – en apprenant où elles habitaient, où elles travaillaient, en découvrant leur mode de vie. Je ne vois toujours pas comment Helen Chambers est liée à tout ça.

« Il faut que nous parlions à Maureen Bracken, dis-je. C'est la seule personne présente sur le lieu de rendez-vous qui soit encore de ce monde. »

Ruiz ne dit rien, mais je sais qu'il pense la même chose que moi. Quelqu'un doit avertir Maureen.

Située parmi les bois et des terrains de sports boueux, l'école d'Oldfield surplombe la vallée de l'Avon. Un écriteau dans le parking prie les visiteurs de se présenter au bureau d'accueil.

Une étudiante solitaire est assise à la réception, balançant ses jambes sous sa chaise en plastique. Elle porte une jupe bleue, un chemisier blanc et un chandail bleu foncé avec un écusson représentant un cygne. Elle lève rapidement les yeux puis se remet à attendre.

Une secrétaire surgit par une porte en verre coulissante. Un emploi du temps codé par couleurs tapisse le mur derrière elle ; un prodige de logique et d'organisation qui englobe huit cent cinquante élèves, trente-quatre salles de classe et quinze matières. Administrer une école, c'est comme être un aiguilleur du ciel sans écran radar.

La secrétaire fait glisser son doigt du haut en bas du tableau en tapotant dessus à deux reprises.

« Mme Bracken a un cours d'anglais dans l'annexe. Salle 2B. » Elle jette un coup d'œil à la pendule. « C'est presque l'heure du déjeuner. Vous pouvez l'attendre dans le couloir ou dans la salle des professeurs. C'est en haut de l'escalier à droite. Jacquie vous montrera. »

L'écolière relève la tête, visiblement soulagée. Quelle que soit la faute qu'elle a commise, la sentence est retardée.

« Par ici », dit-elle, poussant les portes avant de gravir les marches quatre à quatre en s'arrêtant sur le palier pour nous attendre. Un panneau signale un concours de dessin, un cours de photographie ainsi que la politique de l'école contre les brimades.

« Qu'as-tu fait, dis-moi ? » demande Ruiz.

Jacquie lui jette un regard penaud.

« Je me suis fait virer de la classe.

— Pour quel motif ?

— Vous faites partie du conseil d'établissement, c'est ça ?

— Ai-je la touche d'un membre du conseil d'établissement ?

— Non, reconnaît-elle. J'ai accusé le prof d'art dramatique d'être d'une médiocrité crasse. »

Ruiz éclate de rire. « Pas n'importe quelle médiocrité, hein ?

— Non. »

Une cloche sonne. Des corps envahissent les couloirs, déferlant vers nous. Des cascades de rires, des cris : « Ne courez pas, ne courez pas ! »

Jacquie est arrivée devant la salle de classe. Elle frappe à la porte. « Vous avez des visiteurs, mademoiselle.

— Merci. »

Maureen Bracken porte une robe vert foncé qui lui arrive aux genoux, avec une ceinture en cuir brun et des escarpins qui accentuent ses robustes mollets. Ses cheveux sont relevés ; un maquillage minimal colore ses lèvres et ses paupières.

« Que se passe-t-il ? demande-t-elle aussitôt. Ses doigts sont tachés d'encre de marqueur noire.

— Ce n'est peut-être rien », dis-je pour tenter de la rassurer. Ruiz a saisi un jouet sur son bureau – une bestiole pelucheuse collée au bout d'un stylo.

« Confisqué, explique-t-elle. Vous devriez voir ma collection. » Elle redresse une pile de copies et les range dans une chemise.

« Vous enseignez dans votre ancienne école, dis-je en survolant la pièce du regard.

— Qui aurait cru ? répond-elle. J'étais un vrai casse-cou à l'école. Pas pire que Sylvia, toutefois. C'est pour ça qu'on essayait toujours de nous séparer. »

Elle est nerveuse. Ça la rend bavarde. Je la laisse continuer, sachant qu'elle finira par s'essouffler.

« Mon conseiller d'orientation m'avait affirmé que je serais une actrice au chômage réduite à être serveuse. J'ai bien eu un professeur d'anglais, M. Halliday, qui me suggérait d'envisager une carrière dans l'enseignement. Mes parents en rient encore. »

Elle jette un coup d'œil à Ruiz, puis me regarde, de plus en plus anxieuse.

« Vous m'avez dit qu'Helen Chambers vous avait envoyé un mail pour organiser une réunion entre vous. »

Elle hoche la tête.

« Ça devait venir de quelqu'un d'autre.

— Pourquoi ?

— Helen est morte il y a trois mois. »

La chemise lui glisse des doigts et les copies s'éparpillent par terre. Elle jure et se penche pour les ramasser. Ses mains tremblent.

« Comment ? chuchote-t-elle.

— Elle s'est noyée. Un accident de ferry en Grèce. Sa fille était avec elle. Nous avons vu ses parents ce matin.

— Oh, les pauvres, pauvres gens… Pauvre Helen. »

Je suis accroupi à côté d'elle en train de rassembler les papiers dispersés que je remets n'importe comment dans la chemise. Quelque chose a basculé chez elle, un vide fait écho dans son cœur. Elle est brusquement dans un lieu ténébreux, écoutant un rythme morne qui cogne dans sa tête.

« Mais si Helen est morte il y a trois mois, comment a-t-elle pu… Je veux dire… elle…

— Ces mails ont dû être envoyés par quelqu'un d'autre.

— Qui ça ?

— Nous espérions que vous auriez peut-être une idée sur la question. »

Elle secoue la tête, les yeux humides, vacillante comme si elle ne savait plus où elle était tout à coup, ou n'arrivait pas à se souvenir de ce qu'elle était censée faire après.

« C'est l'heure du déjeuner, lui dis-je.

— Ah oui !

— Pourrais-je voir le mail en question ? »

Elle hoche la tête.

« Venez dans la salle des professeurs. Il y a un ordinateur. »

Nous la suivons dans le couloir puis à l'étage au-dessus. Des jacasseries et des rires s'engouffrent par les fenêtres, emplissant les coins les plus tranquilles.

Deux élèves attendent dans la salle des profs. Elles veulent un délai supplémentaire pour leur devoir d'anglais. Maureen est trop préoccupée pour prêter attention à leurs excuses. Elle leur donne jusqu'à lundi et les renvoie.

La pièce est presque déserte en dehors d'un fossile d'homme, immobile dans son fauteuil, les yeux fermés. Je crois qu'il dort jusqu'au moment où je remarque ses écouteurs. Il ne bronche même pas quand Maureen s'assoit devant l'ordinateur et tape son nom d'utilisateur et son mot de passe. Elle ouvre sa messagerie et remonte dans le temps.

Le message d'Helen Chambers s'intitule : *Devinez qui est de retour en ville ?* Il a été envoyé le 16 septembre, avec une copie à Christine Wheeler et Sylvia Furness.

Salut les filles,

C'est moi. Je suis de retour au pays et impatiente de vous revoir toutes. Que diriez-vous de se retrouver vendredi qui vient au Garrick's Head ? Champagne et frites pour tout le monde – comme au bon vieux temps.

Je n'arrive pas à croire que ça fait huit ans. J'espère que vous êtes toutes plus grosses et plus mal fagotées que moi (toi y compris, Sylvia). Je me ferai peut-être épiler les jambes à la cire pour l'occasion.

Soyez-là. Le Garrick's Head. 19 h 30. Vendredi. Je bous d'impatience.

Bisous
Helen

« Est-ce son style habituel ?

— Oui.

— Rien d'étrange ? »

Maureen secoue la tête.

« Nous étions toujours fourrées au Garrick's Head autrefois. En terminale à Oldfield, Helen était la seule d'entre nous à avoir une voiture. Elle nous raccompagnait toutes chez nous. »

Le message a transité par un serveur du Net. Rien de plus facile que d'ouvrir un compte et d'obtenir un mot de passe et un nom d'utilisateur.

« Vous m'avez dit qu'elle vous avait envoyé un autre mail plus tôt. » Elle cherche une nouvelle fois le nom d'Helen. Le précédent message est arrivé le 29 mai. Il commence par *Chère Mo*. Ça doit être le surnom de Maureen.

Ça fait un bail qu'on ne s'est pas vues... ni entendues. Désolée d'écrire aussi peu, mais j'ai mes raisons. La vie n'a pas été facile ces dernières années – des tas de changements et de défis. La grande nouvelle, c'est que j'ai quitté mon mari. C'est une longue et triste histoire. Je ne vais pas entrer dans les détails. Il suffit de dire que ça ne marchait pas entre nous. Je me suis sentie terriblement perdue pendant longtemps, mais je suis presque tirée d'affaire.

331

Dans les mois qui viennent, je vais partir en vacances avec ma ravissante petite fille, Chloe. On va se nettoyer la tête et vivre des aventures, ce que j'attends depuis longtemps.

Reste à l'écoute. Je te ferai savoir quand je rentre. On se retrouvera au Garrick's Head et on fera la fête avec la bande. Servent-ils toujours des champagne-frites ?

Tu me manques, ainsi que Sylvia et Christine. Je suis désolée de ne pas avoir donné de nouvelles depuis perpète. Je t'expliquerai tout plus tard.

Grosses bises à vous tous,
Helen.

Je relis les deux messages. Le langage et la construction précise sont similaires, ainsi que le ton désinvolte et le recours à des phrases courtes. Rien ne paraît forcé ou fabriqué, pourtant Helen Chambers n'était plus en vie pour rédiger le second message.

Elle parle d'être presque « tirée d'affaire » en référence à son couple, je présume.

« Avez-vous reçu autre chose ? Des lettres, des cartes postales, des coups de fil… »

Maureen secoue la tête.

« Comment était-elle ? »

Elle sourit.

« Adorable.

— J'ai besoin que vous m'en disiez un peu plus.

— Je sais. Désolée. »

Elle a repris un peu de couleurs. Elle jette un coup d'œil à son collègue qui n'a toujours pas bougé de son fauteuil.

« Helen était la plus raisonnable d'entre nous. Elle a été la dernière à avoir un petit ami. Sylvia a passé des années à essayer de la brancher avec des garçons, mais

Helen n'était pas pressée. Elle me faisait de la peine parfois.

— Pourquoi ?

— Elle disait toujours que son père aurait voulu un fils et qu'elle n'arrivait jamais à répondre à ses attentes. Elle avait bien un frère, mais il est mort quand Helen était toute jeune. Un accident de tracteur. »

Maureen pivote sur sa chaise toute usée et croise les jambes. Je lui demande à nouveau comment Helen et elle ont perdu le contact. Ses lèvres se serrent et frémissent aux commissures.

« Ça s'est fait comme ça. Je crois que son mari ne nous appréciait pas beaucoup. Sylvia pensait qu'il était jaloux du fait que nous étions si proches.

— Vous souvenez-vous de son nom ?

— Gideon.

— L'avez-vous rencontré ?

— Une fois. Helen et lui étaient revenus d'Irlande pour les soixante ans de son père. Les gens étaient invités pour tout le week-end, mais Helen et Gideon sont partis samedi à l'heure du déjeuner. Il était arrivé quelque chose, je ne sais pas quoi.

« C'était un homme assez étrange. Très secret. Apparemment il n'a convié qu'une seule personne à leur mariage : son père, qui s'est soûlé à mort, si bien que Gideon ne savait plus où se mettre.

— Que fait-il dans la vie ?

— Il est dans l'armée, semble-t-il, mais personne ne l'a jamais vu en uniforme. On plaisantait toujours en disant qu'il devait être une sorte d'espion, comme dans *Spooks*, vous savez, la série télé ? Helen a envoyé une lettre à Christine avec un tampon à l'encre rouge sur le rabat indiquant qu'elle avait été ouverte et lue pour des raisons de sécurité.

— Où avait-elle été postée ?

« — En Allemagne. Après leur mariage, ils ont été en garnison en Irlande du Nord. Ensuite, ils sont partis en Allemagne. »

Une autre enseignante vient d'entrer dans la salle. Elle nous adresse un signe de tête, étonnée de notre présence, avant de récupérer un portable dans le tiroir d'un bureau pour aller passer un coup de fil dehors.

Maureen secoue la tête pour s'éclaircir les idées.

« Pauvres M. et Mme Chambers !

— Vous les connaissiez bien ?

— Pas vraiment. M. Chambers était un homme imposant et grande gueule. Je me souviens d'un jour où il a voulu enfiler une culotte de cheval et des bottes pour aller à la chasse. Vous auriez dû voir ça ! Le cheval était bien plus à plaindre que le renard. » Elle sourit. « Comment vont-ils ?

— Ils sont tristes.

— Ils donnent aussi l'impression d'avoir peur, ajoute Ruiz qui regarde la cour de récréation par la fenêtre. Vous expliquez ça comment ? »

Maureen secoue la tête et plonge son regard brun dans le mien. Une autre question flotte sur ses lèvres.

« Comprenez-vous le mobile ? De celui qui a fait ça à Chris et à Sylvia, je veux dire. Qu'est-ce qu'il voulait ?

— Je n'en sais rien.

— Pensez-vous qu'il va s'arrêter là ? »

Ruiz se détourne de la fenêtre.

« Avez-vous des enfants, Maureen ?

— Un fils.

— Quel âge a-t-il ?

— Seize ans. Pourquoi ? »

Elle connaît la réponse, mais l'anxiété l'a poussée à poser la question quand même.

« Vous serait-il possible d'aller habiter ailleurs que chez vous quelques jours ? »

La peur incendie son regard.

« Je pourrais demander à Bruno s'il peut nous héberger.

— Ça serait peut-être une bonne idée. »

Mon portable vibre dans ma poche. C'est Veronica Cray.

« J'ai essayé d'appeler chez vous, professeur. Votre femme ne savait pas où vous étiez.

— Que puis-je faire pour vous, inspecteur ?

— Je cherche Darcy Wheeler.

— Elle est avec sa tante.

— Plus maintenant. Elle a fugué hier soir. En emportant un sac et une partie des bijoux de sa mère. J'ai pensé qu'elle avait peut-être essayé de vous joindre. Elle a l'air de vous apprécier. »

La salive se change en poussière dans ma bouche.

« Je ne crois pas qu'elle m'appellera. »

Veronica Cray ne me demande pas pourquoi. Je ne vais pas le lui dire.

« Vous lui avez parlé hier après l'enterrement. Comment l'avez-vous trouvée ?

— Elle était bouleversée. Sa tante veut qu'elle aille vivre avec elle en Espagne.

— Y a pire !

— Pas pour Darcy.

— Elle ne vous a rien dit alors… Pas de confidence ?

— Non. »

La culpabilité semble épaissir le mot au point que j'arrive à peine à le cracher.

« Qu'est-ce que vous allez faire ? demandé-je.

— Je me dis que je vais attendre un jour ou deux. Voir ce qui se passe.

— Elle n'a que seize ans.

— Elle est assez grande pour retrouver le chemin de sa maison. »

Je suis sur le point de protester. Elle ne va pas m'écouter. Pour elle, c'est une complication supplémentaire dont elle se serait bien passée. Darcy n'a pas été enlevée, elle ne représente pas une menace pour elle-même ni un danger pour les autres. Le bureau des personnes disparues ne battra aucun record en cherchant une adolescente fugueuse. En attendant, un briefing est prévu à 15 heures pour la presse. Je suis censé faire une déclaration et lancer un appel en direct au meurtrier.

Je raccroche et transmets les dernières nouvelles à Ruiz qui conduit.

« Elle réapparaîtra », dit-il du ton de quelqu'un qui a déjà vu ça une dizaine de fois.

J'appelle le portable de Darcy et tombe sur le message enregistré :

« *Salut, c'est moi. Je ne suis pas disponible. Laissez-moi un message après le bip. Arrangez-vous pour qu'il soit bref et doux. Comme moi…* »

Un long bip.

« Bonjour, c'est Joe. Appelle-moi… » Que dire d'autre ? « Je voulais juste m'assurer que ça allait. Les gens sont inquiets. Je suis inquiet. Alors, appelle-moi, d'accord ? S'il te plaît. »

Ruiz m'écoute.

Je compose un autre numéro. Julianne répond.

« La police te cherche, me dit-elle.

— Je sais. Darcy a fugué. »

Le silence qui suit est censé être neutre, mais elle est tiraillée entre l'inquiétude et l'exaspération.

« Savent-ils où elle est allée ?

— Non.

— Puis-je faire quelque chose ?

— Il est possible que Darcy appelle ou qu'elle vienne à la maison. Surveille au cas où.

— Je vais interroger les gens du village.

— Bonne idée.

— Quand rentres-tu ?

— Bientôt. Je dois aller à une conférence de presse.

— Et après ça, ce sera fini ?

— Bientôt. »

Elle a envie que je dise oui.

« J'ai trouvé une nounou. Elle est australienne.

— On ne va pas lui en vouloir pour si peu.

— Elle commence demain.

— Tant mieux. »

Elle attend que je dise autre chose. Le silence lui répond.

« Tu as pris tes remèdes ?

— Oui.

— Il faut que j'y aille.

— D'accord. »

Elle raccroche.

37.

La salle des opérations du commissariat de Trinity Road est une pièce nue, sans fenêtres avec des sièges en vinyle et des néons au plafond. Toutes les places sont prises et des épaules s'appuient aux murs presque tout du long.

Les journaux nationaux ont envoyé leurs meilleurs reporters plutôt que de se contenter de leurs correspondants locaux dans le West Country. J'en reconnais quelques-uns – Luckett du *Telegraph*, Montgomery du *Times* et Pearson du *Daily Mail*. Certains d'entre eux savent qui je suis.

J'observe la scène depuis une porte latérale. Monk contrôle les équipes de tournage afin d'empêcher tout différend. Il m'adresse un hochement de tête. L'inspecteur entre la première, en chemise blanche et veste anthracite. Je la suis sur une petite plateforme où une longue table fait face aux médias. Des micros et des appareils d'enregistrement ont été attachés sur le devant de l'estrade avec du ruban adhésif, indiquant les logos et les fréquences des radios.

Les projecteurs de la télé sont allumés et les flashs crépitent. L'inspecteur se sert un verre d'eau, donnant ainsi aux journalistes le temps de s'installer.

« Mesdames, messieurs, merci d'être venus, dit-elle, s'adressant à l'assistance plutôt qu'aux caméras. Ceci est un briefing et non une conférence de presse.

« Je vais vous lire un exposé des faits, puis je passerai la parole au Pr Joseph O'Loughlin. Vous aurez un temps limité pour poser des questions à la fin de la séance.

« Comme vous le savez, un détachement spécial a été mis en place pour enquêter sur le meurtre de Sylvia Furness. Un autre décès suspect s'est ajouté à ces investigations – celui de Christine Wheeler qui a sauté du pont suspendu de Clifton vendredi dernier. »

Une image de Christine Wheeler est projetée sur un écran derrière la tête de Veronica. C'est une photo de vacances, prise dans un parc aquatique. Elle a les cheveux mouillés et pose en pagne et T-shirt.

Des murmures étonnés s'élèvent dans les rangs. Un grand nombre des personnes présentes ont vu Christine Wheeler mourir. Comment un suicide aussi manifeste est-il subitement devenu un meurtre ?

En attendant, on s'en tient aux faits : âge, taille, couleur des cheveux, statut marital, profession – organisatrice de mariages. Puis on passe rapidement au jour de son décès. Bref compte rendu du dernier trajet de Christine, de ses appels téléphoniques, de sa marche à travers Leigh Woods en ciré et talons hauts. Les images prises par les caméras de sécurité flashent sur l'écran.

Les journalistes commencent à s'agiter. Ils veulent une explication, mais Veronica refuse de se presser. Elle énumère certains détails concernant ces appels. D'autres faits sont omis. Il n'est pas fait mention des chaussons de danse déposés à l'école de Darcy ni du lapin laissé sur le seuil d'Alice Furness. Ce sont des éléments que l'assassin est seul à connaître, ce qui signifie qu'ils peuvent servir pour faire la part des choses entre les interlocuteurs authentiques et les mauvais plaisants.

L'inspecteur a fini. Elle me présente à l'assemblée. Je feuillette mes notes en me raclant la gorge.

« Parfois, dans mon travail, je tombe sur des individus qui me fascinent tout autant qu'ils me répugnent. C'est le cas de l'homme qui a commis ces crimes. Il est intelligent, éloquent, manipulateur, sadique, cruel, impitoyable. Il ne s'en est pas pris à ses victimes physiquement. Il les a détruites en jouant sur leurs pires peurs. Je veux savoir pourquoi. Je veux comprendre ses mobiles et pourquoi il a choisi ces femmes-là.

« S'il écoute à l'heure qu'il est, s'il regarde la télévision ou s'il lit les articles de journaux relatifs à cette affaire, j'aimerais beaucoup qu'il prenne contact avec moi. Je veux qu'il m'aide à comprendre. »

Il y a du remue-ménage au fond de la salle. Je m'interromps. Veronica se raidit, inquiète. Je suis son regard. Le directeur adjoint de la police se fraie un passage sur le seuil encombré. Les têtes se tournent. Son arrivée a fait sensation.

Il ne reste aucun siège libre dans la pièce, hormis sur l'estrade. L'espace d'un bref instant, il considère les choix qui s'offrent à lui, puis il continue son chemin dans l'allée centrale jusqu'à ce qu'il atteigne le devant de la pièce. Il pose son chapeau sur la table, ses gants en cuir à côté, et s'assoit.

« Continuez », dit-il d'un ton bourru.

J'hésite… je regarde Veronica… mes notes.

Quelqu'un lance une question. Deux autres suivent. J'essaie de les ignorer. Montgomery, le gars du *Times*, se lève.

« Vous dites qu'il joue sur leurs pires peurs. Qu'entendez-vous par là exactement ? J'ai vu les images de Christine Wheeler sur le pont de Clifton. Elle a sauté. Personne ne l'a poussée.

— Elle faisait l'objet de menaces.

— Quel genre de menaces ?

— Laissez-moi finir. Je répondrai aux questions après. »

D'autres journalistes se sont levés, trop impatients pour attendre. L'inspecteur tente d'intervenir, mais Fowler la devance au micro et appelle au calme.

« Ceci est un briefing officiel, pas une mêlée générale, lance-t-il d'une voix tonitruante. Vous poserez vos questions l'un après l'autre ou vous n'aurez rien du tout. »

Les reporters se rassoient.

« J'aime mieux ça », reprend Fowler en fixant l'assemblée tel un maître d'école agacé à deux doigts de distribuer des coups de baguette.

Une main se lève. Elle appartient à Montgomery.

« Comment l'a-t-il menacée, monsieur ? »

La question s'adresse à Fowler qui rapproche le micro de lui.

« Nous envisageons la possibilité que cet homme ait intimidé et manipulé ses victimes en ciblant leurs filles. On suppose qu'il menace ces enfants afin de forcer leurs mères à coopérer. »

Il a lancé une grenade sous-marine dans la salle et trente mains se dressent. Fowler désigne un autre journaliste. Le briefing s'est changé en une séance de questions-réponses.

« Les filles ont-elles été blessées ?

— Non, elles sont indemnes, mais on a incité ces femmes à penser qu'il en était autrement.

— Comment ?

— Nous l'ignorons à ce stade. »

Veronica est folle de rage. La tension autour de la table est tangible. Pearson, du *Daily Mail*, flaire une opportunité.

« Monsieur le directeur, nous avons entendu le Pr O'Loughlin dire qu'il voulait "comprendre" l'assassin. Est-ce votre souhait ? »

Fowler se penche en avant.

« Non. »

Il s'adosse à nouveau.

« Êtes-vous d'accord avec l'exposé du professeur ? »

Il se penche en avant derechef.

« Non.

— Pourquoi cela, monsieur ?

— Les services du Pr O'Loughlin ne jouent pas un rôle important dans cette enquête.

— De sorte que vous ne voyez pas l'intérêt du profil qu'il a dressé du coupable ?

— Pas le moindre.

— Qu'est-ce qu'il fait ici dans ce cas ?

— C'est une question à laquelle je ne répondrai pas. »

Les mains levées se rabaissent lentement. Les journalistes sont contents de laisser Pearson titiller Fowler en quête d'un nerf à vif. Veronica tente d'intervenir, mais Fowler refuse de céder le micro.

Pearson s'obstine.

« Le Pr O'Loughlin a dit qu'il était fasciné par le tueur. L'êtes-vous aussi, monsieur le directeur ?

— Non.

— Il a dit qu'il voulait que l'assassin l'appelle. Ne pensez-vous pas que c'est important ?

— Je n'en ai rien à faire de ce que veut le professeur, riposte Fowler. Vous regardez trop la télé, vous autres journalistes. Vous vous imaginez que les affaires de meurtres sont élucidées par des psys, des scientifiques, des médiums. Foutaises ! Ces affaires sont résolues par de bonnes vieilles enquêtes policières – en frappant aux portes, en interrogeant les témoins, en prenant des dépositions. »

Des chapelets de postillons atterrissent sur les micros tandis que Fowler pointe son doigt sur Pearson pour ponctuer chacun de ses arguments.

« S'il y a une chose dont la police n'a pas besoin dans cette enquête, c'est d'un professeur d'université qui n'a jamais procédé à une arrestation de sa vie ni affronté un criminel violent, qui n'est même jamais monté dans une voiture de police, pour nous dire comment faire notre travail. Pas besoin d'un diplôme en psychologie pour savoir qu'on a affaire à un pervers, un lâche qui s'en prend aux gens faibles et vulnérables parce qu'il n'arrive pas à se dégoter une femme ou à en garder une, ou parce que sa maman ne l'a pas allaité quand il était petit…

« Le profil que le Pr O'Loughlin a dressé ne vaut pas un clou, à mon avis. Certes, nous cherchons un homme du coin, entre trente et cinquante ans, qui fait un boulot posté et déteste les femmes. Je pensais que c'était assez évident. Pas besoin d'être un génie scientifique !

« Le professeur veut que nous témoignions du respect à cet homme. Il veut lui tendre une main compréhensive, compatissante. Ne comptez pas sur moi pour ça ! L'auteur de ces crimes est une ordure et il aura tout le respect qu'il veut en prison parce que c'est là qu'il va finir. »

Tous les yeux sont rivés sur moi. Je suis la cible d'une attaque, mais que puis-je faire ? L'inspecteur me saisit le bras. Elle ne veut pas que je réagisse.

Les questions continuent à fuser :

« Comment menace-t-il les filles ? »

« Les victimes ont-elles été violées ? »

« Est-ce vrai qu'il les a torturées ? »

« Comment ont-elles été torturées ? »

Fowler les ignore. Il remet son chapeau sur sa tête et le redresse en glissant sa paume sur le bord. Puis il tape ses gants dans le creux de sa main et s'élance dans l'allée centrale comme s'il quittait un terrain de manœuvres.

Les flashs crépitent à nouveau. Nouvelle salve de questions :

« Va-t-il recommencer ? »

« Pourquoi a-t-il choisi ces femmes ? »

« Pensez-vous qu'il les connaissait ? »

Veronica couvre le micro d'une main et me parle à l'oreille. Je hoche la tête et je me lève pour partir, mécontent et gêné. Un tollé de protestations s'élève. C'est un jeu sanguinaire et non plus un briefing.

Veronica se retourne lentement et fixe la salle d'un œil féroce. C'est une déclaration en soi. La conférence est finie.

38.

Veronica s'élance dans le couloir en titubant tel un capitaine quittant le pont de son navire en train de sombrer pour se retirer dans ses quartiers pendant que les autres mettent les canots de sauvetage à la mer.

« Ça a été un désastre complet, nom de Dieu !

— Ça aurait pu être pire, dis-je en un murmure, encore sous le coup de l'attaque au vitriol de Fowler.

— Je ne vois pas très bien en quoi ça aurait pu être pire.

— On a au moins pu mettre les gens en garde. »

Les téléphones sonnent dans la salle des opérations. J'ignore quels genres d'appels cela a pu générer et quels dispositifs ont été mis en place pour filtrer les informations.

La plupart des policiers évitent de me regarder. La nouvelle de mon humiliation publique est déjà parvenue à leurs oreilles. Bon nombre d'entre eux se donnent des airs affairés ; ils rongent leur frein en attendant de pouvoir enfiler leur manteau et rentrer chez eux.

Veronica ferme la porte de son bureau. Je m'assois en face d'elle. Faisant fi de la pancarte « Interdiction de fumer », elle allume une cigarette en entrouvrant la fenêtre. Après quoi, elle s'empare d'une télécommande et l'oriente vers un petit téléviseur calé dans un coin d'un meuble de rangement. Une fois qu'elle a trouvé une chaîne infos, elle coupe le son.

Je sais ce qu'elle fait. Elle va se punir en assistant à la diffusion du briefing pour la presse. « Vous voulez boire quelque chose ?

— Non merci. »

Elle plonge la main dans un porte-parapluies et en sort une bouteille de scotch. Une grande tasse à café fait office de verre. Je la regarde se servir avant de remettre la bouteille dans sa cachette.

« J'ai une question d'ordre éthique à vous poser, professeur, marmonne-t-elle en faisant tourner le whisky dans sa bouche. Un journaliste de tabloïd et un directeur de la police sont coincés dans une voiture en feu et vous ne pouvez en sauver qu'un. Lequel sauvez-vous ?

— Je n'en sais fichtre rien.

— Il n'y a qu'un seul vrai dilemme – allez-vous déjeuner ou au cinéma ? »

Elle ne rit pas. Elle est sérieuse comme un pape.

Un dossier trône sur son bureau, décoré d'un Post-it jaune. Il contient des imprimés provenant du système informatique de la police nationale. On a fait des recherches dans la banque de données relative à des crimes similaires. Veronica me tend la première feuille.

À Bristol, deux dealers ont torturé une prostituée qu'ils accusaient d'être un indic. Ils l'ont clouée à un arbre et violentée avec une bouteille.

En rentrant chez lui, un docker de Felixstowe a trouvé son épouse au lit avec son voisin. Il l'a ligoté sur une chaise et torturé avec le fer à friser de sa femme.

Deux associés allemands se sont fâchés à propos d'un partage des profits ; l'un d'eux a pris la fuite à Manchester. On l'a retrouvé mort dans une chambre d'hôtel, les bras en croix sur une table, les doigts coupés.

« C'est tout, dit-elle en allumant une autre cigarette avec la première. Pas de portables, ni filles ni menaces. On n'a que dalle ! »

Pour la première fois, je remarque les cernes sous ses yeux et les rides sur le pourtour de son visage. Combien d'heures a-t-elle dormi ces dix derniers jours ?

« Vous cherchez la réponse évidente, dis-je.

— Que voulez-vous dire ?

— Si vous voyez un homme en blouse blanche dans la rue avec un stéthoscope autour du cou, vous pensez aussitôt qu'il est médecin. Et puis vous extrapolez. Il a probablement une belle voiture, une jolie maison, une femme distinguée. Il aime passer ses vacances en France ; elle préfère l'Italie. Ils vont tous les ans aux sports d'hiver.

— Où voulez-vous en venir ?

— Quelles sont les chances que vous vous trompiez sur cet homme – une sur vingt, une sur cinquante ? Il n'est peut-être pas du tout médecin. Si ça se trouve, c'est un inspecteur sanitaire ou un technicien de laboratoire, qui aura ramassé un stéthoscope perdu par quelqu'un. Il se rend peut-être à un bal costumé. Nous faisons des suppositions et la plupart du temps, nous avons raison, mais il arrive que nous nous fourvoyions. C'est là qu'il faut penser différemment, en prenant les choses sous un autre angle. La solution évidente, la plus facile, est en principe la meilleure – mais pas toujours. Pas cette fois-ci. »

Elle m'observe attentivement, un vague sourire flottant sur ses lèvres. Elle attend la suite.

« Je doute que ces crimes aient quoi que ce soit à voir avec Félicité. Je pense que vous devriez envisager la situation autrement. »

Je lui parle du rendez-vous entre copines au Garrick's Head une semaine avant la mort de Christine Wheeler. Sylvia Furness était là aussi. Tout a été organisé par mail, mais la personne censée avoir envoyé les invitations s'est noyée trois mois plus tôt lors d'un accident de ferry en Grèce. Celui qui a envoyé ces messages, a ouvert un compte au nom d'Helen ou eu accès à son nom d'utilisateur et à son mot de passe.

« De sorte que nous devons plutôt nous intéresser à la famille, aux amis, au mari…

— Je commencerais par le mari. Ils étaient séparés. Il s'appelle Gideon Tyler. Il est possible qu'il soit en garnison en Allemagne auprès des forces britanniques. »

Veronica veut en savoir plus. Je lui raconte notre visite au manoir de Stonebridge où Bryan et Claudia Chambers vivent comme des prisonniers derrière des caméras de sécurité, des détecteurs de mouvements et des murs surmontés de bris de verre.

« Gideon Tyler connaissait les deux victimes. Elles étaient demoiselles d'honneur à son mariage.

— Que savez-vous de cet accident de ferry ?

— Rien de plus que ce que j'ai lu à l'époque. »

L'inspecteur me regarde en clignant lentement des yeux comme si elle avait fixé trop longtemps un objet.

« Bon, alors nous avons affaire à un seul et même agresseur. Il a été invité chez les victimes ou s'est introduit chez elles par effraction. Il sait des choses sur leur garde-robe, leur maquillage ; il était au courant pour les menottes de Sylvia. Il connaissait leurs numéros de téléphone et la marque de leurs voitures. Il s'est arrangé pour rencontrer leurs filles au préalable afin d'obtenir des informations. On est bien d'accord là-dessus ?

— Jusqu'ici, oui.

— Et le même homme se serait introduit chez les Wheeler et aurait ouvert les lettres de condoléances.

— C'est une hypothèse raisonnable.

— Il cherchait quelque chose.

— Ou quelqu'un.

— Sa nouvelle victime ?

— Ce n'est pas forcément la conclusion qui s'impose, mais c'est certainement une possibilité. »

Le visage de Veronica ne trahit rien. L'émotion serait aussi incongrue qu'une marque de naissance ou un tic nerveux.

« Cette Maureen Bracken, est-elle en danger ?

— C'est tout à fait possible.

— Écoutez, je ne peux pas la mettre sous surveillance à moins qu'elle fasse l'objet d'une menace spécifique ou qu'on ait une preuve manifeste qu'elle constitue une cible à haut risque. »

Je n'ai pas de preuve manifeste. Ce n'est qu'une supposition. Une théorie.

Veronica jette un coup d'œil à l'écran de la télé et brandit la télécommande. C'est le début du bulletin d'informations. Des images du briefing se succèdent à l'écran. Pas question que je regarde. C'était déjà assez embarrassant d'être là.

Dehors le jour a disparu. Mes vêtements, mes pensées me font l'effet d'un emballage souillé. Je suis fatigué. Fatigué de parler. Fatigué des gens. Fatigué de vouloir que les choses aient un sens.

Christine Wheeler et Sylvia Furness se sont fatiguées elles aussi. Comme si leur meurtrier avait enfoncé une touche avance rapide en leur volant des années de leur vie, des décennies d'expériences, bonnes et mauvaises. Il est venu à bout de leur énergie, de leur défense, de leur volonté de vivre ; et puis il les a regardées mourir.

Julianne avait raison. Les morts restent morts, quoi qu'il arrive. Je le comprends intellectuellement, mais pas dans l'espace creux qui fait écho dans ma poitrine. Le cœur a ses raisons que la raison ignore.

39.

L'annuaire scolaire est ouvert sous mes doigts, à la page où figure sa photo de classe. Ses amies sont derrière elle, à côté d'elle. Certaines n'ont pas du tout changé depuis 1988. D'autres ont grossi et se sont teint les cheveux. Une ou deux se sont épanouies comme des roses tardives au milieu des mauvaises herbes.

La plupart sont restées dans la région bizarrement. Elles se sont mariées. Elles ont eu des enfants. Elles ont divorcé ou elles sont séparées. L'une d'elles est morte d'un cancer du sein. Une autre habite en Nouvelle-Zélande. Deux vivent ensemble.

La télé est allumée. Je zappe d'une chaîne à l'autre, mais il n'y a rien à voir. Un gros titre en incrustation attire mon attention. Il est question d'une chasse à l'homme suite à un double meurtre.

Une jolie pépée lit les nouvelles, les yeux tournés légèrement vers la gauche où doit se trouver le prompteur. Elle passe la parole à un journaliste qui s'adresse à la caméra en opinant du bonnet avec componction, à peu près aussi sincère qu'un docteur cachant une aiguille derrière son dos.

Le décor change : on est dans une salle de conférences. L'inspecteur gay et le psy sont assis côte à côte. On dirait Laurel et Hardy. Laverne et Shirley.

Jane Torvill et Christopher Dean. L'une des grandes associations du show-biz vient de naître.

Ils parlent à la presse. La plupart des questions trouvent réponse auprès d'un haut gradé de la police qui a l'air de mauvais poil. Je monte le son.

« ... qu'on a affaire à un pervers, un lâche qui s'en prend aux gens faibles et vulnérables parce qu'il n'arrive pas à se dégoter une femme ou à en garder une, ou parce que sa maman ne l'a pas allaité quand il était petit...

« Le profil que le Pr O'Loughlin a dressé ne vaut pas un clou, à mon avis. Certes, nous cherchons un homme du coin, entre trente et cinquante ans, qui fait un boulot posté et déteste les femmes. Je pensais que c'était assez évident. Pas besoin d'être un génie scientifique !

« Le professeur veut que nous témoignions du respect à cet homme. Il veut lui tendre une main compréhensive, compatissante. Ne comptez pas sur moi pour ça ! L'auteur de ces crimes est une ordure et il aura tout le respect qu'il veut en prison parce que c'est là qu'il va finir. »

Ce cirque médiatique s'achève dans le tumulte. La pépée passe à autre chose.

Qui sont ces gens ? Ils ne savent pas du tout à qui ils ont affaire ni de quoi je suis capable. Ils s'imaginent que c'est un jeu. Ils me prennent pour un amateur, bordel de merde !

Je suis un passe-muraille.

Je déverrouille l'esprit des gens.

Je perçois les cliquetis des pênes glissant dans la gâche, j'entends tourner les gorges des serrures.

Clic... clic... clic.

40.

Je me réveille dans les plis d'un duvet, un oreiller pressé contre moi. Je regrette de ne pas avoir vu Julianne se réveiller et s'habiller. J'aime la regarder se glisser hors du lit dans la pénombre et le froid, soulever sa chemise de nuit au-dessus de sa tête. Mes yeux sont attirés par ses petits mamelons bruns et la fossette au creux de son dos, juste au-dessus de l'élastique de sa culotte.

Elle est déjà en bas en train de préparer le petit déjeuner des filles. D'autres bruits me parviennent de dehors – un tracteur dans le sentier, un chien qui aboie, Mme Foly appelant ses chats. J'écarte les rideaux pour évaluer la journée. Ciel bleu. Nuages au loin.

Il y a un homme dans le cimetière près de l'église en train de regarder les pierres tombales. Je le distingue tout juste à travers les branches ; il tient un petit vase rempli de fleurs à la main et s'essuie les yeux. Il a peut-être perdu sa femme, sa mère, son père. À moins que ce soit un anniversaire. Il se penche et creuse un petit trou dans lequel il dépose le vase avant de tasser la terre autour.

Je me demande parfois si je devrais emmener les filles à un office religieux. Je ne suis pas particulièrement croyant, mais j'aimerais qu'elles aient une notion de l'inconnu. Je ne veux pas qu'elles soient trop obnubilées par la vérité, les certitudes.

Je m'habille et descends. Charlie est dans la cuisine en uniforme d'école. Des mèches de cheveux échappées de sa queue-de-cheval encadrent son visage.

« C'est pour moi le bacon ? dis-je en en prenant une tranche au passage.

— Ce n'est pas pour moi en tout cas, me répond-elle. Je ne mange pas de bacon.

— Depuis quand ?

— Depuis toujours. »

« Toujours » semble avoir trouvé une nouvelle définition depuis l'époque où j'allais à l'école. « Comment ça se fait ?

— Je suis végétarienne. Ma copine Ashley dit qu'on ne devrait pas tuer des animaux sans défense pour satisfaire nos désirs de chaussures en cuir et de sandwichs au bacon.

— Quel âge a Ashley ?

— Treize ans.

— Que fait son père ?

— C'est un capitaliste.

— Sais-tu ce que ça veut dire ?

— Pas exactement.

— Si tu ne manges pas de viande, où vas-tu trouver le fer dont tu as besoin ?

— Dans les épinards.

— Tu as horreur des épinards.

— Le brocoli.

— Idem.

— Quatre groupes alimentaires sur cinq, ça devrait suffire.

— Il y a en a cinq ?

— Ne sois pas sarcastique, papa. »

Julianne est partie chercher le journal avec Emma.

Je me fais un café et glisse des tranches de pain de mie dans le grille-pain. Le téléphone sonne.

« Allô ? »

Personne ne me répond. J'entends des bruits de circulation, des véhicules qui freinent puis s'arrêtent. Il doit y avoir une intersection ou un feu rouge à proximité.

« Allô ? Vous m'entendez ? »

Rien.

« C'est toi, Darcy ? »

Toujours pas de réponse. Il me semble que je l'entends respirer. Le feu a dû passer au vert. Les voitures redémarrent.

« Parle-moi, Darcy. Dis-moi que tu vas bien. »

On a raccroché. J'appuie sur le bouton du récepteur et je le lâche. Je compose le numéro du portable de Darcy. J'ai droit au même message enregistré que la dernière fois.

J'attends le bip.

« Darcy, la prochaine fois, parle-moi. »

Je raccroche. Charlie a écouté tout du long.

« Pourquoi a-t-elle fugué ?

— Qui t'a dit qu'elle avait fugué ?

— Maman.

— Darcy ne veut pas vivre en Espagne avec sa tante.

— Où peut-elle vivre d'autre ? »

Je ne réponds pas. Je me fais un sandwich au bacon.

« Elle pourrait habiter avec nous, reprend Charlie.

— Je croyais que tu ne l'aimais pas. »

Elle hausse les épaules et se sert un verre de jus d'orange.

« Elle était pas si mal, en fait. Elle avait des super fringues.

— C'est tout ?

— Euh non, y a pas que ça. Elle me fait de la peine – à cause de ce qui est arrivé à sa mère. »

Julianne entre avec Emma par la porte de derrière.

« Qui te fait de la peine ?

— Darcy. »

Julianne se tourne vers moi.

« As-tu des nouvelles ? »

Je secoue la tête.

En robe toute simple et cardigan, elle paraît plus gaie, plus jeune, plus détendue. Emma joue à passer entre ses jambes. Julianne tient le bas de sa robe par pudeur.

« Peux-tu déposer Charlie à l'école ? Elle a raté le bus.

— Bien sûr.

— La nounou sera là dans un quart d'heure.

— L'Australienne ?

— On dirait que tu parles d'un bagnard.

— Je n'ai rien contre les Australiens, mais si elle s'avise de parler de cricket, je la fiche à la porte. »

Julianne lève les yeux au ciel.

« Je me disais que maintenant qu'Imogen est là, on pourrait peut-être sortir dîner ce soir. Rien que nous deux.

— Rien que nous deux. Miam-miam ! »

J'attrape Emma au vol et la pose sur mes genoux.

« Eh bien, je devrais pouvoir me libérer. Il faut que je vérifie mon emploi du temps. Mais si j'accepte, je ne veux pas que tu te fasses des idées.

— Moi ? Jamais de la vie ! Quoique, je mettrai peut-être ma lingerie noire. »

Charlie se bouche les oreilles.

« Je sais de quoi vous parlez tous les deux et je trouve ça dégueu.

— Qu'est-ce qui est dégueu ? demande Emma.

— Laisse tomber », répondons-nous tous en chœur.

Julianne et moi avions coutume d'aller dîner dehors « rien que nous deux » – des sorties prévues à l'avance avec baby-sitter à l'appui. La première fois que j'en avais organisé une, j'avais tenu à apporter des fleurs et à frapper à la porte d'entrée. Julianne avait trouvé ça tellement charmant qu'elle avait voulu m'emmener tout de suite dans la chambre en se passant du dîner.

Le téléphone sonne à nouveau. Je m'étonne de la rapidité avec laquelle je réponds. Tout le monde me dévisage.

« Allô ? »

Pas de réponse.

« C'est toi, Darcy ? »

Une voix d'homme me répond.

« Julianne est-elle là ?

— De la part de qui ?

— Dirk. »

La déception se change en agacement.

« Est-ce vous qui avez appelé plus tôt ?

— Pardon ?

— Avez-vous appelé il y a une dizaine de minutes ? »

Il ne répond pas à ma question.

« Julianne est-elle là ou non ? »

Elle me prend le téléphone des mains et l'emmène en haut dans le bureau. Je la regarde fermer la porte à travers les barreaux de l'escalier.

La nounou arrive. Elle ressemble en tous points à ce que j'avais imaginé : tâches de rousseur, photogénique, le tout gâché par un accent australien chantant qui donne l'impression qu'elle pose continuellement des questions. Elle s'appelle Imogen et elle est plutôt large de bassin. Je me rends compte que c'est une description extrêmement sexiste, mais je ne parle pas de la largeur d'un chateaubriand de trois cents grammes, je veux dire énorme !

D'après Julianne, Imogen était de loin la candidate la plus qualifiée. Elle a des tonnes d'expérience, elle s'est très bien débrouillée pendant l'entrevue et elle est disposée à faire des heures de baby-sitting supplémentaires si nécessaire. Aucun de ces facteurs ne rend compte de la raison pour laquelle Julianne l'a embauchée. Imogen est hors catégories. Elle ne représente pas la moindre menace à moins de s'asseoir accidentellement sur quelqu'un.

Je porte ses deux valises en haut. Elle dit que la chambre est géniale. La maison aussi est géniale, ainsi que la télé et ma vieille Escort. Collectivement, tout est « absolument génial ».

Julianne est toujours au téléphone. Il doit y avoir un problème au boulot. Soit ça, soit Dirk et elle forniquent au téléphone.

Je n'ai jamais rencontré Dirk. Je ne me rappelle même pas son nom de famille – pourtant je le déteste avec un zèle irrationnel. Je hais le son de sa voix. Je ne supporte pas qu'il achète des cadeaux à ma femme, qu'il voyage avec elle, qu'il l'appelle à la maison les jours de congé. Ce qui m'insupporte le plus, c'est qu'elle rie si facilement avec lui.

Quand Julianne était enceinte de Charlie et passait par la phase épuisante et larmoyante du « je me sens grosse », je m'ingéniais à trouver des moyens de lui remonter le moral. J'avais réservé un séjour à la Jamaïque. Elle a dégobillé pendant tout le vol. Un minibus était venu nous chercher à l'aéroport pour nous conduire dans la station balnéaire, charmante et tropicale, au milieu des bougainvillées et des hibiscus. Après nous être changés à la hâte, nous étions descendus à la plage. En chemin, nous avions croisé un homme noir à poil. Le derrière à l'air. Le sexe pendant. Puis ça avait été le tour d'une femme nue comme un ver elle aussi, avec juste une fleur dans les cheveux. Julianne, dont le ventre faisait saillie sous son pagne, m'avait regardé d'un drôle d'air.

Pour finir, un jeune Jamaïcain tout sourires en tenue blanche avait désigné mon maillot de bain.

« Faut enlever ça, mi'ssieu.

— Pardon ?

— C'y une plage de ni'distes.

— Hein ? »

Tout à coup, l'accroche dans la brochure m'était revenue à l'esprit : « La semaine de toutes les audaces ! » Et ça avait fait tilt. J'avais emmené ma femme enceinte jusqu'aux dents passer huit jours dans une station balnéaire où *sex on the beach* n'était pas seulement le nom d'un cocktail.

Elle aurait dû me tuer. À la place, elle a ri. Tellement ri que j'ai cru qu'elle allait perdre les eaux et qu'un Jamaïcain du nom de Tripod sans rien sur le dos hormis de l'écran total mettrait notre premier enfant au monde.

Il y a longtemps qu'elle n'a pas ri comme ça !

Après avoir déposé Charlie à l'école, je fais un détour par la bibliothèque de Bath. Elle se situe au premier étage du Podium Center dans Northgate Street. On prend un escalier métallique et on franchit une double porte vitrée. Les bibliothécaires sont derrière un comptoir sur la droite.

« Il y a eu un accident de ferry en Grèce durant l'été », dis-je à l'une d'elles. Elle vient de changer la cartouche d'une imprimante et a deux bouts de doigts tachés de noir.

« Je m'en souviens, dit-elle. J'étais en vacances en Turquie. Il y a eu des orages. Notre camping a été inondé. »

Elle entreprend de me raconter des histoires de sacs de couchage trempés, de quasi-pneumonie, de deux nuits passées dans une buanderie. Rien d'étonnant à ce qu'elle se souvienne de la date. C'était la dernière semaine de juillet.

Je demande à voir les archives de presse en choisissant le *Guardian* et un journal local, le *Western Daily Press*. Elle va me les apporter.

Je m'installe à une table dans un coin tranquille et j'attends les volumes reliés. Elle est obligée de les pousser sur un chariot. Je l'aide à soulever le premier pour le poser sur la table.

« Qu'est-ce que vous cherchez ? demande-t-elle en me souriant distraitement.

— Je ne sais pas encore.

— Eh bien, bonne chance. »

Je tourne délicatement les pages en passant les gros titres en revue. Il ne faut pas longtemps pour trouver ce que je cherche.

QUATRE MORTS DANS UN ACCIDENT DE FERRY EN GRÈCE

Une opération de sauvetage est en cours dans la mer Égée à la recherche des survivants d'un ferry grec qui a sombré lors d'une violente tempête au large de l'île de Patmos.

Selon les gardes côtiers grecs, quatorze personnes ont péri et huit autres sont portées disparues après que l'*Argo Hellas* a coulé à une quinzaine de kilomètres au nord-est du port de Patmos. Plus d'une quarantaine de passagers – la plupart des étrangers en vacances – ont été repêchés par des bateaux de pêche locaux et des bateaux de plaisance. Les rescapés ont été conduits dans un dispensaire sur l'île de Patmos ; un grand nombre d'entre eux souffrent de coupures, de contusions et des effets de l'hypothermie. Huit passagers grièvement blessés ont été transportés à Athènes en hélicoptère.

Nick Barton, un hôtelier anglais qui a pris part aux opérations de secours, a indiqué que le bateau transportait des citoyens britanniques, allemands, italiens, australiens ainsi que des Grecs.

Le ferry construit il y a dix-huit ans a coulé vers 21 h 30 (18 h 30 GMT), quinze minutes à peine après avoir quitté le port de Patmos. Selon les survivants, il aurait été submergé par une mer déchaînée et aurait sombré si vite que la plupart des occupants n'auraient pas eu le temps d'enfiler des gilets de sauvetage avant de sauter par-dessus bord.

Les éléments démontés ont entravé les recherches d'autres survivants. Toute la nuit, des avions grecs ont largué des fusées éclairantes dans la mer, et un hélicoptère HMS Invincible de la Royal Navy a participé aux recherches.

Au fil des pages, je suis l'histoire telle qu'elle s'est déroulée. Le ferry a coulé le 24 juillet lors d'une tempête qui a provoqué de graves dégâts dans toute la mer Égée. Un porte-containers s'est échoué sur l'île de Skiros et, plus au sud, un tanker maltais s'est brisé en deux avant de sombrer dans la mer de Crète.

Les rescapés de la tragédie du ferry ont raconté leur histoire aux journalistes. Dans les derniers instants avant que l'*Argo Hellas* ne s'abîme, les passagers cramponnés aux bastingages ont sauté par-dessus bord. Quelques-uns sont restés prisonniers à l'intérieur du navire alors qu'il chavirait.

Quarante et une personnes ont survécu à la tragédie ; dix-sept ont été déclarées mortes. Au bout de deux jours, une amélioration du temps a permis à des plongeurs de la marine grecque de récupérer trois autres corps dans l'épave, mais il en manquait encore six dont un Américain, une Française âgée, deux Grecs et une mère de famille britannique et sa fille. Il doit s'agir d'Helen et de Chloe, mais leurs noms ne sont pas mentionnés avant plusieurs jours.

Un complément d'informations dans le *Western Daily Press* précise que Bryan Chambers a pris l'avion pour la Grèce afin de se lancer à la recherche de sa fille et sa petite-fille. Le décrivant comme un homme d'affaires du Wiltshire, l'article dit qu'« il priait pour un miracle » et se préparait à mener ses propres investigations si l'équipe de secours officielle ne parvenait pas à retrouver Helen et Chloe.

Un autre reportage daté du mardi 31 juillet indique que M. Chambers a loué un avion léger et passé au peigne fin les plages et les criques rocheuses des îles et de la côte turque. L'article inclut une photo de la mère et de l'enfant qui voyageaient sous le nom d'épouse d'Helen. Ce cliché de vacances les montre assises sur un mur de pierre avec des bateaux de pêche en arrière-plan. Helen porte un pagne et des lunettes à la Jackie Onassis ; Chloe est en short blanc, en sandales, avec un haut rose à fines bretelles.

Une semaine après le naufrage, les recherches ont été officiellement interrompues, et Helen et Chloe ont été déclarées disparues, présumées mortes. Les journaux s'étaient peu à peu désintéressés de l'affaire. La seule autre référence à la mère et l'enfant concerne une veillée de prières organisée à la base de l'OTAN en Allemagne, leur domicile. Les enquêteurs de la marine ont continué à recueillir des témoignages auprès des survivants, mais on ne saurait sans doute rien avant des années.

Mon portable vibre. Les téléphones ne sont pas autorisés à la bibliothèque. Je sors des locaux. J'appuie sur la touche verte.

C'est Bruno Kaufman qui me hurle dans l'oreille :

« Écoute, vieux, je sais que tu es heureux en mariage et l'un des grands champions de cette institution, mais étais-tu vraiment obligé de dire à mon ex-femme qu'elle devrait venir s'installer chez moi ?

— C'est juste pour quelques jours, Bruno.

— Peut-être, mais ça va me sembler beaucoup plus long que ça.

— Maureen est charmante. Pourquoi l'as-tu quittée ?

— C'est elle qui m'a poussé à partir. Enfin, pour être précis, elle m'a foncé dessus. J'ai dû faire un bond de côté. Elle était au volant d'une Range Rover.

— Pourquoi a-t-elle fait ça ?

— Elle m'a surpris avec une de mes chercheuses.

— Une étudiante ?

— En doctorat, précise-t-il, comme s'il s'indignait à l'idée qu'il puisse tromper sa femme avec moins que ça.

— J'ignorais que tu avais un fils.

— Jackson. Sa mère le gâte trop. Elle le soudoie. Nous sommes une famille dysfonctionnelle classique. Crois-tu vraiment que Maureen est en danger ?

— C'est une mesure de précaution.

— Je ne l'avais jamais vue aussi terrifiée.

— Occupe-toi d'elle.

— Pas de souci, vieux. Elle est en sécurité avec moi. »

Fin de la communication. Mon portable se remet à vibrer. Cette fois-ci, c'est Ruiz. Il veut me montrer quelque chose. Nous nous donnons rendez-vous au Fox & Badger. Je suis censé l'inviter à déjeuner parce que c'est mon tour. Je ne sais pas quand c'est devenu mon tour, mais je suis content qu'il soit là.

Je dépose la voiture à la maison et je monte au pub à pied. Ruiz a pris une table dans un coin où le plafond donne l'impression de s'affaisser. Du matériel d'équitation festonne les poutres à nu.

« À toi de passer la commande », me lance-t-il en me tendant son bock vide.

Je vais au bar, où une demi-douzaine d'habitués rougeauds et pleins de bourrelets occupent les tabourets, y compris Nigel le nain dont les pieds se balancent à soixante centimètres du sol.

Je leur adresse un hochement de tête. Ils en font de même. Ça passe pour une longue conversation dans cette partie-là du Somerset.

Hector le patron sert une pinte de Guinness qu'il laisse reposer pendant qu'il va me chercher une limonade. Je pose la bière toute fraîche devant Ruiz. Il regarde les bulles monter à la surface, en disant peut-être une petite prière au dieu de la fermentation.

« À la santé des femmes aux jambes arquées », déclame-t-il en levant son verre, et la moitié de la pinte disparaît.

« T'est-il jamais venu à l'esprit que tu étais peut-être alcoolique ?

— Non. Les alcooliques vont à des réunions, me répond-il. Moi pas. »

Il repose son verre et considère ma limonade.

« C'est juste que tu es jaloux parce que tu dois boire cette eau sucrée. »

Il ouvre son carnet. Le même recueil de pages écornées tout amoché et maintenu par un gros élastique qu'il trimballe toujours sur lui.

« J'ai décidé de faire quelques petites recherches sur Bryan Chambers. Acoquiné avec le ministère du Commerce et de l'Industrie. J'ai regardé sur Internet. Il est propre comme un sou neuf : ni contraventions, ni procès, ni contrats louches. Rien à lui reprocher. »

Il a l'air déçu.

« Alors j'ai résolu de consulter le système informatique de la police nationale par l'intermédiaire d'un ami d'ami…

— Qui restera anonyme ?

— Exactement. Il s'appelle Anonyme. Eh bien, Anonyme m'a recontacté ce matin. Il y a six mois, Chambers a demandé à la police de le protéger contre Gideon Tyler.

— Son gendre ?

— Ouais. Tyler n'a pas le droit d'approcher à plus d'un kilomètre de la maison de Chambers ou de son bureau. Il a interdiction de téléphoner, d'envoyer des mails, des textos et de passer devant le portail.

— Pourquoi ?

— C'est le deuxième point. » Il sort une autre feuille. « J'ai fait des vérifications sur Gideon Tyler. Au fond, on ne sait rien de ce type hormis son nom – qui a dû lui valoir des railleries d'un bout à l'autre de la cour de récréation, d'ailleurs.

— Nous savons qu'il est dans l'armée.

— Exact. Alors j'ai appelé le ministère de la Défense. J'ai parlé avec le service du personnel, mais dès que j'ai mentionné le nom de Gideon Tyler, ils se sont fermés plus hermétiquement qu'une vierge lors d'une visite de prison.

— Pourquoi ?

— Je n'en sais strictement rien. Soit ils le protègent, soit il les embarrasse d'une manière ou d'une autre.

— Soit les deux. »

Ruiz s'adosse à sa chaise et se cambre en étirant ses bras derrière sa nuque. J'entends ses vertèbres craquer.

« Du coup, j'ai demandé à Anonyme de vérifier ce qu'il avait sur Gideon Tyler. »

Il prend une enveloppe en papier kraft posée sur la chaise à côté de lui, l'ouvre et en sort plusieurs feuilles. Je reconnais la première : c'est un rapport d'incident de la police. Il est daté du 22 mai 2007. Un résumé des faits y est attaché.

Je le passe rapidement en revue. Gideon Tyler a fait l'objet d'une plainte pour harcèlement et menaces téléphoniques à l'encontre de Bryan et Claudia Chambers. Parmi la liste d'allégations, il est précisé qu'il aurait pénétré par effraction dans le manoir de Stonebridge et fouillé la maison pendant que les Chambers dormaient. Il aurait saccagé des meubles de rangement, des bureaux et pris des relevés téléphoniques, des relevés bancaires et des mails. Il aurait aussi réussi à ouvrir un coffre-fort renforcé et embarqué un fusil. En se réveillant le lendemain matin, les Chambers auraient trouvé l'arme chargée entre eux deux dans le lit.

Je tourne la page, cherchant une conclusion. Il n'y en a pas.

« Que s'est-il passé ?

— Rien.

— Comment ça, rien ?

— Tyler n'a jamais été inculpé. Pas suffisamment de preuves.

— Pas d'empreintes, ni de fibres, rien ?

— Non.

— D'après ce document, il aurait proféré des menaces par téléphone.

— Aucune trace. »

Pas étonnant que les Chambers se soient montrés paranos quand nous leur avons rendu visite. Helen Tyler et Chloe étaient encore en vie à la date où Tyler aurait harcelé leur famille. Il devait les chercher.

« Que savons-nous au sujet de la séparation ? demande Ruiz.

— Strictement rien en dehors du mail qu'Helen a envoyé à ses amies. Elle a probablement fichu le camp… ce qui n'a pas dû plaire à Tyler.

— Tu penses qu'il pourrait être notre homme ?

— C'est possible.

— Pourquoi voudrait-il tuer les amies de sa femme ?

— Pour la punir.

— Mais elle est morte !

— Ça n'a peut-être pas d'incidence. Il est fâché. Il se sent trahi. Helen a emmené sa fille avec elle. Elle la lui cache. Il veut se venger et punir ses proches. »

Je me replonge dans le rapport de police. Des inspecteurs ont interrogé Gideon Tyler. Il devait avoir un alibi. D'après Maureen, il était stationné en Allemagne. Quand est-il revenu en Angleterre ?

« Son adresse est-elle indiquée ?

— J'ai celle de son dernier domicile connu et le nom de son avocat. Tu veux qu'on aille lui rendre visite ? »

Je secoue la tête.

« C'est la police qui devrait s'occuper de ça. Je vais en parler à Veronica Cray. »

41.

La fenêtre a quatre carreaux, divisant la chambre en quartiers. Elle est nue, à peine sortie de la douche, ses cheveux enturbannés dans une serviette rose, les joues en feu.

Jolies jambes, jolis seins, joli corps – le lot complet avec tous les accessoires. Un homme pourrait bien s'amuser en jouant avec une femme comme ça.

Elle défait son turban et se penche en avant, laissant ses cheveux noirs lui couvrir le visage et ses seins ballotter. Elle sèche ses boucles humides et rejette la tête en arrière.

Ensuite elle lève un pied après l'autre pour se sécher entre les doigts de pied. Puis vient le tour de la crème hydratante, qu'elle fait bien pénétrer. Elle commence par les chevilles, s'achemine vers le haut. C'est mieux qu'un film porno. Allez, bébé, un peu plus haut... montre-moi ce que tu as...

Quelque chose l'incite à se tourner vers la fenêtre. Elle me regarde droit dans les yeux, sans me voir. En fait, elle étudie son reflet, se tournant dans un sens, puis dans l'autre, glissant les mains sur son ventre, ses fesses, ses cuisses, en quête de vergetures ou de signes de vieillesse.

Assise devant la glace de sa coiffeuse en me tournant le dos, elle manie un séchoir et un bidule pour se

raidir les cheveux. Je vois son reflet. Elle fait des grimaces et étudie chaque ride, chaque pli de son visage,
étirant sa peau, la pinçant, la tapotant. Puis elle
applique d'autres crèmes et sérums.

C'est beaucoup plus sexy de regarder une femme
s'habiller que la voir se déshabiller. C'est une danse
sans musique ; un ballet en chambre, chaque mouvement exercé, si aisé. Ce n'est pas une prostituée merdique se dépoilant dans un bar à putes. C'est une vraie
femme avec une vraie silhouette. Une culotte remonte
le long de ses mollets, de ses cuisses. Blanche. Peut-
être une bordure bleue. Je ne vois pas bien d'où je suis.
Elle glisse les bras dans les bretelles d'un soutien-
gorge assorti, soulève ses seins, les sépare. Elle ajuste
l'armature, pour être plus à l'aise.

Que va-t-elle mettre ? Elle plaque une robe contre
elle... une deuxième... une troisième. C'est décidé.
Elle s'assoit sur le lit et enfile un bas sur son pied
droit, sa cheville, le long de sa jambe. Elle s'allonge
sur le lit et tire le tissu noir opaque sur ses cuisses, sur
ses fesses.

Elle se remet debout et se glisse dans la robe qui lui
arrive juste au-dessous des genoux. Elle est presque
prête. Elle se tourne vers la gauche, pour vérifier son
reflet dans la fenêtre, puis vers la droite.

Sa montre est posée sur le rebord de fenêtre. Elle la
prend et la passe à son poignet en vérifiant l'heure.
Puis elle jette un coup d'œil par la fenêtre à la nuit
tombante. La première étoile est apparue. Fais un vœu,
mon ange, mais ne dis à personne ce que c'est !

42.

Le restaurant est au bord de la rivière. Il donne sur les usines et les entrepôts rénovés et convertis en appartements, de l'autre côté de l'eau. Julianne a commandé du vin.

« Tu veux goûter ? » me demande-t-elle, consciente que ça me manque. Je bois une gorgée dans son verre. Le sauvignon explose en douceur sur mon palais, frais et acide, et me donne envie d'en boire plus. Je fais glisser le verre vers elle en effleurant ses doigts au passage et je pense à la dernière personne qui a partagé une bouteille de vin avec elle. Dirk ? Je me demande s'il aime le son de sa voix qui est capable de rendre tant de langues si belles.

Julianne lève les yeux un instant et me regarde.

« M'épouserais-tu à nouveau si on te donnait une seconde chance ?

— Bien sûr. Je t'aime. »

Elle détourne le regard, vers la rivière peinte par les couleurs des éclairages de la navigation. Je vois son visage se refléter dans la vitre.

« D'où sort cette question ?

— De nulle part en particulier, me répond-elle. Je me demandais juste si tu regrettais de ne pas avoir attendu un peu plus longtemps. Tu n'avais que vingt-cinq ans.

— Et toi vingt-deux. Ça ne change rien. »

Elle boit une autre gorgée de vin et perçoit mon inquiétude. En souriant, elle serre ma main sous la sienne.

« N'aie pas l'air aussi soucieux. Je me sens vieille, c'est tout. Parfois je me regarde dans la glace et je regrette de ne pas être plus jeune. Et puis je me sens coupable parce que j'ai tellement d'autres raisons d'être heureuse.

— Tu n'es pas vieille. Tu es belle.

— Tu dis toujours ça.

— Parce que c'est vrai. »

Elle secoue vigoureusement la tête.

« Je ne devrais pas être aussi vaniteuse et centrée sur moi-même, je sais. Alors que toi, tu es parfaitement en droit d'être conscient de ton image, voire amer.

— Je n'éprouve pas le moindre ressentiment. Je t'ai toi. J'ai les filles. Cela me suffit. »

Elle me regarde d'un air entendu.

« Si cela te suffit, pourquoi t'es-tu jeté à corps perdu dans cette enquête criminelle ?

— On me l'a demandé.

— Tu aurais pu refuser.

— J'ai pensé que je pouvais me rendre utile.

— Allons, Joe, tu avais besoin d'un défi. Tu t'ennuyais. Tu en avais assez d'être à la maison avec Emma. Sois honnête au moins. »

Je tends la main pour prendre mon verre d'eau. Ma main tremble.

La voix de Julianne s'adoucit.

« Je te connais, Joe. Tu tentes une deuxième fois de sauver la mère de Darcy, mais c'est impossible. Elle est partie.

— Je peux empêcher qu'il arrive la même chose à quelqu'un d'autre.

— Peut-être. Tu es un type bien. Tu prends soin des gens. Tu prends soin de Darcy. C'est ce que j'aime entre autres chez toi. Mais tu dois comprendre pourquoi j'ai peur. Je ne veux pas que tu sois impliqué – pas comme la dernière fois. Tu as fait ta part. Tu as donné ton temps. Laisse quelqu'un d'autre aider la police désormais. »

Je vois son regard se voiler sous l'effet de l'émotion et j'éprouve un désir désespéré de la rendre heureuse.

« Je n'ai pas demandé à être impliqué. C'est arrivé tout seul, dis-je.

— Accidentellement.

— Exactement. Et il est parfois impossible d'ignorer les accidents. On ne peut pas passer à côté sans s'arrêter, faire comme si on n'avait rien vu. On *doit* s'arrêter. Appeler une ambulance. Essayer d'aider…

— Et puis on passe la main aux spécialistes.

— Et si j'étais l'un de ces experts ? »

Julianne fronce les sourcils, pince les lèvres.

« Je vais peut-être être obligée d'aller en Italie la semaine prochaine, m'annonce-t-elle brutalement.

— Pourquoi ?

— La transaction avec la chaîne de télé se heurte à un écueil. L'un des investisseurs institutionnels refuse de signer. L'affaire va péricliter à moins que nous n'obtenions quatre-vingt-dix pour cent d'approbations.

— Quand dois-tu partir ?

— Lundi.

— Tu y vas avec Dirk ?

— Oui. » Elle ouvre le menu. « Imogen est là maintenant. Elle t'aidera à t'occuper d'Emma.

— Comment est-il, Dirk ? »

Elle ne lève pas les yeux.

« C'est une force de la nature.

— Qu'est-ce que ça veut dire ?

— Il est très entier. Certaines personnes le trouvent caustique et estiment qu'il a des opinions trop arrêtées. C'est le genre d'individu auquel on prend goût avec le temps.

— Y as-tu pris goût ?

— Je le comprends mieux que la plupart des gens. Il est très bon sur le plan professionnel.

— Il est marié ? »

Elle rit.

« Non.

— Qu'est-ce qu'il y a de si drôle ?

— L'idée que Dirk puisse être marié. »

J'entends ses cuisses se frotter quand elle croise les jambes. Son regard n'est plus rivé sur le menu. Elle est ailleurs. Je suis frappé par la manière dont elle a évolué depuis qu'elle a commencé à travailler, par son détachement. Au milieu d'une conversation, elle peut tout à coup sembler à des milliers de kilomètres.

« J'aimerais bien rencontrer tes collègues de travail », dis-je.

Ses yeux reviennent se poser sur moi. « Vraiment ?

— Tu sembles surprise.

— Je le suis. Tu n'as jamais manifesté le moindre intérêt.

— Je suis désolé.

— Eh bien, nous avons une réception samedi prochain pour fêter notre dixième anniversaire. Je ne pensais pas que tu aurais envie de venir.

— Pourquoi ?

— Je t'en ai parlé il y a des semaines.

— Je ne m'en souviens pas.

— C'est bien ce que je disais.

— J'aimerais bien y aller. Ce serait sympa.

— Tu es sûr ?

— Oui. On pourrait prendre une chambre à l'hôtel. En profiter pour passer le week-end à Londres. »

Mon pied trouve le sien sous la table, moins délicatement que je ne l'aurais souhaité. Elle tressaille comme si j'avais cherché à lui faire mal. Je lui fais des excuses en sentant mon cœur vibrer. Si ce n'est que ce n'est pas mon cœur, c'est mon téléphone.

Je plaque ma main contre ma poche en regrettant de ne pas l'avoir éteint. Julianne boit une gorgée de vin, étonnée par mon dilemme.

« Tu ne réponds pas ?

— Je suis désolé. »

Son haussement d'épaules n'a rien d'ambivalent. Pas d'interprétation possible. Je sais ce qu'elle pense. J'ouvre le clapet. Le numéro de l'inspecteur Cray s'affiche sur l'écran.

« Oui.

— Où êtes-vous ?

— Dans un restaurant.

— Donnez-moi l'adresse. Je vous envoie une voiture.

— Pourquoi ?

— Maureen Bracken a disparu depuis 18 heures. Son ex-mari a trouvé la porte d'entrée grande ouverte. Sa voiture n'est pas là. Son portable est occupé. »

Mon cœur enfle et vient se loger dans ma gorge.

« Où est son fils ?

— À la maison. Il est rentré en retard de son entraînement de foot. Quelqu'un lui a volé son téléphone. Quand il est retourné le chercher, il s'est retrouvé enfermé dans le vestiaire. »

Je fixe Julianne comme si elle était transparente. Veronica parle toujours.

« Oliver Rabb essaie de localiser le portable qui continue à envoyer des signaux.

— Et Bruno, où est-il ?

— Je lui ai dit de rester chez lui au cas où son ex appellerait. Il y a un policier auprès de lui. Dans dix minutes, professeur. Attendez dehors. »

Elle raccroche. Je regarde Julianne. Son visage en dit long sur ce qu'elle pense.

Je lui annonce que je dois partir. Je lui explique pourquoi. Sans un mot, elle se lève et prend son manteau. Nous n'avons pas commandé. Nous n'avons pas mangé. Elle fait signe pour avoir l'addition et règle le vin.

Je la suis dans le restaurant. Ses hanches oscillent avec souplesse sous sa robe, exprimant davantage en quelques pas que ce que la plupart des gens parviennent à dire en une heure de conversation. Je la raccompagne à la voiture. Elle monte. Pas de baiser d'adieu. Son visage est une combinaison impénétrable de déception et de désintérêt. J'ai envie de courir après elle, de reconquérir l'instant, mais il est trop tard.

43.

La peur. L'angoisse. Cela commence comme un infime frémissement obstiné en moi, une lame bourdonnante qui ronge les tissus mous, ouvrant de vastes cavités qui ne sont pourtant pas assez grandes pour permettre à mes poumons de se dilater.

J'ai parlé à Bruno. C'est un autre homme. Diminué. Il est minuit passé. On ne sait toujours pas où est Maureen. Son portable a cessé d'émettre. Olivier Rabb a lié les signaux déclinants à une tour située à la lisière de Victoria Park, à Bath. La police passe au crible les rues voisines.

Des coïncidences et des épisodes secondaires ne cessent de s'ajouter à cette histoire, compliquant le tableau au lieu de le clarifier. Les e-mails. Le rendez-vous au pub. Gideon Tyler. Je n'ai aucune preuve manifeste qu'il est derrière tout ça. Ruiz est allé à son dernier domicile connu. Il n'y avait personne.

Veronica a déposé deux demandes de renseignements officielles auprès du ministère de la Défense. Silence radio pour le moment. Nous ignorons si Tyler est toujours enrôlé dans l'armée ou s'il a démissionné. Quand a-t-il quitté l'Allemagne ? Depuis combien de temps est-il rentré ? Qu'a-t-il fait depuis ?

On retrouve la voiture de Maureen un peu après 5 heures du matin, garée dans Queen Street, près du portail de Victoria Park. Deux lions dressés surveillent le véhicule du haut de leur socle en pierre. Les phares sont allumés. La portière côté conducteur est ouverte. Le portable de Maureen est posé sur le siège. La batterie est à plat.

Le Victoria Park couvre une trentaine d'hectares ; il y a sept entrées. Je scrute l'obscurité à travers les grilles. Le ciel est violet foncé une heure avant l'aube, et le fond de l'air est glacial. Nous pourrions avoir un millier de policiers retournant chaque feuille sans trouver Maureen pour autant.

En réalité, nous n'en avons que deux douzaines affublés de vestes réfléchissantes et armés de torches. Les chiens policiers seront là vers 7 heures. Un hélicoptère balaie le ciel au-dessus de nous, comme rattaché au sol par un pinceau de lumière.

Nous progressons deux par deux. Je fais équipe avec Monk. Ses longues jambes sont faites pour parcourir de vastes étendues dans le noir ; sa voix résonne comme une corne de brume à mes oreilles. Une lampe de poche dans une main, ma canne dans l'autre, je suis le faisceau lumineux qui jette des reflets argentés sur l'herbe mouillée et les arbres.

Nous restons sur l'allée de gravier jusqu'à ce que nous ayons dépassé les courts de tennis, puis nous bifurquons à droite pour gravir la pente. Dans la partie haute du parc, les résidences de style palladien du Royal Crescent se découpent sur le ciel. Des lumières s'allument. Les gens ont entendu l'hélicoptère.

Deux douzaines de torches avancent entre les arbres, pareilles à de grosses lucioles qui n'arrivent pas à décoller. Les lampes du parc font songer à des boules jaunes estompées par la brume précédant l'aube.

Monk a une radio. Il s'arrête brusquement et la porte à son oreille. Le message est ponctué de parasites. Je ne saisis que quelques mots. Il est question de Maureen et d'une arme.

« Venez, professeur, dit Monk en me saisissant le bras.

— Que se passe-t-il ?

— Elle est vivante. »

En courant à moitié, clopin-clopant, je me démène pour le suivre. Nous longeons à présent la Royal Avenue en direction du bassin et du parc d'aventures. Je connais ce coin-là du Victoria Park. J'y suis venu un jour en fin d'après-midi avec Charlie et Emma pour regarder des montgolfières s'élever dans le ciel.

Le vieux kiosque à musique datant de l'époque victorienne surgit de l'obscurité tel un énorme moule à gâteau coupé en deux, posé à côté du plan d'eau. Des branches basses couvrent les espaces entre les arbres.

Soudain je la vois. Maureen. Nue. Agenouillée dans le kiosque, les bras en croix dans la position classique du stress. Elle doit souffrir le martyre, ses bras pesant de plus en plus lourd à chaque instant. Dans sa main gauche, elle tient un pistolet qui doit ajouter au poids. Elle porte un masque noir comme on en donne aux passagers sur les vols long courrier.

Le faisceau d'une torche m'éblouit. Je lève la main pour me protéger les yeux. Safari Roy rabaisse sa lampe.

« J'ai appelé le GIA. »

Je me tourne vers Monk en quête d'une explication.

« Le groupe d'intervention armé, dit-il.

— Je ne pense pas qu'elle tirera sur qui que ce soit.

— C'est le protocole. Elle a une arme à feu.

— A-t-elle proféré des menaces ? »

Roy me dévisage, incrédule.

« Ce pistolet a l'air plutôt menaçant, nom d'un chien ! Chaque fois qu'on s'approche, elle l'agite dans tous les sens. »

Je scrute les abords. Maureen est à genoux, tête penchée. En plus du masque qu'elle porte sur les yeux, elle a quelque chose d'autre autour de la tête. Des écouteurs.

« Elle ne peut pas vous entendre, dis-je.

— Comment ça ?

— Regardez ses écouteurs. Ils sont probablement reliés à un portable. Elle parle à quelqu'un. »

Roy aspire de l'air entre ses dents.

Ça recommence. Il l'a isolée.

L'inspecteur Cray arrive, tout essoufflée. Le bas de son pantalon est trempé et elle a mis un bonnet en laine qui lui fait une tête toute ronde.

« Où a-t-elle déniché un pistolet, bon sang de bonsoir ? »

Personne ne répond. Un gros canard, perturbé par le bruit, décolle au milieu des hautes herbes qui bordent le bassin. L'espace d'un instant, il donne l'impression de marcher sur l'eau avant de prendre de l'altitude en soulevant son train d'atterrissage.

Maureen doit être frigorifiée. Depuis combien de temps est-elle là ? Le moteur de sa voiture était froid et les batteries des phares presque à plat. Cela fait douze heures qu'elle a disparu. Il a eu tout ce temps-là pour la briser... pour emplir son esprit de pensées insoutenables, instiller du poison dans ses oreilles.

Où est-il ? Il surveille. Les policiers devraient interdire l'accès au parc et installer des barrages routiers aux alentours. Non. Dès qu'il les verra se déployer pour se lancer à sa recherche, il incitera probablement Maureen à se servir de son arme. Nous devons agir discrètement – en resserrant les mailles du filet.

Il faut commencer par mettre fin à l'appel. Il doit bien y avoir un moyen d'isoler la station de base la plus proche, de la fermer. Les terroristes se servent de téléphones cellulaires pour déclencher des bombes. Il y a sûrement un interrupteur général pour geler les communications en cas d'alerte à la bombe.

Maureen n'a pas bougé. À cause du masque, on dirait qu'elle a des trous noirs à la place des yeux. Ses bras tremblent sans qu'elle arrive à se contrôler.

L'arme est trop lourde pour qu'elle puisse la maintenir en l'air. Une mare obscure tache le béton à ses pieds.

Il faut que j'arrive à rompre le sort qu'il lui a jeté. Ses pensées tournent en boucle dans son esprit. C'est un phénomène similaire à celui que connaissent les victimes de troubles obsessionnels compulsifs qui doivent se laver les mains un certain nombre de fois, vérifier les serrures ou éteindre les lumières dans un certain ordre. C'est lui qui les lui a mises dans la tête – elle ne peut plus s'en débarrasser. Je dois interrompre le processus, mais comment ? Elle ne peut ni me voir ni m'entendre.

Le jour commence à poindre. Le vent est tombé. J'entends des sirènes au loin. Le GIA. Ils arrivent, armés jusqu'aux dents.

Maureen baisse peu à peu les bras. Ils sont trop lourds. Peut-être qu'en se jetant sur elle, les policiers pourraient la désarmer avant qu'elle tire.

Veronica fait signe à ses hommes de rester en retrait. Elle ne veut pas de blessés. Je capte son attention.

« Laissez-moi lui parler.

— Elle ne peut pas vous entendre.

— Laissez-moi essayer.

— Attendez le GIA.

— Elle n'arrivera pas à tenir cette arme encore très longtemps.

— Tant mieux.

— Détrompez-vous. Il la forcera à faire quelque chose avant qu'elle lâche prise. »

Elle jette un rapide coup d'œil dans la direction de Monk.

« Donnez-lui un gilet pare-balles.

— Bien, chef. »

On va chercher le gilet dans une des voitures. Les boucles sont défaites, puis serrées autour de mon torse. Monk m'enlace comme un danseur de tango. Le gilet est plus léger que je ne l'imaginais, mais volumineux. Je marque un temps d'arrêt. Le ciel a pris des tonalités de turquoise et de mauve. Armé de ma canne et d'une couverture, je m'avance vers Maureen sans quitter le pistolet des yeux.

Je m'arrête à une quinzaine de mètres et je prononce son nom. Elle ne réagit pas. Les écouteurs la coupent de son environnement. J'entrevois le fil descendant le long de son torse vers le portable posé entre ses genoux.

Je répète son nom, plus fort cette fois-ci. L'arme s'oriente vers moi – trop à gauche et puis à droite. Il est en train de lui expliquer où elle doit viser.

Je fais un pas vers la gauche. Le pistolet me suit. Si je bondissais sur elle, elle n'aurait peut-être pas le temps de réagir. J'arriverais à lui arracher l'arme des mains.

C'est stupide. De la folie. J'entends la voix de Julianne. Me houspillant. « Pourquoi faut-il que ce soit toi qui aille au-devant du danger ? Pourquoi ne cours-tu pas plutôt dans la direction opposée en appelant à l'aide ? »

Je suis au pied des marches maintenant. Je lève ma canne et je l'abats avec vigueur sur la rambarde. Le claquement fait écho dans le parc, amplifié par la pénombre. Maureen sursaute. Elle a entendu le bruit.

Je frappe à nouveau la balustrade une fois, deux fois, trois fois pour détourner son attention de la voix qui lui parle dans le casque. Elle secoue la tête. Son bras gauche se plie et ses doigts soulèvent le masque qu'elle a sur les yeux. Elle cille pour essayer de focaliser sa vision. Ses joues sont striées de larmes. Le canon du pistolet n'a pas bougé. Elle ne *veut* pas me tirer dessus.

Je lui fais signe d'ôter ses écouteurs. Elle secoue la tête. Je lève un doigt et articule : « Une minute. »

Nouveau refus. C'est lui qu'elle écoute. Pas moi.

Je fais un pas de plus vers elle. L'arme se stabilise. Les gilets pare-balles sont-ils efficaces ? Arrêtent-ils une balle à cette portée ?

Maureen hoche la tête à l'adresse de personne et lève la main vers ses écouteurs qu'elle soulève du côté gauche. C'est lui qui lui a dit de le faire. Il veut qu'elle m'écoute.

« Vous souvenez-vous de moi, Maureen ? »

Un bref hochement de tête.

« Savez-vous où vous êtes ? »

Un autre hochement de tête.

« Je comprends ce qui se passe, Maureen. Quelqu'un vous parle. Vous l'entendez à l'instant même. » Ses cheveux lui sont tombés sur les yeux. « Il dit qu'il détient quelqu'un… quelqu'un de proche. Votre fils. »

Elle acquiesce d'un air pitoyable.

« Ce n'est pas vrai, Maureen. Il ne détient pas Jackson. Il vous ment. »

Elle secoue la tête.

« Écoutez-moi. Jackson est à la maison avec Bruno. Il est en sécurité. Rappelez-vous ce qui est arrivé à Christine et à Sylvia ? La même chose. Il a dit à Christine qu'il avait Darcy et à Sylvia qu'il avait Alice, mais ce n'était pas vrai. Darcy et Alice vont bien. Elles n'ont jamais été en danger. »

Elle a envie de me croire.

« Je sais qu'il est très convaincant, Maureen. Il sait des tas de choses sur vous, n'est-ce pas ? »

Elle hoche la tête.

« Sur Jackson aussi. Où il va à l'école. Comment il est physiquement.

— Il est rentré en retard, sanglote-t-elle. J'ai attendu… Je l'ai appelé sur son portable.

— On le lui avait volé.

— Je l'ai entendu crier.

— C'était une ruse. Jackson était enfermé dans les vestiaires du stade de foot. Mais il en est sorti maintenant. Il est en sécurité. »

Je m'efforce de ne pas fixer mon attention sur le canon de l'arme. Tout coïncide maintenant. Il a dû voler le portable de Jackson puis l'enfermer dans le vestiaire. Ses appels au secours ont été enregistrés et retransmis à Maureen.

Elle a entendu son fils crier. Cela a suffi à la convaincre. Cela aurait été le cas pour la plupart des gens. Moi compris.

Le pistolet bouge constamment, peignant l'air en tous sens. Maureen a l'index sur la détente. Elle a les mains gelées. Même si elle voulait dégager son doigt, elle n'y arriverait probablement pas.

Du coin de l'œil, j'aperçois des formes accroupies entre les arbres et les fourrés. Le groupe d'intervention armé. Ils ont des fusils.

« Écoutez-moi, Maureen. Vous pouvez parler à Jackson. Posez cette arme et nous l'appellerons tout de suite. » Je sors mon portable de ma poche. « Je vais téléphoner à Bruno. Il vous passera Jackson. »

Je perçois un changement en elle. Elle m'écoute. Elle veut me croire… espérer. Puis, tout aussi brusquement, en une fraction de seconde, elle écarquille les yeux et repose l'écouteur sur son oreille.

« NON. NE L'ÉCOUTEZ PAS. »

Son regard vacille. Le canon du pistolet décrit des huit. Elle a une chance sur deux de m'atteindre.

« JACKSON EST EN SÉCURITÉ. JE VOUS LE PROMETS. »

Quelque chose a disjoncté dans sa tête. Elle ne m'écoute plus. Elle tient l'arme à deux mains maintenant. Fermement. Elle va le faire. Elle va appuyer sur la détente. S'il vous plaît, Maureen, ne me tirez pas dessus.

Je me jette sur elle. Ma jambe gauche se bloque et me fait basculer. Au même moment, l'air explose et le corps de Maureen est secoué de tremblements. Une brume rouge m'asperge les yeux. Je cligne des paupières. Elle plonge en avant, à genoux, face contre terre, les hanches en l'air, comme si elle se soumettait au nouveau jour.

Le portable tombe sur le béton. Le pistolet suit le même chemin en rebondissant à plusieurs reprises avant de glisser pour venir atterrir sous mon menton.

Quelque chose à l'intérieur de moi s'est ouvert : un vide noir que la rage inonde. J'attrape l'appareil et je hurle : « VA TE FAIRE FOUTRE, SALE MALADE ! »

L'insulte me revient en écho. Silence. Ponctué par le son d'une respiration. Calme. Paisible.

Les gens courent vers moi. Un policier en gilet pare-balles s'accroupit à trois mètres de moi en braquant son fusil sur moi.

« Posez cette arme, monsieur. »

Mes oreilles bourdonnent encore. Je regarde le pistolet que je tiens à la main.

« Monsieur, veuillez poser cette arme. »

44.

Le soleil s'est levé, mais il se cache derrière des nuages gris qui semblent suffisamment bas pour avoir été peints à la main. Des toiles en plastique blanc, tendues entre des piliers, protègent l'endroit où Maureen Bracken est tombée.

Elle est en vie. La balle a pénétré sous sa clavicule droite pour ressortir quinze centimètres sous son épaule droite, près du milieu du dos. Le tireur d'élite de la police a visé de manière à la blesser, sans la tuer.

Des chirurgiens sont sur le pied de guerre à l'Hôpital Royal de Bristol. Maureen est en route dans une ambulance escortée par deux voitures de police. Les entrées du parc ont été fermées et l'on patrouille le long des grilles du périmètre.

Deux cordons de sécurité – un intérieur, l'autre extérieur – forment des cercles concentriques autour du kiosque, limitant l'accès de manière à permettre à l'équipe médico-légale de préserver la scène du crime. Assis sur les marches, enveloppé dans une couverture argentée, je les regarde travailler. Le sang sur mon visage a séché sous la forme de croûtes fragiles qui s'effritent sous mes doigts.

Veronica me rejoint. Je serre le poing gauche et je le relâche. Ça n'arrête pas le tremblement.

« Comment ça va ?

— Ça va.

— Ça n'a pas l'air. Je peux demander à quelqu'un de vous ramener chez vous.

— Je vais rester encore un peu. »

L'inspecteur médite la chose un moment en contemplant la mare aux canards où un saule plonge ses branches dans une eau écumeuse. Un mandat de perquisition a été lancé contre Gideon Tyler à sa dernière adresse connue, avec davantage d'empressement cette fois-ci. La police interroge ses voisins et cherche des liens familiaux. Les moindres aspects de sa vie vont être consignés et vérifiés par recoupements.

« Vous pensez que c'est lui ?

— Oui.

— Que peut-il espérer obtenir en assassinant les amies de sa femme ?

— C'est un sadique pervers. Il n'a pas besoin de motif.

— Mais vous pensez qu'il en a un.

— Oui.

— L'entrée par effraction chez les Chambers, les appels téléphoniques, les menaces, tout cela a commencé quand Helen l'a quitté et a disparu avec Chloe. Gideon essaie de les trouver.

— D'accord, je peux comprendre ça, mais elles sont mortes maintenant.

— Peut-être est-il fâché et amer au point de vouloir détruire tous les proches de sa femme. Comme je vous l'ai dit, les sadiques pervers n'ont pas besoin de raisons particulières pour agir. Ils sont mus par des impulsions tout à fait distinctes. »

Je prends mon visage à deux mains. Je suis fatigué. Mon esprit est fatigué, pourtant il ne peut pas s'arrêter de carburer. Quelqu'un s'est introduit chez Christine

Wheeler et a ouvert les lettres de condoléances. Cette personne cherchait un nom ou une adresse.

« Il y a une autre explication, dis-je. Il est possible que Gideon pense qu'elles ne sont pas mortes. Il s'imagine peut-être que la famille et les amis d'Helen la cachent ou qu'ils savent où elle se trouve.

— Ce qui le pousse à les torturer ?

— Et quand ça ne marche pas, il les tue dans l'espoir de forcer Helen à sortir de sa cachette. »

Veronica ne semble ni surprise ni choquée. Les couples divorcés et séparés s'infligent parfois des choses terribles. Ils se disputent leurs enfants, les kidnappent, voire pire. Helen Chambers a été mariée huit ans à Gideon Tyler. Même dans la mort, elle ne peut lui échapper.

« Je vais demander à Monk de vous raccompagner.

— Je veux voir la maison de Tyler.

— Pourquoi ?

— Ça pourrait m'aider. »

L'intérieur de la voiture a une odeur de renfermé mêlée à la transpiration et à la chaleur artificielle. Nous regagnons Bristol par la Bath Road, en fonçant entre les feux rouges.

Je m'adosse au siège au tissu graisseux et je regarde par la fenêtre. Rien ne m'est familier. Ni les usines à gaz gainées d'acier ni le dessous des ponts de chemin de fer, ni le gratte-ciel en ciment gris.

Nous quittons la route pour descendre brusquement dans une jungle peuplée de rangées de maisons en ruine, d'usines, de repaires de drogués, de poubelles, de boutiques barricadées, de chats égarés et de femmes qui font des pipes dans les voitures.

Gideon Tyler habite un peu à l'écart de Fishponds Road, à l'ombre de la M32. Il occupe un vieil atelier de réparation délabré avec une cour en asphalte entourée d'une clôture surmontée de barbelés. Des sacs en plastique sont pris au piège contre le grillage et des pigeons tournent en rond dans la cour tels des détenus dans une cour de prison.

Le propriétaire, M. Swingler, est arrivé avec les clés. Il a l'air d'un vieux skinhead avec ses Doc Martens, son jean et son T-shirt étriqué. Il y a quatre serrures. M. Swingler n'a qu'une seule clé. La police lui dit de reculer.

Un bélier au nez camus oscille une fois… deux fois… trois fois. Les charnières se rompent en éclats et la porte d'entrée cède. Les policiers passent d'abord, accroupis, en tournant en vrille de pièce en pièce.

« La voie est libre.

— Libre.

— Libre. »

Je dois attendre dehors avec M. Swingler. Le proprio me dévisage.

« Combien vous soulevez ?

— Pardon ?

— Combien de poids vous soulevez ?

— Je n'en ai pas la moindre idée.

— Moi je peux porter cent vingt kilos. Quel âge vous me donnez ?

— Je ne sais pas.

— Quatre-vingts. »

Il fait jouer son biceps.

« Pas mal, hein ? »

Je sens qu'il ne va pas tarder à me proposer un bras de fer.

Le rez-de-chaussée a été exploré. Monk dit que je peux entrer. Ça sent le chien et les journaux mouillés. La cheminée a servi à brûler des papiers.

Les plans de la cuisine sont propres et les placards rangés. Assiettes et tasses s'alignent sur une étagère, à une distance égale. Même constat dans la réserve. Les provisions de riz et de lentilles sont conservées dans des boîtes en fer hermétiques, à côté des légumes en boîte et du lait longue conservation. Il y a de quoi tenir un siège en cas de catastrophe.

En haut, le lit a été défait. Les draps lavés sont pliés sur le matelas, prêts pour l'inspection. La salle de bains a été récurée, passée à l'eau de Javel. J'ai des visions de Gideon nettoyant le carrelage avec sa brosse à dents.

Toute maison, toute garde-robe, tout panier de provisions nous renseigne sur son propriétaire. Ce lieu n'échappe pas à la règle. C'est la demeure d'un soldat, dont les routines et le régime alimentaire font intrinsèquement partie de sa vie. Sa penderie contient cinq chemises vertes, six paires de chaussettes, une paire de bottes noires, une veste de sport, une paire de gants avec des incrustations vertes, un poncho... Ses chaussettes sont nouées ensemble, formant un sourire en laine. Ses chemises ont des plis, espacés régulièrement devant et derrière. Elles sont pliées, et non pas pendues.

En considérant tous ces détails, je peux échafauder des hypothèses. La psychologie est une question de probabilités et de perspectives ; des courbes statistiques qui contribuent à prévoir le comportement humain.

Les gens ont peur de Gideon, ils ne veulent pas parler de lui ou font comme s'il n'existait pas. Il ressemble à ces monstres que je « supprime » dans les histoires que je lis à Emma parce que je ne veux pas qu'elle fasse des cauchemars.

Attention au Cuisant mordant… les mâchoires qui mordent, les griffes qui attrapent !

Un cri retentit dehors, dans la cour. On réclame un maître-chien. Je redescends, je sors par la porte de derrière et le portail latéral pour gagner l'atelier. Un chien se déchaîne derrière une porte à volet roulant.

« Je veux le voir.

— On devrait attendre le maître-chien, suggère Monk.

— Soulevez juste la porte de quelques centimètres. »

Je m'agenouille et pose la tête par terre. Monk force la serrure du rideau métallique à l'aide d'une pince-monseigneur et le soulève d'un centimètre, puis de deux. L'animal se jette sur la porte en grognant férocement.

J'aperçois son reflet dans une glace au-dessus d'un lavabo, une image fugace de pelage fauve et de crocs.

J'ai des fourmillements dans le ventre. Je reconnais ce chien. Je l'ai déjà vu. Il est sorti comme une furie de l'appartement de Patrick Fuller en retroussant les babines pour se jeter sur les policiers venus arrêter son maître, prêt à leur déchiqueter la gorge. Qu'est-ce qu'il fait ici ?

45.

Une sirène hurle des injures aux passants tandis que la voiture de police slalome dans la circulation en faisant des appels de phares pareils à des yeux fous de chagrin. Les vieux et les enfants se retournent et regardent. Les autres poursuivent leur chemin, comme indifférents à ce tintamarre.

Nous traversons Bristol en dégageant les rues sur notre passage, descendons Temple Way en passant la gare de Temple Meads pour gagner York Road, puis Coronation Road. J'ai des palpitations. Nous avions Patrick Fuller en garde à vue. J'ai convaincu Veronica Cray de le laisser partir.

Vingt minutes passent en accéléré dans un flou de vitesse et de hurlements de sirènes. Nous sommes sur le trottoir devant l'immeuble de Fuller. Je reconnais le béton gris et les traces de rouille sous l'encadrement des fenêtres.

D'autres voitures de police se rangent autour de nous, le nez dans le caniveau. L'inspecteur briefe son équipe. Personne ne me prête attention. Je suis superflu. En trop.

Le sang de Maureen Bracken a séché sur ma veste. De loin, on doit avoir l'impression que j'ai commencé à rouiller, comme un homme en fer-blanc à la recherche d'un cœur. Je garde mon sang-froid. Mon pouce et mon index gauches se sont remis à « émietter du pain ». Je tiens ma canne dans ma main gauche pour tenter de la calmer.

Je suis la police à l'étage. Ils n'ont pas de mandat de perquisition. Veronica lève le poing et frappe.

La porte s'ouvre. Une jeune femme s'encadre dans la pénombre. Elle porte un haut court bleu pétant, un jean et des sandales. Un gros bourrelet fait saillie au-dessus de la ceinture de son pantalon.

Elle joue les jeunettes, mais c'est raté. Elle était peut-être jolie il y a dix ans, mais elle devrait cesser de s'habiller comme une adolescente. Elle n'est plus de la première fraîcheur.

C'est la sœur cadette de Fuller. Elle loge chez lui. Je saisis des bribes de ses réponses, mais pas suffisamment pour comprendre ce qui se passe. Veronica l'entraîne à l'intérieur en me laissant en rade dans le couloir. J'essaie de me glisser à côté du policier en sentinelle. Il me barre la route en faisant un pas de côté.

La porte reste ouverte. Je vois Veronica assise dans un fauteuil en train de parler à cette femme. Roy observe la scène de la cuisine à travers un passe-plat ; Monk semble monter la garde à la porte de la chambre.

L'inspecteur m'aperçoit. Un hochement de tête, et le policier se décide à me laisser passer.

« Voici Cheryl, me dit-elle. Son frère Patrick est hospitalisé à la clinique Fernwood apparemment. »

Je connais. C'est un hôpital psychiatrique privé de Bristol.

« Quand a-t-il été admis ?

— Il y a trois semaines.

— Est-il là-bas à plein temps ?

— Il semblerait que oui. »

Cheryl extirpe une cigarette d'un paquet froissé et la redresse. Elle est assise au bord du canapé, genoux serrés. Nerveuse.

Je lui demande pourquoi Patrick est à Fernwood.

« Parce que l'armée l'a foutu en l'air. Il est rentré d'Irak grièvement blessé. Il a failli y rester. On a dû lui reconstruire les triceps – lui en faire des nouveaux avec d'autres muscles cousus ensemble. Il a fallu des mois avant qu'il puisse ne serait-ce que lever le bras. Il n'est plus le même depuis, il a changé, vous comprenez. Il fait des cauchemars. »

Elle allume la cigarette. Souffle un missile de fumée.

« L'armée n'en avait rien à foutre, continue-t-elle. Ils l'ont foutu dehors pour cause de troubles du comportement. Allez savoir ce que ça veut dire.

— Qu'en disent les médecins de Fernwood ?

— Ils disent que Pat souffre de stress post-traumatique. C'est pas étonnant après ce qu'il a subi. L'armée l'a rétamé. Ils lui ont donné une médaille et lui ont dit de foutre le camp.

— Connaissez-vous quelqu'un du nom de Gideon Tyler ? »

Elle hésite.

« C'est un copain de Pat. C'est lui qui l'a fait admettre à Fernwood.

— Comment se sont-ils connus ?

— Ils étaient à l'armée ensemble. »

Elle écrase sa cigarette dans un cendrier et en allume une autre.

« Il y a neuf jours, un vendredi, la police a arrêté un homme dans cet appartement, ajouté-je.

— C'était pas Pat en tout cas.

— Qui est-ce que ça pouvait être d'autre ? »

Cheryl se passe la langue sur les dents en laissant des traînées de rouge à lèvres sur l'émail. « Ça doit être

Gideon. » Elle tire vigoureusement sur sa cigarette et cligne des yeux à cause de la fumée. « Il surveille l'appart depuis que Pat est à Fernwood. On a intérêt. Ces sales blacks du lotissement vous voleraient votre prénom si vous les laissiez faire.

— Où habitez-vous ?

— À Cardiff. Je partage un appart avec mon petit ami, Gerry. Je viens tous les quinze jours voir Pat. »

Lèvres serrées, Veronica Cray regarde fixement le sol d'un air contrarié.

« Il y avait un chien ici. Un pitbull.

— Ouais. Capo, répond Cheryl. Il appartient à Pat. Gideon le garde.

— Avez-vous une photo de Patrick ?

— Sûrement quelque part. »

Elle se lève et se frotte les cuisses où son jean trop serré fait des plis. En vacillant sur ses talons hauts, elle se faufile à côté de Monk, torse contre torse, en le gratifiant d'un demi-sourire.

Elle ouvre les tiroirs et les portes de la penderie.

« Quand êtes-vous venue pour la dernière fois ?

— Il y a dix ou douze jours. »

De la cendre tombe de sa cigarette calée au coin de ses lèvres et salit son jean dans sa chute.

« Je suis venue voir Pat. Gideon était là à occuper les lieux comme s'il était chez lui.

— Que voulez-vous dire ?

— C'est un drôle de gus, vous savez. Ça doit être l'armée qui leur fait ça. Ça les fout en l'air. Il a un caractère de cochon, ce Gideon. Je m'étais juste servi de son portable merdique. Rien qu'un coup de fil. Il a pété les plombs. Un seul malheureux coup de fil.

— Pour commander une pizza », dis-je. Elle me dévisage comme si je lui avais volé sa dernière cigarette.

« Comment le savez-vous ?

— Un coup de bol. »

L'inspecteur Cray me jette un regard en coulisse.

Cheryl a trouvé un gros album de photos en haut d'une étagère.

« J'ai dit à Gideon qu'il devrait se faire enfermer à Fernwood avec Patrick. Je n'ai pas traîné après ça. J'ai appelé Gerry. Il est venu me chercher. Il voulait casser la gueule à Gideon et il aurait sans doute pu le faire, mais je lui ai dit que ça valait pas le coup. »

Elle tourne l'album dans notre direction en le tenant ouvert contre sa poitrine.

« Voilà Pat. La photo a été prise au défilé organisé quand ils ont fini leurs classes. Il est beau comme un dieu. »

Patrick Fuller est en tenue de cérémonie. Ses cheveux bruns foncés sont rasés aux tempes. Avec son sourire un peu en biais, il a l'air de sortir du secondaire. Mais surtout, ce n'est pas l'homme que la police a arrêté il y a neuf jours ; celui qu'on a interrogé au commissariat de Trinity Road.

Cheryl pose un ongle rongé sur une autre photo.

« Là aussi, c'est lui. »

Un groupe de soldats sont debout et accroupis au bord d'un terrain de basket-ball à la fin d'un match. Patrick est torse nu, en pantalon de camouflage. Il est assis sur ses talons avec désinvolture, un bras sur son genou, sa poitrine musclée étincelante de sueur.

Cheryl tourne quelques pages.

« Il devrait y en avoir une de Gideon quelque part. »

Elle n'arrive pas à la trouver. Elle retourne à la première page, cherche à nouveau.

« C'est bizarre. Elle n'est plus là. »

Elle désigne un carré vide sur une page.

« Y en avait une là, j'en suis certaine », dit-elle.

Parfois un espace vide dans un album en dit aussi long que n'importe quelle photo. Gideon l'a enlevée. Il ne veut pas qu'on connaisse son visage. Ça n'a pas d'importance. Je me souviens de lui. De ses yeux gris clairs, de ses lèvres fines. Je le vois encore arpentant la pièce, enjambant des souricières invisibles, le visage animé par des tics et des grimaces. Il affabulait. Il inventait des histoires impossibles. C'était un numéro parfaitement au point.

J'ai basé ma carrière sur mon aptitude à déterminer si quelqu'un ment, se montre délibérément vague ou perfide, mais Gideon Tyler m'a mené en bateau. Ses mensonges étaient presque parfaits parce qu'il s'est arrangé pour mener la conversation, faire des diversions, me déconcentrer. Pas de pauses intempestives, le temps de concocter quelque chose de nouveau ou d'ajouter un détail superflu. Ses réactions physiologiques inconscientes elles-mêmes ne révélaient rien. La dilatation de ses pupilles, de ses pores, son tonus musculaire, la coloration de sa peau, le rythme de sa respiration entraient dans les paramètres normaux.

J'ai convaincu l'inspecteur Cray de le laisser partir. J'ai dit qu'il n'avait pas pu pousser Christine Wheeler à sauter du pont suspendu de Clifton. J'avais tort.

Veronica donne des ordres. Safari Roy griffonne des notes en tâchant de suivre. Elle veut une liste des amis de Tyler, des membres de sa famille, de ses copains de régiment et de ses anciennes petites amies.

« Allez les voir. Mettez-leur la pression. L'un d'eux doit savoir où il se trouve. »

Elle ne m'a pas adressé la parole depuis qu'on a quitté l'appartement de Fuller. La disgrâce est un sentiment étrange ; ça fait comme des papillons dans l'estomac. Les récriminations publiques viendront plus tard, mais en privé, ça commence tout de suite. Mise en cause, condamnation, châtiment.

La clinique Fernwood est un édifice classé, niché au milieu d'un parc boisé de trois hectares à la lisière du Durdham Down. Le bâtiment principal était jadis un manoir ; on y accède par une allée privée.

Le directeur de l'établissement accepte de nous parler dans son bureau. Il s'appelle Caplin et nous accueille comme si nous étions venus passer le week-end dans son domaine pour chasser.

« N'est-ce pas magnifique ! » s'exclame-t-il en contemplant les jardins depuis l'ample baie vitrée de son bureau. Il nous propose des rafraîchissements. S'assoit.

« J'ai entendu parler de vous, Pr O'Loughlin, me dit-il. Quelqu'un m'a dit que vous étiez venu vous installer dans la région. Je me suis dit que j'avais des chances de voir votre CV passer entre mes mains à un moment donné ou à un autre.

— Je n'exerce plus.

— C'est dommage. Nous serions heureux d'avoir quelqu'un d'aussi expérimenté que vous dans notre équipe. »

Je survole la pièce du regard. Le décor est un amalgame de Laura Ashley et d'Ikea avec une touche de technologie nouvelle. La cravate du Dr Caplin est presque assortie aux rideaux.

Je sais un certain nombre de choses sur cette clinique. Elle appartient à une entreprise privée, et sa clientèle se compose de patients suffisamment bien nantis pour s'acquitter de frais d'hospitalisation substantiels.

« Quels types de troubles traitez-vous ?

398

— Troubles du comportement alimentaire et toxi-comanie principalement, mais nous faisons aussi un peu de psychiatrie générale.

— Nous nous intéressons à Patrick Fuller, un ancien soldat. »

Le docteur fait la moue.

« Nous soignons beaucoup de militaires, des soldats en service et des vétérans. Le ministère de la Défense nous adresse la plupart de nos patients.

— La guerre n'est-elle pas une chose merveil-leuse ? » marmonne Veronica Cray. Le Dr Caplin se crispe et ses iris noisette semblent se fragmenter sous l'effet de la colère.

« Nous faisons un travail important ici, inspecteur. Nous aidons les gens. Je ne suis pas là pour commenter la politique étrangère de notre gouvernement ou la manière dont il mène ses guerres.

— Oui, oui, bien sûr, dis-je. Je suis certain que votre contribution est essentielle. Nous nous inté-ressons uniquement à Patrick Fuller.

— Au téléphone, vous m'avez laissé entendre qu'il avait été victime d'une usurpation d'identité.

— Oui.

— Vous comprendrez, j'en suis sûr, professeur, que je ne peux en aucun cas vous donner des informations sur son traitement.

— Je comprends.

— Vous ne chercherez donc pas à voir son dossier ?

— Pas à moins qu'il avoue un meurtre », intervient l'inspecteur.

Le sourire du médecin a disparu depuis longtemps.

« Je ne comprends pas. Que lui reproche-t-on exac-tement ?

« — C'est ce que nous cherchons à établir, répond Veronica. Nous désirons parler à Patrick Fuller et j'espère que vous coopérerez pleinement. »

Le Dr Caplin se tapote les cheveux comme pour en vérifier la longueur.

« Inspecteur, je vous assure que cet hôpital est au mieux avec la police d'Avon & Somerset. Je suis en excellents termes avec votre directeur adjoint, M. Fowler. »

De tous les noms qu'il aurait pu citer, il a fallu qu'il choisisse celui-là. Veronica Cray ne tique même pas.

« Eh bien, docteur, je n'omettrai pas de transmettre vos meilleurs souvenirs à notre directeur. Je suis sûre qu'il appréciera autant que moi votre coopération. »

Le Dr Caplin hoche la tête, satisfait.

Il sort un dossier. L'ouvre.

« Patrick Fuller souffre de stress post-traumatique et d'anxiété générale. Il est suicidaire et il est hanté par la culpabilité en conséquence de la perte de ses camarades en Irak. Il est souvent confus, désorienté. Il a des sautes d'humeur, parfois assez violentes.

— Jusqu'à quel point ? demande Veronica.

— Il ne met pas son entourage en péril et a fait preuve d'une attitude exemplaire. Nous faisons de nets progrès. »

À coups de trois mille livres la semaine, on est en droit de l'espérer.

« Pourquoi les psychiatres de l'armée n'ont-ils pas détecté ses troubles ?

— Patrick ne nous a pas été adressé par l'armée.

— Mais ses problèmes sont liés à son incorporation ?

— Oui.

— Qui couvre les frais de son traitement ?

— C'est une information confidentielle.

— Qui l'a amené ici ?

— Un ami.

— Gideon Tyler ?

— Je ne vois pas en quoi cela pourrait concerner la police. »

Veronica Cray en a assez entendu. Elle se lève, se penche par-dessus le bureau et décoche à Caplin un regard glacial qui le fait écarquiller les yeux.

« Je ne pense pas que vous mesuriez pleinement la gravité de la situation, docteur. Gideon Tyler est un suspect dans une enquête criminelle. Il se pourrait que Patrick Fuller soit complice. À moins que vous ne puissiez me fournir des preuves médicales établissant que M. Fuller court le risque d'être psychologiquement affecté par un interrogatoire, je vais vous demander pour la dernière fois de le mettre à notre disposition, ou je reviens avec un mandat d'arrêt pour chacun de vous sous l'inculpation d'obstruction à mon enquête. M. Fowler lui-même ne sera pas en mesure de vous aider à ce stade. »

Le Dr Caplin bredouille une réponse totalement incompréhensible. Toute trace d'arrogance a disparu. Veronica Cray n'a pas fini.

« Le Pr O'Loughlin est un spécialiste des troubles mentaux. Il sera présent durant l'entrevue. Si Patrick Fuller devient agité à un moment ou à un autre, si son état empire, je suis sûre que le professeur fera au mieux pour votre patient. »

Un silence. Puis le Dr Caplin prend son téléphone.

« Veuillez informer Patrick Fuller qu'il a de la visite. »

La chambre est spartiate : un lit simple, une chaise, un petit téléviseur sur un socle, une commode. Patrick est nettement plus petit que je ne l'imaginais d'après ses photos. Le beau soldat brun en tenue de cérémonie a été remplacé par une pâle imitation tout ébouriffée, en maillot de corps jauni sous les bras et pantalon de survêtement roulé en dessous de ses hanches qui font saillie comme des poignées de porte sous sa peau.

Le tissu cicatriciel laissé par son opération est plissé et durci sous son aisselle droite. Il a perdu du poids. Ses muscles ont fondu, et son cou est si maigre que sa pomme d'Adam ressemble à une grosseur cancéreuse qui tressaute quand il avale.

Je tire une chaise et je m'assois en face de lui de manière à emplir sa vision. Veronica a l'air de se satisfaire de rester près de la porte. Fernwood la met mal à l'aise.

« Bonjour, Patrick, je m'appelle Joe.

— Comment ça va, Joe ?

— Ça va bien. Et vous ?

— Je vais mieux.

— Avez-vous vu Gideon Tyler ? »

La question ne le surprend pas. Il est bourré de médicaments au point que ses humeurs et ses mouvements sont émoussés.

« Pas depuis vendredi.

— Vient-il vous voir souvent ?

— Le mercredi et le vendredi.

— C'est mercredi aujourd'hui.

— Alors il va passer, je pense. »

Il se pince la peau du poignet de ses longs doigts nerveux. Ça laisse des marques rouges.

« Vous le connaissez depuis longtemps ?

— Depuis que je suis entré dans les Paras. Il était sacrément dur. Il n'arrêtait pas de me casser les couilles, mais c'est parce que j'en fichais pas une rame.

— Il était officier ?

— Sous-lieutenant.

— Il n'est pas resté dans les Paras.

— Non, il a rallié la vase verte.

— Qu'est-ce que c'est ?

— Les services de renseignements et de sécurité de l'armée. On racontait des blagues à leur sujet.

— Quel genre de blagues ?

— Ce sont pas vraiment des soldats, vous savez. Ils passent leurs journées à coller des cartes ensemble et à les gribouiller avec des crayons de couleur.

— C'est ça que faisait Gideon ?

— J'en sais rien. Il ne me l'a jamais dit.

— Il a bien dû vous parler de quelque chose.

— Il aurait fallu qu'il me zigouille s'il m'avait raconté. »

Fuller sourit. Se tourne vers l'infirmière. « Quand est-ce que je peux avoir une infusion ? Un truc liquide chaud.

— Bientôt », répond-elle.

Patrick gratte sa cicatrice sous son aisselle.

« Gideon vous a-t-il dit pourquoi il était revenu en Angleterre ?

— Non. Il est pas très causant.

— Sa femme l'a quitté.

— Il paraît.

— Vous la connaissiez ?

— Gideon disait que c'était une sale pute.

— Elle est morte.

— Alors tant mieux.

— Sa fille aussi est morte. »

Patrick sursaute et se frotte la langue contre l'intérieur de sa joue.

« Comment Gideon se débrouille-t-il pour payer les factures dans un endroit comme celui-ci ? »

Patrick hausse les épaules. « Sa femme a du pognon.

— Mais elle est morte maintenant. »

Il me regarde d'un air penaud.

« On en a déjà parlé, non ?

— Gideon est-il venu vous voir lundi dernier ?

— C'était quand lundi ?

— Il y a deux jours.

— Ouais.

— Et le lundi d'avant ?

— Je me rappelle pas. Ça remonte à trop loin. C'était peut-être quand il m'a emmené manger dehors. On est allés dans un pub. Me souviens pas lequel. Vous n'avez qu'à vérifier le registre des visiteurs. Les entrées. Les sorties. »

Il se pince de nouveau le poignet. C'est un mécanisme de déclic destiné à empêcher son esprit de vagabonder, qui l'aide à rester à l'écoute.

« Pourquoi est-ce qu'il vous intéresse tellement, Gideon ?

— Nous aimerions lui parler.

— Fallait le dire ! »

Il sort un portable de la poche de son survêt.

« Je vais l'appeler.

— Pas la peine. Donnez-moi juste le numéro. »

Patrick appuie sur les touches.

« Si vous avez des questions à lui poser, vous n'avez qu'à le faire directement. »

Je jette un coup d'œil à Veronica Cray. Elle secoue la tête.

« Raccrochez », dis-je à Patrick d'un ton pressant.

Trop tard. Il me tend le portable.

Une voix répond.

« Salut, salut, comment va mon dingo préféré ? »

Un temps d'arrêt. Je devrais raccrocher. Je ne le fais pas.

« Ce n'est pas Patrick », dis-je.

Un autre silence.

« Comment vous êtes-vous débrouillé pour avoir son téléphone ?

— Il me l'a donné. »

Nouveau temps d'arrêt. Silence prolongé. Le cerveau de Gideon fonctionne à plein régime. Et puis je l'entends rire. J'imagine son expression.

« Bonjour, professeur, alors vous m'avez trouvé. »

L'inspecteur Cray fait le geste de se trancher la gorge. Elle veut que je raccroche. Tyler sait qu'il a été identifié. Personne ne piste le signal.

« Comment va Patrick ? demande Gideon.

— Ça va mieux, d'après lui. Cette clinique doit coûter bonbon.

— Les amis prennent soin les uns des autres. C'est une question d'honneur.

— Pourquoi vous êtes-vous fait passer pour lui ?

— La police a défoncé la porte de l'appartement. Personne n'a pris la peine de me demander qui j'étais. Vous avez tous supposé que j'étais Patrick.

— Et vous avez entretenu ce mensonge.

— Je me suis bien amusé. »

Patrick écoute, assis sur le lit, un sourire énigmatique sur les lèvres. Je me lève et sors dans le couloir en passant devant l'infirmière. Veronica Cray m'emboîte le pas en me chuchotant fort à l'oreille.

Gideon parle toujours. Il m'appelle M. Joe.

« Pourquoi continuez-vous à chercher votre femme ?

— Elle a pris quelque chose qui m'appartenait.

— Que vous a-t-elle pris ?

— Demandez-le-lui.

— J'aimerais bien, mais elle n'est plus de ce monde. Elle s'est noyée.

— Si vous le dites, monsieur Joe.

— Vous ne le croyez pas.

— Je la connais mieux que vous. »

C'est une affirmation grinçante, empreinte de haine.

« Que faisiez-vous avec le portable de Christine Wheeler ?

— Je l'ai trouvé.

— Sacrée coïncidence – trouver un téléphone qui appartenait à une vieille amie de votre femme.

— La vérité dépasse la fiction.

— Lui avez-vous dit de sauter du pont ?

— Je ne vois pas de quoi vous voulez parler.

— Et Sylvia Furness ?

— Ça me dit quelque chose. Ne serait-ce pas la présentatrice de la météo ?

— Vous l'avez obligée à s'attacher à un arbre avec des menottes et elle est morte d'hypothermie.

— Allez le prouver !

— Maureen Bracken est en vie. Elle va nous donner votre nom. La police va vous trouver, Gideon. »

Il glousse.

« Vous ne racontez que des conneries, monsieur Joe. Pour le moment, vous avez parlé d'un suicide, d'une mort provoquée par l'hypothermie et d'une fusillade policière. Rien à voir avec moi. Vous n'avez pas la moindre preuve tangible pour me lier avec ces histoires.

— Nous avons Maureen Bracken.

— Je ne l'ai jamais rencontrée. Demandez-lui.

— Je l'ai fait. Elle m'a dit qu'elle vous avait vu une fois.

— Elle ment. »

Les mots filtrent entre ses dents comme s'il mâchonnait un minuscule brin d'herbe.

« Aidez-moi à comprendre quelque chose, Gideon. Haïssez-vous les femmes ?

— Vous voulez dire intellectuellement parlant, physiquement ou en tant que sous-espèce ?

— Vous êtes misogyne.

— Je savais bien qu'il y avait un mot plus approprié. »

Il me titille maintenant. Il se croit plus futé que moi. Pour le moment, il n'a pas tort. J'entends une cloche d'école sonner en fond sonore. Des enfants crier, se bousculer.

« On pourrait peut-être se rencontrer, dis-je.

— Pourquoi pas ? On pourrait déjeuner ensemble un de ces quatre.

— Que diriez-vous de maintenant ?

— Désolé. Je suis occupé.

— Qu'est-ce que vous faites ?

— J'attends le bus. »

Des freins à air comprimé se font entendre dans le silence. Un moteur diesel cogne et vibre.

« Il faut que j'y aille, professeur. Ravi d'avoir discuté avec vous. Mes amitiés à Patrick. »

Il raccroche. J'appuie sur la touche bis. Son portable est éteint.

Je lève les yeux vers Veronica en secouant la tête. Elle expédie son pied droit botté dans une corbeille à papier qui se heurte au mur d'en face et rebondit. La grosse bosse sur le côté de la corbeille la fait se balancer périlleusement sur la moquette.

46

La porte du bus s'ouvre en chuintant. Les élèves avancent en force en se frayant un chemin entre les épaules. Certains portent des masques en papier mâché et des citrouilles évidées. Halloween est dans deux semaines.

Elle est là : en jupe à carreaux, collants noirs et pull vert bouteille. Elle trouve un siège au milieu du bus et laisse tomber son cartable à côté d'elle. Des mèches de cheveux se sont échappées de sa queue-de-cheval.

Je la dépasse en clopinant sur mes béquilles. Elle ne lève pas les yeux. Toutes les places sont prises. Je dévisage un des écoliers en me balançant d'avant en arrière sur mes cannes métalliques. Il se lève. Je m'assois.

Les garçons plus âgés ont réquisitionné les sièges du fond et interpellent leurs camarades à tue-tête par les fenêtres ouvertes. Le meneur a la bouche pleine d'appareils dentaires et un vague duvet au menton. Il observe la fille. Elle se ronge les ongles.

Le bus s'est mis en route. Il s'arrête de temps à autre pour déposer des passagers et en reprendre d'autres. Le môme aux appareils s'avance, passe à côté de moi. Il se penche sur le siège de la fille et lui prend son cartable. Elle essaie de le récupérer, mais il l'expédie un peu plus loin d'un coup de pied. Elle lui demande *poliment de le lui rendre. Il ricane. Elle lui dit qu'il se comporte comme un gamin.*

Je m'approche de lui par-derrière. Ma main donne l'impression de le prendre gentiment par le cou. C'est un geste amical en apparence – paternel, mais mes doigts serrent de part et d'autre de sa colonne vertébrale. Ses yeux lui sortent des orbites et ses chaussures à semelles épaisses sont en équilibre sur les pointes.

Ses copains se sont avancés dans l'allée. L'un d'eux me dit de lâcher prise. Je plonge mon regard dans le sien. Ils sombrent dans le silence. Le chauffeur du bus, un sikh en turban au teint couleur de boue, regarde dans le rétroviseur.

« Y a un problème ? s'écrie-t-il.

— Je crois que ce garçon est malade, je réponds. Il a besoin d'un peu d'air frais.

— Vous voulez que je m'arrête ?

— Il prendra le bus suivant. » Je regarde le garçon. « Pas vrai ? » Je bouge un peu la main. Il opine du bonnet.

Le bus s'arrête. Je pilote le mioche vers la porte arrière.

« Où est ton sac ? »

Quelqu'un le fait passer.

Je le laisse partir. Il s'affale sur le banc sous l'abri de bus. La porte se referme en chuintant. Nous redémarrons.

La fille me regarde d'un air incertain. Son sac est sur ses genoux maintenant, sous ses bras croisés.

Je m'assois devant elle, en posant mes béquilles contre la barre métallique.

« Sais-tu si ce bus va au-delà de Bradford Road ? »

Elle secoue la tête.

Je débouche une bouteille d'eau.

« Je n'arrive jamais à lire les cartes qu'ils affichent sous les abribus. »

Elle ne répond rien.

« C'est tout de même étonnant qu'on achète de l'eau dans des bouteilles en plastique. Quand j'étais petit, on serait mort de soif avant de trouver de l'eau en bouteille. Mon père dit que c'est une honte. Que bientôt on nous fera payer pour respirer l'air pur. »

Pas de réaction.

« Je suppose que tu n'es pas censée parler aux inconnus.

— Non.

— Je comprends. C'est un conseil judicieux. Il fait froid aujourd'hui, tu ne trouves pas ? Surtout pour un vendredi. »

Elle mord à l'hameçon.

« On n'est pas vendredi. On est mercredi.

— Tu en es sûre ?

— Oui. »

Je bois une autre gorgée d'eau.

« Je ne vois pas ce que ça change, dit-elle.

— Eh bien vois-tu, chaque jour de la semaine a un caractère particulier. Les samedis sont occupés. Les dimanches sont lents. Les vendredis sont censés être pleins de promesses. Les lundis... eh bien, nous détestons tous le lundi. »

Elle sourit et détourne les yeux. L'espace d'un bref instant, on est complices. Je pénètre son esprit. Elle entre dans le mien.

« Le garçon avec l'appareil dentaire – c'est un copain à toi ?

— Non.

— Il te cherche des noises ?

— *Je crois que oui.*

— *Tu essaies de l'éviter mais il te trouve toujours ?*

— *On prend le même bus. »*

Elle commence à se faire à notre petite conversation.

« Tu as des frères ?

— *Non.*

— *Tu sais donner un coup de genou à quelqu'un ? C'est ça qu'il faut faire – lui donner un coup de genou où je pense. »*

Elle rougit. C'est mignon.

« Tu veux que je te raconte une blague ? »

Elle ne répond pas.

« Une femme monte dans un bus avec un bébé et le chauffeur lui dit : "C'est le bébé le plus laid que j'aie jamais vu." La femme est furieuse, mais elle achète un billet et va s'assoir. Un autre passager lui dit : "Vous ne pouvez pas le laisser vous dire une chose pareille. Allez-le voir, envoyez-le promener. Allez-y, je vais tenir votre singe pendant ce temps-là." »

Elle rit pour de bon cette fois-ci. C'est la chose la plus délicieuse que j'aie jamais entendue. Elle est jolie comme un cœur. À croquer !

« Comment t'appelles-tu ? »

Elle ne répond pas.

« Ah oui ! J'avais oublié, tu n'es pas censée parler aux inconnus. Je crois bien que je vais être obligé de t'appeler Flocon de neige. »

Elle regarde fixement par la fenêtre.

« Bon, c'est là que je descends », dis-je en me levant. Une béquille tombe dans l'allée. Elle se penche pour la ramasser.

« Qu'est-ce que vous avez à la jambe ?

— *Rien.*

— *Pourquoi avez-vous des béquilles alors ?*

— *Pour avoir une place assise dans le bus. »*

Elle rit à nouveau.

« Ça a été un plaisir de discuter avec toi, Flocon de neige. »

47.

Maureen Bracken a des tubes partout, qui entrent et qui sortent. Deux jours se sont écoulés depuis la fusillade, une journée depuis qu'elle s'est réveillée, pâle mais soulagée, avec seulement un vague souvenir de ce qui s'est passé. Toutes les quelques heures, une infirmière lui donne de la morphine et elle dérive à nouveau dans le sommeil.

Elle est sous surveillance policière à l'Hôpital Royal de Bristol – un monument dans une ville qui en compte peu. Dans le hall d'entrée, des volontaires portant des écharpes bleu et blanc sont installées au bureau de la réception. On dirait des reines de beauté décaties qui auraient attendu quarante ans pour défiler.

Quand je mentionne le nom de Maureen Bracken, les sourires disparaissent. On va faire venir un officier de police d'en haut. Ruiz et moi attendons en feuilletant des magazines dans la boutique de l'hôpital.

La porte de l'ascenseur s'ouvre et la voix de Bruno retentit dans le hall.

« Dieu merci, un visage ami. Vous venez remonter le moral à cette vieille branche ?

— Comment va-t-elle ?

— Ça a l'air d'aller mieux. Je ne me rendais pas compte qu'une balle pouvait faire autant de ravages.

413

C'est épouvantable. Elle est passée à côté des organes vitaux, c'est l'essentiel. »

Il paraît sincèrement soulagé. Nous passons les quelques minutes suivantes à échanger des lieux communs à propos de ce que le monde est devenu.

« Je m'apprêtais à aller chercher quelque chose de convenable à manger, dit-il. On ne peut pas lui laisser manger la pâtée de l'hôpital. C'est plein de microbes.

— Ce n'est pas aussi mauvais que tu le penses, dis-je.

— C'est pire, renchérit Ruiz.

— Vous pensez que ça leur posera un problème ? demande Bruno.

— Je suis sûr que non. »

Bruno s'éloigne en agitant la main et disparaît derrière les portes automatiques.

Un inspecteur émerge de l'ascenseur. Look italien, les cheveux en brosse, son arme pendant bas dans son étui sous sa veste. Je l'ai vu aux briefings à Trinity Road.

Il nous escorte à l'étage où un de ses collègues monte la garde devant la chambre de Maureen Bracken dans une aile sécurisée de l'hôpital. Les policiers se servent de bâtons détecteurs de métal pour contrôler les visiteurs et le personnel médical.

La porte s'ouvre. Maureen lève le nez de son magazine et sourit nerveusement. Elle a l'épaule bandée et le bras en écharpe. Des tubes vont et viennent sous les pansements et les couvertures.

Elle s'est maquillée – pour Bruno, je présume. Et la chambre normalement sans caractère a été métamorphosée par des dizaines de cartes, de dessins, de peintures. Une bannière frangée d'or et d'argent est tendue au-dessus du lit. Tous nos vœux de prompt

RÉTABLISSEMENT, annonce-t-elle, et elle porte une centaine de signatures.

« Vos élèves vous apprécient beaucoup apparemment, dis-je.

— Ils veulent tous venir me voir, répond-elle en riant. Mais seulement aux heures des cours, pour pouvoir sécher.

— Comment vous sentez-vous ?

— Mieux. »

Elle se redresse un peu. J'ajuste l'oreiller derrière son dos. Ruiz est resté dans le couloir ; il échange des blagues douteuses à propos d'infirmières avec les policiers.

« Bruno vient de partir. Vous l'avez raté.

— Je l'ai vu en bas.

— Il est allé m'acheter à déjeuner chez Mario's. J'avais une folle envie de pâtes et de salade de roquette au parmesan. C'est comme si j'étais de nouveau enceinte et que Bruno me gâtait, mais ne lui dites pas que j'ai dit ça.

— Promis. »

Elle s'absorbe dans l'examen de ses mains.

« Je suis désolée d'avoir essayé de vous tirer dessus.

— Ne vous inquiétez pas. »

Sa voix se brise momentanément.

« C'était horrible… les choses qu'il a dites à propos de Jackson. Je l'ai cru, vous savez. Je pensais vraiment qu'il allait le faire. »

Elle me relate à nouveau ce qui s'est passé. Tous les parents savent ce que c'est de perdre de vue un enfant dans un supermarché, un terrain de jeux ou une rue encombrée. Deux minutes se changent en une vie. Deux heures, et on est prêts pour ainsi dire à tout. Maureen a vécu pire que ça. Elle a entendu son fils hurler et elle s'est imaginé sa souffrance, sa mort. Son interlocuteur lui a dit qu'elle ne reverrait jamais Jackson, qu'on ne trouverait jamais son corps, qu'elle ne saurait jamais la vérité.

Je lui dis que je comprends.

« Vraiment ?

— Je pense que oui. »

Elle secoue la tête et contemple son épaule blessée.

« Je doute que quiconque puisse comprendre. J'aurais mis ce pistolet dans ma bouche. J'aurais appuyé sur la détente. J'aurais fait n'importe quoi pour sauver Jackson. »

Je m'assois près de son lit.

« Avez-vous reconnu sa voix ? »

Elle secoue la tête.

« Mais je sais que c'était Gideon.

— Qu'est-ce qui vous fait dire ça ?

— Il m'a parlé d'Helen. Il voulait savoir si elle m'avait écrit, téléphoné ou envoyé un mail. Je lui ai répondu que non. Je lui ai dit qu'elle était morte, que j'étais désolée, mais il a ri.

— Vous a-t-il dit pourquoi il pensait qu'elle était vivante ?

— Non, mais il a réussi à me le faire croire.

— Comment ? »

Elle bredouille, cherche ses mots.

« Il était tellement sûr de lui. »

Elle détourne les yeux, en quête d'une distraction, avide de ne plus penser à Gideon Tyler.

« La maman d'Helen m'a envoyé un gentil petit mot », ajoute-t-elle en désignant la table de chevet. Elle me montre la carte en question. Elle représente une orchidée dessinée à la main dans des tons pastel. Claudia Chambers a écrit :

Dieu met parfois à l'épreuve les meilleurs d'entre nous parce qu'Il sait qu'ils passeront le test. Nos pensées et nos prières sont avec vous. Remettez-vous vite.

Je repose la carte.

Maureen a fermé les yeux. La douleur plisse peu à peu son visage. La morphine a cessé de faire son effet. Un souvenir ressurgit dans sa tête et elle ouvre la bouche.

« Les mères devraient toujours savoir où sont leurs enfants.

— Pourquoi dites-vous ça ?

— C'est lui qui me l'a dit.

— Gideon ?

— Je pensais qu'il me provoquait, mais je ne sais plus. C'était peut-être la seule chose qu'il m'ait dite qui ne soit pas un mensonge. »

48.

Le cabinet d'avocats Spencer, Rose & Davis se trouve dans un immeuble moderne en face du Guild-hall et à côté de la Cour de Justice. Le hall d'entrée qui ressemble à une citadelle des temps modernes s'élève sur cinq étages jusqu'au toit en verre convexe avec des tuyaux blancs en croisillons.

Il y a une cascade et un plan d'eau, une salle d'attente garnie de canapés en cuir noir. Ruiz et moi suivons des yeux un homme en costume rayé qui gagne le rez-de-chaussée dans un des ascenseurs en verre jumeaux.

« Tu vois le costard de ce type, chuchote Ruiz. Il vaut plus que la totalité de ma garde-robe.

— Mes chaussures valent plus que ta garde-robe au grand complet.

— C'est cruel, ce que tu dis là. »

L'homme au costume à rayures échange quelques mots avec la réceptionniste, puis il se dirige vers nous en déboutonnant sa veste. Pas de présentations. Nous sommes censés suivre.

L'ascenseur nous emporte dans les étages. La végétation en pots rapetisse et les carpes koï finissent par ressembler à des poissons rouges.

On nous fait entrer dans un bureau où un avocat septuagénaire trône derrière un grand bureau qui lui donne un air encore plus ratatiné. Il se soulève d'un centimètre et se rassoit dans son fauteuil en cuir. C'est soit un signe de vieillesse soit l'indice du peu de respect qu'il est disposé à nous accorder.

« Je m'appelle Julian Spencer, dit-il. Je représente Chambers Construction, et je suis un vieil ami de la famille. Je crois savoir que vous avez rencontré M. Chambers. »

Bryan Chambers ne se donne même pas la peine de nous serrer la main. Il porte un costume auquel aucun tailleur au monde ne pourrait donner un aspect confortable. Certains hommes sont faits pour porter des salopettes.

« J'ai bien peur que nous ayons démarré sur le mauvais pied, dis-je.

— Vous vous êtes introduits chez moi par la ruse et vous avez perturbé mon épouse.

— Si c'est le cas, je m'en excuse. »

M. Spencer tente d'alléger l'atmosphère en réprimant M. Chambers d'un claquement de langue, tel un instituteur.

Un ami de la famille, selon lui. Un avocat appartenant à une vieille lignée fortunée et un millionnaire issu de la classe moyenne – ça ne me fait pas vraiment l'effet d'une alliance naturelle.

L'homme au costume rayé est resté. Il s'est planté près de la fenêtre, les bras croisés.

« La police cherche Gideon Tyler, dis-je.

— Il serait temps ! lance Bryan Chambers.

— Savez-vous où il se trouve ?

— Non.

— Quand lui avez-vous parlé pour la dernière fois ?

— Je lui parle sans arrêt. Je lui gueule dessus au téléphone quand il appelle au milieu de la nuit sans dire un mot. Je l'entends juste respirer au bout de la ligne.

— Vous êtes sûr que c'est lui ? »

Chambers me fusille des yeux, comme si je mettais son intelligence en doute. Je croise ce regard et je le soutiens tout en étudiant son visage. Les hommes de grande taille ont généralement une forte personnalité, mais une ombre s'est abattue sur sa vie et il ploie peu à peu sous ce poids.

Il se hisse sur ses pieds et se met à faire les cent pas en serrant les poings et en les rouvrant tour à tour.

« Tyler s'est introduit chez nous par effraction à plusieurs reprises. Je ne sais même pas combien de fois. J'ai fait changer les serrures, j'ai fait installer des caméras, des alarmes, mais ça n'a servi à rien. Il a quand même réussi à entrer. Il a laissé des messages sur place. Des avertissements. Des oiseaux morts dans le micro-ondes. Un fusil dans notre lit. On a retrouvé le chat de ma femme dans le réservoir d'une chasse d'eau.

— Et vous avez rapporté tout ça à la police ?

— J'avais le commissariat en numérotation abrégée. Ils ont débarqué un nombre incalculable de fois, mais autant pisser dans un violon ! » Il jette un coup d'œil dans la direction de Ruiz. « Ils ne l'ont pas arrêté. Ni inculpé. Sous prétexte qu'ils n'avaient pas de preuves. Les appels provenaient de différents portables qu'on n'a jamais pu lier à Tyler. Il n'y avait pas d'empreintes, ni fibres, pas la moindre image provenant des caméras. Comment est-ce possible ?

— Il prend ses précautions, répond Ruiz.

— À moins qu'on le protège.

— Pourquoi ? »

Bryan Chambers hausse les épaules.

« Je n'en sais rien. Ça ne rime à rien. J'ai six gaillards qui surveillent la maison vingt-quatre heures sur vingt-quatre. Ça n'est pas encore assez.

« — Que voulez-vous dire ?

— La nuit dernière, quelqu'un a empoisonné le lac à Stonebridge Manor, explique-t-il. Nous avions quatre mille poissons – des tanches, des gardons, des brèmes. Ils sont tous morts.

— Tyler ?

— Qui voulez-vous que ce soit d'autre ? »

Le géant a cessé d'arpenter la pièce. Il a perdu toute ardeur, pour le moment en tout cas.

Je lui demande ce que veut Gideon.

Julian Spencer répond à sa place.

« M. Tyler n'a pas été clair là-dessus. Au départ, il souhaitait trouver sa femme et sa fille.

— C'était avant le naufrage du ferry.

— Oui. Il n'a pas accepté la séparation et il est venu chercher Helen et Chloe. Il accusait Bryan et Claudia de les cacher. »

L'avocat sort une lettre du tiroir de son bureau pour se rafraîchir la mémoire.

« M. Tyler a intenté une action en justice en Allemagne et il a obtenu la garde partagée de sa fille. Il voulait qu'on lance un mandat d'arrêt international contre sa femme.

— Elles se cachaient en Grèce, intervient Ruiz.

— C'est exact.

— Mais après la tragédie, Tyler a bien dû mettre fin à ce harcèlement. »

Bryan Chambers éclate d'un rire caustique qui se transforme en quinte de toux. Le vieux juriste lui sert un verre d'eau.

« Je ne comprends pas. Helen et Chloe sont mortes. Pourquoi Tyler continuerait-il à vous traquer ? »

Bryan Chambers se penche en avant sur sa chaise, les épaules voûtées, en une posture de défaite totale.

« Je pensais que c'était une question d'argent. Helen devait hériter du manoir un jour. J'ai cru que Tyler voulait une sorte de compensation. Je lui ai proposé deux cent mille livres pour qu'il nous laisse tranquilles. Il a refusé. »

Le vieil avocat fait à nouveau claquer sa langue pour manifester sa réprobation.

« Et il n'a rien demandé d'autre ? »

Chambers secoue la tête.

« C'est un psychopathe. J'ai renoncé à essayer de le comprendre. Je veux l'anéantir, ce salopard. Je veux le faire payer... »

Julian Spencer le met en garde contre les menaces proférées.

« J'en ai marre d'être prudent ! Ma femme prend des antidépresseurs. Elle ne dort plus. Vous avez vu mes mains ? »

Il les tend au-dessus de la table.

« Vous voulez savoir pourquoi elles sont si fermes ? Les médicaments. Voilà ce que Tyler nous a fait. On est tous les deux sous traitement. Il a fait de notre vie un enfer. »

La première fois que j'ai rencontré Bryan Chambers, j'avais pris sa colère et ses dissimulations pour des signes de paranoïa. Je compatis davantage à présent. Il a perdu sa fille, sa petite-fille et son équilibre psychique est en péril.

« Parlez-moi de Gideon, lui dis-je. Quand l'avez-vous rencontré pour la première fois ?

— Helen l'a amené à la maison. Je l'ai trouvé froid comme un glaçon.

— Comment ça ?

— Il donnait l'impression de détenir les secrets de toutes les personnes présentes, alors que personne ne connaissait les siens. Il était évident qu'il était militaire, mais il refusait de parler de l'armée ou de son travail – même à Helen.

— Où était-il stationné ?

— À Chicksands, dans le Bedfordshire. C'est une sorte de base d'entraînement.

— Et ensuite ?

— En Irlande du Nord et puis en Allemagne. Il partait souvent. Il refusait de dire à Helen où il allait, mais elle disait qu'il y avait des indices. Afghanistan. Égypte. Maroc. Pologne. Irak…

— Avez-vous la moindre idée de ce qu'il faisait ?

— Non. »

Ruiz s'est approché de la fenêtre et contemple la vue. Dans le même temps, il jette des regards en coin à l'homme au costume à rayures, le mesurant des yeux. Il est plus intuitif que moi. Je cherche des signes révélateurs pour juger quelqu'un, il *sent* les gens.

J'interroge M. Chambers sur le mariage de sa fille. Je veux savoir si la séparation a été brutale ou si elle s'est faite au fil du temps. Certains couples se cramponnent juste à la routine et à la familiarité, longtemps après que toute affection réelle a disparu.

« J'aime ma fille, professeur, mais je ne prétends pas comprendre les femmes, même la mienne, me répond-il en se mouchant. Elle m'aime. Allez savoir pourquoi ! »

Il plie son mouchoir en quatre et le remet dans la poche de son pantalon.

« Je n'appréciais pas la manière dont Gideon manipulait Helen. Elle n'était plus la même en sa présence. À l'époque où ils se sont mariés, il a voulu qu'elle se teigne en blonde. Elle est allée chez le coiffeur, mais le résultat était une catastrophe. Pour finir, elle s'est retrouvée rousse. Elle était déjà assez gênée, mais Gideon en a rajouté une couche. Il s'est fichu d'elle pendant le mariage, la ridiculisant devant ses amis. Je lui en veux à mort pour ça. Au cours de la réception, j'ai voulu danser avec ma fille. C'est une tradition – le père de la mariée danse avec elle. Gideon a obligé Helen à lui demander son autorisation d'abord. C'était le jour de ses noces, pour l'amour du ciel ! Depuis quand une mariée doit-elle demander la permission de danser avec son père le jour de ses noces ? »

Quelque chose tord son visage une fraction de seconde, un spasme involontaire.

« Quand ils sont partis vivre en Irlande du Nord, Helen nous appelait au moins deux fois par semaine et nous écrivait de longues lettres. Et puis les coups de fil et les lettres ont cessé. Il ne voulait pas qu'elle communique avec nous.

— Pourquoi ?

— Je n'en sais rien. Il était jaloux de sa famille et de ses amis apparemment. Nous voyions de moins en moins notre fille. Lorsqu'elle venait nous rendre visite, elle ne restait jamais plus d'une nuit ou deux avant que Gideon remette les bagages dans la voiture. Helen ne souriait presque plus, elle parlait en chuchotant, mais loyale envers son mari, elle refusait de le dénigrer.

« Quand elle est tombée enceinte de Chloe, elle a dit à sa mère de ne pas venir la voir. Nous avons découvert par la suite que Gideon ne voulait pas du bébé. Il était fou de rage, il a exigé qu'elle se fasse avorter, mais Helen n'a pas voulu.

« Je n'en suis pas vraiment certain, mais je pense qu'il était jaloux de son propre enfant. Vous vous rendez compte ? Le plus étrange, c'est qu'à la naissance de la petite, son attitude a changé du tout au tout. Il était fou d'elle. Fasciné. Les choses se sont tassées. Ils étaient plus heureux.

« Puis Gideon a été muté à Osnabrück, en Allemagne, sur la base des forces britanniques. Ils se sont installés dans un appartement fourni par l'armée. Il y avait des tas d'autres épouses dans les quartiers réservés aux familles de militaires. Helen se débrouillait pour nous écrire une fois par mois environ, mais bientôt sa correspondance s'est tarie. Elle n'avait pas le droit de nous contacter sans sa permission.

« Gideon la questionnait chaque soir pour savoir où elle était allée, qui elle avait vu, ce qu'on lui avait dit. Helen devait se rappeler des conversations entières, mot pour mot, sinon il l'accusait de mentir ou de lui cacher des choses. Elle devait sortir en cachette de la maison pour appeler sa mère d'une cabine publique. Elle savait que tous les appels à partir de la ligne fixe ou de son portable apparaîtraient sur les factures de téléphone.

« Même lorsque Gideon partait en mission, Helen devait se montrer prudente. Elle était certaine d'être surveillée et que ses moindres faits et gestes étaient rapportés à son mari.

« Il était d'une jalousie maladive. Lorsqu'ils étaient invités quelque part, Gideon obligeait Helen à rester assise dans un coin toute seule. Si un autre homme lui adressait la parole, il piquait une crise. Il exigeait de savoir exactement ce que ce dernier lui avait dit – mot pour mot. »

En basculant encore un peu plus en avant sur sa chaise, Bryan Chambers joint les mains, comme s'il priait le ciel de l'avoir incité à agir plus tôt afin de sauver sa fille.

« Après sa dernière mission, le comportement de Gideon est devenu encore plus fantasque. J'ignore ce qui s'est produit. D'après Helen, il était distant, irascible, violent…

— Il la frappait ? demande Ruiz.

— Une seule fois – une gifle du revers de la main. Helen a eu la lèvre fendue. Elle a menacé de le quitter. Il s'est excusé. Il a pleuré en la suppliant de rester. Elle aurait dû partir à ce moment-là. Elle aurait dû prendre la fuite. Mais chaque fois qu'elle envisageait de le quitter, elle finissait par y renoncer au dernier moment.

— Que s'est-il passé lors de cette dernière mission ? »

Chambers hausse les épaules.

« Je l'ignore. Il était en Afghanistan. Helen a parlé de la mort d'un camarade et d'un autre grièvement blessé.

— Le nom de Patrick Fuller vous dit-il quelque chose ? »

Il secoue la tête.

« Quand Gideon est revenu, il a brusquement exigé qu'Helen ait un autre enfant, un garçon. Il voulait un fils pour pouvoir lui donner le nom de son camarade décédé. Il a jeté ses pilules dans les toilettes, mais Helen a trouvé un moyen d'éviter de tomber enceinte.

« Quelque temps plus tard, Gideon a obtenu la permission de quitter les quartiers réservés aux familles de militaires. Il a loué une ferme à une quinzaine de kilomètres de la garnison, au milieu de nulle part. Helen n'avait pas le téléphone, ni de voiture. Chloe et elle étaient complètement isolées. Il réduisait le monde autour d'elles à une peau de chagrin afin qu'ils ne puissent y tenir que tous les trois.

« Helen voulait envoyer Chloe dans un pensionnat en Angleterre, mais Gideon s'y est opposé. Elle fréquentait l'école de la base. Il la conduisait chaque matin. À partir du moment où Helen leur disait au revoir, elle ne voyait plus personne de la journée. Chaque soir, pourtant, Gideon la questionnait pour savoir ce qu'elle avait fait, qui elle avait vu. S'il lui arrivait d'hésiter ou de bredouiller, l'interrogatoire devenait plus serré. »

L'imposant homme s'est remis sur pied, mais il continue à parler.

« Un jour, en rentrant à la maison, il a remarqué des traces de pneus dans l'allée. Il a accusé Helen d'avoir reçu un visiteur. Elle l'a nié. Il a prétendu que c'était son amant. Helen l'a supplié en lui disant que ce n'était pas vrai.

« Il lui a plaqué la tête sur la table de la cuisine, puis il s'est entaillé la main en forme de X avec un couteau. Ensuite il a serré le poing pour que le sang goutte dans les yeux d'Helen. »

Je me souviens d'avoir vu la cicatrice sur la paume gauche de Tyler quand je l'ai interrogé au commissariat de Trinity Road.

« Vous voulez que je vous dise ce qu'il y a d'ironique dans cette histoire ? poursuit Chambers en fermant hermétiquement les yeux. Les traces de pneus n'étaient pas dues à un visiteur ni à un amant. Gideon avait oublié qu'il était revenu de la garnison dans un autre véhicule la veille. C'était lui qui avait laissé ces empreintes.

« Ce soir-là, Helen a attendu qu'il s'endorme. Elle a pris une valise cachée sous l'escalier et elle a réveillé Chloe. Elles ont laissé les portières de la voiture ouvertes pour ne pas faire de bruit. La voiture n'a pas voulu démarrer du premier coup. Helen a dû remettre plusieurs fois le contact. Elle savait que le bruit réveillerait Gideon.

« Il est sorti en trombe de la ferme, n'ayant enfilé qu'une seule jambe de pantalon, et il a descendu les marches pieds nus en sautillant. Le moteur a démarré. Helen a appuyé sur l'accélérateur. Gideon leur a couru après dans l'allée, mais elle n'a pas ralenti. Quand elle a pris le virage pour s'engager sur la route, la portière de Chloe s'est ouverte en grand. Ma petite-fille a glissé hors de sa ceinture de sécurité. Helen l'a rattrapée au vol et l'a ramenée à l'intérieur du véhicule. Et ce faisant, elle lui avait cassé le bras, mais elle n'a pas ralenti pour autant. Elle a continué à rouler, persuadée que Gideon la suivait. »

Bryan prend une grande inspiration et la retient. Il a envie de s'en tenir là en un sens. Il regrette de ne pas s'être interrompu dix minutes plus tôt, mais ce récit a une dynamique qu'il serait difficile d'arrêter.

Au lieu de rouler vers Calais, Helen a pris la direction opposée, vers l'Autriche, puis l'Italie, ne faisant halte que pour faire le plein. Elle a appelé ses parents d'une station-service sur l'autoroute. Chambers a proposé de lui payer le voyage de retour en Angleterre en avion, mais elle voulait prendre un peu de temps pour réfléchir.

Chloe s'est fait plâtrer le bras dans un hôpital de Milan. Chambers leur avait fait parvenir de l'argent – suffisamment pour payer les notes de l'hôpital, s'acheter des vêtements et voyager quelques mois.

« Avez-vous vu Helen à un moment ou à un autre ? »

Il secoue la tête.

« Je lui ai parlé au téléphone, à Chloe aussi. Elles nous ont envoyé des cartes postales de Turquie et de Crète. »

Il a de la peine à s'exprimer. Ces souvenirs lui sont précieux – les derniers mots, les dernières lettres, les dernières photos… Chaque bribe conservée, chérie.

« Comment se fait-il qu'aucune des amies d'Helen n'était au courant qu'elle s'était noyée ? demande Ruiz.

— Les journaux ont employé son nom d'épouse.

— Mais il a bien dû y avoir des avis de décès, des annonces de funérailles ?

— Il n'y a pas eu d'enterrement.

— Pourquoi pas ?

— Vous voulez savoir pourquoi ? »

Ses yeux lancent des éclairs.

« À cause de Tyler ! J'avais peur qu'il débarque et fasse quelque chose pour tout gâcher. Nous n'avons pas pu prendre congé de notre fille et de notre petite-fille comme il se doit parce que ce salopard psycho-tique en aurait fait un cirque. »

Sa poitrine se soulève. Cette explosion soudaine semble l'avoir privé de ses dernières forces.

« Nous avons organisé une cérémonie privée, mur-mure-t-il.

— Où ça ?

— En Grèce.

— Pourquoi en Grèce ?

— C'est là que nous les avons perdues. Là qu'elles ont été heureuses. Nous avons bâti un petit monument sur un promontoire rocheux surplombant une crique où Chloe allait nager.

— Un monument, dit Ruiz. Où sont leurs tombes ?

— Leurs corps n'ont jamais été retrouvés. Les cou-rants sont tellement forts dans cette partie de la mer Égée. L'un des plongeurs de la marine a bien retrouvé Chloe. Son gilet de sauvetage s'était accroché aux bar-reaux métalliques d'une échelle près de la poupe du navire. Il a découpé le gilet pour la libérer, mais le cou-rant la lui a arrachée des mains. Il n'avait plus assez d'air dans ses bouteilles pour nager après elle.

— Et il est sûr que c'était elle ?

— Elle avait encore un plâtre. C'était elle. »

Le téléphone sonne. L'avocat jette un coup d'œil à sa montre. Le temps est facturé en créneaux de quinze minutes. Je me demande combien il va faire payer son « vieil ami » pour cette consultation.

Je remercie M. Chambers du temps qu'il nous a accordé et je me lève lentement de mon fauteuil. Les creux que j'ai laissés dans le cuir se comblent petit à petit.

« J'ai songé à le tuer, vous savez », dit Bryan Chambers.

Julian Spencer tente de le faire taire, mais se fait rembarrer.

« J'ai demandé à Skipper comment il faudrait s'y prendre. Qui devrais-je payer pour le liquider ? On lit sans arrêt ce genre de trucs dans la presse, après tout.

— Je suis sûr que Skipper a des amis, dit Ruiz.

— Oui, acquiesce Chambers. Mais je ne sais pas si je pourrais leur faire confiance. Ils raseraient probablement la moitié d'un immeuble du même coup. »

Il se tourne vers Julian Spencer.

« Ne vous inquiétez pas. Ce ne sont que des mots. Claudia ne me laisserait jamais faire ça. Elle a un Dieu auquel elle doit répondre. »

Il ferme les yeux un instant et les rouvre avec sans doute l'espoir que le monde ait changé. « Avez-vous des enfants, professeur ?

— Deux. »

Il se tourne vers Ruiz qui brandit deux doigts.

« On ne cesse jamais de se faire du souci, reprend Chambers. On s'inquiète tout le long de la grossesse, pendant l'accouchement, la première année et toutes les années qui suivent. On a peur quand ils prennent le bus, quand ils traversent la route, quand ils font de la bicyclette, quand ils grimpent aux arbres… On lit des histoires épouvantables dans les journaux sur ce qui est arrivé à des enfants. Ça fait peur. Ça n'en finit jamais.

— Je sais.

— Et puis ils grandissent tellement vite et tout à coup, vous n'avez plus votre mot à dire. Vous voulez qu'ils trouvent le petit ami idéal, le mari parfait. Qu'ils aient un job de rêve. Vous voulez leur épargner les déceptions, les chagrins d'amour, mais vous ne pouvez rien faire. Vous ne cessez jamais d'être un parent. Vous ne cessez jamais de vous ronger les sangs et vous vous dites qu'avec un peu de chance, vous serez là pour recoller les morceaux. »

Il se détourne mais je vois son chagrin se refléter dans la vitre.

« Avez-vous une photographie de Tyler ?

— Peut-être à la maison. Il n'aimait pas les appareils photos – même au mariage, il n'en voulait pas.

— Et une photo d'Helen ? Je n'en ai pas vraiment vu. Les journaux ont juste publié un cliché d'elle en Grèce pris un peu avant le naufrage.

— C'était la plus récente que nous avions, explique-t-il.

— En avez-vous d'autres ? »

Il hésite, jette un coup d'œil à son avocat. Puis il ouvre son portefeuille et en sort une photo d'identité.

« De quand date-t-elle ?

— De quelques mois. Helen nous l'a envoyée de Grèce. Nous étions censés lui faire faire un nouveau passeport à son nom de jeune fille.

— Cela vous ennuierait-il que je vous l'emprunte ?

— Pour quoi faire ?

— Cela m'aide parfois à comprendre un crime quand j'ai une photo de la victime.

— Parce que vous pensez que c'est ce qu'elle a été ? Une victime ?

— Oui. La première. »

Ruiz n'a pas ouvert la bouche depuis qu'on a quitté le cabinet d'avocats. Je suis convaincu qu'il a un avis, mais il ne le partagera pas tant qu'il ne sera pas prêt. C'est peut-être une séquelle de sa carrière, mais il est enveloppé d'une aura intemporelle, immatérielle qui lui épargne les règles ordinaires de la conversation. Cela dit, il est franchement relax depuis qu'il est à la retraite. Les forces en lui ont trouvé un équilibre et il a fait la paix avec le saint patron qui veille sur les athées, qui qu'il soit. Il y a bien un saint patron pour tout le reste, pourquoi pas pour les mécréants ?

Tous les éléments de cette affaire ont constamment bougé sous l'effet de l'émotion, du chagrin. C'est difficile de se concentrer sur des détails spécifiques parce que j'ai été absorbé par des soucis immédiats, telle que Darcy, dont l'avenir me préoccupe. Je veux prendre un peu de recul à présent dans l'espoir de voir les choses dans leur contexte, mais ce n'est pas facile de lâcher la paroi rocheuse à laquelle je me cramponne.

Je peux comprendre que Bryan et Claudia Chambers se soient montrés aussi irascibles et inhospitaliers quand nous sommes allés leur rendre visite dans leur domaine. Gideon Tyler les traquait. Il les a suivis en voiture, a ouvert leur courrier, leur a laissé des souvenirs abominables.

La police n'a pas pu mettre fin à ses harcèlements, aussi les Chambers ont-ils cessé de coopérer pour prendre leurs propres mesures de sécurité, s'entourant d'une protection constante à grand renfort d'alarmes, de détecteurs de mouvements, d'interceptions, de gardes du corps. Je peux comprendre leur raisonnement, mais

« Tyler pense que sa femme est en vie. Y a-t-il une chance qu'il ait raison ?

— À peu près aucune, me répond-il. Il y a eu une enquête judiciaire ainsi qu'une commission d'enquête maritime.

— Tu connais du monde dans la police grecque ?

— Personne. »

Ruiz est toujours immobile derrière son volant, les yeux fermés, comme s'il écoutait les lentes pulsions de son sang. Nous savons tous les deux ce qu'il faut faire. Il doit y avoir des dépositions de témoins, une liste des passagers, des photographies… Quelqu'un a dû s'entretenir avec Helen et Chloe.

« Tu ne crois pas Chambers.

— Ce n'était que la moitié d'une triste histoire.

— Qui connaît l'autre moitié ?

— Gideon Tyler. »

pas celui de Gideon. Pourquoi cherche-t-il toujours Helen et Chloe, si tant est que ce soit ce qu'il fait ?

Il n'y a rien de spontané ni de naturel chez Gideon. C'est une brute, un sadique, un être qui veut tout régenter et qui a entrepris de détruire, systématiquement, avec méticulosité, la famille de sa femme et de liquider toutes ses amies.

Ce n'était pas purement pour le plaisir – pas au début. Il cherchait vraiment Helen et Chloe. C'est différent maintenant. Je repense au portable de Christine Wheeler. Pourquoi Gideon l'a-t-il gardé ? Pourquoi ne pas s'en débarrasser ou le laisser dans sa voiture ? Or, il l'a rapporté chez Patrick Fuller et la sœur de ce dernier s'en est servi pour commander une pizza. Ce qui a failli faire échouer ses plans.

Gideon a acheté un chargeur. La police a trouvé le reçu. Il a rechargé la batterie pour pouvoir vérifier la mémoire du portable, pensant que cela pourrait le conduire à Helen et Chloe. C'est aussi la raison pour laquelle il est entré par effraction chez Christine Wheeler pendant l'enterrement afin d'ouvrir les lettres de condoléances. Il espérait sans doute qu'Helen viendrait aux funérailles ou qu'au moins, elle enverrait un mot.

Que sait-il que nous ignorons ? Est-il dans le délire, le déni ou détient-il des données qui échappent à tout le monde ? À quoi bon avoir un secret si personne n'est au courant de son existence ?

Ruiz a garé la Mercedes dans un parking à plusieurs étages derrière le tribunal. Il ouvre la portière et s'assoit derrière le volant en contemplant les toits où les mouettes tourbillonnent en spirale comme des feuilles de journaux prises dans un courant ascendant.

49.

Emma s'est réveillée. Elle geint et nasille sous l'emprise d'un rêve. Je me glisse hors de mon lit, à moitié endormi, et je vais dans sa chambre en maudissant le sol froid et mes jambes toutes raides.

Elle a les yeux fermés et agite la tête sur son oreiller. Je me baisse pour poser la main sur sa poitrine ; elle semble couvrir toute sa cage thoracique. Emma ouvre les yeux. Je la prends dans mes bras et je la serre contre moi. Son cœur bat à tout rompre.

« Ce n'est rien, mon cœur. Ce n'était qu'un rêve.

— J'ai vu un monstre.

— Les monstres n'existent pas.

— Il essayait de te manger. Il t'a mangé le bras et une de tes jambes.

— Je n'ai rien. Regarde. Deux bras. Deux jambes. Rappelle-toi ce que je t'ai dit. Les monstres n'existent pas.

— On les imagine, c'est tout.

— Oui.

— Et s'il revenait ?

— Il faut que tu rêves d'autre chose. J'ai une idée. Si tu rêvais de tes fêtes d'anniversaire, de gâteaux, de bonbons.

— De guimauves.

— Oui.

— J'adore les guimauves. Les roses, pas les blanches.

— Elles ont le même goût.

— Je trouve pas. »

Je la remets dans son lit, je la borde et je l'embrasse sur la joue.

Julianne est à Rome. Elle est partie mercredi. Je n'ai pas pu la voir avant. Quand je suis rentré de la clinique Fernwood, elle avait déjà filé.

Je lui ai parlé hier soir au téléphone. C'est Dirk qui a répondu quand j'ai appelé sur son portable. Il m'a dit qu'elle était occupée, qu'elle rappellerait. J'ai attendu une heure avant de rappeler moi-même. Elle m'a dit qu'elle n'avait pas eu le message.

« Tu travailles tard dis donc.

— J'ai bientôt fini. »

Elle semblait fatiguée. Les Italiens ont de nouvelles exigences, m'a-t-elle expliqué. Dirk et elle étaient en train de rédiger un nouvel accord avant de recontacter les principaux investisseurs. Je n'ai pas compris les détails.

« Comptes-tu toujours rentrer demain ?

— Oui.

— Tu as toujours envie que je vienne à la réception ?

— Si ça te dit. »

Sa réponse manquait d'enthousiasme. Elle m'a demandé comment allaient les filles, Imogen, Ruiz qui a regagné Londres aujourd'hui. Je lui ai répondu que tout allait bien.

« Écoute, il faut que j'y aille. Embrasse les filles pour moi.

— Entendu.

— Salut. »

Elle a raccroché la première. Je suis resté au téléphone, l'oreille dressée, comme si quelque chose dans le silence allait m'assurer que tout allait bien, que demain, elle serait rentrée et que nous passerions un merveilleux week-end à Londres. Seulement ce n'était pas du tout la sensation que j'avais. Je n'arrêtais pas d'imaginer Dirk dans la chambre d'hôtel de Julianne, répondant aux appels sur son portable, partageant un petit déjeuner avec elle. Je n'avais jamais eu ce genre de pensées auparavant, je n'avais jamais douté, je ne m'étais jamais fait du mauvais sang. Je n'arrive pas à déterminer si je suis parano (parce que M. Parkinson peut avoir cet effet-là) ou si mes soupçons sont justifiés.

Julianne a changé. Cela dit, moi aussi. Dans les premiers temps après notre rencontre, elle me demandait parfois si elle avait quelque chose coincé entre les dents ou si elle s'était habillée en dépit du bon sens parce que les gens la dévisageaient. Elle était si peu consciente de sa beauté qu'elle ne comprenait pas l'attention qu'elle suscitait.

Cela ne se produit plus maintenant. Elle est davantage sur ses gardes vis-à-vis des étrangers. C'est à cause des événements qui se sont produits il y a trois ans. Elle ne sourit plus aux inconnus, ne fait plus l'aumône aux mendiants, ne se donne plus la peine de renseigner les gens qui cherchent leur chemin.

Emma s'est rendormie. Je cale son éléphant près des barreaux de son petit lit et je referme doucement la porte.

J'entends la voix de Charlie, de l'autre côté du palier.

« Ça va, Emma ?

— Ça va. Elle a fait un cauchemar. Rendors-toi.

— Faut que j'aille aux toilettes. »

Son pantalon de pyjama lui descend bas sur les hanches. Je pensais qu'elle n'aurait jamais de hanches ou une vraie taille. Elle était toute droite du haut en bas.

« Je peux te demander quelque chose ? me dit-elle, la main sur la poignée des toilettes.

— Bien sûr.

— Darcy a fugué.

— Oui.

— Est-ce qu'elle va revenir ?

— Je l'espère.

— Bon.

— Bon, quoi ?

— Rien. Juste bon. »

Puis elle ajoute : « Pourquoi ne voulait-elle pas vivre avec sa tante ?

— Elle estime qu'elle est assez grande pour se débrouiller toute seule. »

Adossée au chambranle de la porte, Charlie hoche la tête. Ses cheveux lui tombent sur un œil.

« Je ne sais pas ce que je ferais si maman mourait.

— Personne ne va mourir. Ne sois pas si morbide. »

Elle a disparu. Je retourne au lit sur la pointe des pieds et je n'arrive pas à me rendormir. Le plafond me semble loin. L'oreiller près de moi est froid.

Pas de nouvelles de Gideon Tyler. Veronica m'a appelé une ou deux fois pour me tenir au courant. Tyler ne figure sur aucune liste d'électeurs, aucun Bottin. Il n'a pas de compte en banque au Royaume-Uni, ni carte de crédit. Il n'a pas consulté de médecin ni séjourné à l'hôpital. Il n'a pas signé de bail ni payé de caution. M. Swingler a accepté trois mois de loyer d'avance, en liquide. Certaines personnes s'acheminent dans la vie sans faire beaucoup de bruit. Gideon a à peine laissé une empreinte de pied.

Tout ce dont nous sommes sûrs à ce stade, c'est qu'il est né à Liverpool en 1969. Son père, Eric Tyler, est un ouvrier métallurgiste à la retraite ; il vit à Bristol. Mal embouché, plein d'animosité, vulgaire, il a insulté la police à travers la fente de sa boîte aux lettres et refusé d'ouvrir tant qu'il n'aurait pas vu de mandat de perquisition. Quand on a finalement pu l'interroger, il n'a pas cessé de déblatérer sur le compte de ses enfants qui le laissent soi-disant mourir de faim.

Il y a un autre fils, plus âgé, qui gère une entreprise de fournitures de papeterie à Leicester. Il affirme qu'il n'a pas vu ni parlé à Gideon depuis dix ans.

Gideon est entré dans l'armée à l'âge de dix-huit ans. Il a fait la première guerre du Golfe et a servi au Kosovo en qualité de soldat de la paix après la guerre en Bosnie. D'après Patrick Fuller, il aurait rallié les services de renseignements de l'armée au milieu des années quatre-vingt-dix, et nous savons par Bryan Chambers qu'il a suivi un entraînement au centre de sécurité et du renseignement du ministère de la Défense, à Chicksands dans le Bedfordshire.

Dans un premier temps, il était stationné en Irlande du Nord, puis il a été muté à Osnabrück, en Allemagne, dans le cadre de la force d'intervention immédiate de l'OTAN. En règle générale, les soldats britanniques se voient confier des missions de quatre ans maximum, mais pour une raison quelconque, Gideon est resté plus longtemps. Pourquoi ?

Chaque fois que je pense à ce qu'il a fait et à ce dont il est capable, je sens la panique monter en moi. Les sadiques sexuels ne se terrent pas longtemps. Ils ne disparaissent pas comme ça.

Tous ses actes ont été délibérés, stoïques, exécutés presque dans l'euphorie. Il se croit plus intelligent que la police, les militaires, le reste de l'humanité. Chacun de ses crimes était un peu plus pervers et théâtral que le précédent. C'est un artiste, pas un boucher – c'est ce qu'il essaie de dire.

Le prochain sera encore pire. Il n'a pas réussi à tuer Maureen Bracken, ce qui signifie que la victime suivante aura une importance plus grande. Veronica et son équipe sont sur la piste de toutes les anciennes camarades d'école d'Helen Chambers, ses amies d'université, ses collègues de travail, celles qui ont des enfants en particulier. C'est une tâche considérable. Elle n'a pas les effectifs nécessaires pour assurer la sécurité de tout le monde. Elle en est réduite à leur fournir une photo d'identité de Gideon Tyler et à les informer de ses méthodes.

Telles sont les pensées qui me hantent jusque dans mon sommeil, se glissant entre les ombres, faisant écho comme quelqu'un qui m'emboîterait le pas.

Samedi matin. J'ai des choses à faire avant de partir pour Londres. C'est la fête au village.

Les boutiques, les clubs, les associations ont installé des stands festonnés de banderoles et de pancartes écrites à la main. Il y a des livres d'occasion, des gâteaux faits maison, des objets d'artisanat, des DVD louches et un tas de dictionnaires bon marché provenant du bibliobus.

Penny Havers, qui travaille chez un chausseur à Bath, a apporté des tas de boîtes de chaussures – la plupart taille unique, très grande pointure ou ridiculement petites, mais extrêmement bon marché.

Charlie se promène dans le village avec moi. Je sais comment ça se passe. Dès qu'elle verra un garçon, elle se laissera distancer d'une dizaine de pas en faisant comme si elle était toute seule. En l'absence de garçons, elle m'oblige à m'arrêter pour regarder des bijoux de pacotille et des habits dont elle n'a pas besoin.

Tout le monde est excité par le match de rugby annuel entre Wellow et nos plus proches voisins, Norton St Philip, à cinq kilomètres. Il doit avoir lieu cet après-midi sur le terrain de sport derrière la salle des fêtes.

Wellow est un de ces villages restés pour ainsi dire inconnus jusqu'au milieu des années quatre-vingt, date à laquelle sa population s'est considérablement accrue avec l'arrivée de banlieusards et d'amateurs de changement profond. L'influx a ralenti, d'après les locaux. Les prix de l'immobilier ont grimpé hors de la portée des visiteurs du week-end qui regardent les annonces dans l'agence du village en rêvant d'être propriétaires d'un cottage en pierre avec des rosiers grimpants au-dessus de l'entrée. Le rêve dure jusqu'à l'embouteillage sur la M14 pendant le trajet du retour à Londres et il est oublié le lundi matin.

Charlie veut acheter un masque d'Halloween : un monstre en caoutchouc aux cheveux noirs scintillants. Je m'y oppose. Emma fait déjà des cauchemars.

Un agent de la circulation est en faction devant la poste ; il dirige les automobilistes vers les champs voisins. Je pense à Veronica Cray. Elle est à Londres aujourd'hui en train de frapper aux portes des ministères de la Défense et des Affaires étrangères pour tenter de déterminer pourquoi personne ne veut parler de Tyler. La seule chose qu'elle a obtenue jusqu'à présent, c'est une réponse du chef de l'état-major qui tient en une ligne : « Le major Gideon Tyler a quitté son unité pour un congé sans solde. »

Treize mots. Ce pourrait être une couverture. Du déni. Un exemple classique de l'authentique concision britannique. Quoi qu'il en soit, le résultat est le même – un silence retentissant, malaisé, insondable.

En dehors de la photo d'identité judiciaire de Tyler prise dix jours plus tôt, sous le nom de Patrick Fuller, il n'existe aucun cliché de lui datant de moins de dix ans. Sur les images de la caméra de sécurité le montrant à l'instant où il a réintégré le territoire britannique le 19 mai, il porte une casquette de baseball rabattue sur les yeux.

Les preuves accumulées contre lui sont convaincantes, mais circonstancielles. Il avait le portable de Christine Wheeler en sa possession. Alice Furness l'a identifié comme l'homme avec lequel elle a parlé dans le pub quatre jours avant la disparition de sa mère. Darcy n'a toujours pas réapparu, mais elle pourrait peut-être reconnaître en lui l'inconnu du train. Maureen Bracken ne l'a rencontré qu'une seule fois, il y a sept ans. Elle ne s'est pas souvenu de sa voix, mais son interlocuteur lui a demandé des nouvelles d'Helen Chambers.

La police n'a pas réussi à établir un lien entre Tyler et les divers autres portables utilisés lors des agressions, qui avaient été soit volés, soit achetés sous un faux nom.

Charlie me parle :

« La terre appelle papa, la terre appelle papa. Vous m'entendez ? »

C'est la formule de sa mère. Elle est en train de passer en revue des habits pendus sur un portant, en quête de quelque chose de foncé et gothique.

« As-tu entendu ce que je t'ai dit ?

— Non. Désolé.

— Tu es désespérant parfois. »

Là encore, on dirait sa mère.

« Je te parlais de Darcy.

— Oui ?

— Pourquoi ne viendrait-elle pas vivre avec nous ?

— Elle a sa propre famille. Et on n'a pas la place.

— On pourrait en faire.

— Ça ne marche pas comme ça.

— Mais sa tante la déteste.

— Qui est-ce qui t'a dit ça ? »

Son hésitation est un indice suffisant. Charlie aggrave les choses en me tournant le dos pour farfouiller dans un carton rempli d'habits de poupée. Elle évite mon regard.

« As-tu parlé à Darcy ? »

Elle préfère ne pas me répondre plutôt que de mentir.

« Quand lui as-tu parlé ? »

Charlie me dévisage comme si c'était ma faute qu'elle soit incapable de garder un secret.

« S'il te plaît, ma chérie. Je me suis fait beaucoup de souci. Il faut que je sache où elle est.

— À Londres.

— Alors tu lui as parlé ?

— Oui.

— Pourquoi ne me l'as-tu pas dit ?

— Elle m'a demandé de ne rien te dire sous prétexte que tu irais la chercher. Elle a dit que tu l'obligerais à aller en Espagne chez sa tante, celle qui fume et sent l'âne. »

Je suis plus soulagé qu'en colère. Cela fait cinq jours que Darcy a disparu et elle n'a répondu à aucun de mes appels bien que je lui aie laissé plusieurs messages. Charlie se met à table. Darcy et elle se sont appelées presque tous les jours et se sont envoyé des textos. Darcy est à Londres et traîne avec une fille plus âgée, une ancienne danseuse du Royal Ballet.

« Je veux que tu l'appelles pour moi. »

Charlie hésite.

« C'est obligé ?

— Oui.

— Et si elle ne veut plus être mon amie après ?

— C'est plus important. »

Charlie sort son portable de son jean et compose le numéro.

« Elle ne répond pas, dit-elle. Tu veux que je laisse un message ? »

Je réfléchis une seconde. Dans quatre heures, je serai à Londres.

« Demande-lui de te rappeler. »

Charlie laisse un message. Ensuite, je lui prends son portable et lui donne le mien.

« On échange, juste pour aujourd'hui. Darcy ne répond pas à mes appels, mais elle répondra aux tiens. »

Charlie se renfrogne, furibarde. Deux adorables petits plis se forment au-dessus de l'arête de son nez.

« Si tu t'avises de lire mes textos, je ne t'adresserai plus jamais la parole ! »

50.

Ruiz est assis sur un banc dans le parc. Il mange un sandwich en buvant du café, le regard rivé sur un camion de livraison en train de faire marche arrière dans une ruelle. Quelqu'un dirige le conducteur en lui disant d'aller plus à gauche, plus à droite. Une main s'abat sur le rideau de fer.

« Tu sais ce qu'il y a de plus dur dans le fait d'être à la retraite ? me dit Ruiz.

— Dis-moi.

— Tu n'as jamais un jour de congé. Ni vacances ni longs week-ends.

— Tu me fends le cœur. »

Le banc domine la Tamise. Le pâle soleil de l'après-midi se reflète à peine sur l'eau brune et lourde. Les bateaux à rames et les vedettes pour les touristes laissent derrière eux des sillons blancs qui glissent sur la surface et vont mourir dans la boue étincelante exposée par la marée descendante.

De l'autre côté du fleuve, on aperçoit la vieille station hydraulique de Barn Elms. Le sud de Londres pourrait être un autre pays. C'est ça qu'il y a de bizarre dans cette ville. Ce n'est pas tant une métropole qu'une succession de villages. Chelsea est différent de Clapham qui n'a rien à voir avec Hammersmith, distinct de Barnes et d'une dizaine d'autres endroits. La ligne de démarcation n'est parfois pas plus large qu'un fleuve, pourtant l'atmosphère change du tout au tout quand on passe d'un quartier à un autre.

Julianne est rentrée de Rome. Je voulais aller la chercher à l'aéroport d'Heathrow, mais elle m'a dit que la société avait envoyé une voiture et qu'elle devait passer par le bureau. Nous avons prévu de nous retrouver à l'hôtel plus tard et d'aller à la réception ensemble.

« Tu veux un autre café ? me demande Ruiz.

— Non merci. »

Ruiz habite de l'autre côté de la rue. Il considère la Tamise comme une mare dans son jardin ou comme une portion du fleuve dont il serait propriétaire. Ce banc est son mobilier de jardin ; il y passe plusieurs heures par jour, à pêcher, à lire les journaux. D'après la rumeur, il n'aurait jamais attrapé de poisson, et cela n'a rien à voir avec la qualité de l'eau de la Tamise ou sa population. Il n'emploierait pas d'appâts. Je ne lui ai jamais demandé si c'était vrai. Il y a certaines questions qu'il est préférable d'éviter.

Nous ramenons nos tasses vides à la maison, dans la cuisine. La porte de la buanderie est ouverte. Le panier du séchoir regorge de vêtements féminins, légers, jolis ; une jupe écossaise, un soutien-gorge mauve, des socquettes. Cette vision a quelque chose de familier et d'étrangement dérangeant. J'imagine mal des femmes dans la vie de Ruiz, bien qu'il ait été marié trois fois.

« Aurais-tu quelque chose à me dire ? »

Il lorgne le panier. « Je ne pense pas qu'ils t'iraient.

— Tu as de la visite ?

— Ma fille.

— Quand est-elle revenue ?

— Il y a déjà un bout de temps. » Il ferme la porte dans l'espoir de mettre un terme à la conversation.

Sa fille, Claire, est partie danser à New York. Leurs relations tourmentées n'étaient pas sans rappeler le réchauffement planétaire – fonte des calottes glaciaires, une montée des océans et un renflouage du bateau – le tout sur fond de voix sceptiques mettant l'issue en doute.

Nous passons au salon. Des documents relatifs au naufrage de l'*Argo Hellas* sont éparpillés sur une table basse. Ruiz s'assoit et sort son vieux carnet.

« J'ai parlé avec le responsable de l'enquête, le coroner et le chef de la police locale. »

Des feuilles volantes menacent de se détacher du dos de son carnet en piteux état quand il les tourne.

« Les investigations ont été faites avec soin. Il y a des dépositions de témoins, une transcription de l'enquête. Je les ai reçues hier par coursier et je les ai lues avant de me coucher. Rien de particulier à signaler. Trois personnes ont témoigné que Helen et Chloe Tyler étaient sur le ferry. Notamment un plongeur de la marine grecque qui faisait partie de l'équipe de sauvetage. »

Ruiz me tend la déposition du gars et attend que je l'aie lue. Le plongeur raconte avoir récupéré quatre corps ce jour-là. La visibilité était de moins de dix mètres et un courant traître lui compliquait encore la tâche.

Au cours de la cinquième plongée de la journée, il a trouvé le corps d'une fillette accroché aux barreaux métalliques d'une échelle à côté du treuil d'un canot de sauvetage, à tribord, près de la poupe. Il a coupé les lanières du gilet de sauvetage, mais le courant lui a arraché l'enfant des mains. Il ne lui restait pas suffisamment d'oxygène pour nager après elle.

« Il a identifié Chloe d'après une photographie, dit Ruiz. La gamine avait un plâtre au bras. Cela correspond au récit qu'en a fait son grand-père. »

En dépit de ce qu'il dit, je sens que Ruiz n'est pas totalement convaincu.

« Je me suis un peu renseigné sur ce plongeur. Il fait ça depuis dix ans. C'est l'un des plus expérimentés de l'équipe.

— Et puis ?

— La marine l'a mis à pied pendant six mois l'année dernière après qu'une jeune recrue a failli se noyer parce que le gars n'avait pas vérifié convenablement son équipement. On dit – enfin, c'est plus qu'une rumeur – que c'est un alcoolique. »

Ruiz me tend une deuxième déposition. Celle du jeune étudiant canadien en vacances qui disait avoir parlé à Helen et Chloe juste après le départ du ferry. Elles étaient assises dans le salon des passagers, à tribord. Chloe avait le mal de mer et le routard lui a proposé un comprimé.

« J'ai parlé à ses parents à Vancouver. Ils ont pris l'avion pour la Grèce après le naufrage pour tenter de le convaincre de rentrer à la maison, mais il voulait poursuivre son voyage. Il est toujours en vadrouille.

— Il devrait avoir commencé la fac à ce stade, non ?

— Son année sabbatique est en train de se transformer en deux ans. »

L'ultime témoignage est celui d'une Allemande, Yelena Schafer, qui gère un petit hôtel à Patmos. Elle a conduit Helen et sa fille au ferry et les a vues monter à bord.

Ruiz m'informe qu'il a appelé l'hôtel, mais que celui-ci était fermé pour l'hiver.

« J'ai réussi à avoir le gardien au téléphone, mais le type était tous azimuts, comme un chien mouillé sur un lino. Il dit qu'il se souvient d'Helen et de Chloe. Elles ont logé là trois semaines en juin.

— Où est Yelena Schafer en ce moment ?

— En vacances. L'hôtel ne rouvrira pas avant le printemps.

— Elle a peut-être de la famille en Allemagne.

— Je vais rappeler le gardien. Il n'était pas très coopératif. »

Ruiz a laissé les rideaux ouverts. Par la fenêtre, je vois passer des joggeurs pareils à des spectres sur le chemin qui longe la Tamise. J'entends des mouettes se disputer des déchets dans la vase.

Ruiz me tend à présent un rapport des Services de sauvetage en mer qui répertorie les noms des personnes décédées, disparues et des survivants. Il n'y avait pas de liste officielle des passagers. Le ferry fait partie d'un service régulier attaché à l'île transportant touristes et indigènes dont un grand nombre d'entre eux montent à bord au dernier moment en achetant leurs billets dans le bateau. Il y a de fortes chances pour qu'Helen et Chloe aient payé en liquide afin d'éviter toute trace écrite suscitée par l'usage d'une carte de crédit.

Bryan Chambers a dit que la dernière fois qu'il a envoyé de l'argent à sa fille, c'était le 16 juin ; les fonds ont été transférés d'un compte sur l'île de Man à une banque de Patmos.

Quelles autres preuves ont-ils qu'Helen et Chloe étaient à bord de l'*Argo Hellas* ? Des bagages ont été retrouvés échoués sur une plage, à cinq kilomètres à l'est de la ville. Une grosse valise. Un bateau de pêche a repêché un sac plus petit ayant appartenu à Chloe.

Ruiz sort un cahier cartonné avec un collage de photographies découpées dans les pages de magazines sur la couverture. Le carton est tout gondolé et l'étiquette illisible.

« On a trouvé ça parmi leurs effets personnels. C'est le journal de Chloe.

— Comment t'es-tu débrouillé pour l'avoir ?

— J'ai raconté quelques pieux mensonges. Je suis censé le remettre à la famille. »

J'ouvre le cahier et je fais glisser mes doigts sur les pages gonflées et ondulées par le sel séché. C'est plus un album qu'un journal intime. Il contient des cartes postales, des photographies, des talons de ticket, des dessins, ainsi que d'occasionnels commentaires personnels et observations. Chloe a fait sécher des fleurs entre les pages. Des coquelicots. Je vois les taches qu'ont laissés les étamines et les pétales.

Les pages fragiles rendent compte de leur voyage – dans les îles principalement. De temps en temps, il est question de rencontres : une fillette turque avec laquelle Chloe s'est liée d'amitié et un garçon qui lui a appris à pêcher.

Il n'est pas fait mention de la fuite depuis l'Allemagne, mais Chloe parle du médecin en Italie qui lui a fait son plâtre. Il a été le premier à le signer et a dessiné Winnie l'Ourson dessus.

À l'aide des cartes postales et des références à des lieux, je peux reconstituer l'itinéraire d'Helen. Elle a dû vendre la voiture ou l'abandonner quelque part avant de prendre un bus pour franchir les montagnes jusqu'en Yougoslavie, puis la frontière avec la Grèce.

Les jours ne sont pas spécifiés. Les semaines disparaissent. La mère et la fillette n'ont pas cessé de bouger, s'éloignant de plus en plus de l'Allemagne. Elles gagnent la Turquie, suivent la côte. Elles font finalement halte dans un camping à Fethiye au bord de la mer Égée. Le bras de Chloe ne se remet pas bien. Elle doit retourner à l'hôpital. On fait d'autres radios. Des spécialistes la voient. Elle écrit une carte postale à son père ; fait un dessin de lui. La carte n'a jamais été postée à l'évidence.

Chloe me fait l'effet d'une enfant intelligente, insouciante qui se languit de ses camarades d'école en Allemagne et de son chat, Tinkerbell, que tout le monde appelait « Tinkle » parce que c'est le son que produisait la cloche de son collier quand il essayait d'attraper les oiseaux dans le jardin.

La dernière page du journal est datée du 22 juillet, soit deux jours avant le naufrage de l'*Argo Hellas*. Chloe attendait son anniversaire avec impatience. Elle aurait eu sept ans un peu plus de quinze jours plus tard.

En feuilletant à nouveau les pages vers la fin, je sens qu'Helen et Chloe ont finalement commencé à se détendre. Elles sont restées plus longtemps à Patmos que dans tous les autres endroits qu'elles ont visités au cours des deux derniers mois.

Je referme le journal de Chloe et j'effleure le collage du bout des doigts.

Parfois, lorsqu'on observe trop attentivement une scène, on en arrive à une sorte d'aveuglement ; l'image s'imprime dans notre subconscient et restera inchangée même s'il se passe quelque chose de nouveau qui devrait attirer notre attention. De la même façon, la volonté de simplifier une situation ou de l'envisager dans son ensemble peut nous inciter à ignorer les détails qui ne collent pas au lieu d'essayer de les expliquer.

« Y avait-il une photo d'Helen Chambers dans les documents qu'ils t'ont envoyés ?

— Nous en avons déjà une », me répond Ruiz.

Il comprend tout à coup où je veux en venir.

« Qu'est-ce qu'il y a ? Tu penses que ce n'est pas la même femme ?

— Non, mais je veux m'en assurer. »

Il se redresse, me dévisage.

« Tu es comme Gideon – tu n'arrives pas à croire qu'elles sont mortes.

— Je veux savoir pourquoi il croit qu'elles sont vivantes.

— Parce qu'il se fait des illusions ou bien il est en plein déni.

— À moins qu'il sache quelque chose. »

Ruiz se lève, les genoux raides, en grimaçant.

« Si Helen et Chloe sont vivantes, où sont-elles ?

— Elles se cachent.

— Comment auraient-elles simulé leur mort ?

— On n'a jamais retrouvé leurs corps. Leurs bagages pourraient très bien avoir été jetés à la mer.

— Et les dépositions ?

— Bryan Chambers a assez d'argent pour se montrer persuasif.

— C'est un peu tiré par les cheveux. J'ai appelé le bureau du coroner. Helen et Chloe sont officiellement décédées.

— Pourrait-on leur demander de nous faxer une photo d'Helen Chambers ? Je veux juste être sûr que nous parlons de la même femme. »

Veronica est censée prendre le train de 18 heures pour rentrer à Bristol. Je veux lui parler avant qu'elle s'en aille. Un taxi nous conduit le long de Fulham Palace Road, en passant par Hammersmith et Shepherd's Bush. La suspension du véhicule a presque rendu l'âme du côté droit. Il y a peut-être un piéton logé sous l'essieu avant.

Ruiz, à côté de moi, est silencieux. Des bus manœuvrent le long de la voie intérieure en faisant halte aux arrêts pour ramasser les gens qui font la queue. Les passagers regardent distraitement par la fenêtre ou somnolent, la tête contre la vitre.

Je n'arrête pas de ressasser les détails de la tragédie du ferry. Les corps d'Helen et de Chloe n'ont jamais été retrouvés, mais cela ne prouve pas qu'elles ont survécu. Gideon n'a aucune preuve décisive, dans un sens ou dans l'autre. C'est peut-être ça qu'il cherche – une preuve de mort ou un signe de vie. Mais cela ne répond pas à tout. Ses crimes sont trop sadiques. Il s'amuse trop à ce petit jeu pour s'arrêter.

Veronica nous attend dans un café près du quai numéro un. Son pardessus déboutonné traîne par terre. Ruiz et elle se saluent sans échanger un mot. Les seules choses qu'ils ont en commun sont leurs carrières respectives et une aptitude à rendre le silence extrêmement éloquent.

Nous disposons les chaises différemment. Nous vérifions l'heure. Veronica a quinze minutes.

« Le ministère de la Défense veut reprendre l'enquête à son compte, annonce-t-elle.

— Que voulez-vous dire ?

— Tyler s'est absenté sans permission. Ils disent qu'il fait toujours partie des leurs. Ils tiennent à procéder eux-mêmes à l'arrestation.

— Qu'avez-vous répondu à ça ?

— Je leur ai dit d'aller se faire foutre. Deux femmes sont mortes et c'est *mon* enquête. Il est hors de question que je laisse tomber parce qu'un connard de gratte-papier en kaki qui bande chaque fois qu'un char d'assaut passe me dit de le faire. »

La virulence de son ton tranche avec le soin qu'elle prend à sucrer son thé et à le remuer. En tenant la tasse entre le pouce et l'index, elle engloutit la moitié du breuvage brûlant. On dirait qu'un poing monte et descend dans son cou blanc et grassouillet.

Après avoir posé sa tasse, elle commence à nous raconter ce qu'elle est parvenue à découvrir à propos de Gideon Tyler. Par l'intermédiaire d'un contact au sein de la police d'Irlande du Nord, elle a appris qu'il avait passé quatre ans à Belfast à travailler pour le groupe de coordination de missions stratégiques, le TCG, à Armagh – un organe de renseignements militaires spécialisé dans la surveillance et les interrogatoires.

« Pas étonnant qu'on ait autant de mal à mettre la main dessus, dit Ruiz. Ces gars-là sont capables de filer quelqu'un sans jamais se faire remarquer. Ce sont des experts dans l'art de passer inaperçu.

— Et comment pourriez-vous connaître ce genre de détails ? demande Veronica.

— J'ai travaillé un moment à Belfast », répond Ruiz sans se donner la peine de s'étendre.

L'inspecteur n'aime pas être maintenue dans l'ombre, mais elle continue malgré tout.

« Les services d'immigration ont sorti le dossier de Tyler. Au cours des six dernières années, il a fait de multiples voyages au Pakistan, en Pologne, en Égypte, en Somalie, en Afghanistan et en Irak. La longueur des séjours varie : jamais moins d'une semaine, jamais plus d'un mois.

— Pourquoi l'Égypte et la Somalie ? s'enquiert Ruiz. L'armée britannique n'opère pas là-bas.

— Il était peut-être chargé de former des indigènes, souligne Veronica.

— Ça n'explique pas la clandestinité.

— Contre-espionnage.

— Ça paraît plus logique.

— Maureen Bracken dit que Christine et Sylvia se moquaient parfois de Gideon en le traitant de barbouze. »

Je repasse mentalement en revue la liste des pays où Tyler s'est rendu : Afghanistan, Irak, Pologne, Pakistan, Égypte et Somalie. C'est un interrogateur chevronné, qui s'y entend comme personne pour tirer les vers du nez aux suspects – prisonniers de guerre, prisonniers politiques, terroristes…

Le souvenir de Sylvia Furness, capuchonnée et pendue à une branche, m'emplit l'esprit. Ainsi qu'une autre image : Maureen Bracken, à genoux, les yeux bandés, bras tendus. La privation sensorielle, la désorientation et l'humiliation sont les outils de prédilection des interrogateurs et des tortionnaires.

Si Gideon pense qu'Helen et Chloe sont vivantes, il est logique qu'il soit également convaincu que des gens les cachent. Bryan et Claudia Chambers, Christine Wheeler, Sylvia Furness et Maureen Bracken.

Veronica me regarde avec insistance. Ruiz est assis immobile, les yeux levés au ciel comme s'il était à l'affût d'un train à l'approche ou d'un écho du passé.

« Disons que vous avez raison et que Tyler croit qu'elles sont vivantes, reprend Veronica. Pourquoi s'efforce-t-il de les débusquer ? Quel est l'intérêt ? Helen ne retournera jamais vivre avec lui et il ne respirera plus jamais le même air que sa fille.

— Il ne cherche pas à les récupérer. Il veut punir sa femme de l'avoir quitté et puis il veut voir sa fille. C'est la peur et la haine qui le motivent. La peur de ce qu'il est capable de faire et celle de ne jamais revoir sa fille. Mais la haine est plus forte encore. Elle a sa propre dynamique.

— Qu'est-ce que ça veut dire ?

« — Sa haine exige que nous nous écartions de son chemin ; elle nie les droits d'autrui, elle élimine, elle empoisonne, elle lui dicte ses convictions. C'est cette haine qui le soutient.

— Quelle sera sa prochaine cible ?

— Impossible à dire. La famille d'Helen est protégée, mais elle doit avoir des tas d'autres amies. »

Veronica pose ses coudes sur ses genoux, dans l'espoir de se sentir un peu moins mal à l'aise dans ses chaussures cirées à bouts renforcés. Une annonce fait vibrer l'air. Elle doit partir.

Elle se lève en boutonnant son pardessus, prend congé de nous et se fraie un chemin dans le hall en direction de son train avec une détermination digne d'une ogresse. Ruiz la suit des yeux en se grattant le nez.

« Penses-tu qu'à l'intérieur de Cray, il y a une femme mince qui tente de s'échapper ?

— Deux à mon avis.

— Tu veux boire quelque chose ? »

Je regarde ma montre.

« Une autre fois. La réception de Julianne commence à 20 heures. Je voudrais lui acheter un cadeau.

— Quel genre de cadeau ?

— Un bijou. Ça fait toujours plaisir.

— Seulement si on a une maîtresse.

— Pourquoi dis-tu ça ?

— Les cadeaux coûteux sont une preuve de culpabilité.

— Pas du tout.

— Plus ils sont chers, plus la culpabilité est profonde.

— Tu es un être tristement soupçonneux.

— J'ai été marié trois fois. Je connais ces choses-là. »

456

Il me jette un regard en coin. Je sens ma main gauche tressaillir.

« Julianne est souvent en déplacement. Elle me manque. J'ai eu envie de lui acheter quelque chose de spécial. »

Mes excuses semblent trop véhémentes. Je devrais me taire. Pas question que je parle à Ruiz du patron de Julianne, de la note pour le petit déjeuner, de la lingerie fine ou des coups de fil. Je ne lui dirai pas que Darcy m'a embrassé ni que Julianne m'a demandé si je l'aimais toujours. Je ne dirai rien et il ne me posera pas de questions.

C'est l'un des grands paradoxes de l'amitié entre hommes. C'est comme un code tacite : on ne commence pas à creuser avant d'avoir atteint le fond.

51.

Le hall central du musée d'Histoire naturelle a été transformé en forêt préhistorique. Des singes, des reptiles, des oiseaux semblent escalader les murs et les hautes voûtes ocres. Un squelette de diplodocus est éclairé en vert.

J'ai pris une douche, je me suis rasé avec soin, j'ai pris mes remèdes et j'ai mis mon plus beau costume du soir qui n'avait pas pris l'air depuis près de deux ans. Julianne m'a dit de louer un smoking chez Moss Bro., mais le mien fait parfaitement l'affaire à mon avis.

Je suis venu seul. Julianne n'est pas rentrée à temps à l'hôtel. Encore des problèmes, m'a-t-elle dit, sans s'étendre. Elle va venir de son côté avec Dirk et le P.-D.G, Eugene Franklin. Une bonne centaine de ses collègues sont là, nourris et abreuvés par les serveurs qui évoluent gracieusement sur le sol en mosaïque avec des plateaux argentés remplis de coupes de champagne. Les hommes sont en smoking (nettement plus à la mode que le mien) et les femmes paraissent sveltes, perchées sur leurs talons hauts, dans leurs robes de cocktail aux décolletés audacieux. Ce sont des couples de professionnels, des experts du capital risque, des banquiers, des comptables. Dans les années quatre-vingt, ces gens-là étaient « maîtres de l'univers » ; ils se bornent désormais à contrôler les sociétés commerciales et les conglomérats.

Je devrais boire du jus d'orange, mais je n'arrive pas à en trouver. Je suppose qu'une coupe de champagne ne peut pas me faire de mal. Je vais rarement dans des réceptions. Les soirées tardives et l'alcool font partie des choses que je dois éviter. M. Parkinson pourrait s'inviter à la fête. Il risquerait de s'emparer de mon bras gauche au milieu d'une bouchée ou d'une gorgée et de me laisser figé là comme un des primates empaillés au deuxième étage.

Julianne devrait être arrivée. En me dressant sur la pointe des pieds, je la cherche en survolant les têtes du regard. J'aperçois une très belle femme en bas de l'escalier, vêtue d'une robe en soie flottante qui descend en plis élégants au creux de son dos et entre ses seins. L'espace d'un instant, je ne la reconnais pas. C'est Julianne. C'est la première fois que je vois cette robe. J'aurais bien voulu la lui acheter moi-même.

Quelqu'un renverse son champagne en se heurtant à moi.

« C'est à cause de ces fichus talons », m'explique la fautive d'un air contrit en me proposant une serviette en papier.

Grande, mince comme une liane et passablement éméchée, elle tient une flûte penchée entre ses doigts.

« Vous êtes manifestement une moitié, vous aussi, me dit-elle.

— Pardon ?

— Le mari de quelqu'un, me précise-t-elle.

— Comment le savez-vous ?

— Vous avez l'air perdu. Je m'appelle Felicity, au fait. Tout le monde m'appelle Flip. »

Elle me tend deux doigts à serrer. Je m'efforce toujours de capter l'attention de Julianne.

« Et moi Joe.

— Monsieur Joe.

— Joe O'Loughlin. »

Ses yeux s'écarquillent de surprise.

« Alors c'est vous, le mystérieux mari. J'étais persuadée que Julianne portait une fausse alliance.

— Qui porte une fausse alliance ? intervient une femme plus petite, au poitrail imposant.

— Personne. C'est le mari de Julianne.

— Ah bon ?

— Pourquoi porterait-elle une fausse alliance ? »

Flip chipe une autre flûte à un serveur au passage.

« Pour parer aux soupirants importuns, bien sûr, mais ça ne marche pas toujours. Certains hommes voient ça comme un défi. »

L'autre femme ricane et son décolleté tressaute. Elle est tellement petite que je ne peux pas la regarder sans avoir la sensation de reluquer ses seins.

Julianne parle avec un petit groupe d'hommes au pied de l'escalier. Ils doivent être importants parce que des mortels inférieurs rôdent autour d'eux, avides de se joindre à la conversation. Le grand brun chuchote quelque chose à l'oreille de ma femme. Sa main effleure sa colonne vertébrale et se pose au creux de son dos.

« Vous devez être très fier d'elle, dit Flip.

— Oui.

— Vous vivez en Cornouailles, n'est-ce pas ?

— Dans le Somerset.

— Julianne ne me fait pas vraiment l'effet d'une campagnarde.

— Pourquoi cela ?

— Elle est trop glamour. Je m'étonne que vous la laissiez s'écarter si loin de la maison. »

L'homme qui parle à Julianne l'a fait rire. Elle ferme les yeux et s'humidifie le milieu des lèvres du bout de la langue.

« Avec qui est-elle ?

— Oh, c'est Dirk Cresswell. L'avez-vous déjà rencontré ?

— Non. »

La main de Dirk est descendue un peu plus bas. Elle s'attarde sur la soie à l'endroit où elle tombe sur ses reins. Dans le même temps, son regard semble fixé sur l'encolure de sa robe.

« Vous feriez peut-être mieux de voler à son secours », suggère Flip en riant.

Je m'achemine déjà dans cette direction en me faufilant entre des épaules et des coudes. Je marmonne des excuses tout en essayant de ne pas renverser mon champagne. Finalement je m'arrête pour écluser ma coupe.

Quelqu'un a gravi les marches et tape bruyamment sur son verre avec une cuiller pour obtenir le silence. C'est un homme plus âgé, autoritaire. Le P.-D.G probablement. Eugene Franklin. Le brouhaha s'amenuise. L'auditoire dresse l'oreille.

« Merci, dit-il, avant de s'excuser de l'interruption. Nous savons tous pourquoi nous sommes ici ce soir.

— Pour nous soûler, lance un chahuteur.

— Au final, c'est exact, répond Eugene, mais si vous buvez du Bollinger aux frais de la compagnie, c'est parce que c'est notre anniversaire. Le Franklin Equity Group a dix ans. »

Cela suscite des acclamations.

« Bon, comme en témoignent les *bling bling* que nous avons sous les yeux, ces dix années ont été très fructueuses. Cela confirme aussi que je vous paie beaucoup trop cher. »

Julianne rit avec le reste de l'assemblée en levant vers Eugene Franklin des yeux admiratifs.

« Avant que nous profitions un peu trop du buffet, je voudrais témoigner ma gratitude à plusieurs personnes, ajoute le P.-D.G. Aujourd'hui même, nous avons décroché le plus gros contrat de toute l'histoire de cette compagnie. Il s'agit d'une transaction sur laquelle bon nombre d'entre vous ont travaillé pendant près de cinq ans et je m'assurerai que vous ayez un très joyeux Noël quand le moment des primes arrivera. Vous connaissez tous Dirk Cresswell. Comme lui, j'ai moi-même été un jeune et bel homme jadis. J'étais aussi un homme à femmes jusqu'au jour où je me suis rendu compte qu'il y avait des choses plus importantes dans la vie que le sexe. »

Il marque une pause.

« Je veux parler des *épouses*. J'en ai eu deux pour ma part. »

Quelqu'un dans l'assemblée crie :

« Dirk a des dizaines d'épouses à son actif. C'est juste qu'aucune n'est à lui. »

Eugene Franklin s'esclaffe avec tous les autres.

« Je tiens à remercier personnellement Dirk pour avoir conclu cette importante affaire. Je souhaite aussi témoigner ma reconnaissance à la femme qui l'a aidé à le faire, la ravissante, talentueuse et… polyglotte Julianne O'Loughlin. »

Au milieu des applaudissements et des sifflets, on échange des coups de coude et des clins d'œil. Dirk et Julianne sont invités à monter les marches. Elle s'avance comme une mariée rougissante pour recevoir ces éloges. Les verres se lèvent. On porte un toast.

Plus moyen de l'atteindre maintenant. Elle est prise dans le tourbillon de ce panégyrique. En définitive, je recule dans la foule et vais rôder à la périphérie de la salle.

Mon portable vibre. Le portable de Charlie. Je le porte à mon oreille en pressant le bouton vert.

« Salut », dit Darcy, s'attendant à avoir ma fille au bout du fil. Je l'entends à peine à cause du bruit.

« Ne raccroche pas. »

Elle hésite.

« N'en veux pas à Charlie. J'ai deviné.

— Je veux que vous arrêtiez de m'appeler et de me laisser des messages.

— Je tiens juste à m'assurer que tu vas bien.

— Je vais bien. Arrêtez d'appeler. Ma messagerie est pleine. Ça me coûte de l'argent d'écouter vos messages. »

À gauche après le vestiaire, je déniche une alcôve sous un escalier en pierre. « Dis-moi juste où tu es.

— Non.

— Où habites-tu ?

— Chez des amis.

— À Londres ?

— Vous allez arrêter de me poser des questions ?

— Je me sens responsable…

— Vous ne l'êtes pas. D'accord ? Vous n'êtes pas responsable. Je suis assez grande pour me débrouiller toute seule. J'ai trouvé un boulot. Je gagne de l'argent. Je vais pouvoir danser. »

Je lui parle de Gideon Tyler. C'est peut-être l'homme avec lequel elle a bavardé dans le train en rentrant de son audition. La police a besoin qu'elle jette un coup d'œil à la photo.

Elle réfléchit à la conduite à tenir.

« Vous n'essaierez pas de me piéger ?

— Non.

— Et vous arrêterez de m'appeler.

— Aussi souvent. »

Elle médite la chose encore un instant.

« D'accord. Je vous rappelle demain. Je dois retourner travailler maintenant.

— Où travailles-tu ?

— Vous avez promis.

— D'accord. Pas de questions. »

Je me perds à nouveau dans la réception, où je tombe sur une autre coupe, puis une autre encore. J'écoute distraitement les conversations d'hommes échangeant leurs avis sur la bourse, la force du dollar, le prix des billets à Twickenham. Leurs épouses et partenaires s'intéressent davantage aux frais de scolarité dans les écoles privées et à la station de ski où ils vont aller cet hiver.

Les bras de Julianne m'enserrent la taille.

« Où étais-tu ? demande-t-elle.

— Par là.

— Tu te cachais ?

— Non. Darcy a appelé. »

Son regard s'obscurcit momentanément, mais elle chasse ses doutes de son esprit. « Elle va bien ?

— D'après elle, oui. Elle est à Londres.

— Où loge-t-elle ?

— Je n'en sais rien. »

Julianne se passe les mains sur ses hanches pour lisser la soie.

« J'adore ta robe. Elle est somptueuse.

— Merci.

— D'où vient-elle ?

— De Rome.

— Tu ne m'en as rien dit.

— C'était ma prime.

— C'est Dirk qui te l'a achetée ?

464

— Il m'a vue l'admirer dans la vitrine. J'ignorais qu'il allait l'acheter. Il m'a fait la surprise.

— Une prime pour quoi ?

— Pardon ?

— Tu as dit que c'était une prime.

— Ah oui ! Pour toutes ces longues heures de travail. Nous avons trimé dur. Je suis épuisée. »

Elle n'a pas l'air de se rendre compte qu'il fait affreusement chaud tout à coup et qu'on a du mal à respirer.

« Je voudrais que tu rencontres Dirk, me dit-elle en me prenant la main. Je lui ai dit que tu étais un homme brillant. »

Elle m'entraîne dans la cohue. Les corps s'écartent sur notre passage. Dirk et Eugene sont en train de bavarder avec des collègues sous les mâchoires d'un dinosaure qui semble sur le point de les dévorer. Nous attendons en écoutant. Chaque phrase qui sort de la bouche de Dirk est l'énoncé d'un principe personnel : dogmatique, bruyant, irrévocable. Il y a un temps de battement. Julianne en profite.

« Dirk, je te présente Joe, mon mari. Joe, voici Dirk Cresswell. »

Il a une poigne redoutable, le genre de poignée de main qui vous réduit les doigts en bouillie et vous fait sortir les yeux des orbites. J'essaie d'être à la hauteur. Il sourit.

« Vous travaillez dans la finance, Joe ? » me demande-t-il.

Je secoue la tête.

« Très sage. Que faites-vous ? Ah oui, c'est vrai ! Jul m'a dit que vous étiez psy, je me souviens maintenant. »

Je jette un regard dans la direction de Julianne. Eugene Franklin lui a posé une question et elle n'écoute plus.

Dirk me tourne brusquement le dos. Pas complètement. Une épaule. D'autres éléments du cercle sont plus intéressants que moi, ou plus faciles à impressionner. J'ai la sensation d'être un valet, la casquette à la main, attendant qu'on le renvoie.

Un serveur passe à proximité avec un plateau de canapés. Dirk fait un commentaire sur le foie gras, qui n'est pas mauvais, dit-il, mais il en a goûté du meilleur dans un petit restaurant de Montparnasse, l'un des préférés d'Hemingway.

« Il est tout à fait délicieux pour quelqu'un qui vient du Somerset, dis-je.

— Oui, répond-il. Dieu merci, nous ne venons pas tous de là. »

Ce bon mot fait rire. J'ai envie de gauchir son nez parfaitement droit d'un coup de poing. Il continue à parler de Paris d'une voix empreinte de privilège et de bravade qui me transperce le cœur et tout ce que je déteste chez les petites brutes me revient à l'esprit.

Je m'éloigne discrètement en quête d'un autre verre. Je retombe sur Flip qui me présente son petit ami, qui est courtier.

« Je deale des actions, pas de la came », précise-t-il.

Je me demande combien de fois il a employé cette formule.

Entre-temps, je suis passé du stade de l'ivresse à l'ébriété totale. Je ne devrais pas boire du tout, mais chaque fois que j'envisage de me replier sur l'eau minérale, je me retrouve avec une autre flûte de champagne dans la main.

Un peu avant minuit, je me mets en quête de Julianne. Je suis soûl comme une grive. Je veux partir.

Elle n'est pas sur la piste de danse ni sous le dinosaure. Je monte l'escalier et j'inspecte les coins sombres. Je suis fou, je sais, mais je m'attends à tout instant à la trouver en train d'embrasser Dirk à pleine bouche pendant qu'il la tripote sous sa robe. Je ne me sens ni fâché ni amer, bizarrement. C'est la matérialisation d'une certitude qui ne m'a pas quitté depuis des semaines.

Je sors par la grande porte. Elle est là, le dos contre un pilier en pierre. Dirk se tient devant elle, une main plaquée contre la pierre pour l'empêcher de fuir.

Il me voit approcher.

« Quand on parle du loup… Vous vous amusez bien ?

— Oui, merci. » Je me tourne vers Julianne. « Où étais-tu passée ?

— Je te cherchais. Dirk croyait t'avoir vu sortir.

— Non. »

La main de Dirk glisse vers le bas, effleurant son épaule.

« Ôtez votre main de là », dis-je d'une voix que je ne reconnais même pas moi-même.

Julianne ouvre grand les yeux.

Dirk grimace un sourire.

« Vous vous méprenez, semble-t-il, mon ami. »

Julianne essaie d'en rire.

« Allons, Joe. Il est temps de partir. Je vais chercher mon manteau. » Elle se glisse sous le bras de Dirk.

Il me regarde avec un mélange de compassion et de triomphe. « Trop de champagne, mon ami. Cela arrive aux meilleurs d'entre nous.

— Je ne suis pas votre ami. Ne vous avisez pas de toucher ma femme à nouveau.

— Mes excuses, répond-il. Je suis quelqu'un de très tactile. » Il brandit les mains comme s'il s'agissait de pièces à conviction.

« Désolé s'il y a eu un malentendu.

— Il n'y a aucun malentendu. Je sais très bien ce que vous faites. De même que tous les autres gens ici présents. Vous voulez coucher avec ma femme. C'est peut-être déjà fait. Ensuite vous l'enverrez paître et vous irez vous en vanter auprès de vos camarades du club, sur les terrains de golf dans l'Algarve ou pendant vos week-ends de chasse en Écosse.

« Vous êtes M. "Trou-en-un". Dirk au regard qui tue. Vous flirtez avec les femmes des autres et puis vous les invitez à dîner chez Sketch avant de les emmener dans un petit hôtel discret où les peignoirs sont assortis et où la baignoire gigantesque est à remous.

« Vous essayez de les impressionner en truffant votre discours d'allusions à des gens en vue – les prénoms seulement, bien entendu : Nigella et Charles, Madonna et Guy, Victoria et David, parce que vous vous imaginez que cela vous rend plus séduisant aux yeux de ces femmes, mais sous ce bronzage factice et cette coupe de cheveux à soixante livres, vous n'êtes qu'un vulgaire vendeur surpayé qui n'est même pas foutu de se vendre lui-même. »

Les gens se sont attroupés, incapables de résister à une bagarre dans la cour de récré quand quelqu'un s'en prend au petit dur du bahut. Julianne revient précipitamment, écartant les badauds sur son passage, consciente qu'il se passe quelque chose de terrible. Elle prononce mon nom. Me supplie de me taire, me tire le bras, mais il est trop tard.

« Vous voyez, l'espèce à laquelle vous appartenez m'est familière, Dirk. Je connais votre vilain sourire supérieur, votre attitude condescendante vis-à-vis des serveurs, des commerçants, des vendeuses. Vous recourez au sarcasme et à un formalisme démesuré pour dissimuler le fait que vous n'avez pas vraiment d'influence ni de pouvoir. Et puis vous essayez de compenser en prenant aux autres hommes ce qu'ils ont. Vous vous dites que c'est un défi qui vous excite : la drague, mais en réalité, vous êtes incapable de garder une femme plus de quelques semaines pour la bonne raison qu'elles ne tardent pas à se rendre compte que vous êtes un salopard prétentieux, égocentrique, coincé, et là vous êtes baisé.

— S'il te plaît, Joe, n'en dis pas plus. Tais-toi, je t'en prie.

— Je remarque les choses, Dirk, des petits détails sur les gens. Vous, par exemple. Vos ongles sont plats et jaunissants. C'est un signe de carence en fer. Vos reins ne fonctionnent peut-être pas très bien. Si j'étais vous, j'irais doucement avec le Viagra pendant quelque temps et je consulterais un médecin. »

52.

Quand j'arrive dans la chambre d'hôtel, Julianne s'est enfermée dans la salle de bains. Je frappe à la porte.

« Vas-t'en.

— Ouvre-moi, s'il te plaît.

— Non. »

Je colle l'oreille contre le panneau en bois et je crois entendre le bruissement soyeux de sa robe. Elle est peut-être agenouillée, pressant elle aussi son oreille contre la porte au niveau de la mienne.

« Pourquoi as-tú fait ça, Joe ? Chaque fois que je suis heureuse, il faut que tu viennes tout gâcher. »

J'inspire à fond.

« J'ai trouvé une note d'hôtel d'Italie. Tu l'avais jetée. »

Elle ne réagit pas.

« C'était pour un petit déjeuner dans la chambre. Champagne, œufs au bacon, crêpes… Tu ne pourrais jamais manger tout ça.

— Tu as fouillé dans mes reçus ?

— Je l'ai trouvé.

— Tu es allé jusqu'à inspecter la corbeille à papier pour m'espionner.

— Je ne t'espionnais pas. Je sais ce que tu prends normalement pour le petit déjeuner. Des fruits. Du yaourt. Du muesli Bircher... »

Ma certitude et ma solitude sont si intenses à présent qu'elles semblent parfaitement s'accorder. Je suis ivre. Je tremble. Les événements de la soirée me reviennent.

« J'ai vu la manière dont Dirk te regardait. Il n'arrêtait pas de te toucher. J'ai entendu les chuchotements, les commentaires narquois. Tous les gens qui étaient dans cette salle pensent qu'il couche avec toi.

— Et toi aussi ! Tu penses que je baise avec Dirk. Tu t'imagines que j'ai commandé un petit déjeuner après qu'on s'est envoyés en l'air toute la nuit ? »

Elle ne l'a pas encore démenti. Elle ne s'est pas expliquée.

« Pourquoi ne m'as-tu rien dit à propos de la robe ?

— Il ne me l'a offerte qu'hier.

— La lingerie, était-ce aussi une prime... un cadeau de lui ? »

Elle ne répond pas. J'appuie l'oreille plus fort contre la porte et j'attends. Je l'entends soupirer et s'écarter. L'eau du robinet coule. J'attends. J'ai les genoux raides. Un goût de cuivre dans la bouche. Une gueule de bois en préparation.

Elle se décide finalement à parler. « Je veux que tu réfléchisses très soigneusement avant de me poser la question, Joe.

— Que veux-tu dire ?

— Tu veux savoir si j'ai baisé avec Dirk ? Pose-moi la question. Mais avant, souviens-toi de ce qui va mourir. La confiance. Rien ne la ramènera, Joe. Je veux que tu le comprennes bien. »

La porte s'ouvre. Je recule. Elle s'est enveloppée dans un peignoir blanc étroitement ceinturé. En évitant mon regard, elle se dirige vers le lit et s'allonge en me tournant le dos. Les ressorts du matelas bougent à peine sous son poids.

Sa robe est par terre dans la salle de bains. Je résiste à l'envie de la ramasser et de la faire glisser entre mes doigts et puis de la déchirer en lambeaux que je ferais disparaître en tirant la chaîne.

« Je ne vais pas te poser la question, dis-je.

— Mais tu n'en penses pas moins. Tu penses que j'ai été infidèle.

— Je n'en suis pas sûr. »

Elle sombre dans le silence. La tristesse est suffocante.

« C'était une plaisanterie, chuchote-t-elle. Nous avions travaillé très tard la veille pour conclure une affaire, régler les derniers points de détail. Je me suis effondrée. À bout de forces. Il était trop tard pour appeler Londres. J'ai envoyé un mail à Eugene pour lui annoncer la nouvelle. Il n'a eu le message que le lendemain en arrivant au bureau. Il a demandé à sa secrétaire d'appeler mon hôtel et de me commander un petit déjeuner au champagne. Elle ne savait pas quoi commander, alors il lui a dit : "Prenez-lui tout le menu." Je dormais à poings fermés. Le préposé au room-service a frappé à ma porte. Il y avait trois chariots. J'ai appelé la cuisine pour dire qu'il y avait dû y avoir une erreur. Ils m'ont répondu que ma société avait commandé ce petit déjeuner pour moi. Dirk a appelé de sa chambre. Eugene avait fait la même chose pour lui. J'étais trop fatiguée pour manger. Je me suis rendormie. »

Ma main gauche tremble sur mes genoux.

« Pourquoi ne pas me l'avoir dit ? Je suis venu te chercher à la gare et tu ne m'as rien dit.

— Tu venais de voir une femme sauter d'un pont, Joe.

472

— Tu aurais pu m'en faire part plus tard.

— C'était une blague version Eugene. Je n'ai pas trouvé ça très drôle. J'ai horreur qu'on gaspille de la nourriture. »

Mon smoking me fait l'effet d'une camisole de force. Je regarde autour de moi dans la chambre d'hôtel avec ses pseudo objets de luxe et son mobilier banal. C'est le genre d'endroit où Dirk amènerait la femme d'un autre.

« J'ai vu la manière dont il te regardait... il reluquait tes seins en posant sa main sur ton dos, la faisant glisser plus bas. Je ne l'ai pas imaginé, je n'ai pas imaginé les apartés et les insinuations.

— Je les ai entendus moi aussi, me répond-elle, et ignorés.

— Il t'a acheté de la lingerie... et cette robe !

— Et alors ! Tu crois que je couche avec tous les hommes qui me font des cadeaux ? Tu me prends pour qui, Joe ? Est-ce là l'opinion que tu as de moi ?

— Non. »

Je m'assois sur le lit à côté d'elle. J'ai l'impression qu'elle tressaille et s'écarte de moi. L'alcool m'est monté à la tête ; j'ai les tempes qui battent. Par la fenêtre ouverte de la salle de bains, je reconnais à peine mon reflet.

« Tout le monde sait que Dirk est une crapule, poursuit Julianne. Tu devrais entendre les blagues qui circulent sur lui au secrétariat. Il met sa carte de visite dans les toilettes des femmes, comme pour racoler des clients. Sally, la secrétaire d'Eugene, l'a mis au pied du mur cet été. Au milieu du bureau, elle a descendu la fermeture Éclair de sa braguette et s'est emparé de son sexe en disant : "C'est tout ce que vous avez ? Pour quelqu'un qui en parle tant, Dirk, je pensais que vous auriez quelque chose d'un peu plus substantiel pour confirmer vos dires." Tu aurais dû voir sa tête. J'ai cru qu'il avait avalé sa langue. »

Dépourvue de toute émotion, sa voix est mono-corde, incapable de s'élever d'un octave au-dessus de la déception ou de la tristesse.

« Autrefois, tu n'aurais jamais laissé un homme te toucher comme Dirk l'a fait ce soir.

— Autrefois je n'avais pas besoin de ce boulot.

— Il *veut* que les gens pensent qu'il couche avec toi.

— Ce qui n'est un problème qu'à partir du moment où les gens le croient.

— Pourquoi ne m'as-tu jamais parlé de lui ?

— Je l'ai fait. Tu n'écoutais jamais. Chaque fois que j'évoque mon travail, tu débranches. Tu n'en as rien à faire, Joe. Ma carrière n'a pas d'importance à tes yeux. »

Je voudrais le nier. J'ai envie de l'accuser de changer de sujet et d'essayer de se disculper.

« Tu crois que j'ai choisi d'être loin de toi et des filles ? continue-t-elle. Chaque soir quand je suis loin, je pense à toi en m'endormant. Je pense à toi en me réveillant. La seule raison pour laquelle je ne pense pas à toi tout le temps, c'est que j'ai un travail à faire. Il *faut* que je travaille. Nous en avons décidé ainsi. Nous avons choisi de quitter Londres pour le bien des filles et pour ta santé. »

Je suis sur le point de riposter, mais elle n'en a pas fini.

« Tu ne te rends pas compte à quel point c'est dur… d'être loin de la maison. De passer à côté des choses. D'appeler et d'apprendre qu'Emma a appris à sauter sur une jambe ou à faire du tricycle. Que Charlie a eu ses premières règles ou qu'on la maltraite à l'école. Tu veux que je te dise ce qui fait le plus mal ? Quand

Emma est tombée l'autre jour, elle a eu peur et c'est toi qu'elle a appelé. Elle voulait que ce soit *toi* qui la console, qui la serre dans ses bras. Quel genre de mère est incapable de réconforter son propre enfant ?

— Tu es trop dure avec toi-même », dis-je en essayant de la prendre dans mes bras. Elle me repousse d'un haussement d'épaules.

J'ai perdu ce privilège. Il faut que je le recupère. Je sais si bien manier les mots d'ordinaire, mais à cet instant, je ne trouve rien pour l'affranchir de sa déception à mon égard, pour regagner son cœur, pour être *son* homme.

Un nombre incalculable de fois, je me suis dit qu'il devait y avoir une explication anodine pour la note d'hôtel, la lingerie, les coups de fil, mais au lieu de le croire, j'ai passé des semaines à essayer de prouver la culpabilité de Julianne.

Je me lève en titubant. Les rideaux sont ouverts. Un ruban froid de phares se déroule le long de Kensington High Street. Au-dessus des toits d'en face, j'aperçois le dôme étincelant du Royal Albert Hall.

« Je ne te reconnais plus, Joe, chuchote Julianne. Tu es triste. Tu es tellement, tellement triste. Tu trimbales ta tristesse avec toi ou bien elle plane au-dessus de toi comme un nuage, contaminant tous ceux qui t'entourent.

— Je ne suis pas triste.

— Mais si, tu l'es. Tu t'inquiètes à cause de ta maladie. Tu t'inquiètes à mon sujet. Tu te fais du souci pour les filles. C'est pour cela que tu es triste. Tu t'imagines être le même homme, Joe, mais ce n'est pas vrai. Tu ne fais plus confiance aux gens. Tu ne fais aucun effort pour en rencontrer. Tu ne cherches pas à te lier. Tu n'as pas d'amis.

— Si j'en ai. Ruiz par exemple.

— Un homme qui t'a arrêté pour meurtre !

— Jock, alors.

— Jock veut coucher avec moi.

— Tous les hommes que je connais veulent coucher avec toi. »

Elle se tourne vers moi et me décoche un regard compatissant.

« Pour un homme intelligent, comment arrives-tu à être aussi stupide et obnubilé par toi-même ? Je vois très bien ce que tu fais, Joe. J'ai vu la manière dont tu t'étudies jour après jour, cherchant des signes, les imaginant. Tu veux blâmer quelqu'un pour ta maladie, mais personne n'est à blâmer. C'est arrivé, c'est tout. »

Il faut que je me défende.

« Je suis toujours le même homme. C'est toi qui me regarde différemment. Je ne te fais pas rire parce que lorsque tu poses les yeux sur moi, c'est la maladie que tu vois. C'est toi qui est distante, absente. Tu penses toujours à ton travail, ou à Londres. Même quand tu es à la maison, tu as l'esprit ailleurs.

— Essaie plutôt de t'analyser toi-même, Joe, riposte-t-elle. Quand as-tu vraiment ri pour la dernière fois ? Ri au point d'en avoir mal au ventre et les yeux pleins de larmes.

— Qu'est-ce que c'est que cette question ?

— Tu es terrifié à l'idée de te ridiculiser. Tu paniques à l'idée de tomber en public ou d'attirer l'attention sur toi, mais ça ne te gêne pas de me mettre dans l'embarras. Ce que tu as fait ce soir – devant mes amis –, je n'ai jamais eu aussi honte… Je… je… »

Elle ne trouve pas les mots. Elle recommence.

« Je sais que tu es futé, Joe. Je sais que tu es capable de percer ces gens à jour ; tu peux lire à livre ouvert dans leur psyché et faire fond sur leurs faiblesses, mais ce sont de braves gens, même Dick, et ils ne méritent pas d'être ridiculisés ainsi et humiliés. »

Elle serre ses mains entre ses genoux. Il faut que je regagne du terrain. Même la pire réconciliation avec Julianne serait préférable au meilleur pacte que je pourrais faire avec moi-même.

« Je croyais que j'étais en train de te perdre, dis-je d'un ton plaintif.

— Oh, ton problème est plus grave que ça, Joe ! me répond-elle. Tu m'as peut-être déjà perdue. »

53.

La petite aiguille a passé minuit et la grande file vers un nouveau jour. La maison est plongée dans l'obscurité. La rue silencieuse. Depuis une heure, je regarde la lune s'élever au-dessus des toits d'ardoise et l'enchevêtrement de branches qui jettent des ombres dans le jardin et sous les avant-toits.

Le ciel brille d'une lueur jaune écœurante provenant des lumières de Bath, et l'odeur du compost ajoute à l'impression de putréfaction et de saleté. Le mélange est trop mouillé. Le bon compost se compose d'un amalgame de mouillé et de sec – restes de cuisine, feuilles, marc de café, coquilles d'œuf, bouts de papier. Trop d'humidité, et ça empeste. Trop sec, ça ne se décompose pas.

Je sais ces choses-là parce que pendant trente ans, mon père a eu un jardin ouvrier dans un terrain vague derrière le dépôt d'Abbey Wood. Il y avait un abri et je me souviens de m'être trouvé au milieu des outils, des pots de fleurs et des sachets de semis, mes chaussures encroûtées de terre.

Papa avait l'air d'un épouvantail dans le jardin avec ses vieilles nippes et son chapeau défoncé. Il faisait surtout pousser des pommes de terre qu'il ramenait à la maison dans un sac de jute raide de boue séchée. Je devais les laver dans l'évier avec une brosse. Je me souviens d'une histoire qu'il m'a racontée à propos d'un homme qui avait déterré une vieille grenade à main de la Seconde Guerre mondiale parmi ses patates sans s'en apercevoir avant de les frotter. Elle a expédié toute la famille dans le jardin. Je faisais toujours très attention après ça.

Je regarde à nouveau ma montre. Il est temps.

Je me baisse pour longer le mur de pierre gris qui borde le jardin jusqu'à ce que j'arrive à l'angle de la maison. J'écarte les buissons. Regarde par la fenêtre. Il n'y a pas d'alarme. Ni de chien. Une serviette oubliée s'agite sur la corde à linge en faisant des signes à personne.

Accroupi devant la porte de derrière, je déroule ma pochette à outils en les déployant bien : un dispositif d'extraction multipicks, un set de déblocage de pênes, une clé d'entraînement universelle, des aiguilles à spirale, des tourneurs de clés, un set de fils d'acier et une clé à molette en acier noir confectionnée à partir d'une petite clé à six pans que j'ai aplatie d'un côté avec une meuleuse.

Je joins le bout de mes doigts et je les écarte tour à tour jusqu'à ce que les minuscules bulles de gaz prises dans le liquide entre les joints se dilatent et explosent en produisant un craquement.

C'est un cylindre Yale à double gorge. La clenche tournera dans le sens des aiguilles d'une montre, à l'écart de l'encadrement de la porte. Je glisse une aiguille à spirale dans le trou de la serrure, je la sens rebondir sur les pênes et j'augmente la force de torsion de la clé à molette. Plusieurs minutes s'écoulent. Ce n'est pas une serrure facile à crocheter. J'essaie et j'échoue. L'un des pênes du milieu refuse de se soulever suffisamment pour que l'aiguille puisse passer dessus.

Je réduis la torsion et je recommence en me concentrant sur les pênes arrière. J'essaie d'abord une légère torsion avec une pression modérée en m'efforçant de sentir le déclic quand un pêne se désengage et que la gorge tourne très légèrement. La clenche tourne. La porte s'ouvre. J'entre rapidement et referme derrière moi en sortant une mini torche de la poche de ma chemise. Le pinceau de lumière balaie une buanderie et la cuisine au-delà. J'avance prudemment en testant les lattes du plancher, à l'affût de grincements.

Les plans de travail de la cuisine sont dégagés, à part un bocal en verre contenant des sacs de thé et un sucrier. La bouilloire électrique est encore tiède. L'étroit faisceau de ma lampe éclaire les étiquettes de boîtes en métal : farine, riz, pâtes. Il y a un tiroir rempli de couverts, un autre de torchons en lin ; un troisième contient un assortiment de choses – pinces à cheveux, crayons, élastiques, piles.

C'est une maison agréable. Ordonnée. Un couloir central relie le devant et l'arrière. Il y a un salon sur ma gauche.

Un canapé bleu avec de gros coussins. Il fait face à une table basse et à un téléviseur posé sur un support. Des petits animaux en cuivre s'alignent sur le manteau de la cheminée, près d'une photo de mariage, un objet d'artisanat, des bougies, un cheval en porcelaine et un miroir serti de coquillages. J'aperçois mon reflet. J'ai l'air d'un insecte noir à longues pattes, une créature nocturne quêtant sa proie.

Elles dorment en haut. Attiré par elles, je monte en évaluant l'impact de mon poids à chaque marche. Il y a quatre portes. L'une d'elles doit être la salle de bains. Les autres donnent sur les chambres.

J'entends un bourdonnement, comme un insecte coincé contre une vitre. C'est un walkman. Flocon de neige a dû s'endormir avec son casque sur la tête. La porte de sa chambre est ouverte. Son lit est sous la fenêtre. Les rideaux ne sont qu'à moitié fermés. Le clair de lune dessine un carré sur le sol. Je traverse la pièce et m'agenouille près d'elle pour écouter le son doux de sa respiration. Elle ressemble à sa mère ; elle a le même visage ovale, ses cheveux bruns.

Je me penche plus près pour respirer son souffle. Ses peluches ont été reléguées au coin dans un coffre. Winnie l'ourson s'est fait damé le pion par Harry Potter et des stars du football surpayées.

J'habitais dans une maison comme ça autrefois. La chambre de ma fille était à côté de la mienne dans le couloir. Je me demande ce qu'elle fait maintenant. Se ronge-t-elle toujours les ongles ? Dort-elle sur le côté ? S'est-elle laissé pousser les cheveux ? Lui tombent-ils sur les épaules ? Je me demande si elle est vive, courageuse, si elle pense à moi.

Je repars à reculons et ferme doucement la porte, puis je me dirige vers les autres chambres en collant l'oreille contre le panneau en bois à l'écoute de bruits de sommeil ou de silence. En entrouvrant une autre porte, je trouve la pièce vide. Le grand lit est recouvert d'un duvet en patchwork, garni de trois coussins. Je glisse la main en dessous à la recherche d'une chemise de nuit. Rien.

Je me tourne vers la penderie. Une main sur la poignée en cuivre, mon visage se reflétant dans la glace de la porte, je tends à nouveau l'oreille. Rien. En fouillant parmi les vêtements, je trouve son odeur, celle que je veux, son déodorant et son parfum. Des odeurs factices. Pendant mon entraînement dans la jungle, on nous a appris à ne jamais nous servir de savon, de mousse à raser ou de déodorant. Les odeurs artificielles peuvent révéler votre présence à l'ennemi. Pour

481

*survivre dans la jungle, il faut faire un avec la jungle,
comme les animaux.*

*Les femmes ne sentent pas comme elles devraient.
Ça vient d'un flacon. Fabriqué. Désodorisé. Celle-ci a
de jolis habits, mais il y a quelque chose d'étrangement classique chez elle : les jupes au-dessous du
genou, les collants foncés, les cardigans. Elle est aussi
protocolaire qu'une hôtesse de l'air, en moins frelatée.
Je vais avoir du plaisir à la briser.*

*Il y a des boîtes de chaussures en bas de la penderie.
Je soulève les couvercles et je les inspecte. Des sandales à bride, des mules pointues, des escarpins, des
souliers plats, des semelles compensées. Elle aime bien
les bottes. Il y en a quatre paires dont deux à bouts
pointus avec des talons sexy. Du cuir doux. Italien.
Cher. Je mets mon nez dedans et j'inhale.*

*Je m'installe à sa coiffeuse et je passe en revue ses
rouges à lèvres. Le rouge foncé est celui que je préfère ; il s'accorde bien avec son teint. Et le collier en
malachite dans un coffret en velours sera très joli sur
sa peau nue.*

*Je m'allonge sur le lit et je contemple le plafond.
Une trappe carrée dans le coin mène au grenier. Je
pourrais me cacher là. Je pourrais la surveiller comme
un ange. Un ange vengeur.*

*Des pas sur le palier. Quelqu'un est réveillé. Une
femme. J'attends en me demandant s'il va falloir que
je la tue. J'entends une chasse d'eau à l'autre bout du
palier. Des tuyaux grondent et le réservoir se remplit.
La personne est retournée se coucher avec sa mauvaise haleine et ses yeux troubles. Elle ne me trouvera
pas.*

*Je me relève et je vais fermer la porte de la penderie
en m'assurant que tout est à sa place. Je retourne sur*

le palier, et je fais le chemin inverse, le long du cou-
loir, dans la cuisine, par la porte de derrière.

Je m'arrête au bout du jardin. Je regarde le vent
mettre les pins à l'épreuve et je sens les premières
gouttes de pluie glacée. J'ai marqué mon territoire et
tracé des lignes de combat invisibles. Vivement demain
matin.

54.

Quand nous nous sommes mariés, Julianne et moi nous étions promis de ne jamais aller nous coucher fâchés l'un contre l'autre. C'est pourtant ce qui s'est passé hier soir. Mes excuses ont été ignorées. Mes avances écartées. Nous avons dormi dos à dos dans les mêmes draps blancs qui auraient aussi bien pu être un terrain vague gelé.

Nous avons quitté l'hôtel à 10 heures, coupant court à notre week-end en amoureux. Dans le train pendant le trajet du retour, elle a lu des magazines et j'ai regardé par la fenêtre en réfléchissant à ce qu'elle m'avait dit hier soir. Je suis sans doute malheureux ou je cherchais à blâmer quelqu'un pour ce qui m'est arrivé. Je pensais avoir dépassé les cinq stades du deuil. Ça n'en finit peut-être jamais.

Même maintenant, assis à côté d'elle dans le taxi qui nous ramène à la maison, je ne cesse de me répéter que c'était juste une dispute. Les couples mariés en ont tout le temps. Ils s'en remettent. Les manies de chacun sont oubliées, la routine reprend ses droits, les critiques sont passées sous silence.

Le taxi s'arrête devant la maison. Emma déboule dans l'allée et se jette à mon cou. Je la hisse sur ma hanche.

« J'ai vu le fantôme hier soir, papa.

— Ah bon ! Où était-il ?

— Dans ma chambre. Il m'a dit de me rendormir.

— Drôlement sensé, ton fantôme ! »

Julianne est en train de payer la course avec la carte de crédit de sa société. Emma continue à me parler.

« Charlie dit que c'était une dame fantôme, mais ce n'est pas vrai. Je l'ai vu.

— Et vous avez bavardé.

— Pas longtemps.

— Que lui as-tu dit ?

— Je lui ai dit : "Qui êtes-vous ?" et il m'a répondu : "Rendors-toi."

— C'est tout ?

— Oui.

— Lui as-tu demandé comment il s'appelait ?

— Non.

— Où est Charlie ?

— Elle est allée faire un tour en vélo.

— Quand est-elle partie ?

— J'en sais rien. Je ne sais pas lire l'heure. »

Julianne a fini de payer. Emma se tortille pour se libérer de mon étreinte et glisse le long de mon torse. Dès que ses tennis atteignent l'herbe, elle court vers sa mère.

Imogen apparaît pour nous aider à porter nos sacs. Elle a deux messages pour nous. Le premier de Bruno Kaufman. Il veut me parler de Maureen et savoir si je pense qu'ils devraient partir quelques semaines quand elle sortira de l'hôpital.

Le deuxième message est de Veronica Cray. Quatre mots : « Tyler est un serrurier qualifié. »

Je l'appelle à Trinity Road. La plainte en dents de scie d'un fax ponctue ses réponses.

« Je croyais que les serruriers devaient avoir un brevet.

— Pas forcément.

— Qui l'a formé ?

— L'armée. Il travaille de nuit pour une entreprise du coin, T.B. Henry, et il roule dans une camionnette argentée. Nous avons comparé le numéro d'immatriculation avec un véhicule qui a traversé le pont suspendu de Clifton vingt minutes avant que Christine Wheeler enjambe la barrière. Ça colle.

— Travaille-t-il depuis un bureau ?

— Non.

— Comment le contactent-ils ?

— Via un téléphone portable.

— Pouvez-vous le localiser ?

— Il ne transmet plus. Oliver surveille ça de près. Si Tyler l'allume, nous le saurons. »

Un autre téléphone sonne dans son bureau. Elle doit répondre. Je demande si je peux faire quelque chose, mais elle a déjà raccroché.

Julianne est en haut en train de défaire son sac. Emma l'aide en faisant des bonds sur le lit.

J'appelle Charlie. Elle a toujours mon portable.

« Salut.

— Vous êtes rentrés plus tôt que prévu.

— Ouaip. Où es-tu ?

— Avec Abbie. »

Abbie a douze ans elle aussi. C'est la fille d'un fermier du coin qui habite à moins de deux kilomètres de Wellow, le long de Norton Lane.

« Eh, papa, j'ai une blague à te raconter.

— Tu me la raconteras quand tu rentreras.

— J'ai envie de te la raconter tout de suite.

— D'accord, vas-y.

— Une maman monte dans un bus avec son bébé et le chauffeur lui dit : "C'est le plus vilain bébé que j'aie jamais vu." La maman est vraiment fâchée, mais elle achète un billet et s'assoit. Alors un autre passager lui dit : "Vous ne pouvez pas le laisser vous dire ça. Vous devriez aller l'enguirlander. Allez-y. Je vais tenir votre singe pendant ce temps-là." »

Charlie est écroulée de rire. Je ris aussi.

« À tout à l'heure.

— J'arrive. »

55.

Ça commence par un nombre : dix chiffres, dont trois six. *(Signe de malchance pour certains.)* Puis vient la sonnerie... On décroche.

« Allô ?

— Vous êtes bien madame O'Loughlin ?

— Oui.

— La femme du professeur O'Loughlin ?

— Oui, qui est à l'appareil ?

— J'ai peur que votre fille Charlie ait eu un petit accident. Elle est tombée de sa bicyclette. Je crois qu'elle a perdu le contrôle dans un virage. Elle est plutôt casse-cou en vélo. Je tiens à vous rassurer, elle va tout à fait bien. Elle est en de bonnes mains. Les miennes.

— Qui êtes-vous ?

— Je vous l'ai dit. Je suis la personne qui s'occupe de Charlie. »

Il y a un tremblement dans sa voix, le sombre frémissement d'un danger qui menace, quelque chose de vaste, de noir, de redoutable à l'horizon qui fonce sur elle.

« Elle est tellement jolie, votre Charlie. Elle dit qu'en réalité, elle s'appelle Charlotte. Ce prénom lui va bien, mais vous la laissez s'habiller comme un garçon manqué.

— Où est-elle ? Que lui avez-vous fait ?

— Elle est juste là, allongée à côté de moi. N'est-ce pas, Flocon de neige ? Jolie comme un cœur, un adorable cœur... »

Elle crie à l'intérieur. La peur a empli chaque cellule de sa poitrine.

« Je veux parler à Charlie. Ne la touchez pas. S'il vous plaît. Laissez-moi lui parler.

— Ce n'est pas possible. Désolé. Elle a une chaussette dans la bouche, collée avec du ruban adhésif. »

C'est là que ça commence, la première fracture de l'esprit, une minuscule fissure qui expose les parties tendres, vulnérables, de sa psyché. Je perçois l'hystérie vibrant dans tout son corps. Elle crie le nom de Charlie. Elle supplie. Elle cherche à m'amadouer. Elle pleure.

Et puis j'entends une autre voix. Le professeur lui prend le téléphone des mains. « Qui êtes-vous ? Qu'est-ce que vous voulez ?

— Qu'est-ce que je veux ? Je veux que vous repassiez l'appareil à votre femme. »

Un temps d'arrêt. Je n'ai jamais compris ce que les gens veulent dire quand ils parlent d'une pause lourde de sens. Jusqu'à maintenant. Celle-ci est chargée d'un millier de possibilités.

Julianne sanglote. Le professeur met la main sur le micro du téléphone. Je n'entends pas ce qu'il lui dit, mais j'imagine qu'il est en train de lui donner des instructions.

« Repassez-moi votre femme ou je vais être obligé de punir Charlie.

— Qui êtes-vous ?

— Vous savez très bien qui je suis, Joe. »

Une autre pause.

« Gideon ?

— *Ah, bien ! On s'appelle par nos prénoms.
Repassez-moi votre femme.*

— *Non.*

— *Vous ne me croyez pas quand je vous dis que je
détiens Charlie. Vous pensez que je bluffe. Vous avez
déclaré à la police que j'étais un lâche, Joe. Je vais
vous dire ce que je vais faire. Je vais raccrocher et
sauter votre petite fille et puis je vais vous rappeler.
En attendant, je suggère que vous vous lanciez à sa
recherche. Allez. Bougez-vous. Essayez Norton Lane,
c'est là que je l'ai trouvée.*

— *Non ! Non ! Ne raccrochez pas !*

— *Repassez-moi Julianne.*

— *Elle est trop bouleversée.*

— *Repassez-la-moi où vous ne reverrez jamais
Charlie.*

— *Écoutez-moi, Gideon. Je sais pourquoi vous
faites ça.*

— *Repassez-moi votre femme.*

— *Elle n'est pas capable de...*

— *JE ME FOUS DE CE DONT ELLE EST CAPABLE...*

— *D'accord. D'accord. Donnez-moi une minute. »*
Il couvre à nouveau le combiné. Il est en train de
dire à sa femme d'appeler la police depuis la ligne fixe.
Je prends un autre portable et compose le numéro. Le
téléphone sonne. Julianne décroche.

« Bonjour, madame O'Loughlin. »
Un sanglot s'étrangle dans sa gorge.

*« Si vous laissez votre mari vous prendre cet appa-
reil des mains, votre fille mourra. »* Un autre sanglot,
plus sonore. *« Restez au bout du fil, madame O'Loughlin.*

— *Que voulez-vous ?*

— *C'est vous que je veux. »*
Elle ne répond pas.

490

« Puis-je vous appeler Julianne ?

— Oui.

— Laissez-moi vous dire une chose, Julianne. Si votre mari vous prend ce téléphone des mains, je vais violer votre fille pendant un moment. Ensuite je découperai des parties de son corps et je lui planterai des clous dans les mains. Après ça, je vous le promets, j'extrairai ses jolis yeux bleus de ses orbites et je vous les enverrai par la poste dans une boîte.

— Non ! Non ! Je vais vous parler.

— Vous êtes la seule à pouvoir sauver Charlie.

— Comment ?

— Souvenez-vous lorsque vous étiez enceinte, quand vous mainteniez ces bébés en vie dans votre ventre ? La petite Emma, la petite Charlie. Eh bien, ce téléphone est comme un cordon ombilical. Vous pouvez garder Charlie en vie en restant en ligne. Si vous raccrochez, elle meurt. Si vous laissez quelqu'un vous prendre le téléphone, elle meurt. Compris ?

— Oui. » Elle prend une grande inspiration, s'armant de courage. Elle est forte, celle-là. Un défi.

« Votre mari est-il là, Julianne ? Vous chuchote-t-il à l'oreille comme je chuchote à l'oreille de Charlie ? Qu'est-ce qu'il vous dit ? Dites-moi ce qu'il vous dit ou je vais être obligé de la taper.

— Il dit que vous ne l'avez pas. Que vous bluffez. Que Charlie est chez une amie.

— A-t-il essayé de l'appeler ?

— C'est occupé.

— Il devrait aller la chercher.

— Il est parti.

— C'est bien. Il devrait chercher dehors... dans le village. Il devrait aller chez Abbie. Et votre nounou ?

— Elle cherche aussi.

— *Ils vont peut-être la trouver. Il se pourrait que je bluffe. Qu'en pensez-vous ?*

— *Je ne sais pas.*

— *Le numéro de votre correspondant s'affiche-t-il sur ce téléphone, Julianne ?*

— *Oui.*

— *Le reconnaissez-vous ? Vérifiez. »*

Sa réponse est plus un gémissement qu'autre chose. La vérité lui reste en travers de la gorge.

« Alors, c'est quoi, ce numéro ?

— *C'est celui du portable de mon mari.*

— *Qu'est-ce que Charlie fait avec le téléphone de Joe ?*

— *Ils ont échangé leurs portables.*

— *Vous me croyez maintenant.*

— *Oui. S'il vous plaît, ne lui faites pas de mal.*

— *Je vais faire d'elle une femme, Julianne. Toutes les mamans veulent que leurs filles grandissent et deviennent des femmes.*

— *Ce n'est qu'une enfant.*

— *Pour le moment, oui, mais pas quand j'en aurai fini avec elle.*

— *Non, non. Je vous en supplie, ne la touchez pas. Je ferai tout ce que vous voulez.*

— *Tout ?*

— *Oui.*

— *En êtes-vous sûre ?*

— *Oui.*

— *Parce que si ce n'est pas vous, ce sera Charlie.*

— *Je ferai ce que vous me dites !*

— *Déshabillez-vous, Julianne, enlevez votre jupe et ce joli haut – avec ce fil métallique mêlé au coton. Oui, je sais ce que vous portez. Je sais tout sur vous, Julianne. J'ai déjà enlevé son jean à Charlie. J'ai dû le découper. Désolé. J'ai fait très attention. Je suis très* habile avec des ciseaux et une lame de rasoir. Je pourrais graver mes initiales sur son ventre. Elle aurait un souvenir de moi comme ça. Et tous les hommes qui la verront nue sauront que j'ai été le premier... dans tous les orifices.

— Ne faites pas ça !

— Êtes-vous en train de vous déshabiller ?

— Oui.

— Montrez-moi. »

Elle hésite.

« Mettez-vous devant la fenêtre de votre chambre, ouvrez les rideaux – je pourrai vous voir.

— La laisserez-vous partir alors ?

— Ça dépend de vous.

— Je ferai ce que vous voulez.

— Charlie hoche la tête. Elle est tellement mignonne. Oui, c'est ça, j'ai maman au téléphone. Tu veux dire bonjour ? Je suis désolé. Maman n'a pas fait ce que je lui ai demandé. Tu ne peux pas lui parler. Êtes-vous à la fenêtre, Julianne ?

— Oui.

— Ouvrez les rideaux que je puisse vous voir.

— Et vous ne ferez pas de mal à Charlie ?

— Ouvrez les rideaux, je vous dis.

— D'accord.

— Vous avez besoin de vous maquiller. Sur votre coiffeuse, le rouge à lèvres foncé, je veux que vous en mettiez et que vous enfiliez le collier en malachite qui est dans la boîte en velours.

— Comment sav... ?

— Je sais tout sur vous... sur Charlie... sur votre mari.

— Je vous en supplie, relâchez Charlie. J'ai fait ce que vous me demandiez.

— La nudité ne suffit pas, Julianne.

— *Comment ?*

— *Ce n'est pas assez. Charlie peut me donner davantage.*

— *Mais vous avez dit...*

— *Vous ne vous attendez tout de même pas à ce que je renonce à un butin pareil. Vous savez ce que j'ai envie de faire, Julianne ? Maintenant que j'ai découpé les habits de votre fille, je veux trancher ses chairs. Je veux tailler une fermeture Éclair de sa gorge à sa chatte pour pouvoir grimper en elle. Ensuite, je prendrai son cœur et je le sentirai battre entre mes mains pendant que je la baise de l'intérieur. »*

Son long cri lent est comme un obus de mortier détonant dans mes oreilles.

Un autre pêne a cédé.

La serrure est presque ouverte.

Son esprit est en train de lâcher.

Le souvenir me fait l'effet d'une substance maintenant. C'est la seule chose qui est réelle. Je dévale Mill Hill, je traverse le pont au pas de course, avant de remonter la pente suivante entre les haies.

J'ai parlé à Charlie il y a vingt minutes. Son amie Abbie habite à deux kilomètres dans Norton Lane. Combien de temps lui faut-il pour couvrir deux kilomètres à vélo ? D'un instant à l'autre, elle va franchir le virage en pédalant à toute allure, tête baissée, fesses en l'air, en s'imaginant qu'elle participe au Tour de France.

Je n'arrête pas d'essayer d'appeler son portable. *Mon* portable. Je le lui ai donné. Nous avons échangé pour que je puisse appeler Darcy. C'est occupé. À qui parle-t-elle donc ?

Norton Lane est une bande de bitume étroite et sinueuse, calée entre des haies, des buissons d'aubépine et des barrières. Les véhicules doivent faire marche arrière ou monter sur le talus quand ils se croisent ou qu'un tracteur vient à passer. À certains endroits, les haies sont hautes et enchevêtrées, changeant cette petite route en une gorge verdoyante, interrompue ici et là par des portails menant dans les champs.

J'aperçois un éclair de couleur entre les branches tortueuses. C'est une femme qui promène son chien. Mme Aymes. Elle fait des ménages au village.

Je crie à pleins poumons.

« Avez-vous vu Charlie ? »

Furieuse parce que je lui ai fait peur, elle secoue la tête.

« Est-elle passée par là ? Elle était à bicyclette.

— Pas vu de vélo », me répond-elle avec son fort accent.

Je poursuis ma route en traversant un petit pont qui enjambe un cours d'eau ; il y a des rapides un peu plus loin.

Gideon ne détient pas Charlie. Il dit qu'il enlève des enfants, mais ça s'arrête là. L'affrontement n'est pas son style. La manipulation, l'exploitation, si. Il m'observe probablement à l'instant même en se bidonnant. Ou bien il observe Julianne. Il est en train de lui parler.

Parvenu au sommet de la colline, je me retourne vers le village. J'appelle Veronica Cray. Les mots se bousculent entre des inspirations hachées.

« Tyler dit qu'il a ma fille. Il va la violer et la tuer. Il est au téléphone avec ma femme. Il faut l'arrêter.

— Où êtes-vous ? me demande-t-elle.

— Je cherche Charlie. Elle devrait être rentrée à l'heure qu'il est.

— Quand lui avez-vous parlé pour la dernière fois ? »

Je n'arrive pas à réfléchir.

« Une demi-heure. »

Veronica essaie de me calmer. Elle veut que je pense rationnellement. Tyler a déjà embobiné des gens. C'est sa méthode.

« Il doit être quelque part dans le coin, dis-je. Il a probablement surveillé la maison. Vous devriez fermer le village. Bloquer les routes.

— Je ne peux pas boucler un village à moins d'être sûre qu'un enfant a été enlevé.

— Localisez son signal.

— J'envoie des voitures. Retournez auprès de votre femme.

— Il faut que je trouve Charlie.

— Rentrez chez vous, Joe.

— Et s'il ne bluffe pas ?

— Ne laissez pas Julianne toute seule. »

Les bâtiments de ferme se détachent sur le ciel depuis le sommet de la prochaine crête. Une demi-douzaine de granges et d'abris à machines en métal, en brique et en bois trônent parmi les sentiers boueux. Du vieux matériel agricole a été abandonné dans un coin de la cour ; les mauvaises herbes poussent sous le châssis rouillé. J'ignore à quoi servent la plupart de ces engins. Le principal corps de ferme est près de la route. Des chiens aboient frénétiquement dans leurs niches.

Abbie m'ouvre la porte.

« Charlie est-elle là ?

— Non.

— Quand est-elle partie ?

— Il y a un bail.

— Dans quelle direction est-elle allée ? »

Elle me regarde d'un drôle d'air.

« Il n'y en a pas trente-six.

— Tu l'as vue partir ?

— Oui.

— Y avait-il quelqu'un d'autre sur la route ? »

Elle secoue la tête. Je lui fais peur. Je me détourne déjà pour traverser la cour en sens inverse et regagner la route. Je n'ai pas pu la rater. Où aurait-elle pu aller ? Il n'y a que quatre kilomètres jusqu'à Norton St Philip. Je ne vois pas comment Charlie aurait pu prendre la direction opposée pour rentrer à la maison.

Je la rappelle sur son portable. Pourquoi est-elle encore pendue au téléphone ?

Le trajet du retour descend presque tout du long. Je m'arrête aux portails des fermes en me hissant sur les barrières métalliques pour avoir une meilleure vue des champs.

En traversant à nouveau le pont, je jette un coup d'œil dans les fossés de part et d'autre de la chaussée. À certains endroits, les ronces et les orties sont hautes comme la cuisse. Il y a des traces de pneus sur l'asphalte. Un véhicule a dû se ranger pour en laisser passer un autre.

C'est à ce moment-là que je vois la bicyclette, à moitié cachée par les hautes herbes. Je voulais acheter un cadre en aluminium, mais Charlie a choisi le modèle en acier noir mat avec des boules de feu sur le guidon et des amortisseurs sur les fourches avant.

Je m'enfonce dans les orties et les ronces pour dégager le vélo. La roue avant est voilée. Je hurle son nom. Des corneilles jaillissent des arbres en une explosion de battements d'ailes.

Mon bras tremble. Ma jambe. Ma poitrine. Ma tête tremble. Je fais un pas et je manque de me casser la figure. J'en fais un autre et je m'affale. J'essaie de me relever. Je n'y arrive pas. En avalant péniblement ma

497

salive, je lâche la bicyclette et je remonte sur la route. Et là, je m'élance comme un fou sur l'asphalte. L'horreur du recul, les remords m'ont volé mon oxygène et je n'arrive plus à prononcer le nom de Charlie.

Alors que j'escalade Mill Hill, ma jambe gauche se bloque brusquement au moment où je la balance en avant et je m'étale de tout mon long. Je ne sens pas la douleur. Je me remets debout tant bien que mal et je repars de plus belle au pas de l'oie en trébuchant.

Deux filles à cheval trottent dans ma direction. J'en reconnais une. Elle connaît Charlie. J'agite les bras. L'un des chevaux s'excite. Je leur crie de chercher Charlie et je suis fou de rage quand je m'aperçois qu'elles n'obéissent pas instantanément.

Je ne peux pas rester là. Il faut que je rentre à la maison. J'ai essayé d'appeler Julianne. C'est occupé. Gideon est en train de lui parler.

Je finis par atteindre High Street que je traverse en inspectant les empreintes de pas. Charlie est peut-être tombée de son vélo. Quelqu'un l'aura secourue. Pas Gideon. Quelqu'un d'autre – un *bon* Samaritain.

J'approche de la maison. Je lève les yeux et je vois Julianne nue à la fenêtre de la chambre, la bouche maculée de rouge à lèvres. Je monte l'escalier en trombe, j'ouvre la porte de la chambre à la volée et je l'éloigne de la fenêtre. J'attrape le duvet, je l'enveloppe autour d'elle et je lui prends le téléphone des mains. Gideon est toujours au bout du fil.

« Salut, Joe, vous avez trouvé Charlie ? Vous pensez toujours que je bluffe ? Désolé de vous dire que je vous avais prévenu.

— Où est-elle ?

— Avec moi, évidemment. Je ne vous mentirais pas.

— Prouvez-le moi.

— Vous dites ?

— Prouvez-moi que vous l'avez.

— Quelle partie d'elle voudriez-vous que je vous envoie par la poste ?

— Passez-lui le téléphone.

— Repassez-moi Julianne.

— Non. Je veux entendre Charlie.

— Je ne pense pas que vous soyez en position d'avoir des exigences, Joe.

— Je refuse de jouer à ce petit jeu, Gideon. Prouvez-moi que vous détenez Charlie et on parlera. Autrement, je ne suis pas intéressé. »

J'appuie sur le bouton d'interruption d'appel.

Julianne se jette sur moi en hurlant pour essayer de me reprendre le combiné.

« Fais-moi confiance. Je sais ce que je fais.

— Ne raccroche pas ! Ne raccroche pas !

— Assieds-toi. S'il te plaît. Fais-moi confiance. »

Le téléphone sonne. Je réponds :

« Passez-moi ma fille !

— NE REFAITES JAMAIS ÇA, BORDEL DE MERDE ! »

Je raccroche.

Julianne sanglote.

« Il va la tuer, il va la tuer. »

Le téléphone sonne à nouveau.

« RECOMMENCEZ ET JE VOUS JURE QUE JE... »

Je lui coupe la parole en appuyant sur le bouton.

Il rappelle.

« VOUS VOULEZ QU'ELLE CRÈVE ? VOUS VOULEZ QUE JE LA TUE ? JE VAIS LE FAIRE, TOUT DE SUITE ! »

Je raccroche.

Julianne se bat avec moi pour avoir le téléphone. Elle me martèle la poitrine de coups de poing. Je suis obligé de tenir le combiné hors de sa portée.

« Laisse-moi lui parler, sanglote-t-elle. Laisse-moi parler.

— Je sais ce que je fais.

— Ne raccroche pas.

— Habille-toi et descends. La police arrive. Il faut que tu leur ouvres la porte. »

Je m'efforce d'avoir l'air sûr de moi, mais en mon for intérieur, je suis tellement terrifié que j'arrive à peine à fonctionner. La seule chose dont je sois sûr, c'est que Gideon a tiré les ficelles comme un marionnettiste chevronné qui maîtrise parfaitement la situation. Je dois interrompre son élan, d'une manière ou d'une autre, le ralentir.

La première règle des négociations en cas de prise d'otage, c'est d'exiger une preuve de vie. Gideon ne veut pas négocier. Pas encore. Il faut que je le contraigne à reconsidérer ses plans et à changer ses méthodes.

Le téléphone sonne une nouvelle fois.

« ÉCOUTEZ-MOI, ENFOIRÉ, JE VAIS LUI OUVRIR LE VENTRE. JE VAIS REGARDER SES ENTRAILLES FUMER... », tempête Gideon.

Je raccroche au moment où Julianne s'élance vers le combiné pour se retrouver par terre. Je me penche pour l'aider à se relever. Elle me tape sur la main et se tourne vers moi, les traits déformés par la rage et la terreur.

« C'EST TA FAUTE ! C'EST À CAUSE DE TOI QU'ON EN EST LÀ ! » hurle-t-elle en me plantant un doigt dans le torse. Puis elle chuchote : « Je t'avais prévenu ! Je t'avais dit de ne pas t'impliquer là-dedans. Je ne voulais pas que tu contamines ta famille avec tes patients complètement tordus, ces sadiques, ces psychopathes que tu connais si bien.

— On va la récupérer », dis-je, mais elle ne m'écoute pas.

« Charlie, pauvre Charlie », gémit-elle en se laissant tomber sur le lit, secouée de gros sanglots. Sa tête pend au-dessus de ses cuisses nues. Je ne peux rien dire pour la réconforter. Je suis incapable de me réconforter moi-même.

Le téléphone sonne. Je décroche.

« Allô, papa, c'est moi. »

Mon cœur se brise.

« Salut, mon cœur. Est-ce que ça va ?

— Je me suis fait mal à la jambe. Mon vélo est foutu. Je suis désolée.

— Ce n'est pas ta faute.

— J'ai pe… »

Elle ne finit pas sa phrase. On l'interrompt et j'entends le bruit d'un ruban adhésif qu'on détache d'une bobine.

La voix de Gideon remplace la sienne.

« Dites-lui au revoir, Joe. Vous ne la reverrez pas. Vous pensez pouvoir me baiser. Vous n'avez pas idée de ce dont je suis capable.

— Charlie n'a rien à voir là-dedans !

— Disons qu'elle fait partie des dommages collatéraux.

— Pourquoi elle ?

— Je veux la même chose que vous.

— Votre femme et votre fille sont mortes.

— Vraiment ?

— Prenez-moi à sa place.

— Je ne veux pas de vous. »

J'entends encore du ruban adhésif s'étirer.

« Qu'est-ce que vous faites ?

— Je me fais un paquet-cadeau.

— Parlons de votre femme.

— Pourquoi ? Vous l'avez trouvée ?

— Non.

— Eh bien, j'ai une nouvelle petite amie pour jouer. Dites à Julianne que je l'appellerai plus tard pour lui donner tous les détails. »

Avant que j'aie le temps de poser une autre question, il raccroche. Je compose le numéro. Gideon a éteint le portable.

Julianne ne me regarde pas. Je resserre le duvet autour de ses épaules. Elle ne pleure pas. Elle ne me crie pas dessus. Les seules larmes sont les miennes. Intérieures. Elles ne sortent jamais facilement.

56.

Une douzaine d'inspecteurs et le double de policiers en uniforme ont bouclé le village et les routes
d'accès. Camionnettes et camions sont systématiquement fouillés et les automobilistes interrogés.

Veronica est dans la cuisine avec Safari Roy. Ils me
dévisagent avec un mélange de respect et de pitié. Je
me demande si c'est la tête que je fais quand je suis
confronté au malheur de quelqu'un d'autre.

Julianne a pris deux douches ; elle a mis un jean et
un pullover. Elle a le langage corporel d'une victime
d'un viol, les bras croisés sur sa poitrine comme si elle
se cramponnait désespérément à quelque chose qu'elle
ne peut pas se permettre de perdre. Elle évite mon
regard.

Oliver Rabb a deux nouveaux portables à localiser —
le mien et celui dont Gideon s'est servi quand il a
appelé Julianne la première fois. Il devrait être en
mesure de retrouver la trace des signaux jusqu'à il y a
une heure environ, quand Gideon a rompu le contact.

Il y a une tour GSM de dix mètres de haut au milieu
d'un champ, à deux cents mètres au nord-ouest du village, une autre au sommet de Baggridge Hill, à un peu
moins de deux kilomètres au sud. La suivante se situe
aux alentours de Peasedown St John, à trois kilomètres
à l'ouest.

« Il faut que Tyler rappelle, dit Veronica.

— Il rappellera », dis-je, les yeux rivés sur le portable de Julianne, posé sur la table de la cuisine. Il connaissait son numéro. Celui de la maison. Il savait ce qu'elle portait, quels rouges à lèvres et quels bijoux elle avait sur sa coiffeuse.

Julianne ne m'a pas précisé exactement ce que Gideon lui a dit. Si elle était une patiente dans mon cabinet, je lui demanderais de parler, de remettre les choses dans leur contexte, de gérer son traumatisme. Mais elle n'est pas ma patiente. C'est ma femme et je ne tiens pas à connaître les détails. Je veux faire comme si rien de tout ça n'était arrivé.

Gideon Tyler est entré chez moi. Il a pris tout ce qui avait de l'importance – la confiance, la paix de l'esprit, la tranquillité. Il a regardé mes enfants dormir. Emma a dit qu'elle avait vu un fantôme. Elle s'est réveillée et elle lui a parlé. Il a isolé Julianne. Il lui a dit quel rouge à lèvres, quel bijou mettre. Il l'a contrainte à s'exhiber nue devant la fenêtre de la chambre.

Je me suis toujours efforcé d'écarter les idées noires et de m'imaginer qu'il ne pouvait arriver que des bonnes choses à ma famille. Parfois, en regardant le doux visage clair et changeant de Charlie, je parvenais presque à me convaincre que je pouvais la préserver de la souffrance ou du chagrin. Elle n'est plus là à présent. Julianne a raison. C'est ma faute. Un père est censé protéger ses enfants, assurer leur sécurité, sacrifier sa vie pour eux.

Je n'arrête pas de me répéter que Gideon Tyler ne fera pas de mal à Charlie. C'est comme un mantra dans ma tête, mais le message ne m'apporte aucun réconfort. J'essaie aussi de me dire que les gens comme lui – les sadiques, les psychopathes – sont rares. Cela fait-il de Charlie l'une des rares malchanceuses ? Ne me dites pas qu'il y a un prix à payer pour vivre dans une société libre. Pas ce prix-là ! Pas quand il est question de ma fille.

On est en train de mettre la ligne fixe de la maison sur table d'écoute, et un scanner est programmé pour enregistrer les conversations sur nos portables. Nos cartes SIM ont été transférées sur des téléphones dotés de GPS. Je demande pourquoi. Veronica me répond que c'est une éventualité. Ils tenteront peut-être d'intercepter un appel.

Le village s'encadre dans la fenêtre, pareil à une illustration d'un livre de contes, avec de gros nuages striés par le soleil qui filent dans le vent. Imogen et Emma sont allées à côté, chez Mme Foly. Les voisins sont sortis jeter un coup d'œil aux voitures de police et aux camionnettes garées dans la rue. Ils parlent de choses et d'autres, échangeant des civilités en feignant de ne pas épier les policiers qui font du porte-à-porte. Leurs enfants sont cloîtrés chez eux, loin du danger indéterminé qui règne dans leurs rues.

J'entends à nouveau la douche couler en haut. Julianne est sous le jet en train d'essayer de laver le drame qui vient de se produire. Depuis combien de temps est-ce que ça dure ? Trois heures. Quoi qu'il arrive, Charlie se souviendra à jamais de cette journée. Elle sera hantée par le visage de Gideon Tyler, par ses paroles, son contact.

Monk penche la tête en entrant dans la cuisine si bien qu'elle paraît tout à coup plus petite. Il jette un coup d'œil à l'inspecteur Cray et secoue la tête. Les barrages routiers sont en place depuis plus de deux heures. La police a frappé à chaque porte, interrogé les résidents et on a reconstitué le trajet de Charlie. Rien.

Je sais ce qu'ils pensent. Gideon est parti. Il a réussi à filer avant que la police bloque les routes. Aucun des portables dont il s'est servi n'a émis depuis 12 h 42. Il doit savoir que nous sommes en mesure de localiser les signaux. C'est la raison pour laquelle il change si souvent de téléphone et les éteint.

Oliver Rabb arrive à point nommé en traînant les pieds dans l'allée tel un clochard nerveux. Il a un ordinateur portable en bandoulière dans un sac et s'est coiffé d'une casquette en tweed pour protéger son crâne lisse. Il s'essuie trois fois les pieds sur le paillasson.

Une fois son ordinateur installé sur la table de la cuisine, il télécharge les dernières informations provenant des stations de base les plus proches en triangulant les signaux.

« C'est plus compliqué dans des zones comme celle-là, explique-t-il en lissant des plis invisibles sur son pantalon. Les tours sont moins nombreuses.

— Je ne veux pas d'excuses », réplique Veronica.

Oliver se concentre sur l'écran. Dehors dans le jardin, les policiers se regroupent dans les endroits ensoleillés en tapant des pieds pour se réchauffer.

Oliver renifle.

« Que se passe-t-il ?

— Les deux appels ont transité par la même tour – la plus proche. »

Il marque une pause.

« Mais ils provenaient d'une tour située en dehors de cette zone.

— Qu'est-ce que ça veut dire ?

— Il n'était pas dans le village quand il vous a appelé. Il était déjà parti.

— Mais il savait ce que Julianne portait. Il l'a forcée à se planter devant la fenêtre de la chambre. »

Oliver hausse les épaules.

« Il a dû la voir plus tôt dans la journée. »

Il se plonge à nouveau dans les données qui s'affichent sur son écran et nous rend compte des mouvements de Charlie. Mon portable qu'elle avait sur elle envoyait des pings à une tour située à un kilomètre environ au sud de Wellow pendant qu'elle était chez Abbie. Le signal a changé quand elle a quitté la ferme juste après midi. D'après l'analyse de l'intensité du signal, elle a commencé à se rapprocher de la maison. C'est à ce moment-là que Gideon l'a faite tomber de sa bicyclette et l'a emmenée dans la direction opposée.

Oliver fait apparaître une image satellite et lui superpose une autre carte montrant l'emplacement des tours GSM.

« Ils se sont dirigés vers le sud jusqu'à Wells Road, puis vers l'ouest en passant par Radstock et Midsoner Norton.

— Où le signal s'est-il éteint ?

— Dans les faubourgs de Bristol. »

Veronica entreprend de donner des ordres pour qu'on rouvre le village et qu'on confie de nouvelles tâches aux policiers. Sa voix a des accents métalliques, comme si elle émanait d'un des satellites d'Oliver. Le centre névralgique des recherches s'éloigne de la maison.

J'agite la main pour attirer l'attention d'Oliver.

« Nous savons que Tyler a deux portables. S'il allume l'un ou l'autre, je veux que vous le trouviez. Peu m'importe où il était hier ou il y a une heure – je veux savoir où il est *maintenant*. »

Julianne attend sur le palier, à l'écart dans un coin entre la fenêtre et la porte de la chambre. Ses cheveux bruns sont encore tout humides et emmêlés.

Elle s'est de nouveau changée – pantalon noir et cardigan en cachemire, avec juste assez de maquillage pour assombrir ses cils et souligner ses pommettes. Je suis ébranlé par sa beauté. Je me sens décati et très vieux à côté.

« Dis-moi ce que tu as à l'esprit.

— Crois-moi, tu ne veux pas le savoir », me répond-elle.

Je reconnais à peine sa voix.

« Je ne pense pas qu'il veuille faire du mal à Charlie.

— Tu n'en sais rien, chuchote-t-elle.

— Je le connais. »

Julianne lève rapidement les yeux, me défiant du regard.

« Je ne veux pas entendre ça, Joe, parce que si tu *connais* un homme comme ça – si tu comprends pourquoi il fait ça, alors je me demande comment tu peux dormir la nuit. Comment tu peux… tu peux… »

Elle n'arrive pas à finir sa phrase. J'essaie de la prendre dans mes bras, mais elle se raidit et se libère d'une torsade.

« Tu ne le connais pas, reprend-elle d'un ton accusateur. Tu disais qu'il bluffait.

— C'est ce qu'il a fait jusqu'à présent. Je ne pense pas qu'il lui fera du mal.

— Il lui fait déjà du mal, ne comprends-tu pas ? Rien qu'en la gardant prisonnière. »

En se détournant vers la fenêtre, elle ajoute d'un ton agressif :

« C'est toi qui as provoqué tout ça.

— Je ne m'attendais pas à ça. Comment aurais-je pu le savoir ?

— Je t'avais averti.

— J'ai quarante-cinq ans, Julianne, dis-je d'une voix vacillante. Je ne peux pas passer ma vie sur la touche. Je ne peux pas tourner le dos aux gens ou refuser de les aider.

— Tu as la maladie de Parkinson.

— Il faut quand même que j'aie une vie.

— Tu *avais* une vie… avec nous. »

Elle parle au passé. Il ne s'agit plus de Dirk ou de la note d'hôtel, ni de ma crise de jalousie de l'autre soir. Il est question de Charlie. Et au-delà de la peur et de l'incertitude, je lis quelque chose auquel je ne m'attendais pas sur son visage. Du mépris. De la haine.

« Je ne t'aime plus, lance-t-elle froidement, à brûle-pourpoint. Pas de la bonne manière – pas comme avant.

— Il n'y a pas de bonne manière. Il n'y a que l'amour. »

Elle secoue la tête et se détourne à nouveau. J'ai l'impression qu'on m'a arraché quelque chose de vital de la poitrine. Mon cœur. Elle me laisse sur le palier. Un fil invisible me tire sur les doigts, manié par un marionnettiste tremblant. Il a peut-être la maladie de Parkinson lui aussi.

Les portes sont ouvertes. Il fait froid dans la maison. L'équipe du SOCO passe la maison au crible depuis une heure, saupoudrant les surfaces lisses à la recherche d'empreintes et aspirant les fibres. J'en reconnais quelques-uns. On se saluait d'un signe de tête quand on se voyait. Ils ne me regardent plus maintenant. Ils ont un boulot à faire.

Gideon est un serrurier qualifié. Il est capable d'ouvrir à peu près n'importe quelle porte : maison, appartement, bureau… Il y a des milliers de propriétés vides à Bristol. Il pourrait cacher Charlie n'importe où.

Veronica a eu une discussion avec Monk et Safari Roy dans la cuisine. Elle veut une réunion au sommet pour parler stratégie.

« Nous devons décider de ce que nous allons faire quand il rappelle, dit-elle. Il faut que nous soyons prêts. Oliver a besoin de temps pour localiser précisément la source et le site de l'appel, de sorte qu'il est essentiel que nous gardions Tyler au téléphone le plus longtemps possible. »

Elle se tourne vers Julianne.

« Vous pensez que ça va aller ?

— Je vais le faire, dis-je, répondant à sa place.

— Il se peut qu'il ne veuille parler qu'à votre femme, souligne Veronica.

— On l'*oblige* à me parler. Ne lui laissez pas d'autre option.

— Et s'il refuse ?

— Il veut un auditoire. Laissez-moi lui parler. Julianne n'est pas assez forte. »

Elle réagit avec hargne.

« Ne parle pas de moi comme si je n'étais pas dans la pièce.

— J'essayais juste de te protéger.

— Je n'ai pas besoin de protection. »

Je suis sur le point de protester quand elle explose :

« Ne dis plus rien, Joe. Cesse de parler à ma place. Cesse de me parler. »

Je me sens vaciller en arrière, comme si j'esquivais des coups de poing. Cette hostilité réduit la pièce au silence. Personne ne me regarde.

« Vous devriez vous calmer tous les deux », suggère Veronica.

Je tente de me lever, mais je sens la main de Monk sur mon épaule, me forçant à rester assis. Veronica s'adresse à Julianne, lui décrivant les divers scénarios possibles. Elle m'a toujours traité avec respect jusqu'à maintenant ; elle estimait mes conseils. Elle considère à présent que mon jugement est compromis. Je suis trop étroitement impliqué. On ne peut plus se reposer sur mes avis. Toute cette scène est devenue comme un rêve qui ne tournerait pas rond. Les autres, réfléchis, agissent en professionnels. Je suis débraillé et je ne maîtrise plus rien.

Veronica veut transférer l'opération à Trinity Road pour que la police puisse réagir plus facilement. La ligne fixe sera réorientée vers le commissariat.

Julianne commence à poser des questions, d'une voix à peine audible. Elle veut connaître la stratégie plus en détail. Oliver a besoin d'un minimum de cinq minutes pour localiser un appel et trianguler les signaux à partir des trois tours GSM les plus proches. Si les horloges des stations de base sont parfaitement synchronisées, il pourrait être en mesure de situer l'appel à une centaine de mètres près.

Ce n'est pas infaillible. Les signaux peuvent être affectés par les constructions, le terrain, les conditions météo. Si Gideon entre dans un bâtiment, la puissance du signal sera modifiée et, si les horloges sont décalées ne serait-ce que d'une microseconde, cela pourrait entraîner une différence de plusieurs dizaines de mètres. Des microsecondes et des mètres, voilà à quoi se résume désormais la vie de ma fille.

« Nous avons installé un GPS et un portable mains libres dans votre voiture. Il se peut que Tyler vous donne des instructions. Il cherchera peut-être à vous mettre à l'épreuve. Nous ne sommes pas encore prêts à intercepter des signaux cellulaires. Il va falloir que vous gagniez du temps.

— Combien de temps ? chuchote Julianne.

— Encore quelques heures. »

Julianne secoue la tête avec vigueur. Il faut que ce soit plus rapide.

« Je suis bien consciente que vous voulez récupérer votre fille, madame O'Loughlin, mais nous devons d'abord assurer votre propre sécurité. Cet homme a tué deux femmes. J'ai besoin de quelques heures pour avoir des hélicoptères et préparer les équipes d'intervention. En attendant, nous devons gagner du temps. »

J'interviens.

« C'est de la folie. Vous n'êtes pas sans savoir ce qu'il a fait. »

Veronica adresse un signe de tête à Monk. Je sens les doigts de ce dernier se refermer sur mon bras.

« Venez, professeur, me dit-il. On va aller faire un petit tour. »

J'essaie de me libérer de l'emprise de ce géant, mais sa poigne se raffermit. De son autre main, il me saisit l'épaule. De loin, cela fait probablement l'effet d'un geste amical, mais je ne peux plus bouger. Il m'entraîne hors de la cuisine, par la porte de derrière, le long de l'allée jusqu'à la corde à linge. Une serviette solitaire s'agite dans la brise comme un drapeau à la verticale.

Une odeur de rance m'emplit les poumons. Elle vient de moi. Mon traitement a brutalement cessé de faire effet. Ma tête, mes épaules, mes bras se tortillent tel un serpent.

« Ça va ? demande Monk.

— J'ai besoin de mes remèdes.

— Où sont-ils ?

— En haut, sur ma table de chevet. Le flacon blanc. Levodopa. »

Il disparaît dans la maison. Les policiers et les inspecteurs assistent à cette scène farfelue depuis l'allée. Les gens atteints de la maladie de Parkinson parlent beaucoup de préserver leur dignité. Je n'en ai plus aucune. Je m'imagine parfois que c'est comme ça que je vais finir. En homme-reptile tremblotant, se tordant en tous sens ou en une statue grandeur nature, figée dans une pose permanente, incapable de se gratter le nez ou de faire fuir les pigeons.

Monk revient avec le flacon et un verre d'eau. Il doit me tenir la tête pour me mettre les comprimés sur la langue. L'eau coule sur ma chemise.

« Ça fait mal ? s'enquiert-il.

— Non.

— Ai-je fait quelque chose pour aggraver les choses ?

— Vous n'y êtes pour rien. »

Levodopa est le traitement par excellence de la maladie de Parkinson. Ce médicament est censé réduire les tremblements et mettre fin à ces blocages brutaux quand mon corps se fige sans que je ne puisse plus faire un mouvement.

Mes gestes retrouvent peu à peu un degré de coordination. J'arrive à tenir le verre d'eau pour boire une autre gorgée.

« Je veux retourner à l'intérieur.

— Pas possible, dit-il. Votre femme ne veut pas de vous dans les parages.

— Elle ne sait pas ce qu'elle dit.

— Elle m'a l'air plutôt sûre de son affaire. »

Les mots, mes meilleures armes, m'ont subitement abandonné. Derrière Monk, j'aperçois Julianne en manteau que l'on entraîne vers une voiture de police. Veronica l'accompagne.

Monk me laisse aller jusqu'au portail.

« Où allez-vous ?

— Au commissariat, me répond l'inspecteur.

— Je veux venir.

— Vous devriez rester ici.

— Laissez-moi dire un mot à Julianne.

— Elle ne veut pas vous parler pour le moment. »

Julianne s'est glissée sur la banquette arrière. Elle cale son manteau sous ses cuisses avant que la porte se referme. Je l'appelle, mais elle ne répond pas. La voiture démarre.

Je les regarde partir. Ils se trompent. Chaque fibre de mon être me dit qu'ils se trompent. Je connais Tyler. Je connais son esprit. Il va détruire Julianne. Même si c'est la femme la plus intelligente, la plus forte, la plus compatissante que j'aie jamais connue. C'est son type de proie. Plus elle ressent les choses, plus il fera des ravages sur elle.

Les autres voitures partent aussi. Monk va rester. Je le suis dans la maison et je m'assois à la table pendant qu'il me fait une tasse de thé et recueille les numéros de téléphone de la famille de Julianne et de la mienne. Imogen et Emma devraient dormir ailleurs ce soir. Mes parents sont les plus proches. Les parents de Julianne sont les plus sains d'esprit. Monk prend les dispositions.

En attendant, je reste assis, les yeux fermés, imaginant le visage de Charlie, son sourire en coin, ses yeux clairs, la minuscule cicatrice sur son front qu'elle s'est faite en tombant d'un arbre à quatre ans.

J'inspire à fond avant d'appeler Ruiz. J'entends une foule rugir en fond sonore. Il assiste à un match de rugby.

« Que se passe-t-il ?

— C'est Charlie. Il a pris Charlie.

— Qui ça ? Tyler ?

— Oui.

— Tu en es sûr ?

— Il a téléphoné à Julianne. J'ai parlé à Charlie. »

Je lui relate ma découverte de la bicyclette et les coups de téléphone. Pendant que je lui raconte toute l'histoire, j'entends qu'il s'éloigne du brouhaha pour trouver un endroit plus tranquille.

« Qu'est-ce que tu veux faire ? demande-t-il.

— J'en sais rien. Il faut qu'on la récupère.

— J'arrive. »

Il raccroche. Je regarde fixement le téléphone en l'implorant de sonner. Je veux entendre la voix de Charlie. J'essaie de me rappeler les derniers mots qu'elle m'a dits, avant que Gideon la prenne. Elle m'a raconté une blague à propos d'une femme dans un bus. Je ne me souviens plus de la chute, mais elle a ri à n'en plus pouvoir.

Quelqu'un sonne à la porte d'entrée. Monk va répondre. Le pasteur est venu nous offrir son soutien. Je ne l'ai rencontré qu'une fois, peu après notre arrivée à Wellow. Il nous a invités à venir à l'office du dimanche ; nous n'y sommes toujours pas allés. Je regrette de ne pas me souvenir de son nom.

« J'ai pensé que vous auriez peut-être envie de prier, dit-il à voix basse.

— Je ne suis pas croyant.

— Ce n'est pas grave. »

Il avance d'un pas et s'agenouille en se signant. Je lève les yeux vers Monk qui me rend mon regard en se demandant quoi faire.

Le pasteur a incliné la tête, les mains jointes.

« Seigneur, je vous demande de prendre soin de Charlotte O'Loughlin et de la ramener saine et sauve à sa famille… »

Sans réfléchir, je me retrouve à genoux à côté de lui, tête baissée. Parfois la prière est moins une question de mots que d'émotion pure.

57

Quand un homme ne possède rien, il trouve moyen d'acquérir les possessions des autres.

Cette maison en est un exemple. L'homme d'affaires arabe est toujours absent ; il est allé passer l'hiver dans le Sud comme un oiseau migrateur. Un gardien ouvre la maison quand il est sur le point de revenir ; il retape les coussins, aère les pièces. Il y a aussi un jardinier. L'été, il vient deux fois par semaine, mais en ce moment, il ne vient qu'une fois par mois parce que l'herbe ne pousse plus et que les feuilles ont été ratissées en tas qui se décomposent.

La maison est telle qu'elle est restée dans mon souvenir, tout en hauteur, disgracieuse, surmontée d'une tourelle qui donne sur le pont. La girouette est orientée vers l'est en permanence. Les rideaux sont fermés. Portes et fenêtres sont verrouillées.

Le jardin détrempé sent le moisi. Une balançoire cassée pend par une corde effilochée à mi-chemin entre une branche et le sol. Je passe en dessous en contournant le mobilier de jardin, et je m'approche d'une remise en bois. La porte est cadenassée. En m'accroupissant, j'enfonce un crochet dans le trou de la serrure et je le sens rebondir sur les pênes. La première serrure que j'ai appris à forcer ressemblait à celle-là. Je me suis exercé des heures devant la télé.

Le barillet tourne. J'ôte le cadenas et je tire la porte, laissant la lumière inonder la terre battue. Des pots de fleurs en plastique, des plateaux de semis, de vieux pots de peinture couvrent les étagères en métal. Les outils de jardin sont rangés dans un coin. La tondeuse à conducteur porté est garée au milieu.

Je recule et j'évalue du regard les dimensions de l'abri. J'ai juste la place de tenir debout. J'entreprends de dégager les étagères et je les entasse d'un côté. Je pousse la tondeuse dehors sur la pelouse, puis je porte les pots de peinture et les sacs d'engrais dans le garage.

Le mur du fond est totalement libéré maintenant. Je m'empare d'une pioche et je la plante dans le sol. La terre compacte se fragmente en un puzzle de boue séchée. Je pioche encore et encore en m'arrêtant de temps en temps pour pelleter la terre. Au bout d'une heure, je me repose, assis sur mes talons, le front contre le manche de la pelle. Je bois un peu d'eau en me servant du tuyau d'arrosage dehors. Le trou que j'ai creusé fait vingt-cinq centimètres de profondeur et il est presque aussi long que le mur. C'est assez pour loger la plaque de placoplâtre que j'ai trouvée dans le garage, mais je veux qu'il soit plus profond.

Je me remets au travail en emportant les seaux de terre au fond du jardin pour la cacher dans le tas de compost. Je suis prêt à construire la boîte maintenant. Le soleil décline derrière les branches des arbres. Je ferais peut-être bien d'aller jeter un coup d'œil à la fille.

Je gagne la maison et je monte dans la chambre au second. Elle est couchée sur un lit en fer, à même le matelas. En jean et tennis avec un polo à rayures et un gilet, elle est roulée en boule pour essayer de se rendre invisible.

Elle ne peut pas me voir – elle a du ruban adhésif sur les yeux. Elle a les mains attachées derrière le dos avec des liens en plastique blanc et ses pieds sont enchaînés avec juste assez de mou pour lui permettre de sautiller. Elle ne peut pas aller bien loin. Elle a un nœud coulant autour du cou, attaché au radiateur, avec juste assez de lest pour qu'elle puisse atteindre la petite salle de bains où il y a un lavabo et un W.-C. Elle ne s'en rend pas encore compte. Comme un chaton aveugle, elle se cramponne à la douceur du lit, peu encline à explorer.

« Hé ! Il y a quelqu'un ? »

Elle tend l'oreille.

« Hé… vous m'entendez ? »

Plus fort cette fois :

« AU SECOURS ! S'IL VOUS PLAÎT ! AIDEZ-MOI ! »

J'appuis sur « enregistrer ». La bande tourne. Crie, ma petite, crie aussi fort que tu peux.

Une petite lampe jette un cercle de lumière dans la pièce, mais pas jusque dans mon coin. Elle teste les attaches qui lui enserrent les poignets en tordant ses épaules vers la gauche, vers la droite, essayant de libérer ses mains. Les liens en plastique lui entament la peau.

Elle se cogne la tête contre le mur. Elle roule sur le dos, lève les jambes et tape des deux pieds contre la paroi en bois. On dirait que la maison tout entière tremble. Elle recommence encore et encore sous l'emprise de la peur et de la frustration.

Elle cambre les reins et fait le pont. Elle lève les jambes en l'air en prenant appui sur une épaule, elle plie la taille, puis elle rapproche ses genoux de sa poitrine avant de les écarter jusqu'à ce qu'ils touchent le lit de part et d'autre de sa tête. Elle s'est enroulée sur elle-même. Ensuite elle glisse ses poignets liés sous

518

son dos, au-delà de ses hanches, sous ses fesses. Elle va sûrement se disloquer quelque chose.

Elle fait passer ses mains par-dessus ses pieds de manière à pouvoir déployer les jambes à nouveau. Futée la petite ! Ses mains sont devant elle maintenant et non plus dans son dos. Elle retire son bandeau et se tourne vers la lampe. Elle ne peut toujours pas me voir dans mon coin sombre.

Elle attrape le nœud coulant autour de son cou et s'en libère, puis elle considère ses pieds entravés et les attaches en plastique qui lui lient les poignets. Elle s'est entamé la peau. Du sang suinte sur les bandes blanches.

Je tape dans mes mains. Ces simili applaudissements retentissent comme des coups de feu dans la pièce silencieuse. Elle hurle et tente de s'enfuir, mais s'étale de tout son long à cause des chaînes qui lui entravent les chevilles.

Je l'attrape par la peau du cou et je l'immobilise sous mon poids. En me mettant à califourchon sur elle, je sens ses poumons se vider de leur air. J'agrippe ses cheveux pour lui tirer la tête en arrière et je lui chuchote à l'oreille :

« Tu es drôlement futée, Flocon de neige. Il va falloir que je fasse mieux que ça ce coup-ci.

— Non ! Non ! S'il vous plaît. Laissez-moi partir. »

Au premier passage, le ruban adhésif lui obstrue les narines. Au deuxième, il lui couvre les yeux. Je fais ça brutalement, en lui tirant les cheveux. Elle secoue la tête en tous sens pendant que la suite du ruban s'enroule autour de son front, de son menton, l'enchâssant dans du plastique. À la fin, seule sa bouche est visible. Quand elle l'ouvre pour crier, je glisse le tuyau d'arrosage entre ses lèvres, entre ses dents, jusqu'au fond de sa gorge. Elle étouffe. Je le sors un peu.

J'ajoute du ruban adhésif autour de sa tête ; il crisse quand je le détache de la bobine.

Son monde est devenu noir. J'entends sa respiration sifflante à travers le tuyau.

Je lui parle à voix basse.

« Écoute-moi, Flocon de neige. Ne lutte pas. Plus tu te débattras, plus tu auras du mal à respirer. »

Elle continue à se démener dans mes bras. Je pose un doigt au bout du tuyau, bloquant l'afflux d'air. Prise de panique, elle se raidit de la tête aux pieds.

« C'est aussi facile que ça, Flocon de neige. Je peux interrompre ta respiration avec un seul doigt. Hoche la tête si tu comprends. »

Elle hoche la tête. Je retire mon doigt. Elle aspire goulûment l'air par le tuyau.

« Respire normalement, lui dis-je. C'est une crise de panique, rien de plus. »

Je la soulève pour la remettre sur le lit. Elle se remet en boule.

« Tu te souviens de la pièce ? »

Elle hoche la tête.

« Il y a des toilettes à trois mètres sur ta droite, près d'un lavabo. Tu peux les atteindre. Je vais te montrer. »

Je la redresse, lui pose les pieds par terre et compte les pas tandis qu'elle sautille vers le lavabo. Je lui pose les mains sur le rebord.

« L'eau froide est à droite. »

Puis je lui montre le W.-C. en la faisant s'asseoir.

« Je vais laisser tes mains devant toi, mais si tu enlèves le masque, tu seras punie. Compris ? »

Elle ne réagit pas.

« Je bloquerai le tuyau si tu ne réponds pas à ma question. Laisseras-tu ton masque en place ? »

Elle hoche la tête.

Je la ramène jusqu'au lit et je l'assois. Sa respira-
tion est plus régulière. Sa poitrine étroite se soulève,
redescend. En m'écartant à reculons, j'allume son
portable et j'attends que l'écran s'éclaire. Puis
j'actionne le bouton pour prendre une photo et je cap-
ture son image.

« Reste tranquille maintenant. Je dois sortir un
moment. Je te rapporterai quelque chose à manger. »

Elle secoue la tête en sanglotant sous le masque.

« Ne t'inquiète pas. Je n'en ai pas pour longtemps. »

Je sors de la maison et je descends les marches. Le
garage est derrière un bosquet. Ma camionnette est à
l'intérieur, près d'une Range Rover qui appartient à
l'Arabe. Il a complaisamment laissé les clés à un cro-
chet dans l'office, avec une douzaine d'autres, éti-
quetées avec précision pour le compteur, la boîte aux
lettres, etc. Bizarrement, je n'ai pas trouvé celle de la
remise. Pas de problème.

« Nous prendrons la Range Rover aujourd'hui,
annoncé-je à moi-même. Entendu, monsieur. »

Une Ferrari Spider un jour, une Range Rover le len-
demain. La vie est belle.

La porte du garage s'ouvre automatiquement. Le
gravier crisse sous les pneus.

Parvenu à Bridge Road, je tourne à droite, et de
nouveau à droite dans Clifton Down Road puis je me
faufile jusqu'à Victoria Square le long de Queen's
Road. Les gens qui font leurs courses fourmillent sur
les trottoirs en ce dimanche après-midi et la circula-
tion est bouchée aux intersections. Je m'engage dans
un parking à étages à côté de la patinoire de Bristol et
j'enfile les rampes en béton en quête d'une place libre.

Les portières de la Range Rover se verrouillent en
produisant un bruit sourd rassurant ; les phares

flashent. Je descends l'escalier et je sors du parking dans Frogmore Street pour aller me mêler aux badauds et aux touristes.

La façade incurvée du Council House se dresse devant moi. Au-delà, j'aperçois la cathédrale. Le feu passe au vert. Les boîtes de vitesse s'enclenchent. Un bus à impériale passe lourdement en crachant des nuages de diesel. En attendant à l'intersection, j'allume le portable. Un air guilleret retentit quand l'écran s'éclaire.

Menu. Options. Dernier appel émis.

Elle répond d'un ton plein d'espoir.

« Charlie ?

— Bonjour, Julianne. Je vous ai manqué ?

— Je veux parler à Charlie.

— J'ai bien peur qu'elle soit occupée.

— J'ai besoin de savoir qu'elle va bien.

— Faites-moi confiance.

— Non. Je veux entendre sa voix.

— Vous en êtes sûre ?

— Oui. »

J'appuie sur « Play ». La bande tourne. Les cris de Charlie lui emplissent les oreilles, déchirant son cœur en lambeaux, ouvrant un peu plus les fissures de son esprit.

J'arrête la bande. Le souffle de Julianne vibre.

« Votre mari écoute-t-il ?

— Non.

— Que vous a-t-il dit à mon sujet ?

— Il m'a dit que vous ne feriez pas de mal à Charlie. Que vous ne touchiez pas aux enfants.

— Et vous le croyez.

— Je ne sais pas.

— Qu'est-ce qu'il a dit d'autre ?

522

— Il dit que vous voulez punir les femmes... me punir. Mais je ne vous ai rien fait. Charlie non plus ne vous a rien fait. Laissez-moi lui parler, s'il vous plaît. »

Sa voix geignarde commence à m'agacer.

« Avez-vous jamais été infidèle, Julianne ?

— Non.

— Vous mentez. Vous êtes comme toutes les autres. Une manipulatrice, une hypocrite, une sale pute avec un trou pourri entre les jambes et un autre sur la tronche. »

Une femme à côté de moi sur le trottoir m'a entendu. Elle écarquille grand les yeux. Je me penche vers elle et je fais : « Hou ! » Elle manque de se casser la figure en détalant.

Je traverse la rue et je me balade dans les jardins sur la place de la cathédrale. Des mamans poussent des landaus. De vieux couples sont assis sur des bancs. Des pigeons voltigent sous les avant-toits.

« Je vais vous reposer la question, Julianne. Avez-vous jamais été infidèle ?

— Non, sanglote-t-elle.

— Même pas avec votre patron ? Vous n'arrêtez pas de l'appeler. Vous avez logé chez lui à Londres.

— C'est un ami.

— Je vous ai entendue lui parler, Julianne. J'ai entendu ce que vous lui disiez.

— Non... non. Je ne veux pas parler de ça.

— C'est parce que la police écoute. Vous êtes terrifiée à l'idée que votre mari apprenne la vérité. Vous voulez que je le lui dise ?

— Il connaît la vérité.

— Voulez-vous que je lui dise que vous en avez eu assez d'être dans son lit à regarder son dos plein de boutons et que vous avez eu une liaison ?

— S'il vous plaît, non. Je veux juste parler à Charlie. »

Malgré la bruine, je distingue les immeubles de l'autre côté de Park Street. Une tour GSM se profile sur le toit du Wine Museum. C'est sans doute la plus proche.

« Je sais que cet appel est enregistré, Julianne. On doit être un paquet de monde sur la ligne. Et votre tâche consiste à me garder aussi longtemps que possible au bout du fil pour qu'on puisse localiser le signal. »

Elle hésite.

« Non.

— Vous ne mentez pas très bien. J'ai travaillé avec de sacrés mythomanes, mais ils ne me mentaient jamais bien longtemps. »

En traversant College Green à l'ombre de la cathédrale, je jette un coup d'œil dans Anchor Road. Il doit y avoir une quinzaine de stations de base dans un rayon de huit cents mètres. Combien de temps leur faudra-t-il pour me localiser ?

« Charlie est très souple, n'est-ce pas ? Une vraie liane ! Elle arrive à mettre ses genoux derrière ses oreilles. Elle me rend très heureux.

— Ne la touchez pas, je vous en supplie.

— C'est beaucoup trop tard. Vous devriez plutôt espérer que je ne la tue pas.

— Pourquoi faites-vous ça ?

— Demandez à votre mari.

— Il n'est pas là.

— Comment ça se fait ? Vous vous êtes disputés tous les deux ? Vous l'avez fichu dehors ? L'estimez-vous responsable de ce qui se passe ?

— Que voulez-vous de nous ?

— Je veux ce qu'il a.

— Je ne comprends pas.

— Je veux ce qui m'appartient.

— Votre femme et votre fille sont mortes.

— C'est ce qu'il vous a dit ?

— Je suis vraiment désolée pour vous, monsieur Tyler, mais nous ne vous avons rien fait. Relâchez Charlie, s'il vous plaît.

— A-t-elle déjà ses règles ?

— Qu'est-ce que ça peut faire ?

— Je veux savoir si elle ovule. Je pourrais peut-être lui faire un enfant. Vous pourriez être grand-mère, une mamie glamour !

— Prenez-moi à la place.

— Qu'est-ce que vous voulez que je fasse d'une grand-mère ! Je vais être honnête avec vous, Julianne. Vous êtes une jolie femme, mais je préfère votre fille. Ce n'est pas que je donne dans les petites filles. Je ne suis pas un pervers. Vous voyez, Julianne, quand je vais la baiser, c'est vous que je vais baiser. Quand je lui ferai mal, c'est à vous que je ferai mal. Je peux vous toucher de façons que vous ne pouvez même pas vous imaginer sans poser un doigt sur vous. »

Je jette un coup d'œil dans la rue, dans un sens, puis dans l'autre, et je traverse. Les gens qui marchent autour de moi m'assènent un petit coup d'épaule à l'occasion. S'excusent. Mes yeux scrutent la rue devant moi.

« Je ferai tout ce que vous voulez, sanglote-t-elle.

— Absolument tout ?

— Oui.

— Je ne vous crois pas. Il va falloir que vous le prouviez.

— Comment ?

— Il faut me le montrer.

— *D'accord, mais seulement si vous me montrez Charlie.*

— *C'est possible. Je vais vous la montrer tout de suite. Je vous envoie quelque chose.* »

J'enfonce la touche pour transmettre la photo. J'attends, à l'affût de sa réaction. Ça y est ! Une inspiration brutale, un cri étranglé. Les yeux rivés sur la tête de sa fille enveloppée de ruban adhésif, avec un tuyau pour respirer, elle ne trouve plus les mots.

« *Mes salutations à votre mari, Julianne. Dites-lui qu'il ne lui reste plus beaucoup de temps.* »

Des voitures de police se sont engagées dans St Augustine's Parade. Je saute dans un bus à contresens et je les regarde passer dans la direction opposée. J'appuie la tête contre la vitre et je contemple les Christmas Steps qui descendent en cascade sur ma droite.

Cinq minutes plus tard, je descends du bus à Lower Maudlin Street, juste avant le rond-point. En étirant les bras au-dessus de ma tête, je sens mes vertèbres craquer le long de ma colonne vertébrale.

Le bus a tourné à l'angle. Calé entre deux sièges, dans une boîte à hamburger, le portable continue d'émettre. Loin des yeux, loin du cœur !

58.

Sniffy cogne sa tête osseuse contre ma cheville en ronronnant, puis elle se frotte de tout son long contre mon mollet avant de pivoter sur elle-même pour se frotter dans l'autre sens. Elle a faim. J'ouvre le réfrigérateur où je déniche une boîte de pâtée pour chats entamée, recouverte de papier aluminium. J'en mets un peu dans son bol et je lui verse du lait.

La table de la cuisine est couverte des vestiges de la journée. Emma a mangé des sandwichs au fromage accompagnés de jus de fruits pour le déjeuner. Elle a laissé la croûte. Charlie en faisait autant. « Mes cheveux sont assez frisés comme ça, m'a-t-elle dit un jour quand elle avait cinq ans. Je ne dois pas manger trop de croûtes. »

Je n'oublierai jamais la naissance de Charlie. Elle est arrivée deux semaines en retard, une nuit glaciale de janvier. Je suppose qu'elle avait envie de rester au chaud. L'obstétricien a provoqué la naissance avec de la Prostaglandine. Il nous a dit que ce médicament ferait effet au bout de huit heures et qu'il allait donc se coucher. Julianne a commencé à avoir des contractions fréquentes ; au bout de trois heures, la dilatation était complète. Pas assez de temps pour que le médecin soit de retour à l'hôpital. Une imposante sage-femme noire s'est chargée de l'accouchement en me donnant des ordres comme un chiot auquel on apprend à faire ses besoins où il faut.

Julianne ne voulait pas que je regarde « en bas ». Elle voulait que je reste près de son visage, que je lui essuie le front, que je lui tienne la main. J'ai désobéi. Une fois que j'ai vu le sommet de la tête du bébé couvert de cheveux foncés apparaître entre ses cuisses, il était hors de question que je bouge. J'avais une place au premier rang pour le meilleur spectacle en ville.

« C'est une fille, ai-je dit à Julianne.

— Tu en es sûr ? »

J'ai vérifié. « Oh que oui ! »

Ensuite il me semble qu'il y a eu un concours entre le bébé et moi pour voir lequel d'entre nous pleurerait le premier. Charlie a gagné parce que j'ai triché en cachant mon visage dans mes mains. Je n'avais jamais éprouvé une telle satisfaction à m'attribuer tout le mérite de quelque chose auquel j'avais si peu participé.

La sage-femme m'a tendu les ciseaux pour couper le cordon ombilical. Elle a emmailloté Charlie et me l'a mise dans les bras. C'était l'arrivée de notre petite fille que l'on fêtait et pourtant j'ai eu droit à tous les cadeaux. Je l'ai emmenée près d'une glace et j'ai contemplé nos reflets. Elle a ouvert des yeux d'un bleu infini et m'a regardé. Personne ne m'a jamais regardé comme ça depuis.

Julianne, à bout de forces, avait sombré dans le sommeil. Charlie en fit de même. J'avais envie de la réveiller. C'est vrai, quelle idée de dormir un jour pareil ? Je voulais qu'elle continue à me regarder comme avant, comme si j'étais la première personne qu'elle voyait de sa vie.

Le réfrigérateur bourdonnant s'ébroue puis s'apaise, et dans le silence brutal, je sens un frémissement constant vibrer en moi, de plus en plus fort, emplissant mes poumons. Je suis déconnecté. Tout froid. Mes mains ont cessé de trembler. J'ai tout à coup la sensation d'avoir été paralysé par un gaz invisible, inodore, incolore. Le désespoir.

Je n'entends pas la porte s'ouvrir. Ni les bruits de pas.

« Bonjour. »

J'ouvre les yeux. Darcy est là, dans la cuisine, en jean rapiécé, veste en jean, béret.

« Comment es-tu venue ?

— Un ami m'a accompagnée. »

En me tournant vers la porte, je vois Ruiz, échevelé, rongé par l'angoisse, arborant toujours sa cravate de rugby, en berne.

« Comment ça va, Joe ?

— Pas terrible. »

Il approche en traînant les pieds. S'il m'étreint, je vais me mettre à pleurer. Darcy le fait à sa place en nouant ses bras autour de mon cou et me serrant contre elle par-derrière.

« J'ai appris la nouvelle à la radio, dit-elle. C'est le même homme – celui que j'ai rencontré dans le train ?

— Oui. »

Elle ôte ses gants aux couleurs de l'arc-en-ciel. Elle a les joues rouges à cause du changement de température.

« Comment vous êtes-vous trouvés tous les deux ? »

Darcy jette un coup d'œil à Ruiz. « Je logeais chez lui en fait. »

Je les dévisage, interloqué.

« Depuis quand ?

— Depuis que j'ai fugué. »

Je me rappelle alors les habits débordant du séchoir dans la buanderie de Ruiz, la jupe écossaise dans le panier en osier. J'aurais dû la reconnaître. C'est ce que

Darcy portait la première fois qu'elle est venue à la maison.

« Tu m'as dit que ta fille était revenue, dis-je en regardant Ruiz.

— C'est vrai, répond-il, dissipant ma colère d'un haussement d'épaules aussi aisément que s'il enlevait son pardessus.

— Claire est danseuse, ajoute Darcy. Vous saviez qu'elle avait fait l'école du Ballet Royal ? Elle dit qu'il y a une bourse spéciale pour les gens qui ont connu des épreuves comme moi. Elle va m'aider à remplir un dossier. »

Je n'écoute pas vraiment ce qu'elle dit. J'attends toujours l'explication de Ruiz.

« La petite avait besoin de quelques jours. Je ne pensais pas mal faire.

— J'étais terriblement inquiet à son sujet.

— Ce n'est pas à toi de t'occuper d'elle. »

Il dit ça sur un drôle de ton. Je me demande ce qu'il sait exactement.

Darcy continue à parler.

« Vincent a retrouvé mon père. Je l'ai vu. C'était plutôt bizarre, mais pas trop mal. Je pensais qu'il serait plus beau, vous savez, plus grand ou peut-être célèbre, mais c'est un gars normal. Ordinaire. Il est importateur. De caviar. Ce sont des œufs de poisson. Il m'a fait goûter. C'est franchement dégueu. Il dit que ça a le goût d'embruns. Moi j'ai trouvé que ça avait un goût de merde.

— Surveille ton langage », dit Ruiz.

Darcy le regarde d'un air penaud.

Ruiz s'est assis en face de moi en posant ses mains à plat sur la table.

« Je me suis renseigné sur lui. Il habite Cambridge. Il est marié. Deux enfants. Ce n'est pas un mauvais bougre. »

Puis il change de sujet et me demande comment va Julianne.

« Elle est partie avec la police.

— Tu devrais être auprès d'elle.

— Elle ne veut pas de moi et les flics me considèrent comme un boulet.

— Un boulet. C'est une analyse intéressante. Il est vrai que j'ai souvent pensé que tes idées étaient dangereusement subversives.

— On ne peut pas vraiment dire que je sois radical.

— Plutôt un candidat pour le Rotary club, je dirais. »

Il me taquine. Je n'arrive pas à trouver l'énergie de sourire.

Darcy me demande où est Emma. Elle est partie. Mes parents l'ont emmenée au pays de Galles avec Imogen. Ma mère a éclaté en sanglots quand elle a vu la chambre de Charlie et elle n'a pas arrêté de sangloter jusqu'à ce que mon père lui donne une grosse boîte de mouchoirs en papier en lui disant d'aller attendre dans la voiture. Puis le médecin préposé de Dieu le père en personne m'a fait son speech circonspect qui n'était pas sans rappeler celui de Michael Caine dans *Zoulou*.

Tout le monde est plein d'attentions. Trois de mes sœurs ont appelé ; elles m'ont toutes dit que j'étais courageux et qu'elles priaient pour nous. Malheureusement, les clichés ne m'intéressent pas et je n'ai que faire des paroles réconfortantes. J'ai envie de donner des coups de pied dans des portes ouvertes et de secouer les arbres jusqu'à ce que j'aie récupéré ma Charlie.

Ruiz dit à Darcy de monter faire couler un bain. Elle obéit sur-le-champ. Puis il se penche vers moi.

« Souviens-toi de ce que je t'ai dit à propos de la nécessité de rester sain d'esprit, professeur. Ne chope pas la maladie ! » Il suce un bonbon qui cogne contre ses dents.

« Je sais ce que c'est que la tragédie. Ce qu'elle nous apprend, entre autres, c'est qu'il faut continuer à avancer. Et c'est exactement ce que tu vas faire. Tu vas te laver, te changer et nous allons retrouver ta fille.

— Comment ?

— On réfléchira à ça quand tu redescendras. Mais je te promets une chose, je vais dénicher ce salopard. Peu importe le temps que ça prendra. Et quand j'aurai mis la main dessus, je peindrai les murs avec son sang. Jusqu'à la dernière goutte. »

Ruiz me suit quand je monte l'escalier. Darcy a trouvé une serviette propre. Elle nous observe depuis le seuil de la chambre de Charlie.

« Merci, dis-je à Ruiz.

— Attends que j'aie fait quelque chose pour mériter que tu me remercies. Quand tu as fini, descends. J'ai quelque chose à te montrer. »

59

Ruiz déplie une feuille et la lisse sur la table basse.

« On m'a faxé ça cet après-midi, dit-il. Ça provient du centre de coordination des sauvetages en mer du Pirée. »

C'est une photographie d'une femme aux cheveux courts, foncés, au visage rond, qui doit avoir entre trente-cinq et quarante ans. Les renseignements la concernant sont imprimés en petits caractères en bas de la télécopie.

Helen Tyler (née Chambers)
Date de naissance : 6 juin 1971
Nationalité : britannique
N° de passeport : E754769
Description : race blanche, 175 cm, mince, cheveux bruns, yeux bruns.

« J'ai appelé pour m'assurer qu'on n'avait pas fait d'erreur, poursuit Ruiz. C'est la photo sur laquelle ils se sont basés pour rechercher la femme de Tyler. »

Je regarde fixement la photo comme si je m'attendais à ce qu'elle devienne brusquement plus familière. Même si son âge correspond approximativement, la femme représentée ne ressemble absolument pas à la photo d'identité que Bryan Chambers m'a donnée. Elle a les cheveux plus courts, un front plus haut ; la forme des yeux est différente. Il ne peut pas s'agir de la même personne.

« Qu'en est-il de Chloe ? »

Ruiz ouvre son carnet et en sort un Polaroïd.

« Ils se sont servis de celle-là. Elle a été prise par un client de l'hôtel où elles logeaient. »

Je reconnais la petite fille cette fois-ci. Ses cheveux blonds sont comme un fanal. Elle est assise sur une balançoire. Le bâtiment en arrière-plan est blanchi à la chaux ; il y a des roses sauvages en treillis.

Je reporte mon attention sur la photo faxée, restée sur la table basse.

Ruiz s'est servi un whisky. Il s'assoit en face de moi.

« Qui a fourni cette photo aux Grecs ?

— Elle a été transmise par le ministère des Affaires étrangères et l'ambassade britannique.

— Et d'où le ministère la tenait-il ?

— De sa famille. »

Les autorités recherchaient Helen et Chloe ; elles avaient besoin d'identifier des corps à la morgue et les rescapés dans les hôpitaux. Il se pourrait qu'on ait envoyé la mauvaise photo par erreur, mais quelqu'un s'en serait sûrement aperçu depuis lors. La seule autre explication possible respire la dissimulation.

Trois personnes ont témoigné de la présence d'Helen et de Chloe à bord du ferry : le plongeur de la marine, l'étudiant canadien et la gérante de l'hôtel. Pourquoi auraient-ils menti ? L'argent est la réponse évidente. Bryan Chambers a certainement de quoi faire à cet égard.

Il a dû falloir tout organiser sans perdre de temps. L'accident du ferry était l'occasion rêvée de faire disparaître Helen et Chloe. On a dû jeter leurs bagages à la mer. La mère et la petite fille ont été portées disparues. Bryan Chambers a pris l'avion pour la Grèce quatre jours après le naufrage, ce qui signifie qu'Helen a sans doute fait l'essentiel du travail préparatoire en se servant de l'argent de son père pour consolider l'illusion.

Quelqu'un a bien dû les voir sur l'île. Où se seraient-elles cachées ?

Je sors de mon portefeuille la photo d'Helen – celle que Bryan m'a donnée dans le bureau de l'avocat. Elle provenait d'un nouveau passeport, établi à son nom de jeune fille, aux dires de Chambers.

Depuis le jour où elle a fui l'Allemagne, en mai, Helen s'est abstenue d'utiliser des cartes de crédit, d'appeler ses parents ou d'envoyer des mails ou des lettres. Elle a fait tout ce qui était en son pouvoir pour cacher à son mari l'endroit où elle se trouvait, mais s'il y a une chose dont elle aurait dû se soucier avant tout, c'est de se débarrasser de son nom d'épouse. Pourtant, elle a attendu jusqu'à la mi-juillet pour faire une nouvelle demande de passeport.

Je scrute la photo télécopiée envoyée de Grèce.

« Et si personne sur l'île de Patmos ne savait à quoi ressemblaient Helen et Chloe ?

— Que veux-tu dire ? demande Ruiz.

— Imagine qu'elles aient voyagé sous des noms d'emprunt dès le départ ? »

Ruiz secoue la tête. « Je ne te suis toujours pas.

— Helen et Chloe sont arrivées sur l'île début juin. Elles sont descendues discrètement dans un hôtel en réglant toutes leurs dépenses en liquide. Elles n'ont pas utilisé leurs vrais noms. Elles se sont fait appeler autrement parce qu'elles savaient que Gideon les cherchait. Puis, par un terrible coup du sort, un ferry a coulé un après-midi de tempête. Helen a vu là un moyen de disparaître. Elle a jeté ses bagages dans la mer et a déclaré la disparition d'Helen et de Chloe Tyler. Elle a graissé la patte à un routard et à un plongeur afin qu'ils mentent à la police. »

Ruiz reprend le fil de mon récit.

« Et du jour au lendemain, le routard a les moyens de continuer son voyage alors que ses parents l'attendaient à la maison.

— Et un plongeur disgracié de la marine confronté à des poursuites pour faute professionnelle risque d'avoir besoin d'argent.

— Et l'Allemande, me demande Ruiz, qu'avait-elle à gagner dans cette affaire ? »

Je feuillette les dépositions et je mets celle de cette femme au-dessus du tas. Yelena Schafer, née en 1971. Je considère la date de naissance et quelque chose fait tilt dans mon esprit.

« Combien de temps Helen est-elle restée en Allemagne ?

— Six ans.

— Suffisamment de temps pour parler couramment la langue.

— Tu penses… ?

— Yelena est une variation d'Helen. »

Ruiz pose ses coudes sur ses cuisses en laissant ses mains pendre entre ses genoux, telle une statue antique interloquée. Il ferme les yeux une seconde pour tâcher de voir les détails tels que je les vois.

« Ce que tu me dis, c'est que la gérante de l'hôtel, l'Allemande, ne serait autre qu'Helen Chambers ?

— Cette hôtelière était le témoin le plus crédible que la police a interrogé. Quelle raison avait-elle de mentir à propos d'une Anglaise et de sa fille, clientes de l'hôtel ? C'était une couverture parfaite. Helen parle allemand. Elle pouvait se faire passer pour Yelena Schafer et annoncer la mort de la femme qu'elle a cessé d'être. »

Ruiz rouvre les yeux.

« Le gardien de l'hôtel m'a paru nerveux au téléphone. Il m'a dit que Yelena Schafer était partie en vacances. Il n'a pas parlé d'une fille.

— Tu as le numéro de l'hôtel ? »

Ruiz retrouve la page dans son carnet. Il compose le numéro et attend. Une voix ensommeillée lui répond.

« Allô, ici l'aéroport international d'Athènes. Nous avons retrouvé un bagage qui n'a pas été embarqué dans un vol il y a plusieurs jours. L'étiquette indique qu'il a été enregistré par Mlle Yelena Schafer, mais les choses ne sont pas très claires. Voyageait-elle avec quelqu'un ?

— Oui, avec sa fille.

— Une enfant de six ans.

— Non, sept.

— Quelle était leur destination ? »

Le gardien a repris du poil de la bête. « Pourquoi appelez-vous si tard ? proteste-t-il d'un ton courroucé.

— La valise a été embarquée sur un autre vol. Nous avons besoin d'une adresse de réexpédition.

— Mlle Schafer a dû déclarer la perte de son bagage, dit-il. Elle a dû fournir une adresse.

— Il ne semble pas que nous l'ayons. »

Il flaire quelque chose. « Qui êtes-vous ? D'où appelez-vous ?

— Je cherche Yelena Schafer et sa fille. Il est essentiel que je les trouve. »

Il braille quelque chose d'inintelligible et raccroche. J'appuie sur la touche bis. La ligne est occupée. Il a décroché ou il appelle quelqu'un. Pour avertir peut-être.

J'appelle le commissariat. Safari Roy a la charge de la salle des opérations. L'inspecteur Cray est allée dîner. Je lui donne le nom de Yelena Schafer et la date la plus vraisemblable de son départ d'Athènes avec sa fille.

Il m'informe que les listes des passagers ne seront pas disponibles avant demain matin. Combien de vols y a-t-il par jour depuis Athènes ? Des centaines. Je n'ai pas la moindre idée de la destination qu'elles ont prise.

Je raccroche et j'examine leurs photos en regrettant qu'elles ne puissent pas parler. Helen aurait-elle pris le risque de rentrer sachant que Gideon Tyler la cherchait toujours ?

Ruiz pose nonchalamment la main sur le volant comme s'il laissait la Mercedes naviguer toute seule. Il a l'air détendu, songeur, mais je sais qu'il réfléchit intensément. Il m'arrive de penser qu'il feint de ne pas beaucoup penser ou d'être dur à la détente histoire d'inciter les gens à le sous-estimer.

Darcy est plongée dans sa musique sur la banquette arrière. J'ai sans doute eu tort de me faire autant de souci pour elle.

« Tu as faim ? me demande Ruiz.

— Non.

— Quand as-tu mangé pour la dernière fois ?

— Au petit déjeuner.

— Tu devrais avaler quelque chose.

— Ça va.

— Tu n'arrêtes pas de le répéter et ce sera peut-être le cas un jour, mais pas aujourd'hui. Il n'y a aucune raison que ça aille. Ça n'ira pas tant que Charlie ne sera pas rentrée à la maison… ainsi que Julianne, pas tant que vous ne pourrez pas jouer à nouveau les familles heureuses.

— Il est peut-être trop tard pour ça. » Il me jette un coup d'œil en coin avant de reporter son attention sur la route. « Nous la retrouverons », dit-il après un long silence.

Je n'ai pas de nouvelles de Julianne depuis qu'elle a quitté la maison. Monk est en contact avec le commissariat. Gideon a rappelé, avec mon portable. Il était quelque part dans le centre de Bristol, aux abords de la cathédrale. Oliver Rabb n'a pas pu localiser le téléphone avant qu'il l'abandonne dans un bus ; on l'a retrouvé au dépôt de Muller Road il y a une heure.

Aucune nouvelle de Charlie. Selon Monk, on a fait tout ce qu'il était possible de faire, mais ce n'est pas vrai. Une quarantaine d'hommes sont sur l'affaire. Pourquoi pas quatre cents ou quatre mille ? On a lancé des appels à la radio et à la télévision. Pourquoi ne pas faire retentir des sirènes du haut des toits et fouiller toutes les maisons, les entrepôts, les fermes, les poulaillers, les remises ? Pourquoi ne pas demander à Tommy Lee Jones d'organiser les recherches ?

Ruiz s'engage dans l'allée qui mène au Stonebridge Manor. L'éclat des phares peint le portail métallique en blanc. Personne ne répond à l'interphone. Ruiz enfonce la touche pendant trente secondes. Silence.

Il sort de la voiture et regarde entre les barreaux. Il y a de la lumière dans la maison.

« Eh, Darcy, tu pèses combien ? demande-t-il.

— Vous n'êtes pas censé poser ce genre de questions à une fille, répond-elle.

— Tu penses que tu pourrais grimper par-dessus le mur ? »

Elle suit son regard.

« Bien sûr.

— Fais attention aux bouts de verre. »

Ruiz jette son manteau sur le mur pour protéger les mains de Darcy.

« Qu'est-ce que tu fabriques ?

— J'attire l'attention. »

Darcy pose son pied droit dans les mains en coupe de Ruiz et se hisse sur le mur. En se cramponnant à une branche, elle se redresse, en équilibre entre les demi-bouteilles cassées enchâssées dans le béton. Elle écarte les bras pour garder l'équilibre, mais elle ne risque pas de tomber. Sa posture parfaitement stable est le résultat d'interminables heures d'entraînement.

« Elle va se faire tirer dessus, dis-je à Ruiz.

— Skipper n'est pas capable de viser droit », riposte-t-il.

Une voix lui fait écho dans l'obscurité.

« Je suis capable de tirer dans les yeux d'un écureuil à cinquante pas.

— Moi qui vous prenais pour un amoureux de la nature, riposte Ruiz. Vous êtes un bouseux à cent pour cent en somme. »

Skipper surgit dans la lueur des phares, un fusil contre sa poitrine. Darcy est toujours debout sur le mur.

« Descendez, mademoiselle.

— Vous êtes sûr ? »

Il hoche la tête.

Darcy obtempère, mais pas comme il s'y attend.

Elle saute dans sa direction et il est contraint de lâcher son arme pour la rattraper au vol. Elle est de son côté du portail à présent. C'est un problème qu'il n'avait pas prévu.

« Nous devons parler à M. et Mme Chambers, dis-je.

— Ils ne sont pas disponibles.

— Vous avez déjà dit ça la dernière fois », souligne Ruiz.

Skipper tient Darcy par le bras. Il ne sait pas quoi faire.

« Ma fille a disparu. Gideon Tyler l'a enlevée. »

À la manière dont il braque ses yeux sur moi, je sais que j'ai toute son attention. C'est la raison de sa présence ici – empêcher Gideon d'entrer.

« Où est-il ?

— Nous l'ignorons. »

Il regarde la voiture comme s'il craignait que Gideon se cache à l'intérieur. Puis il plonge sa main dans sa poche et en sort un émetteur-récepteur pour informer ses maîtres. Je n'entends pas ce qu'il dit, mais le portail s'ébranle. Il fait le tour de la Mercedes, jette un coup d'œil dans le coffre et inspecte la route dans un sens puis dans l'autre avant de nous faire signe d'entrer.

Des éclairages de sécurité se déclenchent de part et d'autre de l'allée sur notre passage. Skipper a pris ma place devant ; son fusil posé sur les genoux est orienté vers Ruiz.

Je regarde ma montre. Charlie a disparu depuis huit heures. Que vais-je dire aux Chambers ? Je vais les supplier. Je vais me raccrocher à n'importe quoi. Leur demander précisément ce que Gideon Tyler veut – sa femme et sa fille. Il m'a convaincu. Je le crois maintenant. Elles sont en vie. Je n'ai pas d'autre solution que de l'admettre.

Skipper nous escorte en haut des marches. Nous franchissons la porte et traversons le hall d'entrée dans son sillage. La lumière des appliques se reflète sur le parquet ciré ; des lampes plus fortes brillent dans le salon.

Bryan Chambers se lève du canapé et redresse les épaules.

« Je pensais que nous en avions fini. »

Sa femme est assise en face de lui. Elle se dresse à son tour, ajuste la taille de sa jupe. Ses jolis yeux en amande évitent mon regard. Elle a épousé un homme puissant, coriace, qui en impose ; sa force à elle est plus intérieure.

« Je vous présente Darcy Wheeler, la fille de Christine », dis-je.

Toute la tristesse de Mme Chambers se lit sur son visage. Elle prend la main de Darcy et l'attire doucement contre elle. Elles sont pratiquement de la même taille.

« Je suis désolée, chuchote-t-elle. Ta maman était une très bonne amie de ma fille. »

Bryan Chambers regarde Darcy avec une sorte d'émerveillement. Il se rassoit et se penche en avant, les mains entre les genoux. Il ne s'est pas rasé et il a des traces de salive séchée aux coins de la bouche.

Je lui annonce que Gideon Tyler a kidnappé ma fille.

Le silence vibrant qui suit en dit plus long sur les Chambers qu'une heure dans un cabinet de consultation ne pourrait le faire.

« Je sais qu'Helen et Chloe sont en vie.

— Vous êtes fou, s'exclame Bryan Chambers. Aussi fou que Tyler. »

Sa femme se raidit légèrement et son regard croise celui de son époux une fraction de seconde. Une micro-expression. Le signe infime d'un message passant entre eux.

C'est le problème avec les mensonges. Ils sont faciles à dire, mais difficiles à cacher. Certaines personnes s'en sortent brillamment, mais la plupart d'entre nous ont de la peine parce que nos esprits ne contrôlent pas totalement nos corps. Il y a des milliers de réactions automatiques chez l'être humain, des battements de cœur aux picotements de la peau qui n'ont rien à voir avec la volonté, des choses qui nous trahissent sur lesquelles nous n'exerçons pas le moindre contrôle.

Bryan Chambers s'est détourné. Il s'est emparé d'une carafe en cristal et se sert un scotch. J'attends le choc du verre contre le verre. Sa main est presque trop ferme.

« Où sont-elles ?

— Fichez le camp d'ici !

— Gideon a découvert le pot aux roses. C'est pour ça qu'il vous harcèle, qu'il vous traque, qu'il vous tourmente. Que sait-il ? »

Il serre son grand verre dans sa main en se balançant sur ses talons.

« Vous osez me traiter de menteur ? Gideon Tyler a fait de notre vie un cauchemar. La police n'a rien fait. Strictement rien.

— Que sait Gideon ? »

Chambers paraît sur le point d'exploser. « Ma fille et ma petite-fille sont mortes », siffle-t-il entre ses dents.

Sa femme s'approche de lui. Ses yeux sont d'un bleu glacial. Elle aime son mari. Elle aime sa famille. Elle fera tout son possible pour les protéger.

« Je suis désolée pour votre fille, chuchote-t-elle. Mais nous avons déjà assez donné à Gideon Tyler. »

Ils mentent. Ils mentent tous les deux, mais je ne peux rien faire à part agiter les pieds et me racler la gorge en produisant une sorte de croassement d'impuissance.

« Nous pouvons l'arrêter, intervient Ruiz. Nous pouvons faire en sorte qu'il ne recommence pas.

— Vous n'êtes même pas fichus de lui mettre la main dessus, raille Chambers. Personne n'y arrive. Il se fond dans les murs. »

Je regarde autour de moi en m'efforçant de trouver une raison, un argument, une menace, quelque chose pour modifier l'issue. Il y a des photos de Chloe partout, sur la cheminée, les consoles, encadrées sur les murs.

« Pourquoi avez-vous donné aux autorités grecques la photo de quelqu'un d'autre ?

— Je ne vois pas de quoi vous voulez parler », me répond Chambers. Je sors la photo télécopiée de ma poche et je la déplie sur la table.

« C'est un crime puni par la loi de fournir de fausses informations lors d'une enquête policière, déclare Ruiz. Même si elle a lieu à l'étranger. »

Le visage de Bryan Chambers s'empourpre encore sous l'effet d'un nouveau coup de sang. Ruiz ne lâche pas le morceau. Je crois que la notion de céder du terrain lui échappe, surtout lorsqu'il s'agit d'enfants disparus. Il y en a eu trop dans sa carrière : des enfants qu'il n'a pas pu sauver.

« Vous leur avez envoyé une mauvaise photo parce que votre fille est toujours en vie. Vous avez simulé sa mort. »

Bryan Chambers prend son élan pour asséner le premier coup de poing. Et ce faisant, il se trahit. Ruiz esquive et lui donne une petite tape sur la nuque comme quand on administre une calotte à un écolier indiscipliné.

Cela rend Chambers fou de rage. En mugissant, il fonce la tête la première dans le ventre de Ruiz en le saisissant à bras-le-corps et l'expédie dans le mur. Le choc semble ébranler toute la maison. Des photos basculent et tombent en cascade comme des dominos.

« Arrêtez ! Arrêtez ! » hurle Darcy. Elle est près de la porte, les poings serrés, les yeux brillants.

Tout ralentit. Même le tic-tac de la pendule s'apparente au son d'un robinet qui goutte lentement. Bryan Chambers se tient la tête. Il a une entaille au-dessus de l'œil gauche. Pas très profonde, mais ça saigne abondamment. Ruiz se frotte les côtes.

Je me penche et je commence à ramasser les photos. L'un des sous-verres s'est brisé. C'est un instantané d'un anniversaire. Les bougies étincellent dans les yeux de Chloe penchée sur son gâteau, les joues gonflées comme celles d'un joueur de trombone. Je me demande quel vœu elle a fait.

Cette photo n'a rien d'inhabituel, pourtant je me rends compte que quelque chose cloche. Ruiz a une mémoire pareille à un piège en métal qui semble enfermer les faits et les contenir. Je ne parle pas de choses inutiles, éphémères comme les chansons pop, les gagnants du Grand National ou les joueurs qui ont fait partie de Manchester United depuis la guerre. Les détails importants. Les dates. Les adresses. Les descriptions.

Je lui demande quand Chloe est née.

« Le 27 juillet 2000 », me répond-il du tac au tac.

Bryan Chambers ronge son frein à présent. Son épouse s'est approchée de Darcy pour essayer de la rassurer.

« Expliquez-moi ça, dis-je en désignant la photo. Comment votre petite-fille a-t-elle pu souffler ses sept bougies d'anniversaire alors qu'elle était morte deux semaines avant ? »

Une pression sur le bouton dissimulé sous le tapis a fait venir Skipper. Il a toujours son fusil, mais il ne le tient plus contre lui. Il le braque à hauteur de la poitrine en le déplaçant en arc de cercle.

« Faites-les sortir de cette maison », rugit Bryan Chambers qui se tient toujours le front. Le sang a coulé sur son sourcil et le côté de sa joue.

« Combien de gens encore vont souffrir à moins qu'on arrête ça tout de suite ? » dis-je d'un ton implorant.

Ma remarque n'a pas le moindre effet. Skipper brandit toujours son arme. Darcy se plante devant lui. Je ne sais pas où elle trouve tout ce courage.

« Ne t'inquiète pas, lui dis-je. On va y aller.

— Et Charlie ?

— Tout ça ne nous aide en rien. »

Rien n'y fera. L'injustice de la situation, l'imminente catastrophe échappent aux Chambers qui semblent la proie d'un crépuscule permanent de peur et de déni.

On me chasse de cette maison pour la deuxième fois. Ruiz passe le premier, suivi de Darcy. Au moment où je traverse le hall, du coin de l'œil, j'aperçois quelque chose de blanc, niché contre la rampe de l'escalier. C'est une enfant pieds nus, en chemise de nuit qui guigne à travers les barreaux en bois torsadé. Éthérée, presque surnaturelle, elle nous regarde partir, une poupée de chiffon à la main.

Je m'arrête, les yeux rivés sur elle. Les autres se retournent.

« Tu devrais dormir, dit Mme Chambers.

— Je me suis réveillée. J'ai entendu un gros bruit.

— Ce n'était rien. Retourne te coucher. »

Elle se frotte les yeux.

« Tu veux bien venir me border ? »

Je sens les palpitations de mon sang sous ma peau.

Bryan Chambers vient se planter devant moi. Le canon du fusil est calé contre l'épaule de Skipper. Des pas résonnent en haut de l'escalier. Une femme apparaît, visiblement nerveuse, et prend l'enfant dans ses bras.

« Helen ? »

Elle ne réagit pas.

« Je sais qui vous êtes. »

Elle se tourne vers moi, lève la main pour écarter sa frange de ses yeux. Elle a la tête rentrée dans les épaules et serre Chloe dans ses bras minces.

« Il a enlevé ma fille. »

Elle ne répond pas. À la place, elle remonte l'escalier.

« Vous avez fait tout ce chemin. Aidez-moi. »

Elle a disparu dans sa chambre, invisible, muette, en proie au doute.

60.

Après avoir traversé le tapis de feuilles mortes qui couvre les dalles, je m'introduis dans la salle à manger par les portes-fenêtres. Les meubles sont recouverts de vieux draps qui changent les fauteuils et les canapés en masses informes.

Une grille à charbon en fer forgé, à jamais noire, repose dans l'âtre étroit sous le vieux manteau de cheminée criblé de marques de clous laissées par des dizaines de souliers de Noël, dont pas un seul n'appartenait à l'Arabe.

Je monte l'escalier. La fille est allongée tranquillement. Elle n'a pas essayé d'ôter le ruban adhésif qui lui enveloppe la tête. Elle est devenue tellement obéissante. Si soumise.

Dehors le vent frotte les branches contre les murs, raclant la peinture. De temps à autre, elle lève la tête en se demandant si elle n'entend pas autre chose. Elle dresse à nouveau l'oreille. Peut-être perçoit-elle le bruit de ma respiration.

Elle se met sur son séant et pose précautionneusement ses pieds entravés par terre. Puis elle se penche jusqu'à ce qu'elle puisse toucher le radiateur. En cherchant son chemin à tâtons, elle sautille de côté jusqu'aux toilettes. Elle s'arrête, tend l'oreille, puis baisse son jean. J'entends le bruit de pipi révélateur.

Après avoir remonté son jean, elle se débrouille pour trouver le lavabo. Il y a deux robinets, un pour le chaud, un pour le froid. Un à gauche, l'autre à droite. Elle fait couler l'eau froide et passe ses doigts sous le filet d'eau. Elle baisse la tête et essaie de positionner le tuyau qu'elle a dans la bouche de manière à capter l'eau. J'ai l'impression de regarder un oiseau maladroit s'abreuver. Il faut qu'elle retienne son souffle et suce. Ça descend de travers et déclenche un accès de toux. Elle se retrouve par terre en sanglotant.

Je lui effleure la main. Elle pousse un cri et en tentant de se dérober, elle se cogne la tête contre la plomberie.

« Ce n'est que moi. »

Elle est incapable de répondre.

« Tu as été très sage. Maintenant je veux que tu restes bien tranquille. »

Elle tressaille quand je la touche. Je la ramène près du lit et je la fais s'asseoir. Armé d'une paire de ciseaux de couturière, je glisse la lame inférieure sous le ruban adhésif au creux de sa nuque et je commence à couper en remontant petit à petit.

Ses cheveux sont collés au ruban à cause de sa transpiration et de la chaleur de son corps. Je suis obligé de couper des mèches. Je tranche parmi ses boucles en tirant sur des lambeaux de ruban et de cheveux en même temps. Ça doit faire mal. Elle résiste jusqu'à ce que j'arrache le « masque » de son visage en faisant vite pour qu'elle ne souffre pas trop. Elle hurle dans le tuyau et le crache.

Je pose les ciseaux. Le masque est par terre. On dirait la peau d'un animal évidé. Elle a le visage maculé de larmes, de morve et de colle fondue. Il y a pire !

Je porte le goulot d'une bouteille d'eau à ses lèvres.
Elle boit goulûment. Des gouttes tombent sur son gilet.
Elle s'essuie le menton avec l'épaule.

« Je t'ai apporté à manger. Le hamburger est froid,
mais ça ne doit pas être mauvais. »

Elle grignote une bouchée. Pas plus.

« Tu veux autre chose ?

— Je veux rentrer à la maison.

— Je sais. »

J'approche une chaise et je m'assois en face d'elle.
C'est la première fois qu'elle me voit. Elle ne sait pas
où regarder.

« Tu te souviens de moi ?

— Oui. Vous étiez dans le bus. Votre jambe va
mieux.

— Elle n'a jamais été cassée. Tu as froid ?

— Un peu.

— Je vais te donner une couverture. »

Je prends un édredon posé sur une des chaises et je
l'enveloppe autour de son épaule. Elle se recroqueville
à mon contact.

« Tu veux encore un peu d'eau ?

— Non.

— Tu préférerais peut-être un soda ? Un peu de
Coca ? »

Elle secoue la tête.

« Pourquoi vous faites ça ?

— Tu es trop jeune pour comprendre. Mange ton
hamburger. »

Elle renifle avant de prendre une autre petite bou-
chée.

Le silence paraît trop vaste pour la pièce.

« J'ai une fille. Elle est plus jeune que toi.

— Comment s'appelle-t-elle ?

— Chloe.

— Où est-elle ?

— Je ne sais pas. Ça fait un moment que je ne l'ai pas vue ».

Elle mange encore un peu.

« J'avais une copine qui s'appelait Chloe quand on habitait à Londres. Je ne l'ai pas revue depuis qu'on a déménagé.

— Pourquoi avez-vous quitté Londres ?

— Mon papa est malade.

— Qu'est-ce qu'il a ?

— La maladie de Parkinson. Ça le fait trembler et il doit prendre des médicaments.

— J'en ai entendu parler. Tu t'entends bien avec ton papa ?

— Bien sûr.

— Quel genre de choses est-ce que vous faites ensemble ?

— On joue au ballon, on va se balader... des trucs comme ça.

— Il te fait la lecture ?

— Je suis un peu vieille pour ça.

— Mais avant il le faisait.

— Je suppose que oui. Il fait la lecture à Emma.

— Ta sœur.

— Oui. »

Je consulte ma montre.

« Il va falloir que je sorte à nouveau dans un petit moment. Je vais t'attacher, mais je ne t'envelopperai pas la tête comme tout à l'heure.

— Ne partez pas, s'il vous plaît.

— Je n'en ai pas pour longtemps.

— Je ne veux pas que vous vous en alliez. »

Des larmes brillent dans ses yeux. N'est-ce pas étrange ? Elle a plus peur d'être seule que de moi.

« *Je vais laisser la radio allumée. Tu pourras écouter la musique.* »

Elle renifle et se remet en boule sur le lit, son hamburger grignoté à la main.

« *Est-ce que vous allez me tuer ?*

— *Pourquoi crois-tu ça ?*

— *Vous avez dit à maman que vous alliez m'ouvrir le ventre... me faire des choses.*

— *Il ne faut pas croire tout ce que disent les adultes.*

— *Qu'est-ce que ça veut dire ?*

— *Ça veut dire ce que ça veut dire.*

— *Est-ce que je vais mourir ?*

— *Ça dépend de ta mère.*

— *Qu'est-ce qu'il faut qu'elle fasse ?*

— *Qu'elle prenne ta place.* »

Elle frémit.

« *C'est vrai ?*

— *C'est vrai. Tais-toi maintenant ou je vais te mettre du ruban adhésif sur la bouche.* »

Elle s'enveloppe dans l'édredon et me tourne le dos en se blottissant dans les ombres. Je m'écarte d'elle en enfilant mes chaussures et mon manteau.

« *Ne me laissez pas toute seule, s'il vous plaît, chuchote-t-elle.*

— *Chut ! Dors.* »

61.

La Mercedes file dans les rues sombres, désertes en dehors d'une silhouette occasionnelle qui court pour attraper un bus tardif ou rentrer du pub. Ces gens-là ne me connaissent pas. Ils ne connaissent pas Charlie. Leurs vies n'affecteront pas la mienne. Les seules personnes qui peuvent m'aider refusent de m'écouter ou craignent les représailles de Gideon Tyler. Helen et Chloe sont vivantes. Ce mystère-là est résolu.

Avant même d'arriver à la maison, je remarque que des voitures inconnues sont garées dans la rue. Je connais celles de mes voisins. Celles-ci appartiennent à d'autres gens.

Dès que Ruiz se range, une dizaine de portières s'ouvrent à l'unisson. Des journalistes, des cameramen, des photographes convergent vers nous ; ils s'accoudent sur le capot pour prendre des photos à travers le pare-brise. Les journalistes braillent des questions.

Ruiz se tourne vers moi.

« Qu'est-ce que tu veux faire ?

— Rentrer. »

J'ouvre ma portière de force et j'essaie de me frayer un chemin entre tous ces gaillards. Quelqu'un attrape ma veste pour me ralentir. Une fille me barre la route. On me brandit un micro sous le nez.

« Pensez-vous que votre fille soit encore vivante, professeur ? »

Qu'est-ce que c'est que cette question ?

Je ne réponds pas.

« Vous a-t-il contacté ? L'a-t-il menacée ?

— Allez-vous-en, s'il vous plaît. »

J'ai l'impression d'être une bête acculée, encerclée par une troupe de lions déterminés à avoir ma peau. Quelqu'un d'autre beugle :

« Arrêtez-vous une seconde et dites-nous quelque chose, professeur. On essaie juste de vous aider. »

Ruiz s'empare de moi. Il tient Darcy par les épaules de son autre bras. Tête baissée, il fonce à travers le groupe tel un rugbyman au moment de la mêlée. Les questions continuent à fuser.

« Y a-t-il eu une demande de rançon ? »

« Que veut-il, à votre avis ? »

Monk nous ouvre la porte d'entrée et la referme aussitôt. Les projecteurs de la télé éclairent l'intérieur de la maison, s'insinuant à travers les rideaux, entre les lames des stores.

« Ils sont arrivés il y a une heure, dit Monk. J'aurais dû vous avertir. »

Je me dis que la publicité a du bon. Peut-être quelqu'un repérera-t-il Charlie ou Tyler et en informera la police.

Je demande à Monk s'il y a du nouveau.

Il secoue la tête. J'aperçois un inconnu debout dans la cuisine derrière lui. En costume sombre et chemise blanche amidonnée, il n'a pas la touche d'un policier ni d'un journaliste. Ses cheveux sont de la couleur du cèdre ciré ; ses boutons de manchette en argent reflètent la lumière quand il écarte ses cheveux de son front.

Comme je m'approche, il me donne l'impression de se mettre au garde-à-vous, les mains derrière le dos.

C'est une position qui s'apprend sur les terrains de manœuvres. Il se présente : lieutenant William Greene, et attend que je lui tende la main avant d'en faire autant.

« Que puis-je faire pour vous, lieutenant ?

— La question est plutôt de savoir ce que je peux faire pour vous, monsieur, me répondit-il d'un ton heurté qui s'acquiert dans les écoles privées. J'ai cru comprendre que vous aviez été en contact avec le major Gideon Tyler. Il nous intéresse.

— Il intéresse qui ?

— Le ministère de la Défense, monsieur.

— Bienvenue au club ! » lance Ruiz en riant.

Le lieutenant l'ignore.

« L'armée coopère avec la police. Nous souhaitons localiser le major Tyler et faciliter le retour de votre fille saine et sauve. »

Ruiz réitère sa formule d'un ton railleur.

« *Faciliter ?* Vous autres salopards n'avez strictement rien fait jusqu'à présent à part nous mettre des bâtons dans les roues. »

Le lieutenant Greene ne se laisse pas démonter : « Certaines contingences nous ont empêchés de vous communiquer tous les renseignements.

— Tyler travaillait pour les services secrets de l'armée ?

— Oui, monsieur.

— Que faisait-il ?

— Cette information ne peut être divulguée, j'en ai peur.

— C'était un interrogateur.

— Il était chargé de recueillir des informations.

— Pourquoi a-t-il quitté l'armée ?

— Il ne l'a pas quittée. Il s'est absenté sans permission après que sa femme l'a quitté. Il risque la cour martiale. »

Le lieutenant n'est plus au garde-à-vous. Il a les pieds écartés dans des chaussures bien cirées, tournées légèrement vers l'extérieur, et les bras ballants.

« Pourquoi les états de service de Tyler sont-ils classés secrets ?

— À cause de la nature délicate de son travail.

— C'est une réponse à la noix, riposte Ruiz. Qu'est-ce qu'il faisait ?

— Il interrogeait les détenus, dis-je, anticipant sur le lieutenant. Il les torturait.

— Les autorités britanniques n'admettent pas le recours à la torture. Nous respections les règles établies par la Convention de Genève…

— Vous avez formé ce fils de pute ! » l'interrompt Ruiz.

Le lieutenant ne réagit pas.

« Nous pensons que le major Tyler a souffert d'une sorte de dépression nerveuse. Il est toujours officier de l'armée britannique et ma tâche consiste à collaborer avec la police de l'Avon et du Somerset afin de faciliter sa prompte arrestation.

— En échange de quoi ?

— Quand le major Tyler sera arrêté, il sera confié à l'armée.

— Il a assassiné deux femmes ! s'exclame Ruiz, incrédule.

— Il sera examiné par des psychologues de l'armée pour voir s'il est à même d'être jugé.

— Balivernes ! » réplique Ruiz.

Ça m'est égal à ce stade. Le ministère de la Défense peut prendre Gideon Tyler tant que je récupère Charlie.

Le lieutenant s'adresse à moi directement.

« L'armée peut fournir certaines ressources et de la technologie à une enquête civile comme celle-ci. Si vous coopérez, je suis autorisé à vous apporter ce soutien.

— Comment suis-je censé coopérer ?

— Le major Tyler a certaines attributions particulières. Vous en a-t-il fait part ?

— Non.

— A-t-il mentionné des noms ?

— Non.

— Vous a-t-il spécifié des lieux ?

— Non. Il s'est montré très discret. »

Le lieutenant Greene marque une pause, le temps de choisir soigneusement ses mots.

« S'il vous a révélé des informations délicates, la divulgation illicite de ces données à une tierce personne pourrait entraîner votre inculpation aux termes de la loi régissant les secrets officiels. Les peines encourues pour un tel délit incluent l'emprisonnement.

— Vous le menacez ? » s'enquiert Ruiz.

Le lieutenant a reçu une bonne formation. Il ne perd pas contenance.

« Comme vous vous en rendez compte, les médias s'intéressent au major Tyler. Il y a des chances que les journalistes vous interrogent à son sujet. Les décès de Christine Wheeler et de Sylvia Furness donneront lieu à des enquêtes criminelles. Vous serez peut-être appelé à témoigner. Je vous conseille de faire très attention aux déclarations que vous faites. »

Je suis en colère maintenant. J'en ai assez de toute cette meute : les militaires avec leur langage à double sens et leurs secrets, Bryan et Claudia Chambers et leur loyauté aveugle, les journalistes, la police, tout comme j'en ai assez de mon sentiment d'impuissance.

Pour la deuxième fois ce soir, Ruiz a envie de frapper quelqu'un. Je le vois se mettre en garde devant le jeune militaire qui semble considérer cette menace comme inévitable. Je tente de désamorcer la situation.

« Dites-moi, lieutenant. Quelle importance ma fille a-t-elle à vos yeux ? »

Il ne comprend pas la question.

« Vous voulez Gideon Tyler. Et si ma fille vous bloque la route ?

— Sa sécurité est notre préoccupation première. »

Je voudrais le croire. J'aimerais croire que les esprits les plus raffinés de l'armée britannique et leurs effectifs sont prêts à faire tout ce qui est en leur pouvoir pour sauver Charlie. Malheureusement, Gideon Tyler était l'un de leurs meilleurs éléments. Regardez ce qui lui est arrivé.

Je me sens vaciller légèrement et agrippe la table d'une main tremblante.

« Merci de votre aide, lieutenant. Vous pouvez assurer vos supérieurs de ma coopération. Je leur fournirai une aide équivalente à celle dont j'ai bénéficié de leur part. »

Greene me regarde en se demandant comment il doit interpréter ça.

« La femme et la fille de Gideon Tyler sont vivantes. Elles sont chez les Chambers. »

J'observe sa réaction. Rien. J'ai une sensation de picotement au bout des doigts. Je n'ai pas révélé de secret. Je l'ai juste découvert. Il savait déjà pour Helen et Chloe.

Dans le silence de l'attente, la vérité crépite comme de la pluie dans ma conscience. C'est l'armée qui garde le domaine de Stonebridge. Ruiz l'a compris dès notre première visite. Il a dit que Skipper était un ancien militaire. Pas « ancien ». Il est en activité. Les caméras, les détecteurs de mouvements, les éclairages de sécurité font partie du dispositif de protection. L'armée britannique cherche Gideon Tyler depuis bien plus longtemps que la police.

Julianne a pris un sédatif et elle dort d'après Veronica Cray. Le médecin pense qu'il est préférable de ne pas interrompre son sommeil.

« Où est-elle ?

— Dans un hôtel.

— Où ça ?

— À Temple Circus. N'essayez pas de l'appeler, professeur. Elle a vraiment besoin de se reposer.

— Y a-t-il quelqu'un auprès d'elle ?

— Elle est sous bonne garde. »

J'entends l'inspecteur respirer doucement à l'autre bout du fil. J'imagine sa tête carrée, ses cheveux courts, ses yeux bruns. Elle me plaint, mais ça ne changera rien à sa décision. Mon couple n'est pas son problème.

« Si vous voyez Julianne… »

J'essaie de concocter un message à lui transmettre, mais rien ne vient. Il n'y a pas de mots pour ce que j'ai à dire.

« Prenez soin d'elle. Assurez-vous qu'elle tient le coup. »

Fin de la communication. Darcy est allée se coucher. Ruiz m'observe, son regard glissant vaguement sur tout.

« Tu devrais dormir un peu.

— Ça va.

— Allonge-toi. Ferme les yeux. Je te réveille dans une heure.

— Je n'arriverai pas à dormir.

— Essaie. On ne peut rien faire de plus ce soir. »

L'escalier est raide. Le lit est doux. Je regarde fixement le plafond dans une sorte d'hébétement conscient, exténué, mais terrifié à l'idée de fermer les yeux. Et si je m'endormais vraiment ? Et si je me réveillais demain matin en me rendant compte que rien de tout ça n'est arrivé ? Charlie sera assise à la table de la cuisine dans son uniforme d'école, à moitié réveillée, de mauvais poil. Elle se lancerait dans une longue histoire à propos d'un rêve et je n'écouterais qu'à moitié. Ce n'est jamais le contenu de ses récits qui est important. Ce qui compte, c'est que c'est une fille intelligente, particulière, étonnante. Quelle fille !

Je ferme les yeux et je reste immobile. Je ne m'attends pas à dormir, mais j'espère que le monde me laissera tranquille juste quelques instants pour que je puisse me reposer.

Un téléphone sonne quelque part. Je me tourne vers le réveil numérique posé sur la table de chevet. Il est 3 h 12. Je tremble de la tête aux pieds comme un diapason qu'on a frappé.

La ligne de la maison a été détournée vers le commissariat de Trinity Road et ce n'est pas la sonnerie de mon portable. C'est peut-être celui de Darcy qui sonne dans la chambre d'amis. Non, ça vient de plus près. Je me glisse hors du lit et j'avance sur le parquet droit.

La sonnerie a cessé. Ça recommence. Ça vient de la chambre de Charlie... de sa commode. J'ouvre le tiroir du haut et je fouille parmi les chaussettes et les collants roulés en boules. Je sens quelque chose vibrer sous une paire de chaussettes de foot à rayures : un portable. Je le dégage et je l'ouvre.

« Hé, Joe, je vous réveille ? Comment pouvez-vous dormir à un moment pareil ? Quel sans cœur vous faites ! »

Je gémis le nom de Charlie. Son matelas s'affaisse sous moi. Gideon a dû planquer le téléphone là quand il s'est introduit dans la maison. La police cherchait des empreintes, des fibres, pas des portables.

« Écoutez, Joe, j'ai pensé que vous deviez en connaître un rayon sur les putes vu que vous en avez épousé une.

— Ma femme n'est pas une pute.

— J'ai parlé avec elle. Je l'ai observée. Elle est chaude ! Elle aurait baisé avec moi. Elle me l'a dit. Elle me suppliait de la sauter. Prenez-moi, prenez-moi, disait-elle.

— C'est le seul moyen que vous avez pour avoir une femme : kidnapper sa fille.

— Oh, je ne suis pas sûr. Son patron la saute. C'est lui qui signe ses feuilles de salaire, alors je suppose que ça fait d'elle une pute.

— Ce n'est pas vrai.

— Où était-elle vendredi dernier ?

— À Rome.

— C'est bizarre. Je jurerais l'avoir vue à Londres. Elle a logé dans une maison à Hampstead Heath. Elle est arrivée à 20 heures et repartie à 8 heures le lendemain matin. La baraque appartient à un richard du nom d'Eugene Franklin. Jolie bicoque. Des serrures bon marché. »

Ma poitrine se serre. Est-ce encore un de ses mensonges ? Il ment avec une telle aisance, mêlant juste assez de vérité pour susciter des doutes et semer la confusion. Tout à coup, je me sens comme un étranger dans mon propre couple. J'ai envie de défendre

Julianne. De prouver qu'il a tort. Mais mes arguments me paraissent piteux et mes prétextes ont mauvais goût avant même de sortir de ma bouche.

Le pyjama de Charlie dépasse de sous son oreiller, un pantalon et une veste rose en pilou. Je frotte le coton pelucheux entre mon pouce et mon index, en m'efforçant presque de conjurer son image, dans les moindres détails.

« Où est Charlie ?

— Juste là.

— Puis-je lui parler ?

— Elle est attachée pour le moment. Saucissonnée comme une dinde de Noël. Prête pour la farce.

— Pourquoi l'avez-vous enlevée ?

— À vous de le déterminer.

— Je vous connais, Gideon. Vous avez quitté l'armée sans permission. Vous travaillez pour les services secrets. Ils veulent vous récupérer.

— C'est agréable d'être désiré.

— Pourquoi tiennent-ils tant à vous avoir ?

— Je ne peux pas vous le dire, Joe, sinon je vais sans doute être obligé de vous tuer. J'ai juré le secret aux services secrets. Je fais partie de ces soldats qui ne sont pas censés exister.

— Vous êtes un interrogateur.

— J'ai l'art de poser les bonnes questions. »

Il est en train de se lasser de la conversation. Il en attend davantage de moi. Je suis supposé lui lancer un défi.

« Pourquoi votre femme vous a-t-elle quitté ? » demandé-je.

J'entends le son lent, incessant de son souffle.

« Vous l'avez fait fuir. Vous avez essayé de l'enfermer comme une princesse dans sa tour d'ivoire.

Pourquoi étiez-vous à ce point convaincu qu'elle avait une liaison ?

— C'est quoi, bordel ? Une séance de thérapie ?

— Elle vous a quitté. Vous ne pouviez pas la rendre heureuse. Quel effet est-ce que cela vous a fait ? Jusqu'à ce que la mort nous sépare, n'est-ce pas ce que vous vous êtes promis tous les deux ?

— Elle s'est barrée, la salope. Elle m'a volé ma fille.

— D'après ce que j'ai entendu dire, elle a pris ses jambes à son cou. Elle a appuyé sur le champignon et elle a foutu le camp en quatrième vitesse – pendant que vous lui couriez après dans l'allée en essayant d'enfiler votre pantalon.

— Qui vous a raconté ça ? C'est elle ? Savez-vous où elle est ? »

Il hurle à présent.

« Vous voulez vraiment savoir ce qui s'est passé ? Je lui ai fait un enfant. Je lui ai construit une maison. Je lui ai donné tout ce qu'elle voulait. Et vous savez comment elle m'a manifesté sa gratitude ? Elle m'a quitté et elle m'a volé ma Chloe. Qu'elle aille pourrir en enfer !

— Vous l'avez frappée.

— Non.

— Vous l'avez menacée.

— Elle ment.

— Vous l'avez terrorisée.

— C'EST UNE PUTE !

— Inspirez à fond, Gideon. Calmez-vous.

— Ne me dites pas ce que je dois faire. Votre fille vous manque, Joe. Eh bien, je n'ai pas vu la mienne depuis cinq mois. Jadis j'avais un cœur, une âme, mais une femme me les a arrachés. Elle m'a brisé en mille morceaux et n'a rien laissé qu'un filament rougeoyant, mais il brûle toujours, Joe. J'entretiens cette lumière. Je la maintiens en vie pour me préserver des putes.

— On devrait peut-être parler de cette lumière.

— Combien prenez-vous pour une séance, Joe ?

— Pour vous, c'est gratuit. Où voulez-vous qu'on se retrouve ?

— Comment devient-on professeur de psychologie ?

— C'est juste un titre.

— Mais vous vous en servez. Est-ce parce que ça vous donne l'air intelligent ?

— Non.

— Pensez-vous que vous êtes plus futé que moi, Joe ?

— Non.

— Mais si ! Vous vous imaginez tout savoir sur moi. Vous pensez que je suis un lâche. C'est ce que vous avez dit à la police. Vous avez dressé un portrait de moi.

— C'était avant que je sache qui vous étiez.

— Était-il erroné ?

— Je vous connais mieux maintenant. »

Son rire est méprisant. « C'est ça qui déconne chez vous, les psychologues. Les gars comme vous ne se mouillent jamais. Tout est entre parenthèses ou entre guillemets. Soit ça, soit vous tournez tout en questions. À croire que votre propre point de vue ne suffit pas. Vous voulez savoir ce que tous les autres pensent. Je vous imagine en train de sauter votre femme, fourrageant entre ses jambes en disant : "C'est bon pour toi, manifestement, chérie, mais pour moi, qu'en est-il ?"

— Vous avez l'air de vous y connaître en psychologie.

— Je suis un expert.

— Vous l'avez étudiée ?

— Sur le terrain.

— Qu'est-ce que ça veut dire ?

— Ce que ça veut dire, Joe, c'est que les connards de votre espèce qui se targuent d'être des professionnels ne savent pas poser les bonnes questions.

— Quel genre de questions suis-je censé poser ?

— La torture est un sujet compliqué, Joe, très épineux. Dans les années cinquante, la CIA a lancé un projet de recherche et dépensé plus d'un milliard de dollars pour déceler le code de la conscience humaine. Ils ont fait appel aux esprits les plus brillants du pays – des gens de Harvard, de Princeton, de Yale. Ils ont essayé le LSD, la mescaline, les électrochocs, le pentothal. Rien n'a marché. La percée s'est produite à McGill[1]. C'est là qu'ils ont découvert qu'une personne privée de ses sens se met à halluciner au bout de quarante-huit heures et finit par craquer. Les positions de stress accélèrent le processus, mais il y a quelque chose d'encore plus efficace. »

Gideon marque une pause, attendant que je lui demande quoi, mais je ne lui donnerai pas cette satisfaction.

« Imaginez que vous soyez aveugle, Joe, qu'est-ce que vous estimeriez le plus ?

— Mon ouïe.

— Exactement. Votre point le plus faible.

— C'est ignoble.

— C'est ingénieux. »

Il rit.

« C'est ma spécialité. Je trouve le point le plus faible. Je connais le vôtre, Joe. Je sais ce qui vous empêche de dormir la nuit.

---

1. Université de Montréal.

— Je ne vais pas jouer à ce petit jeu avec vous.

— Oh que si !

— Non.

— À vous de choisir.

— Je ne comprends pas.

— Je veux que vous choisissiez entre votre putain de femme et votre fille. Laquelle allez-vous sauver ? Imaginez qu'elles sont coincées dans un immeuble en feu. Vous vous ruez à l'intérieur, à travers les flammes, vous défoncez une porte. Elles gisent là, inconscientes. Vous ne pouvez pas les porter toutes les deux. Laquelle sauvez-vous ?

— Je refuse de jouer.

— C'est la question parfaite, Joe. C'est pour cela que j'en sais plus long sur la psychologie que vous n'en saurez jamais. Je peux pénétrer un esprit. Je peux le démantibuler. Jouer avec les morceaux. Figurez-vous qu'un jour, j'ai convaincu un type qu'il était relié à une prise alors qu'il n'avait que quelques fils électriques dans les oreilles. C'était un kamikaze, mais sa bombe n'avait pas explosé. Il était persuadé d'être un martyr et d'aller droit au paradis. Que les vestales lui feraient des pipes jusqu'au bout de l'éternité. Quand j'en ai eu fini avec lui, je l'avais convaincu que le paradis n'existait pas. C'est là qu'il a commencé à prier. C'est dingue, non ! Persuadez un gars qu'il n'y a pas de paradis et la première chose qu'il fait, c'est se mettre à prier Allah. C'est moi qu'il aurait dû implorer. Il ne me détestait même pas à la fin. Il voulait juste mourir ou emporter quelque chose dans la mort qui ne soit ni ma voix ni mon visage. Vous voyez, Joe, il arrive un moment où tout espoir disparaît ; toute fierté, toute attente, toute foi, tout désir cessent d'exister. Ce moment m'appartient. Il est à moi. C'est là que j'entends ce bruit.

— Quel bruit ?

— Le bruit d'un esprit qui craque. Ce n'est pas un craquement sonore comme quand les os se brisent, que la colonne vertébrale se fracture, qu'un crâne se fracasse. Ce n'est pas non plus quelque chose de doux et d'humide comme un cœur qui se fend. C'est un son qui vous incite à vous demander jusqu'où un être humain peut endurer la souffrance, un son qui brise la volonté la plus forte et laisse le passé s'insinuer dans le présent. Un bruit si assourdissant que seuls les cerbères de l'enfer peuvent l'entendre. Vous l'entendez, Joe ?

— Non.

— Quelqu'un est recroquevillé en une boule minuscule et pleure doucement dans la nuit éternelle. C'est sacrément poétique, hein ? Je suis un poète qui s'ignore. Vous êtes toujours là, Joe ? Vous me suivez ? C'est ce que je vais faire à Julianne. Et quand son esprit craquera, le vôtre aussi craquera. J'en aurai deux pour le prix d'un. Je vais peut-être l'appeler tout de suite.

— Non, s'il vous plaît. Parlez-moi.

— J'en ai marre de vous parler. »

Il va raccrocher. Il faut que je dise quelque chose pour l'en empêcher. « J'ai trouvé Helen et Chloe », dis-je en bredouillant.

Silence. Il attend. Je peux attendre aussi.

« Vous leur avez parlé ? finit-il par dire.

— Je sais qu'elles sont vivantes. »

Un autre temps d'arrêt.

« Vous verrez votre fille quand je pourrai voir la mienne.

— Ce n'est pas si facile.

— Ça ne l'est jamais. »

Il a raccroché. J'entends l'écho creux de ma respiration dans le vide de la chambre et j'aperçois mon reflet dans la glace. Je tremble de la tête aux pieds. Je ne sais pas si c'est Parkinson, le froid, ou quelque chose de plus élémentaire et de plus profondément ancré. En me balançant d'avant en arrière sur le lit, le pyjama de Charlie serré dans mes poings, je hurle sans produire un son.

62.

L'ascenseur de service monte du sous-sol dans les étages. Une lumière éclaire tour à tour les chiffres sur le panneau.

Il est 5 h 10 du matin et le couloir est désert. Je tire sur les manches de ma veste. Depuis combien de temps n'ai-je pas porté un costume ? Ça fait des mois. La dernière fois, ça devait être quand je suis allé rendre visite à l'aumônier de l'armée parce que ma femme était allée le voir. Il m'a dit que je pouvais éprouver tout l'amour du monde, mais que sans la confiance, l'honnêteté et la communication, un mariage ne pouvait pas marcher. Je lui ai demandé s'il avait jamais été marié. Il m'a répondu que non.

« Alors Dieu ne s'est jamais marié, Jésus non plus et vous non plus.

— Là n'est pas la question.

— Eh bien, c'est sacrément dommage », lui ai-je répondu.

Il voulait en discuter. Le problème avec les aumôniers, les prêtres et tous ces connards religieux, c'est qu'ils n'arrêtent pas de vous seriner à propos du mariage et de l'importance de la famille. Vous pourriez être en train de parler d'herbe artificielle, du réchauffement de la planète ou des gens qui ont assassiné la princesse Diana, ils se débrouilleront toujours

pour en revenir à une leçon insensée sur la famille,
fondement de la béatitude domestique, de la tolérance
raciale et de la paix dans le monde.

En m'engageant dans un nouveau couloir, j'avise la
sortie de secours et je jette un coup d'œil dans la cage
d'escalier. Elle est vide. Au bout du couloir, il y a un
vestibule où donnent les portes des ascenseurs princi-
paux. Deux fauteuils sont disposés de part et d'autre
d'une petite table cirée où trône une lampe. Un inspec-
teur occupe un de ces sièges ; il lit un magazine.

Mes doigts glissent sur les rondeurs d'un coup-de-
poing américain en cuivre enfoui dans la poche de mon
pantalon. Le métal s'est réchauffé contre ma cuisse.

Je m'approche. L'homme lève les yeux, décroise les
jambes. Sa main droite est hors de vue.

« La nuit est longue. »

Il hoche la tête.

« Elle est prête ?

— On m'a dit de ne pas la réveiller.

— Le chef veut qu'on l'emmène au commissariat. »

Il ne m'a pas reconnu. « Qui êtes-vous ?

— Sergent Harris. On est venus à quatre de Truro
hier soir.

— Où est votre insigne ? »

Sa main droite est toujours cachée. Je lui flanque
mon poing dans la gorge et il s'affale à nouveau en
aspirant des bulles de sang à travers une trachée fra-
cassée. Je remets le coup-de-poing américain dans ma
poche, je lui prends son arme et je la glisse dans la
ceinture de mon pantalon.

« Respirez lentement, par petits coups, lui dis-je.
Vous vivrez plus longtemps. »

Il ne peut pas parler. Je prends l'émetteur-récep-
teur radio dans sa poche. Il a la carte magnétique pour
entrer dans la chambre. Un faible grognement et un

570

souffle crispé annoncent la perte de connaissance. Son menton tombe sur sa poitrine. J'ouvre le magazine, je le pose sur son visage et je lui croise les jambes. On pourrait croire qu'il dort.

Puis je frappe à la porte. Elle ne répond pas tout de suite. La porte s'entrouvre. Sa silhouette se détache dans le halo de lumière blanche provenant de la salle de bains derrière elle.

« Madame O'Loughlin, je viens pour vous emmener au commissariat. »

Elle me regarde en clignant des paupières.

« Que s'est-il passé ? L'ont-ils trouvée ?

— Êtes-vous habillée ? Nous devons partir.

— Je vais chercher mon sac. »

Je bloque la porte avec le pied pendant qu'elle disparaît ; ses pieds nus produisent comme des petits applaudissements sur le carrelage de la salle de bains. J'ai envie de la suivre pour m'assurer qu'elle n'appelle pas quelqu'un. Je jette un coup d'œil dans le couloir, à gauche, à droite. Qu'est-ce qu'elle fabrique ?

Elle revient. Des petits détails dans son apparence m'indiquent qu'elle n'en mène pas large. Ses mouvements sont lents, exagérés. Elle ne s'est pas brossé les cheveux. Les manches de son cardigan sont étirées ; elle les tient serrées dans ses poings.

« Il fait froid dehors ?

— Oui, madame. »

Elle me dévisage.

« Nous sommes-nous vus hier ?

— Je ne pense pas. »

Je lui tiens la porte de l'ascenseur. Elle jette un coup d'œil au policier endormi et entre dans la cabine. Les portes se ferment.

Son sac à main serré contre son ventre, elle évite de regarder son reflet dans les glaces murales.

« *A-t-il rappelé ? demande-t-elle.*

— *Oui.*

— *Qui ?*

— *Votre mari.*

— *Charlie va-t-elle bien ?*

— *Je n'ai pas d'information là-dessus.* »

Nous sortons dans le hall de l'hôtel. En lui désignant les portes tambour en verre de la main gauche, je maintiens l'autre à deux centimètres du creux de son dos. Personne dans le hall à part une réceptionniste et un agent de nettoyage qui cire le sol en marbre avec une machine.

La Range Rover est garée à l'angle de la rue. Elle avance trop lentement. Il faut continuellement que je m'arrête pour l'attendre. J'ouvre la portière.

« *Vous êtes sûr qu'on ne s'est pas déjà rencontrés ? Votre voix me dit quelque chose.*

— *On s'est peut-être parlé au téléphone.* »

63.

Le commissariat de Trinity Road dort avec un œil ouvert. Les étages du bas sont déserts, mais la lumière brille toujours dans la salle des opérations où une douzaine de policiers ont travaillé toute la nuit.

La porte du bureau de Veronica Cray est fermée. Elle dort.

Il fait encore nuit. J'ai réveillé Ruiz et je lui ai demandé de m'amener ici. Avant cela, j'ai pris une douche froide, je me suis habillé et j'ai pris mes remèdes. Il m'a quand même fallu vingt minutes pour m'habiller.

Les photos mortuaires de Christine Wheeler et de Sylvia Furness surveillent la scène depuis les tableaux blancs. Il y a des plans d'ensemble des scènes de crime, les rapports d'autopsie, et tout un réseau de lignes noires connectent les amis communs et les relations professionnelles.

Je n'ai pas besoin de regarder leurs visages. En détournant la tête, je remarque un nouveau tableau blanc, une nouvelle photo – de Charlie. Elle a été prise à l'école ; Charlie a les cheveux tirés en arrière et un sourire énigmatique flotte sur ses lèvres. Elle ne voulait pas qu'on achète cette photo.

« On en prend une tous les ans, avait souligné Julianne.

— Ce qui veut dire qu'on n'en a pas besoin d'une autre, avait riposté Charlie.

— Mais j'aime bien les comparer.

— Pour voir comme j'ai grandi.

— Oui.

— Et il te faut une photo pour ça ?

— Où as-tu appris à être aussi sarcastique ? » avait commenté Julianne en se tournant vers moi.

Monk arrive avec les journaux du matin. Je figure en première page, la main brandie devant les appareils des photographes comme si je m'apprêtais à les leur arracher. Il y aussi une photo de Charlie, différente, provenant de l'album de famille. C'est Julianne qui a dû la choisir.

Quelqu'un a commandé des croissants et des pâtisseries. L'arôme du café frais suffit à réveiller l'inspecteur qui émerge de son bureau, ses habits tout froissés. Elle a les cheveux tellement courts qu'elle n'a pas besoin de se peigner. Elle me fait penser à un cheval de trait au pas lourd, lent à s'emporter mais extrêmement puissant.

Monk la briefe sur ce qui s'est passé à la maison. Ça n'arrange pas son humeur. Elle veut qu'on fouille à fond cette fois-ci, tous les placards, toutes les niches au cas où il y aurait d'autres surprises.

Elle a convoqué Oliver Rabb pour qu'il localise l'appel. Il débarque dans la salle des opérations avec le même pantalon ample et le même nœud papillon que la veille, auxquels s'ajoute une écharpe pour lui tenir chaud au cou. Il se fige subitement, les sourcils froncés, en se tapotant les poches comme s'il avait perdu quelque chose en montant.

« J'avais un bureau hier. Il semble que je l'ai égaré.

— Au bout du couloir, répond Veronica. Vous avez un nouvel associé. Ne le laissez pas vous mener par le bout du nez. »

Le lieutenant William Greene est déjà en plein travail derrière les carreaux de verre d'une sorte de box à côté de la salle radio.

« Je ne suis pas très doué pour travailler en équipe, marmonne Oliver d'un air sombre.

— Mais si, mais si. Si vous lui demandez gentiment, le lieutenant vous laissera jouer avec ses satellites militaires. »

Oliver se secoue et redresse ses lunettes sur son nez avant de s'éloigner dans le couloir.

Je veux parler à Veronica avant que Julianne arrive. Elle ferme la porte de son bureau et boit son café à petites gorgées en faisant la grimace comme si elle avait mal aux dents. Dehors des mouettes tournoient au-dessus des docks lointains et un rayon de lumière filtre à l'horizon. Je lui dis qu'Helen et Chloe Chambers sont en vie. Elles sont chez les Chambers.

La nouvelle ne lui fait apparemment ni chaud ni froid. Elle met deux sucres dans son café, hésite avant d'en ajouter un troisième. Puis elle prend sa tasse dans ses mains et me regarde dans le blanc des yeux par-dessus la vapeur.

« Qu'est-ce que vous voulez que je fasse ? Je ne peux pas les arrêter.

— Elles ont conspiré à simuler deux décès.

— Pour le moment, je suis plus préoccupée de trouver votre fille, professeur. Une affaire à la fois.

— C'est la même affaire. C'est pour ça que Tyler fait ça. Nous pouvons nous servir d'Helen et de Chloe pour négocier avec lui.

— Il est hors de question qu'on échange votre fille contre la sienne.

— Je le sais, mais nous pouvons l'utiliser pour le faire sortir de sa tanière. »

Elle gratte une allumette, allume une cigarette.

« Inquiétez-vous de votre propre fille, professeur. Elle a disparu depuis hier midi. »

La fumée monte en volutes de son poing.

« Je ne peux pas contraindre Helen Chambers à coopérer, mais je vais envoyer quelqu'un là-bas pour lui parler. »

Elle va à la porte. L'ouvre. Sa voix retentit dans la salle :

« Briefing complet à 7 heures. Je veux des réponses, les gars. »

Julianne ne va pas tarder. Que vais-je lui dire ? Elle n'a rien envie d'entendre à moins que les mots viennent de la bouche de Charlie, blottie dans ses bras, lui chuchotant à l'oreille.

Je trouve un bureau vide et je m'assois dans le noir. Le soleil commence à poindre, déposant des taches de couleur sur l'eau du monde. Il y a quelques jours encore, je n'avais jamais entendu parler de Gideon Tyler, mais à présent j'ai l'impression qu'il me surveille depuis des années, tapi dans les ténèbres, que pendant tout ce temps-là il a regardé ma famille dormir, du sang coulant du bout de ses doigts jusque par terre.

Bien qu'il ne soit pas fort physiquement, ni culturiste ni même robuste, Gideon a une force qui réside dans son intellect, sa logistique et sa détermination à faire ce que les autres ne peuvent comprendre.

C'est un observateur, un catalogueur de caractéristiques humaines, un collectionneur d'indices susceptibles de le renseigner sur les gens. Leur manière de marcher, de se tenir, de parler. La marque de leur voiture. Les vêtements qu'ils portent. Vous regardent-ils dans les yeux quand ils s'adressent à vous ? Sont-ils ouverts, confiants, aguicheurs ou plutôt renfermés et introspectifs ? Je fais la même chose – j'observe les gens –, mais dans le cas de Tyler, le but est de faire mal.

Il exploite le moindre signe de faiblesse. Il sait reconnaître un cœur vacillant, distinguer la force intérieure de la frime, déceler les failles d'un esprit. Nous ne sommes pas si différents, lui et moi, mais nos aspirations sont distinctes. Il démolit les esprits. J'essaie de les réparer.

Penchés sur leurs ordinateurs portables, Oliver et le lieutenant Greene besognent dans leur bocal, comparant leurs données. Ils forment un drôle de couple. Le lieutenant me rappelle ces soldats de plomb mécaniques à la démarche raide, à l'expression figée. Il ne lui manque plus qu'une grande clé entre les omoplates.

Une grande carte couvre tout le mur, constellée d'épingles de couleur et traversée de part en part de lignes qui les relient en formant une série de triangles se chevauchant. Le dernier appel de Gideon Tyler provenait de Temple Circus, au cœur de Bristol. La police étudie les images de quatre caméras de sécurité pour voir si l'on peut lier l'appel à un véhicule.

Le portable dissimulé dans la chambre de Charlie a été dérobé vendredi dans un magasin de fournitures pour bateaux de Princes Wharf. Celui que Gideon a utilisé pour appeler provenait d'une boutique de Chiswick, à Londres. Le nom et l'adresse de l'acheteur étaient ceux d'un étudiant qui vit en colocation à Bristol. Une facture de gaz et un reçu de carte de crédit (volés) ont servi de preuve d'identité.

J'examine la carte en m'efforçant de comprendre la nomenclature pour distinguer les épingles noires, vertes et rouges. C'est comme apprendre un nouvel alphabet.

« Ce n'est pas complet, me dit le lieutenant, mais nous avons réussi à localiser la plupart des appels. »

Il m'explique que les épingles de couleur représentent les appels téléphoniques passés par Gideon Tyler et la tour de transmission la plus proche correspondant aux signaux. La durée de chaque appel a été consignée ainsi que l'heure et l'intensité du signal. Gideon n'a jamais utilisé le même téléphone plus d'une demi-douzaine de fois et n'a jamais appelé deux fois du même endroit. Dans presque tous les cas, le portable n'a été allumé que quelques instants avant la communication et éteint immédiatement après.

Oliver m'explique la chronologie, à partir de la disparition de Christine Wheeler. Les signaux situent Gideon Tyler dans Leigh Woods et près du pont suspendu de Clifton quand elle a sauté. Il était aussi dans un rayon de cent mètres de Sylvia Furness quand son corps était menotté à l'arbre et dans le Victoria Park, à Bath, lorsque Maureen Bracken a braqué un pistolet sur moi.

J'étudie à nouveau la carte, sentant le paysage s'élever du papier, se solidifier. Parmi les épingles rouges, vertes et bleues, une épingle blanche solitaire se détache.

« Qu'est-ce que c'est que celle-là ? demandé-je.

— C'est une anomalie, m'explique Oliver.

— Comment ça, une anomalie ?

— Ce n'était pas un appel. Le portable a envoyé un signal à une tour et puis il s'est éteint.

— Pourquoi ?

— Il a peut-être allumé le téléphone et puis il a changé d'avis.

— À moins que ce ne soit une erreur », suggère le lieutenant.

Oliver le dévisage d'un air excédé.

« Selon mon expérience, les erreurs ont une raison d'être. »

J'effleure les épingles du bout des doigts comme si je lisais un document en braille et je m'arrête sur l'épingle blanche.

« Combien de temps le téléphone est-il resté allumé ?

— Pas plus de quatorze secondes, me répond Oliver. Le signal numérique est transmis toutes les sept secondes. Il a été capté deux fois par la tour que nous avons indiquée. L'épingle blanche situe la tour la plus proche. »

Les erreurs et les anomalies sont la bête noire des comportementalistes et des psychologues cognitifs. Nous cherchons à déceler des tendances afin d'étayer nos théories ; c'est la raison pour laquelle les anomalies sont si préjudiciables et c'est pour ça que si nous avons beaucoup de chance, une théorie tiendra la route juste assez longtemps avant qu'une autre meilleure vienne se substituer à elle.

Gideon s'est donné tellement de mal pour ne pas laisser de traces, numériques ou autres. Il a commis très peu d'erreurs d'après ce que nous en savons. La sœur de Patrick a commandé une pizza avec le portable de Christine Wheeler – c'est la seule méprise dont je me souvienne. Peut-être y en a-t-il eu une autre.

« Pouvez-vous localiser ce signal ? »

Oliver a remonté ses lunettes sur son nez et penche la tête en arrière pour avoir tout mon visage dans son angle de vision.

« Je suppose qu'il a peut-être été détecté par d'autres tours. »

Le lieutenant le dévisage, incrédule.

« Le téléphone n'est resté allumé que quatorze secondes. Ça revient à localiser un pet dans un vent de tempête. »

Oliver hausse les sourcils.

« Quelle jolie analogie ! Dois-je en conclure que l'armée n'en est pas capable ? »

Greene sait qu'on lui demande de relever un défi, ce qu'il trouve passablement insultant pour la bonne raison qu'il considère Oliver comme un vague chercheur au teint blafard, au menton fuyant, avec des poignets tout mous, qui serait bien incapable de trouver son derrière même avec les deux mains.

Je tente de détendre un peu l'atmosphère.

« Expliquez-moi ce qui va se passer quand Tyler rappelle. »

Oliver m'explique la technologie et les avantages du pistage par satellite. Le lieutenant paraît mal à l'aise comme si on était en train de me révéler des secrets militaires.

« Combien de temps faudra-t-il pour localiser l'appel de Tyler ?

— Ça dépend, me répond Oliver. La puissance des signaux varie d'un site à un autre dans le réseau. Il y a des zones inactives provoquées par les constructions ou les accidents de terrain. On peut en dresser la carte et les prendre en considération, mais ce n'est pas infaillible. Dans l'idéal, nous avons besoin de signaux provenant d'au moins trois tours différentes. Nous savons à quelle vitesse les ondes radio se déplacent, si bien que nous pouvons déterminer la distance parcourue.

— Et si vous recevez un signal d'une seule tour ?

— Cela nous donne la DA – la direction d'arrivée – et une idée approximative de la distance. Chaque kilomètre retarde le signal de trois microsecondes. »

Oliver récupère un stylo derrière son oreille et se met à dessiner des tours et des lignes intersectées sur une feuille.

« Le problème avec la lecture de la DA, c'est que le signal pourrait être répercuté par un immeuble ou un obstacle. On ne peut pas vraiment s'y fier. Des signaux provenant de trois stations de base nous donnent suffisamment d'informations pour trianguler un lieu dès lors que les horloges des stations de base en question sont parfaitement synchronisées. Je vous parle de microsecondes, ajoute-t-il. En calculant la différence entre les temps d'arrivée, il est possible de localiser un portable en recourant aux hyperboles et à l'algèbre linéaire. Mais il faut que celui qui appelle soit stationnaire. Si Tyler est en voiture, dans un bus ou un train, ça ne marchera pas. Même s'il entre dans un bâtiment, l'intensité du signal sera modifiée.

— Combien de temps doit-il rester au même endroit ? »

Oliver et le lieutenant échangent un regard. « Cinq minutes, peut-être dix, me répond Oliver.

— Et s'il utilise une ligne fixe ? »

Greene secoue la tête. « Il ne prendrait pas ce risque.

— Et si nous le forçons à le faire ? »

Il hausse les sourcils. « Comment envisagez-vous de faire ça ?

— Il doit bien y avoir un moyen de fermer des tours GSM ?

— Les serveurs téléphoniques n'accepteront jamais. Ils perdraient trop d'argent, affirme le lieutenant.

— Pas longtemps. Disons dix minutes.

— Cela interromprait des milliers de conversations téléphoniques. Les clients ne vont pas aimer. »

Oliver paraît plus ouvert à cette idée. Il lève les yeux vers la carte affichée au mur. La plupart des appels de Gideon provenaient du centre de Bristol où la majorité des tours sont concentrées. Il faudra que davantage de serveurs coopèrent. Il réfléchit à haute voix.

« Une zone géographique limitée. Disons quinze tours. » J'ai éveillé son intérêt. « J'ignore si ça a déjà été fait.

— Mais c'est possible.

— Faisable. »

Il se tourne et ses lunettes glissent petit à petit sur l'arête de son nez tandis que ses doigts se mettent à danser sur le clavier. Il est plus heureux en compagnie d'ordinateurs. Il peut raisonner avec eux. Il comprend comment ils traitent l'information. Un ordinateur n'en a que faire qu'on se soit brossé les dents, coupé les ongles des pieds dans le bain ou qu'on dorme avec des chaussettes. Certains disent que c'est ça, l'amour, le vrai !

64.

Des cris retentissent et les gens courent en tous sens. Veronica Cray aboie ses ordres pour tâcher de couvrir toute cette agitation ; les policiers foncent vers l'escalier, l'ascenseur. Je n'entends pas ce qu'elle dit. Un inspecteur manque de me renverser et marmonne une excuse en ramassant ma canne.

« Que se passe-t-il ? »

Il ne répond pas.

Un frisson d'angoisse me vrille les omoplates. Quelque chose ne va pas. J'ai entendu mentionner le nom de Julianne. Je hurle pour couvrir les voix à mon tour.

« Dites-moi ce qui se passe. »

Les visages se tournent vers moi. On me dévisage. Personne ne répond. Ma respiration est plus sonore que les sonneries de téléphone et les bruits de pas.

« Où est Julianne ? Qu'est-il arrivé ?

— Un de nos hommes a été gravement blessé, me dit Veronica, puis elle hésite un instant avant de continuer : Il gardait la chambre d'hôtel de votre femme.

— Il la gardait ?

— Oui.

— Où est-elle ?

— Nous sommes en train de fouiller l'hôtel et les rues voisines.

— Elle a disparu ?

— Oui. »

Elle marque une pause.

« Il y a des caméras dans le hall et dehors dans la rue. Nous sommes en train de récupérer les images… »

Je regarde bouger sa bouche, mais je n'entends pas ce qu'elle dit. L'hôtel de Julianne était proche de Temple Circus. D'après Oliver Rabb, c'est de ce quartier que Gideon m'a téléphoné à 3 h 15 du matin. Il devait la surveiller.

Tout est chamboulé à nouveau, tout chavire, tout fout le camp, détaché de ma pensée comme un fragment de raison arraché dans la nuit. Je ferme les yeux un instant et j'essaie de m'imaginer libre, mais à la place, je ne vois que mon impuissance. Je me maudis. Je maudis M. Parkinson. Je maudis Gideon Tyler. Je ne le laisserai pas me voler ma famille. Je ne le laisserai pas me détruire.

Pour le briefing du matin, tout le monde est dans la salle. Les policiers sont assis sur les bords des bureaux, adossés aux piliers ; ils regardent par-dessus les épaules des autres. L'urgence de la situation est intensifiée par la consternation. L'un de leurs pairs est à l'hôpital avec une trachée disloquée et peut-être aussi des lésions cérébrales dues au manque d'oxygène.

Veronica s'est mise debout sur une chaise. Elle décrit l'opération à grands traits – une intervention mobile incluant deux douzaines de véhicules banalisés et des hélicoptères de la police.

« En nous basant sur les appels précédents, Tyler se servira d'un portable et sera continuellement en mouvement. Première étape : protection. Deuxième étape : localiser l'appel. Étape trois : contact avec la cible. Quatrième : arrestation. »

Elle entreprend ensuite d'expliquer le mode de communication. Silence radio entre les voitures. Un mot de code et un numéro identifieront chaque unité. La formule « piéton renversé » est le signal d'intervention, accompagné d'une indication de rue ou d'un croisement.

Une main se lève.

« Est-il armé, chef ? »

Veronica jette un coup d'œil à la feuille qu'elle tient à la main.

« Le policier qui gardait Mme O'Loughlin avait une arme de poing réglementaire. Elle a disparu. »

La détermination des hommes semble se raffermir. Monk demande pourquoi il est question d'une intervention et d'une arrestation. Pourquoi ne pas suivre Tyler ?

« On ne peut pas prendre le risque de le perdre.

— Qu'en est-il des otages ?

— Nous les trouverons une fois qu'on aura mis la main sur lui. »

L'inspecteur laisse entendre qu'il s'agit d'un mode d'opération logique, mais je soupçonne qu'on lui a forcé la main. Les militaires veulent Tyler en détention et savent exactement comment faire pression. Personne ne conteste sa décision. Des copies de la photo de Tyler passent de main en main. Les policiers prennent le temps de la regarder. Je sais ce qu'ils se demandent. Ils veulent savoir si c'est évident, si c'est visible, si quelqu'un comme Tyler porte sa dépravation sur lui comme un badge ou un tatouage. Ils voudraient croire qu'ils sont à même d'identifier la méchanceté, l'immoralité chez autrui, de les voir dans leurs yeux, de les lire sur leurs visages. Ils ont tort. Le monde est plein de gens fêlés et la plupart des fissures sont à l'intérieur.

À l'autre bout de la salle retentit le bruit d'une chaise renversée suivi du fracas d'une corbeille à papier qu'on envoie valser. Ruiz, fou de rage, se fraie un passage entre les bureaux en pointant un doigt sur Veronica.

« Combien d'hommes aviez-vous pour la garder ? »

Elle lui jette un regard glacial.

« Je vous conseillerais de vous calmer et de vous rappeler à qui vous parlez.

— Combien ?

— Je refuse d'avoir cette conversation ici », riposte-t-elle, se mettant au diapason de sa colère.

Les policiers autour de moi sont cloués sur place par cet affrontement d'ego. C'est comme regarder deux bêtes sauvages se foncer dessus têtes baissées.

« Vous n'aviez qu'un seul homme posté en sentinelle. Qu'est-ce que c'est que ce cirque ? »

Veronica se lance dans une tirade en postillonnant.

« Ceci est *ma* salle des opérations, *mon* enquête. Je n'admettrai pas que mon autorité soit mise en cause. Foutez-le dehors », ajoute-t-elle à l'adresse de Monk.

Le géant s'approche de Ruiz. Je m'interpose.

« Vous devriez vous calmer tous autant que vous êtes. »

Montés sur leurs ergots, Veronica et Ruiz se jettent des regards incendiaires, et puis tacitement ils se résignent à faire marche arrière. La tension se relâche et les policiers se détournent docilement pour regagner leurs bureaux ou s'acheminer vers les voitures qui les attendent en bas.

Je suis Veronica dans son bureau. Agacée, elle fait claquer sa langue.

« Je sais que c'est un ami à vous, professeur, mais cet homme est un casse-couilles comme on en fait peu.

— C'est un casse-cou passionné. »

Elle regarde obstinément par la fenêtre. Son visage grassouillet est blême. Soudain, je vois des larmes perler dans ses yeux.

« J'aurais dû faire mieux que ça, chuchote-t-elle. Votre femme aurait dû être en sécurité. Elle était sous ma responsabilité. Je suis désolée. »

La gêne. La honte. La colère. La déception. Autant de masques, mais elle ne cherche pas à se cacher. Rien de ce que je pourrais dire ne la réconfortera ou n'altérera l'élan violent, rapace qui imprègne cette affaire depuis le début.

Ruiz frappe doucement à la porte du bureau.

« Je voudrais m'excuser pour mon coup d'éclat, dit-il. C'était déplacé.

— J'accepte vos excuses. »

Il se retourne, prêt à partir.

« Reste, lui dis-je. Je veux que tu entendes ça. Je crois que j'ai trouvé le moyen de persuader Tyler de rester planté à un seul endroit.

— Comment ? demande Veronica.

— Nous lui offrons sa fille.

— Mais nous ne l'avons pas. Sa famille refuse de coopérer, vous me l'avez dit vous-même.

— Nous bluffons comme il l'a fait avec Christine Wheeler, Sylvia Furness et Maureen Bracken. Nous l'incitons à croire que nous avons Chloe et Helen. »

Veronica me dévisage, abasourdie. « Vous voulez lui mentir ?

— Je veux le leurrer. Tyler sait que sa femme et sa fille sont vivantes. Il sait aussi que nous avons les moyens de les amener ici. S'il veut les voir et leur parler, il faut d'abord qu'il relâche Charlie et Julianne.

— Il ne vous croira pas. Il exigera des preuves, souligne Veronica.

« — Il faut juste que je le garde en ligne et que je l'oblige à ne pas bouger d'endroit. J'ai lu le journal de Chloe. Je sais où elle est allée. Je peux donner le change.

— Et s'il veut lui parler ?

— Je lui dirai qu'elle est en route ou qu'elle n'a pas envie de lui parler. Je trouverai un prétexte. »

Veronica inspire à fond par le nez. Ses narines se pincent et se dilatent quand elle expire. Les muscles de sa mâchoire s'activent sous ses chairs.

« Qu'est-ce qui vous fait penser qu'il mordra à l'hameçon ?

— C'est ce qu'il *veut* croire. »

Ruiz s'anime tout à coup.

« Je trouve que c'est une bonne idée. Jusqu'à présent, Tyler nous a fait courir comme si on avait le feu aux fesses. Le professeur a sans doute raison. Pourquoi ne pas lui rendre la pareille ? Ça vaut la peine d'essayer »

L'inspecteur sort un paquet de cigarettes de son tiroir et jette un coup d'œil dédaigneux à l'écriteau : « Interdit de fumer. »

« À une seule condition, dit-elle en pointant sa cigarette dans la direction de Ruiz avant de l'allumer. Vous retournez voir Helen Chambers. Vous lui expliquez le topo. Il est temps que quelqu'un dans cette foutue famille prenne position. »

Ruiz s'écarte et me laisse sortir du bureau le premier.

« Tu es dingue, marmonne-t-il une fois que nous sommes hors de portée de voix. Tu ne t'imagines tout de même pas que tu peux rouler ce type dans la farine ?

— Pourquoi as-tu abondé dans mon sens alors ? »

Il hausse les épaules et soupire tristement.

« As-tu jamais entendu la blague à propos de la maîtresse de maternelle qui se lève devant la classe en disant : "Si quelqu'un se sent bête, je veux que vous vous leviez." Un petit garçon, Jimmy, se dresse, alors la maîtresse lui dit : "Tu te sens vraiment bête, Jimmy ?" Et Jimmy de répondre : "Non, maîtresse, c'est juste que je ne voulais pas que vous restiez là debout toute seule." »

65.

Allongé sur un matelas tout mince à l'autre bout de la pièce, je regarde la fille dormir. Elle geint dans son sommeil en tournant la tête de côté. Comme ma Chloe quand elle faisait un cauchemar.

Je me lève et je m'approche. Le rêve s'est emparé d'elle. Son corps se soulève sous le duvet ; elle se démène pour se libérer. J'effleure son bras. Elle cesse de gémir. Je retourne à mon matelas.

Plus tard, elle se réveille pour de bon et se redresse en scrutant l'obscurité. Elle me cherche.

« Vous êtes là ? »

Je ne réponds pas.

« Parlez-moi, s'il vous plaît.

— Qu'est-ce que tu veux ?

— Je veux rentrer à la maison.

— Rendors-toi.

— Je n'y arrive pas.

— C'était quoi, ton cauchemar ?

— Je n'ai pas fait de cauchemar.

— Si. Tu gémissais.

— Je ne m'en souviens pas. »

Elle se tourne vers les rideaux fermés. Un rai de lumière filtre aux bords. Je vois mieux ses traits. J'ai abîmé ses cheveux, mais ils repousseront.

« Suis-je loin de la maison ? demande-t-elle.

— Comment ça ?

— En kilomètres. C'est loin ?

— Non.

— Est-ce que j'y arriverais si je marchais toute la journée ?

— Peut-être.

— Vous pourriez me laisser partir et je rentrerais à la maison à pied. Je ne dirai à personne où vous habitez. Je ne saurai pas comment vous retrouver de toute façon. »

Je traverse la pièce et j'allume une lampe de chevet. Les ombres se carapatent. En entendant un bruit dehors, je pose un doigt sur mes lèvres.

« Je n'ai rien entendu », dit-elle. Un chien aboie au loin. « C'était peut-être le chien.

— Oui.

— Il faut que j'aille aux toilettes. Ne me regardez pas, s'il vous plaît.

— Je te tournerai le dos.

— Vous pourriez sortir de la pièce.

— C'est ce que tu veux ?

— Oui. »

Je vais attendre sur le palier. J'entends ses glissements de pas et le tintement de son urine dans la cuvette.

Elle a fini. Je frappe à la porte.

« Puis-je revenir ?

— Non.

— Pourquoi pas ?

— J'ai eu un accident. »

Je pousse la porte. Elle est dans la salle de bains en train de tamponner une tache sombre dans l'entrejambe de son jean.

« Tu devrais enlever ton pantalon. Je vais le faire sécher.

— C'est pas la peine.

— Je vais te donner autre chose à mettre.

— Je ne veux pas l'enlever.

— Tu ne peux pas garder un jean mouillé sur toi. »

Je la laisse pour aller jeter un coup d'œil dans la chambre principale où il y a des penderies et des commodes. Les pantalons et les pulls sont trop grands pour elle. Je trouve une robe de chambre blanche sur un cintre. Elle vient d'un hôtel. Même un Arabe plein aux as n'hésite pas à voler un peignoir dans un hôtel. C'est peut-être pour ça qu'il est riche.

J'embarque le peignoir. Je dois ôter ses entraves pour qu'elle puisse enlever son jean. Elle me fait quitter la pièce.

« La fenêtre est verrouillée. Tu ne peux pas t'échapper, lui dis-je.

— Je ne m'échapperai pas. »

Je reste à la porte, l'oreille dressée, jusqu'à ce qu'elle me dise que je peux revenir. Le peignoir est trop grand pour elle ; il lui arrive aux chevilles. Je prend son jean et je le lave dans le lavabo. Il n'y a pas d'eau chaude. La chaudière est éteinte. Je tords le pantalon pour bien l'essorer, puis je le pends sur le dossier d'une chaise.

Je sens qu'elle m'observe.

« C'est vrai que vous avez tué la maman de Darcy ? »

Elle est nerveuse.

« Elle a sauté.

— Vous lui avez dit de sauter ?

— Quelqu'un pourrait-il te faire sauter, toi ?

— Je n'en sais rien. Je ne pense pas.

— Tu ne crains rien dans ce cas, je suppose. »

592

Je fouille dans mon sac à dos et j'en sors une petite boîte de conserve de poires. Je l'ouvre avec un ouvre-boîte.

« Tiens. Tu devrais manger quelque chose. »

Elle prend la boîte et mange les morceaux de fruits glissants en suçant le jus sur ses doigts.

« Fais attention. Le bord est coupant. »

Elle porte la boîte à ses lèvres et boit le jus avant de s'essuyer la bouche sur sa manche. Puis elle se rallonge en serrant le peignoir autour d'elle. Dehors, le ciel s'éclaircit. Elle voit mieux la chambre.

« Vous allez me tuer ?

— C'est ce que tu penses ?

— Je n'en sais rien », répond-elle en se mordant la lèvre inférieure.

C'est à mon tour de poser une question.

« Est-ce que tu me tuerais si tu en avais la possibilité ? »

Elle fronce les sourcils. Deux petits plis se forment au-dessus de l'arête de son nez. « Je ne crois pas que j'en serais capable.

— Et si je menaçais ta famille – ta mère, ton père ou ta sœur –, est-ce que tu me tuerais alors ?

— Je ne sais pas.

— Si tu avais une arme ?

— Peut-être. Je suppose que oui.

— Alors on n'est pas si différents, toi et moi. On tuerait tous les deux si les circonstances l'exigeaient. Tu me tuerais et moi je te tuerais. »

Une larme s'échappe silencieusement du coin de son œil.

« Il faut que je sorte un petit moment.

— Ne partez pas.

— Je n'en ai pas pour longtemps.

— Je n'aime pas être seule.

« — Il faut que je te remette les chaînes aux pieds.

— Ne me couvrez pas le visage.

— Juste ta bouche. »

Je tire une longueur de ruban adhésif de la bobine.

« Je vous ai entendu plus tôt, dit-elle avant que je la musèle. Vous avez fait ça à quelqu'un d'autre.

— Comment ça ?

— Je vous ai entendu tirer du ruban adhésif d'une bobine comme celle-là. Vous étiez en bas.

— Tu as entendu ça ?

— Oui. Y a-t-il quelqu'un d'autre ?

— Tu poses trop de questions. » Je pousse l'arceau du cadenas jusqu'à ce que les chaînes soient en place.

« Je vais à nouveau te faire confiance. Ne retire pas ce ruban de ta bouche. Si tu me déçois, je te remettrai le tuyau dans la gorge et je te couvrirai le visage. Tu comprends ? »

Elle hoche la tête.

Je pose un grand carré de ruban adhésif sur sa bouche. Ses yeux sont noyés de larmes. Elle glisse de côté le long du mur jusqu'à ce qu'elle soit à nouveau roulée en boule sur le matelas. Je ne peux plus voir son visage.

66.

Le portable vibre sur le bureau. Je jette un coup d'œil à Oliver Rabb et à Greene à travers les cloisons de verre. Oliver hoche la tête.

« Allô.

— Bonjour, Joe. Vous avez bien dormi ? »

Gideon appelle d'une voiture. J'entends la route bourdonner sous les pneus et le ronronnement du moteur.

« Où est Julianne ?

— Ne me dites pas que vous l'avez perdue. Quel laisser-aller – perdre sa femme et sa fille en moins de vingt-quatre heures. C'est un record, à mon avis !

— Ce n'est pas si inhabituel, lui rétorqué-je. Vous avez bien perdu les vôtres. »

Il sombre dans le silence. Je ne crois pas qu'il apprécie la comparaison.

« Laissez-moi parler à Julianne.

— Non. Elle dort. Elle est sacrément bonne au lit, Joe. Je pense qu'elle a vraiment apprécié de se faire sauter par un vrai homme plutôt que par un demeuré de votre espèce. Elle est montée aux nues comme une volée de pétards, surtout quand je lui ai enfoncé mon pouce dans le cul. Je vais me la faire de nouveau tout à l'heure. Je me les ferai peut-être ensemble, la mère et la fille. Charlie a été très sage. Obéissante. Soumise.

Vous seriez fier d'elle. Chaque fois que je la regarde, je me sens tout émoustillé. Savez-vous qu'elle geint comme le fait une amante dans son sommeil ? Avez-vous trouvé ma femme et ma fille ?

— Oui.

— Où sont-elles ?

— En route.

— Mauvaise réponse.

— J'ai parlé avec Chloe ce matin. Elle est intelligente. Elle m'a demandé de vous poser une question. »

Il hésite. Oliver et Greene sont penchés sur leurs ordinateurs. Des dizaines d'unités de police sont postées dans tout Bristol, et deux hélicoptères survolent la ville. Je jette un coup d'œil à ma montre. Cela fait trois minutes que nous parlons.

« Quelle question ? demande Gideon.

— C'est à propos de son chat, Tinkle. Je crois qu'elle m'a dit que c'était le diminutif de Tinkerbell. Elle voulait savoir s'il allait bien. Elle espère que vous l'avez confié aux Hahn. Elle a dit qu'ils avaient la ferme à côté. »

La respiration de Gideon s'est légèrement modifiée. J'ai toute son attention. Par le biais d'une oreillette, je suis les progrès d'Oliver Rabb.

Nous avons un niveau puissant de 7 dbm. La puissance du signal est supérieure de 18 décibels à la tour la plus proche. Le portable est à moins de cent cinquante mètres de la station de base. »

— Vous êtes toujours là, Gideon ? Que faut-il que je dise à Chloe ? »

Il hésite encore.

« Dites-lui que j'ai confié Tinkle aux Hahn.

— Elle sera contente.

— Où est-elle ?

— Je vous l'ai dit. Elle est en route.

— C'est un piège, j'en suis sûr.

— Elle m'a parlé d'une carte postale qu'elle vous a écrite de Turquie.

— Je n'ai pas reçu de carte postale.

— Sa mère n'a pas voulu qu'elle l'envoie. Vous lui avez appris à nager avec un tuba, vous vous souvenez ? Elle a nagé au large en sautant d'un bateau et elle a vu des ruines sous-marines. Elle pensait que c'était peut-être Atlantis, la ville disparue, mais elle voulait vous poser la question.

— Laissez-moi lui parler.

— Vous lui parlerez quand je pourrai parler à Charlie.

— N'essayez pas de m'avoir, Joe. Passez-moi Chloe. Je veux lui parler tout de suite.

— Je vous l'ai dit, elle n'est pas là. »

J'entends à nouveau la voix d'Oliver dans mon oreille.

« *Nous avons des signaux BMS provenant de trois tours. Je peux estimer la DA, mais il n'arrête pas de bouger en sortant de la portée d'une tour pour être capté par une autre. Il faut que vous l'obligiez à s'arrêter.* »

« Elles vivaient en Grèce, mais elles sont rentrées il y a quelques jours. Elles sont sous protection.

— Je savais qu'elles étaient en vie.

— Je vous entends mal, Gideon. Ça coupe tout le temps. Vous devriez peut-être vous arrêter quelque part.

— Je préfère continuer à bouger. »

J'ai épuisé tout ce dont je me souviens du journal de Chloe. Je ne sais pas combien de temps je peux continuer ce petit numéro. Ruiz surgit à l'autre bout de la salle ; il est tout essoufflé. Derrière lui, j'aperçois Helen Chambers qui tient sa fille par la main ; elle a du mal à suivre. Chloe a l'air abasourdie de la vitesse à laquelle on l'a réveillée et arrachée à la chaleur de son lit pour se retrouver là.

Gideon est toujours au bout du fil.

« Votre fille est là.

— Prouvez-le.

— Pas tant que je n'aurai pas parlé à Charlie et Julianne.

— Vous me prenez pour un imbécile. Vous vous imaginez que je n'ai pas compris ce que vous essayez de faire.

— Elle a les cheveux blonds. Des yeux bruns. Elle porte un jean serré et un gilet vert. Elle est avec sa maman. Elles parlent avec l'inspecteur Cray.

— Laissez-moi parler à Chloe.

— Non.

— Prouvez-moi qu'elle est là.

— Je veux parler à Charlie ou Julianne d'abord. »

Il grince des dents.

« Il faut que vous compreniez bien quelque chose, Joe. Les gens que vous aimez ne vont pas tous s'en sortir. Je vais vous laisser choisir, mais vous me foutez en rogne là.

— Passez-moi ma femme et ma fille. »

Son ton glacial, contenu, intraitable a changé. Il est fou de rage. Il fulmine. Il hurle au bout du fil.

« ÉCOUTEZ-MOI, ENFOIRÉ, PASSEZ-MOI MA FILLE OU J'ENTERRE VOTRE CHÈRE FEMME TELLEMENT PROFOND QUE VOUS NE RETROUVEREZ JAMAIS SON CORPS. »

J'imagine sa bouche se tordant et des postillons volant en tous sens. Un crissement de pneus et un coup de klaxon retentissent en fond sonore. Il est en train de se déconcentrer.

Oliver Rabb me parle lui aussi.

« *Il vient d'être transféré à une autre tour. Puissance du signal 5 dbm, ça baisse. Rayon de trois cents mètres. Il faut que vous le persuadiez de s'arrêter.* »

Je hoche la tête.

« Calmez-vous, Gideon.

— Ne me dites pas ce que je dois faire. Passez-moi Chloe !

— Qu'est-ce que j'aurai en retour ?

— Le droit de choisir si c'est votre femme ou votre fille qui s'en tire.

— Je veux les récupérer toutes les deux. »

J'entends un rire crispé. « Je vous envoie un souvenir. Vous pourrez le faire encadrer.

— Quel genre de souvenir ? »

Le portable vibre contre mon oreille. Je le tiens à bout de bras comme s'il risquait d'exploser. Une image apparaît dans le petit carré éclairé. Julianne, nue, ligotée, son corps blanc comme de la cire. Elle gît dans une boîte, la bouche, les yeux couverts de ruban adhésif, des mottes de terre émiettées sur son ventre et ses cuisses.

La puanteur rance de la terreur m'emplit les narines et quelque chose de petit et de sombre trottine à l'intérieur de ma poitrine, se creusant un passage dans les cavités de mon cœur. Je l'entends maintenant ; le son dont Gideon parlait. Une créature minuscule pleurant doucement dans une nuit éternelle. Le bruit d'un esprit qui craque.

« Ne raccrochez pas, Joe, dit-il d'un ton suave, plein d'insinuations. Elle était encore en vie la dernière fois que je l'ai vue. Vous pouvez encore choisir.

— Qu'avez-vous fait ?

— Je lui ai donné ce qu'elle voulait.

— Que voulez-vous dire ?

— Elle voulait prendre la place de votre fille. »

L'image, monstrueuse, dépasse les mots. À la place, c'est mon imagination qui en peint d'autres. Je vois Julianne, haletante, scrutant les ténèbres, immobilisée, sa chevelure déployée sous sa tête.

« Je vous en conjure, ne faites pas ça, dis-je d'une voix brisée.

— Passez-moi ma fille.

— Attendez. »

Ruiz se tient devant moi. Chloe et Helen sont avec lui. Il rapproche deux chaises du bureau et leur fait signe de s'asseoir. Helen porte un jean et un polo à rayures. La main de Chloe serrée dans la sienne, elle est assise là, la tête rentrée dans les épaules, le visage pareil à un masque froissé. Au bout du rouleau. Vaincue.

Je murmure un « merci » en couvrant le téléphone.

Elle hoche la tête.

La frange blonde de Chloe lui tombe sur les yeux.

Elle ne l'écarte pas. C'est une barrière physique derrière laquelle elle se cache.

« Il veut parler à Chloe.

— Qu'est-ce qu'elle va dire ? demande Helen.

— Il suffit qu'elle dise bonjour.

— C'est tout ?

— Oui. »

Chloe balance ses jambes sous la chaise en se mordillant un ongle. Un ample cardigan vert tombe sur ses cuisses et son slim, si bien que ses jambes font l'effet de baguettes gainées de jean.

Je lui fais un signe. Elle fait le tour du bureau sur la pointe des pieds comme si elle avait peur de se faire mal aux talons. Je couvre le téléphone et j'articule en silence les mots que je veux qu'elle prononce.

Puis je lève la main à l'intention d'Oliver, lui indiquant le compte à rebours en pliant les doigts l'un après l'autre. Cinq... quatre... trois...

Chloe prend le téléphone et chuchote : « Allô, papa, c'est moi. » ... Deux... un...

Je baisse le bras. De l'autre côté de la vitre, Oliver appuie sur un bouton ou actionne un interrupteur et une dizaine de tours de télécommunications sont réduites au silence.

J'imagine Gideon regardant fixement son portable, se demandant ce qui est arrivé au signal. Sa fille était juste là, mais ses mots lui ont été arrachés. Quinze unités de police sont dans un rayon de cent cinquante mètres de son dernier site connu, près de Prince Street Bridge. Veronica Cray est allée les rejoindre.

Chloe ne comprend pas ce qui s'est passé.

« Tu t'es très bien débrouillée, dis-je en lui prenant le portable des mains.

— Où est-il passé ?

— Il va rappeler. Nous voulons qu'il utilise un autre téléphone. »

Je jette un coup d'œil à Oliver et au lieutenant Greene à travers la vitre. Ils ont l'air de retenir leur souffle de concert. Ça fait deux minutes. Nous ne pouvons pas bloquer les tours plus de dix. Combien de temps faudra-t-il à Gideon pour trouver un poste fixe ?

Allez !

Appelle.

67.

L'une des rares notions que j'ai retenues des cours de physique à l'école, c'est qu'il n'y a rien de plus rapide que la vitesse de la lumière. Si quelqu'un pouvait se déplacer à cette vitesse sur de longues distances, le temps ralentirait pour lui, s'arrêterait même.

J'ai mes propres théories sur le temps. La peur l'allonge. La panique le réduit à néant. Pour l'heure, mon cœur s'affole et j'ai l'esprit en alerte, pourtant tout le reste dans la salle des opérations a l'immobilisme d'un dimanche après-midi d'été et d'un gros chien dormant à l'ombre. Même la petite aiguille de la pendule a l'air d'hésiter entre les tics, en se demandant si elle doit encore avancer ou s'arrêter complètement.

Le bureau devant moi est dégagé à l'exception de deux téléphones fixes reliés au standard du commissariat. Oliver Rabb et Greene sont dans la salle des communications à côté. Helen et Chloe attendent dans le bureau de Veronica.

En grattant un morceau de peinture écaillée sur la chaise, je regarde obstinément les deux appareils, les exhortant à sonner. Peut-être que si je focalise suffisamment mon attention, j'arriverai à l'imaginer en train d'appeler. Dans l'oreillette, j'entends Oliver compter une minute supplémentaire. Huit sont déjà passées. Ma poitrine se soulève, s'affaisse. Détends-toi. Il va appeler. Il faut juste qu'il trouve une ligne fixe.

Je mets un moment à me rendre compte que le téléphone sonne. Je jette un coup d'œil à Oliver. Il veut que je laisse sonner quatre coups.

Je décroche.

« Allô ?

— Où est Chloe, bordel de merde ?

— Pourquoi lui avez-vous raccroché au nez ?

— Je n'ai pas raccroché, explose Gideon. Ça a coupé. Si c'est votre foutue stratégie…

— Chloe dit que vous lui avez raccroché au nez.

— Il n'y a pas de signal, imbécile. Regardez votre portable.

— Ah oui !

— Passez-moi Chloe.

— Je vais envoyer quelqu'un la chercher.

— Où est-elle ?

— Dans la pièce à côté.

— Allez la chercher.

— Je vais lui transmettre l'appel.

— Je sais parfaitement ce que vous faites. Passez-la-moi immédiatement ! »

Je jette un nouveau coup d'œil dans la direction d'Oliver et de Green. Ils s'efforcent toujours de localiser l'appel. Ça prend trop de temps. Je tremble du côté gauche. Si je garde le pied à plat par terre, je peux empêcher ma jambe de tressauter.

Ruiz fait entrer Chloe. Je couvre le téléphone.

« Ça va ? »

Elle hoche la tête.

« Je vais écouter. Si tu as peur, je veux que tu couvres le téléphone et que tu me le dises. »

Elle hoche à nouveau la tête et soulève le combiné de l'autre téléphone. « Allô, papa, c'est moi.

— Salut, comment tu vas ?

— Bien.

— Je suis désolé qu'on ait été coupés, mon cœur. Je ne peux pas te parler longtemps.

— J'ai perdu une dent.

— Ah bon ?

— La petite souris m'a donné deux pièces. Je lui ai laissé un mot. Maman m'a aidée à l'écrire. »

Chloe est douée. Sans se donner de mal, elle capte totalement son attention, le gardant en ligne.

« Ta maman est là ?

— Oui.

— Elle écoute ?

— Non. »

Derrière la vitre, Oliver se tourne et brandit deux pouces. Ils ont localisé l'appel. Chloe ne trouve plus rien à dire. Gideon lui pose des questions. Elle hoche la tête parfois au lieu de répondre.

« Est-ce que tu as des ennuis, papa ? demande-t-elle.

— Ne te fais pas de souci pour moi.

— Est-ce que tu as fait quelque chose de mal ? »

J'entends la plainte de sirènes qui approchent en fond sonore. Gideon les a entendues aussi. Je prends le combiné des mains de Chloe.

« C'est fini, dis-je. Où sont Charlie et Julianne ?

— Enculé ! hurle Gideon au bout du fil. Fils de pute ! Je vais te faire un nouveau trou du cul. Tu es mort ! Non, ta femme est morte ! Tu ne la reverras pas vivante. »

Regain de sirènes, puis j'entends des grincements de freins et des portières s'ouvrir. Des bris de verre, un coup de feu retentit dans le téléphone. S'il vous plaît, ne l'abattez pas !

Des applaudissements retentissent dans la salle des opérations. Des poings sont brandis.

« On l'a eu, ce salopard ! » déclare quelqu'un.

Chloe me regarde, abasourdie, terrifiée. Je presse toujours le téléphone contre mon oreille et j'entends le bruit d'une vingtaine de revolvers au moins que l'on arme. Quelqu'un crie à Gideon de s'allonger par terre et de mettre les mains derrière la tête. D'autres voix. Des pas lourds.

« Allô ? Il y a quelqu'un ? Allô ? »

Personne n'écoute.

« Vous m'entendez ? hurlé-je dans l'appareil. Répondez ! Dites-moi ce qui s'est passé. »

Soudain, il y a une voix à l'autre bout du fil. C'est Veronica.

« On le tient.

— Et Charlie et Julianne ?

— Elles ne sont pas avec lui. »

68.

Gideon a changé. Il a l'air plus en forme. Plus mince. Ce n'est plus un fabulateur bredouillant, un édificateur de mensonges. Plus de souricières invisibles par terre. On a presque l'impression qu'il est capable de se transformer physiquement en endossant une autre personnalité, la vraie.

Certaines choses n'ont pas changé. Ses cheveux blonds épars pendent mollement sur ses oreilles et ses yeux gris pâles clignent derrière des petits verres rectangulaires à monture métallique. Ses mains menottées sont posées à plat sur la table. Le seul signe de stress est la transpiration qui forme des auréoles sur sa chemise autour de ses aisselles.

Il a été soumis à une fouille corporelle et examiné par un médecin. On lui a confisqué sa ceinture, ses lacets, ainsi que sa montre et ses effets personnels.

Depuis lors il est seul dans la salle des interrogatoires, le regard vissé sur ses mains comme s'il exhortait ses menottes à se briser, la porte à s'ouvrir, les gardiens à se volatiliser.

Je l'observe à travers un miroir sans tain donnant sur la salle des interrogatoires. Bien qu'il ne puisse pas me voir, je sens qu'il perçoit ma présence. De temps à autre, il lève la tête et fixe la glace – moins pour se regarder que pour voir à travers, imaginer mon visage.

Veronica est en réunion à l'étage avec deux avocats de l'armée et le chef de la police. L'armée revendique le droit d'interroger Gideon sous couvert de problèmes touchant à la sécurité nationale. Je doute que Veronica leur cède du terrain. Peu m'importe qui pose les questions. Il devrait y avoir quelqu'un là-dedans maintenant, exigeant des réponses afin qu'on retrouve ma femme et ma fille.

La porte s'ouvre derrière moi. Ruiz émerge de la pénombre du couloir pour passer dans celle de la salle d'observation. La moindre luminosité pourrait filtrer à travers le miroir et révéler la présence de la pièce cachée.

« Alors, c'est lui.

— C'est lui. On ne pourrait pas faire quelque chose ?

— Quoi par exemple ?

— Le faire parler. Je veux dire, si on était dans un film, tu irais là-dedans et tu lui flanquerais une raclée de tous les diables.

— Autrefois peut-être, répond Ruiz d'un ton résolument nostalgique.

— Ils discutent toujours ? »

Ruiz hoche la tête.

« L'armée envoie un hélico. Ils veulent l'emmener sur une base militaire. Ils ont la trouille qu'il nous révèle quelque chose. La vérité, par exemple. »

Veronica ne va tout de même pas céder. Elle portera l'affaire devant le ministère de l'Intérieur ou le grand chambellan. Elle a deux meurtres, une fusillade et deux enlèvements sur les bras, dans son secteur. Les discussions et les magouilles juridiques prennent trop de temps. Pendant ce temps-là, Gideon est assis à cinq mètres de moi, en train de fredonner, les yeux rivés sur le miroir.

Il n'a pas l'air d'un homme qui va passer le restant de sa vie en prison. Il paraît insouciant.

L'inspecteur Cray entre dans la salle des interrogatoires. Monk s'assoit derrière elle. Une troisième personne, un avocat de l'armée, prend position encore plus derrière, prêt à intervenir à tout moment. On a retiré les micros de la pièce. Il n'y a ni bloc-notes ni crayons. L'interrogatoire ne sera pas enregistré. Je doute qu'il subsiste un rapport sur l'arrestation de Gideon ou un relevé de ses empreintes. Quelqu'un est déterminé à éliminer toute trace de lui.

Veronica verse de l'eau dans un gobelet en plastique. Elle boit une longue gorgée en penchant la tête en arrière. Tyler semble regarder sa gorge avec intérêt.

« Comme vous en êtes sans doute conscient, ceci n'est pas un interrogatoire officiel, dit-elle. Rien de ce que vous direz ne sera consigné. On ne pourra donc rien retenir contre vous. On ne vous demande qu'une seule réponse. Dites-nous où sont Julianne et Charlotte O' Loughlin. »

Gideon s'adosse à sa chaise et pousse les bras en avant en déployant ses mains sur la table. Puis il relève lentement la tête, ses yeux disparaissant dans le lavis fluorescent qui se reflète sur ses lunettes.

« Je ne veux pas vous parler, chuchote-t-il.

— Il le *faut*. »

Il secoue la tête et regarde fixement le miroir.

« Où sont Charlie et Julianne O'Loughlin ? »

Il se met au garde à vous.

« Je suis le major Gideon Tyler. Né le 6 octobre 1969. Je suis soldat au sein de la Première brigade des services secrets de Sa Majesté la Reine. »

Il suit le règlement de conduite en cas de capture – nom, âge, rang.

« Arrêtez vos conneries », lance Veronica.

Gideon fixe sur elle des yeux gris laiteux, sondant son regard.

« Ça doit pas être évident d'être lesbienne dans la police, d'aimer le triangle noir, d'être membre du club du cunnilingus. Ça doit vous valoir des tas de remarques sournoises. Comment est-ce qu'on vous appelle derrière votre dos ?

— Répondez à la question.

— Répondez à la mienne. Ça vous arrive souvent ? Je me demande toujours si les lesbiennes baisent souvent. Vous êtes moche comme un chapeau plein de trous du cul, alors j'en doute. »

La voix de Veronica reste suave, mais elle a la nuque en feu.

« Vous me raconterez vos fantasmes une autre fois, dit-elle.

— Oh, je n'en reste jamais au fantasme, inspecteur. Vous devriez le savoir à ce stade. »

Il y a quelque chose d'atrocement vrai dans sa déclaration.

« Vous allez passer le reste de votre existence derrière les barreaux, major Tyler. Il arrive des choses aux gens comme vous en prison. Ils changent. »

Gideon sourit.

« Je n'irai pas en taule, inspecteur. Demandez-lui. »

Il désigne l'avocat qui baisse les yeux.

« Je doute même de sortir d'ici. Jamais entendu parler de la capitulation ? Des geôles noires ? Des vols fantômes ? »

L'avocat s'avance. Il veut qu'on mette un terme à l'entretien.

Veronica l'ignore et continue :

« Vous êtes un soldat, Tyler, un homme qui obéit à des règles. Je ne parle pas des règlements militaires ni du code d'honneur du régiment. Je parle de vos propres

609

règles, de ce en quoi vous croyez, et faire du mal à des enfants n'en fait pas partie.

— Ce n'est pas à vous de me dire ce en quoi je crois, riposte Gideon en raclant le sol de ses talons. Ne me parlez pas d'Honneur, de la Reine et de la Patrie. Il n'y a aucune règle.

— Dites-moi juste ce que vous avez fait de Mme O'Loughlin et de sa fille.

— Laissez-moi voir le professeur. Il se tourne vers le miroir. Est-ce qu'il nous regarde ? Vous êtes là, Joe ?

— Non. C'est à moi que vous parlerez », dit Veronica.

Gideon lève les bras au-dessus de sa tête et s'étire jusqu'à ce que ses vertèbres craquent. Puis ses poings s'abattent sur la table. L'association de sa force et des menottes provoquent un bruit retentissant, comme une détonation, et tout le monde sursaute dans la pièce, sauf l'inspecteur. Gideon croise ses poignets en les brandissant devant lui comme pour se protéger d'elle. Puis il écarte brusquement les mains et une giclée de sang traverse la table et vient atterrir sur le chemisier de Veronica.

Avec le tranchant de ses menottes, Gideon s'est fait une entaille dans la paume gauche. Veronica ne dit rien, mais elle a blêmi. Elle repousse sa chaise et se lève en regardant la tache de sang cramoisi sur son chemisier blanc. Puis elle s'excuse, le temps d'aller se changer.

En trois enjambées raides, elle a atteint la porte. Gideon la rappelle.

« Dites au professeur de venir me voir. Je lui dirai comment sa femme est morte. »

69.

Je retrouve Veronica dans le couloir, devant la salle des interrogatoires. Elle me regarde d'un air désemparé et baisse les yeux, accablée par le poids de ce qu'elle sait et ne sait pas. La tache de sang est en train de sécher sur son chemisier.

« Ils envoient un hélicoptère militaire. Je ne peux pas les arrêter. Ils ont un mandat d'arrêt signé par le ministre de l'Intérieur.

— Et Charlie et Julianne ? »

Ses omoplates tressaillent sous son chemisier.

« Je ne peux rien faire de plus. »

C'est ce que je redoutais. Le ministère de la Défense tient plus à museler Gideon Tyler qu'à sauver une mère et sa fille.

« Laissez-moi lui parler. Je veux le voir. »

Le temps s'arrête un instant. Le tohu-bohu du monde disparaît.

L'inspecteur sort une cigarette du paquet fourré dans la poche de son pantalon. Elle la cale entre ses lèvres. Je remarque qu'elle tremble presque imperceptiblement. La colère. La déception. La frustration. L'ensemble sans doute.

« Je vais vous débarrasser de l'avocat, me dit-elle. Vous n'aurez peut-être qu'une vingtaine de minutes. Prenez Ruiz avec vous. Il saura quoi faire. »

L'insinuation que je perçois dans sa voix me surprend. Elle se détourne et s'éloigne à pas lents dans le couloir en direction de l'escalier.

J'entre dans la salle des interrogatoires. La porte se referme toute seule derrière moi.

Nous sommes seuls un moment. L'air contenu dans la pièce lui-même semble s'être confiné dans les coins. Gideon ne peut plus se lever d'un bond et arpenter la pièce. Ses menottes ont été arrimées au plateau de la table avec des écrous et des vis encastrées. Un médecin a soigné sa plaie et lui a mis un bandage.

Je me rapproche et m'assois en face de lui en posant les mains sur la table. Mon pouce et mon index gauche exécutent une danse silencieuse. Je retire ma main et je la serre entre mes cuisses. Ruiz s'est glissé dans la pièce derrière moi en refermant la porte sans bruit.

Gideon me regarde sans sourciller, un pâle sourire sur les lèvres. Je vois les ravages de ma vie se refléter dans ses lunettes.

« Salut, Joe, vous avez eu des nouvelles de votre femme ces derniers temps ?

— Où est-elle ?

— Morte.

— Je ne vous crois pas.

— Vous l'avez tuée au moment où on m'a arrêté. »

Je sens l'odeur même de ses entrailles, la misogynie, la haine accumulée, fétide.

« Dites-moi où elles sont.

— Vous ne pouvez en récupérer qu'une seule. Je vous ai demandé de choisir.

— Non.

— On ne m'a pas laissé le choix quand j'ai perdu ma femme et ma fille.

— Vous ne les avez pas perdues. Elles ont fui.

— Cette salope m'a trahi.

— Vous vous cherchez des excuses. Vous êtes obnubilé par les droits que vous vous arrogez. Sous prétexte que vous vous êtes battu pour votre pays, que vous avez fait des choses terribles pour vos concitoyens, vous estimez que vous méritez mieux que ça.

— Non. Pas mieux. Je veux la même chose que tout le monde. Et si mon rêve était en conflit avec le vôtre ? Et si mon bonheur se faisait aux dépens du vôtre ?

— On se débrouillera.

— Ça ne suffit pas, dit-il en battant lentement des paupières.

— La guerre est finie, Gideon. Laissez-les rentrer à la maison.

— Les guerres ne finissent jamais, me répond-il en riant. Elles prospèrent parce que suffisamment d'hommes les aiment encore. Il y a des gens qui s'imaginent pouvoir arrêter la guerre à eux tout seuls, mais ce sont des conneries. Ils se plaignent qu'elle fait des victimes parmi des femmes et des enfants innocents qui n'ont pas choisi de se battre, mais je vous parie qu'un grand nombre d'entre eux envoient allègrement leurs fils et leurs maris sur le front. Ils leur tricotent des chaussettes, leur expédient des provisions.

« Vous voyez, Joe, les ennemis ne portent pas tous une arme. Des vieux dans les pays riches provoquent les conflits. Ainsi que les gens assis sur leur canapé en train de regarder *Sky News* qui les ont élus. Alors épargnez-moi vos homélies à la gomme. Il n'y a pas de victimes innocentes. Nous sommes tous coupables de quelque chose. »

Je refuse de discuter de l'éthique de la guerre avec Gideon. Je ne veux pas entendre ses justifications et ses excuses, ses péchés d'action ou d'omission.

« Dites-moi où elles sont, s'il vous plaît.

— Et qu'est-ce que j'aurai en échange ?

— Le pardon.

— Je ne veux pas qu'on me pardonne pour ce que j'ai fait.

— Je vous pardonne pour ce que vous *êtes*. »

Cette déclaration semble l'ébranler un court instant.

« Ils viennent me chercher, n'est-ce pas ?

— Un hélicoptère est en route.

— Qui ont-ils envoyé ?

— Le lieutenant Greene. »

Gideon se tourne vers la glace.

« Greenie ! Il écoute ? Sa femme Verity a un très joli petit cul. Elle passe tous ses mardis après-midi dans un hôtel bon marché de Ladbroke Grove à baiser avec un lieutenant-colonel chargé des recrues. L'un des gars des opérations a caché un micro dans la chambre. Sacrée bande-son ! Elle est passée entre les mains de tout le régiment. »

Il ferme les yeux, un petit sourire satisfait sur les lèvres, comme s'il revivait le bon vieux temps.

« Pourriez-vous redresser mes lunettes, Joe ? »

Elles ont glissé le long de son nez. Je me penche et je saisis la monture incurvée entre le pouce et l'index pour la remonter jusqu'à l'arête de son nez. Les lumières fluorescentes font briller les verres ; ses yeux sont blancs. Il incline la tête et ils reprennent leur teinte grise.

« Ils vont me tuer, Joe, chuchote-t-il. Et si je meurs, vous ne retrouverez jamais Julianne et Charlie. L'ultime échéance – nous en avons tous une, mais je suppose que la mienne est un peu plus proche que celle de la plupart des gens, de même que celle de votre femme. »

Une bulle de salive se forme et éclate sur mes lèvres quand j'ouvre la bouche pour parler sans que rien ne sorte.

« Le passage du temps me faisait horreur avant, ajoute-t-il. Je comptais les dimanches. J'imaginais ma fille grandissant sans moi. C'était le temps mécanique, celui des pendules et des calendriers. Je fonctionne à un niveau plus profond maintenant. Je récupère le temps des autres. Je le leur vole. »

À l'entendre, on pourrait croire que les années peuvent s'échanger entre les gens. Que ma perte pourrait être un gain pour lui.

« Vous aimez votre fille, Gideon. J'aime la mienne. Je ne peux pas comprendre ce que vous avez enduré, mais vous ne laisserez pas Charlie mourir. Je le sais.

— C'est celle-là que vous voulez ?

— Oui.

— Alors vous avez fait un choix ?

— Non. Je veux les récupérer toutes les deux. Où sont-elles ?

— Ne pas choisir est un choix, souvenez-vous ? dit-il en souriant. Avez-vous interrogé votre femme à propos de sa liaison ? Je parie qu'elle a nié, et vous l'avez crue. Lisez ses textos. Je les ai lus, moi. Elle en a envoyé un à son patron pour lui dire que vous soupçonniez quelque chose et qu'elle ne pouvait plus le voir. Vous tenez toujours à la sauver ? »

Une ombre rouge sang enveloppe mon cœur et j'ai envie de réduire l'espace qui nous sépare en tendant le bras en arrière comme un arc pour lui flanquer mon poing dans la figure.

« Je ne vous crois pas.

— Regardez ses textos.

— Ça m'est égal. »

Il part d'un éclat de rire rauque.

« C'est faux. »

Il jette un coup d'œil à Ruiz puis reporte son attention sur moi.

« Je vais vous dire ce que j'ai fait à votre femme. Elle aussi, je lui ai donné le choix. Je l'ai mise dans une boîte et je lui ai dit que Charlie était dans une autre boîte à côté d'elle. Elle pouvait respirer avec un tuyau et rester en vie, mais seulement en prenant l'air de sa fille. »

Ses mains sont rivées à la table, et pourtant je sens ses doigts plonger dans ma tête, s'insinuer entre les deux moitiés du cervelet, les soulever, les écarter.

« Que va-t-elle faire à votre avis, Joe ? Va-t-elle prendre l'air de Charlie pour vivre un peu plus long-temps ? »

Ruiz s'élance et flanque son poing dans la figure de Gideon avec une force qui l'aurait jeté à terre si ses poignets n'étaient pas arrimés. J'entends des craque-ments d'os.

En l'agrippant sous les côtes, il lui expédie son genou dans les reins. La douleur fait frémir Tyler de la tête aux pieds. Sueur. Poumons vides. Peur. Fèces. Ruiz lui hurle dessus à présent, martelant son visage de coups de poing, exigeant de connaître l'adresse. L'espace d'une minute violente, sanglante, il évacue toutes ses frustrations. Il n'est plus un membre actif de la police. Les règles ne s'appliquent plus. C'est ce que Veronica a voulu dire.

Des ondes de douleur déferlent dans le corps de Gideon. Son visage meurtri enfle déjà sous l'effet des coups, pourtant il ne proteste pas, il ne crie pas.

« Gideon », dis-je à voix basse.

Son regard rencontre le mien.

« Je vais le laisser faire, je vous le jure. Si vous ne me dites pas où elles sont, je vais le laisser vous tuer. »

Une écume sanglante se forme sur ses lèvres et il se passe la langue sur les dents, les peignant de rouge au passage. Un sourire impossible se dessine sur son

616

visage tandis que ses muscles se contractent et se relâchent.

« Allez-y.

— Quoi ?

— Torturez-moi. »

Il se tourne vers Ruiz qui se frotte les poings. Ses jointures sont à vif.

Gideon me nargue.

« Torturez-moi. Posez-moi les bonnes questions. Montrez-moi de quoi vous êtes capable. »

Me voyant hésiter, il incline la tête dans la posture du confessionnal.

« Qu'est-ce qui ne va pas ? Ne me dites pas que vous êtes un sentimental. Vous êtes en droit de me torturer, ça ne fait pas de doute.

— Oui.

— Je détiens l'information qu'il vous faut. Je sais exactement où sont votre femme et votre fille. Ce n'est pas comme si vous étiez à moitié sûr. Même si vous étiez convaincu à cinquante pour cent, ce serait justifié. J'ai torturé des gens pour beaucoup moins. Je les ai torturés parce qu'ils étaient au mauvais endroit au mauvais moment. »

Il regarde fixement ses mains comme un homme qui entrevoit son avenir et résout de ne pas en tenir compte.

« Torturez-moi. Forcez-moi à vous le dire. »

J'ai l'impression que quelqu'un quelque part a ouvert une vanne et que mon hostilité et ma colère s'en sont allées. Je hais cet homme d'une manière indicible. Je veux lui faire mal. Je veux qu'il meure. Mais ça n'y changera rien. Il ne me dira pas où elles sont.

Gideon ne veut pas le pardon, ni la justice, ni la compréhension. Il a baigné dans le sang d'un terrible conflit, obéi aux ordres de gouvernements, de services secrets et d'organisations obscures opérant en marge de la loi. Il a brisé des esprits, arraché des secrets, détruit des vies et sauvé d'innombrables autres vies. Ça l'a changé. Comment pourrait-il en être autrement ? Pourtant, durant tout ce temps-là, il s'est cramponné à la seule chose pure, innocente, sans tache de sa vie, sa fille, jusqu'à ce qu'on la lui prenne.

Je peux détester Gideon, mais je ne pourrai jamais le détester plus qu'il ne se déteste lui-même.

70.

« Il y a une autre anomalie », dit Oliver Rabb en rectifiant sa cravate avant de se tamponner le front avec un mouchoir assorti.

Voyant que je ne réagis pas, il poursuit :

« Tyler a allumé son portable à 7 h 35. Il est resté connecté un peu plus de vingt et une secondes avant de l'éteindre. »

L'information m'atteint, puis se dissipe.

Oliver me regarde avec l'air d'attendre quelque chose.

« Vous vouliez que je sois à l'affût des anomalies. Vous aviez l'air de penser que c'était important. Je crois que je sais ce qu'il faisait. Il prenait une photo. »

Une petite percée, enfin. Ce n'est pas une vision grandiose ni une découverte éblouissante. Les choses sont juste plus claires, plus claires qu'hier.

Gideon a pris des photos de Julianne et de Charlie. Il s'est servi de son téléphone qu'il lui a bien fallu allumer. Les anomalies s'expliquent. Elles étayent une théorie.

Oliver me suit à l'étage, dans la salle des opérations. Je ne remarque même pas si les policiers sont de retour à leurs bureaux. Ni si ma main gauche fait des siennes, ni si mon bras se balance normalement. Ces choses-là sont sans importance.

Je fonce droit sur la carte affichée au mur. Une deuxième épingle blanche est plantée à côté de la première. Oliver s'efforce d'expliquer son raisonnement.

« L'anomalie d'hier s'est produite à 15 h 07. Le portable est resté allumé quatorze secondes, mais il n'a pas passé de coup de fil. Plus tard, il a transmis une photo avec le même téléphone sur le portable de votre femme. »

Il fait apparaître l'image sur l'écran : Charlie, la tête bardée de ruban adhésif avec un tuyau d'arrosage dans la bouche. J'entends presque sa respiration rauque à travers l'étroite ouverture.

« La deuxième anomalie date de ce matin. Tyler a envoyé une autre photo depuis le même portable – celle de votre femme. »

Gideon savait que la police était capable de localiser un portable chaque fois qu'il l'allumait. Il n'a pas commis d'erreurs. À chaque occasion, il l'a allumé pour une raison. Deux signaux. Deux photos.

« Pouvez-vous localiser les signaux ?

— Ce n'était pas évident quand il n'y en avait qu'un, mais ça risque d'être faisable maintenant. »

Je m'assois à côté de lui sans trop comprendre ce qu'il fait. Des vagues de chiffres défilent sur l'écran tandis qu'il interroge le software, écarte les messages erronés, contourne les problèmes. Il donne l'impression de rédiger lui-même le logiciel au fur et à mesure.

« Les deux signaux ont été détectés par une tour GSM haute de dix mètres qui se trouve dans le Mall, à moins de cinq cents mètres du pont suspendu de Clifton, dit-il. La DA désigne un site situé à l'ouest de la tour.

— À quelle distance ?

— Je vais multiplier le TA – le temps d'arrivée – à la vitesse de propagation du signal. »

Il tape tout en parlant, recourant à une sorte d'équation pour faire le calcul. La réponse ne le satisfait pas.

« Quelque part entre deux cents et douze mille mètres. »

Il prend un marqueur noir et dessine une grande larme sur la carte. Le bout étroit représente la tour et le plus large des dizaines de rues, une portion de l'Avon et la moitié de Leigh Woods.

« Une deuxième tour GSM a capté la signature radar et renvoyé un message, mais la première tour avait déjà établi le contact. »

Il désigne à nouveau la carte.

« Cette seconde tour est là. C'est celle qui a transmis le dernier appel d'un portable à Mme Wheeler avant qu'elle saute. »

Oliver retourne à l'ordinateur.

« La DA est différente. Nord, nord-est. Il y a une connectivité. »

Je suis perdu, dépassé par la science. En se levant de nouveau, Oliver retourne se planter devant la carte et dessine une deuxième grosse larme, chevauchant la première. La zone commune couvre peut-être mille mètres carrés et une douzaine de rues. Combien de temps faudra-t-il pour frapper à chaque porte ?

« Il nous faut une carte satellite », dis-je.

Oliver m'a devancé. L'image sur son écran se trouble, puis redevient nette petit à petit. On a l'impression de tomber de l'espace. Des éléments topographiques prennent forme – collines, cours d'eau, rues, le pont suspendu.

Je gagne la porte et je hurle :

« Où est l'inspecteur Cray ? »

Une dizaine de têtes se retournent. Safari Roy me répond.

« Elle est avec le chef de la police.

— Allez la chercher. Il faut qu'elle organise des recherches. »

Une sirène hurle dans l'après-midi, s'élevant des rues encombrées vers un ciel de la couleur d'une pièce de monnaie. C'est ainsi que ça a commencé il y a moins de quatre semaines. Si je pouvais remonter le temps, accepterais-je de monter dans cette voiture de police à l'université pour gagner le pont suspendu de Clifton ?

Non. Je m'éloignerais. Je trouverais un prétexte. Je serais le mari que Julianne veut que je sois – celui qui fiche le camp dans la direction opposée et appelle à l'aide.

Ruiz, à côté de moi, s'agrippe à la poignée du plafond alors que la voiture prend un nouveau virage. Monk, sur le siège passager, beugle des ordres.

« Prends la prochaine à gauche. Dépasse-moi cet enfoiré. Traverse. Contourne ce bus. Note le numéro d'immatriculation de ce connard. »

Le conducteur grille un feu rouge, ignorant les grincements de freins et les coups de klaxon. Quatre autres voitures de police nous suivent, peut-être plus. Une douzaine supplémentaire arrive d'autres quartiers de la ville. Je les entends jacasser sur l'émetteur-récepteur radio.

La circulation est bloquée dans Marlborough Street et Queens Road. Nous passons de l'autre côté de la chaussée sur le trottoir. Les piétons déguerpissent comme des pigeons.

Le lieu de rendez-vous est Caledonia Place, le long d'une étroite bande boisée qui la sépare du West Mall. Nous sommes dans un quartier cossu, peuplé de grandes villas, de bed & breakfast et de pensions. Certains bâtiments, dans des teintes pastel, font quatre étages ; les fenêtres s'ornent de jardinières et les canalisations sont à l'extérieur. De minces volutes de fumée s'échappent des cheminées, dérivant vers l'est au-dessus du fleuve.

Arrive un car de police amenant une vingtaine d'hommes. L'inspecteur Cray donne ses instructions, inébranlable au milieu de la mêlée. Les policiers vont de porte en porte, parlent avec les voisins, leur montrent des photos, prennent note des maisons et des appartements vides. Quelqu'un a bien dû remarquer quelque chose.

J'examine à nouveau la carte satellite déployée sur le capot d'une voiture. Les statistiques n'expliquent pas tout. Le comportement humain ne saurait être quantifié en nombres ou réduit à des équations, quoi qu'en pense Oliver Rabb. Les lieux sont significatifs. Les déplacements aussi. Toute excursion, toute expédition que nous faisons a une histoire propre même si nous ne sommes pas toujours conscients de la suivre. Qu'en est-il du périple de Gideon ? Il se flattait de pouvoir passer à travers les murs, mais il s'apparentait plutôt à du papier peint humain, capable de s'effacer pour devenir juste une toile de fond tandis qu'il surveillait les maisons et s'y introduisait par effraction.

Il était là quand Christine Wheeler a sauté. Il lui parlait à l'oreille. Il devait être quelque part à proximité. Je regarde les maisons autour de moi, j'étudie la ligne d'horizon. Le pont suspendu est à moins de deux cents mètres à l'ouest d'ici. Je sens l'odeur âcre de la mer et des ajoncs. Certaines de ces demeures doivent avoir une vue sur le pont depuis les étages supérieurs.

Un homme passe à bicyclette ; il a des élastiques autour des jambes de son pantalon pour empêcher le tissu de se prendre dans la chaîne. Une femme promène son épagneul noir sur l'herbe. J'ai envie de les arrêter, de les attraper par le bras et de leur rugir à la figure pour exiger de savoir s'ils ont vu ma femme et ma fille. Mais je reste planté là à inspecter la rue, à la recherche de quelque chose d'insolite : des gens au mauvais endroit, portant des vêtements incongrus, quelque chose qui n'a rien à faire là, qui veut trop passer inaperçu ou qui attire l'attention pour une autre raison.

Gideon a dû choisir une maison, pas un appartement ; un endroit loin du regard curieux des voisins, isolé, protégé, avec une allée ou un garage pour pouvoir ranger son véhicule et faire entrer Charlie et Julianne sans se faire voir. Une maison à vendre peut-être, ou qui n'est occupée que pendant les vacances ou les week-ends.

Je traverse un gazon boueux et commence à marcher le long de la rue. Les troncs des arbres sont enguirlandés de fil de fer et les branches frémissent dans le vent.

« Qu'est-ce que vous foutez ? hurle Veronica.

— Je cherche une maison. »

Ruiz me rattrape. Mandaté pour nous éviter des ennuis, Monk le suit de près. Je continue à scruter la ligne d'horizon en essayant de ne pas trébucher. Ma canne cliquette sur le trottoir tandis que je descends une pente légère devant une rangée de maisons avant de m'engager dans Sion Lane. Je ne vois toujours pas le pont.

La prochaine rue transversale est Westfield Place. J'aperçois une porte d'entrée ouverte. Une femme d'âge moyen est en train de balayer ses marches.

« Est-ce que vous voyez le pont depuis ici ?

— Non, fiston.

— Et du dernier étage ?

— L'agent immobilier appelait ça un "aperçu", s'esclaffe-t-elle. Vous êtes perdu ? »

Je lui montre des photos de Charlie et de Julianne.

« Les avez-vous vues, l'une ou l'autre ? »

Elle secoue la tête.

« Et cet homme ?

— Je m'en souviendrais », dit-elle, même si l'inverse est probablement vrai.

Nous continuons de nous acheminer le long de Westfield Place. Le vent fouette les feuilles ; des emballages de bonbons se pourchassent le long du caniveau. Soudain, je traverse la route en direction d'un mur en brique surmonté d'un chapiteau en pierre.

« Faites-moi la courte échelle », dit Ruiz avant de poser le pied dans les mains croisées de Monk et de se faire hisser jusqu'à ce que ses avant-bras soient arrimés sur le chapiteau peint en blanc.

« C'est un jardin, dit-il. Il y a une maison plus loin.

— Peux-tu voir le pont ?

— Pas d'ici, mais on peut peut-être le voir du haut de la maison. Il y a une tourelle. »

Il redescend d'un bond et nous suivons le mur à la recherche d'un portail. Monk nous devance maintenant. Je n'arrive pas à le suivre et je dois courir tous les quelques mètres pour le rattraper.

Des piliers en pierre jalonnent l'entrée d'une allée. Le portail est ouvert. Des pneus ont écrasé les feuilles dans les flaques d'eau. Une voiture est passée récemment.

C'est une grande demeure, d'une autre époque. À travers le lierre qui la tapisse d'un côté, on distingue des petites fenêtres foncées. Le toit incliné est surmonté d'une tourelle octogonale dans le coin ouest.

La maison a l'air vide. Fermée. Les rideaux sont tirés et des feuilles se sont amoncelées sur le perron et sous le portique de l'entrée. Je suis Monk en haut des marches. Il sonne. Personne ne répond. J'appelle

Charlie, puis Julianne, en plaquant mon visage contre un mince carreau de verre dépoli, m'efforçant de capter les infimes vibrations d'une réponse. De l'imaginer.

Ruiz est allé inspecter le garage sur le côté de la maison, sous les arbres. Il disparaît derrière une porte latérale, et réapparaît presque aussitôt.

« C'est la camionnette de Tyler, hurle-t-il. Elle est vide. »

Ma tête s'emplit d'émotions chaotiques qui se heurtent les unes aux autres. D'espoir.

Monk est au téléphone avec l'inspecteur Cray.

« Dites-lui de faire venir une ambulance », dis-je.

Il transmet le message et raccroche brutalement. Puis il flanque son coude dans un carreau qui se brise en mille morceaux à l'intérieur. En glissant prudemment la main à l'intérieur, il déverrouille la porte et l'ouvre à la volée.

Le hall est vaste, pavé de dalles blanches et noires. Il y a une glace, un porte-parapluies, ainsi qu'une console sur laquelle j'aperçois un menu de plats chinois à emporter et une liste de numéros d'urgence.

Il y a de l'électricité, mais les interrupteurs se confondent avec les fleurs du papier peint. La maison a été fermée pour l'hiver ; des draps, des tapis couvrent le mobilier, les cheminées sont propres. J'imagine des silhouettes rôdant à notre insu, se dissimulant dans les coins en s'efforçant de ne pas faire un bruit.

Derrière nous, trois voitures de police franchissent le portail en trombe et remontent l'allée de gravier. Les portières s'ouvrent. L'inspecteur Cray précède ses hommes en haut des marches du perron.

Gideon a dit que Julianne et Charlie étaient enterrées dans une boîte, qu'elles respiraient le même air. Je ne veux pas le croire. Il a dit tellement de choses destinées à blesser, à briser les gens.

Je titube dans la salle à manger en regardant le flot de lumière qui se déverse par les portes-fenêtres. Il y a des empreintes de pas boueuses sur les carrés du parquet.

Ruiz est monté à l'étage. Il m'appelle. Je gravis les marches deux par deux en m'agrippant à la rambarde pour me tirer vers le haut. Ma canne m'échappe et dévale l'escalier avec fracas pour atterrir sur les dalles noires et blanches.

« Par ici », crie Ruiz.

Je m'arrête à la porte. Ruiz est agenouillé près d'un étroit lit en fer. Un enfant est recroquevillé sur le matelas, les yeux et la bouche couverts de ruban adhésif. Je n'ai pas l'impression d'avoir proféré le moindre son, mais Charlie lève la tête et se tourne vers moi. Elle laisse échapper un sanglot étouffé. Elle secoue frénétiquement la tête. Je dois la tenir pendant que Ruiz va chercher une paire de ciseaux de couturière posée sur un mince matelas dans un autre coin de la chambre.

Ses mains tremblent. Les miennes aussi. Les lames des ciseaux s'ouvrent et se referment doucement et j'ôte le ruban adhésif. Je la dévisage avec une sorte d'émerveillement, bouche bée, encore incapable de croire que c'est elle. Je croise son regard bleu. Je la vois à travers un liquide brillant qui refuse de se dissiper quand je bats des paupières.

Elle est sale. Des poignées de cheveux ont été arrachées. Elle a la peau à vif. Ses poignets saignent. C'est la plus belle créature de la terre.

Je la serre contre moi. Je la berce. Je veux la tenir jusqu'à ce qu'elle cesse de pleurer, jusqu'à ce qu'elle ait tout oublié. Jusqu'à ce qu'elle ne se souvienne plus que de la chaleur de mon étreinte, des mots que je lui chuchote à l'oreille, de mes larmes sur son front.

Elle est en peignoir. Son jean est sur une chaise.

« Est-ce qu'il t'a… ? » Les mots ne veulent pas sortir. « Est-ce qu'il t'a touchée ? »

Elle me regarde en clignant des yeux sans comprendre.

« Est-ce qu'il t'a forcée à faire des choses ? Tu peux me le dire. Ne t'inquiète pas. »

Elle secoue la tête et s'essuie le nez avec sa manche.

« Où est ta mère ? »

Elle me dévisage en fronçant les sourcils.

« Est-ce que tu l'as vue ?

— Non. Où est-elle ? »

Je me tourne vers Monk et Ruiz. Ils sont déjà en route. On est en train de fouiller la maison. J'entends des portes s'ouvrir, des bruits de pas lourds dans le grenier et la tourelle ; on explore les placards. Silence. Pendant quelques battements de cœur. Les bottes se remettent en mouvement.

Charlie repose sa tête sur ma poitrine. Monk revient avec un coupe-boulons. Je tiens les chevilles de Charlie pendant qu'il glisse les mâchoires autour des entraves et rapproche les manches jusqu'à ce que le métal casse et que la chaîne tombe à terre en serpentant.

Une ambulance est arrivée. Les ambulanciers sont à la porte de la chambre. Il y en a une jeune et blonde qui tient une trousse de secours à la main.

« Je veux m'habiller, dit Charlie, gênée tout à coup.

— Bien sûr. Laisse juste ces gens t'examiner. Juste pour être sûr. »

Je m'arrache à elle et je descends. Ruiz est dans la cuisine avec Veronica. La maison a été fouillée de fond en comble. Les policiers prospectent dans le jardin, le garage en soulevant les feuilles mortes avec leurs lourdes bottes ; ils s'accroupissent pour examiner le tas de compost.

Les arbres le long du mur nord sont squelettiques et la remise a l'air abandonnée. Une table en fer forgé et des chaises assorties rouillent sous un orme où des colonies de champignons vénéneux ont surgi après les pluies.

Je sors par la porte de derrière, je passe devant la buanderie et je traverse la pelouse détrempée. J'ai la sensation déconcertante que les oiseaux se sont tus et que le sol aspire mes chaussures. Ma canne s'enfonce dans la terre tandis que je m'achemine entre les parterres de fleurs, au-delà des citronniers plantés dans d'énormes pots en pierre. Un incinérateur en parpaing s'adosse à la barrière au fond du jardin près d'un tas de vieilles traverses de chemin de fer destinées à faire office de bordures.

Veronica m'a rejoint.

« Nous pouvons avoir un radar apte à pénétrer le sol d'ici une heure. Il y a des chiens chercheurs de cadavres à Wiltshire. »

Je m'arrête devant la remise. Le verrou a été forcé au cours de la fouille et la porte pend sur ses charnières rouillées. À l'intérieur, ça sent le diesel, les engrais et la terre. Une grosse tondeuse trône au centre de la pièce. Il y a des étagères en métal le long de deux murs et des outils de jardin rangés dans un coin. La lame de la pelle est propre et sèche.

Allez, Gideon, parlez-moi. Dites-moi ce que vous avez fait d'elle. Vous avez dit des demi-vérités. Vous avez dit que vous l'aviez enterrée si profondément que je ne la trouverais jamais. Que Charlie et elle respiraient le même air. Tous vos actes étaient préparés.

Prémédités. Vos mensonges contenaient des éléments véridiques pour qu'ils soient plus faciles à faire avaler.

En prenant appui sur ma canne, je me penche pour ramasser le cadenas et le loquet cassé et j'enlève la boue. De minuscules éraflures argentées sont visibles sur le métal terni.

Je reporte mon attention sur la remise. Les roues de la tondeuse ont été tournées pour ôter la terre. J'inspecte les étagères, les plateaux de semis, les pulvérisateurs contre les pucerons, les désherbants. Un tuyau d'arrosage est pendu à un crochet métallique. Je suis les spires, en proie au vertige. L'une des extrémités du tuyau descend le long du cadre vertical de l'étagère.

« Aidez-moi à bouger la tondeuse », dis-je.

Veronica agrippe le siège et je pousse l'engin par devant en l'orientant vers la porte. Le sol est en terre battue, compacte. J'essaie de déplacer l'étagère. Elle est trop lourde. Monk m'écarte et la saisit à bras-le-corps en la faisant basculer d'un côté, puis de l'autre tout en reculant vers la porte. Des plateaux de semis et des bouteilles tombent.

Je m'agenouille, je me mets à ramper. La terre est plus meuble près du mur à l'endroit où l'étagère était posée. Un grand pan de contreplaqué a été vissé au sol. Le tuyau d'arrosage passe en dessous et donne l'impression de disparaître à l'intérieur.

Je me retourne vers Veronica Cray et Monk.

« Il y a quelque chose derrière le mur. Apportez de la lumière. »

Ils ne veulent pas me laisser creuser. Ils ne veulent pas me laisser regarder. Les policiers se relaient par équipe de deux pour gratter le sol avec des pelles et des seaux. On a amené une voiture de police sur la pelouse, phares allumés, pour qu'ils puissent y voir clair.

En me protégeant les yeux de l'éclairage blafard, j'aperçois Charlie à la fenêtre de la cuisine. L'ambulancière blonde lui a donné quelque chose de chaud à boire et l'a enveloppée dans une couverture.

« Quelqu'un que vous aimez va mourir », m'a dit Gideon. Il m'a demandé de choisir. Je ne pouvais pas le faire. J'ai refusé de le faire. « Ne pas choisir, c'est un choix, m'a-t-il rétorqué. Je vais laisser Julianne décider. » Il m'a aussi dit que je me rappellerais de lui. Qu'il meure aujourd'hui ou qu'il passe le restant de sa vie en prison, il ne serait pas oublié.

Julianne, elle, m'a dit qu'elle ne m'aimait plus. Que je n'étais plus l'homme qu'elle avait épousé. Elle avait raison. M. Parkinson s'en est chargé. Je suis différent – plus pensif, philosophe, mélancolique. Cette maladie ne m'a pas anéanti, mais c'est comme un parasite dont les tentacules s'enroulent à l'intérieur de moi en me privant de mes mouvements. J'essaie de ne pas le montrer. Je n'y parviens pas.

Je ne veux pas savoir si elle a eu une liaison avec Eugene Franklin ou Dirk Cresswell. Ça m'est égal. Non, ce n'est pas vrai. C'est important. C'est juste que c'est plus important pour moi de la retrouver saine et sauve. Je suis responsable, mais il ne s'agit pas de chercher la rédemption ni de soulager ma conscience. Julianne ne me pardonnera jamais. Je le sais. Je lui donnerai ce qu'elle veut. Je lui ferai n'importe quelle promesse. Je m'en irai. Je la laisserai partir. Faites juste qu'elle soit vivante.

Monk appelle à l'aide. Deux autres policiers le rejoignent. À force de creuser, ils ont exposé la partie inférieure du contreplaqué. Ils vont abattre le mur à présent.

La poussière et la terre se reflètent dans les faisceaux lumineux des phares qui éclairent le trou. Le corps de

Julianne est à l'intérieur, recroquevillé dans la position fœtale, les genoux contre le menton, les mains sur la tête. Je sens des relents d'urine et je vois la teinte bleutée de sa peau.

Des mains plongent dans le trou et en extraient son corps. Monk la prend dans ses bras et l'emporte dans la lumière, escaladant un monticule de terre avant de l'allonger sur une civière. Elle a la tête enveloppée de ruban plastique. L'éclat des phares donne à son corps une teinte argentée.

L'ambulancière blonde sort un tuyau de la bouche de Julianne avant d'y appliquer la sienne pour faire entrer de l'air dans ses poumons. On est en train de découper la bande qui lui entoure la tête.

« Pupilles dilatées. Son abdomen est froid. Elle est en hypothermie, crie l'ambulancière à son collègue. Je sens le pouls. »

Ils font doucement rouler Julianne sur le dos. Des couvertures dissimulent sa nudité. L'ambulancière blonde s'est agenouillée près de la civière pour disposer des patchs de chaleur sur son cou.

« Qu'est-ce qui ne va pas ? demandé-je.

— La température du corps est trop faible. Ses battements de cœur sont irréguliers.

— Réchauffez-la.

— J'aimerais que ça soit aussi facile. Il faut qu'on l'emmène à l'hôpital. »

Elle ne tremble pas. Elle ne bouge pas du tout. On lui met un masque à oxygène sur le visage.

« Elle revient. »

Julianne bat des paupières, aveugle dans la clarté comme un chaton. Elle essaie de dire quelque chose, mais ce n'est qu'un faible gémissement. Ses lèvres remuent à nouveau.

« Charlie est saine et sauve, lui dis-je. Elle va bien. »

L'ambulancière donne des instructions.

« Dites-lui de ne pas parler.

— Reste tranquille. »

Julianne n'écoute pas. Elle remue la tête de côté. Elle veut dire quelque chose. J'appuie ma joue près du masque à oxygène.

« Il a dit qu'elle était dans une boîte. J'ai essayé de ne pas respirer. D'économiser l'air.

— Il mentait. »

Sa main s'extrait de dessous les couvertures et me saisit le poignet. Elle est glacée.

« Je me suis souvenue de ce que tu m'as dit. Qu'il ne tuerait pas Charlie. Sinon j'aurais arrêté de respirer.

— Je sais. »

On est presque arrivés aux portes de l'ambulance. Charlie surgit de la maison, traverse la pelouse. Deux inspecteurs essaient de l'arrêter. Elle feint d'aller à gauche et va à droite en se faufilant sous leurs bras.

Ruiz la saisit au vol par la taille et la porte sur les quelques derniers mètres. Elle se jette sur Julianne en l'appelant ma maman. Ça fait quatre ans que je ne l'ai pas entendu employer ces mots.

« Fais attention, l'avertit la jeune ambulancière blonde. Ne la serre pas trop fort.

— Vous avez des enfants ? lui demandé-je.

— Non.

— Vous apprendrez que ça ne fait jamais mal quand ils vous serrent fort. »

Épilogue

C'est un jour de printemps typique quand la brume se dissipe de bonne heure. Le ciel est si haut et si bleu qu'on imagine mal que l'espace puisse être un domaine obscur. Le ruisseau est clair, peu profond sur les bords où les cailloux sont propres et où l'eau tourbillonne autour des gerbes d'herbes.

On aperçoit la route à travers les arbres en bourgeons de l'autre côté de la vallée. Elle serpente autour d'une église puis plonge de la crête hors de vue.

« Ça mord ?

— Non », répond Charlie.

Je surveille Emma d'un œil. Elle joue avec Gunsmoke, un labrador jaune que j'ai récupéré à la SPA. C'est une bête très attachante qui me considère comme l'être le plus intelligent qu'il ait jamais rencontré. Malheureusement, en dehors de sa loyauté, il est pour ainsi dire inutile. À défaut d'être un chien de garde, il aboie chaque fois que je rentre à la maison et ignore souverainement les étrangers tant qu'ils ne sont pas dans la maison, pendant une heure environ, stade auquel il se met à aboyer comme s'il venait de voir Myra Hindley entrer par la fenêtre.

Les filles l'adorent. C'est la raison pour laquelle je l'ai pris.

Nous sommes en train de pêcher dans un ruisseau à trois cents mètres de la route, au bout d'un champ. Une nappe est étalée sur la rive verdoyante, près de la plage de gravier.

Charlie a opté pour le style de pêche de Vincent Ruiz, en se passant d'appâts, d'hameçons et de leurres. Non pas pour une raison philosophique – ni pour boire de la bière. C'est parce qu'elle n'arrive pas à accrocher un ver de terre « vivant qui respire » à un crochet.

« Imagine s'il a toute une famille de vers de terre à laquelle il manquera s'il se fait manger ? »

Du coup, j'ai essayé de lui expliquer que les vers de terre étaient asexués et qu'ils n'avaient pas de famille, mais ça n'a fait que compliquer les choses.

« C'est juste un ver. Il n'a pas de sentiments.

— Comment tu le sais ? Regarde-le se trémousser pour essayer de se libérer.

— Il se trémousse parce que c'est un ver.

— Non. Il est en train de dire : "S'il te plaît, s'il te plaît, ne me plante pas ce gros crochet dans la peau."

— Je ne savais pas que tu parlais le langage des vers.

— Je sais interpréter leur langage corporel.

— Leur langage corporel.

— Oui. »

J'ai renoncé après ça. Pour l'heure, je pêche avec du pain tout en surveillant Emma qui s'est débrouillée pour s'asseoir dans une flaque et se mettre des épis d'eau dans les cheveux. Le débat sur le ver de terre lui passe au-dessus de la tête. Gunsmoke s'en est allé faire la chasse aux lièvres.

Nous sommes plus conscients des changements de saison, du cycle de la mort et de la renaissance depuis que nous avons quitté Londres. Les arbres sont en fleurs et les jonquilles tapissent tous les jardins.

Six mois se sont écoulés depuis cet après-midi sur le pont. L'automne et l'hiver sont passés. Darcy danse à la Royal Ballet School de Londres. Elle habite toujours chez Ruiz et menace constamment de partir s'il n'arrête pas de la traiter comme une enfant.

Je n'ai pas eu de nouvelles de Gideon Tyler. Il n'y a eu ni cour martiale ni déclaration officielle. Personne n'a l'air de savoir où il est détenu et s'il sera jugé. Veronica m'a tout de même dit que l'hélicoptère militaire a dû atterrir après avoir décollé de Bristol. Gideon se serait débrouillé pour forcer la serrure de ses menottes à l'aide de la monture de ses lunettes. Il a obligé le pilote à se poser dans un champ, mais il a été rapidement repris si l'on en croit le ministère de la Défense.

J'ai aussi eu des nouvelles d'Helen Chambers et de Chloe. Elles m'ont envoyé une carte postale de Grèce. Helen a ouvert l'hôtel pour la saison et Chloe va à l'école à Patmos. Elles ne disaient pas grand-chose sur la carte. C'était essentiellement un remerciement.

« Je peux te demander quelque chose ? dit Charlie en penchant la tête de côté.

— Bien sûr.

— Tu penses que maman et toi allez vous remettre ensemble ? »

Sa question me fait l'effet d'un crochet qu'on m'enfonce dans la poitrine. C'est peut-être ce qu'éprouve un ver de terre ?

« Je ne sais pas. As-tu demandé à ta mère ?

— Oui.

— Qu'est-ce qu'elle dit ?

— Elle change de sujet. »

Je hoche la tête et lève le visage pour sentir la chaleur du soleil sur mes joues. Ces journées claires, encore fraîches mais ensoleillées, me réconfortent. Elles m'annoncent la venue de l'été. J'aime l'été.

Julianne n'a pas demandé le divorce. Elle le fera peut-être. J'ai fait un pacte. J'ai dit que si elle était vivante, je ferais tout ce qu'elle me demande. Elle m'a demandé de partir de la maison. Je suis parti. Je vis à Wellow, en face du pub.

Elle était encore à l'hôpital quand elle m'a dit ce qu'elle voulait. La pluie striait les fenêtres de sa chambre.

« Je ne veux pas que tu remettes les pieds à la maison, m'a-t-elle dit. Jamais ! »

Elle m'avait déjà fichu à la porte, mais c'était différent. À l'époque, elle m'avait dit qu'elle m'aimait, mais qu'elle ne pouvait plus vivre avec moi. Cette fois-ci, elle ne m'a pas proposé de pareilles miettes de réconfort. Elle me considère comme responsable de ce qui s'est passé. Elle a raison. C'est ma faute. Je vis avec ça jour après jour, en surveillant Charlie de près en quête du moindre signe de stress post-traumatique. J'observe Julianne aussi et je me demande comment elle s'en sort. Fait-elle des cauchemars ? Se réveille-t-elle en sueur pour vérifier que les portes et les fenêtres sont bien fermées ?

Charlie remonte sa canne à pêche.

« J'ai une blague à te raconter, papa.

— Vas-y.

— Qu'est-ce qu'un sein pendant dit à l'autre sein pendant ?

— Quoi ?

— On serait dingues de ne pas se faire soutenir. »

Elle rit. Je ris aussi.

« Tu crois que je devrais la raconter à maman ?

— Peut-être pas. »

Je continue à me considérer comme marié. La séparation est un état d'esprit et mon esprit ne l'a pas encore admis. Hector, le propriétaire du pub, veut que j'intègre le club des hommes divorcés dont il est officieusement le président. Ils ne sont que six et ils se rencontrent tous les mois pour aller au cinéma ou boire un verre au pub.

« Je ne suis pas divorcé », lui ai-je dit, mais il a traité ça comme si c'était un détail mineur. Ensuite il m'a fait tout un speech à propos de la nécessité de franchir les écueils et de se remettre dans le courant. Je lui ai répondu que je n'avais pas l'instinct grégaire. Je n'ai jamais été membre de quoi que ce soit, ni d'un club de gym, ni d'un parti politique, ni d'une organisation religieuse. Je me demande ce qu'on fait dans un club de divorcés.

Je ne veux pas être seul. Je ne veux pas de ces longs moments vides. Ça me rappelle trop les sordides dortoirs de l'université, quand j'avais quitté la maison et que je n'arrivais pas à me trouver une petite amie.

Non que je ne sois pas capable de vivre seul. Ça, ça ne me dérange pas. Mais je n'arrête pas de m'imaginer que Julianne pense la même chose que moi et qu'elle en viendra à réaliser qu'elle est plus heureuse quand nous sommes ensemble. Papa, maman, deux enfants, le chat, les hamsters, et je pourrais amener le chien. On pourrait aller faire des courses, payer les factures, choisir des écoles, regarder des films et se courtiser l'un l'autre en s'offrant des fleurs à la Saint-Valentin et à nos anniversaires.

À propos, aujourd'hui est un jour spécial : c'est l'anniversaire d'Emma. Je dois la ramener à la maison à 15 heures pour une fête. Nous replions les cannes à pêche et rangeons le panier de pique-nique. Gunsmoke est sale, il sent mauvais et les filles ne veulent pas s'asseoir à côté de lui dans la voiture.

On laisse les fenêtres ouvertes. Des cris fusent, mêlés d'éclats de rire jusqu'à ce que nous arrivions au cottage où elles se précipitent hors de la voiture en clamant que je les ai asphyxiées. Julianne assiste à la scène depuis le seuil. Elle a accroché des ballons de couleurs sur le treillis et la boîte aux lettres.

« Regarde-toi, dit-elle à Emma. Comment t'es-tu débrouillée pour être aussi mouillée ?

— On est allés à la pêche, répond Charlie. On n'a rien attrapé.

— À part une pneumonie », dit Julianne en les expédiant en haut prendre un bain.

Il y a une sorte d'intimité abstraite dans nos conversations maintenant. C'est toujours la femme que j'ai épousée. Brune. Belle. À peine la quarantaine. Et je l'aime toujours de toutes les manières, sauf physiquement comme lorsqu'on échangeait nos fluides corporels et qu'on se réveillait tous les matins l'un à côté de l'autre. Chaque fois que je la croise dans le village, je suis encore frappé d'émerveillement : Qu'a-t-elle bien pu voir en moi et comment ai-je fait pour la laisser partir ?

« Tu n'aurais pas dû laisser Emma se mouiller comme ça, dit-elle.

— Je suis désolé. Elle s'amusait bien. »

Gunsmoke est en train de démolir son jardin, piétinant ses fleurs printanières en courant après un écureuil. J'essaie de le rappeler. Il s'immobilise, lève la tête et me regarde comme si j'étais d'une sagesse infinie, puis il repart aussi sec.

« Tout est prêt pour la fête d'Emma ? dis-je.

— Les autres ne devraient pas tarder.

— Tu as invité beaucoup de monde ?

— Six petites filles de la garderie. »

Elle a les mains enfouies dans la poche de son tablier. Nous savons tous les deux que nous pourrions passer notre temps comme ça, à parler des orages, de la nécessité de nettoyer les gouttières ou de mettre de l'engrais dans le jardin. Nous n'avons plus ni l'un ni l'autre le vocabulaire ou l'inclination de partager ce qui reste de notre intimité. C'est peut-être une forme de deuil.

« Bon, je ferais mieux d'aller aider Emma à se laver, dit-elle en s'essuyant les mains sur son tablier.

— D'accord, dis aux filles que je viendrai les voir pendant la semaine.

— Charlie a des contrôles.

— Le week-end prochain alors. »

Je lui décoche un grand sourire. Je ne tremble plus. Je me tourne et je me dirige vers la voiture en balançant les bras, la tête haute.

« Hé, Joe, me crie-t-elle. Tu as l'air plus heureux. »

Je me retourne.

« Tu trouves ?

— Tu ris plus qu'avant.

— Ça va pas mal. »

REMERCIEMENTS

Cette histoire a été inspirée par des événements réels qui se sont produits dans deux pays distincts, même si elle n'est pas fondée sur eux. Je n'aurais jamais pu la raconter sans l'aide inestimable que David Hunt et John Little m'ont apportée dans mes recherches. Bien d'autres ont répondu à mes questions et partagé mon enthousiasme, notamment Georgie et Nick Lucas, Nicki Kennedy et Sam Edenborough.

Comme toujours, je dois beaucoup à mes éditeurs et à leurs équipes, Stacy Creamer chez Doubleday aux États-Unis et Ursula Mackenzie, chez Little, Brown en Angleterre, ainsi qu'à mon agent, Mark Lucas, et à tous les membres de LAW.

Pour leur hospitalité, je tiens à remercier Richard, Emma, Mark et Sara et leur progéniture respective. Ma propre progéniture mérite aussi ma gratitude – Alex, Charlotte et Bella, qui grandissent sous mes yeux en dépit de mes supplications pour qu'elles ne changent pas.

Pour finir et avant tout, je suis infiniment reconnaissant à Vivien, mon enquêtrice, ma correctrice, ma lectrice, ma thérapeute, mon amante, ma femme. Je lui ai promis qu'un jour, je trouverai les mots justes.

Michael Robotham
dans Le Livre de Poche

La Clandestine   n° 31496

L'inspecteur Alisha Barba a reçu un appel au secours de Cate, une amie d'enfance. Le soir de leurs retrouvailles, Cate, enceinte de huit mois, est fauchée par un chauffard, et son mari tué sur le coup. Commence alors un dangereux voyage qui mènera Alisha et l'inspecteur divisionnaire Ruiz dans le dédale d'un monde souterrain voué au marché du sexe et de l'esclavage moderne...

La Disparue   n° 37259

L'inspecteur Vincent Ruiz se réveille à l'hôpital, une balle dans la jambe, et sans la moindre idée des événements qui ont bien pu l'amener là. Tout ce qu'il sait, c'est qu'il a été repêché dans la Tamise. Soupçonné de feindre l'amnésie, Vincent est bien décidé à faire la lumière sur son accident...

Le Suspect   n° 37195

Joseph O'Loughlin, psychologue clinicien, ignorait qu'en voulant aider la police, il allait se retrouver pris dans une spirale infernale. En traçant le portrait psychologique d'une jeune femme mutilée et tuée, les soupçons vont peser sur lui...

Du même auteur :

LE SUSPECT, Lattès, 2005.
LA DISPARUE, Lattès, 2006.
LA CLANDESTINE, Lattès, 2008.

Composition réalisée par FACOMPO (Lisieux)

Achevé d'imprimer en novembre 2011 en France par
CPI BRODARD ET TAUPIN
La Flèche (Sarthe)
N° d'impression : 65977
Dépôt légal 1re publication : décembre 2011
LIBRAIRIE GÉNÉRALE FRANÇAISE
31, rue de Fleurus – 75278 Paris Cedex 06

31/3411/1